SV

Nuruddin Farah

Netze

Roman

Aus dem Englischen von
Reinhild und Gunter Böhnke

Suhrkamp

Die Originalausgabe erschien 2007 unter dem Titel
Knots bei Riverhead Books (Penguin), New York

Satz: Hümmer GmbH, Waldbüttelbrunn
Druck: Druckhaus Nomos, Sinzheim
Printed in Germany
Erste Auflage 2009
ISBN 978-3-518-42103-1

1 2 3 4 5 6 – 14 13 12 11 10 09

Abyan, meiner Tochter,
und Kaahiye, meinem Sohn,
in Liebe gewidmet.

1

Zaak sagt zu Cambara: »Und wem gibst du die Schuld?«

»Schuld?« fragt Cambara gereizt zurück, während sie vorangeht und die Führung übernimmt, obwohl sie keine Ahnung hat, welche Richtung sie einschlagen muß. Sie ist ja gerade erst nach langer Abwesenheit in Mogadischu eingetroffen und kennt sich nicht mehr aus. Die Wahrzeichen der Stadt sind während des noch immer andauernden Bürgerkriegs so brutal zerstört worden, daß sie nach dem, was sie bisher von der Stadt gesehen hat, daran zweifelt, ob sie etwas wiedererkennen wird.

Um Zaaks üblem Mundgeruch aufgrund seiner chronischen Zahnfleischentzündung zu entgehen, hat Cambara es vorgezogen, einen sicheren, höflichen Abstand zu halten. Als beide noch jünger waren und gemeinsam im selben Haushalt aufwuchsen, verschrieb ihm der Zahnarzt stets eine spezielle aromatische Zahnpasta mit antiseptischer Wirkung, dazu ein medizinisches Mundwasser und eine sehr weiche Zahnbürste. Cambara erinnert sich, daß sein Zahnfleisch oft heftig blutete und unglaublich schnell schwand und daß die Entzündung, zusammen mit der Reizung durch Zahnsteinablagerungen, die Lockerung etlicher seiner Zähne verursachte. Sie erinnert sich daran, daß er ständig an Verdauungsstörungen litt, seit Arda, ihre Mutter, die auch seine Tante väterlicherseits ist, ihn mit dreizehn aus einem Nomadennest geholt und unter ihre Obhut genommen hatte, damit er in Mogadischu eine anständige Schulbildung erhalten konnte.

Cambara wartet darauf, daß er die quietschende Tür schließt, und sieht zu, wie er den wackligen Türknauf einige Male hin und her dreht – vergeblich, denn das Schloß funktioniert nicht. Sie macht sich klar, daß Jahre vergangen sind, seit sie ihn das letztemal gesehen oder direkte Verbindung zu ihm gehabt hat. Arda hat zwischen ihnen vermittelt und ihre Tochter überredet, sich bei ihm einzuquartieren, wenigstens für die erste Zeit, da Cambara ihr mitteilte, sie wolle nach Mogadischu gehen. Auf das Zureden ihrer Mutter hin willigte Cambara ein, zunächst bei »einem leiblichen Verwandten« zu wohnen, wie Arda es ausdrückte, bis sie vielleicht mit der guten Freundin ihrer Freundin in Toronto Verbindung aufgenommen hat. Cambara kann nun wirklich nicht erwarten, daß sich ihre Mutter an den schlimmen Mundgeruch ihres Neffen erinnert oder daß sie das als vernünftigen Grund für eine Weigerung ihrer Tochter, bei ihm zu wohnen, gelten läßt. Aber wie konnte sie selbst, Cambara, nur vergessen, wie schrecklich der Gestank war? Ihr wird geradezu übel. Dazu hatte sie nicht gewußt, daß er Kette rauchte und pausenlos Khat kaute, das milde Rauschmittel, von dem die somalischen Stadtbewohner in hohem Maße abhängig sind.

»Einer muß doch schuld daran sein?« hakt Zaak weiter nach.

»Und wer?«

Zaak läßt sie passieren und zum Seitentor hinausgehen – sie ist fast 1,80 groß, er nur 1,74. Kaum haben sie das Grundstück verlassen und sind hundert Meter gegangen, da verlangsamt sie ihren Schritt, bedeckt den Kopf mit einem schlichten Tuch, wie es die islamische Tradition verlangt, und bleibt ungefähr zehn Meter hinter Zaak. Mit niedergeschlagenen Augen – auch das wird in Mogadischu heutzutage von Frauen erwartet – greift sie in eine der Innentaschen ihres maßgefertigten Kaftans, um sich zu versichern, daß sie das Messer dabeihat – die Waffe ihrer Wahl, falls sie sich verteidigen muß. Man kann ihr ansehen, daß sie sich für eine böse Überraschung wappnet, auf die jeder in einer vom Bürgerkrieg geplagten Stadt gefaßt sein muß. Ihr Blick wandert voller Sorge von der Asphaltstraße, die sich in einem erbärmlichen Zustand befindet, zu Zaak, während sich ihre Finger langsam vom Messergriff lösen. Dann befeuchtet sie die gespannten Lippen, und ihr Kopf sendet zwei einander widersprechende Botschaften aus: Die eine rät zur Wachsamkeit, die andere beschwichtigt – sie sollte ganz auf Zaak vertrauen, wie es ihre Mutter geraten hat, weil er aus eigener Erfahrung die Lage einschätzen kann. Nach außen hin gleichgültig, wendet sie ihre Aufmerksamkeit für einen Moment Zaak zu. Sie studiert seinen Gesichtsausdruck oder vielmehr die Leere in seinem Gesicht und stellt erstaunt fest, daß er nicht den Eindruck macht, als rechne er mit einem unangenehmen Vorkommnis – etwa auf junge Milizionäre zu treffen, die nur darauf aus sind Chaos heraufzubeschwören, wobei schließlich einer von ihnen niedergeschossen oder getötet werden könnte. Sie versucht sich in einen entspannten Zustand gesteigerter Wachsamkeit zu versetzen, wenn das überhaupt möglich ist, da steigt ihr Zaaks durchdringender Körpergeruch in die Nase, die Folge der ungesunden, unhygienischen Lebensweise eines Khat-Konsumenten. Der Gestank wirft sie fast um. Sie ist einer Ohnmacht nahe.

Als verspätete Antwort auf ihre Frage »Und wer?« murmelt Zaak etwas Unverständliches. Cambaras zornige Blicke suchen unruhig den Horizont ab, und als sie und ihr Begleiter scharf um die Ecke biegen, steht da plötzlich eine Gruppe Jugendlicher in Sarongs und Flipflops mit AK-47-Gewehren. Instinktiv fährt ihre Hand wieder zum Messer, obwohl zwei der Burschen sie gar nicht zu beachten scheinen. Sie kauen hingebungsvoll ihr Khat und streiten mit schriller Stimme über das gestrige Fußballspiel Arsenal London gegen Manchester United, wobei sie darin übereinstimmen, daß der Schiedsrichter das Spiel versaut hat, weil er dem Kapitän der Gunners ungerechterweise die rote Karte zeigte. Cambaras angespannte Wachsamkeit läßt erst nach, als sie die Gefahr weit hinter sich gelassen haben.

Zaak fragt: *»Et tu?«*

Sie ist nicht geneigt, eine solche Frage zu diesem frühen Zeitpunkt ihres Besuchs zu beantworten, nicht bis sie einigermaßen überschauen kann, was sie hier erwartet. Eigentlich ist sie hoch zufrieden, daß sie bis jetzt einem ernsthaften Gespräch mit ihm ausweichen konnte. Sie befürchtet nämlich, er könne sich berufen fühlen, darauf herumzuhacken, wie ungenügend sie vorbereitet ist auf das, was sie mit ihrem Besuch erreichen will. Denn sie möchte mehr, als sich mit dem Land ihrer Geburt wieder vertraut zu machen und eventuell das Eigentum ihrer Familie, welches sich jetzt in der Hand eines kleinen Warlords befindet, wieder zurückzugewinnen. Sie ist voller Zweifel und fragt sich, ob es überhaupt möglich ist, etwas so Beachtliches ohne die tatkräftige Hilfe vieler Menschen zu vollbringen. Natürlich weiß sie sehr wohl, daß der Warlord ihresgleichen keine Schonung gewähren wird, da es nicht der Natur dieser brutalen Kerle entspricht, Erbarmen mit irgendeinem Menschen zu haben. Und wie ist das mit Zaak, ihrem Cousin und gegenwärtigen Gastgeber? Wird er eine schützende Hand über sie halten, wenn sie sich entschließt, dem Warlord die Stirn zu bieten? Wie wird er reagieren, wenn sie seine Loyalität auf die Probe stellt?

Was sie auch tut, sie darf Zaak nicht einweihen, wenigstens nicht, bevor sie ihre Position gefestigt und Schwachstellen beseitigt hat, die sich nach einer Konfrontation mit dem kleinen Warlord und seinen bewaffneten Lakaien zeigen könnten. Auf keinen Fall darf sie es zulassen, daß Zaak sie soweit bringt, die Motive für ihren Besuch selbst zu hinterfragen – was sie veranlaßt hat, ihr friedliches Leben, ihren Mann und ihre Arbeit in Toronto, wo sie drei Viertel ihres Lebens gewohnt hat, aufzugeben und in ein vom Krieg zerrissenes Land zu kommen. Als er sie vom Flughafen abholte, konnte sie spüren, daß ihm gewisse Fragen auf der Zunge lagen und er wissen wollte, ob sie ihr Zuhause endgültig verlassen habe und dauerhaft nach Somalia gekommen sei. Warum hat sie so viele schwere Koffer mit ihrer ganzen beweglichen Habe mitgebracht?

Daß sie in ihrer Ehe mit Wardi unglücklich war, blieb kein Geheimnis – alle wußten das schon lange. Da Zaak außerdem einst auf dem Papier Cambaras »Ehemann« war und sie auf engem Raum »zusammenlebten«, zuerst als Kinder, dann als Paar, das eine Art Zweckehe führte, hat er seine ganz eigenen Ansichten. Er hält sie für eine Frau, die außerordentlich großzügig sein kann, ungemein treu, vor allem ihrer Mutter gegenüber, und ihren engsten Freunden treu ergeben, besonders Raxma. Doch sie ist auch eine ziemlich impulsive Frau, der man es kaum recht machen kann, die sich noch weniger festlegen läßt und die in letzter Zeit, wie man hört, etwas aus der Bahn geworfen wurde – verständlicherweise, da ihr Sohn tödlich verunglückte. Cambara gibt ihrem Mann Wardi und seiner kanadischen Geliebten die Schuld am Ertrinken ihres Sohnes. Und obwohl Zaak sich nicht getraut hat, sie danach zu fragen – er befürchtet nämlich, sie könnte wütend werden, weil sie seine Frage als Provokation empfindet –, vermutet er, daß sie eine Weile bleiben will, jedenfalls nach dem Gewicht und der Menge ihrer mitgebrachten Koffer zu urteilen. Vielleicht erschien ihr die Idee, hierherzukommen, deshalb so verlockend, weil sie verzweifelt versucht, einen Ozean zwischen sich und Wardi zu bringen; doch außer ihrer Mutter und einigen engen Freunden hat Cambara allen anderen erzählt, sie sei hier, um den Tod ihres einzigen Sohnes zu betrauern. Sie ist allerdings nicht weiter auf ihren schrecklichen Verlust eingegangen, nicht einmal als Zaak ihr kondolierte, was sie nur mit einem schlichten »Danke« beantwortete. Auch ist ihr weder der Name ihres Mannes über die Lippen gekommen noch eine Andeutung, was aus ihrer Ehe werden soll. Auf seine Fragen hat sie stets nur kurz geantwortet, hat ein Ja genickt und keine weiteren Erläuterungen gegeben, oder mit einem Kopfschütteln ein Nein signalisiert und es vorgezogen, nicht ausführlicher zu werden. Soweit Zaak weiß, geht es Wardi ausgezeichnet: Er ist mittlerweile Partner in der Anwaltskanzlei. Zaak seinerseits hat sich klug verhalten, die offensichtlichen und nicht so offensichtlichen Klippen umschifft und sie nicht mit Fragen bedrängt. Wenn ihnen kein anderer interessanter Gesprächsstoff mehr einfiel, sind sie auf Cambaras Mutter, die sie beide lieben, ausgewichen.

Ein Thema gibt es jedoch, das beide nicht gern zur Sprache bringen möchten: ihre gemeinsame Vergangenheit als vermeintliches Ehepaar. Sie haben sich davor gehütet, weil die Sache besser ruhen sollte – die zwei Jahre, die sie als Mann und Frau (»Nur auf dem Papier, vergiß das nicht«, hat sie immer wieder betont) unter einem Dach, in Cambaras Wohnung, verbrachten, waren eine einzige Katastrophe. Vielleicht möchte sie über nichts, rein gar nichts Persönliches sprechen.

»Wurde hier in letzter Zeit gekämpft?« fragt sie und schließt zu ihm auf. Dann blinzelt sie sichtlich müde in die Nachmittagssonne und läßt nach kurzem Zögern beim Gähnen ihre Kiefer knacken, wie ein Flugpassagier, der das Druckgefühl in den Ohren loswerden will. Die Sonne brennt so gnadenlos, daß die Umrisse aller sichtbaren Gegenstände in ihrer Glut verschwimmen. Überall sieht sie die verräterischen Zeugnisse des Bürgerkriegs: Gebäude in willkürlicher Schräglage, viele ohne Dach, andere verbarrikadiert, verwüstet und verlassen. Die Straße – einst geteert und autotauglich – ist total ruiniert; die Wände des Hauses unmittelbar an der Straße sind mit Einschüssen wie mit Pockennarben übersät, als ob sie einem schrecklichen Scharfschützen mit seinem Sturmgewehr zu Schießübungen gedient hätten.

»Kleinere Feuergefechte«, sagt er, als fiele es ihm nachträglich ein.

»Wie viele Milizionäre sind dabei umgekommen?«

»Nur unbewaffnete Zivilisten.«

Wie aus Höflichkeit hält Zaak seine Zigarette weg von Cambara – in der linken Hand – und die Finger der Rechten dicht am Mund, fast davor. Außerdem hat er den Kopf von ihr abgewandt; sie weiß nicht, ob er das tut, um sie vor dem kleinsten Nikotinhauch zu schützen, oder ob er schließlich bemerkt hat, wie sehr sein Mundgeruch sie belästigt.

Plötzlich sagt er jedoch herausfordernd und mit dem scharfen Ton eines Mannes, der in einem Moment höflich, im nächsten rücksichtslos und grausam sein kann: »Erzähl mir bloß nicht, daß du Angst hast.«

Sie tritt einen Schritt zurück, und man könnte meinen, daß sie ihn gleich ohrfeigen will. Dem ist nicht so. Sie möchte nur von ihren 1,80 Meter auf ihn herabblicken. Auch glaubt sie, daß in seiner Stichelei nur der angeberische Trotz eines Jungen steckt, was sie nicht weniger wurmt. Sie erinnert sich an ihre gemeinsame Kindheit im selben Haushalt – im Haus von Cambaras Eltern, um genau zu sein – und wie sie sich nur allzugerne auf jede Mutprobe einließ, im Gegensatz zu ihm; Zaak war von Natur aus kein Rebell und weniger geneigt, über die Stränge zu schlagen als sie. Schließlich war sie die geliebte Tochter des Hauses und er ein armer Verwandter.

Sie pflegte ihm alle möglichen Fehdehandschuhe hinzuwerfen, die er aber nicht aufhob. Woraufhin sie ihn dann verärgert hänselte: »Wetten, du traust dich nicht, Feigling!« Und sie feuchtete ihren Zeigefinger an, wie Kinder es tun, um die Zeit zu messen, die der Gegner für seine Reaktion braucht: Wenn der Zeigefinger trocken war, war die Herausforderung abgelaufen, in welchem Fall sie sich zur Siegerin erklärte. Er hielt sich lieber raus, wollte in Mogadischu bleiben und zur Schule gehen, statt ins Hinterland zu seinen ärmeren Eltern – sie lebten in der Nähe von Galkacyo in der Region Mudugh – zurückgeschickt zu werden. Ihm war ihr Größenunterschied stets bewußt, und es nervte ihn, daß sie ihm das immer wieder unter die Nase rieb.

Sie schlägt einen anderen Kurs ein. Sehr vernünftig sagt sie: »Nur Dumme haben keine Angst.«

»So habe ich es nicht gemeint«, entschuldigt er sich.

Als er sich zum Gehen anschickt, bemerkt Cambara, daß sie sich in der Nähe eines Straßenmarkts befinden. In der Tat begegnen ihnen Leute, die mit ihren Einkäufen vom Markt zurückkehren. Die von Kopf bis Fuß in billige Schleier gehüllten Frauen blicken trostlos, von manchen sieht man nur die Augen und Hände. Sie tragen ihre spärlichen Einkäufe in schwarzen Plastiktüten. Die Begegnung mit diesen Frauen in ihrem elenden Zustand macht Cambara traurig. Obwohl die Männer ebenso mißmutig und unzufrieden aussehen, wirken sie entspannter. Vielleicht kommt das daher, daß sie ihre geliebten Khat-Bündel unterm Arm verstaut haben, das Stimulans, das einige schon zu kauen begonnen haben. Während auf die Frauen nichts Erfreuliches wartet, nur immer wieder das Elend des Krieges, Vergewaltigungen, kranke Kinder, die gepflegt werden müssen, und nutzlose Ehemänner, die nach Herzenslust Khat kauen und über Politik palavern, während sie sich von vorn bis hinten bedienen lassen.

Sie hält sich selbst schon für ein Opfer dieser Angewohnheit. Schließlich hat Zaak sie aus dem Bett geholt und sie trotz ihres Jetlags gezwungen, ihn zu begleiten, damit er seine Tagesration kaufen kann. Sie hat Beweise für das Khatblätterkauen in dem Zimmer im Obergeschoß gefunden, wo sie untergebracht ist. Überall liegen die vertrockneten Überbleibsel der weggeworfenen Stengel herum. Ihr als Nichtraucherin und Nichtkonsumentin von Khat erscheint der ihr zugewiesene Raum als gräßliches Loch, stinkend, die Wände grün von der Spucke der Khat-Kauenden, die Ritzen vollgestopft mit den ungekauten Pflanzenstengeln.

Als Cambara ihre Schritte beschleunigt, um ihn einzuholen, stolpert sie, verliert das Gleichgewicht und stürzt beinahe. Zaak starrt vorwurfsvoll auf ihre in Sandalen steckenden Füße, die jetzt mit einer feinen braunen Sandschicht bedeckt sind.

»Das nächste Mal ziehe ich Straßenschuhe an«, sagt sie.

»An deiner Stelle würde ich auch einen Schleier tragen.«

Was der sich herausnimmt, empört sie sich, während sie über seine Äußerung nachdenkt. Sie ist natürlich nicht blöd; sie hat vorgesorgt und zwei Schleier gekauft, einen in Dearborn, Michigan, den anderen in Nairobi. Aber sie wird das verdammte Ding anlegen, wenn sie es will, nicht weil er ihr dazu geraten hat. Man braucht sie nicht daran zu erinnern, daß sie anders gekleidet ist als die Frauen, denen sie bisher begegnet sind, die meisten von ihnen verschleiert, manche in den traditionellen *Guntino*-Gewändern, andere in Lumpen. Cambara fällt auf, weil sie als einzige einen Kaftan trägt. Sie hat ihn angezogen, rechtfertigt sie sich vor sich selbst, weil er zur Hand war und sie keine Zeit hatte, ihre Koffer zu öffnen und darin nach einem Schleier zu suchen. Außerdem gestattet ihr der maßgefertigte Kaftan, ein Messer darin zu verstecken.

Er fragt: »Soll ich dich zu einem *Who-die*-Stand bringen? Wo du dir einen Schleier kaufen kannst?« Sie erkennt Gehässigkeit in seinem Blick und deutet das als Verhalten eines Mannes, der eine Frau herausfordert, dem seit kurzem bestehenden Schleierzwang zu trotzen. In ihrer Jugend war es für Somalierinnen nicht üblich, einen Schleier zu tragen; das taten eher arabische Frauen und einige Frauen der in der Stadt lebenden Urbevölkerung.

»›*Who-die*-Stände‹? Warum heißen die so?«

»Das sind Verkaufsstände, an denen man getragene Schleier kaufen kann.«

Dann erklärt Zaak lang und breit, daß es in den letzten Jahren akzeptierte Praxis geworden ist, gebrauchte Kleidung in den armen Ländern dieser Welt abzuladen, da viele ihrer Bürger die astronomischen Preise für neue Kleidung nicht bezahlen können.

»Aha«, sagt sie und nickt.

Er ist in seinem Element und fährt fort. »Die *Who-die*-Stände gehören einheimischen Unternehmern, die für einen Spottpreis eine Schiffsladung gebrauchter Kleidung bei einer der Sammelstellen in den reichen Ländern kaufen und diese dann importieren. Die Importeure und die Einzelhändler sind der Meinung, daß alle davon profitieren. Die Wahrheit sieht leider anders aus.«

»Und warum?«

»Weil diese Praxis die örtliche Textilindustrie vernichtet hat, da sie nicht mehr mit den Altkleiderhändlern konkurrieren kann. Die Leute haben diesen Spitznamen mit vielsagendem Zynismus geprägt: *Who-die*-Kleidung von *Who-die*-Verkaufsständen!«

Plötzlich ergreift unermeßlicher Kummer Cambara, als ihr einfällt, daß sie einen Koffer mit Sachen ihres toten Sohnes der Wohlfahrt gespendet hat, damit sie an die Armen von Toronto verteilt werden. Und natürlich weiß sie nicht, wo die Kleider, die ihr Sohn zurückgelassen hat, schließlich gelandet sind. Früher, als sie hier lebte, war es üblich, daß die Gutsituierten die Kleidung ihrer verstorbenen Angehörigen einer Moschee spendeten. Unter dem Eindruck des eben Gehörten ist ihr jetzt klar, daß sie das Ganze nicht mit einem Schulterzucken abtun kann. Sie wird darüber nachdenken müssen, wie sie die Kleidungsstücke – mit denen sie liebe Erinnerungen verbindet, da ihr quicklebendiger Sohn sie getragen hat – am besten und vernünftigsten verteilen kann. Sie wird sich ein paar Tage Zeit nehmen, ehe sie entscheidet, was sie tun soll und wem sie die Sachen – natürlich gratis – geben wird.

Er fragt: »Was meinst du? Soll ich dich zu einem *Who-die*-Stand bringen, damit du einen Schleier kaufen kannst?«

Cambara weicht seiner Frage aus, indem sie ihm selbst eine stellt. »Hast du nicht schon viele Jahre bevor du aus Toronto weggegangen bist das Rauchen aufgegeben?« fragt sie.

»Ja, das stimmt.«

»Warum hast du dann wieder damit angefangen?«

»Ein Laster zieht das nächste nach sich«, erwidert er grinsend.

»Was soll das heißen?«

»Das Khat-Kauen war das erste Laster, das ich mir angewöhnt habe, als ich hierhergekommen bin«, sagt er und schwenkt seine Zigarette. »Es vertreibt einem die Zeit.«

»Was? Das Rauchen?«

»Das Khat-Kauen hilft mir, meinen einsamen Alltag zu ertragen«, sagt er. »Mogadischu ist nämlich eine Großstadt ohne die Unterhaltungsmöglichkeiten einer solchen. Hier gibt es nichts zu tun: keine Nachtclubs, keine Orte, um sich zu vergnügen, und keine Bars, in denen man seine Sorgen ertränken kann, weil nicht einmal die Gaststätten Alkohol ausschenken. Nur Restaurants.«

»Keine Kinos?«

»Nicht wirklich.«

»Keine Theater?«

»Keine«, sagt er.

»Was ist aus dem Nationaltheater geworden?«

»Das Nationaltheater hat ein Warlord okkupiert, dessen Männer die Bühne und die Requisiten als Feuerholz benutzt haben, ebenso die Tische, Türen, Deckenbretter und jedes Stück Holz. Das Dach ist eingestürzt, und alles andere – die Spülkästen, die Waschbecken und Badewannen im Waschraum, ganz zu schweigen von den eisernen Toren, den Computern –, alles ist weggeschleppt, zerstört oder verkauft worden.«

»Wenn nun jemand etwas aufführen möchte?«

»Das wäre ein Knüller, aber es wird nie passieren.«

»Wegen der Warlords, die die Stadt beherrschen, meinst du?« fragt sie.

»Oder wegen der islamischen Gerichte, die es vorher verbieten werden«, sagt Zaak.

»Mit welcher Begründung?«

»Aus moralischen und theologischen Gründen.«

»Aber du nimmst an, daß die einfachen Leute es sich anschauen würden?«

»Das nehme ich an«, erwidert er.

Cambaras Begeisterung ist deutlich zu spüren. »Womit unterhalten sich denn die jungen Milizionäre in ihrer Freizeit, wenn sie mal die Gewehre aus der Hand legen?«

Zaak antwortet: »Sie schauen sich Videokassetten an – mit koreanischen, italienischen, englischen oder Hindi-Filmen.«

»Aber sie beherrschen doch diese Sprachen bestimmt nicht?«

»Die Filme sind synchronisiert.«

»Synchronisiert? Von wem?« Zaak fühlt sich eindeutig wohl in seiner Rolle und ist erfreut, Cambara, die von der Sache keine Ahnung hat, endlich einmal mit seinem Wissen beeindrucken zu können.

»Das Geschäft mit dem Synchronisieren von Filmen blüht in Mogadischu richtiggehend«, sagt er. »Es gibt auch Kung-Fu-Filme, die vor Ort produziert und hier gedreht werden.«

»Wo laufen sie?«

»In den Gebäuden, die einmal dem jetzt zusammengebrochenen Staat gehört haben und nun für alle frei zugänglich sind. Sie sind ziemlich heruntergekommen und werden hauptsächlich von den Obdachlosen der Stadt bevölkert. Das Außenministerium, die Technische Hochschule der Stadt, die Oberschulen.«

»Wie wird der Filmverleih organisiert?«

»Die Sansibarer, die vor den Kämpfen in ihrem Land hierher geflohen sind, haben dieses Geschäft fest in der Hand«, informiert Zaak sie. »Sie kontrollieren es beinahe wie eine Mafia.«

»Hast du von den synchronisierten Filmen schon mal welche gesehen?«

»Nein.«

Vielleicht hat er nur Zeit für Khat, denkt sie und fragt dann: »Kennst du jemanden, der sie gesehen hat?«

Er schüttelt den Kopf. »Nein.«

Sie muß sich mit Kiin in Verbindung setzen, der Direktorin des Maanta-Hotels, die laut Cambaras Freundin Raxma viele Beziehungen hat und helfen könnte, Näheres über die Videokassetten zu erfahren und lokale Kontakte zu knüpfen, auch zum Frauen-Netzwerk, das Cambara bei vielen Dingen nützlich sein kann.

Cambara gesteht sich ein, daß es falsch war, unvorbereitet nach Mogadischu zu kommen, ohne Adressen und Telefonnummern, außer der von Zaak, und ohne persönliche Kontakte. Nun ist es ja wohl zu spät, ihre abrupte Entscheidung zu bereuen. Zugegeben, sie hat lange über den Besuch nachgedacht. Mit Zaak wird sie ein ernsthaftes Gespräch jedenfalls erst führen, wenn sie eine ganze Weile hiergewesen ist.

Sie hat keine Ahnung, was Zaak von ihrem Vorhaben hält, aber sie kann sich denken, daß er noch sarkastischere Bemerkungen parat hat als ihre Mutter, die mit beispielloser Verblüffung reagierte, als Cambara sie von ihrer unmittelbar bevorstehenden Reise nach Somalia in Kenntnis setzte. Nach dem Grund gefragt, ging Cambara die Sache geradlinig und nicht ohne eine Spur Trotz an und sagte ihr, sie wolle den Familienbesitz zurückholen, ihn dem Warlord entreißen. Arda kochte vor Zorn und nannte das Vorhaben ihrer Tochter ein törichtes Unterfangen. »Das ist einfach verrückt«, bemerkte Arda, womit der Streit der beiden willensstarken Frauen begann. Cambara erklärte, daß diese Warlords Feiglinge und Dummköpfe seien und es daher nicht schwer sein könne, sie auszutricksen und aus dem Haus der Familie hinauszuschmeißen.

»Das ist geradezu selbstmörderisch«, wiederholte Arda.

Nach tage- und nächtelangen Wortgefechten gab Arda schließlich ihr Einverständnis zu Cambaras »unvernünftigem Vorhaben« unter dem Vorbehalt, daß sie Raxma einweihten, die hervorragende Kontakte nach Mogadischu hatte, und daß Cambara, bis alles vorbereitet war, entweder in Toronto warten oder dort unten vorübergehend bei Zaak wohnen sollte. Da Arda eine raffinierte Strategin war, der niemand das Wasser reichen konnte, machte sie sich heimlich daran, ein Sicherheitsnetz für ihre Tochter zu knüpfen, das sie beschützen und die Mutter über die verrückten Pläne ihrer Tochter auf dem laufenden halten sollte. Erst dann erklärte sich Arda bereit, »ihren Segen, was auch immer der nützen mag, zu einem Vorhaben zu geben, das so verkehrt ist wie eine Selbstmordankündigung«.

Ein gepanzertes Fahrzeug, das die unbefestigte Straße hinunterrast und direkt auf sie zukommt, schreckt Zaak auf. Er packt sie beim Arm und stößt sie vom Fußweg ins niedrige Gebüsch. Auf dem Gefährt befindet sich eine zusammengewürfelte Gruppe junger Männer, die bis an die vom Khat ruinierten Zähne bewaffnet sind. Cambara rafft sich wieder auf, klopft ihren Kaftan ab und hat kaum Zeit, hinter ihnen herzustarren, ehe das Fahrzeug in der Staubwolke, die es aufgewirbelt hat, verschwindet.

»Ist alles in Ordnung? Hast du dich verletzt?« fragt Zaak.

Cambara ist schon weitergegangen. Sie erkundigt sich: »Wissen die Warlords eigentlich selbst, warum sie weiterkämpfen?«

»Ich weiß nicht, was du meinst«, sagt Zaak.

»Geht es ihnen und ihren Clanmitgliedern wirtschaftlich besser als zu Beginn des Bürgerkriegs? Und ist ihre Stellung sicherer? Warum hören sie nicht auf, das zu zerstören, was sie sich unrechtmäßig angeeignet haben?«

Zaak nimmt sich Zeit, ehe er die Fragen beantwortet, aber als er es dann tut, spricht er wie jemand, der einen anderen zitiert.

Er sagt: »Die Warlords sind so vernünftig wie Glatzköpfe, die um den Besitz von Kämmen kämpfen, obwohl sie wissen, daß sie die nicht gebrauchen können.«

»Was sind das für Männer, diese Warlords?«

»Der letzte Abschaum.«

Cambara würde ihm gern ein paar Töne zu dem Wort »Schmutz« im Sprachgebrauch des Bürgerkriegs sagen. Sie erinnert sich mit Widerwillen an Zaaks »kreative« Unordnung und den regelrechten Dreck in seinem Lebensumfeld. Entsetzt stellt sie fest, daß seine Toleranzschwelle gestiegen ist, seit sie damals zusammenwohnten, daß er sich mit Toilettenböden abfindet, die naß sind von Wer-weiß-was, mit Badewannen, so schwarz, als seien sie mit Ruß vom Kaminfegen beschmiert, mit einer Küche, in der es vor Schaben und anderem Ungeziefer wimmelt, mit Bettwäsche, die so lange nicht gewechselt wurde, daß sie ganz braun ist. Vielleicht hat der Bürgerkrieg etwas damit zu tun, daß Zaak sich mit immer mehr Dingen abfindet. Vielleicht hat sie ihn wirklich nicht sehr gut gekannt, als sie ihm damals half, eine unbefristete Aufenthaltsgenehmigung für Kanada zu bekommen. Schon bei seiner Ankunft war Zaak nicht sehr reinlich gewesen, vor allem hatte er die peinliche Angewohnheit, den Toilettensitz zu bepinkeln, wodurch die Wohngemeinschaft mit ihm zum täglichen

Ärgernis wurde. Und statt das noch einmal zu ertragen oder sich damit abzufinden, wird sie sich eine andere Unterkunft suchen müssen.

Sie wird nie vergessen, wie schockiert sie bei ihrer Begegnung auf dem Flughafen war, als sie in seiner Mimik und auch in seinen Bemerkungen diesen Zynismus und diese Feindseligkeit entdeckte, während er ihre sechs Gepäckstücke zum Jeep brachte. Möglichst bald.

»Hast du ein ganzes Kaufhaus mitgebracht?« fragte er.

Sie ließ sich durch seine Bemerkung nicht provozieren und sagte nur: »Du kennst mich ja.«

»Ich weiß, wie Frauen sind«, sagte er tadelnd.

In einem Anflug von Verärgerung hätte sie ihn beinahe gebeten, sie in ein Hotel zu bringen – egal, was ihre Mutter dazu sagen würde. Sie hat genug Bargeld mitgebracht und kann sich ein Zimmer in einem der besten Hotels für die Dauer ihres Aufenthalts leisten, wie lang der auch sein mag. Aber auch das wird sie nur zu ihren eigenen Bedingungen tun; sie wird sich nicht zu hastigen Entscheidungen drängen lassen, die sie später bereuen würde. Er kennt ihre Ungeduld und weiß, wozu sie fähig ist, wie oft sie Anstoß nimmt am Verhalten der Männer und ihrem Zorn freien Lauf läßt, als sei dieser ein eigenes, von ihr unabhängiges Wesen.

Sobald sie bei ihm ankamen und er Cambara ihr Zimmer gezeigt und sie auf die Toilette und das Badezimmer nebenan hingewiesen hatte, die nur für sie bestimmt waren, wurde ihr gesamter Körper plötzlich schlaff, und unmittelbar darauf unterdrückte sie sichtbar ein Gähnen. Er bot ihr an, sie allein zu lassen, damit sie duschen und sich einrichten und, wenn es ihr gelänge, ihren Jetlag wegschlafen könne. Er erklärte, daß er dringend zu einem Treffen gehen müsse, bei dem es um einen Konflikt zwischen zwei sich bekämpfenden Milizen desselben Clans gehe, was allzu häufig vorkomme. Aber er würde zurückkommen und sie mitnehmen auf ihren ersten Ausflug zum Markt, um seine Tagesration an Khat zu kaufen. Dann hörte sie, wie er die Treppe hinunterging, wie eine Tür geöffnet und zugeschlagen wurde. Sie beschloß, ein wenig zu schlafen, ohne ein Nachthemd anzuziehen. Sie erinnert sich an die unablässigen Geräusche, die nahe genug waren, um sie auf den Gedanken zu bringen, daß er sich vor ihrem Zimmer herumdrückte – so nahe, daß sie sich einbildete, sein erregtes Atmen hören zu können.

Dann erinnert sie sich, daß er ziemlich dreist rief: »Aufwachen und raus aus den Federn!«, als sie – noch ganz schläfrig – glaubte, kaum fünf Minuten geschlafen zu haben.

Vielleicht hätte sie einfach weiterschlafen und sich den langen Marsch zum Markt ersparen sollen, den sie unternahmen, damit sich Zaak Stoff für seine Khat-Sucht besorgen konnte. Sie ist so erschöpft, daß sie kaum die Augen offenhalten kann, derart von angestauter Müdigkeit überwältigt, daß ihr Kopf so schwer ist wie eine nasse Matratze. Sie flucht leise auf quebec-französisch, weil sie weiß, daß er kein Wort davon versteht.

Plötzlich erfassen ihre Sinne die Aromen von traditionellen Gewürzen; sie steht auf dem Markt vor einem Gewürzstand, und eine Händlerin bietet ihr eine Auswahl zum Kauf an. Andere starke Gerüche verschiedener Minzarten bringen sie fast aus dem Gleichgewicht, so kräftig sind sie. Nicht weit von dem Fleck, auf dem sie wie angewurzelt steht, winkt eine andere Frau sie zu sich. Die zweite Marktfrau ermuntert Cambara, etwas von ihren ausgebreiteten eßbaren Pflanzen und Wurzeln zu kaufen.

»Ich habe kein Geld dabei«, entschuldigt sich Cambara bei der Frau, die ihr frische Zimtstangen, Kreuzkümmel, Ingwerwurzeln und Knoblauchzehen anbietet.

Die Frau ist sehr aufdringlich, doch Cambara ärgert sich mehr über sich selbst, weil sie kein Geld mitgenommen hat. Ein Dollar würde für jede dieser Frauen hier viel bedeuten. Als Cambara sich beschämt ein paar Schritte vom Stand entfernt, folgt ihr die Frau und sagt: »Nimm alles, was auf der Matte liegt, für einen Dollar. Das ist ein Sonderangebot.«

Wie hat diese Frau herausgefunden, daß Cambara nicht von hier ist – daß sie aus einem Dollar-Land kommt? Das ist erstaunlich.

Schließlich sagt die Frau: »Und wenn du heute kein Geld dabeihast, warum nimmst du das hier nicht mit und bringst das Geld morgen?«

Doch davon will Cambara nichts wissen; der Gedanke, jemandem Geld zu schulden, ist ihr zuwider, egal wie gering die Summe ist. Das sagt sie auch so klar und deutlich, wie sie kann, aber die Frau läßt nicht ab von ihr.

»Wie kann es sein, daß du gar kein Geld dabeihast?« fragt die Frau herausfordernd. »Sag mir, woher du kommst, damit ich es weiß. Bist du aus Amriika? Egland? Schwedan? Filland? Steck die Hand in deine Tasche und hol den Dollar raus. Bitte verschwende nicht meine Zeit.«

Cambara ertappt sich dabei, daß sie automatisch die Hand in ihre tiefe Tasche steckt, wie es die Frau befohlen hat, wo ihre Finger auf das Messer treffen. Sie zieht die leere Hand heraus und reibt sie an der anderen Hand. Sie sagt: »Heute habe ich kein Geld. Keinen Cent.«

»Ich nehme, was in dieser Tasche ist, für mein ganzes Warenangebot«, sagt die Frau.

Als Cambara wiederholt, sie habe kein Geld in der Tasche, zeigt der Blick der Frau ganz offen, daß sie ihr nicht glaubt, und die beiden Frauen starren sich an. Die Marktfrau sagt: »Nimm alle Gewürze und alles Gemüse für das Ding in deiner Tasche, aus der du eben die Hand gezogen hast.«

Cambara schaut sich nach Zaak um, ohne ihn zu entdecken. Merkwürdigerweise fühlt sie sich aber nicht im Stich gelassen oder bedroht. Es liegt daran, daß sie unter Frauen ist. Sie freut sich, so viele Frauen in farbenfrohen *Guntino*-Gewändern, der traditionellen Tracht, zu sehen und zu beobachten, wie sie mit den einheimischen Produkten handeln und dabei einen ganzen Marktbereich beherrschen. Viele von ihnen haben ihre beste Zeit schon hinter sich und scheinen sich nicht daran zu stören, daß man ihre Brüste sehen kann; auf Cambara wirken sie unkompliziert – so wie sie sich geben und wie sie miteinander umgehen.

Sie schüttelt die Gemüseverkäuferin ab und dringt immer tiefer in den Bereich des Marktes ein, der im Schlamm versinkt, wobei ein Teil ihres Bewußtseins hofft, Zaak aufzuspüren, während der andere schon überlegt, was sie machen sollte, wenn sie ihn nicht findet. Da sieht sie ein Kind neben einer älteren Frau, wahrscheinlich seiner Mutter, auf einer Strohmatte sitzen. Cambara wird von einem Bild heimgesucht und ist plötzlich tieftraurig, überwältigt von der Wucht, mit der sie wieder der Schmerz über ihren kürzlichen Verlust überfällt. Doch als sie das Geschlecht des Kindes ausmacht – es ist ein Mädchen –, entspannt sie sich ein wenig. Die Frau, die unaufdringlich neben dem Mädchen sitzt, hat Tomaten, einen Berg Zwiebeln und ein paar kümmerliche und fast vertrocknete Kartoffeln vor sich ausgebreitet.

Zaak ist wieder da. Er sagt: »Touché.«

Cambara beachtet ihn nicht. Sie starrt das Mädchen an, bis sie ihre unkindlichen, so erwachsenen Bewegungen bemerkt. Der Ausdruck der Kleinen erinnert sie an ihren Sohn Dalmar, den sie entsetzlich vermißt und den sie inzwischen in jedem Kind, gleich welchen Geschlechts oder Alters, zu sehen meint. Das ist noch nicht alles; das Mädchen hat nur ein Bein, ihr zweites ist durch ein hölzernes, grob aus gemasertem Holz geschnitztes ersetzt worden. Auch das Holzbein erinnert sie an Dalmar, der sich sehr für den Bau von Marionetten interessierte. Das reizende Lächeln der Kleinen, das sie kokett in ihre Richtung schickt, ein Lächeln, wie es eine erwachsene Frau einem Mann schenken könnte, läßt Cambara zurückdenken an Dalmars letzten Tag auf Erden, als er bei seinem Vater hinten ins Auto stieg und ihr zulächelte und zuwinkte. Ein so reizendes Lächeln bei einem Mädchen, das so klein ist und soviel erlebt hat. Sie lächelt mit der Unbekümmertheit eines Kindes, das in einem formbaren Alter großes Leid erfahren hat. Das Mädchen hält eine schlicht angezogene, aus einem Maiskolben gebastelte Puppe im Arm und wiegt sie sanft in den Schlaf.

Cambara schaut der Kleinen in die Augen, als spiegele sich darin der Kummer über ihren Verlust. Sie spürt, daß das Mädchen trotz alledem etwas Tröstliches hat, daß sie Kind und Mutter zugleich ist und über das schwere Los, so jung und leidgeprüft zu sein, spottet. Cambara beugt sich zu der Kleinen hinab und geht dann ganz dicht vor ihr in die Hocke.

»Wie lautet denn dein schöner Name, meine süße Kleine?« fragt Cambara.

Sie starrt in die großen dunklen Augen des Mädchens, wie sie in das unergründliche schwarze Loch blicken könnte, das ihr seit dem Tod ihres Sohnes vertraut ist.

Obwohl es mehrmals seinen Namen sagt, gelingt es Cambara nicht, die gutturalen Konsonanten des Mädchens und ihre stummen Vokale zu entwirren. Dann blickt sie von der Kleinen zu der Frau und dann auf das Chaos ringsum und wieder zurück auf das Mädchen, das ihrer Maiskolbenpuppe ein Wiegenlied vorsingt, in dem eine Mutter vorkommt, die vergewaltigt, ein Vater, der getötet, ein Onkel, dem sein Eigentum geraubt wurde, und eine Schwester, die spurlos verschwunden ist.

»Wie alt bist du, meine süße Kleine?«

»Das weiß ich nicht.«

Cambara bleibt in ihrer unbequemen Hockstellung, jeder Knochen knackt, jedes Gelenk tut weh, und ihre Oberschenkel brennen vor Schmerz. Sie weiß, daß Zaak in der Nähe ist und kettenrauchend das Bündel Khat auswickelt und sich die glänzenden, ledernen Blätter in den Mund steckt, auf denen er andächtig herumkaut wie eine Kuh. Seine Augen röten sich, und seine rechte Wange bläht sich mächtig auf wie bei einem Backenhörnchen.

Sie fragt Zaak: »Kannst du mir etwas Geld leihen?«

»Wieviel brauchst du?«

»Ein paar Dollar in Schilling-Münzen.«

Er sagt: »Einen ganzen Dollar habe ich nicht mehr.«

Der Magen dreht sich ihr um, als sie daran denkt, daß er Khat gekauft und dafür so viel Geld ausgegeben hat, daß mehrere Familien davon eine Woche leben könnten. Was für eine Geldverschwendung! Sie erträgt den Gedanken nicht, das Geld selbst aus seiner Hand zu empfangen, so angewidert ist sie.

Sie sagt: »Bitte gib ihnen das Geld.«

Mit beiden Händen nimmt sie die Plastiktüte entgegen, in die die Frau die Waren gestopft hat, für die Zaak bezahlt.

Sie machen sich auf den Rückweg. Cambara ist die ganze Zeit wütend auf sich, weil sie sich auf die Bedingung ihrer Mutter eingelassen hat, bei ihm zu wohnen. Unterwegs bleibt er immer wieder stehen, um saftige junge Triebe seines kostbaren Khats auszuwählen und sie gierig zu kauen.

Sie wendet voller Abscheu den Blick von ihm ab.

2

Verdrießlich bereitet sich Cambara im Bad oben auf eine kalte Dusche aus dem Eimer vor, ihre erste seit vielen Jahren. Schon bei dem Gedanken daran bekommt sie eine Gänsehaut. Während sie sich auf den ersten kalten Tropfen gefaßt macht, beißt sie die Zähne zusammen, schließt die Augen und steht in steifer Erwartung des von oben kommenden Wassers am ganzen Körper zitternd da. Sie denkt daran, das Vorhaben aufzugeben und sich ein Hotel mit fließend warmem Wasser und all dem modernen Komfort, an den sie gewöhnt ist, zu suchen. Doch wenn sie es sich genauer überlegt, will sie sich nicht so bald nach ihrer Ankunft schon geschlagen geben. Sie weiß, daß noch mehr bürgerkriegsbedingte Unannehmlichkeiten auf sie warten und daß es an der Zeit ist, sich dieser kleinen Herausforderung zu stellen.

Sie erinnert sich an ihr Gespräch mit Zaak und kann den Ausdruck auf seinem Gesicht nicht vergessen, als er ihr fast mit einem Anflug von Schadenfreude mitteilte, daß der Durchlauferhitzer im oberen Bad nicht mehr funktioniert, daß sie aber, wenn sie wolle, in seinem Bad unten warm duschen könne. Natürlich lehnte sie dieses Angebot ab, weil sie die in Nairobi vor Jahren gemachte Erfahrung nicht wiederholen wollte, als sie sich eine Wohnung teilten und er ihr heimlich nachstellte.

Sie fragt sich, ob das verächtliche Lächeln auf seinem Gesicht bedeutete, daß er nicht vergessen hatte, wie sehr sie kaltes Duschen verabscheut. Wie dem auch sei, sie hat ihm gedankt und gesagt, sie würde sich lieber gleich an die hier herrschenden Bedingungen gewöhnen, als das Unvermeidliche aufzuschieben, denn früher oder später würde sie mit ähnlichen und schlimmeren Situationen fertig werden müssen. Sie überlegt, wie sie einige Tage lang auf engstem Raum und in intimer Nähe mit ihm leben soll. Hält sie das aus, und wenn ja, wie lange? Werden sie sich auf die Nerven gehen?

Obwohl sie bezweifelt, daß Zaak unter irgendeinem Vorwand anklopfen oder hereinkommen wird, verriegelt sie die Badezimmertür von innen, nur um sicherzugehen. Sie öffnet das Fenster weit, um die Meeresbrise des frühen Abends hereinzulassen, die auf ihre eigene Weise Cambaras Entschlossenheit, sich der kalten Dusche auszusetzen, schwächt. Ihr Brustkorb hebt und senkt sich, als sie die Lungen mit Seeluft füllt und nostalgische Erinnerungen an die salzgeschwängerte feuchte Luft der Stadt einatmet. Der Windstoß, der sie umweht, stärkt ihr Erinnerungsvermögen, und ehe sie es sich versieht, ist sie wieder elf oder zwölf und entblößt in Zaaks Gegenwart schelmisch ihre knospenden Brüste, fordert ihn heraus, sie anzufassen. Weil er sich nicht traute, nannte sie ihn einen Feigling. Nackt steht sie jetzt in Flipflops da, die rechte Hand locker auf der Hüfte, und bewundert ihre Taille, die für eine Frau ihres Alters zu schmal ist, besonders für eine, die ein Kind geboren hat. Cambara fragt sich, in welchem Maße Zaaks Lebensauffassung von den Schrecken des Bürgerkriegs beeinflußt wurde und was das unter Umständen zu bedeuten hatte.

Als fordere sie zunächst ihr rechtes Profil und dann das linke auf, nacheinander ihre kecken Geheimnisse zu offenbaren, stellt sie sich ein wenig links vom Spiegel und dann rechts von ihm auf. Sie lauscht einem tropfenden Wasserhahn, einer WC-Spülung, einem Fenster, das sich wacklig und kreischend in den rostigen Angeln bewegt. Dann, als sie es am wenigsten erwartet, hört sie ganz deutlich einen Vogel, der voll Trauer nach seinem Gefährten ruft. Mit erneuter Beklemmung betrachtet sie das Gesicht, das sie lange aus der Tiefe des Spiegels anblickt. Sie führt ihre Unfähigkeit, sich zu beruhigen, darauf zurück, daß auch sie trauert, wie der Vogel.

Die Augen treten ihr von so vielen ungeweinten Tränen fast aus dem Kopf, und sie spürt, wie plötzlich das heiße Blut in ihr aufsteigt, so daß sie fast geblendet wird, doch sie fängt sich noch rechtzeitig, bevor sie das Gleichgewicht verliert und ohnmächtig auf den nassen Boden fällt. Sie steht kerzengerade da und atmet tief, kräftiger und schneller, bis sie sicher ist, daß die Welt nicht unter ihren Füßen weggleitet. Nun ist sie wieder ruhig und wird wohl nicht so leicht umfallen; sie saugt noch mehr Seeluft in ihre Lungen, und als sie glaubt, daß sie genug hat, nimmt sie wieder ihre normale Haltung ein. Zunächst bückt sie sich langsam, dann nimmt sie den Schöpfer und taucht ihn in den Eimer, der bis zum Rand mit Wasser gefüllt ist. Damit er ihr nicht entgleitet, umklammert sie ihn, als packe sie etwas, das unverzichtbar für ihre Person ist, das zu ihr gehört. Sie hebt den Schöpfer in die Höhe – bereit, sich das Wasser über den Kopf zu gießen. Ehe jedoch ein Tröpfchen irgendeinen Teil ihres Körpers erreicht hat, erscheint ein erwartungsvoller, gespannter Ausdruck auf ihrem Gesicht – und dann Achtung, fertig, los! Der erste Tropfen ist unerträglich und überzieht den ganzen Körper mit Gänsehaut; der zweite Tropfen ist etwas weniger unerträglich. Als sie mehrere Schöpflöffel über ihrem Kopf entleert hat, meint sie sich an die unbarmherzige Temperatur gewöhnt zu haben, und die Gänsehaut ist verschwunden. Deshalb gratuliert sie sich zu einem kleinen Erfolg, dem ersten seit ihrer Ankunft.

Nachdem sie sich abgetrocknet hat, geht sie in ihr Zimmer zurück, verriegelt es von innen und überlegt sich, was sie anziehen soll – ein dezentes Kleid, in keiner Weise aufreizend, damit Zaak sich nicht nachträglich wünscht, daß sie ein Liebespaar gewesen wären. Dann kehrt sie in Gedanken zu einer Szene zurück, die sich dauerhaft in ihr Gedächtnis gegraben hat. Sie geht mit ihrer Mutter in einem Vorort von Ottawa nachmittags im Park spazieren. Dorthin waren ihre Eltern gezogen, schon lange bevor Somalia zusammenbrach und in eine staatslose Anarchie verfiel. Und dort wurden ihrem Vater, einem Diabetiker, innerhalb eines halben Jahres beide Beine amputiert, woraufhin er beinahe zwei Jahre lang ans Bett gefesselt war. Damals hatte sich Cambaras Karriere in ihrem Traumberuf als Schauspielerin nicht so entwickelt, wie sie es sich erhofft hatte. Sie bekam nur winzige Nebenrollen, nichts Größeres, und ihr Name wurde nicht einmal erwähnt. Sie hatte sich keine Rolle geangelt, die sie über Nacht bekannt gemacht haben könnte. Keiner zeigte die Werbefilme, in denen sie mitgespielt hatte, obwohl es Auftragsarbeiten gewesen waren, und keiner ihrer anderen kürzeren Filme wurde jemals zur Hauptsendezeit gezeigt. Ja, zu Beginn des Monats war sie nicht einmal zum Vorsprechen eingeladen worden, obwohl ihr die Rolle, so hatte ihr Agent sie glauben lassen, auf den Leib geschrieben worden war: Eine junge, ehrgeizige Somali, die sich wegen der Beschneidung ihrer siebenjährigen Tochter mit ihren Schwiegereltern überworfen hat. Es war also nicht verwunderlich, daß Cambara niedergeschlagen war.

»Wie schade, daß mein größter Fan mir keine Rolle anbieten kann«, pflegte Cambara ironisch zu ihrer Mutter und zu Freunden zu sagen. Arda glaubte so enthusiastisch an die Begabung ihrer Tochter, daß sie sich gern damit brüstete und sie über den grünen Klee lobte. Sie nannte Cambara eine Schauspielerin, die eines Tages die Welt überraschen werde, wenn man ihr nur die Gelegenheit dazu gebe. Wenn Verwandte oder Freunde der Familie darauf hinwiesen, daß Cambara nicht mehr die Jüngste war und bisher weder den Durchbruch als Schauspielerin geschafft noch geheiratet und ihr ein Enkelkind geschenkt hatte, erwiderte Arda, der Beruf komme für ihre Tochter an erster Stelle und sei ihr wichtiger als Heiraten und Kinderkriegen. Sie fügte noch hinzu, Cambara werde sich erst mit Eheangelegenheiten befassen, wenn sie sich eine Rolle gesichert habe, auf die zu warten sich gelohnt habe. In der Zwischenzeit arbeitete Cambara als Visagistin für einen Laden, der sich »The Studio« nannte. Sie war sehr beliebt bei den Leuten vom Theater und bei Somalis, die sie engagierten, um die Braut am Vorabend ihrer Hochzeit auf das große Ereignis vorzubereiten.

Fairerweise muß gesagt werden, daß Cambara realistischer war, als Arda sie darstellte. Manchmal störten sie die übertriebenen Lobeshymnen ihrer Mutter, die beinahe jeden Morgen mit dem belebenden Glauben aufwachte, daß Cambara eines Tages Karriere machen werde, daß sie ein Lächeln auf jedes Gesicht zaubern und sie selbst stolz und glücklich machen werde. Arda träumte davon, ihrer Tochter zum Durchbruch zu verhelfen. Seit ihre Eltern nach Kanada umgesiedelt waren, noch ehe die Kämpfe in Mogadischu begonnen hatten, die die Macht aus dem eisernen Griff des Diktators rissen, spielte Cambara eine zentrale Rolle in ihrem Leben. Sie rief häufig an und besuchte sie, sooft sie konnte. Als ihr Vater krank wurde, verbrachte Cambara pflichtschuldig ihre Wochenenden oder Ferien bei ihm. Und als der alte Mann dann das Bett hüten und rund um die Uhr gepflegt werden mußte – ihre Mutter engagierte dafür eine ältere Filipina –, half Cambara aus, so gut sie konnte. Der Tod ihres Vaters brachte Mutter und Tochter noch näher zusammen; die beiden Frauen genossen ihre langen Gespräche, machten sich gegenseitig Komplimente, wobei die eine ihre Rolle als Fan spielte und die andere sich in aller Bescheidenheit weigerte, das Lob aufzuschlecken wie ein ausgehungertes Kätzchen die Milch aus einer Untertasse. Doch nur selten gestattete sich eine der beiden, auf ganz persönliche Angelegenheiten zu sprechen zu kommen: Heirat oder Kinder. Diskret sagte Arda immer wieder, daß sie in Herzensangelegenheiten darauf vertraue, Cambara werde schließlich die richtige Wahl treffen.

Ein halbes Jahr nach dem Tod des Vaters lud Arda sie eines Tages ein unter dem Vorwand, sie habe möglicherweise ein Elixier für die beruflichen Probleme der Tochter gefunden. Cambara fuhr ihrer Mutter zuliebe nach Ottawa und nahm an, daß die Einladung wohl etwas mit den in Mogadischu und im restlichen Land tobenden Kämpfen zu tun habe. Wenn sie überhaupt eine Vermutung hatte, dann die, daß ein Verwandter in Schwierigkeiten steckte und Unterstützung brauchte. Oder vielleicht wollte die kanadische Regierung ein Komitee ins Leben rufen, das den Politikern bei der Bewältigung der somalischen Krise helfen sollte, und irgend jemand hatte Cambara als Mitglied der Expertenrunde vorgeschlagen. Was es auch war, jedenfalls hatte ihre Mutter recht zufrieden gewirkt, obwohl sie nichts Näheres sagen wollte. Die Tochter bezweifelte, daß ihr Besuch eine Auswirkung auf ihre Karriere haben oder mit der Entdeckung eines Allheilmittels durch ihre Mutter enden würde, aber da Ardas Einmischungen in der Regel von Erfolg gekrönt waren, dachte sich Cambara: »Es schadet ja nicht« und fuhr nach Ottawa, um sich die Sache erklären zu lassen.

Nach einem heißen Bad und einem köstlichen Essen, das mit mütterlicher Sorgfalt und Liebe zubereitet und serviert worden war, kamen sie schließlich dazu, ernsthaft miteinander zu reden. Arda ebnete den Weg mit einer langen Einleitung, und Cambara hörte mit gebührender Geduld und töchterlichem Respekt zu, während ihre Mutter ihr Garn spann. Alles verlief positiv, bis Cambara schließlich erkannte, worauf der Plan ihrer Mutter hinauslief, und ihre Aufmerksamkeit stärker den Einzelheiten zuwandte. Übelkeit wallte in ihr auf und hinterließ am Ende ein Gefühl mutloser Lethargie. Kurz gefaßt schlug Arda eine Aktion vor, die Cambaras Privatleben drastisch beeinflussen würde und ihrer Vorstellung davon gänzlich zuwiderlief.

Cambara war verstört. Der von der Mutter entwickelte Plan war ihrer Meinung nach nicht nur undurchführbar, sondern verletzte auch eine langjährige Übereinkunft zwischen ihnen, die während Cambaras Teenagerzeit ausgehandelt worden war, daß nämlich Vater oder Mutter zu keiner Zeit und unter keinen Umständen jemals eine sie betreffende Entscheidung fällen würden, ohne die Sache zuerst mit ihr zu besprechen und zu klären. Da Cambara eifrig darauf bedacht war, ihre Selbständigkeit zu bewahren, hütete sie ihre Privatsphäre und gestattete es niemandem, weder ihrer Familie noch anderen Personen, ohne ihre Einwilligung diese Schwelle zu überschreiten. Was sie maßlos aufregte, war der Umstand, daß sie ihre Mutter oft gesehen und mit ihr gesprochen hatte, besonders nach dem Tod des Vaters, und sie war entsetzt, daß die alte Frau eine so absurde Idee hegen konnte, ohne Cambaras Gefühle zu berücksichtigen. Damit drang sie in sensible Bereiche vor, von denen sie wohl wußte, daß sie dort nichts zu suchen hatte. Was nur hatte Arda veranlaßt, sich in ihr Leben einzumischen und ihre bewährte Rücksichtnahme fallenzulassen? Doch genau das hatte sie getan. Cambara begriff nicht, warum sich ihre Mutter so untypisch verhielt. Was diese nun vorschlug, hatte zudem überhaupt nichts mit dem Wundermittel für ihren beruflichen Erfolg zu tun, unter dessen Vorwand sie die Tochter vor einigen Tagen zu sich eingeladen hatte.

Das Gefühl der Mattigkeit, das momentan ihren ganzen Körper erfaßte, weckte in ihr den Wunsch, sich auf der ersten verfügbaren Bank im Park, wo sie spazierengingen, niederzulassen. Der Ausdruck ihres Gesichts konnte zu der Annahme verleiten, daß ihr jemand ein Ätherfläschchen unter die Nase gehalten hatte – sie war völlig benommen, und der kalte Schweiß brach ihr aus allen Poren. Es wurmte Cambara, daß sie, die immer außerordentlich stolz darauf gewesen war, die Gedanken ihrer Mutter, wie sie behauptete, so leicht lesen zu können, wie eine Wahrsagerin die speziellen Wünsche einer verzweifelten Kundin liest, nun widerlegt wurde. Es war offenkundig, daß sich diesmal keine von beiden durchsetzen konnte; beide würden also ihre Ansichten überprüfen müssen, was sie genauso beunruhigend fand. Und als sich Arda kurz darauf nicht weit von ihr niederließ, drang aus Cambaras Brustkorb ein Laut zwischen Kichern und Schluchzen.

Ermutigt faßte Arda das als Zeichen auf, fortzufahren. Sie sagte: »Kurz gesagt, möchte ich gern, daß mein Neffe Zaak legal zu uns hier nach Kanada kommt.«

Cambara war wachsam genug, um den Haken an der Sache zu entdecken. Sie spürte den Pferdefuß, der in dem Schlüsselwort »legal« verborgen war.

Ironischerweise kamen überall auf der Welt ganze Schiffe oder Flugzeuge voller Somalis illegal in großen Häfen oder Flughäfen an, auch in Toronto. Fast alle erklärten sich für staatenlos und keiner schickte einen von ihnen zurück, jedenfalls nicht in Kanada. Doch Arda wollte nicht, daß ihr Neffe, nachdem er den Kämpfen in Mogadischu entkommen war, wie Zehntausende anderer Somalis als Flüchtling in Nairobi an Bord eines Flugzeugs ging. Weil sie Arda war, beabsichtigte sie, einen roten Teppich für ihn auszurollen. Er sollte Nairobi mit einem Flug Richtung Toronto verlassen, nicht als Flüchtling, sondern legal als Ehemann. Ihr Beschützerinstinkt ihm gegenüber wollte unbedingt verhindern, daß er von den kenianischen Einwanderungsbeamten schikaniert wurde. Diese hatten nämlich die Angewohnheit, von Somalis, die nach Europa oder Nordamerika auswandern wollten, unverschämt hohe Bestechungsgelder zu verlangen. Sie wollte nicht, daß Zaak unterwegs zwischen Afrika und Kanada irgendwo festgenommen und nach Nairobi zurückgeschickt würde. Diese schon an sich schreckliche Situation noch verschlimmernd, wiederholte Arda alles lang und breit zum dritten oder vierten Male, als sei sie, Cambara, schwer von Begriff: Sie würde im Zusammenhang mit ihrer Arbeit nach Kenia fliegen, sich dort mit Zaak treffen, der auf eine Bürgschaft für ein Drittland wartete, und ihn als ihren Ehemann mit nach Kanada bringen.

Ohne Ardas – wie sie meinte – verrückten Plan einer Reaktion zu würdigen, starrte Cambara ihre Mutter an, als versuchte sie herauszufinden, was diese damit gemeint hatte, als sie von einem Flug nach Nairobi »im Zusammenhang mit ihrer Arbeit« gesprochen hatte. An was für eine »Arbeit« hatte sie denn gedacht? Aber Cambara wollte sich zuerst mit dem beschäftigen, was sie am meisten störte.

Sie sagte: »Warum sollte ich die Frau eines Mannes werden wollen, an den ich nie auf diese Weise gedacht und den ich seit Jahren nicht gesehen habe?«

»Du würdest mir damit einen großen Gefallen tun.«

Cambara hatte lange geschwiegen und über die Tragweite der Worte ihrer Mutter nachgedacht. Nun wandte sie sich Arda zu und bemerkte einen Hauch Parfüm an ihr – es war das Parfüm *uunsi*, das somalische Frauen traditionell verwenden, wenn sie ihre heimkehrenden Männer nach langer Abwesenheit begrüßen.

Sie sagte: »Mutter, du bist unmöglich.«

»Du wirst nur auf dem Papier seine Frau sein.«

»Was sollen da die Leute von mir denken?«

»Du könntest doch seine Frau spielen, als wäre es eine Rolle, oder?« sagte Arda.

»Ich möchte keine Rolle als Zaaks Frau spielen.«

»In dem Laientheater, in dem du mitgemacht hast«, sagte Arda, »habe ich dich als einfache Arbeiterin gesehen, ich habe dich in der Rolle einer Ehefrau gesehen, obwohl er nicht dein wirklicher

Ehemann war. Warum kannst du nicht so tun, als wärst du Zaaks Frau? So tun als ob. Wolltest du nicht immer Schauspielerin werden?«

Wenn ihr Cambara damals gesehen hättet, hättet ihr vielleicht gedacht, sie ist nach außen hin stark, aber innerlich schwach. Konnte es sein, daß Arda schließlich ihren Willen brach? War sie drauf und dran, jeden Widerstand aufzugeben? Zugegeben, sie hatte die Gelegenheit verpaßt, ihre Mutter in die Schranken zu weisen; vielleicht war es mittlerweile zu spät, um sie abzuwehren.

»Betrachte es als Gefallen, den du mir tust, wie ich schon sagte.«

»Es wäre mir lieber, wenn du mich nicht darum bitten würdest.«

»Es gibt keine andere, die ich bitten könnte.«

»Das ist nicht fair.«

»Betrachten wir es doch als eine Herausforderung für dich.«

»Es sieht dir gar nicht ähnlich, daß du mir das antust.«

»Es ist eine Herausforderung für eine Schauspielerin: Eine nur auf dem Papier verheiratete Frau. Denk nach.«

Da sie einander viel bedeuteten und das Wort »nein« selten über ihre Lippen kam, wenn eine die andere um einen Gefallen bat, verließ sich Arda auf die Kunst der Überredung und überwand die Ablehnung ihrer Tochter nicht mit mütterlicher Autorität, sondern mit Bitten. Tu mir einen Gefallen, ich bitte dich, meine Tochter! Allmählich nistete sich Kummer unvergleichlicher Art bei Cambara ein und wurde zum Mieter mit vollen Rechten. Sie fühlte sich so leblos wie eine Marionette ohne Drähte und mit gebrochenen Gliedern. Trotzdem bezweifelte sie, daß die Rolle als Zaaks Frau – nur gespielt und nur auf dem Papier, wie ihre Mutter es ausdrückte – eine Herausforderung für ihre schauspielerischen Fähigkeiten bedeuten oder sie verbessern würde. Sie kannte sich gut genug, um zu wissen, daß sie die Herausforderung wohl annehmen könnte, wenn auch nur mit dem Ziel, sich am Ende in ihrem Triumph zu sonnen. Sie wünschte sich, sie hätte selbst die Idee gehabt, dann hätte sie die Regeln der Beziehung bestimmen und aussteigen können, wenn sie nicht mehr mit dem Herzen dabei war. Wenn sie selbst auf die Idee gekommen wäre, dann hätte sie über ihre Kreativität begeistert sein können. Wie die Dinge jetzt lagen, würde sie darüber nachdenken müssen, was Arda dazu sagen könnte, ehe sie die Beziehung instinktiv beendete. Zaak war die Mühe nicht wert, die ihre Mutter auf ihn verschwendete.

»Ich wiederhole: Du brauchst ihn nicht zu heiraten.«

Cambara lächelte müde, erschöpft vom Versuch, den Sturm zu überstehen, der ihre Mutter war. Mit dem Kopf zwischen den Händen sagte sie: »Erkläre mir alles. Sage mir, was du dir ausgedacht hast, dieses Allheilmittel.«

Wie Arda es erklärte, war alles ganz leicht. Sie sollte im Auftrag von CBS nach Nairobi reisen, um die somalischen Flüchtlinge bei ihrer Ankunft zu interviewen, und mit einer dortigen Filmcrew zusammenarbeiten, um sie zu filmen. Während ihres Aufenthaltes dort sollte sie einen Berater beim kanadischen Hochkommissariat aufsuchen, der die Bearbeitung von Zaaks Antrag erleichtern würde, so daß er nach einem halben Jahr zu ihnen nach Toronto kommen könne.

Cambara sagte: »Alles ist geregelt?«

»Alles.«

Cambara sagte: »Trotzdem verstehe ich nicht, warum ich ihm nicht mit der Unterstützung dieser Person, die ich aufsuchen soll, ein Visum besorgen kann? Warum kannst du nicht für ihn bürgen und dafür sorgen, daß ihm ein Visum ausgestellt wird? Warum muß ich ihn heiraten?«

Arda sagte: »Das Dumme ist, daß die meisten Visa, die dort ausgestellt werden, befristet sind, mein Schatz. Auf drei Monate, ein halbes Jahr oder höchstens zwei Jahre. Hinzu kommt das Problem, daß man außerhalb Kanadas ausgestellte Visa nicht hier erneuern kann. Der Antragsteller muß ausreisen und die Einreise erneut beantragen.«

»Verflucht sei der Tag, an dem du seine Tante wurdest.«

»Meine Liebe«, sagte Arda und hielt die Hand ihrer Tochter, »ich weiß aus gutinformierten Kreisen, daß Somalis, die nach Kanada kommen wollen, es sehr schwer haben werden, in Nairobi

Visa zu bekommen, befristet oder unbefristet. Ich habe gute Freunde in den zuständigen Abteilungen, einige davon sind meine Nachbarn hier in Ottawa.«

»Und Heiraten ist die beste Möglichkeit?«

»Zwei meiner Nachbarn sind auf den Fall angesetzt, wie wir sagen, einer davon hat den Auftrag von CBS besorgt, der andere hat sich mit dem kanadischen Hochkommissar in Kenia, der zufällig dieselbe Privatschule in Montreal wie er besucht hat, in Verbindung gesetzt, um abzusichern, daß deine und Zaaks Papiere schnell auf den richtigen Schreibtisch gelangen.«

»Du hast alles bedacht, wie? Warum kommt er nicht einfach am Flughafen an? Als Somali wird ihm, sobald er kanadischen Boden betritt, sofort Flüchtlingsstatus gewährt. Warum kann er nicht auf die gleiche Weise wie alle anderen kommen? Es handelt sich bei ihm ja nicht um Falschgeld oder Schmuggelware.«

Nach einer Pause sagt Arda: »Mir, deiner Mutter, zuliebe.«

»Wo steckt übrigens der verfluchte Kerl?«

»Während wir hier sprechen, hat Zaak eine Wohnung im Zentrum von Nairobi, die ich mit Hilfe eines in Nairobi ansässigen Immobilienmaklers besorgt und mit meiner Kreditkarte bezahlt habe. Als seine Frau wirst du dort mit ihm wohnen.«

Der sich verfinsternde Ottawa-Himmel ließ Cambara innehalten und ihn anstarren, als fordere sie ihn heraus, Regen herabzuschicken. Sie wußte, wenn ihre Mutter sich entschieden und einen Plan in allen Einzelheiten ausgearbeitet hatte, dann war die Wahrscheinlichkeit, daß sie Abstand davon nahm oder etwas an ihm auszusetzen hatte, minimal.

»Weißt du was, Mami?«

»Was?«

»Du würdest das nicht machen, wenn Papa noch leben würde.«

»Darüber wollen wir nicht reden.«

»Nicht wahr?«

»Ich würde einen Weg finden«, sagte Arda.

»Da bin ich gar nicht so sicher«, sagte Cambara.

In der darauffolgenden Stille beschäftigte sich Arda damit, gewissenhaft Schmutz unter ihren Fingernägeln zu entfernen. Cambara mußte dabei an eine Affenmutter denken, die ihrem Baby Läuse vom Kopf liest, die sie dann zerbeißt und kaut.

Cambara fragte: »Hast du auch schon bedacht, Mami, welche Regelung Zaak und ich für das Schlafzimmer finden sollen, zunächst in Nairobi und dann hier, falls er mit mir einreisen darf?«

»Ja, das habe ich in der Tat«, erwiderte Arda.

»Natürlich. Weiter. Erzähl mir mehr.«

Arda sagte: »Die Phantasie der meisten Somalis gerät außer Rand und Band, sobald sie sich eine Situation vorstellen, in der Mann und Frau einen intimen Raum teilen, ohne Anstandsperson. Sie vermuten, daß sie es miteinander treiben.«

»Und du glaubst, wir nicht?«

»Ich bin sicher, daß du weißt, was du willst.«

»Was soll das heißen?«

»Ich vertraue auf deine Urteilskraft.«

Gerede von der Phantasie der Somalis, die bei sexuellen Angelegenheiten mit ihnen durchgeht, wie das in allen prüden Gesellschaften der Fall ist. Ganz konkret: Könnte sie, Cambara, ein Schlafzimmer mit einem Mann teilen, der vielleicht über sie herfällt, wenn sie sich frisch geduscht und mit ihrer duftenden Nachtcreme versehen auf ihre Seite des Bettes legt, um zu lesen? Kann sie in solch körperlicher Nähe zu ihm schlafen? Wird er ihre Wünsche respektieren, oder wird er sie bedrängen, bis sie die Geduld verliert und ihn an seine Verpflichtung erinnert: »Nur zu deinem Besten!« In Versuchung geführt, wird sie den ersten Schritt tun? Und sein Mundgeruch? Wie soll sie den ertragen?

Kurz vor Einbruch der Dunkelheit kehrten Mutter und Tochter von ihrem langen Spaziergang und Gespräch zurück, die eine zufrieden, die andere erschöpft, erhitzt, beunruhigt und das Geschehen um sie herum nur halb wahrnehmend, unruhig wie ein Kind, das schlecht schläft.

Zwischen dem Duschen und einem gemeinsamen Abendbrot reichte Arda der Tochter einen Umschlag, den Cambara öffnete und darin ein undatiertes Hin- und Rückflugticket nach Nairobi vorfand, dazu einige tausend US-Dollar, in kleinen und großen Scheinen, eine für ein Jahr gültige und erneuerbare Versicherung für zwei Personen, von denen eine einfach als »Partner« angegeben war.

»Gibt es einen Termin, wann ich fliegen muß?«

Arda antwortete: »Wir warten noch auf den Brief von der verantwortlichen Redakteurin beim CBS. Sie hat meinem Nachbarn versichert, sie habe ihn abgeschickt. Inzwischen habe ich deinen Hinflug gebucht, Fensterplatz auf der ganzen Strecke. Das Datum deines Rückfluges kannst du selbst bestimmen.«

»Wie reizend von dir!«

»Du wirst das vor Ort besser einschätzen können.«

»Was noch?«

»Verdammt. Das habe ich ja ganz vergessen.«

»Was?«

Arda holte einen Umschlag, der auf der Anrichte lag, und gab ihn Cambara. »Die Impfbescheinigung für Gelbfieber und Cholera.«

»Aber ich habe mich gar nicht impfen lassen.«

»Das ist alles geregelt.«

»Wie hast du das hingekriegt?«

»Ich weiß doch, wie ungern du dich impfen läßt.«

»Hast du jemanden bestochen?«

»Es gibt Mittel und Wege, solche Probleme zu umgehen.«

»Du hast nichts dem Zufall überlassen, wie?«

Wie vereinbart flog Cambara nach Nairobi. Am Flughafen nahm sie ein Taxi und fuhr direkt zur Wohnung, die sie mit Zaak teilen sollte. Es ärgerte sie, daß sie erschöpft von der langen Reise dort ankam, weil ihr unaufhörlich redender Sitznachbar sie kaum hatte schlafen lassen. Als sie vor Zaaks Tür stand, schlief er so tief, daß sie und zwei Sicherheitsleute von der Wohnanlage beinahe eine halbe Stunde brauchten, um ihn zu wecken. Gereizt interpretierte sie das als ein Zeichen, daß er auf ihre Ankunft nicht vorbereitet war. Ihre Gereiztheit verhieß nichts Gutes, das wußte sie.

Eine Stunde später hatte sie geduscht und traf mit ihm in der kleinen Küche zusammen. Sofort bemerkte sie die verräterische Deformierung von Körper und Seele, von der sie später noch mehr zu sehen bekommen würde, wenn sie mit weiteren Somalis zusammentraf, die gerade aus Mogadischu gekommen waren: ein aus der Trostlosigkeit geborenes Trauma. Sie konnte nicht genau sagen, warum sie sich in seiner Gesellschaft unwohl fühlte; vielleicht weil sie spürte, daß er schädliche Schwingungen in ihre Richtung sandte, möglicherweise ohne es zu merken. Sie hielt sich zurück und mochte nicht näher an ihn heranrücken, aus Angst, daß er aus dem Kampfgeschehen, vor dem er geflohen war, irgendeine ansteckende Krankheit mitgebracht haben könnte. Um die Wohnung für sich zu haben, schickte sie ihn zum nächsten Supermarkt, mit dem nötigen Geld, um ein paar Lebensmittel zu kaufen, darunter Kaffee, Tee und frische Milch. Dann schlief sie ein paar Stunden. Als sie aufwachte, hörte sie jemanden somalisch sprechen und erkannte sofort, daß es die somalische Nachrichtensendung der BBC am frühen Abend war.

An ihrem ersten gemeinsamen Abend aßen sie in einem indischen Restaurant zwei Häuser weiter, sich des Risikos, das sie eingingen, vollständig bewußt. Bei den Versuchen der beiden, sich besser kennenzulernen oder sich wenigstens zu unterhalten, kam nichts Positives heraus: Sie benahmen sich, als wären sie Eheleute, die unter einer kürzlich eingetretenen Entfremdung litten und keine Ahnung hatten, wie sie die gegenseitige Feindseligkeit überwinden könnten. Sie kam dann an einen Punkt, wo sie entschied, daß es nichts brachte, wenn sie sich in einem Restaurant gegenübersaßen und anschwiegen, und obendrein war sie sehr müde. Sie ließ sich die Rechnung bringen, zahlte, dann gingen sie. Als sie in der Wohnung ankamen, wünschte sie ihm eine gute Nacht und zog sich umgehend in ihr Zimmer zurück.

Vom nächsten Morgen an verdrängte sie alle anderen Sorgen, entschlossen, sich ganz ihrer Arbeit zu widmen. Sie stand früh und voller Energie auf und machte sich bereit, die Koordinatorin der kenianischen Filmcrew zu treffen, eine junge Frau mit Doppelrolle als Kamerafrau und Fahrerin, die ihr gesagt hatte, sie solle auf sie und ihre somalisch sprechende Kollegin, die für die Interviews verantwortlich war, am Haupteingang warten.

Eine halbe Stunde später war Cambara am Haupteingang, diskret gekleidet, erpicht darauf, loszulegen. Ihre Notizen hatte sie in Mappen in einer alten Ledertasche statt in einem auffälligen Diplomatenkoffer bei sich. Sie stellte sich den beiden Frauen in dem zerbeulten Toyota vor. Verglichen mit der jüngeren Frau am Lenkrad – die nach ihrem Namen, Ngai, zu schließen, eine Kikuyu war und lebhafter wirkte – war die somalisch sprechende Frau auf dem Rücksitz massig und breit wie ein Schrank. Sie redete zuerst und sprach Cambara in stockendem Somalisch an, das sich anhörte, als hätte sie die Sprache in Abendkursen für Erwachsene gelernt, da sie die vielen Gutturale des Somalischen nicht geschmeidig über die Lippen brachte. Neben ihr befanden sich die Ausrüstung einer Kamerafrau, einschließlich eines Camcorders und anderer Geräte. Für Cambara war es schwer zu erkennen, woher sie stammte. Die mächtige Frau hatte sonst nichts bei sich als eine kitschige Handtasche, pinkfarben wie ihr Kostüm und ihre Schuhe, auch aus Kunstleder. Als Cambara sie in ganzer Breite auf dem Rücksitz sah, wußte sie gleich, daß sie sich auf ihre Unterstützung nicht allzusehr verlassen würde.

Ngai war eine quicklebendige, schlanke, sehr freundliche und gesprächige Frau Mitte zwanzig, in Jeans und T-Shirt, mit einer Hühnerbrust, frisch rasiertem Schädel und Augen, so groß wie UFOs, die in der Morgendämmerung über einem Berg auftauchen. Sie war unkompliziert und voller Leben, und sie und Cambara verstanden sich auf Anhieb gut und bedachten sich gegenseitig mit Komplimenten. Doch sie war eine miserable Chauffeurin, die nicht einsehbare Kurven recht waghalsig anging und oft zu schnell fuhr, wo es nicht geraten war. Sie plapperte die ganze Zeit und ließ sich meist über die Somalis aus, die ihrer Meinung nach überall waren, besonders im Stadtzentrum, und offenbar viel Geld hatten. Cambara fand ganz offensichtlich sofort Gefallen an ihr.

»Ich habe schon meiner Landsmännin auf der Rückbank gesagt, daß ich allmählich glaube, Somalia ist vielleicht reicher als unser Land Kenia«, sagte Ngai, als sie ein paar Minuten gefahren waren.

»Warum glaubst du das?«

»Alle Fünf-Sterne-Hotels sind auf Monate hinaus ausgebucht, es gibt keine freien Betten«, sagte die Dünne. »Wir haben immer gedacht, dein Land ist viel ärmer als Kenia, irgendwie Wüste. Ihr habt doch kein Erdöl, oder? Wie Libyen oder Saudi-Arabien?«

Cambara mußte sich schockiert eingestehen, daß Afrikaner wirklich wenig über ihre jeweiligen Nachbarländer wußten, eine Folge ihres vorurteilsbehafteten kolonialen Erbes. Was wußte sie selbst denn über Kenia oder die Nachbarländer? Nicht soviel wie über Europa oder Nordamerika. Weil sie daran interessiert war, eine gute Arbeitsbeziehung zu schaffen, erklärte sie die Klassenzugehörigkeit der Somalis, die per Flugzeug nach Nairobi kamen und sich in Fünf-Sterne-Hotels einquartierten, und die derer, die in Dhauen und überfüllten Booten in Mombasa ankamen und, weil sie arm waren, als staatenlos und daher als Flüchtlinge behandelt wurden. Sie erklärte die Position dieser zwei Gruppen von Somalis vor dem Hintergrund des Bürgerkriegs. »Wir werden mehr über sie erfahren, wenn wir mit vielen von ihnen Gespräche führen«, versprach Cambara.

Dann begann ihre Interviewserie, und sie arbeitete an manchen Tagen von früh bis spät und sah Zaak tagsüber immer seltener, doch abends ging sie immer öfter mit ihm und Ngai aus zum Essen. Cambara stellte einigen der Somalis, die sie kennenlernte, Zaak als ihren Mann vor, und sich selbst und Ngai zuliebe spielten die beiden ihre Rollen als Ehepartner. Wenn sie allein waren, hielt ihn Cambara auf Abstand, und er schien nicht allzuviel dagegen zu haben.

Wegen der Aktualität der Ereignisse in Somalia wurde eine Auswahl ihrer Beiträge zur Hauptsendezeit in Toronto gebracht, darunter einige, in denen sie Mitarbeiter der kanadischen und britischen Hochkommissariate sowie Botschaftsangehörige einiger arabischer und europäischer Länder, die Fluchtziele der Somalis waren, interviewte. Die Reaktionen in den Torontoer Zeitungen waren wohlwollend, in einer von ihnen, *The Globe and Mail*, wurden die Beiträge als »beeindruckend und professionell« beschrieben. Es gab ein Foto von Cambara, das groß genug war, um als Erinnerungsstück einen Platz an der Schlafzimmerwand ihrer Mutter zu finden.

Auch die lokalen Medien schalteten sich ein, dank eines anonymen Anrufs und eines Fax aus Ottawa, das einige Herausgeber darauf aufmerksam machte, wie Cambaras »in Kenia geleistete« Arbeit daheim in Kanada aufgenommen wurde. Als einer der Journalisten der *Daily Nation* anrief und um ein Interview bat, dachte Cambara, Arda habe auch hier ihre Finger im Spiel. Man wollte Cambaras Besuch in Kenia und die von ihr gemachten Interviews in einem Artikel behandeln, der für die Titelseite der kenianischen Zeitung mit ihrer hohen Auflage taugte. Eine Feature-Redakteurin, die sich auf Beiträge zu Themen von und für die Frauen des Kontinents spezialisiert hatte, schrieb einen Artikel über sie, mit Fotos und allem, was dazugehört.

Nach Erscheinen des Artikels in der *Daily Nation* reagierte auch das kanadische Hochkommissariat in Kenia. Sein Amtsinhaber, der sich bis dahin nicht sicher gewesen war, ob er sie empfangen sollte und in welchem Rahmen, lud sie zunächst zum Tee ein, was er später zum Lunch aufwertete, weil etliche seiner Mitarbeiter gern dabeisein wollten. Der Hochkommissar, der zu spät kam und mit ihr Dessert und Kaffee nahm, während sie plauderten, lobte sie in den höchsten Tönen. Als das formelle Mittagsmahl beendet war, ging sie hinunter ins Erdgeschoß und traf sich mit einer Frau, deren Namen ihr Arda gegeben hatte und die bei der zügigen Bearbeitung von Zaaks Papieren behilflich sein würde. Nach Toronto zurückgekehrt, erzählte diese Frau, die nicht auf der Gästeliste des Hochkommissars gestanden hatte, daß Cambara von allen Journalisten wegen ihrer Exklusivberichterstattung beneidet worden war. Sie selbst betrachtete ihren Erfolg als einmalige Angelegenheit, vergleichbar mit dem Unternehmen, auf das sie sich Arda zuliebe eingelassen hatte, indem sie Zaak half, nach Kanada zu kommen. Sie hatte weder die Absicht, Reporterin für CBS, noch, eine mit Zaak das Bett teilende Gattin zu werden.

Mehrere Wochen des Zusammenlebens auf engem Raum mit Zaak waren für sie weder aufregend, noch sorgten sie dafür, daß Cambara sich mit ihrer Lage anfreundete. Ihre Mutter rief häufig an und neckte sie einmal, indem sie sagte: »Es ist gar nicht so unangenehm, eine verheiratete Frau zu sein, wenn man es sich recht überlegt, wie? Besonders wenn man sich nicht mit Kochen, Geschirrspülen und Wäschewaschen quälen, die Hosen des anderen bügeln oder seine Socken stopfen muß, wenn man keine Kinder hat, die man ganz allein versorgen muß, ohne daß dein Mann jemals einen Finger rührt.« Drei Monate später, als Arda die Nachricht erhielt, daß die Einreisepapiere nun jeden Tag erwartet wurden, grübelte sie noch immer, wie sich Cambara als Zaaks »Ehefrau« wohl fühlte.

Cambara glaubte, die Angelegenheit mit Humor zu nehmen, als sie antwortete: »Es fühlt sich an, als wenn man einen alten Rock auf dem Flohmarkt aufliest.«

In Nairobi blieben die Vereinbarungen über ihr Zusammenleben unverändert. Privat hielt sie ihn auf Distanz – jeder blieb in seinem Bereich der gemeinsamen Wohnung –, doch in Gegenwart von Beamten des Konsulats gebrauchten sie häufig liebevolle Gesten, wie man sie von einem frisch verheirateten Paar erwartete. Wenn sie nicht eine geborene Schauspielerin wäre, dachte sie, hätte dieses An- und Abschalten von Intimität problematisch sein können. Es bedurfte schon ziemlicher Selbstbeherrschung, sich an das Fließen der Säfte junger Liebe zu gewöhnen, die dann wieder gestoppt werden mußten. Ihn brachte das ganz eindeutig völlig durcheinander. Arda erklärte, das wäre so, »weil Frauen ihren Körper besser unter Kontrolle haben als Männer«.

Zaaks allzu entspannte Lebenseinstellung – er erfüllte nie seinen Teil der getroffenen Vereinbarungen, half nie beim Saubermachen der Toilette oder beim Bettenmachen, Kochen oder Lebensmitteleinkauf – erzürnte sie, und bei solchen Gelegenheiten verabscheute sie das Schauspiel, das sie aufführten. Sie wußte, in Toronto würde alles noch schwieriger werden; es war ihr Territorium, und sie hatte dort sehr viele Freunde, vor denen sie keine Geheimnisse hatte. Wie würde sie damit zurechtkommen?

Sie freute sich, beweisen zu können, daß sie auf jedem Gebiet, dem sie sich widmete, herausragende Leistungen bringen konnte, und es gefiel ihr, daß die Fernsehdokumentarfilme für alle Kanadier, besonders aber für die Somali-Kanadier, große politische und kulturelle Bedeutung hatten. Man sah in ihr die Initiatorin des bis dahin bei den Somalis nicht verbreiteten Glaubens, daß sie aus ihrem Aufenthalt in Kanada einen Erfolg machen könnten; doch das war ihr immer noch nicht genug. Sie wollte sich als Schauspielerin hervortun oder aber als Regisseurin eines Puppenspiels, da sie sich für Puppenspiel interessierte, seit sie an einem Sommerkurs über diese Kunst teilgenommen hatte.

Wie um ihre Bedeutung hervorzuheben, tauchte ein Zwei-Personen-Team des Fernsehsenders CBS am Flughafen auf, um Cambara zu interviewen. Arda, auf deren Gesicht ein Lächeln strahlte, das den ganzen Kosmos umfaßte, war mit einer Blumengirlande geschmückt und hatte in der einen Hand einen Blumenstrauß und in der anderen ein Transparent, auf dem mit schwarzem Filzstift zwei V und die Worte gemalt waren: »Herzlichen Glückwunsch: Zwei Ziele erreicht« – so groß wie die noch nicht enthüllten Geheimnisse. In den Abendnachrichten zur besten Sendezeit wurde ihre Heirat erwähnt, ohne den Namen des Ehemanns zu nennen, denn weder Mutter noch Tochter wollten ihn Freunden oder Verwandten verraten, bevor der »Glückliche« eintraf.

Während sie ihr Haar kämmt, ein undurchdringliches Gewirr von Knoten und Locken, so trocken wie Somalia selbst, und während sie sich müht, das Gefilz zu lösen und zu lockern, erinnert sich Cambara, unter welch strenger Geheimhaltung Zaaks Ankunft in Toronto vonstatten ging. Nur eine Person war da, um ihn vom Flughafen abzuholen, nämlich Cambara, und sie hatte sich klug gekleidet und ihr Gesicht in einem Schal verborgen. Sie wartete in einer Ecke, abseits von den Fahrern der Taxis und Flughafenlimousinen die mit ihren Schildern auf Fremde warteten, oder den anderen Leuten, die Freunde und Verwandte abholten. Keine Journalisten. Nicht einmal Arda war gekommen. Sie folgte dem Rat ihrer Mutter und ließ sich zu einer Umarmung herab, gefolgt von Küßchen auf beide Wangen, nur für den Fall, daß jemand sie ausspionierte, man kann ja nie wissen.

Sie führte ihn zu seinem Zimmer in der Wohnung, und wie sie in Nairobi gesagt hatte, sagte nun auch er: »Mach dir um mich keine Gedanken.«

Doch sie fragte: »Was meinst du damit?«

»Ich werde meinen Beitrag leisten«, erklärte er.

Es lag ihr auf der Zunge zu sagen: »Du bist auf dich selbst gestellt« und dann hinauszugehen und ihn grübeln zu lassen, was sie damit meinte, oder ihn zu einer Diskussion über die Durchführbarkeit seiner Absichten herauszufordern. Statt dessen sagte sie: »Du brauchst keinen Beitrag für irgend jemanden zu leisten, du mußt dich nur um dich selbst kümmern.«

Sie hatte erwartet, daß er ihr eine bissige Antwort geben würde. Statt dessen überraschte er sie, indem er sagte: »Du wirst dich nicht über mich beklagen müssen.«

In Gedanken interpretierte sie seine Aussage auf verschiedene Weise: Einerseits stellte sie sich eine Unterhaltung vor zwischen einem Mann, der seine Frau verprügelte, und seinem Opfer, wobei der Mann schwor, sie nie wieder anzurühren, nur um sie am nächsten Tag schlimmer denn je zu verprügeln. Und andererseits versetzte sie sich in die großzügige Stimmung einer hoffnungslosen Optimistin, die sehr gut wußte, daß er sie enttäuschen würde.

»Es gelten dieselben Abmachungen wie in Nairobi«, teilte sie ihm mit. »Hier muß ich allerdings meiner Arbeit nachgehen und habe eine Menge Freunde. Stell dich also darauf ein.«

Sie begleitete ihn zu seinem ersten Pflichtinterview mit einem Beamten der Einwanderungsbehörde – das verlief positiv. Dann zeigte sie ihm, wie er zur Sprachschule und wieder zurück kam, an einem Tag mit dem Bus, am nächsten mit der U-Bahn. Sie zeigte ihm, wo er sich etwas zum Essen holen konnte. In den ersten Wochen war er richtig euphorisch, erledigte seine Hausaufgaben, und wenn er nach Hause kam und sie nicht antraf, kochte er Spaghetti und eine Sauce, die entfernt nach Bolognese schmeckte. Sie jedoch kam immer später nach Hause, lange nach der Abendbrotzeit. Manchmal, nachdem sie einen Großteil der Nacht mit Raxma oder anderen Freunden verbracht hatte, schlich sie sich nach Mitternacht in die Wohnung, nur um zu schlafen, stand dann vor ihm auf und schlich wieder hinaus. Wenn sie zusammen waren, übernahm sie das Zubereiten der Mahlzeiten, weil sie den Gedanken nicht ertragen konnte, etwas zu essen, was er gekocht hatte.

Hin und wieder spielten sie für die Öffentlichkeit ihr Spiel, zum Beispiel wenn sie zusammen somalische Hochzeitsfeiern besuchten, dann sah man sie sich zärtlich berühren und Händchen halten, und sie nannte ihn »Schatz«. Sie unterschrieben Glückwunschkarten, wie es Ehepaare tun. Wenn sie Freunde oder Bekannte einluden, legte sie Wert darauf, sich mit ihm beinahe ernsthaft zu streiten, wonach sie sich auch fühlte; sie nahm an, daß Außenstehende das anders auffassen würden: eine Frau, die an ihrem Mann herumnörgelt. Sie spielte ihre Rolle besser und fühlte sich wohler dabei als er. Als ihre Mutter wissen wollte, wie sie zurechtkomme, beschwerte sich Cambara, daß er ihren freien Lebensstil behindere und ihre männlichen Freunde vertreibe, die sie nicht mehr anriefen oder sie wie früher zu Parties einluden. Arda wußte, wo sie ihre Tochter telefonisch erreichen konnte, wenn sie mit ihr sprechen wollte – bei Raxma –, aber sie machte sich nicht die Mühe, Zaak darüber zu informieren.

Während Cambara unermüdlich weiterkämpfte, saß Zaak zu Hause und hatte keine Freunde, denn Arda hatte ihn davor gewarnt, die Teestuben zu besuchen, wo sich die Somalis in Toronto trafen und politischen Klatsch austauschten. Also sah er sich einige ausgeliehene Videos über schweizerische und amerikanische Einwanderungsbeamte an, die im Privatleben von Ausländern, die eine Einbürgerung in dem jeweiligen Land beantragt hatten, herumschnüffelten. Um seine Sprachbeherrschung zu verbessern, mußte er *Pane e Cioccolata* in Italienisch mit französischen Untertiteln und *Green Card* im englischen Original so oft gesehen haben, daß er die Dialoge der Schauspieler auswendig kannte.

Sieben, acht Monate vergingen, ohne daß etwas Beunruhigendes geschah, und er gratulierte sich, wobei er weniger auf den persönlichen Beitrag stolz war, den er erbracht hatte, als auf den Umstand, daß er Cambara nicht in die Quere gekommen war oder sie gestört hatte. Wenn sie sich einmal herabließ, nach Hause zu kommen, zu kochen und mit ihm zu essen, fragte sie ihn, wie er vorankomme. Von sich erzählte sie nicht viel, sprach weder über ihre Arbeit noch darüber, wo sie gewesen war oder wen sie getroffen hatte. Er langweilte sich immer mehr, wurde täglich einsamer und deprimierter.

Eines späten Abends, nachdem er erfahren hatte, daß sein Antrag genehmigt war, rief Arda an, um ihm zu gratulieren und ihm zu sagen, er solle am Flughafenschalter ein bezahltes Ticket abholen und nach Ottawa fliegen, wo er ein paar Tage mit ihr verbringen würde. Sie mußte wohl einen wunden Punkt berührt haben, denn er sprach ziemlich unkontrolliert von seiner Einsamkeit und wie er der Versuchung widerstanden hatte, sich mit anderen Somalis in Verbindung zu setzen, aus Angst, sie könnten ihn ausfragen und er würde dann erzählen, wie es ihm wirklich ging, und so eine brenzlige Situation herbeiführen.

Aus irgendeinem Grund – vielleicht weil er bereute, seiner Tante diese Geständnisse gemacht zu haben – flog Zaak nicht nach Ottawa. Cambara kam in der Erwartung, daß er schon abgereist war, zeitig nach Hause und war erstaunt, ihn noch anzutreffen und obendrein in so kämpferischer Stimmung. Mittlerweile besaß er ja seinen Ausweis, er hatte den Sprachkurs absolviert und wußte, daß er nun sein Glück bei einer anderen Frau versuchen und sich Arbeit suchen könne. Sie ahnte, wohin ihn seine atemlose Wut führen könnte, auch wenn es sich vielleicht um einen einmaligen Ausbruch, einen Ausrutscher, ein Abweichen vom Normalzustand gehandelt hatte.

Bebend vor Zorn sagte er: »Das ist deine Welt, und ich soll mich glücklich schätzen, wie ein armer Familienangehöriger im Haus seines reichen Verwandten zu leben.«

Sie stellte sich vor, daß er sich in einigen Monaten wie ein Mann aufführen könnte, der sie gern verprügeln würde, weil sie ihm nicht zu Willen war. Sie betrachtete sein ungerechtfertigtes Benehmen als rotes Signal auf ihrer gemeinsamen Reise, das vor einer drohenden Gefahr warnte und schnelles Handeln von ihr verlangte.

Cambara war so erbost, daß sie die Wohnung verließ, ohne auch nur eine kleine Reisetasche gepackt zu haben, noch am selben Abend spät nach Ottawa flog und ihrer Mutter mitteilte, daß Zaak aus ihrer Wohnung verschwinden müsse. Arda stimmte zu, daß es nun für ihn – da er mit seiner Einbürgerung alles hatte, was sie für ihn gewünscht hatte – an der Zeit sei, sich eine Welt zu schaffen, in der er sich als selbständiger Mann wohl fühlen, sein eigenes Leben leben und, wenn er wollte, heiraten konnte.

Er zog aus der Wohnung aus in einen anderen Stadtteil, von dem ihren so weit wie nur möglich entfernt, und bekam eine Anstellung als Berater bei einer regierungsunabhängigen Organisation mit Hauptsitz in Toronto, deren Aufgabe es war, Konflikte zwischen den Clans in Somalia zu lösen. Sein erstes Gehalt verwendete er dazu, sich eine bequemere Wohnung zu mieten, um wenige Monate später eine Anzahlung auf eine Wohnung mit zwei Schlafzimmern zu machen – mit einem Bankkredit, für den Arda bürgte, die auch seine monatlichen Ratenzahlungen bezuschußte. Als er schließlich eine recht anständige Stelle ergatterte, die es ihm ermöglichte, seinen finanziellen Verpflichtungen selbst nachzukommen, verkündete Arda, es sei an der Zeit, daß Cambara ihre Scheidung einreichte. Zwei Wochen nach der Scheidung überraschte Zaak alle, einschließlich seiner Tante, indem er heiratete. Arda war verletzt, da sie gehofft hatte, er würde sie ins Vertrauen ziehen und ihren Rat suchen. Einige Jahre und drei Kinder – alles Mädchen – später erwartete alle außer Cambara wieder eine Überraschung: Zaak stand vor Gericht wegen schwerer Mißhandlung seiner Frau und seiner drei Töchter, die er fast totgeprügelt hatte.

Von seiner engeren Familie und seinen Freunden gemieden, zog er zurück nach Mogadischu, wo er als örtlicher Vertreter derselben regierungsunabhängigen Organisation arbeitete. Er wurde zum Koordinator der friedensstiftenden Initiativen dieser Organisation befördert und schien sich zu bewähren, zumindest in den ersten Jahren.

Als sie geduscht und sich angekleidet hat, bereit, hinunterzugehen und, wenn es sein muß, für sie beide eine Mahlzeit zuzubereiten, da sie sich nicht vorstellen kann, sein Essen zu teilen, sagt sie sich, daß Zaak ein hoffnungsloser Mann in einer zerstörten Stadt ist. Während sie in Nairobi für CBS an dem Dokumentarbericht über die somalischen Flüchtlinge arbeitete – einem Thema, zu dem er viel zu sagen gehabt hätte –, profitierte sie beruflich nicht von ihm. Er war es, der Nutzen aus ihrem Besuch zog, indem er ihr Ehemann wurde und nach Kanada übersiedelte. Leider hatte er sich in ein menschliches Wrack verwandelt und alle Möglichkeiten zunichte gemacht, die sich ihm geboten hatten. Er hatte seine Frau verprügelt, seine Kinder mißhandelt und war zudem ein undankbarer Narr. Der Zufall hat sie nun zum vierten Mal zusammengeführt – zuerst als Kinder, dann in Nairobi, danach in Toronto und nun in Mogadischu –, und sie wird sich bemühen, nicht noch einmal denselben Fehler zu machen, was immer das auch heißen mochte.

Wird sie aus ihrem Aufenthalt hier in Mogadischu Kapital schlagen und etwas aus sich machen, oder wird sie die Gelegenheit verpassen und mit leeren Händen nach Toronto zurückkehren? Wenn sie Arda nicht viel über den Plan erzählt hat, der in ihrem Kopf allmählich Gestalt annimmt, dann deshalb, weil sie unabhängig sein will, keine Marionette, die ihre Mutter von einer so weit entfernten Stadt wie Ottawa kontrollieren könnte. Nur eine Person kennt die Grundzüge ihres Planes: ihre beste Freundin Raxma.

Cambara hört ein Klopfen an der Tür. Das Klopfen drängt sich in den Raum zwischen dem sprichwörtlichen Eulenschrei, der zur Vorsicht mahnt, und der Erinnerung Cambaras an das, was zwischen ihr und Wardi, ihrem derzeitigen Ehemann, vorgefallen ist.

»Kommst du runter?« fragt Zaak.

Sie interpretiert das als »Kochst du für uns?«.

»In einer halben Stunde bin ich unten«, sagt sie.

3

Cambara betritt das Wohnzimmer, dessen eine Hälfte in bernsteingelbes Licht getaucht ist, während die andere mit einem Vorhang abgetrennt und in die Düsternis einer schwarzen Stoffbahn gehüllt wurde, die in Farbe und Material einem gewöhnlichen Tschador ähnelt.

Während sie ins Zimmer tritt, hebt sie instinktiv ihre Hand und berührt ihren Kopf, der mit einem Tuch umwickelt ist. Ihr ist bewußt, daß sie ihre verfilzten Haarsträhnen nicht geglättet hat, bevor sie herunterkam, weil der Kamm in der dichten Mähne steckenblieb. Ein Lächeln gleitet über ihr Gesicht, doch ob das geschieht, weil sie sich daran erinnert, wie Arda sie ausschimpfte, wenn sie als Heranwachsende zu Bett ging, ohne vorher ihr Haar in Ordnung gebracht und gebürstet zu haben, oder weil es so aussieht, als habe sie ihr Haupt verhüllt wie zu einer Andacht, weiß Cambara nicht zu sagen. Sie tritt in diese vom weichen Licht erhellte Stunde, die allmählich übergeht in das Zwielicht einer Welt, mit der sie nicht vertraut ist.

Nach einigen Augenblicken kann sie riechen, wo sich Zaak ungefähr befindet, so wie ein Hai Blut in seiner Umgebung aufspüren könnte. Mit absoluter Präzision lokalisiert sie ihn mit Hilfe seines Körpergeruchs, noch bevor sie ihn sehen kann. Er ist die stark schwitzende Gestalt im Sarong, die dort mit dickem Bauch und bloßer Brust auf einer Matte sitzt, die Beine ausgestreckt und die Kiefer in malmender Bewegung. Seine Augen, die er so klein macht wie die Ösen für Schnürsenkel, sind trübe. Träge lehnt er sich zurück, stützt sich mit dem rechten Ellbogen auf ein Kissen und lehnt den Kopf gegen ein weiteres Kissen an der Wand.

Er kaut, seine Backentaschen sind zum Bersten gefüllt. Sein Gesicht zeigt den berauschten Ausdruck eines gewöhnlichen obdachlosen Alkoholikers, während er mit geschwollener Zunge schmatzt und hin und wieder auch versehentlich draufbeißt. Ihr Blick fällt auf die noch nicht geöffneten Khat-Bündel, die sorgfältig in feuchte Geschirrtücher eingeschlagen sind, um die Blätter frisch zu halten. Um ihn herum Colaflaschen – zwei davon liegen leer herum, eine dritte steht neben ihm. Die ist offen, und er nimmt hin und wieder einen Schluck daraus. Und dann gibt es noch zwei Thermosflaschen; sie nimmt an, daß die eine süßen schwarzen Tee enthält, die andere Tee mit Milch. Auch einige Flaschen importierten Mineralwassers stehen herum.

Er versucht sich höflich zu erheben. Sein Bemühen, sich dem Anlaß entsprechend zu verhalten, scheitert jedoch – er kippt ungeschickt nach hinten, wie ein mechanisches Spielzeug, das ein Kind aufgezogen hat und das nun abgelaufen ist, und entblößt dabei seinen nackten Hintern und die Eier, ehe er sich wieder so herrichten kann, wie es seinem kläglichen Rest an Anstandsgefühl entspricht. In offensichtlich unbequemer Haltung liegt er auf der Seite, und sein aufgeblähter Wanst quillt jetzt aus dem Sarong und hängt herab. Als Cambara Zaak so sieht, in Ruhelage und doch angespannt wartend, erinnert er sie an die gequälte Lage eines Patienten im Krankenhaus, der sich fast auf allen vieren nach vorn beugt, während eine Schwester ein Zäpfchen in seinen Hintern einführt.

Verlegen schiebt er den Khat-Bissen, auf dem er bis jetzt herumgekaut hat, mit der Zunge fort, die flüchtig in all ihrer Pracht zu sehen ist: erregt herumtastend, spielend und sabbernd. In Gedanken sieht sie einen Schimpansen, der im Matsch einer gerade geschälten verfaulten Banane herumstochert und alles Erreichbare in sich hineinschlingt. Es ist nicht verwunderlich, daß Cambara trotz des Abstandes, den sie hält, es kaum noch ertragen kann und sich durch die zu ihr dringenden Gerüche an einen anderen Ort versetzt glaubt. Sie hat das seltsame Gefühl, an einer Stalltür zu stehen, wo es nach feuchtem Rinderdung und Pferdepisse stinkt. Was macht sie hier?

Er fragt: »Möchtest du auch?«

»Was?« fragt sie.

Sie wartet auf eine Antwort von ihm, ehe sie abschweift und ihren Erinnerungen nachhängt, die sie in die trüben Gefilde ihrer gemeinsamen Zeit zurückführen. Sie gleitet darüber hinweg zu einer Zeitspanne nach ihrer Scheidung, als er eine Frau heiratete, die frisch aus Mogadischu gekommen war, kaum lesen und schreiben konnte und praktisch keine Angehörigen und auch sonst niemanden hatte, der sie beraten konnte. Zaak hatte die Gerüchteküche der Somalis in Toronto mit schrecklichen Geschichten beliefert, die Cambara zur Spottfigur machten. Auf die Frage, warum seine Ehe mit ihr nicht glücklich gewesen war, erzählte er, daß er sie eines Nachts dabei überrascht habe, wie sie sich nackt mit einer ihrer Freundinnen vergnügte; wenn er bedrängt wurde, alles haarklein zu erzählen, pflegte er den Namen Raxma zu nennen. Wenn seine Kumpane, die mit ihm Khat kauten, fragten, wie sie im Bett sei, antwortete Zaak, daß sie beide nicht oft miteinander geschlafen hätten – »alle halbe Jahre einmal, wenn überhaupt«. Irgendeiner aus der ausgewählten Zuhörerschar, die ausnahmslos seinem unmittelbaren Familienclan angehörten, wollte dann stets noch mehr hören, und Zaak ging darauf ein. Auf die Frage, ob es an ihm lag und er ihr nicht genügte oder ob sie einfach frigide sei oder kein Interesse am Sex habe, lieferte er seine Antwort mit unverschämter Entschiedenheit: »Weil sie als Frau nur an Frauen interessiert ist, nicht an Männern.« Eigentlich kümmerte es sie ja nicht, was einer seiner Kumpel von ihr hielt. Aber in Anbetracht des Dienstes, den sie und Arda (durch ihre Fürsprache bei ihrer Tochter) ihm erwiesen hatten, wodurch es möglich geworden war, daß er bei seiner Ankunft in Kanada eine unbefristete Aufenthaltsgenehmigung bekam, hatte sie offengesagt ein anderes, zumindest freundliches Verhalten ihnen beiden gegenüber erwartet. Im Bestreben, Cambara zu diffamieren, hatte Zaak anscheinend angedeutet, daß Arda die Geliebte des kanadischen Diplomaten gewesen sei, der früher beim Hochkommissariat in Nairobi für Somalia zuständig gewesen war und später in Ottawa arbeitete. Der Betreffende habe seine, Zaaks, Einbürgerungspapiere schneller bearbeitet. Er gründete seine Andeutung wohl auf eine Äußerung von Cambara, die er aber entweder falsch verstanden oder falsch interpretiert hatte: Sie hatte Ardas Verhältnis zu dem betreffenden Diplomaten als »gut« beschrieben. Natürlich ließ sie sich nichts anmerken und sagte auch zu ihrer Mutter kein Sterbenswörtchen davon. Was hätte das für einen Sinn gehabt? Vielleicht ist es die Natur derer, denen Sex verweigert wird oder die nicht genug davon bekommen, daß sie besessen von dem Thema sind und alles andere durch diese verzerrende Linse sehen.

»Was meinst du?« fragt er laut, während er kaut.

»Wozu?«

Ihre Stimme klingt, als hätte man sie aus einem tiefen Schlaf erweckt. Plötzlich wird ihr bewußt, wo und bei wem sie ist – durch den üblen Gestank, der von Zaaks Ecke ausgeht. Das kann ich nicht ertragen, es bringt mich bald um, sagt sie sich. Das ist reine Folter.

»Von der Runde, die sonst mit mir Khat kaut – alles Männer –, will nämlich keiner herkommen, weil sie wissen, daß ich eine Frau zu Besuch habe«, sagt er. »Du kannst mir glauben, es ist verdammt blöd, allein Khat zu kauen.«

»Nein danke.«

»Ich habe genug davon. Bitte.«

Der Gedanke, sich ihm anzuschließen, läßt sie frösteln, und zwar stärker, als wenn sie noch einmal unter der kalten Dusche von vorhin stehen müßte. Plötzlich kratzt sie sich wild den Kopf, ihr Puls rast, und der überlaute Herzschlag dröhnt ihr in den Ohren. Sie blickt auf ihren Arm, in den sie die Finger gekrallt hat, daß er fast blutet, dann schaut sie Zaak an. Ihr Blick gleitet von ihm zum Khat-Bündel, das schon aufgeschnürt und ausgebreitet dort liegt und darauf wartet, von Zaak konsumiert zu werden. Einst pflegten nur Somalis aus dem früheren Britisch-Somaliland-Protektorat und somalisch sprechende Bewohner der äthiopischen Provinz Ogaden Khat zu kauen, aber nicht die Bevölkerung im Süden der Halbinsel. Als Cambara hier wohnte, rührten weder ihre Eltern noch irgendjemand von ihren Freunden oder Bekannten, überhaupt niemand, den sie kannte, jemals das Zeug an. Der Brauch hat sich jedoch in der letzten Zeit sehr verbreitet, und jetzt ist es sogar üblich, daß Khat bei Clantreffen, zu denen Viehhirten eingeladen werden, herumgereicht wird. Das soll dafür sorgen, daß keiner die verqueren Ansichten der Teilnehmer in Frage stellt, vor allem nicht die des Warlords und seiner Helfershelfer. Bei Zaak stellt sie nun eine beunruhigende Trübung des Blicks fest, und das erinnert sie an ihren Englischlehrer aus Hargeisa an der Grundschule hier in Mogadischu, der nach einer mit Khat-Kauen verbrachten Nacht stets berauscht wirkte.

»Fühlst du dich wohl?« fragt sie.

»Mir geht's gut.«

»So siehst du aber nicht aus«, sagt sie von oben herab.

»Woraus schließt du das?«

»Aus der ungesunden Art, wie du schwitzt«, antwortet sie.

»Du magst wohl keine Tropen-Sauna?« sagt er.

»Das ist kein Dampfbad, das ist dir doch klar«, sagt sie.

»Ich mag meine Sauna so«, sagt er.

»Wie töricht kann man sein?« bemerkt sie.

Er schweigt – ein Mann, allein mit seinem Fieber.

Sie sieht, wie tief Zaak seit ihrem letzten Zusammentreffen vor einigen Jahren in Toronto gesunken ist. Damals verbrachte er ein paar Nächte in einer Polizeizelle, weil er seine Frau geschlagen und seine Kinder mißhandelt hatte. Auf Ardas Geheiß beschaffte und bezahlte sie die Kaution für ihn.

Vielleicht lief das alles auf die traurige Tatsache hinaus, daß Zaak all die Hilfe, die ihm Arda und Cambara seit seinen Kindheitstagen, als er zu ihnen gekommen war, hatten angedeihen lassen, nicht verdiente und nicht zu würdigen verstand. Die Bemerkungen, die er über sie und Arda gemacht haben soll, hätten einen auf die Idee bringen können, daß sie ihm geschadet hätten und sich bei ihm entschuldigen sollten, nicht andersherum. Die Erinnerung an das, was er getan hatte, ging ihr näher, als sie wollte, und sie hoffte nur, daß er sich genauso stark nach einer Rettung seiner Selbstachtung sehnte, wie sie versuchte, ihren Kummer in eine positive Lebenseinstellung münden zu lassen, was sie schließlich in erster Linie dazu bewogen hatte, nach Mogadischu zu kommen.

Jetzt blickt sie ihn unverwandt an, bis seine Augen tränen und er sich abwendet. Er tut ihr nicht leid, und sie bedauert ihn auch nicht, denn sie mißbilligt sein jetziges Benehmen genauso wie seine ungerechtfertigte Behandlung von Frau und Kindern. Ein Mensch, der gerne andere tyrannisiert, hat es immer auf die Schwachen abgesehen, und seine Frau Xadiitha kam ihm gerade recht:

eine junge geschiedene Frau, die kaum lesen und schreiben konnte, keine Aufenthaltsgenehmigung hatte und keine Familie, die sie unterstützte, die ihm in nicht einmal fünf Jahren drei Mädchen gebar. Cambara kamen später unbestätigte Berichte zu Ohren, nach denen Arda diskret geholfen habe, Zaak mit Xadiitha zusammenzubringen. Es wurde gemunkelt, Arda habe den ersten telefonischen Kontakt hergestellt zu der Familie, bei der Xadiitha sich aufhielt. Diese Familie gehörte zu ihrem und Zaaks Subclan, und man behandelte sie dort eher wie eine Dienstmagd als wie ein geschätztes Mitglied des Haushalts. Bis zum Tag der Hochzeit, die sie finanziell unterstützte, blieb Arda wunschgemäß im Hintergrund. Diese Handlungsweise ihrer Mutter störte Cambara genausowenig, wie es sie überraschte, als sie erfuhr, Zaak habe sich nun als der gewalttätige Mann entlarvt, der er wirklich war. Wenn ein Mantel der Gleichgültigkeit über Zaaks verabscheuungswürdige Mißhandlung von Xadiitha gebreitet wurde, wenn es Cambara nicht genug beunruhigte, um ihn zur Rede zu stellen oder mit Arda darüber zu sprechen, wenn Arda sich auf umsichtige Weise einmischte, indem sie Xadiitha und die Kinder für mehrere Wochen zu sich einlud, dann geschah das aus selbstsüchtigen Gründen, sowohl von ihrer Seite als auch von der ihrer Mutter. (Cambara drückte es Raxma gegenüber so aus: »Ich spüre eine egoistische Erleichterung darüber, daß er nicht mehr mir zur Last fällt, sondern Xadiitha.«) Sie brauchte nicht näher zu erläutern, daß Xadiitha nicht nur entbehrlich war, sondern daß die Arme es auch nicht wert war, daß sich Cambara und Arda Sorgen um sie machten. Xadiitha kam ihnen eigentlich sehr gelegen, weil sie mit ihrer Hilfe Zaak los wurden, und eine bessere Lösung gab es dafür nicht. Zugegeben, es überraschte sie, daß ihre Mutter ihm nie zugetraut hatte, er könnte seine Frau verprügeln und seine Kinder so grausam behandeln. Diese Schande: Die Sozialfürsorge mischte sich ein, um seine Kinder aus der Gefahrenzone zu holen und sie zu schützen. Rückblickend schätzte sie sich jedoch glücklich. Es hätte ja auch ihr Schicksal sein können, wenn sie ein Paar geworden wären.

Sie fragt: »Hast du etwas von Abendessen gesagt?«

Er sieht sie boshaft an und sagt zwinkernd: »Meine Ambrosia ist hier, und daher steht mir nicht der Sinn nach anderem Essen.«

»Vielleicht, weil Khat deinen Geschmackssinn abgestumpft hat?«

Sie denkt, wie wenig wir die Menschen doch kennen, wenn sie sich verändern und ihre Lebensumstände wechseln, besonders, wenn beides gleichzeitig geschieht. Wohl oder übel muß sie sich an ihre neue Situation anpassen, sie hat keine andere Wahl. Der Aufenthalt in einer Stadt, mit der sie nach so langer Abwesenheit nicht länger vertraut ist, besonders da der Bürgerkrieg nun schon mehr als zehn Jahre andauert und immer noch weitergeht, ist keine einfache Angelegenheit. Sie kann sich nicht darauf verlassen, daß Zaak ihr zu Hilfe kommen wird, wenn die Halbstarken im Dienste des Warlords, der das Familiengrundstück besetzt hält, sie bedrohen. Er wird ihr wohl eher keine Hilfe anbieten, wenn der Warlord sich weigert, das Anwesen zu räumen. Vielleicht ist das ja für jemanden wie Zaak normal, sich in Ausnahmesituationen unnormal zu verhalten.

Sie sagt: »Du konntest dich mit Essen nie anfreunden, wenn es nicht ein anderer zuvor für dich gefügig gemacht hat. Ich erinnere mich, daß du entweder jeden Tag das gleiche gegessen hast oder beim Anblick ungeschälter Zwiebeln zum nächsten Restaurant gelaufen bist. Mir kam es vor, als würdest du vor rohem Fleisch fliehen, wie andere vielleicht vor einem Löwen fliehen.«

»Ich habe überlebt, wie du siehst.«

»In was für einem Zustand?«

»Ich beklage mich nicht.«

Sie will diese Gedanken jetzt nicht weiterverfolgen und fragt: »Wo ist die Mahlzeit, die ich allein essen muß?«

»Neben dem Kühlschrank«, sagt er.

»Nicht im Kühlschrank?«

»Seit gestern kurz vor Mitternacht haben wir Stromausfall«, erklärt er, »und der Kühlschrank ist aus. Es hat keinen Sinn, ihn am Netz zu lassen, und es bringt auch nichts, das Essen hineinzustellen.«

Cambara blickt zur Glühbirne über ihrem Kopf. Sie brennt.

Zaak folgt ihrem Blick, nickt mehrmals und bietet dann eine Erklärung. »Der Strom dafür – die zweite Phase – kommt von einem kleinen Zwei-Sterne-Hotel, das sein eigenes Stromaggregat hat. Der Manager betreibt eine kleine Eisfabrik. Wir zapfen seine Leitung an.«

»Wie machst du das?«

»Ich besteche seine Arbeiter«, sagt er, zufrieden mit seiner Gaunerei. »Der Boiler, mein Schlafzimmer und dieser Bereich des Wohnzimmers sind mit dem Netz verbunden. Ich zahle fünf Dollar pro Monat für das Anzapfen der Stromversorgung.«

»Und wie kochst du?«

»Ich koche nicht«, sagt er, als sei er stolz darauf.

Durch die Schroffheit dieser Feststellung etwas irritiert, tut sie so, als wolle sie ihm schmeicheln, und sagt: »Die Mahlzeit, von der du sprichst, hast du doch bestimmt selbst zubereitet? Wenn du es mir anbietest, würde ich sogar *deine* Spaghetti Bolognese essen, so einen Hunger habe ich.«

»Meine Liebe, ich bin dem Druck nicht gewachsen, den du auf jeden ausübst, der es wagt, dir Essen vorzusetzen«, sagt er. »Du hast einmal von der Sauce, die ich für dich gekocht habe, gesagt, sie sähe aus wie Vogelscheiße und schmecke wie Hundefutter.«

Sie kann sich nicht erinnern, ihm das ins Gesicht gesagt zu haben, aber es klingt, als hätte sie so etwas vielleicht ihrer Mutter am Telefon erzählt. Er könnte ein Ferngespräch mit ihr belauscht haben. Das sähe ihm durchaus ähnlich. Doch einerlei, seine Bemerkungen haben nicht die Wirkung, die er erhofft haben mag, obwohl sie sarkastisch sind und er sie so kühl vorbringt, als habe er sie mit der Absicht einstudiert, sie zu kränken; die Schärfe seiner Äußerung scheint sich auf ihrer Haut abzustumpfen, die unempfindlich ist gegen seine bissige Boshaftigkeit. Sie starrt ihn lang und fest an und versucht vielleicht, sich eine ähnlich scharfe Replik auszudenken. Doch ach, ihr fällt nichts ein.

Er fährt fort: »Ich habe erlebt, wie du Köche terrorisiert hast.«

»Wovon redest du?«

»Habe ich nicht erlebt, wie du über gutes Essen die Nase gerümpft hast, das dir liebevoll und ergeben serviert wurde?«

»Ich kann mich nicht erinnern, jemals unfreundliche Bemerkungen über das von dir gekochte Essen gemacht zu haben«, sagt sie, »jedenfalls nicht ins Gesicht.«

»Jetzt kommen wir der Sache schon näher.«

Er starrt sie schweigend an, seine Augen röten sich, und sein höhnischer Gesichtsausdruck verstärkt sich. Er braucht nichts zu sagen; seine Miene sagt alles, sie sagt in der Tat mehr, als sie momentan ertragen kann. So nah an einem offenen Kampf waren sie bisher noch nie. Wenn sie sich darauf verlegt haben, ein Machtspiel auszutragen – was sie noch nie zuvor getan haben –, dann muß einer von ihnen sich geschlagen geben. Es gab Zeiten, als er Auseinandersetzungen gemieden hat und sich in schmallippige Schweigsamkeit flüchtete, besorgt, was Arda sagen oder mit ihm tun könnte. Seine Herkunft war ihm bewußt: Ohne Ardas Unterstützung hätte er wohl kaum oder nur geringe Entwicklungschancen gehabt. Jetzt, da er sich an der untersten Stufe der Karriereleiter festhält, ist ihm das egal.

Wie ein Jagdhund, der Blut geleckt hat und sich zum tödlichen Angriff bereit macht, sagt er: »Es wird Zeit, daß du erwachsen wirst, Zeit, daß du in der Realität ankommst.«

Sie spürt, wie sich ihr die Kehle zuschnürt; ihre Stimmbänder geben keinen Ton her. Sie ist jedoch noch in der Lage, ihre Erinnerungen gedanklich zu verarbeiten. Wenn sich das Verhältnis von zwei Menschen, die einst glaubten, einander nahezustehen, durch sexuelle Probleme drastisch ändert, dann greift der Gekränkte den anderen oft mit hemmungsloser Feindseligkeit an, denkt sie. Sie ist schon Opfer solcher Attacken geworden – Wardi und nun Zaak. Ihr sind die Widersprüchlichkeit und die Ungerechtigkeit solcher Reaktionen bewußt. Dennoch begreift sie, wo Zaaks Feindseligkeit herkommt. Dann stellt sie sich selbst im Körper eines Elefanten vor, was die unvergleichliche Stärke des Tieres ins Spiel bringt; noch besser, sie vergleicht sich mit einem Sumo-Ringer, der einen Herausforderer hochhebt und ihn in gekonnter Manier fallen läßt. (Diese Gedanken verdankt Cambara ihrer Mutter, die gern die Stärke der Frauen mit der eines Elefanten vergleicht, der selten vollen Gebrauch davon macht, entweder weil er nicht weiß, wie groß sie ist und was mit ihr bewirkt werden kann, oder weil sein großmütiges Herz verlangt, daß er mehr gibt, als er je dafür erhalten wird.)

Er fährt fort: »Es ist an der Zeit, daß ich dich in der Realität begrüße.«

»Als ob ich in einer selbstgeschaffenen Welt leben würde.«

»Du belügst dich selbst, das ist dein Problem.«

»Wie kannst du es wagen, in diesem Ton mit mir zu sprechen?«

Sein Schweigen ist Salz in ihrer offenen Wunde.

»Kannst du mir sagen, warum du nie zuvor etwas Derartiges geäußert hast?«

»Weil ich keine Gelegenheit dazu hatte.«

»Warum ausgerechnet heute?«

Zaak sagt darauf nichts.

»Warum nutzt du dazu den ersten Tag, den ich in der Stadt bin? Weil du weißt, daß ich völlig auf deinen Rat und deinen Schutz angewiesen bin? Behandelst du so einen Gast?«

»Ich bin mein ganzes Leben lang Gast gewesen«, sagt Zaak.

»Aber nicht in unserem Haus.«

»Wie kannst du das beurteilen?«

Das verletzt sie tief, es trifft sie ins Herz. »Meine Mutter hat dich aufgezogen, als wärst du ihr Fleisch und Blut.«

»Du sagst es ja selbst!«

»Was? Was habe ich gesagt?«

»Als *wäre* ich ihr Fleisch und Blut, was ich nicht war. Du hast es gewußt und es auf alle erdenkliche Weise ausgenutzt; sie hat es gewußt und hat mich regelmäßig daran erinnert, wenn ich aus der Reihe getanzt bin.« Er wirft ihr die Worte zu, als schleuderte er Pfeile auf eine Dartscheibe.

»Als Feigling bist du auf die Welt gekommen und wirst ewig einer bleiben«, sagt sie.

Sie versucht sich an einen einzigen Vorfall zu erinnern während der ganzen Zeit ihres Zusammenlebens – als im selben Haushalt aufwachsende Kinder oder als Paar, das vorgab, ein Ehepaar zu sein –, bei dem sie sich ihm gegenüber so unhöflich verhalten hat, wie er es jetzt tut. Es überrascht sie nicht, daß ihr keiner einfällt.

Zweifellos hat sie ihn in Schach gehalten und sich geweigert, »Intimitäten« mit ihm auszutauschen. Arda hat das so gewollt. Sie glaubt, ihn höchst anständig behandelt zu haben, wenn auch im Rahmen der Vereinbarung mit Arda und schließlich mit ihm. Während ihrer gemeinsamen Zeit in jüngeren Jahren hatte es allerdings Probleme gegeben, weil sie häufig über die Stränge schlug. Ihre Mutter hatte versucht, ihr wildes Wesen zu zügeln oder sie zu einem Benehmen anzuhalten, wie es von einem Mädchen ihrer Herkunft erwartet werden konnte, jedoch vergeblich. Zaak war eine absolute Niete, in der Schule immer das Schlußlicht; sie wußte, daß aus ihm nicht viel werden würde.

»Ich will hier weg«, schreit sie. »Sofort!«

»Bitte«, sagt er. »Wer hält dich denn auf?«

Schweigend, doch nicht reuig, sondern zornig starrt sie ihn an.

»Wohin willst du denn gehen?«

»In ein Hotel.«

»Kennst du eins?«

»Allerdings.«

Kiins Hotel Maanta, geleitet von Raxmas Freundin.

»Weißt du, wie man dort hinkommt?«

In seinem triumphierenden Ton schwingt Hohn mit, und beide wissen es. Sie erwidert nichts darauf, nicht nur weil sie keine Ahnung hat, wo sich das Hotel Maanta von ihrem jetzigen Aufenthaltsort aus befindet, sondern auch weil sie in das häßliche Gesicht der Niederlage blickt. Ihre Augen bohren sich in die seinen: Wie sie ihn haßt. Als sie schließlich auf die harte Wirklichkeit von soviel unversöhnlicher Verachtung in seinem tückischen Blick trifft, sagt sie, und ihre Stimme klingt wie die eines erschöpften Boxers, der die auf ihn herabregnenden Prügel nicht erwidert: »Trotzdem möchte ich nicht hier sein.«

»Nimm Vernunft an, Frau«, sagt er.

»Sprich nicht in diesem unverschämten Ton zu mir.«

»Ich spreche, wie ich will und wann ich will«, gibt er zurück.

Sie sagt: »Ich hätte es wissen müssen« und wiederholt es mehrmals. Dann verfällt sie in das deprimierte Schweigen der Unterlegenen; ihre Müdigkeit macht sich plötzlich im ganzen Körper bemerkbar, ihr Blick wird trübe, ihr Gesicht verzieht sich zu einer Grimasse. Doch tröstet sie sich damit, daß sie sich morgen wehren wird, wenn sie sich mit den Örtlichkeiten vertraut gemacht hat und mit alter Entschlossenheit ihre Würde verteidigen wird.

»Wenn du weißt, was gut für dich ist, willst du nirgends sein als hier bei mir.«

»Ich dachte, ich lebe in meiner eigenen Welt?«

»So ist es.«

»In der ich mich selbst belüge?«

»Jawohl.«

»In diesem Fall weiß ich, was gut für mich ist.«

»Nun, was oder wer ist denn gut für dich?«

»Weder du noch deine Wohnung.«

»Eins werde ich nicht tun«, sagt er in bevormundendem Ton.

»Was denn?«

»Ich werde nicht zulassen, daß du deine Sicherheit aufs Spiel setzt.«

»Warum sollte meine Sicherheit dir etwas bedeuten?«

»Sie bedeutet deiner Mutter etwas«, sagt er.

»Und warum bedeutet dir meine Mutter etwas?«

»Deine Mutter hält mich für deinen Gastgeber.«

»Und?«

»Ich will sie nicht enttäuschen.«

»Meine Sicherheit – daß ich nicht lache!«

Er tut ihren Zorn mit einem Achselzucken ab und sagt: »Wenn du vernünftig bist, wirst du dich nicht auf ein törichtes Abenteuer einlassen und in die unbekannten Gefahren des nächtlichen Mogadischu begeben. Du möchtest doch wohl nicht dein Leben aufs Spiel setzen, nur um etwas zu beweisen. Bleib unter meinem Dach; sei mein Gast; mach es dir so bequem, wie du kannst, trotz der widrigen Umstände. Denk an deine Sicherheit. An deiner Stelle würde ich mich mit den Unannehmlichkeiten abfinden, die der Preis für deine Sicherheit sind. Morgen bin ich nur allzugern bereit, dich zu fahren, wohin du willst, bis du ein gutes und ausreichend sauberes Hotel findest, das dir erstklassiges Essen serviert und dir genehm ist. Und Gott weiß, daß es in der ganzen Stadt kein solches Haus gibt.«

Sie weiß nicht genau, ob er sich reinwaschen will, wenn er ihr rät, nichts Übereiltes zu tun, oder ob er sie noch weiter demütigen will. Wer hätte denn Zaak für fähig gehalten, soviel Groll zu hegen, soviel Gift heimlich über so viele Jahre aufzustauen? Wer hätte gedacht, daß er das alles auf sie loslassen würde, wenn man es am wenigsten erwartete? Vielleicht war es ja naiv zu glauben, daß Zaak sich jedem Mitglied ihrer Familie auf ewig verpflichtet fühlen würde. Sie ist zuversichtlich, daß sie sich notfalls gegen Zaaks rüpelhaftes Benehmen wehren kann, und sie genießt die Vorstellung, daß sie sich schließlich ihrem Ruf als entschlußfreudige Frau, als vielversprechende Schauspielerin würdig erweisen kann. Allerdings weiß sie noch nicht, welche Tragweite das für sie haben wird. Sie sagt: »Versprich mir, daß du mir irgendwann einmal erklärst, warum du das tust. Zu meiner Erbauung.«

»Wardi hat sich bei mir gemeldet«, sagt er.

Sie sagt: »Das interessiert mich nicht.«

»Sollte es aber«, versichert ihr Zaak.

»Warum ist das wichtig?«

»Ich habe seine Seite der Geschichte gehört.«

»Und?«

»Was ist deine?«

Es sieht so aus, als wolle er sich in ein weiteres Scharmützel begeben, doch sie hebt noch rechtzeitig ruhig den rechten Arm, um zu verhindern, daß er etwas sagt. Als sie glaubt, ihn unter Kontrolle zu haben, legt sie die Finger auf ihre Lippen, als wolle sie den Vertrag mit dem Schweigen besiegeln, das nun ihr Schicksal sein soll. Sie steht völlig regungslos da, die Arme in die Hüfte gestemmt wie ein Vogel, der gleich fortfliegen will. Sie tut, als wolle sie gehen.

Dann sagt sie: »Guten Tag.«

»Warte, geh noch nicht«, sagt er.

Cambara geht hoch in ihr Zimmer, um nachzudenken.

4

Wie kann sie mit der salzigen Würze ihrer Tränen ihren Kummer kurieren, wenn ihr zweiter Ärger – über Zaaks ungehobeltes Benehmen – so überwältigend ist, daß ihr ursprünglicher Zorn über Wardi und was er getan hat, dagegen verblaßt? Sie wird allerdings niemals daran zweifeln, daß es richtig war, nach Mogadischu gekommen zu sein, und wird es nicht bereuen. Doch was soll sie unternehmen, um Zaaks Missetat aus der Welt zu schaffen?

Was auch immer sie tut, sie will sich ihrer Wut nicht ungezügelt hingeben und damit ihre Erfolgsaussichten ruinieren, denn das müßte sie dann bereuen. Es ist auch nicht angebracht, sich allzu schnell geschlagen zu geben, erst recht nicht solchen Versagern wie Zaak und Wardi, oder verzweifelt die Hände zu heben. Sie ist entschlossen, sich durch Zaaks demonstrative Feindseligkeit nicht den neugewonnenen Mut dämpfen zu lassen, der aus ihrem Sieg über Wardis Niederträchtigkeit resultiert und aus ihrem Entschluß, heimzukehren und ihren Anspruch auf das Familieneigentum anzumelden.

Wäre doch Raxma in der Nähe, oder könnte sie ihre Freundin jetzt gleich anrufen, um ihr von Zaaks ungebührlichem Verhalten zu erzählen. Von allen Bekannten, mit denen sie ein solch sensibles Thema besprechen könnte, ist Raxma die Person, der sie voll und ganz vertraut und die ihr, wie sie glaubt, raten könnte, wie sie sich am besten aus diesem komplizierten und destruktiven Beziehungsgestrüpp befreien kann, in das Zaak sie unerwartet geführt hat. Cambara hört in Gedanken noch einmal Raxmas gefühlvolle Worte, als sie sich mit einer Umarmung auf dem Flughafen von Toronto, wohin Raxma sie gefahren hatte, voneinander verabschiedeten. Sie hatte versprochen, weiter nach funktionierenden Telefonnummern des Hotels Maanta zu forschen. Das Hotel wurde von Kiin, einer sehr engen Freundin von Raxma, geführt und gehörte ihr auch. Als Cambara Raxma jedoch von Nairobi aus anrief, mußte diese ihr leider mitteilen, daß die beiden Telefonnummern, unter denen sie Kiin früher oft erreicht hatte, vielleicht nicht mehr aktuell waren, weil immer nur ein Besetztzeichen kam. Sie sagte jedoch, Cambara sollte sich keine Sorgen machen, und war überzeugt, daß sie ihr in ein paar Tagen Kiins Verbindung mitteilen könnte, weil sie es weiter unter der bisherigen Nummer probieren würde. Zusätzlich wollte sie versuchen, einen ihrer Geschäftspartner in Abu Dhabi zu erreichen, der vielleicht helfen könnte. Wenn Cambara in der Zwischenzeit eine in Mogadischu gültige SIM-Karte besorgte, wäre es den Versuch wert, die Nummern selbst zu probieren. Raxma war mit den somalischen Verhältnissen besser vertraut, weil sie über die politischen Ereignisse in dem Land, das sie vor gerade einmal zehn Jahren verlassen hatte, auf dem laufenden geblieben war, während Cambara fast zwanzig Jahre nicht dort gewesen war, und sie erklärte ihr, daß es in Mogadischu einige Telefonnetzbetreiber gebe, die keine internationalen Verbindungen herstellen konnten. Cambara könne sie aber anrufen, wenn sie einen Anschluß und eine eigene Nummer habe, und falls ein R-Gespräch nötig sei, würde Raxma sie sofort zurückrufen.

Jetzt erinnert sie sich voller Rührung an Raxmas Abschiedsworte. »Wir sind hier für dich da, meine Liebe, du kannst dich auf uns verlassen«, hatte Raxma versichert. »Wenn du innerhalb von zwölf Stunden nach Nairobi oder anderswohin ausgeflogen werden willst, laß es mich wissen. Bleib in Verbindung – das ist sehr wichtig.«

Cambara denkt, daß sie sich in vielen Dingen glücklich schätzen kann: Schließlich ist ihr die Welt bis heute freundlich gesinnt gewesen und hat ihr immer wieder neue Chancen geboten. Und dann hat sie Raxma, die ihr wie eine ältere Schwester ist und eine Vielzahl von Aufgaben übernommen hat und die ihre zuverlässigste Verbündete war, als sich die Beziehung zu Zaak oder zu Wardi schwierig gestaltete. Sie kann sich auch glücklich schätzen, daß Arda, trotz der gelegentlichen Sturheit, mit der sie die krisengeschüttelten Beziehungen ihrer Tochter behandelt, mit unaufhörlicher Liebe und unermüdlicher Fürsorge als Mutter für sie da ist. Wenn Cambara jemals in ihrem Leben die Unterstützung eines Menschen, der sie in persönlichen Dingen berät, den Rat einer Freundin, nötig hatte, dann heute.

Cambara war stets beeindruckt, daß Raxmas Herangehen an alle Herzensangelegenheiten in der Regel vom pragmatischen Sinn einer Mutter bestimmt war, die Zwillinge erziehen mußte, nachdem ihr unverantwortlicher Ehemann sie wegen einer jüngeren Frau verlassen hatte. Raxma war eine gute, geduldige Zuhörerin, die weit in die Zukunft blickte und ein fast schon unheimlich anmutendes Gespür dafür hatte, wann der rechte Zeitpunkt gekommen war, um einzugreifen, und wie man es anfangen sollte, welche Worte man benutzen und welche Vorschläge man machen sollte, und die sich selten von sentimentalen Argumenten beeindrucken ließ. Jede ihrer Handlungen war überlegt und darauf ausgerichtet, die Lage zu verbessern, ihr Rat so beschaffen, daß er noch nützen würde, wenn es zukünftig zu ähnlichen Situationen käme. Raxma hatte in Odessa Medizin studiert, und der Kanadische Ärzteverband hatte ihr eine Approbation für Kanada verweigert. Sie hätte sich umschulen lassen müssen, was sie mindestens drei Jahre gekostet hätte, und daher entschieden sie und ihr Mann gemeinsam, daß sie zugunsten ihrer Zwillinge, die inzwischen zur Schule gingen, den Beruf aufgeben sollte, was sie mit Bedauern tat.

Ihr Mann dagegen besaß Qualifikationen, die sich vermarkten ließen: eine gynäkologische Grundausbildung, dazu eine in Deutschland erworbene Zusatzqualifikation. Er wurde einer der wenigen Somalis, denen der Kanadische Ärzteverband eine Zulassung erteilte, arbeitete für zwei Krankenhäuser als Facharzt. Gutbezahlt und hochgeschätzt, wie er war, dauerte es nicht lange, bis Weltorganisationen mit UN-Unterstützung, darunter auch die WHO, ihn mit Aufgaben hier und da betrauten und ihn schließlich als ihren Vertreter auf den indischen Subkontinent schickten. Da war sein beruflicher Erfolg und die ihr offensichtlich fehlende Selbstverwirklichung schon zur dritten Kraft in ihrem gemeinsamen Leben geworden, dem er sich immer weiter entzog. Er begann Affären mit seinen Assistentinnen und erwählte dann eine von ihnen zu seiner Geliebten.

Als Raxma den Schwindel entdeckte, blieb sie ruhig und verriet weder, daß sie von seiner Untreue wußte, noch ließ sie sich

Anspannung oder Unbehagen beim täglichen Umgang miteinander anmerken. Sie brachte die Jungen in einem Internat unter; dann machte sie ihrem untreuen Ehemann mit Unterstützung eines Anwalts Druck. Sie einigten sich auf eine einmalige große Unterhaltszahlung, und obendrein übernahm sie ihr gemeinsames Haus mit fünf Schlafzimmern. Mit dem Geld auf der Bank und einem zusätzlichen Darlehen gründete sie dann eine Import-Export-Firma, die sie von zu Hause aus führte. Von dort aus reiste sie, wenn nötig, in die verschiedenen Städte, in denen ihre Firma tätig war – meist in den Golfstaaten. Selten jedoch blieb sie länger als zwei aufeinanderfolgende Wochenenden von Toronto fort und legte Wert darauf, für ihre Söhne dazusein, besonders als sie noch klein waren. Sie vereinbarte, daß ihre betagte Mutter und eine jüngere Schwester in Cambaras Alter sie vertraten, falls sie einmal nicht rechtzeitig zurückkommen konnte. Mittlerweile waren die beiden Jungen auf der Universität – einer in Guelph, 100 km von Toronto entfernt, der andere auf der McGill-Universität – und die Verantwortung für ihre Mutter und für den Haushalt lag nun bei der jüngeren Schwester. Zusätzlich zu der wichtigen Rolle im Haushalt ihrer Familie ist Raxma nach wie vor die wichtigste Stütze einer Gemeinschaft von somalischen Frauen, zu der sich auch Cambara zählen durfte.

Als die beiden Frauen sich zum ersten Mal begegneten, hatte Cambara gerade einmal einen Monat zuvor mit Startkapital von ihrer Mutter ein Studio als Visagistin eröffnet, nach zweijähriger Lehrzeit in einem anderen Studio mit ähnlicher Konzeption, aber anderer Klientel. Cambara wollte mit ihrer Einrichtung die aufstrebende Schicht der jungen berufstätigen Schwarzen ansprechen, besonders die Frauen, die Wert auf ihr Äußeres legten und »schöneres«, geschmeidigeres Haar wünschten. Viele dieser emanzipierten Frauen waren Singles, weil die neuen Männer, mit denen sie sich ein gemeinsames Leben und Heim vorstellen konnten, nicht leicht zu finden waren. Aufgrund ihrer besonderen Situation investierten die Frauen viel Geld, um gut auszusehen.

Die Farbe an den Wänden war noch frisch, Kunden selten, das Geschäft flau, als eines Nachmittags Raxma hereinkam, weniger um die Dienste einer Visagistin in Anspruch zu nehmen als um zu reden. Und wie sie über ihre Pläne redete, wie auf Knopfdruck, sobald Cambara sie auf einem Stuhl hatte Platz nehmen lassen und sie fragte, während sie ihr ein weißes Tuch umlegte: »Und wie sieht's aus?« Zunächst einmal erwartete Cambara nicht, daß Raxma darauf antwortete, denn es war nur ihre Art zu fragen: »Was kann ich für Sie tun?« oder »Womit kann ich Ihnen dienen?« Doch dann war sie wie gebannt, als die emotionsgeladene Flut von Worten aus ihrer neuen Kundin herausströmte, die sich als »Raxma« vorgestellt und eine gemeinsame Freundin erwähnt hatte, deren Name Cambara nichts sagte. Von ihrer Zuhörerin ermuntert, redete Raxma nicht, als wäre sie traurig oder zornig – überhaupt nicht; sie redete, als spräche sie in ein Diktaphon und irgend jemand würde ihre herausgesprudelten Sätze später zu einem lesbaren Text machen. Dennoch ließ sie die Gelegenheit nicht vorübergehen und sprach ganz offen zu Cambara über ihren Ärger, so als wären sie alte Freunde. Raxma erklärte, sie habe gerade herausgefunden, daß ihr langjähriger Ehemann sie mit einer seiner Assistentinnen im Krankenhaus, wo er als Facharzt tätig war, betrogen habe. Während Raxma redete, spiegelte sich plötzlich ein Durcheinander von Emotionen in ihrem Gesicht. Darüber hinaus sprachen ihre wilden Gesten zu Cambara, die mittlerweile das Tuch entfernt und Raxmas Hände zum ungehinderten Gestikulieren befreit hatte, von einer tiefen Verletzung, was in ihr den Wunsch weckte, alles zu tun, was sie konnte, um Raxma aufzumuntern oder ihr wenigstens den Tag zu verschönern.

Obwohl sie im Laden blieben und die Vorhänge geöffnet ließen, hängte Cambara das »Geschlossen«-Schild an die Tür und scheuchte ein paar potentielle Kunden fort. Sie setzte sich Raxma gegenüber und hörte weiter zu, als ihre neugefundene Freundin berichtete, was sie quälte. Eine halbe Stunde später verließen sie das Studio – Raxma immer noch redend und Cambara aufmerksam zuhörend – und gingen in Cambaras Stammcafé, setzten sich in eine ruhige Ecke, bestellten Tee, Kaffee und Sahne und plauderten. Dort blieben sie, bis die Lichter angingen, aßen eine Kleinigkeit und fuhren dann – jede in ihrem Auto – zu Cambara, wo sie sich weitere Drinks genehmigten.

Raxma rief ihre beiden Jungen an. Sie benutzte ihre Kosenamen und legte dabei ihre ganze Liebe in jede einzelne Silbe. Ganz offensichtlich bedeuteten die beiden Jungen ihr alles, und sie wollte ihnen auf keinen Fall schaden, was auch hieß, ihnen nicht ihr Recht abzusprechen, mit beiden Eltern zusammenzuleben. Ehe sie auflegte, schlug sie ihnen vor, sich eine Pizza zu bestellen und das Geld aus der Bargeldkasse zu nehmen, da sie spät nach Hause käme. Die Jungen fanden das prima. Ihr war natürlich klar, daß sie den ganzen Abend fernsehen und nicht wie versprochen ihre Hausaufgaben machen würden. Als Raxma vom Telefon zurückkam, sagte sie: »Fort mit Schaden!« in der improvisierenden Art einer Schauspielerin, die eine neue Rolle einstudiert.

Da Cambara Raxma nicht fragen wollte, was sie wohl damit meinte, schaute sie weg und tat so, als habe sie nichts gehört. Raxma senkte nachdenklich schweigend den Kopf. Sie war so konzentriert, daß sich ihre Augen zu schmalen Schlitzen verengten. Offenbar hatte sie in der Zeit zwischen dem Vorschlag an ihre Jungen, sich eine Pizza zu bestellen, und ihrer Rückkehr ins Wohnzimmer einen blitzschnellen Entschluß gefaßt. Raxma hatte beschlossen, die Jungen auf ein Internat zu schicken, und jetzt teilte sie Cambara ihre impulsive Entscheidung mit.

»Was wirst du mit der Zeit und der Freiheit anfangen, die du dadurch gewinnst?« erkundigte sich Cambara.

Raxma fragte: »Kennst du einen Anwalt?«

Der glückliche Zufall wollte es, daß Cambara mit einer Rechtsanwältin befreundet war – einer Nachbarin, die sie schon etliche Jahre kannte. Die aus Mauritius stammende Maimouna war eine kämpferische Feministin und hatte als Rechtsvertreterin von Frauen vor kanadischen Gerichten viel Erfahrung. Maimouna war ein wahres Energiebündel und arbeitete hingebungsvoll im Sinne der Simone Weil zugeschriebenen Erkenntnis: Wenn es ein verabscheuungswürdiges Verbrechen in der modernen Gesellschaft gibt, dann sind das repressive Urteile gegen Frauen. Sie sah ihre Aufgabe hauptsächlich als Kämpferin für die Rechte der

Frauen, besonders von Musliminnen, die es in Kanada oft schwer hatten. Maimouna war Kundin im Studio und eine alte Bekannte von Cambara, die sie oft auf der Arbeit und zu Hause besuchte.

»Wann möchtest du einen Termin?«

»Sobald wie möglich.«

»Möchtest du, daß ich dir einen Anwalt vermittle?«

»Ja, bald, und wenn es geht, eine Frau.«

»Kein Problem«, sagte Cambara.

»Dann zieh ich ihn aus bis aufs letzte Hemd.«

»Und dann?«

»Wenn ich damit Erfolg habe, werde ich mich daranmachen, wieder zu arbeiten«, sagte Raxma. »Ich könnte mir vorstellen, ins Import-Export-Geschäft einzusteigen. Ich muß sehen, wieviel ich rausschlagen kann, wenn ich einen gewissen Jemand bis aufs Hemd ausziehe.«

Cambara fand es nicht verwunderlich oder irritierend, daß Raxma ihren Mann kein einziges Mal bei seinem Namen nannte – wie sie wußte, taten das somalische Frauen, die unzufrieden mit ihren Ehemännern waren, um sich von ihnen zu distanzieren. Diese Frauen sprachen dann von ihrem Mann nur in der dritten Person als »er«, ohne seinem Namen zu gestatten, über ihre Lippen zu kommen und sie zu besudeln.

Eine halbe Stunde später genügte ein Anruf, und Maimouna kam auf einen Schwatz und einen kleinen Salat in Cambaras Wohnung. Noch vor Mitternacht willigte die Anwältin ein, Raxma vor Gericht zu vertreten. Es dauerte neun Monate, bis die erste Anhörung stattfand, und nicht einmal ein Jahr, bis sich das Ehepaar außergerichtlich geeinigt hatte. Cambara traf sich während dieser Zeit oft mit Raxma und ihren beiden Jungen und verbrachte viel Zeit mit ihnen. Zu viert fuhren sie für verlängerte Wochenenden mit dem Auto nach Ottawa und besuchten Arda. Später dann wurde Raxma neben Arda als einzige weitere Person in Cambaras wahre Haltung zu ihrer Rolle als Zaaks Ehefrau eingeweiht. Cambara hielt sie von Anfang an über alles auf dem laufenden, und Raxma blieb schützend im Hintergrund. Als es an ihr war, Cambara zu helfen, deren Leben auf den Kopf gestellt wurde, war Raxma zur Stelle, leistete ihr Gesellschaft und munterte sie auf. Am Tag, als Cambara Zaak aus der Wohnung warf, ließ sie wieder ihren Spruch hören: »Fort mit Schaden!« Dann füllte Raxma Wasser in einen Tontopf und unter Wehklagen und lautem Trommeln zerschmetterte Cambara ihn auf ihr Geheiß mit einem Stock, so daß das freigesetzte Wasser herausfließen konnte – die symbolische Darstellung der Befreiung einer Frau aus ewiger Knechtschaft. Eine Woche lang feierten sie gemeinsam ihren neuen Familienstand – zwei Frauen, die über ihre Freiheit frohlockten. Raxma meinte nämlich, daß es an der Zeit sei, auch ihrer Befreiung mit neubelebter Freude zu gedenken.

Es dauerte nicht lange, da hatte Cambara Raxmas klugen Rat nötig, weil sie einen Charmeur namens Wardi kennengelernt hatte, den sie als ihre wahre Liebe bezeichnete. Als Cambara in einem mitternächtlichen Telefongespräch aus Genf von ihm schwärmte – ihre Mutter rief sie erst etliche Stunden später an –, kam Raxmas Rat in Form einer Warnung, die feinfühlig in ein Angebot gehüllt war, das Cambara nicht ablehnen konnte. Sie riet ihrer Freundin nicht nur, den Burschen zu meiden, der sie so magisch anzog, sondern sie beteuerte auch, daß es sie nicht aus der Bahn werfen würde, wenn Cambara den Geboten ihres Herzens folgen und ihren Rat mißachten sollte. Sie würde sie trotzdem weiter unterstützen und schloß mit den Worten: »Laß dich von seiner honigsüßen Zunge nicht täuschen, aber wenn du Liebe fühlst und also eine Närrin bist, dann bin ich ganz für dich da, mein Liebes.«

Im Gegensatz dazu waren Ardas erste Kommentare zu Cambaras Liebeswahl nicht schmeichelhaft. Ihre mißbilligende Reaktion kam prompt, aus dem Bauch heraus und war unflätig und so unzuträglich wie das Klima einer inmitten von ungesunden Sümpfen gelegenen Stadt. Als Cambaras Bitten, vernünftig darüber zu reden, eine verächtliche Abfuhr zuteil wurde und Arda sich darauf verlegte, zu drohen, daß sie mit keinem von ihnen etwas zu tun haben wollte, wenn ihre Tochter diese verrückte Angelegenheit weiterverfolgte, fand Cambara einen Weg, ihr Gespräch zu beenden, ohne schrecklich unhöflich zu sein. Aber nicht bevor Arda noch folgendes gesagt hatte: »Wie kannst du so verknallt in ihn sein, wenn du den Mann kaum eine Woche kennst? Ich habe andere Pläne für dich, meine Liebe. Leider ist in meinen Plänen kein Platz für einen Versager wie seinesgleichen. Damit du das weißt.«

»Es ist mein Leben, Mutter, und ich tue damit, was ich will, mit oder ohne deine Billigung«, erwiderte Cambara und legte auf.

Raxma holte Cambara bei ihrer Rückkehr aus Genf vom Flughafen ab und begrüßte sie mit Blumen und tröstenden Umarmungen. Dann lud sie die Freundin noch am selben Abend zum Essen bei sich ein, und zum allerersten Mal machte sich Cambara traurig daran, ihr Leben so zu planen, daß Arda nicht mehr den Mittelpunkt bildete. Raxma hatte die Ehre, Cambara die nötige Unterstützung zu geben, um es Wardi zu ermöglichen, als ihr Ehemann nach Toronto zu kommen. Zur Klärung der rechtlichen Seite trug dann Maimouna bei, die sie wenig später um Rat fragten. Währenddessen weigerte sich Arda, aus ihrem Schmollwinkel herauszukommen. Sie war überzeugt, Cambara würde nun, da ein Ozean sie von ihrem Angebeteten trennte, zur Vernunft kommen. Arda verschanzte sich noch mehr, hartnäckig davon überzeugt, daß man schon sehen werde, wer am Ende klein beigibt. Die Situation blieb festgefahren – Arda half weiterhin finanziell, und Raxma diente ihnen bei ihrem indirekten Kontakt als Vermittlerin –, bis lange nach Wardis Ankunft und fast bis drei Monate nach Cambaras Besuch in der Frauenklinik, wo sie erfuhr, daß sie schwanger war. Dann bestellte Arda sie zu sich – allein. Arda und Cambara schoben ihre Meinungsverschiedenheiten beiseite, wobei keine von beiden erwähnte, was geschehen war, und legten los. Arm in Arm machten sie ihre Schaufensterbummel, und Arda ließ auf Cambara und das ungeborene Kind, dessen Geschlecht noch unbekannt war, Geschenke in Hülle und Fülle herabregnen. Die Waffenruhe hielt, und Cambara flog glücklich nach Toronto zurück. Vierzehn Tage später bestellte Arda Wardi nach Ottawa, wieder allein, um seine Vertrauenswürdigkeit zu prüfen. Als man Arda drängte, ihr Urteil abzugeben, beschrieb sie ihn als »schlauen Fuchs, der noch einige Winkelzüge in petto hat«. Niemand traute sich, Arda zu sagen, daß Cambara ihn als Miteigentümer der Wohnung, in der sie lebten, hatte eintragen lassen. Dalmars Geburt brachte Arda wieder ganz nah.

Cambara hätte sich nun entspannen und glauben können, eine gute Zeit stünde bevor – besonders nachdem sie Mutter geworden war und Wardi dank Maimouna Arbeit bei einer Anwaltskanzlei gefunden hatte –, doch auf ihr schien ein Fluch zu lasten: Andere Frauen lockten ihn, und er streunte in fremde Betten. Sie vermied die Konfrontation mit ihm und sagte sich manchmal, daß keiner dabei gewinnen würde und Dalmar letztlich der Verlierer wäre, und ein andermal dachte sie daran, was Arda dazu sagen würde. Dann ließ sie eines Tages ihren Sohn, inzwischen ein quicklebendiger, linkischer Neunjähriger, in Wardis Obhut und mußte kaum sechs Stunden später noch am selben Nachmittag erfahren, daß Dalmar im Pool ertrunken war, während Wardi sich mit Susannah, seiner Gastgeberin und Geschäftspartnerin, vergnügt hatte.

Als Cambara die Nachricht von Dalmars Tod hörte, erstarrte sie und wollte es zunächst nicht glauben – nicht einmal nachdem sie den Toten in der Leichenhalle identifiziert hatte. Im Angesicht der Tragweite dieses Ereignisses blieb ihr das Herz stehen: Er würde nicht mehr in ihren Träumen sein, lebendig und lebhaft, wie Kinder sind, liebevoll und ebenfalls von ihr träumend. Wardi war schuld; und sie auch, wenn sie es recht bedachte. Sie fiel auf die Knie, schrie und fluchte hauptsächlich über sich selbst, weil sie Dalmar in seine verantwortungslosen Hände gegeben hatte. Sie war völlig aufgelöst und wie gelähmt. Von Arda kam kein »Ich-hab's-ja-gleich-gesagt«, sie hielt sich im Zaum und machte keine selbstzufriedenen Bemerkungen.

Es dauerte nicht lange, bis Wardi sein wahres Gesicht zeigte und vor Gericht Geld aus der Urkunde, die ihn zum Miteigentümer ihrer Wohnung machte, erstreiten wollte. Er schlug nun vor, die Wohnung zu verkaufen. Von da an hatte sie nichts als Verachtung für ihn übrig und zeigte ihre Aversion ihm gegenüber privat und auch öffentlich. Als er handgreiflich wurde und sie schlug und dann davonstolzierte, schlug sie noch kraftvoller zurück. Sie zahlte es ihm mit gleicher Münze heim und traf ihn an der Stelle, wo es den Männern am meisten weh tut.

Der überraschende Angriff, den Zaak eben auf sie unternommen hat, erregt weitere Wut, die sich in ihre Gelenke vorarbeitet und ihre Muskelkoordination beeinflußt. Sie fühlt sich abwechselnd mordlustig – wenn sie an Wardi denkt – und tödlich beleidigt – wenn sie daran denkt, was Zaak gesagt hat. Ihr Körper wird ganz steif bei der Vorstellung, zu Gewalt zu greifen, was sie schon einmal getan hat, als Wardi ihr ins Gesicht schlug. Ihre Temperatur steigt, sie nimmt die Haltung eines Kung-Fu-Meisters an, der die Fäuste ballt und sich zum Gegenangriff bereit macht. Kaum ist es ihr gelungen, sich etwas zu beruhigen, als sie sich plötzlich vorstellt, Zaak zu Brei zu schlagen. Wieder durchlebt sie das einzige Mal, als sie zurückgeschlagen hat, im Zorn und zur Selbstverteidigung. Die Vorstellung, was aus ihr werden könnte, wenn sie sich jedesmal auf diese Weise rächt, beunruhigt sie. Wie kann sie ihr Bedürfnis, Streit mit Gewalt auszutragen, damit vereinbaren, daß sie unter anderem nach Somalia gekommen ist, um einen großen Abstand zwischen sich und Wardi zu schaffen? Und um in Frieden zu trauern, während sie in einer vom Krieg verwüsteten Stadt lebt.

Wenn Cambara an das ganze Geschehen zurückdenkt, weiß sie, daß Wardi damals einen grundsätzlichen Fehler gemacht hat, als er annahm, nur weil Cambara eine Frau ist, sei sie im Falle eines Faustkampfes verletzlicher als er. Zu seinem Nachteil entdeckte er jedoch, daß bei einer Frau, die man verschmäht und dann ins Gesicht geschlagen hat, Wut die Fäuste beflügelt, wobei das durch angestauten Groll erzeugte Adrenalin in rohe Kraft umgesetzt wird. Bei so viel unterdrücktem Zorn kann die verächtlich behandelte Partei die angestaute Galle in Muskelkraft verwandeln, die so gewaltig ist wie die eines amoklaufenden Elefanten.

Sie denkt daran, daß sie seit ihrer Ehe mit Zaak jahrelang heimlich Kampfsport trainiert hat, da sie fälschlicherweise annahm, er könnte eines Abends versuchen, sich gewaltsam Zutritt zu ihrem Schlafzimmer zu verschaffen und ihr dann seinen unerwünschten sexuellen Appetit aufzudrängen. Wie sich herausstellte, unternahm er nichts Derartiges, entweder, weil er sich nicht traute, oder, weil er Angst davor hatte, was Arda ihm in diesem Fall antun könnte. Gewiß, Zaaks Verhalten zeugte von einer Menge unterdrückter Aggression, aber er hielt sich zurück, jedenfalls ihr gegenüber; erst nachdem sie geschieden waren und er eine arme Frau geheiratet hatte, die er ungestraft mißhandeln konnte, ließ er seiner Wut freien Lauf. Daß Cambara schließlich die animalische Wucht ihrer jahrelang aufgestauten Wut auf Wardi losließ, überraschte niemanden, der ihre ganze Geschichte kannte.

Er schlug zuerst zu, und der kräftige Fausthieb ins Gesicht, der ihre Unterlippe aufplatzen und heftig bluten ließ, war nicht zu entschuldigen. Als sie ihr eigenes Blut schmeckte, drehte sie durch und benahm sich wie eine Wilde. Sie schlug ihn schnell und heftig und zahlte es ihm mit Zinseszins heim. Sie rastete aus – daran bestand kein Zweifel –, so als sei sie für einen Moment wahnsinnig geworden; ihr Blick war unkoordiniert und irr. Sie konnte nicht sagen, was über sie kam und sie überwältigte, als er sie schlug und sie sich abwandte und das Blut auf ihrer Unterlippe schmeckte. Kaum hatte sie begriffen, daß er mit diesem Schlag eine weitere Grenze überschritten hatte, als sie eine seltsame Empfindung hatte: Es war ihr, als ob zwei Ameisen auf ihrem Rücken krabbelten – die eine hinauf, die andere hinunter. Sie kratzte sich, und ihre Finger spürten etwas Feuchtes. Da begriff sie, daß es sich um Schweißtropfen handelte, nicht um Ameisen.

Sie widmete sich noch ihrer blutenden Lippe, als er sie wieder schlug, diesmal auf den Hinterkopf, und sie zu Boden schickte und dann noch ins Gesicht trat. Während sie noch am Boden lag, teilte er ihr mit, daß er für ein langes Wochenende verreisen würde und sie bei seiner Rückkehr nicht mehr in der Wohnung vorfinden wollte – in ihrer eigenen Wohnung, die sie mit dem Geld ihrer Mutter gekauft hatte –, weil er sie verkaufen und seinen Anteil kassieren wollte. Außerdem wußte sie, wohin und mit wem er verreisen würde. Sein Versuch, sie um ihr rechtmäßiges Eigentum zu betrügen, frustrierte sie. Dahin hatte sie also ihr Vertrauen geführt?

Sie erinnert sich daran, wie sie ihre aufgeplatzte Lippe berührte und nachdenklich auf ihren Mittel- und Zeigefinger starrte, die mit ihrem Blut bedeckt waren. Dann drehte sie durch, weil sie in ihrem Blut ihren eigenen Fehler und das Versagen von so vielen Frauen sah. Sie konnte sich überhaupt nicht leiden. Nein, sie war nicht eifersüchtig, weil er sich mit seiner kanadischen Geliebten für das Wochenende davonmachte. Sie war zornig. Und für sie gibt es einen Unterschied zwischen Eifersucht und Zorn, aber sie war damals nicht in der Stimmung, ihre Gedanken zu äußern. Der Dummkopf hätte gehen können, wohin er wollte, allein oder mit wem auch immer; es kümmerte sie nicht. Schließlich war er eine abscheuliche Kreatur. Noch unzufriedener als mit ihm war sie mit sich selbst, weil sie zugelassen hatte, daß ihr diese und viele andere schreckliche Dinge angetan wurden oder sich die Dinge so entwickelten und sie nun so übel dran war. Vor allem konnte sie es nicht ertragen, daß ihr Sohn im Swimmingpool seiner Geschäftspartnerin und Geliebten ertrunken war, während sie es im Schlafzimmer am anderen Ende des großen Hauses getrieben hatten.

Die Erinnerung, wie sie Wardi verprügelt hat, drängt sich ihr jetzt auf. Sie denkt daran, mit welcher Leidenschaft sie ihn geschlagen hat, voll rachsüchtiger Wut und Verachtung – Folge einer furchtbaren Verbitterung, die sich sehr lange in ihr aufgestaut hatte. Hatte sie deshalb heimlich jahrelang Kampfsport trainiert, um sich auf den Tag vorzubereiten, an dem ihre vergiftete Beziehung sich so zuspitzte, damit sie ihn kurzerhand niederstrecken konnte? Natürlich wollte sie ihm zeigen, daß sie kein leichtes Opfer war. Und wie war das besser zu beweisen als damit, ihm seine eigene bittere Medizin zu verabreichen, ihn zu demütigen, weil er ihren Bund entweiht und nicht auf seinen Sohn achtgegeben hatte, als dieser im Pool war. Als sie ihn mit den Fäusten bearbeitete, erschienen die Bilder von Dalmars Beerdigung und der Begegnung mit Wardis Geliebter erst auf dem Friedhof und später bei sich zu Hause und sammelten sich in ihrem Kopf, wie sich Gewitter zusammenbrauen, und kulminierten schließlich in rasendem Zorn, der ihr Bewußtsein ausschaltete. Vielleicht erklärt das alles: Warum sie sich nicht mehr steuern konnte und dem wilden Tier in sich die Oberhand überließ.

Wenn sie jetzt mit klarem Kopf das Geröll ihrer Wut analysiert, sagt sie sich, daß sie es ihm vielleicht mit höheren Zinsen heimgezahlt hat, als er verdient hatte. Sie hätte ihn töten können, wenn sie sich nicht in letzter Minute besonnen und gerade noch rechtzeitig Einhalt geboten hätte, wohl wissend, daß ein Messer, egal wie klein und stumpf, eine tödliche Waffe in den Händen einer Mutter ist, deren einziger Sohn im Swimmingpool der Geliebten ihres Mannes ertrunken ist. Sie spürt, daß ihre Wut zu einem Motiv für einen tödlichen Schlag wurde. Am Ende fügte sie ihm viele Schmerzen zu. Wardi lag reglos auf dem Rücken, und sein Körper war mit Blutergüssen übersät; manche davon schwollen zur Größe von Weintrauben an, andere wurden so hart wie Kakteen, manche platzen bald auf wie bösartige Pusteln, und andere wurden schließlich so höckerig wie die Früchte des Baobab-Baums.

Nachdem Cambara ihn mit ihren Karateschlägen niedergestreckt hatte, fühlte sie sich zunächst fürchterlich bedrückt, nicht weil sie es bedauerte, sondern weil sie so unentschlossen war. Es folgte ein euphorisches Gefühl, sie war erregt, weil sie etwas vollbracht hatte, von dem sie unbewußt seit langem so manche Nacht geträumt hatte. Als sie dann ihr Bedauern verdrängen mußte, erinnerte sie sich selbst daran, daß sie sich gewünscht hatte, ihn eines Tages bewußtlos zu schlagen. Ja, ein Teil von ihr hätte es gern gesehen, wenn Wardis Geliebte jetzt bei ihnen gewesen wäre und ihn auf Knien flehend gesehen hätte. Die Vorstellung versetzte Cambara in Hochstimmung.

Ihre Ehe war so gut wie beendet, das war ihr nun klar, und sie wußte auch, daß es nicht möglich war, ihre Beziehung wieder ins Lot zu bringen oder sie zu retten. Es brachte nichts, einem außer Gefecht gesetzten Dummkopf, der sich in Selbstvorwürfen erging, Freundlichkeit zu erweisen, es war auch nicht dienlich, rasche Entschlüsse zu fassen, die ihr am Ende Probleme bringen würden. Merke: Bitte keine Tricks, um das Gesicht zu wahren. Es war an der Zeit, Wardi ganz loszuwerden. Cambara mußte das aber zu ihren eigenen Bedingungen tun. Und Zaak? Wie soll sie mit ihm fertig werden? Cambara wird abwarten müssen, das Ganze von verschiedenen Seiten betrachten und sich dann entscheiden; dafür ist noch Zeit, viel Zeit.

In ihrer Erinnerung hat Wardis unförmiges Gesicht geschwollene, tränende Augen und gleicht einer Polystyrol-Tasse, auf die jemand aus Versehen draufgetreten ist. Er traut sich nicht, sein häßlich geschwollenes Gesicht in der Öffentlichkeit zu zeigen, sondern hätschelt schweigend sein Ego und leckt seine Wunden im Schmollwinkel, während sie mit Lippen so dick wie Dunlop-Reifen zur Notaufnahme in ein nahes Krankenhaus fährt. Die diensthabende Schwester rät ihr, ihren gewalttätigen Ehemann anzuzeigen, aber Cambara lügt und behauptet, Opfer eines Raubüberfalls geworden zu sein. Die Lippe wird mit einem halben Dutzend Stichen genäht, und die Ärzte entlassen sie angesichts der Brutalität, mit der ihr die Verletzungen beigebracht wurden, mit der Warnung, sich vorzusehen und die Polizei zu rufen, wenn der gefährliche Mann sie weiter bedrohe.

Wardi verreist an jenem Wochenende schließlich doch nicht wie geplant mit seiner Geliebten, weil er sich vor ihren Fragen fürchtet, wie er zu seinen häßlichen Blutergüssen gekommen ist. Für einige Tage leben Wardi und Cambara in derselben Wohnung, sprechen jedoch kaum miteinander; in dieser Zeit kochen und essen sie meist getrennt und gehen sich aus dem Weg. Dieser Modus vivendi erinnert sie an die mit Zaak getroffene Vereinbarung, jeder solle sich auf seinen Teil der Wohnung beschränken. Um das Gesicht zu wahren, treten sie gemeinsam auf, wenn Verwandte oder Freunde sie besuchen oder wenn sie zur Hochzeit eines Freundes eingeladen sind. Cambara erzählt nichts vom Faustkampf, wer angefangen, wer stärker geblutet und wer gewonnen hat, wer was verloren hat. Im stillen empfindet sie, daß ihr durch das Vorgefallene übel mitgespielt worden sei, besonders nach dem Tod ihres Sohnes.

Dann, eines Morgens, wacht Cambara auf und sieht aus wie eine leidende Katze. Ihr ist unwohl, der Kopf schwirrt ihr und schmerzt, das Herz tut entsetzlich weh; da beschließt sie, die größtmögliche Distanz zwischen sich und Wardi zu bringen. Es folgen lange Diskussionen mit Arda und Raxma, erst mit der einen, dann mit der anderen und später mit beiden. Ganz oben auf der Tagesordnung steht die Frage der Sicherheit. Arda ist der Ansicht, daß keine Immobilie im heutigen Mogadischu das Risiko wert ist, das mit ihrer Wiedergewinnung verbunden ist. Raxma neigt zu der Auffassung, daß eine Reise jetzt Positives bewirken könne, vielleicht sogar von therapeutischem Nutzen sei. Aber wo soll sie unterkommen? Sie einigen sich darauf, die Sache von allen Seiten zu bedenken und zu überlegen, wo und bei wem sie wohnen könnte, und sich dann wieder zu treffen.

Nachdem sie erneut mit Arda und Raxma gesprochen hat, kauft Cambara ein einfaches Flugticket nach Mogadischu. Während Arda darauf besteht, daß sie der Reise nur unter der Bedingung zustimmt, daß Cambara bei Zaak wohnt und schwört, beim kleinsten Anzeichen von Gefahr sofort zurückzukommen, verspricht Raxma, mit Kiin in Verbindung zu treten, die ein Hotel besitzt und ihr Unterkunft gewähren und für ihre Sicherheit garantieren kann.

Cambara hat die vor Erschöpfung trüben Augen halb geöffnet und regt sich beim Geräusch des Wasserkessels, der im Erdgeschoß ihren Gastgeber herbeipfeift und ihm in Kesselsprache mitteilt: »Komm und bereite deinen morgendlichen Tee, Zaak.« Sie liegt still im Bett und versetzt sich zurück in ihre erste Zeit mit Wardi in Genf, als die Liebe gut war und die beiden sich ihr mit der Muße eines Paares widmeten, das nicht genug davon und voneinander bekommen konnte.

Wardi und Cambara waren sich zufällig in einem Café begegnet. Beide waren von der Person, mit der sie sich dort treffen wollten, versetzt worden: Sie hatte eine Verabredung mit einem Autor, der an einem Drehbuch über einen somalischen Flüchtling arbeitete, der aus der Schweiz ausgewiesen wurde, und Wardi wollte sich mit einem Rechtsanwalt für Einwanderungsfragen treffen, der ihm helfen sollte, seinen Fall vor die Ausländerbehörde des Kantons Genf zu bringen. Wie zwei verlorene Seelen fühlten sie sich zueinander hingezogen, und jeder suchte Rettung in dem anderen. Cambara war in den Ferien; sie hatte gerade die vierzehntägigen Dreharbeiten für einen Film hinter sich, der von einer schweizerisch-kanadischen Gesellschaft finanziert wurde. Wardi seinerseits war ein mittelloser Somali, der unbedingt die Papiere bekommen wollte, von denen sein Status als Flüchtling in der Schweiz abhing. Sie fiel sogleich seinem Charme zum Opfer und spürte, daß nichts das wieder rückgängig machen konnte; sie waren miteinander verbunden.

Sie verließen das Café, sich berührend und händchenhaltend. Sie kicherte die ganze Zeit, weil sie ihn witzig und amüsant fand, und das Zusammensein mit ihm war so aufregend, wie sie es nicht für möglich gehalten hatte. Stunden später am gleichen Tag spendierte sie ihm ein Gourmet-Essen im ersten noblen Restaurant, das er seit seiner Ankunft in der Schweiz betreten hatte. Er brachte sie ins Hotel, wo sie in der Lounge saßen und bis in die Morgenstunden miteinander plauderten. Kurz vor Morgengrauen tauschte sie ihr Einzelzimmer gegen ein Doppelzimmer, damit sie sich weiter unterhalten und einander besser kennenlernen konnten. Er schlief in seinen Kleidern ein. Um neun Uhr am nächsten Morgen – sie hatte die ganze Nacht kein Auge zugetan – ging sie einkaufen und kam mit den Sachen zurück, die sie für ihn ausgesucht hatte.

Als sie zurückkam, war er wach und hatte gerade ausgiebig geduscht. Da stand er nun mit einem Handtuch um die Hüften – schön und begehrenswert. Dann gab sie ihm das Rasierzeug, das sie für ihn gekauft hatte, dazu ein Paar Hosen und etliche Hemden, und alles paßte perfekt. Er benahm sich, wie es Männer gewohnt waren, die sich aushalten lassen: Sie nahmen die fortwährende Treue und Liebe ihrer Gespielin für selbstverständlich, ohne sie zu erwidern. Bei Cambara hätten nun Alarmglocken schrillen sollen, und sie hätte wissen können, was sie erwartete – doch nein. Mit fünfunddreißig war sie zum ersten Mal verliebt und wollte auf nichts hören außer auf ihr verliebtes Herz, das im gleichen Rhythmus mit dem seinen schlug.

Als er ihr von den Anrufen Raxmas und ihrer Mutter aus Ottawa erzählte, blickte Cambara amüsiert drein und benahm sich wie ein junges Mädchen bei ihrem ersten Date. Sie hatte kein Interesse, zu erfahren, was ihre Mutter von ihm hielt. Warum? Weil sie Raxma und ihre Mutter kannte und wußte, daß sie schwierig und kompromißlos sein konnten, wenn es um Cambaras Wahl ihrer Männer ging, besonders nach dem, was sie mit Zaak durchgemacht hatte. Arda hatte bei allen Männern, an denen Cambara Interesse gezeigt hatte, Charakterfehler, unpassende Clanzugehörigkeiten, schlechte Bildung oder andere Mängel entdeckt.

Irgendwann schickte Cambara ihn mit dem Vorwand fort, er möge ihr *Le Monde* besorgen, und rief während seiner Abwesenheit Arda zurück. Es war keine Überraschung, daß Arda ein Lied anstimmte, in dem das Wort »Liebe« nicht mit hell funkelnden Sternen in Verbindung gebracht wurde, sondern mit dem Verdacht der »Arglist«. Kurz gesagt, Arda gefiel nicht, wie sich Wardis Stimme präsentiert hatte, weit vor dem Rest von ihm. Er war ihr unsympathisch, weil sie spürte, daß er eifrig daran arbeitete, sie verliebt zu machen. »Gerissener Kerl« war ein Ausdruck, den sie mehr als einmal benutzte. Aber sie hatte den Mann doch noch gar nicht gesehen! Ardas Rat war: »Flieg ohne ihn nach Hause.«

Raxma ihrerseits glaubte, daß Cambara verdientermaßen eine schöne Zeit hatte, und daher wagte sie ihrer Freundin, die frisch verliebt im Arm ihres Angebeteten lag, nicht vorzuschlagen, einen weiten Bogen um ihn zu machen – jedenfalls nicht bevor sie den Mann kennengelernt hatte. Als Raxma hörte, wie Arda es aufgenommen und von einem einzigen kurzen Telefongespräch auf den Charakter des Mannes geschlossen habe, wiederholte sie, daß sie ihr Urteil zumindest so lange aufsparen wolle, bis Cambara die Leerstellen in ihrer Geschichte für sie ausgefüllt habe. Sie schloß mit der Bemerkung, da sie nicht genug wisse, würde sie zu einem vorsichtigeren Herangehen neigen, und warnte vor einer hastigen Heirat.

Jetzt liegt Cambara in Mogadischu im Bett und erinnert sich mit einem gerüttelt Maß an Selbstvorwürfen, daß sie den Rat ihrer Mutter nicht befolgt hatte. Sie kehrte einige Wochen später nach Toronto zurück, ohne Wardi, aber das war nicht alles. Cambara hatte, ohne daß Arda, Raxma und viele der ihr Nahestehenden davon erfuhren, Wardi auf einem der Standesämter der Stadt Genf geheiratet, da sie fest an ihre wahre Liebe glaubte. Was andere dazu sagen könnten, ob sie die Verbindung guthießen oder nicht, spielte für sie offenbar keine Rolle. Die geheime Angelegenheit fand im Beisein zweier kanadischer Kollegen von den Dreharbeiten statt, die als Trauzeugen dienten. Ehe noch die Tinte ihrer Unterschriften auf den Dokumenten trocken war, drängte Wardi sie, Kopien ihrer Heiratsurkunde beim kanadischen Konsulat einzureichen. »Für unsere Familienzusammenführung«, erklärte er.

Obwohl Raxma an Wardis Aufforderung, die Heiratsurkunde noch am gleichen Tag einzureichen, nichts Verwerfliches fand, hatte sie doch ein etwas komisches Gefühl, wenn sie auch zögerte, es geschmacklos zu nennen. Verglichen mit Raxmas Reaktion war die von Arda recht übertrieben. »Hab ich dir's nicht gleich gesagt?« meinte sie. »Er ist ein Betrüger, dem man nicht trauen kann.« Von nun an handelte Cambara mit gut nachzuvollziehender Vorsicht und beschloß, für sich zu behalten, daß Wardi sie drängte, ein rechtskräftiges Dokument aufzusetzen, in dem juristisch festgehalten wurde, daß alles, was sie besaß, zur Hälfte ihm gehörte. Sie wollte ihn bei Laune halten, so gut sie konnte; das war alles. Mehr nicht. Und ihre tauben Ohren hörten keine Warnsignale. Wie schwerhörig die Liebe macht!

Zurück in Toronto, wurde ihr von ihrer Mutter dann sehr deutlich gesagt: Sie wollte mit der ganzen Geschichte nichts zu tun haben und würde die Bemühungen ihrer Tochter, ihn zu sich nach Kanada zu holen, weder unterstützen noch behindern. Inzwischen nahm sich die kanadische Einwanderungsbehörde Zeit, da ihr bekannt war, daß sie schon einmal mit einem Somali verheiratet gewesen war und man ihr auf dieser Grundlage eine Familienzusammenführung gewährt hatte. Die Warterei hinterließ ihre

Spuren bei Cambara, die mit Hilfe ihrer Rechtsanwältin Maimouna Kopien über Kopien von weiteren Formularen und noch mehr Papiere ausfüllte. Sie rief Wardi fast täglich an, und wenn sie es einmal nicht tat, rief er sie per R-Gespräch an, wodurch ihre Telefonrechnung proportional zu ihrer Sorge immer weiter anstieg. Obwohl Arda sich nicht am Elend ihrer Tochter weidete, hoffte sie doch, daß Cambaras Begeisterung für Wardi vertrocknen würde wie ein Baum während der Dürrezeit, je länger sie auf eine Klärung der Angelegenheit warten mußte. Doch Cambara behauptete, ihre Liebe werde im Gegenteil immer stärker, je mehr bürokratische Hindernisse die Einwanderungsbehörde ihr in den Weg lege, und sie vertraute darauf, daß Maimouna sie wegräumte.

Als diese sich beiläufig erkundigte, warum sie Wardi all seine Wünsche gewährt hatte und ihm mehr bot, als er sich je erträumt hatte, konnte Cambara keine zufriedenstellende Antwort liefern. Da sie verzweifelter war, als sie zugeben wollte, erwog sie, nach Genf zu ziehen, um mit Wardi zusammenzusein. Arda hielt sie für verrückt und sagte nichts, aber Raxma wollte davon nichts wissen. »Ein arbeitsloses Paar – die eine Visagistin ohne Anstellung, der andere ein Somali ohne Flüchtlingsstatus – könnte nicht von den geringen monatlichen Sozialhilfezuwendungen in der Schweiz leben.«

Schließlich gestand Cambara alles, auch die Tatsache, daß sie Wardi als Miteigentümer ihrer Wohnung in Toronto hatte eintragen lassen. Jetzt war es an Arda, etwas zu tun, und sie tat, was sie am besten konnte: Sie rief die richtigen Leute an, und innerhalb eines Monats verließ Wardis Gesuch zügig die Schreibtische der untergeordneten Chargen und landete auf denen höherer Beamter, wo am Ende eines Telefongesprächs Entscheidungen gefällt wurden. Unabhängig davon blieb Arda bei ihrer ursprünglichen Meinung, daß Wardi einen ungesunden Einfluß auf ihre Tochter ausübe. Sie bediente sich Raxmas, um ihre Botschaften zu überbringen. Diese lauteten: Sie würde Wardi stets mißtrauen und, wenn es nach ihr ging, ihn nicht in ihre Nähe lassen.

Als er dann seine Papiere bekam, holte Cambara ihn allein vom Flughafen ab. Wardi und Arda hatten nichts füreinander übrig, das war bekannt, doch Cambara fragte sich, ob ihre Mutter ihn denn nicht wenigstens kennenlernen wollte. Doch die alte Frau ging nicht auf den Vorschlag ihrer Tochter ein, ihn zu ihr zu bringen. Diese abweisende Haltung blieb unverändert, bis Cambara einige Monate später schwanger wurde, und dieser glückliche Umstand ließ Arda umschwenken: Sie rief ihre Tochter an und gratulierte ihr. Dann lud Arda sie zu sich ein, und Mutter und Tochter hatten Gelegenheit, miteinander zu reden, aber nicht unbedingt über ihre gegenseitige Entfremdung.

Arda kam vierzehn Tage vor dem errechneten Geburtstermin zu ihnen und akzeptierte die Tatsache, daß Wardi, den sie für einen Gauner hielt, der Vater ihres Enkelkindes war. Raxma war ein Geschenk des Himmels für Cambara, mit der sie lange Spaziergänge unternahm und die sich in den schwierigsten Phasen um sie kümmerte. Arda tat, was sie tun mußte, sie biß sich auf die Zunge, wenn sie versucht war, etwas zu sagen, und lernte während der etwa vierzig Tage, die sie dort wohnte, um für Mutter und Kind zu sorgen, zusammen mit einem Mann zu leben, dem sie nicht traute. In dieser Zeit verschwand Wardi häufig, ging als Praktikant einer Anwaltskanzlei früh aus dem Haus, kam spät zu den unchristlichsten Zeiten zurück und hielt sich in dem Zimmer auf, das am weitesten von seiner Frau und deren Mutter entfernt war. So manche Nacht kam er gar nicht erst nach Hause.

Es war offensichtlich, daß ziemlich großes Unbehagen herrschte, und alle machten Bemerkungen darüber. Im Gegensatz zu den meisten von Cambaras Freunden wagte Raxma das Beziehungsproblem offen anzusprechen: Wardis ausgewachsene Affäre mit Susannah, der führenden Rechtsanwältin in der Kanzlei, in der er sein einjähriges Praktikum absolvierte. Cambara konzentrierte sich inzwischen darauf, ein gesundes Kind zur Welt zu bringen, denn sie glaubte, negative Gemütsregungen könnten dem ungeborenen Kind schaden. Nach der Geburt des Kindes blieb Wardi der Wohnung noch häufiger fern, wahrscheinlich verbrachte er die Zeit mit Susannah im Büro. Bei Cambara, ihrer Mutter und Dalmar schwankte die Stimmung zwischen Freude am Zusammensein und einer Gemengelage aus Schuldgefühlen und Ärger, verursacht durch Wardis Abwesenheit, über die nicht gesprochen wurde.

Jetzt hört sie, wie unten die Haustür geschlossen wird, vermutlich weil Zaak zur Arbeit geht. Da sieht sie Wardi wieder vor sich – schmerzgekrümmt auf dem Rücken liegend, mit blutender Nase, ungesund tränenden Augen und aufgeplatzten, geschwollenen Lippen. Sie fragt sich, ob ihre Beziehung anders verlaufen wäre, wenn sie ihn nicht heimlich geheiratet hätte. Doch dann steigt frischer Zorn in ihr auf, vermischt mit Schmerz, und sie weiß nicht, was sie tun soll, außer sich weiter zu hassen für ihre eigene Schwäche.

Nun, da ihr Sohn ertrunken und ihre Ehe mit Wardi so gut wie beendet ist, befindet sich Cambara in Somalia, wo sie mehr Zeit zum Nachdenken hat. Ist sie nach Mogadischu gekommen, weil sie ihn aus ihrem Leben zu verbannen hofft?

5

Es ist sehr früh am nächsten Morgen, und Cambara ist schon wach, die Nachwirkungen des Jetlags verlangen, daß sie aufsteht. Sie geht hinunter und bewegt sich so verstohlen wie ein Einbrecher, vorsichtig und leise, sich nach allen Seiten umschauend. Schließlich geht sie auf Zehenspitzen Richtung Küche, – in der sicheren Annahme, dort allein zu sein, da sie bisher noch keinen fremden männlichen Geruch wahrgenommen hat –, um sich einen Tee und ein Sandwich zu machen, falls sie etwas Eßbares findet. Doch plötzlich sieht sie sich Zaak gegenüber, der sich mit einem unangenehm selbstgefälligen Gesichtsausdruck in einer Ecke versteckt und wartet, als läge er in einem Hinterhalt.

»Wie geht's meiner Teuersten?« fragt Zaak.

Er klingt selbstzufrieden und scheint sich über ihre überraschte Miene und ihre offensichtliche Verstörtheit außerordentlich zu freuen.

Ein wenig aus der Fassung gebracht, flüchtet sie sich in Schweigen, darauf bedacht, keine gereizte Bemerkung zu machen, die sie später bereuen würde. Nach kurzer Zeit hat sie genug Mut gefaßt, um ihn lange und fest anzusehen; und dabei gönnt sie sich die Zeit, einen Blick zurück auf ihre gemeinsame Jugend zu werfen. Es fällt ihr schwer sich vorzustellen, daß sie einmal scharf auf ihn gewesen sein soll.

Damals war Cambaras Lieblingslektüre ein italienisches Mädchenjournal, das jeden Monat erschien und *Intimità* hieß. Bei ihr und ihren Schulkameradinnen hatten die *affaires de cœur* oberste Priorität. Ihre ständig kichernden Freundinnen, von denen viele verwöhnte Gören aus der Mittelschicht waren, wollten Zaak nicht die geringste Beachtung schenken. Als Cambara zwei von ihnen dazu bringen wollte, auf ihrer Geburtstagsparty mit ihm zu tanzen, lehnte eins der Mädchen mit den Worten ab, Zaak sei »das Allerletzte«. Cambara gab vor, nicht zu wissen, was ihre Freundin meinte, obwohl das garantiert nicht so war. Dann verteidigte sie ihn und erklärte: »Er ist nur gehemmt, der arme Kerl, aber er ist nett, wenn man ihn näher kennenlernt.« Einige ihrer Freundinnen begannen sie zu necken, und eine prophezeite, wer immer sich mit Zaak einließe, würde sicher mit ihm ganz unten landen. Zweifellos ist ihr genau das passiert.

Jetzt fragt Zaak: »Hast du gut geschlafen?«

»Ja, den Umständen entsprechend«, erwidert sie.

»Willst du irgendwohin gehen?«

»Ich habe heute einen langen Tag«, sagt sie.

»Was hast du vor?«

Als sie ihm – wenn auch ausweichend – antworten will, läßt ein plötzliches Geraschel sie zusammenfahren und lenkt sie ab. Sie sieht zur Küche und dann zum Dach hinauf und hofft, die Ursache des Getrippels zu entdecken, doch sie kann nicht sagen, ob es von Ratten oder anderen Nagetieren stammt und ob es vom Dachboden oder aus der Spülküche kommt. Schließlich vernimmt sie ein Geräusch, das sie deuten kann: Draußen hält ein Diesellaster, die Türen werden geöffnet und zugeworfen, einige Jugendliche steigen aus, dann nähert sich Stimmengewirr.

»Ich werde abgeholt«, erklärt Zaak. Er macht eine Pause und fügt dann wichtigtuerisch hinzu: »Der Laster ist mit dem bewaffneten Geleitschutz gekommen, sechs Jungs und der Chef der Security-Truppe, ein ehemaliger Major der jetzt aufgelösten Armee.«

Er versucht aufzustehen, braucht aber eine ganze Weile, bis er auf die Füße kommt. Als es ihm schließlich gelingt, sieht es aus, als hätte er Metall in den Knien, jeder Schritt ist ein Stolpern; es scheint, als könne er seine Bewegungen nicht koordinieren. Er bleibt stehen, streckt sich und reibt sich den Rücken, dann die trüben Augen.

Er sagt: »Ich komme sowieso schon zu spät zur Arbeit.«

»Kann dein Fahrer mich mitnehmen?« fragt sie.

»Wohin?«

»Zum Haus unserer Familie«, sagt sie.

Er schüttelt ungläubig den Kopf und täuscht ein Lächeln vor, ehe er wegblickt und so tut, als sei er besorgt.

»Bist du verrückt?« fragt er.

»Ich werde das Grundstück nicht betreten«, versichert sie.

»Was soll das heißen, du wirst es nicht betreten?«

»Ich werde es nicht nur nicht betreten, sondern ich werde auch dafür sorgen, daß ich mich dem kleinen Warlord, der es besetzt hält, nicht zeige«, sagt sie.

»Was genau hast du denn vor?«

»Ich möchte nur das Grundstück meiner Familie sehen.«

»Wo du nie gewohnt hast.«

»Weil es an ausländische Diplomaten vermietet war.«

»Ein Haus, das du jahrzehntelang nicht gesehen hast.«

»Ich würde es gern aus der Nähe sehen«, sagt sie, »und herausfinden, wie man von hier, von deiner Wohnung aus, dorthin kommt.«

»Du könntest etwas Hilfe gebrauchen, wie?«

»Um ehrlich zu sein, ja.«

»Erzähl mir mehr.«

»Was gibt es denn zu erzählen?«

Er fragt: »Du erwartest doch nicht etwa, daß die Familie, die das Haus besetzt hat, dir die Schlüssel überreicht und sich entschuldigt, sobald du dort ankommst?«

»Hältst du mich für einen Dummkopf?«

»Du würdest wie einer handeln, wenn du vergißt, in welche Gefahr du dich begibst«, warnt er sie. »Es wird kein Spaziergang sein, Zutritt zu dem Grundstück zu bekommen, viel weniger noch, ihn hinauszuwerfen.« Er macht eine Pause, grinst demonstrativ und fügt dann hinzu: »Er wird es nicht kampflos aufgeben.«

»Ich weiß, daß es keine einfache Aufgabe sein wird.«

»Ich habe von einigen Grundstückseigentümern gehört, denen Schlimmes zugestoßen ist, als sie versucht haben, ihre Rechte geltend zu machen«, sagt er triumphierend.

Cambara lächelt zögerlich und will vorsichtig das Thema wechseln. Sie macht einen Schritt weg von Zaak in Richtung Tür und tut so, als wolle sie die Tür öffnen, um den jungen Mann einzulassen, der sich dort unschlüssig herumdrückt, während er überlegt, ob er klopfen soll oder nicht.

»Wo würdest du noch hinfahren, wenn du eine Beförderungsmöglichkeit hättest?«

»Zu einem der großen Hotels.«

»Du denkst doch nicht etwa daran, auszuziehen?« fragt Zaak.

»Nein«, erwidert sie. »Noch nicht.«

»Warum dann zu einem der großen Hotels?«

Cambara blickt ihn an und schweigt beklommen, nicht sicher, ob es besser ist, ihn absichtlich falsch zu informieren oder ihm einfach nicht alles zu erzählen. Sie sagt: »Ich suche die Freundin einer Freundin, die in einem der Hotels als stellvertretende Geschäftsführerin arbeitet.«

»Wie heißt deine Freundin?«

»Sie ist die Freundin von einer Freundin«, sagt sie mit Entschiedenheit. Dann schweigt sie entschlossen und zufrieden, daß sie ihm bisher nur eine vage Auskunft gegeben hat.

Es weht eine sanfte Brise an diesem frühen Morgen, und die Luft ist feucht von der salzigen See. Geduldig wartet Cambara, daß Zaak sich den Mund fußlig redet über die Gefahren der Stadt und über lebensbedrohliche Raubüberfälle und daß er einige sadistische Momente lang verweilt bei der großen Zahl von Frauen, die vergewaltigt, von Männern, die verstümmelt werden – Horrorstatistiken, die Frauen wie sie daran hindern sollen, das Haus zu verlassen. Gleichzeitig wartet sie auf seine abfälligen Bemerkungen über ihre Naivität und daß sie in einer Traumwelt lebt. Sie wird ihm auf keinen Fall gestatten, ihr Angst einzujagen, und sie wird nicht sein Gast und von ihm abhängig bleiben. Trotzdem wird sie der unterschwelligen Bedeutung seiner Worte Beachtung schenken und sie im Licht weiterer Informationen von anderen Leuten interpretieren. Dann wird sie alles zusammentragen und vergleichen, in der Hoffnung, auf einem sicheren Kurs zwischen den Gefahren hindurchzusteuern.

»Vielleicht sollte ich mitkommen«, sagt er.

Ihr wäre es lieber, er wäre nicht dabei, wenn sie versucht, sich heimlich auf das Familiengrundstück zu schleichen. Ihr wäre es lieber, er wüßte nichts von ihren Plänen, sich mit Charme und, wenn es sein muß, durch Lügen Zutritt zu verschaffen. Er wird ihr Vorgehen ganz sicher nicht billigen und höchstwahrscheinlich ihre Bemühungen sabotieren.

»Es wäre mir lieber, wenn du mir deinen Fahrer samt Wagen leihen würdest.«

»Es ist alles komplizierter, als du dir vorstellst.«

»Was ist daran so kompliziert?«

Während Cambara auf seine Erklärung wartet, scheint Zaaks abwesender Blick dem eines Menschen zu gleichen, der eine Idee einzufangen sucht und ihr hinterherläuft – aber in die falsche Richtung.

Er sagt: »Wir müssen exakte Vorbereitungen treffen.«

»Was soll das heißen?«

»Du brauchst bewaffneten Geleitschutz.«

»Warum?«

Als sie sein hämisches und selbstgefälliges Grinsen sieht, erinnert sie sich sofort betreten an die Informationsfetzen, die sie darüber aufgeschnappt hat, wie Mogadischu funktioniert: daß es inzwischen für Auto- und Lastwagenbesitzer zwingend geboten ist, als Abschreckungsmaßnahme bewaffneten Geleitschutz anzuheuern, nicht unbedingt, um die Sicherheit der Fahrgäste zu gewährleisten, sondern wegen der häufigen Fälle von Carjacking. Sie sagt sich noch einmal, daß sie unter den Bedingungen eines Bürgerkriegs gezwungen ist, sich einem größeren Verbund anzuschließen, bei dem sie Schutz suchen kann, wenn die Lage kompliziert und lebensbedrohlich wird. Es ist nur zu offensichtlich, daß sie als Frau allein keine Chance hat, heil aus einer der bürgerkriegsbedingten Torturen herauszukommen, wenn sie sich nicht einer Gruppe anschließt – einer bewaffneten, von einem Clan gestützten Gruppe oder einer bürgerlichen, die eine bestimmte Ideologie vertritt. Deshalb ist es so wichtig, daß sie Kiin findet, die ein aktives Mitglied des Frauen-Netzwerkes ist.

»Ich werde den bewaffneten Geleitschutz und den Laster besorgen.«

»Ich möchte dir auf keinen Fall zur Last fallen.«

»Es ist mir ein Vergnügen, keine Last.«

»Bitte. Du hast Wichtiges zu tun.«

Er sagt: »Ich bestehe darauf, dich zu begleiten.«

Nachdem sie eine Weile ihre Möglichkeiten abgewägt hat, wird ihr klar, daß sie nun zu Zaaks Gruppe gehört, ob ihr das gefällt oder nicht, und daß sie ebensogut von der Beziehung zu ihm profitieren kann, bis sie sich von seiner Clique gelöst und Teil von Kiins geworden ist.

»Du kannst mitkommen, aber ich habe das Kommando«, teilt sie ihm mit. »Wir fahren dicht heran, wir halten nirgends an, und der bewaffnete Geleitschutz bleibt im Auto. Sind wir uns einig?«

»Wir stehen zu deinen Diensten«, sagt er.

Sie antwortet: »Ich bin dir sehr zu Dank verpflichtet.«

Zaak ist gebauchpinselt. Seine Augen strahlen vor Freude, dann bringt ein Adrenalinausstoß sein ganzes Gesicht zum Leuchten. Seine Freude äußert sich in seinen Bewegungen, denn er schickt sich an, sie zu umarmen, überlegt es sich aber anders und hält sich noch rechtzeitig zurück. Außerdem hat sein unsteter Blick etwas Lüsternes. Dennoch läßt er die Augen nicht so sehr auf ihrem Oberkörper ruhen, sondern auf ihren in Sandalen steckenden Füßen, wie ein Teenager, den das plötzliche Erscheinen seiner Angebeteten verwirrt. Cambara ist für ihn unverschämt attraktiv. Sie weiß, was Zaak von ihr hält, wie sehr er stets ihren Körper bewundert hat. Sie ist sich dessen bewußt und auch der offensichtlichen Tatsache, daß er ihre Unwiderstehlichkeit fürchtet, was vielleicht erklärt, warum er sich so provozierend verhält, warum er die ganze Zeit gemein gewesen ist: Weil er sie nie gehabt hat und nie haben wird.

»Warum siehst du ausgeruht aus und ich nicht?« fragt er.

»Weil ich nicht Khat gekaut habe, darum.«

»Du siehst ausgeruht aus und schön«, sagt er.

Lächelnd wendet sie den Blick ab. Sie trägt ihre legeren Baumwollsachen: Stretchhosen – bequem fürs Haus, besonders in der Freizeit – und eine Hemdbluse, die einen verführerischen Einblick gestattet. Sie fragt sich, ob Zaak versucht ist, ihre verzwickte Lage auszunutzen. Sie befinden sich in einer genau gegensätzlichen Situation zu der von vor etlichen Jahren, als er ihr Gast und der Bedürftige war und sie die Gastgeberin, die freundlich oder unwirsch sein durfte.

Damals kannte er seine Grenzen und benahm sich unter den gegebenen Umständen so gut, wie er konnte. Manche Gastgeber sind von Natur aus ungastlich, wenn es um ihre privaten Räume geht, und sie teilen diese höchst ungern mit anderen.

Er sagt: »Du wirst dich umziehen müssen, wenn du aus dem Haus gehen willst. Schließlich willst du keine unerwünschte Aufmerksamkeit auf dich ziehen, was du ganz sicher tun würdest, wenn du so angezogen bist wie jetzt.«

»Meinst du, ich soll einen Schleier anlegen?«

»Wenn du einen mitgebracht hast? Ja, auf alle Fälle.«

»Zufällig habe ich zwei mitgebracht.«

»Zieh einen Schleier über das, was du anhast.«

»Das wird aber unerträglich heiß.«

Sofort ist er beleidigt, dreht ihr den Rücken zu und erwidert: »Mach, was du willst!«

Sie bemerkt, daß ihm etwas Eingetrocknetes im Mundwinkel klebt, und stellt sich vor, wie er beim Essen den Teller dicht an den Mund führt, wie ein chinesischer Bauer, der sich sein Essen mit Stäbchen bissenweise in den Mund wirft und dabei gelegentlich danebentrifft. Zaak hat beim Essen immer viel gekleckert.

Der Mann kann Gedanken lesen; er sagt: »Frühstück?«

Der Gedanke, etwas zu essen, was er hier im Haus zubereitet hat, ist so beunruhigend, daß sie nur den Kopf schütteln kann. Sie hat eigentlich vor, sich irgendwo etwas zu essen zu besorgen, hat jedoch keinen Schimmer wo und was. Ein Hotel mit einem Restaurant wäre genau das Richtige. Dort könnte sie sich auch nach Kiin, der Freundin und Cousine ihrer Freundin Raxma, erkundigen.

Ihre Aufmerksamkeit richtet sich nicht etwa auf den Zustand der Küche, wo sie vielleicht kochen will, oder auf die Berge schmutzigen Geschirrs, das sie wohl abwaschen müßte, sondern auf seinen Zeigefinger, an dessen Kuppe etwas klebt: etwas Braunes, das sie als Popel identifiziert. Er muß sich mit dem Nagel des Zeigefingers – der längste und schmutzigste Fingernagel, den sie je gesehen hat – in der Nase gebohrt haben. Als er lacht, kann sie ihm in den Mund schauen – kein schöner Anblick.

Der Ekel, der sie erfaßt, ist so stark, daß sie eine Gänsehaut bekommt und ihr die Haare zu Berge stehen. Als sie sagen will, wie irritiert sie ist, liegt ihr die Zunge nutzlos und rau wie eine Kamelzunge im Mund.

»Warte«, sagt sie zu sich selbst.

Sie wendet sich von ihm ab mit der Lebhaftigkeit einer Frau, die der Zorn zum Handeln zwingt, einer Frau, die das laute Klopfen ihres Herzens nicht hört, weil Bitterkeit sie überwältigt.

»Ich kann mir selbst einen Tee machen«, sagt sie. »Ich schlage vor, daß du dich auf den Weg machst, denn du kannst nicht alle warten lassen, hier zu Hause den bewaffneten Geleitschutz und im Büro die Ältesten der in Scharmützel verstrickten Subclans, die mit dir sprechen wollen.«

Sie macht sich über einen Teekessel her und bearbeitet ihn mit einer Metallbürste, bis er fast spiegelgleich glänzt, noch ehe Zaak Gelegenheit hat, auf ihren Vorschlag zu reagieren. Aus irgendeinem Grund sieht er plötzlich erschöpft aus, so unnütz wie ein Möbelstück, das keiner mehr braucht.

Schweigend macht sie Wasser heiß und brüht ihren Tee auf. Ohne Milch, weil sie vermutet, daß sie durch die unterbrochene Stromversorgung sauer geworden ist, und ohne Zucker, weil sie beschlossen hat, ihn ab heute zu streichen, vielen Dank. Während dieser langen Pause in ihrem vorsichtigen Gespräch ruft sie sich die unverschämten Bemerkungen von gestern abend wieder in Erinnerung, die sie dazu gebracht haben, das Zimmer zu verlassen und Zuflucht in der Abgeschiedenheit der oberen Räume zu suchen.

Offenbar hat er ihr jetzt einen konkreten Vorschlag zu machen, wie er seinen und ihren Tag organisieren möchte. Sie schließt das aus seiner wiedergefundenen Entschlossenheit. Schließlich sagt er: »Warte bitte einen Moment.«

Er erklärt ihr, daß er draußen mit dem Fahrer und der bewaffneten Sicherheitstruppe reden will, die die Aufgabe hat, ihn zur Arbeit und wieder nach Hause zu bringen, und sich vom Fahrer des Lasters die Fahrzeugschlüssel geben lassen und ihn bitten will, mit einem Taxi zurück ins Büro zu fahren.

»Was geschieht mit den bewaffneten Jugendlichen?«

»Sie fahren mit uns mit, um das Fahrzeug und die Insassen zu schützen«, teilt ihr Zaak mit.

»Könnte das nicht das falsche Signal sein für den Warlord, der das Haus der Familie besetzt hält, wenn er zufällig mitbekommt, daß wir uns seinen Unterschlupf ansehen? Wir wollen doch nicht, daß er bemerkt, wie wir ihn auskundschaften oder daß ich im Land bin und sogar in seiner Nähe«, sagt sie.

»Vertrau mir«, sagt er. »Ich weiß, was ich tue.«

Dann geht er zur Hintertür hinaus, um mit dem Fahrer und dem Geleitschutz zu sprechen.

»Du bringst mich wieder hierher und fährst dann zur Arbeit?« sagt sie. »Einverstanden?«

»Einverstanden«, antwortet er. Doch nach einer Pause fragt er: »Aber warum kannst du nicht noch ein paar Tage warten, bis wir besser organisiert und auf alles vorbereitet sind?«

»Ich möchte das erledigt haben«, sagt sie.

»Mach deinen Tee, wir sprechen dann weiter.«

Während sie das tut und die Küche für sich allein hat, da er jetzt hinausgegangen ist, um mit dem Fahrer und den Leuten vom Geleitschutz zu reden, wird sie ganz überraschend von angenehmeren Erinnerungen heimgesucht, Erinnerungen aus ihrer Jugendzeit. Um sich nicht von Gefühlen überwältigen zu lassen, nimmt sie die Haltung eines jungen Mädchens ein, dem man es nicht recht machen kann und das kaum zu fassen ist, lässig, eingebildet, unternehmenslustig. Eine kleine Angeberin, mit einem unbestimmten Gesichtsausdruck, der sich zu einem Stirnrunzeln zusammenbraut, so steht sie da, streckt sich und verschränkt die Arme über der Brust. Sie atmet langsam und gleichmäßig, um sich wieder zu beruhigen. Sie sagt sich, daß sie zuerst aufhören muß zu zweifeln, damit sie sich fest im Griff hat.

Sie neigt den Kopf und denkt an die seltsame Bemerkung, die Zaak gemacht hat, als er sie vom Flughafen abholte. Er verglich Blutsverwandte mit Flußarmen, die in verschiedene Richtungen fließen, manchmal auch nebeneinander her, die aber kaum zusammenfließen. »Und doch gehören sie zum selben Fluß, wie die Mitglieder einer Blutsgemeinschaft«, sagte er. »Man kann sich entscheiden, auf welcher Seite des Flusses man stehen will. Hast du über diese Dinge nachgedacht, bevor du so kurzentschlossen nach Somalia gekommen bist?«

Sie dachte, er wollte sie aushorchen, und hielt es für klug, ihm nicht viel zu erzählen, ganz bestimmt nicht bevor sie richtig Fuß gefaßt, ihr eigenes Zimmer in einem Hotel gefunden und sich mit ihrer neuen Situation vertraut gemacht hatte. Sie würde seinem Drängen nicht nachgeben, sondern warten, bis die Zeit das ihre getan und sanft die Tür zu ihren Geheimnissen geöffnet hatte, ganz ohne Gewissensbisse. Inzwischen würde sie nichts unternehmen und sich vom Haß, der sich in ihr regte, nicht beeindrucken lassen. Schließlich wollte sie nicht überstürzt etwas tun, was sie später bereuen mußte.

Cambara weiß, daß Zaak normalerweise früh zu Bett geht; er steht gern im Morgengrauen auf. Als sie den ersten Schluck ihres schwachen Tees nimmt, tauchen undeutliche Erinnerungen an eine Szene auf, von der sie nicht genau weiß, ob sie sie geträumt oder trotz ihres Jetlags wirklich gesehen hat. Sie erinnert sich, ihn von ihrem Fenster aus, das die teilweise überdachte Veranda überblickt, gesehen zu haben, wie er mit seinen Notizbüchern um sich herum auf dem unebenen Boden gesessen und vielleicht gearbeitet hat. Vielleicht ist er schon früh auf gewesen und hat sich auf den vor ihm liegenden Tag vorbereitet, ehe die Sonne der übrigen Welt ihr helles, heißes Gesicht zeigte. Cambara ist ein Nachtmensch, bis spät auf den Beinen.

Sie läßt sich die Geschehnisse des Tages durch den Kopf gehen und zermartert sich nachts den Kopf, bis ihr das Herz schwer ist und kaum noch fähig, das Blut zirkulieren zu lassen. Seit ihrer gemeinsamen Jugend und später der Zeit als vermeintliches Ehepaar in Toronto kennen Cambara und Zaak voneinander die Wach- und die Schlafenszeiten und andere Daten des Biorhythmus, ebenso wie die jeweiligen Vorlieben und Abneigungen. Jetzt, wo sie keine gesellschaftlichen Rücksichten mehr nehmen müssen, fragt sie sich, ob Zaak mit den Spannungen fertig werden wird, die mit ihrem neuen Verhältnis zwangsläufig verbunden sind.

Cambara hatte eine glückliche Kindheit und Eltern, die sie über alles liebten, besonders ihr Vater, der ganz zufrieden mit einer einzigen Tochter war und sie vergötterte. Obwohl Arda weniger weich veranlagt war, liebte sie die Tochter auf ihre Weise, seit sie sie zur Welt gebracht hatte, welche sie freudig willkommen hieß.

Ihre Eltern waren mit ihrer ungewöhnlich intelligenten und attraktiven Tochter ein recht untypisches somalisches Paar. Es war außergewöhnlich für einen Mann, seiner Frau so ergeben zu sein wie ihr Vater seiner einzigen Frau Arda, der er auch treu war. Als Cambara anfing, sich einsam zu fühlen, und einen Spielgefährten und Freund brauchte, nahmen ihre Eltern Zaak, Ardas Neffen und den ältesten und klügsten von sechs Brüdern, in ihr

Haus auf, damit Cambara nicht auf dumme Gedanken kam. Er sollte ihr auch in den naturwissenschaftlichen Fächern helfen, in denen sie schwach war. Weil Zaaks Eltern ihn oft wegen seiner Ungeschicklichkeit zusammenstauchten, war Arda bedacht nicht zu reagieren, wenn er mit seinen zwei linken Händen wieder etwas anrichtete. Arda spekulierte darauf, daß Cambara davon profitieren würde, einen Jungen um sich zu haben, der so ganz anders war als sie. Auch nahm sie an, daß er ihr in der Zukunft nützlich sein werde.

Als Gegenleistung profitierte Zaak sowohl materiell als auch intellektuell davon, in Cambaras Heim zu leben. Er schulte seinen Geist für Höheres, was auch immer das heißen mochte, und unterdessen beschäftigte er Cambara und wirkte positiv auf sie ein. Um sich geistig sinnvoll zu beschäftigen, stellte sich Zaak unmögliche Aufgaben, wie zum Beispiel ein ganzes Wörterbuch auswendig zu lernen oder sich die Grundlagen einer neuen Sprache in wenigen Tagen anzueignen. Sie fragte ihn häufig: Wozu bloß? Er erwiderte dann, daß er all das zum Vergnügen tue. Einmal verbrachte er fast ein ganzes Wochenende damit, Tolstoi auf arabisch zu lesen, nur um denselben Roman dann in der darauffolgenden Woche auf englisch zu lesen.

Erst viele Jahre später, nachdem er zweitausend Tage im Gefängnis zugebracht hatte – tausendundeinen Tag davon in Einzelhaft –, begriff Cambara, was er mit der Äußerung gemeint hatte, seinen Geist für Höheres schulen zu wollen. Alle hatten angenommen, daß er die Haft unbeschadet überstanden hatte – doch zehn Jahre später, nachdem er erst mit Cambara und dann mit Xadiitha verheiratet gewesen und dann nach Mogadischu zurückgekehrt war, sieht das anders aus. Cambara glaubt, sein gegenwärtiger körperlicher und geistiger Zustand könnte symptomatisch sein für den Zusammenbruch des Landes, gleichsam ein Sinnbild dafür.

Als sie jünger waren, galt sie als die Selbstbewußtere von ihnen, die mit dem besseren Auftreten, diejenige, die alles hatte, was man sich von einem heranwachsenden Kind wünschen konnte. Seine Augen waren schlecht, deshalb trug er eine Brille mit

Gläsern, so dick wie ein Elefantenhintern. Er hatte ein schwaches Herz und klagte häufig über Herzflattern. Recht oft faßte er sich an die Brust und krümmte sich vor Schmerzen oder hustete, ohne aufzuhören. Er hatte viele körperliche Schwächen, war jedoch sehr schlau. Cambaras Mutter bewunderte seine Intelligenz, machte sich aber ständig Sorgen um seine Gesundheit. Daher suchte sie den Rat von Ärzten und gelegentlich auch von anderen Heilern, darunter Quacksalber der fragwürdigen Art und andere, die Heilung für alle Gebrechen in Gottes Wort suchten.

Cambara wurden die körperlichen Unterschiede zwischen ihnen beiden bewußt, als sie ihn eines Tages nackt überraschte. Seine Scham war behaart, die ihre nicht. Und er spielte mit sich. Sie bezweifelt noch heute, daß er sie gesehen oder fortschleichen gehört hat. Sie mußte damals etwa neun gewesen sein und er etwa fünfzehn. Sie hatte ihn bitten wollen, ihr bei einem Matheproblem zu helfen, und nun mußte sie sich still davonstehlen. Es war das erste Geheimnis, das sie vor ihrer Mutter hatte. Wenn sie Vater oder Mutter erzählt hätte, was sie gesehen hatte, dann hätten ihre Eltern ihn sicher nicht nur ausgezankt; einer von ihnen hätte ihn vielleicht dafür bestraft. Als sie viele Jahre später als vorgebliches Paar zusammenlebten, das sich den Wohnraum teilte, aber keine Intimitäten miteinander hatte, fragte sie sich oft, wie sehr er sich wohl seit seiner Jugend verändert hatte. Nicht daß sie jemals versucht gewesen ist, durchs Schlüsselloch zu schauen. Sie ist ziemlich sicher, daß Zaaks Männlichkeit – bei seinem Fettwanst und dem gewohnheitsmäßigen Khat-Kauen, das die Potenz beeinträchtigen soll – mausetot ist.

Sie erinnert sich auch, daß ihr am gleichen Morgen, während sie einsam vor sich hin brütete, ein Pfau über den Weg lief, der sich bei ihrem Anblick aufplusterte und, als sie ihm keine Beachtung schenkte, aufführte, als sei er erregt. Der Pfau schlug balzend ein Rad, zeigte seine Augen und stolzierte eitel daher und richtete dann seine prächtige Schleppe auf Cambara, jedenfalls empfand das damals pubertierende Mädchen es so. Ein Harem von Pfauenhennen hielt sich in sicherer Entfernung, besonders als die Schwanzfedern des Pfaus zu zittern begannen und er auf Cambara zulief, erpicht darauf, mit ihr in direkten Kontakt zu kommen. Sie stand da, sah das Glänzen der Pfauenfedern und vernahm das Rascheln, das der erregte Pfau produzierte. Später hörte sie das Gerücht, daß Mädchen oder junge Frauen, die sich Sorgen um ihre Sexualität machen, Pfauen anlocken – die Tiere nehmen Körpergerüche wahr, die diese Mädchen freisetzen, ohne es zu wissen. Cambara kann sich dunkel erinnern, daß sie an jenem Tag weinend zu ihrer Mutter lief. Beinah hätte sie ihr da erzählt, wen sie wo gesehen hatte und was er gemacht hatte; beinah hätte sie verraten, daß sie beim Anblick eines Pfaues in all seiner balzenden Pracht erregt gewesen war. War Arda damals der Gedanke gekommen, daß ihre Tochter und ihr Neffe später einmal heiraten sollten?

Bald danach verlor das Verhältnis von Cambara und Zaak seine kindliche Unschuld, und sie konnte ihn nicht mehr ansehen, ohne daß ihr diese zwei in ihren Augen zusammenhängenden – Vorfälle in den Sinn kamen. Sie überlegte zwar, ob sie ihn bitten sollte, sich ihr wieder so zu zeigen, doch sie wagte es nicht, weil sie Angst hatte, abgewiesen zu werden. Mittlerweile war er in ihrer Gegenwart verlegener, und sein oft scheues Verhalten zeugte davon, daß er seinen Körper entdeckt hatte. Er war weniger gesprächig und flüchtete sich in schmollendes Schweigen.

Während sie das Geschirr im Spülbecken mit Waschpulver abwäscht, das eigentlich für Wäsche gedacht ist, überlegt sie, wie er wohl reagiert hätte, wenn sie das Thema angesprochen hätte. In Toronto hatte sie sich nie getraut, auf diesen Vorfall zu sprechen zu kommen. Sie bezweifelt stark, daß das jetzt noch einen Zweck hat.

»Erzähl mal«, sagt Zaak, »wie geht's Wardi?«

Cambara ist um die rechten Worte verlegen, da sie nicht in eine üble Stimmung geraten möchte, in der ihre Wut die Oberhand gewinnt und sie auf Abwege führt, in eine Welt voll Zorn oder Reue und Bedauern. Sie hält es für unpassend, dem eigenen Zorn hinterherzulaufen, da sie überzeugt ist, daß sie ihn nicht einholen kann. Es ist aber auch schade, überlegt sie, daß sie sich nicht gestatten wird, das volle Ausmaß und die Ursache ihrer Gefühle auszudrücken, weil sie sich beherrschen will. Ihre Mutter möchte nicht in der Nähe der Tochter sein, wenn bei ihr der Zorn ausbricht, heißer und gefährlicher als die Lava des Ätna. Noch dazu weiß Zaak natürlich, daß Cambara von ihren Eltern so erzogen wurde, daß sie sich niemals in die traditionelle Rolle einer somalischen Frau zwängen lassen würde. Wenn man ihm erzählt hätte, ihr Zorn habe seinen Ursprung in der jüngsten Vergangenheit und in ihrer Ehe, würde er das bezweifeln. Für ihn ging es Cambara gut, bis sie eines Tages komplett durchdrehte und sich wie eine Irre benahm.

Er sieht sie erwartungsvoll schweigend an, während Cambara vorsichtig spricht, damit ihre Worte nicht ineinanderlaufen wie Filzstiftkrakel auf Löschpapier. Wie sehr wünscht sie sich, sie könnte sich auf ebendiesen Zorn stützen, der sie lähmt; wie sehr wünscht sie sich, sie könnte Stärke aus ihm ziehen. Doch ihre Worte kommen etwas zu kläglich, ihre Stimme bleibt, auch wenn sie sie hebt, weich an den Rändern und hart in der Mitte, wie Schwielen, die mit Sandpapier bearbeitet werden. Ihr ist bewußt, daß sie über einen Mann sprechen wird, den sie haßt, und das zu einem anderen Mann, den sie genauso verabscheut: zwei Männer, beide Versager, mit denen sie auf gewisse Art intim gewesen ist, bei dem einen wurde sie dazu gedrängt, bei dem anderen hat sie es selbst gewollt. Sie zweifelt nicht daran, daß sie Kontakt miteinander haben oder haben werden. Soll Zaak doch berichten, was er möchte; es kümmert sie nicht.

»Es ist schwer zu erklären, was geschehen ist«, sagt sie, macht eine Pause und blickt ihm in die Augen, bis er den Blick abwendet. »Jahrelang habe ich mit einem unterdrückten Zorn gelebt, der inzwischen mit mir verwachsen ist und der sich gefährlich gesteigert hat, nachdem mein Sohn Dalmar ertrunken ist. Die Ursache für meinen Zorn und für Dalmars tragischen Tod sehe ich bei Wardi.«

In ihren Augen stehen Tränen, aber weil sie keinen Tropfen davon vergießen will, zittert sie. Cambara lehnt das ungebetene Mitleid anderer Menschen entschieden ab.

Zaak wechselt das Thema und leitet das Gespräch auf neutrales Gebiet. Er fragt, ob sie selbst in dem Haus der Familie wohnen will, wenn es ihr gelingt, es dem Mann zu entreißen, der es illegal besetzt hält. Er fügt noch hinzu: »Wie schon gesagt, bezweifle ich sehr, daß der Kerl sich kampflos davonmachen wird.«

»Ich habe keine Ahnung, was ich damit anfangen werde, wenn das Haus in meinen Händen ist«, antwortet sie. »Tief in mir spüre ich die Gewißheit, daß ich es ihm entreißen werde.«

»Dann weißt du etwas, was ich nicht weiß«, sagt er.

»So ist es.«

»Verrätst du es mir? Ich bin gespannt.«

Sie wiederholt nicht, was sie zu ihrer Mutter über die Warlords und ihre Feigheit gesagt hat; sie entscheidet sich dagegen, weil er sonst Gelegenheit zum Widerspruch hätte. Sie sagt: »Ich bin eine Frau, die weiß, was sie will, und solche Frauen setzen sich immer durch.«

Ein boshaftes Kichern. Dann: »Wirst du es vermieten oder verkaufen?«

»Ich habe mich noch nicht entschieden«, sagt sie.

Nach dem kummervollen Ausdruck zu urteilen, den seine Züge jetzt annehmen, trauert er vielleicht wie ein Mann, der ein Zeitalter zu Ende gehen sieht. Er zitiert ein paar Verse eines arabischen Dichters über eine Taube, die mitten im Flug und eben in dem Moment erschossen wird, wo sie auf ihr zerstörtes Nest herabblickt. Die Vorstellung, daß Cambara ein trauriges Ende finden könnte, läßt ihn mißbilligend den Kopf schütteln. Er spricht jedoch nicht aus, daß er weiß, wie jeder endet, der einen Warlord – sei er klein oder groß – aus dem von ihm besetzten Haus vertreiben will.

Er fragt: »Warum willst du dein Haus denen entreißen, die darin wohnen, wenn du überhaupt nicht weißt, was du damit anfangen willst?«

»Weil es mir gehört«, sagt sie.

»Und du willst es zurück, ganz egal, wie gefährlich das ist?«

»Von welchen Gefahren sprichst du?«

Er hat von etlichen Hausbesitzern gehört, die beim Versuch,

ihren rechtmäßigen Besitz wiederzuerlangen, erschossen wurden. Man erzählt sich, daß einige bedroht und aus der Stadt gejagt wurden; andere wurden gedemütigt und die Frauen ihrer Familie vergewaltigt, um ihnen eine Lehre zu erteilen. Er ist sich nicht mehr sicher, ob seine Warnungen einen Sinn haben, und fragt sich, ob nicht ihre Entschlossenheit, einen Plan zu verfolgen, den sie in Toronto ohne Kenntnis der Situation vor Ort im Zorn ausgebrütet hat, auf einen Todeswunsch hinausläuft. Je länger er darüber nachdenkt, desto mehr wundert ihn, daß Arda nichts von den Absichten ihrer Tochter gesagt hat. Ist es denn möglich, daß sie keine Ahnung hat, wie verrückt ihre Tochter ist? Einst ist Wardi der Grund für eine Entfremdung zwischen Mutter und Tochter gewesen, die nichts mehr voneinander wissen wollten. Konnte es sein, daß sie kaum mehr miteinander sprachen und daß Arda ihn nur aus Sorge um Cambaras Sicherheit angerufen und ihn gebeten hatte, sie aufzunehmen, mehr nicht?

»Weißt du denn, wer der Hausbesetzer ist?« fragt er.

»Sag mir schon, was du weißt.«

»Er heißt Gudcur«, sagt Zaak, »und er ist der Anführer einer rücksichtslosen Clan-Miliz, die sich aus den Anhängern eines der grausamen Warlords von Mogadischu rekrutiert.«

»Ich habe keine Angst vor irgendeinem Warlord.«

»Hast du darüber nachgedacht, wie der Plan praktisch umzusetzen ist?«

»Was meinst du damit?«

»Wie du dorthin kommst und so weiter?«

»Ich hatte gehofft, daß du mir zeigst, wo sich das Anwesen ungefähr befindet, da ich das Viertel wegen seines jetzigen Zustands nicht wiedererkennen werde«, sagt sie und nimmt einen Schluck ihres inzwischen kalten Tees. »Ich wäre dir dankbar, wenn du mich herumfahren und mir die nähere Umgebung zeigen würdest. Alles Weitere kannst du mir überlassen.«

»Gibt es irgendeinen Plan für den Fall, daß du verletzt wirst?«

»Ich nehme deine Worte zur Kenntnis«, sagt sie ungeduldig.

»Ich möchte, daß du weißt, ich bin nicht mit von der Partie.«

»Das ist mir klar.«

Sein Blick wird plötzlich hart, und sie erwidert ihn starr. Vielleicht hofft sie ja, daß sie ihn dazu bringen kann, sich zu schämen und seine Ankündigung, daß er sich nicht an ihrem wahnsinnigen Vorhaben beteiligen werde, zurückzunehmen. Er absorbiert ihr vorwurfsvolles Starren mit dem Gleichmut eines Schwammes, der mehr Wasser aufnimmt, als er halten kann, und da er nichts Besseres zu tun hat, beginnt er den Reis zu entpelzen, der für das Risotto zum Abendessen vorgesehen ist.

Cambara wird jetzt äußerst ungeduldig, streckt sich zu voller Größe, doch dann überlegt sie es sich anders und beugt sich vor, um die Teesachen abzuräumen. Dabei gewährt sie Zaak einen tiefen Einblick in ihr Dekolleté. Unruhig rutscht er auf seinem Stuhl hin und her. Beide sind sie verdächtig nervös, und Zaak bewegt sich als erster, macht zwei lange Schritte in Richtung Toilette und geht hinein, vielleicht weil es die einzige Tür in der Nähe ist oder vielleicht weil er einen Ort braucht, wo er mit seiner Verlegenheit allein sein kann. Sie dagegen verzieht ihre Lippen zu einem breiten Grinsen, während sie sich sagt: »Er ist nicht nur ein Versager, sondern auch ein Wichser.«

Als er kurz darauf wieder zu ihr in die Küche kommt, trocknet sie sich gerade die Hände, nachdem sie einen Stapel schmutziges Geschirr abgewaschen hat. Sie steht mit dem Rücken zu ihm gebieterisch vor dem Spülbecken, den Kopf ein wenig zur Seite geneigt, kerzengerade, reglos und konzentriert. Er kann sich nicht erklären, was in ihr vorgeht, doch sie strahlt Stärke und auch Entschlossenheit aus. Sie wird daran arbeiten, ihre innere Ruhe wiederzugewinnen, die sie am Tag, als ihr Sohn starb, verloren hat und die sie meinte nie wiedererlangen zu können, nachdem sie Wardi zusammengeschlagen hatte. Danach wird sie sich auf die großen Kämpfe vorbereiten. Sie will den Tod in die Schranken weisen; sie möchte das Leben feiern, und das kann sie nur ohne Zaak tun, nicht mit ihm. Sie hofft inständig, daß Kiin sich als hilfreiche, verläßliche Freundin erweisen wird.

Sie unterbricht das Tellerabtrocknen und dreht sich um. Wie auf ein Stichwort ordnet Zaak seine Gesichtszüge und schmückt seine fetten Lippen mit einem schönen Lächeln.

»Was hast du auf dem Herzen?« fragt er.

»Es wird dir vielleicht nicht einleuchten, doch ich denke, daß ich im Leben nur ganz einfache Dinge brauche«, sagt sie. »Ich will mein Haus zurück, und ich möchte mein Leben, so gut ich kann, wieder zusammenfügen, zu meinen eigenen Bedingungen und aus eigener Kraft.«

»Spielt Wardi dabei irgendeine Rolle?«

»Ich habe nicht vor, ihn einzubeziehen«, erwidert sie.

»Vielleicht liegt hier das Problem?«

»Wieso?«

Das Wort »Problem« hat bei Zaak eine erotische Färbung, womit sie gar nichts anfangen kann. Vielleicht erregen ihn ja »Probleme«.

»Darf ich etwas vorschlagen?« fragt er.

»Bitte sehr.«

»Denke immer erst ›Achtung, Gefahr!‹, ehe du etwas Unbesonnenes tust«, sagt er. Das klingt vernünftig, wenigstens in seinen Ohren, und er strahlt über das ganze Gesicht, regelrecht euphorisch. »Und inzwischen werden wir daran arbeiten, einen für uns beide akzeptablen Modus vivendi zu finden.«

Sie bewegt sich unruhig im Raum, als könne nichts sie mehr zurückhalten, ihre Augen funkeln mit einem wissenden, leicht verschmitzten Lächeln.

»Wenn du dem Haus einen Besuch abstatten willst, mußt du das allein tun«, sagt er. »Das möchte ich zum letzten Mal klar sagen. Ich begebe mich nicht in die Nähe des Grundstücks.«

»Wir werden einen halben Kilometer vorher halten und gar nicht aussteigen. Du zeigst mir die Richtung, in der das Haus liegt, damit ich mich mit der Umgebung vertraut machen kann.«

»Einverstanden«, sagt er.

»Einen Augenblick, bitte.«

Und sie geht hoch in ihr Zimmer und kommt bald darauf in einem übergroßen, khakifarbenen Tschador zurück. Sie trägt eine dunkle Spiegelbrille und zur weiteren Tarnung ein Tuch um den Kopf, obwohl das nicht nötig ist.

Dann begeben sie sich auf Erkundungsfahrt.

6

Cambara nimmt sich vor, Zaak um die Hausschlüssel zu bitten, und steigt in den Laster mit Allradantrieb. Ungeschickt hebt sie den Saum ihres Tschadors hoch und befreit schließlich einen Zipfel von der spitzen Türecke, wo er festhing. Sie hievt sich mühsam auf den Beifahrersitz – geschafft! Ein wenig aufgeregt rutscht sie hin und her, ehe sie sich zurechtsetzt und dabei versucht, möglichst großen Abstand zwischen Zaak und sich zu halten.

Zaak steckt seine Hausschlüssel in die Tasche, atmet nervös ein und aus, und als er etwas sagen will, bleiben ihm die Worte in der Kehle stecken. Er sieht Cambara böse an, dann wendet er sich ab und wartet, bis sie sich zurechtgesetzt hat, ehe er spricht. Sie bemerkt, daß er mehr darauf aus ist, seiner im Auto festsitzenden Zuhörerin etwas zu sagen, als den Motor zu starten und loszufahren.

Vorwurfsvoll sagt er: »Du handelst unbesonnen.«

»Wieso?« fragt sie.

Er hält ihrem Blick stand. Dann sagt er: »Wozu die Eile?«

Um eine passende Antwort verlegen, schweigt sie.

Er sagt: »Wir haben alle Zeit der Welt, um zu planen, wie wir das Ganze zu unserem Vorteil bewerkstelligen können.«

»Ach ja?« Ein Wort in seinem Satz läßt sie aufhorchen – das Pronomen »unser« in »zu unserem Vorteil«. Es überrascht sie, daß er angeblich so erpicht darauf ist, mitzumachen, denn sie erinnert sich an seine Bemerkung, er wolle mit ihrem verrückten Vorhaben nichts zu tun haben.

Er versucht, in ihrem Gesicht zu lesen, und da ihm das nicht gelingt, fährt er fort: »Wie du die Sache angehst – den Mann und seine Familie, die das Haus besetzt halten, aufzusuchen, ohne eine blasse Ahnung, was wir nach diesem Besuch tun wollen –, ist regelrecht töricht.«

Sie reagiert nicht auf das, was er sagt. Es scheint, als würde sie eben erst ahnen, daß es angebracht wäre, das Ganze noch einmal zu überdenken und einen schnellen Rückzug anzutreten, um das Gesicht zu wahren. Sie ist zweifellos aufgeregt und hat plötzlich Angst, so daß ihr Herz laut und schnell klopft und sie sich fragt, ob Zaak es vom Fahrersitz aus hören kann. Obwohl sie ganz nervös ist, schafft sie es, gleichmütig zu wirken und ihr Unbehagen kaum zu verraten. In Wahrheit ist ihr zumute wie einem Schwimmer, der sich schon in einem Becken mittlerer Größe kaum an der Wasseroberfläche halten kann und in einen Ozean geworfen wird. Hinzu kommt, daß sie ein unangenehmes Gefühl auf der Haut hat, als seine Hand die Handbremse löst und die ihre streift auf dem Weg zurück in seinen Schoß, wo sie gelegen hat, seit er ins Auto gestiegen ist. Nebeneinander im engen Wageninneren zu sitzen ist ein Problem, wie sie feststellt. Es ist ähnlich unangenehm, als läge man mit jemandem im Bett, mit dem man keinen körperlichen Kontakt wünscht.

Er fuchtelt mit den Händen und macht nervöse Gesten, deren Bedeutung sie nicht versteht. Er sagt: »Es wäre mir lieber, wenn wir beide zusammenarbeiten und ein paar Szenarien durchgehen würden, die geschehen könnten, ehe wir uns dem Grundstück nähern und mit der neuen Wirklichkeit im Bürgerkriegs-Mogadischu konfrontiert werden, die du ja kaum kennst, weil du erst gestern angekommen bist. Mehr sage ich nicht.«

Cambara traut ihren Ohren nicht. Vielleicht meint er es gut, aber kann sie den Motiven trauen, die ihn bewegen, so mit ihr zu sprechen? Wie soll sie auf eine Welt reagieren, in der sie ihre eigene Situation samt ihrem Unbehagen und ihrer langwährenden Zurückhaltung gegenüber Männern mit neuen Augen betrachtet?

Er belehrt sie: »Die Menschen hier reagieren empfindlich auf Nuancen, auf die oberflächliche und die verborgene Bedeutung von dem, was man sagt. Daran muß man bei jeder Handlung und jedem Wort denken. Wenn wir nicht wollen, daß die Gewehre wieder ausgegraben werden aus ihrem Versteck, in das sie nach dem Abzug der gedemütigten US-Marines gewandert sind, dann bleibt uns nichts anderes übrig, als diesen Empfindlichkeiten Rechnung zu tragen.«

Sie denkt, daß sie nur zum Teil versteht, was er sagen will, und darauf antwortet sie: »Man kann sich diese Menschen kaum als empfindlich oder feinfühlig vorstellen«, sagt sie durch wütend zusammengebissene Zähne. »Ich halte sie für blutrünstige, clanverrückte Mörder. So stelle ich sie mir vor. Vielleicht beurteile ich sie falsch. Natürlich haben viele andere – Somalis und Nichtsomalis – die Warlords anders beschrieben, als Clan-Älteste, was sie definitiv nicht sind. Diese Versuche haben nichts gebracht und diese Nation nirgendwohin geführt, ganz gewiß nicht zum Haus des Friedens. Ich verstehe nicht, wie du sie empfindlich und feinfühlig nennen kannst.«

»Vertrau mir«, sagt er. »Ich bemühe mich von Amts wegen um Konfliktlösung und verbringe viel Zeit damit, zwischen sich bekriegenden Gruppen zu vermitteln. Die Leute hier sind schnell beleidigt und haben Egos, größer als alles, was dir sonst so begegnet ist, was dazu führt, daß jeder immer erst an sich selbst denkt. Das meine ich, wenn ich sage, sie sind empfindlich.«

Sie wartet und hofft vergeblich auf weitere Erklärungen. Als keine kommen, fragt sie: »Worauf warten wir?«

»Wir warten auf die Leute vom bewaffneten Geleitschutz.«

»Wo sind sie?«

»Irgendwo im Garten hinterm Haus.«

»Was machen sie dort?«

»Ein paar Bissen Khat kauen.«

»Sogar die beiden kleinen Jungen?«

»Sie alle kauen Khat.«

Er könnte glatt von Heroinsüchtigen reden, die täglich ihren Fix brauchen. Ihre Hand bewegt sich instinktiv auf die Hupe zu betätigt sie jedoch nicht, da sie merkt, daß Zaak vorbereitet ist und sich vorgebeugt hat, um sie daran zu hindern.

»Erklär mir eines.«

»Was?«

Besorgt fragt sie: »Fürchtest du dich davor, was die jungen Milizionäre tun könnten, wenn du sie herumkommandierst?«

»Warum fragst du?«

»Widersprich mir, wenn ich mich irre.«

»Wir sind Geiseln ihrer Gewehre, das stimmt.«

»Sie halten dir das Gewehr an den Kopf, wenn sie von dir

mehr Zugeständnisse erpressen wollen, als du zu machen bereit bist?«

Zaak nickt zustimmend und fügt hinzu: »Wir tun, was sie verlangen, bestechen sie mit Khat, zahlen ihnen viel zu hohe Prämien und halten sie bei Laune, so gut wir können. Mit dem Tod so nah wie ihre Finger am Abzug ihrer Gewehre ist uns unser Leben teuer, und wir genießen jede Sekunde.«

»Was für ein trauriges Schauspiel«, sagt sie.

Als er nicht auf diese kurze Bemerkung reagiert, wandern ihre Gedanken weiter und verweilen kurz bei ihrer persönlichen Tragödie. Sie denkt, wenn ein alter Mensch stirbt, akzeptiert man das, weil man sich sagt, daß aller Wahrscheinlichkeit nach seine oder ihre Zeit gekommen ist. Das ist aber nicht so, wenn ein Neunjähriger ertrinkt, der voller Leben und Lachen ist. Weil man tief im Innern fühlt, daß es für ihn noch nicht an der Zeit war, sondern eine Katastrophe geschehen ist. Kein Wunder, daß ihr an dem Tag, als sie von Dalmars Tod erfuhr, zuerst nach Selbstmord und dann nach Mord zumute war.

Ihr Kummer wegen des tragischen Verlusts, mit dem sie bis jetzt gelebt hat, mündet in einen Moment großer Unbesonnenheit. Sie fragt: »Können wir nicht allein losfahren?«

»Nicht ohne bewaffneten Geleitschutz.«

»Warum nicht?«

»Weil es nicht geht.«

»Wie weit ist es denn bis zum Haus?«

»Ziemlich weit.«

»Und zum Hotel Shamac?«

»Sogar noch weiter.«

Sie löst sich von den Geschehnissen im Auto, dessen Motor nicht läuft, weil er ihn nicht gestartet hat, und von der Unterhaltung, die zu nichts führt, und sagt: »Wie absurd das ist!«

Nach einem ungemütlichen Schweigen fragt er: »Was ist absurd?«

»Daß wir, weil das Leben so kostbar ist, eine Schar Minderjährige mit Gewehren brauchen, um uns zu beschützen.« Nach einer Pause fügt sie noch hinzu: »Weißt du, daß ich ihnen die Gewehre wegnehmen könnte – so einfach, wie ich ein Huhn von den Körnern, die es aufpickt, verjagen könnte?«

»Diese Burschen sind hart.«

»Hast du sie in Aktion erlebt?«

»Ich möchte sie nicht in Aktion sehen.«

»Ich wette, daß du dir in die Hosen machst, wenn es dazu kommt.«

»Unser Leben ist weniger wert als ein Gewehr oder das Auto, das wir fahren«, sagt er. »Wir heuern bewaffneten Geleitschutz an, weil wir nicht durch andere bewaffnete Banden sterben wollen, die mehr Interesse an dem Laster haben als daran, wer wir sind und zu welchem Clan wir gehören. Für die, deren Dienste wir mieten, denen wir Gehälter zahlen, die wir bei Laune halten und bestechen, sind wir lebendig wertvoller als tot, doch für alle bewaffneten Strolche sind wir tot wertvoller als lebendig. Was ist an diesen Überlegungen so abwegig?«

Sie starrt ihn an mit erhobenem Kinn, zusammengebissenen Zähnen und Augen, in denen Zorn brennt. In ihrem harten Blick liegt kein bißchen Verständnis; sie möchte auf keinen Fall zugeben, daß an dem, was er sagt, etwas dran ist. Sie möchte ihm zeigen, daß sie keine Angst hat. Aus der Art, wie sie ihn anblickt, könnte man schließen, sie verkünde ihm etwas: daß sie sich früher oder später seiner entledigen wird, mitsamt seinen Betrügereien und seinem doppelzüngigen Gerede – als wolle sie allen, die unser Vertrauen mißbrauchen, durch sein Beispiel eine Lehre erteilen. In nüchternen Augenblicken, wenn sie ihren gewaltigen Zorn und ihre Mißbilligung jeglicher Untätigkeit unter Kontrolle hat, weiß sie, daß übereiltes Handeln nicht klug ist und überfallartige Aktionen nicht dienlich sind. Damit wird sie weder die Oberhand behalten noch am Ende ihr Ziel erreichen.

»Laß uns bitte losfahren«, sagt sie.

Er schaut erwartungsvoll in die Richtung, aus der er die jungen Milizionäre erwartet, doch dann schüttelt er den Kopf und schweigt.

Sie sagt sich, daß sie seiner Niedertracht entgehen muß, um am Leben und unverletzt zu bleiben. Dennoch muß sie sich wieder die Frage stellen, ob ihre natürliche Zurückhaltung nicht schwerwiegendere Ängste heraufbeschwören könnte, die sich dann in ihrer Phantasie einnisten. Anders ausgedrückt: Was wird geschehen, wenn ihr Schlaf gestört ist wie bei einem Kind, in dessen Phantasie sich die Furcht eingenistet hat, und ihr, wenn sie wach ist, Schreckgespenster auf Schritt und Tritt folgen? Zu ihrer eigenen Überraschung gibt sie das Kommando, auf das auch sie nicht vorbereitet ist: »Können wir losfahren? Wir haben lange genug gewartet.«

Als Antwort darauf umklammert Zaak das Lenkrad. Er macht einen verstörten Eindruck, ist aufgeregt und wirkt eher wie jemand, der nicht Autofahren kann. Er rutscht auf seinem Sitz hin und her, flucht leise vor sich hin und reibt den Hintern auf dem Sitz, wie es kleine Kinder tun, wenn sie kein Toilettenpapier oder Wasser zum Waschen haben. Sein offensichtliches Unbehagen erinnert sie an so manchen Verräter, kurz nachdem er wegen Hochverrates angeklagt worden ist. Sie stellt sich vor, wie er spricht, als könne sie ihn von aller Schuld lossagen. Genau das tut er dann, mehr oder weniger.

Er sagt: »Ich kann nur wiederholen, daß du herzlich gern hierbleiben kannst. Ich kann ebenfalls nur wiederholen, daß es nicht die Spur einer Chance gibt, den Familienbesitz kampflos von dem Warlord zurückzubekommen. Wir wären schlecht beraten, dorthin zu fahren, ohne entsprechende Vorbereitungen getroffen zu haben.«

Sie sagt: »Ich möchte mich nur mit dem Stadtviertel vertraut machen, in dem sich unser wertvolles Haus befindet, weiter nichts.«

»Mir ist aufgefallen, daß du kein einziges Mal das andere Haus der Familie in der Via Roma erwähnt hast, in dem wir alle gewohnt haben und wo du und ich aufgewachsen sind. Warum?«

»Weil Mutter sagt, daß alle Gebäude in der Via Roma in den Anfangsjahren des Bürgerkriegs während der heftigen Kämpfe zwischen Strongman-Nord und Strongman-Süd dem Boden gleichgemacht worden sind«, erklärt sie. »Kannst du das bestätigen?«

»Was wollen wir tun, wenn wir das Auto ungefähr hundert Meter entfernt geparkt haben, damit uns die Familie, die jetzt dort lebt, nicht sehen kann und mit irgendeiner Verschwörung in Verbindung bringt?« fragt er.

»Ich habe nicht die Absicht, meine Anwesenheit kundzutun.«

»Wir müssen unser Vorgehen gemeinsam planen.«

»Ich habe es begriffen«, sagt sie und ist sich sicher, daß sie ihn nicht von ihren Schritten informieren wird, bis sie alle Einzelheiten ihres Plans ausgearbeitet hat.

»Ich bestehe darauf.«

»Können wir bitte losfahren?« sagt sie ungeduldig. Dann überrascht sie sich und Zaak, indem sie die Hupe betätigt, zunächst vorsichtig, dann lauter und dann noch lauter und anhaltend, bis die Jugendlichen auf den Lärm hin keuchend angerannt kommen. Da sind sie und schwenken ihre Gewehre über dem Kopf, zwei von ihnen sind fast nackt, und ein dritter stolpert, weil er sich in seinem Sarong verheddert hat, der ihm bis auf die Knöchel gerutscht ist. Sie haben die Gewehre schußbereit im Anschlag, und einer von ihnen spielt offenbar eine Szene aus einem Film nach. Er liegt auf dem Bauch und richtet sein Gewehr hierhin und dorthin auf der Suche nach einem Ziel oder einem Opfer, das er erschießen kann. Sogar der Fahrer ist da, mit vollem Mund wie ein eifrig kauendes Kamel, auf seinen Lippen klebt grünlicher Schaum, und er beschattet die Augen gegen die brennende Sonne. Zaak bedeutet dem Fahrer, daß er ihn nicht braucht, worauf sich dessen Miene aufhellt. Er bohrt sich ungeniert in der Nase und stolziert schwerfällig, aber bereitwillig davon.

Cambara sagt zu Zaak: »Warum willst du nicht, daß er uns zu dem Haus und dem Hotel und anschließend hierher zurück fährt? Das wäre doch viel einfacher, schneller und vielleicht für alle Beteiligten sicherer.«

»Weil er krankhaft neugierig ist.«

»Was macht das schon?«

»Mir macht es was.«

Schließlich setzt sich Zaak zurecht und will losfahren. Sein Rücken ist kerzengerade, die Lippen beben. Vielleicht spricht er ein kurzes Gebet zwischen dem Anlassen des Motors, dem Einlegen des Ganges und dem Losfahren. Cambara fällt auf, daß er schwer atmet und so steif dasitzt wie ein Schüler bei einer Prüfung, die er nicht zu bestehen fürchtet. Erst da fällt ihr wieder ein, daß er ein furchtbar schlechter Autofahrer ist. Sie erinnert sich, daß er die mündliche Prüfung und die Fahrprüfung mehrmals wiederholen mußte und erst beim sechsten Versuch bestanden hat. Er bereitet seine Fahrt so sorgfältig vor wie ein Rinderzüchter den erigierten Bullenpenis in eine Kuh lenkt, die noch nicht in Hitze ist. Zweimal ruft er *Bismillah*, ehe er die bewaffneten Jugendlichen auffordert einzusteigen, mitsamt den Gewehren und ihrem Khat.

Dann dreht Zaak mehrmals den Schlüssel im Zündschloß, ehe der Motor hustend, furzend und stotternd anspringt und weißen Rauch aus dem Auspuff spuckt. Er drückt das Gaspedal kräftiger durch als nötig, was Cambara auf die Nerven geht und sie aufregt. Wieder braucht er mehrere Anläufe, um den Gang einzulegen. Aber weil er den Kupplungspunkt verpaßt und den Fuß zu spät von der Bremse nimmt, verreckt der Motor. Er flucht, läßt den Motor noch einmal an, tritt das Gaspedal zu stark durch, während er die Kupplung betätigt, und das Auto macht einen wilden Satz nach vorn.

Cambara richtet sich kerzengerade auf, die jungen Milizionäre ebenfalls. Sie rutschen alle auf ihren Sitzen hin und her, hilflos und mit ängstlichen Gesichtern, ohne zu wissen, was sie tun oder zu Zaak sagen sollen, der mit seinem Versuch, Cambara zu beeindrucken, kläglich scheitert.

Alle hören die Stimme eines Mannes. Es ist der Fahrer, der sagt: »Soll ich fahren, Zaak? Es macht mir nichts aus, wirklich nicht.«

Cambara schaut belustigt aus dem Fenster, und ihr Blick fällt auf den Fahrer, der mit der Linken seinen Sarong hochzieht, mit roten Augen, die ihm vor Erschöpfung fast aus dem Kopf quellen. Vermutlich hat er nicht genug geschlafen. Ihr fällt wieder der Traum ein, den sie gestern nacht während ihres kurzen, vom Jetlag geprägten Schlafs hatte. Sie erinnert sich an einen Wolkenbruch und wie sie gerannt ist – nackt und frei, mit einigen Fohlen, über einen Sandstrand unter tropisch blauem Himmel. Ihre bloßen Füße haben gekribbelt, und sie hat gelacht, wie man es tut, wenn man jung und glücklich ist. Nach einer Weile taucht Cambara wieder aus ihrem Tagtraum auf und landet in der rauen Wirklichkeit, in der Zaak den Fahrer anfährt: »Kau ruhig weiter, wir treffen uns hier in knapp einer Stunde.«

Sie behält ihre Gedanken für sich, wartet ab und beobachtet Zaak, der den Laster wieder startet. Diesmal erwischt er jedoch den Kupplungspunkt richtig, ohne daß der Motor verreckt oder der Wagen außer Kontrolle gerät. Sie vermutet, daß der Aufenthalt in Zaaks Nähe sie schneller umbringen könnte als die versehentlich abgeschossene Kugel aus einem Gewehr. Gewiß möchte sie sich nicht leichtsinnig in Gefahr begeben, und eine Autofahrt in Begleitung schwerbewaffneter Kindersoldaten reizt sie auch nicht besonders.

Gerade als sie sich zurückgelehnt hat und zu entspannen beginnt, bemerkt sie, daß das Bremspedal nicht so funktionieren will, wie Zaak es sich vorgestellt hat, und daß die Kupplung nicht das Gaspedal ist. Wieder verweigern seine Füße die Kontrolle, entweder der Motor bekommt zuwenig Benzin und verreckt beinahe, oder er bekommt zuviel, und der Laster schießt vorwärts. Als er die Bremse mit dem Gaspedal verwechselt und der Laster eindeutig zu schnell über die Straße rast, schaltet er ausgerechnet einen Gang höher, dann noch einen, und der Wagen bekommt plötzlich ein solches Tempo, daß Zaak nicht mehr weiß, was er machen soll, und so abrupt bremst, daß sie in einen Graben rutschen und stehenbleiben. Einer der beiden vorn sitzenden Jungen, dessen AK-47 ungesichert ist, betätigt versehentlich den Abzug und schickt Gewehrsalven ins Autodach. Im beengten Wageninnenraum wirkt die Explosion wie die einer Granate. Als sie sich wieder gefaßt hat, sieht sie Zaak mit offenem Mund und vor Angst erstarrt dasitzen, doch sie ist wachsam und erkennt die unmittelbare Gefahr in Gestalt einiger bewaffneter Jugendlicher, die wie aus dem Nichts auftauchen und sie aus der Deckung einer schützenden Mauer heraus beobachten. Cambara ist ruhig genug, um zu fragen, ob jemand verletzt ist. Keiner findet Worte, alle schweigen. Inzwischen hat sie sich umgedreht, um selbst nachzusehen, und stellt fest, daß alle verschreckt sind, aber niemand sichtbar verletzt ist.

Da macht sich still und leise ein schrecklicher Gestank im Fahrzeug bemerkbar. Cambara erkennt sogleich die Quelle dieses gräßlichen Geruchs und lokalisiert seinen Verursacher: Es ist ein Junge auf der hinteren Bank, der verlegen den Kopf gesenkt hat und das Gesicht in seinen Händen verbirgt. Offenbar hat der Junge sich vor Angst in die Hosen gemacht. Ausnahmsweise weiß auch sie einmal nicht, was sie tun oder sagen soll. Der Junge sitzt zu weit weg, als daß sie ihm die Hand auf die Schulter legen und ihm sagen könnte, er brauche sich nicht zu schämen. Es ist auch nicht ratsam auszusteigen, um den Wagen herumzugehen, wieder einzusteigen und den Jungen in den Arm zu nehmen. Sie wendet den Blick ab, und ihr Sinn für Diskretion gewinnt die Oberhand. Die älteren Jungen, die sich die Hand über Mund und Nase halten, schweigen zu Cambaras Überraschung ebenfalls. Die Jüngeren brüllen jedoch vor Lachen, zeigen mit den Fingern auf ihn, und einer nennt ihn Xaar Fakay, Hosenscheißer.

Cambara wartet, ob Zaak etwas unternimmt, ehe sie sich instinktiv einmischt und die älteren Jungen davon abhält, den armen Teufel zu terrorisieren. Nun, da sie ihn genauer angesehen hat, nennt sie ihn bei sich Tima Xariir wegen seines dunklen, seidigen, mit Brillantine geglätteten Haars. Dennoch steht Cambara der neuen Herausforderung hilflos gegenüber, denn es ist eine Sache, sich um die Ausscheidungen des eigenen Kindes zu kümmern, aber eine ganz andere, die Schweinerei eines Halbwüchsigen zu beseitigen, der bewaffnet und möglicherweise aufsässig ist und später zu einem Problem werden könnte.

Zaak seinerseits reagiert auf Seidenhaars Dilemma nicht wie ein erwachsener Mann. Unbarmherzig verzieht er zornig das Gesicht, was ein Anzeichen dafür ist, daß er den Gestank schlechter ertragen kann als eine Frau, die mit den Ausscheidungen eines Babys zu tun gehabt hat. Im stillen erinnert Cambara dieser Vorfall an die gestrige Unterhaltung, als er ihr äußerst unfreundlich gesagt hat: »Werd erwachsen, Frau.« Jetzt möchte sie ihm erwidern, er möge sich benehmen wie eine erwachsene Frau. Zaak sagt: »Du steigst aus und läufst.«

Der Junge hebt den Kopf, und die Augen quellen ihm aus den Höhlen, als wäre er eine Ziege, die zur Schlachtbank geführt wird. Keiner sagt etwas, während Seidenhaar überlegt, wie er von seinem Platz aufstehen kann, ohne noch mehr Hohn von seinen Kameraden auf sich zu ziehen, da er weiß, daß ihm die Scheiße inzwischen die Beine hinuntergelaufen ist und den unteren Teil seines Sarongs besudelt hat.

Cambara überrascht alle, indem sie sagt: »Es ist nichts Unnatürliches, was der Junge gemacht hat, und ich möchte, daß er im Auto bleibt.«

»Niemand will ihn hierhaben«, sagt Zaak.

Ungemütliches Schweigen in der Runde.

»Ich will es«, sagt sie.

Zaak fühlt sich unwohl, er weiß nicht, wie er reagieren soll.

Cambara sagt: »Sonst steige ich mit ihm aus.«

»Wo willst *du* denn hin?«

»Wo soll *er* denn hin?«

In der darauffolgenden Stille bemerkt sie, daß sie nichts riecht. Als wäre der Gestank von Anspannung und Zorn verdrängt worden, die all ihre Sinne in Anspruch nehmen.

Zaak lenkt ein. »Laß uns zurückfahren und dann alles besser planen. Der Wagen muß ja gereinigt werden, und ich schätze, das kann der Fahrer besser als wir. Außerdem hat es jetzt keinen Zweck mehr, weiterzufahren.«

Cambara teilt Zaak nicht mit, was sie denkt, aber sie nimmt an, er weiß, daß sie sich des Jungen annehmen wird. Sie wird ihn neu einkleiden, ihn mit Liebe verwöhnen, von der sie ja reichlich hat. Sie stellt sich vor, daß sie soviel unbeanspruchte Liebe hat wie eine stillende Mutter, deren Baby gestorben ist, Milch. Sie denkt, daß der Arme wahrscheinlich nur diesen einzigen Sarong besitzt, daß er sich also nicht umziehen kann, wenn sie zurückkommen. Ja, sie kann ihm einige von den Sachen des ertrunkenen Dalmar geben, die sie nach Mogadischu mitgebracht hat, statt sie der Heilsarmee in ihrem Viertel in Toronto zu überlassen. Dalmars Sachen müßten Seidenhaar prima passen. Darüber hinaus wird sie sich um ihn kümmern, ihn entwaffnen, ausbilden und aus ihm einen prächtigen Jungen machen, friedliebend und fürsorglich.

7

Cambara steigt entschlossenen Schrittes aus dem Fahrzeug, ganz so wie jemand, der weiß, wohin er geht und was er macht. Schon nach wenigen Schritten wird sie langsamer und merkt bald, daß Seidenhaar erwartungsvoll an ihrer Seite ist. Er lächelt freundlich und hat die Hand ausgestreckt, als biete er ihr an, sie zu ergreifen und festzuhalten; er nickt ihr ermutigend zu. Cambara hat das Gefühl, als sei der junge Mensch zu einem ähnlichen Entschluß gekommen wie sie: Er will sich ihr anschließen, bei ihr sein, wohin sie auch geht. Zwar drückt er das nicht in Worten aus, doch ein Blick allein sagt ihr, wie gern er in ihrer Nähe ist, als wolle er ihr zeigen, daß sie mehr verbindet, als beide bisher bemerkt haben.

Unbeholfen glättet er seine seidigen, zerzausten Haare, und Cambara möchte ihm am liebsten helfen, indem sie ihm mit den Fingern durchs Haar fährt. Sie läßt den Blick umherschweifen und erfaßt die Lage – vom Fahrer und den anderen Jugendlichen bis zu den Gewehren und weiter rechts zu Zaak, der sich gerade still davonmacht. Sie weiß nicht, was mit dem fehlenden oberen Schneidezahn des Jungen passiert ist; ein anderer ist schon braun verfärbt, vielleicht verfault bis zur Wurzel, die Folge eines nicht rechtzeitig behandelten Abszesses. Oder ist der fehlende Zahn das Ergebnis einer Verletzung? Cambara wird ihn fragen, was damit passiert ist, und die Zahnarztrechnung bezahlen. Natürlich ist es möglich, daß er den Zahn vor kurzem bei einem heftigen Kampf oder grobem Spiel verloren hat. Sie möchte so viel von ihm wissen – und das bald.

»Komm mit«, sagt sie zu Seidenhaar.

Mit einer Kopfbewegung fordert sie ihn auf, ihr zu folgen, was er bereitwillig tut. Er zögert nur für den Bruchteil einer Sekunde, weil er nicht weiß, ob er seine Waffe mitnehmen, und wenn nicht, was er sonst mit ihr tun soll. Schließlich lehnt er sie entschlossen an die nächste Wand, doch nicht ohne die Patrone zu entfernen, die, wie er feststellt, drei Kugeln enthält. Er blickt höflich zu ihr hinüber und nickt entschuldigend, ehe er sie einsteckt. Dann gibt er zu verstehen, daß er bereit ist zu gehen. Dieses überlegte Handeln macht Eindruck auf Cambara, die nun ein noch positiveres Gefühl ihm gegenüber hat. Sie glaubt, daß er ein verantwortungsvoller Bursche ist, um den sich zu kümmern ihr Freude machen wird. Sie kann sich nicht vorstellen, daß ihr Sohn Dalmar so etwas getan hätte. Natürlich ist die Situation von Seidenhaar und Dalmar nicht vergleichbar, weil der eine in Toronto in einem liebevollen Zuhause aufwuchs, während der andere in eine riesige Wüste, überschattet von der Düsternis des Bürgerkriegs, hineingeboren wurde.

Sie sagt »Komm« und bewegt sich, als hätte sie sich ganz plötzlich von aller Last und allen Zwängen befreit. Sie geht die Treppe hinauf zu ihrem Zimmer, denn sie ist jetzt sicher, daß Zaak sich in seinen Schmollwinkel zurückgezogen hat. Nichts Neues für Cambara, die oft erlebt hat, wie Zaak sich in verdrossenes Schweigen flüchtete, wie er einen rätseln ließ, womit man ihn denn verärgert oder gekränkt haben mochte, wenn er wieder einmal den Beleidigten spielte. Sie erinnert sich, daß er oft wie ein kranker Hund wirkte, der sich griesgrämig verkroch. Im Gegensatz zu ihm bewundert oder fürchtet man Cambara dafür, daß sie Probleme sofort und ohne Umschweife angeht. Sie scheut sich auch nicht, ihre Schwächen zuzugeben, und ist erst so richtig in ihrem Element, wenn sie eine schwierige Situation geklärt hat; nach einem Kampf ist sie optimistisch gestimmt und bereit, einen Waffenstillstand mit der gegnerischen Seite auszuhandeln. Ein Nachtreten gibt es für sie ebensowenig wie ein Wegschleichen und Grollen, wie es seine Art ist, während er gleichzeitig über andere herzieht. Sie brennt darauf, Zaak und den jungen Milizionären zu beweisen, daß sie mehr Stehvermögen hat als sie alle zusammen. Zielstrebig geht sie mit Seidenhaar im Schlepptau hinein, während der Fahrer und die Jugendlichen sie beobachten.

Als die beiden dann allein im Haus sind, faßt sich Cambara ein Herz und ergreift Seidenhaars Hand, und sie steigen zusammen die Treppe hoch, sie mit der Entschlossenheit einer Frau, die weiß, was sie will, er mit der wachsenden Zuversicht eines jungen Menschen, der nach einem schrecklichen Erlebnis jemandem vertraut. Dann bleibt sie plötzlich vor ihrer Tür stehen. Sie dreht ihm den Rücken zu und murmelt: »Einen Moment bitte.« Dann fährt sie mit der Hand langsam und vorsichtig in die Falten ihres Tschadors und holt schließlich den Schlüssel aus ihrem BH, wo sie ihn versteckt hat. Er ist noch warm von ihrem Busen.

Wieder zögert sie und weiß nicht, ob sie ihn zum Duschen hinunterführen soll in Zaaks Bad, aber weil sie sich nicht die Mühe machen und Zaak fragen will, ob er etwas dagegen hat, beschließt Cambara, den einfachsten Weg zu wählen. Sie sagt ihm: »Warte hier.« Dann bewegt sie sich so schnell wie schon lange nicht mehr, stürzt in ihr Zimmer, als ob sie verfolgt würde, und kommt gleich darauf mit einem Handtuch in der rechten Hand zurück, während sie mit der linken die Tür hinter sich zuzieht.

Sie zeigt ihm, wo sich das Bad befindet, das er vor ihr betritt und wo er dann ein wenig unsicher wartet, als sei ihm plötzlich bewußt geworden, daß er eine Grenze überschreitet. Er hält etwas Abstand, während sie den Hahn aufdreht, immer noch das Handtuch in der linken Hand. Zu ihrer Überraschung fließt Wasser aus dem Hahn. Sie füllt den Eimer und taucht die Hand hinein. Das Wasser ist zwar recht kalt, doch sie glaubt nicht, daß Seidenhaar etwas gegen eine kalte Dusche einzuwenden hat. Ja, sie denkt, daß es ihm gar nichts ausmachen wird, jedenfalls nicht soviel wie ihr, da er vielleicht gar nicht weiß, wie sich eine warme Dusche anfühlt.

Nun steht sie ihm direkt gegenüber und fühlt mit ihm und spürt den Wunsch, ihn zu berühren. Doch das scheint ihr vorschnell, und sie tritt zurück. Sie geht zum wackligen Wäscheständer, der in eine Ecke geschoben und anscheinend kaum benutzt wurde, und hängt das Handtuch darüber. Sie sagt ihm, er solle sich jetzt duschen, und fügt kurz vorm Verlassen des Badezimmers hinzu: »Ich lege dir dann Sachen zum Wechseln draußen vor die Tür. Zieh die bitte an und komm runter zu uns, sauber und angezogen.«

In ihrem Zimmer durchwühlt sie einen Koffer mit der Aufschrift »Dalmars Sachen: Zum Verschenken«, wählt zwei Paar Hosen, mehrere Unterhosen und ein halbes Dutzend T-Shirts aus, dazu einen tragbaren CD-Player, den sie ausprobiert, um festzustellen, ob er funktioniert. Sie ist zuversichtlich, daß wenigstens einige von den Sachen Seidenhaar gut passen werden. Ehe sie hinuntergeht, legt sie den Kleiderstapel für ihn vor die Badtür. Sie ist fest entschlossen, in Zaaks Haus einiges umzukrempeln, so daß man am Ende die Veränderung sehen wird.

Cambara stürmt die Treppe hinunter, als wäre sie auf dem Kriegspfad und geht mit großen Schritten zum Geräteschuppen hinüber, der zum Rückzugsort der Khat-Konsumenten umfunktioniert wurde. Der Fahrer und etliche Jugendliche kauen mit vollgestopften Backen schmatzend vor sich hin, schlürfen süßen Tee und trinken Coca-Cola. Auf ihrem Lauscherposten, wenige Meter von der Schuppentür entfernt, hört sie, wie sie sich über die mörderische Bürgerkriegspolitik unterhalten und diskutieren, welcher Warlord die einträglichsten Durchgangsstraßen in der Stadt kontrolliert und wieviel Geld er täglich durch das Kassieren von Wegezoll einnimmt. Jetzt kommen sie auf ein verwandtes Thema zu sprechen, erwähnen den Namen eines Emporkömmlings, der früher ein Stellvertreter desselben Warlords war und den er, wie man munkelt, stürzen wird, um das florierende Geschäft an sich zu reißen.

Sie hat genug von ihren Mutmaßungen und dem Geschwätz über Warlords gehört und beschließt, daß es an der Zeit ist, ohne Ankündigung oder Erklärung in ihre Runde hineinzuplatzen. Zunächst pflanzt sie sich in der Türöffnung auf, blockiert sie breitbeinig – die Arme in die Hüften gestemmt – und schimpft über ihre Spekulationen und ihre schlampige Lebensweise. Einige der Burschen blicken sie entsetzt an, andere wirken eher belustigt, wieder andere schütteln überrascht den Kopf, während alle ohne Ausnahme erst sie und dann einander anschauen. Einhellig unterbrechen sie ihre jeweilige Tätigkeit, vielleicht weil sie auf ihr Erscheinen nicht gefaßt waren.

Sie sind verdutzt, weil sie nicht wissen, in wessen Auftrag sie handelt, und weil sie keine Ahnung haben, wie Zaak dazu steht oder welche Rolle er spielt. Einer flüstert seinem Kumpel zu, sie erinnere ihn an die Direktorin einer Klosterschule, die ihre Zöglinge zu Zucht und Ordnung anhält. Sein Kumpel wiederum vergleicht sie mit einem Vater, der seine halbstarken schuleschwänzenden Kinder spät am Morgen aus dem Bett holt und wachrüttelt. Als einige von ihnen ihre Unterhaltung in normaler Lautstärke wiederaufnehmen und andere zu ihrem Khat-Kauen oder Teeschlürfen zurückkehren, startet sie eine noch erstaunlichere Aktion: Sie konfisziert ihr Khat. Der Flüsterer sagt jetzt: »Die traut sich was!« Sein Kumpel bemerkt, es sei wohl nicht genug, hier hereinzuplatzen, als gehöre ihr das Haus; sie müsse ihnen auch noch zeigen, daß sie der Boß ist. Ein anderer fragt sich, wo das wohl alles enden wird.

Wie um dem Kumpel des Flüsterers recht zu geben, sammelt sie die noch vor ihnen liegenden Khat-Bündel auf – sie sind so baff, daß sie nicht reagieren – und wirft sie in eine Abfalltonne voller Ungeziefer. Als sie sich umdreht und das Entsetzen in ihren Gesichtern sieht, macht sie weiter und schreit: »Hier sieht's ja gräßlich aus! Wie könnt ihr es nur neben dieser ekelhaft stinkenden Mülltonne aushalten? Es hat wohl seit langem keiner von euch für nötig befunden, sie zu leeren?« Und noch ehe sich der Fahrer oder die Jungen von ihren erbarmungslosen Wortsalven erholt haben, sagt sie: »Es wird Zeit, etwas zu tun!«

Keiner sagt ein Wort. Alle sehen sie nur mit großen Augen an. Nach einer kurzen Pause sucht der Fahrer jedoch seine Sachen zusammen und schließt sich ihr an, einige andere tun es ihm gleich. Man mag sich fragen, warum der Fahrer oder die jungen Kämpfer sich so untypisch benehmen und sich fügen, wo es bei dieser Klasse von Männern doch Brauch ist, bei der kleinsten Provokation die Gewehre sprechen zu lassen. Cambara erklärt sich ihre nachgiebige Haltung mit der Tatsache, daß sie von ihrem Auftreten überrumpelt wurden und daß viele der jungen Männer unsicher sind, wie sie auf die Anweisungen von Frauen reagieren sollen.

Sie weist den Fahrer an, die beiden Jungen zu beaufsichtigen, die vorhin Seidenhaar schikaniert haben. Die beiden sollen den Laster von innen und außen waschen, einen Staubsauger benutzen und den Wagen von dem abscheulichen Gestank befreien. Als der Fahrer ihr entgegnet, er habe keinen Staubsauger und keins der Putzmittel, von denen sie spricht, schlägt sie vor, ein Reinigungsmittel für den Hausgebrauch zu benutzen. Aber als dann alle außer dem Fahrer ihr Gewehr nehmen – denn sie wirken nackt, wie sie da ohne Gewehr und mit nutzlos herabhängenden Händen herumstehen – und behaupten, nicht zu wissen, wo sie solche Haushaltsartikel finden könnten, mustert Cambara sie unfreundlich. Dann packt sie einen von ihnen bei der Hand und zieht ihn in die Küche; sie gibt ihm mehrere Putzmittel, die Zaak vermutlich gekauft und in einem der Schränke verstaut hat, und kehrt mit dem Jungen zurück, der die Putzmittel trägt und schnauft. Sie scheucht die Jugendlichen an die Arbeit, sie ab und zu leise verfluchend. Einige Minuten lang sieht sie ihnen amüsiert und mit großem Interesse zu. Du meine Güte, wie unbeholfen sie jetzt ohne ihre Waffen wirken, die im Lauf der Jahre mit ihnen verwachsen zu sein scheinen; sie wirken richtig unglücklich. Ihre Bewegungen sind unkoordiniert und so ungeschickt wie bei Linkshändern, die mit der rechten Hand etwas aufzuheben versuchen. Die Gewehre sehen ihrerseits verlassen aus, bloße Metallteile, die mit Holzteilen verbunden wurden, nicht bedrohlicher als Kinderspielzeug.

Als der Fahrer und die anderen Jugendlichen den Laster von innen und außen gewaschen haben, läßt sie sie im Wohnzimmer weitermachen: kehren, staubwischen, aufwischen. Während sie ihnen beim Rücken der Sofas und der anderen Möbel zuschaut, fragt sie sich, ob sie jemals etwas Schwereres als ihre AK-47 hochgehoben haben. Um ihnen die Arbeit angenehmer zu machen, schaltet sie den CD-Player an, und es ertönt laute somalische Musik – übrigens ein von ihr selbst komponiertes Lied, die CD wurde privat in einem kleinen Studio in Toronto aufgenommen. Sie singt das Lied, das von einem jamaikanischen Freund Maimounas vertont wurde, und spricht den Kommentar. Vielleicht erkennen die Jungen ihre Stimme, denn sie hören alle auf zu arbeiten und starren sie fasziniert und mit großen Augen an. Sie wird verlegen, denn es ist das erste Mal, daß sie ihre eigenen Worte und ihre Stimme auf einer CD hört. Sie überlegt, daß sie vielleicht noch einmal daran arbeiten, es hier und da straffen und die schwächeren Partien überarbeiten muß, daß sie das Ganze kurz gesagt neu aufnehmen sollte, ehe sie es herausgibt. Sie denkt aber auch: »Gar nicht so schlecht« und läßt das Lied mehrmals laufen.

In dem Lied fragt ein Junge – es ist Dalmars Stimme: »Wann ist ein Mann ein Mann?«

Eine Frauenstimme, Cambara, antwortet: »Ein Mann ist ein Mann, wenn er wie ein Mann arbeiten kann, voller Tatkraft und Hingabe, und seine Kraft nur zum Wohl der Gemeinschaft einsetzt.«

Ihr Herz setzt fast aus, als sie flüchtig die unheimliche Erscheinung eines Jungen in vertrauter Kleidung wahrnimmt, eines Jungen, der sie an ihren Sohn erinnert und der jetzt in der Wohnzimmertür steht, in *seinen* Hosen und *seinem* T-Shirt. Einen Augenblick lang ist Cambara weit weg, dann fällt ihr ein, daß sie selbst Seidenhaar die Sachen gegeben hat, dem sie perfekt passen. Als sie das Lied nicht mehr hören will, stellt sie den CD-Player aus, geht dann zu dem Jungen hinüber und sagt freudestrahlend zu ihm: »Gut gemacht.« Dann wenden sich die Dinge zum Schlechten.

Man nenne es, wie man wolle: Eifersucht, weil einer von ihnen, der Jüngste, den sie bis vor kurzem noch ungestraft drangsalieren konnten, mehr Glück hatte als sie, weil er die Frau bezirzt hat; man nenne es ein typisches Benehmen, weil man nicht erwarten durfte, daß sich diese Jugendlichen so normal wie vielleicht andere verhielten. Wie auch immer, einer der Jungen, dessen Spitzname Langohr ist und der Seidenhaar vorhin auch terrorisiert hat, findet die Sprache wieder. Er spricht laut genug, daß alle es hören können, und alle schauen gehässig auf Cambara und beobachten, wie sie Seidenhaar umarmt und willkommen heißt.

»Wir sind keine Diener«, verkündet Langohr. »Wir sind Segurity-Leute.« Langohr spricht das Wort falsch aus und ersetzt das *c* in »Security« durch ein *g*. Er fährt fort: »Wir rücken keine Sofas, wir wischen keine Fußböden; wir sind Segurity-Leute. Außerdem sind wir Männer, und Putzen ist Frauenarbeit, und die machen wir nicht.«

In der ungemütlichen Stille, die nun folgt, stehen Cambara und Seidenhaar abseits, sie beobachten die Szene und warten vorsichtig ab. Sie schaut in die Runde und weiß nicht, was sie machen soll und ob sie etwas sagen sollte, das die Dinge wieder zurechtrückt. Sie spürt, daß es noch Zeit ist, mit ein paar Worten die Lage zu beruhigen. Sie fühlt auch, wenn jetzt ein anderer Jugendlicher sich zu Wort melden und Langohr unterstützen sollte, dann haben die Meuterer für heute gewonnen. Sie hofft inständig, daß ein Älterer mit mehr Autorität – sie kann nur den Fahrer meinen, und sie schaut erwartungsvoll in seine Richtung – versuchen wird, ihre Pläne zu unterstützen und mit eigenen Worten zu befürworten. Doch der Fahrer schweigt nicht nur, seine Haltung drückt auch Gleichgültigkeit aus. Sie ist drauf und dran, den Schauplatz zu verlassen, als der Fahrer sich räuspert, um die Aufmerksamkeit auf sich zu ziehen, und sich dann in den Streit einschaltet.

Er richtet seine Worte an Langohr, seine Stimme ist ruhig und furchtlos. Der Fahrer sagt: »Ich bin älter als ihr und erinnere mich noch an die Zeit, als alle Arbeit hatten. Ich war Fahrer, ein anderer war Gebäudereiniger, wieder ein anderer Büroangestellter oder Abteilungsleiter; es gab einen Präsidenten des Landes – ob er nun dafür geeignet war oder nicht –, und wir hatten eine Regierung. Das Wichtigste war – wir hatten Frieden. Ihr könnt euch an das alles nicht erinnern, ich aber schon. Ihr seid keine Security-Leute; ihr wißt das, und ich weiß das. Wir gehören einer Nation von Verlierern an, von kriegerischen Clans, von Jugendlichen ohne Schulbildung, von Frauen, die ständig herumkommandiert werden. Wir leben in einer verkehrten Zeit.«

In der eingetretenen Stille sieht Cambara, der warm ums Herz geworden ist, die Sonne durchbrechen. Seidenhaar und fast alle Jugendlichen stehen reglos da und hören dem Fahrer aufmerksamer zu, als sie selbst es je für möglich gehalten hätten. Langohr scheint allein zu sein, leblos wie die Zunge eines stummen Menschen.

»Wenn ihr genauso denkt wie ich, dann ist diese Lady ein Geschenk des Himmels«, fährt der Mann fort. »Sie ist erst seit ein paar Stunden bei uns, und schaut euch doch an, was sie erreicht hat. In nicht mal einem Tag. Schaut euch Agoon an«, sagt er. Alle blicken auf Seidenhaar, und mehrere Jungen nicken zustimmend. »Wenn sie in so kurzer Zeit eine so positive Veränderung schaffen kann, dann stellt euch doch mal vor, wie es sein wird, wenn sie noch viel länger hier bei uns bleibt. Meine Brüder, laßt uns wieder an die Arbeit gehen, denn es ist noch Zeit, daß wir uns retten. Es gibt noch Hoffnung, den Frieden wiederzugewinnen.«

Ein Jugendlicher, der als Verbündeter von Langohr bekannt ist, hat etwas zu sagen. Der Fahrer ermutigt ihn, es sich von der Seele zu reden. »Aber das Saubermachen, das ist immer Frauenarbeit gewesen, keine Männerarbeit.«

Der Fahrer hat eine Antwort darauf. »Weil Frauen Männerarbeit machen. Darum. Sie kümmern sich um die Familie und um den Haushalt und halten die Familie zusammen, schützen sie vor Hunger und Tod. Und weil Frauen unsere Arbeit machen, folgt daraus, daß wir ihre tun müssen, nicht wahr?«

Sie hört jemanden klatschen, die Köpfe etlicher Jugendlicher drehen sich zu ihr und dann zum Fahrer. Langohr stürmt wütend hinaus. Cambara fragt sich, ob er sich mit Zaak verbünden will. Was Zaak wohl vorhat?

Um mit gutem Beispiel voranzugehen, ist der Fahrer der erste, der sich wieder hinkniet, den Boden wischt und einem anderen Jugendlichen hilft. Sie arbeitet mit Seidenhaar daran, aus einer Zimmerecke, wo jemand etwas Klebriges verschüttet hat, den festgebackenen Schmutz zu entfernen. Es ist auch gut, sagt sie sich, daß sie dabei einen Ameisenstamm aufgestört haben, der seit einigen Monaten dort Quartier genommen hat. Alle beteiligen sich am allgemeinen spöttischen Geplänkel und necken sich gegenseitig. Cambara nutzt die Gelegenheit, um sie darauf aufmerksam zu machen, daß sie es nicht schaffen, die Möbel ohne Probleme oder Klagen zu verrücken, obwohl sie nur halb so alt sind wie sie. Sie fordert die beiden im Zimmer verbliebenen Grobiane, die Seidenhaar vorher tyrannisiert haben, auf, mit ihr zusammen die beiden zweisitzigen Sofas hochzuheben. Dabei stellt sie fest, daß beide keine Ahnung haben, wie sie das bewerkstelligen sollen, ohne sich zu verheben. Da sagt sie: »Vergeßt es« und macht es zusammen mit Seidenhaar, nachdem sie ihm erklärt hat, wie er seinen Körper einsetzen soll.

Alle Blicke sind auf sie gerichtet, so als wäre sie eine Biene und die Blumen der Jahreszeit böten ihren Pollen dar. Dem Fahrer ist es zu verdanken, daß sie alle angestachelt hat. Sie sind nicht so sehr in sie vernarrt wie in die Vorstellung von ihr oder die Vorstellung, was Cambara für sie tun kann. Sie hofft, daß der Fahrer ihnen geholfen hat, sich zu entspannen und die Süße der Arbeit zu genießen. Ihre Haut kribbelt, und ihr Körper dient ihr als Radarfalle, mit der sie die bewundernden Blicke einfängt, wenn diese von der Arbeit abschweifen und sich auf sie richten. Sie ist erleichtert, daß der Fahrer gesprochen und sie damit vor einer Kapitulation bewahrt hat. Jetzt hat sie zwei Verbündete, Seidenhaar und den Fahrer – den einen, weil sie sich für ihn eingesetzt und ihm Sachen geschenkt hat; den anderen, weil er sich mit seiner Fürsprache für sie exponiert und einen Präzedenzfall geschaffen hat.

Sie glaubt, daß die Jugendlichen sie viel besser kennengelernt haben als Zaak, mit dem sie Khat kauen und den sie als Boß betrachten, weil er sich nie die Hände schmutzig macht, sich nie mit Hausputz oder Kochen abgibt. Da es sich bei all ihren Beziehungen zu Männern bisher um eine Zweierbeziehung gehandelt hat, die nicht funktionierte, wünscht sie sich nun, eine Brücke der Harmonie zu möglichst vielen Männern gleichzeitig zu schlagen. So etwas, hofft sie, wird ihr als Künstlerin gut gelingen. Es gibt keine größere Befriedigung, als zu erleben, wie die Zuschauer die tiefempfundenen Gefühle einer hervorragenden Schauspielerin begierig aufnehmen und dazu neigen, die wahre Persönlichkeit der Künstlerin und was in ihr vorgeht, was sie liebt und was sie haßt, mit dem Charakter, den sie darstellt, zu verwechseln.

Sie denkt, daß Seidenhaar erwachsener wirkt, seit er aus dem Bad gekommen ist. Er ist nicht länger zerlumpt oder schmutzig und stinkt nicht mehr, und alle Jungen hier bewundern ihn. Cambara schätzt, daß sie sich bei ihnen echte Anerkennung verdient hat, besonders nachdem der Fahrer für sie gesprochen und ihr Vorgehen unterstützt hat. Sie hofft, jemand geworden zu sein, mit dem man sich anfreunden kann, nicht der neue Boß im Viertel.

Jemand fragt: »Wo ist denn Zaak?«

Cambara ist völlig egal, wo er steckt, und sie möchte nicht über ihn sprechen. Statt dessen legt sie den Arm um Seidenhaar und geht mit ihm zum Fahrer hinüber, der einer eben gesäuberten Stelle den letzten Schliff gibt.

Sie fragt: »Wie wär's mit Mittagessen?«

»Hühnchen«, lautet die Ansage von Seidenhaar.

Er scheint ja ein Maulheld zu sein, denkt sie amüsiert.

»Gute Idee«, bemerkt der Fahrer.

Das bringt Cambara auf einen Gedanken. Sie fährt mit der Hand in ihre Hosentasche und holt fünf Dollarscheine heraus, die sie dem Fahrer gibt. Sie bittet ihn, mit zwei oder drei der Jugendlichen, darunter Seidenhaar, auf den Markt zu gehen und so viel Hühnerfleisch und Gemüse zu kaufen, daß es für alle reicht. Seidenhaars Blick zeugt von neuem Selbstvertrauen.

Der Fahrer bemerkt die leichte Sorge, die sich nun in Cambaras Miene spiegelt, als sie feststellt, daß die Küche nicht sauber genug ist, um darin zu kochen. Er nimmt drei der Jungen beiseite, die ihm offenbar näherstehen, und sie sprechen leise miteinander. Sie erklären sich freiwillig bereit, die Arbeit zu Ende zu bringen, den Boden zu wischen, die Schränke und alle Oberflächen abzuwischen, während Cambara nach oben geht, um sich zu duschen.

Dann sagt der Fahrer: »Kommt, wir wollen was zu essen holen.«

Nach einer weiteren kalten Dusche, auf die sie nun besser eingestellt ist, kommt Cambara herunter, um die Küche vorzubereiten, denn die Jugendlichen müssen jetzt jeden Augenblick von ihrer Einkaufstour zum Markt zurückkommen. Sie öffnet die unteren und die oberen Küchenschränke, den Lagerraum, die Speisekammer und jede Schublade, die sich aufziehen läßt. Leider muß sie feststellen, daß die Fächer nicht so gründlich vom Staub befreit wurden, wie sie es gern gesehen hätte. Außerdem sieht sie, daß die jungen Leute zwar die Kochutensilien abgewaschen haben, aber nicht gründlich genug und nicht mit heißem Wasser. Kein einziges Küchengerät oder Geschirrteil ist von guter Qualität. Das Holz der Schränke hat Risse, ist beschädigt oder verzogen; die Seife ist eingetrocknet oder schimmlig. Je deutlicher sie merkt, in welch schlechtem und verrottetem Zustand die Küche trotz der Bemühungen der Jugendlichen ist, desto mehr sieht sie sich in der Rolle einer Frau aus der Pionierzeit, die gekommen ist, um diese Männer aus ihren primitiven Lebensumständen herauszuholen. Aber sie beschließt, ihr Versprechen zu halten und als Anerkennung für ihre Mitarbeit für die Jugendlichen zu kochen, und sie ist sich sicher, daß es einen guten Eindruck auf sie machen wird. Sie möchte den Ort ihrer Begegnung in einem besseren Zustand zurücklassen, als sie ihn vorgefunden hat. Vielleicht gelingt es ihr dann, ihre Herzen und Gedanken – wenn auch nur kurz – für ihr gesellschaftliches Dreigestirn zu gewinnen: Arbeit, ehrliches Leben und Frieden. Ihr ist klar, daß jemand wie Zaak sie für naiv halten muß. Soll er doch.

Wie ein Nagetier, das etwas Eßbares an einer schwer zugänglichen Stelle aufspürt, öffnet sie mühsam die Schränke, die Schubladen und die Büfetts, um sich einen Überblick über deren Inhalte zu verschaffen. Es fehlt praktisch an allem: es gibt weder Öl noch scharfe Messer oder Wetzsteine, sie entdeckt keine Schneidebretter, keine Butter, die nicht ranzig ist, keine Siebe, Putzlappen, Reinigungs- und Desinfektionsmittel, keine brauchbaren Schwämme oder Mopps mit ausreichend Fransen. Ebensowenig gibt es Utensilien zum Geschirrspülen, saubere Spüllappen, benutzbare Handtücher oder Küchenpapier; da sind auch keine Holzlöffel oder andere Geräte, die man braucht, um für ein Dutzend Menschen ein anständiges Mahl zuzubereiten. Die Töpfe haben nicht die richtige Größe, sie sind zum Teil so winzig klein, daß sie gar nichts damit anfangen kann. Was sie an Besteck vorfindet, spricht vom mehrfachen Wechsel der Hausbewohner im Laufe der Jahre.

Sie versucht mit dem auszukommen, was da ist, schüttet Seifenpulver ins Wasser und bringt es zum Schäumen. Am Ende beschließt sie, Waschlappen als Spüllappen zu verwenden. Sie braucht lange, um das Abtropfbrett für die abgewaschenen Töpfe und das Geschirr zu säubern und trockenzuwischen.

Sie ist kaum damit fertig, als sie ein Geräusch hört, das sie zunächst fälschlicherweise für das Kreischen von Türangeln hält. Sie erwartet Zaak, doch dann identifiziert sie das Geräusch als das Gackern eines Huhns. Als sie den Kopf dreht, um einen Blick auf das Schauspiel zu werfen, sieht sie Seidenhaar, der drei lebende Hühner an ihren mit Stricken zusammengebundenen Beinen hält. Sie hängen mit den Köpfen nach unten und zappeln, recken die Hälse und breiten die Flügel aus. Ihm folgen ein paar von den anderen Jungen, hochkonzentriert, mit Körben auf den Köpfen. Sie gehen langsam, mit stockendem Schritt, und wirken erschöpft.

Cambara sieht eine Katastrophe auf sich zukommen, denn sie hat noch nie ein Huhn geschlachtet. Weder bevor sie Somalia verließ, weil diese Aufgaben damals von Dienern übernommen wurden, noch in Toronto, wo sie die Hühner stets bratfertig gekauft hat. Sie überlegt, was sie tun soll, wenn auch die Männer in der Kunst des Hühnerschlachtens nicht bewandert sind. Schließlich braucht es schon etwas Übung oder wenigsten einen gewissen Mumm, um zu töten, was man anschließend essen will. Es ist kein Problem, die Federn abzusengen und die Hühner dann zu kochen, wenn sie ihr tot ausgehändigt werden. In Gedanken zählt sie auf, was sie alles nicht beherrscht, als Seidenhaar zu ihr tritt. Er setzt die Hühner in einer Ecke auf den Boden und weist die anderen an, ihre Körbe ebenfalls abzustellen. Als die anderen sich verdrücken – und höchstwahrscheinlich zu ihrem Khat-Kauen zurückkehren –, krönt Seidenhaar sein Erfolgserlebnis, indem er einen Zettel studiert und den Preis für Kartoffeln, Tomaten, Knoblauch, Möhren, lebende Hühner, Spülmittel, Metallbürste et cetera vorliest, zuerst in somalischen Schillings, dann in Dollar. Zuletzt reicht er ihr dicke Bündel Wechselgeld in der Landeswährung.

»Gut gemacht«, sagt sie. »Ich bin beeindruckt.« Gerührt zaust sie ihm das seidige Haar und hätte sich fast erlaubt, ihn zu umarmen und zu küssen.

Seine Augen leuchten vor Freude. Als er in die ihren blickt, brennen darin Erinnerungen an ihren Sohn. Sie wendet den Kopf ab, als gehorche sie dem geheimen Befehl, nicht zu weinen, sondern sich zu freuen.

Da geschieht etwas, auf das keiner gefaßt ist. Einem der Hühner gelingt es, ein Bein freizustrampeln, und als Seidenhaar sich auf das Tier stürzen und es festhalten will, strampelt es noch stärker, bis es sein zweites Bein befreit hat und ihm entkommt, gakkernd und krakeelend, wie es Hühner tun, die ahnen, daß es ihnen ans Leben geht. Cambara schaut zu und ist entschlossen, sich nicht einzumischen oder ihm zu Hilfe zu kommen, weil sie wissen möchte, aus welchem Stoff er gemacht ist, wie geduldig und findig er ist, ob er schnell ermüdet und aufgibt und die Hände in die Luft wirft.

Er macht ein schlaues Manöver, stellt sich in den Türrahmen und blockiert den Fluchtweg. Dann bückt er sich, geht fast in die Hocke, gluckst über die Fluchtversuche des Tieres, zankt es aus, weil es ihn ärgert, schnippt mit den Fingern, damit es näher kommt. Er streckt die Hände aus, bereit, das Huhn zu ergreifen, sich draufzustürzen und es zu packen. Er schweigt; alles ist still, alles ist ernst. Cambara sieht zu, wie Seidenhaar auf das Huhn wartet; den Laut, den er jetzt produziert, hat sie schon bei Männern gehört, die versuchen ihre Esel, mit denen sie Wasser in Plastikkanistern befördern, zum schnelleren Laufen anzuspornen. Kaum hat er sich umgedreht, um Cambaras Lob einzuheimsen, da schlüpft das Huhn an seinen ausgestreckten Händen vorbei und durch seine gespreizten Beine aus der Küche hinaus.

Nun jagt er das Huhn ins Wohnzimmer und wieder hinaus, dann an der Küche vorbei, wobei das Tier halb fliegt, halb rennt. Plötzlich bleibt es stehen und schaut mit wachsamen Augen über die Schulter zurück, während er versucht es in eine Ecke zu treiben und dort zu fangen. Gerade noch rechtzeitig hebt der Vogel seinen mageren Körper in die Luft und fliegt über seinen Kopf. Es gackert boshaft – aber erst als es sicher entkommen ist.

Das entflohene Huhn und der Lärm in der Küche, dazu der Tumult durch die Jungen, die sich Seidenhaar bei der Jagd anschließen, locken den Fahrer aus dem Geräteschuppen und Zaak aus seinem Schmollwinkel oder aus dem Schlaf – Cambara kann es nicht sagen, als sie ihn sieht.

»Bist du verrückt geworden?« fragt er sie.

Sie läuft an Zaak vorbei, ohne ihn einer Antwort zu würdigen, und sagt sich, daß es viel besser und eine willkommene Erleichterung ist, wenn sich die Jungen an ihr Mittagessen heranschleichen, statt ihren menschlichen Opfern hinterherzulaufen, um sie zu erschießen. Als der Lärm dann den Garten hinterm Haus erreicht, kommt Langohr mit vollen Backen aus dem Schuppen, das Gewehr schußbereit. Cambara erkennt, was Langohr vorhat, und ruft ihm zu: »Nicht schießen!«

Die Worte haben kaum die Strecke zurückgelegt, die sie von Seidenhaar und dem Huhn trennt, das er noch immer eifrig jagt. Er beugt sich schon vor, um es zu packen, als sie das Gewehr losgehen hört, zwei Schüsse kurz nacheinander, wobei der zweite das Huhn trifft und verwundet und die Federn stieben läßt. Ein heiserer Schrei dringt tief aus Seidenhaars Eingeweiden. Cambara bekommt allmählich eine Ahnung davon, was es heißt, machtlos zu sein angesichts brutaler Gewalt. Sie steht stockstill, und ihr ist zumute, als umgebe sie plötzlich alles verschlingende Dunkelheit und Verrat. Sie geht dorthin, wo Seidenhaar kauert und laut schluchzt, als betraure er den Tod eines geliebten Haustiers, und bedeutet ihm, er solle das Huhn einfach dort liegen lassen. Dann geht sie an Zaak und den glotzenden Jugendlichen vorbei in die Küche – um die anderen Hühner zuzubereiten.

Als sie allein mit Seidenhaar in der Küche ist, sagt sie ihm, er solle jedes der verbleibenden Tiere mehrmals in der Art eines Diskuswerfers im Kreis um sich herumwirbeln. Als das erste orientierungslos ist und er es gerade auf das Abtropfbrett legen will, taucht Langohr auf und bietet an, beide Hühner zu schlachten, was er mit der Effizienz eines Hilfskochs tut, der den ganzen Tag nichts anderes macht. Ein plötzlicher Schlag, und das Huhn ist tot. Cambara ist bereit, es mit kochendem Wasser zu übergießen, um das Rupfen zu erleichtern. Sie benutzt ihr Schweizer Taschenmesser, um das wilde Zappeln des zweiten Huhns zu beenden. Alles Weitere ist dann so einfach wie bis drei zählen.

Als sie das Essen zubereitet hat und Zaak sich herabläßt, an dem Mahl teilzunehmen, bittet Cambara ihn, gleich nach dem Essen den Fahrer zu bitten, sie mit dem Laster herumzufahren, damit Zaak ihr das enteignete Haus der Familie zeigen kann. Zu ihrer großen Erleichterung willigt er ein.

8

Mit dem Gefühl, gewissermaßen eine völlig andere Person mit einer ganz neuen Identität zu sein, tritt Cambara am folgenden Morgen aus Zaaks Haus, von Kopf bis Fuß in einen Schleier gehüllt, der wie ein Zelt den ganzen Körper umschließt. Um das Bild abzurunden, hat sie noch ein Musselintuch vor dem Gesicht, das sie, wie ein Pferd die Trense, mit den Zähnen festhält, damit es nicht verrutscht. Sie trägt das alles verbergende Gewand zum ersten und zum letzten Mal in ihrem Leben, weil sie so ihre Identität zu verbergen hofft, und bewegt sich bewußt vorsichtig, wie ein Astronaut, der seine ersten Schritte im Weltraum macht. Ihre Bewegungen sind schwerfällig, ihre Gangart ein mühsames Schlurfen, sie kommt so langsam voran wie ein Kamel mit Fußfesseln. Aus einiger Entfernung sieht sie aus wie ein Miniatur-*Aqal* eines somalischen Nomaden auf Rädern.

Cambara ist unterwegs zum enteigneten Haus ihrer Familie und schaut dabei immer wieder heimlich auf einen Straßenplan, den sie aus dem Gedächtnis gezeichnet hat. Zaak hat sie, zusammen mit dem Fahrer, gestern am späten Nachmittag in die Nähe des Hauses gefahren. Unter dem Schleier, der ihr jegliche Sicht nimmt, ist es nicht leicht, sich zu orientieren. Sie hat das Gefühl, als seien ihre Füße gefesselt, die Brust zum Ersticken beengt und ihre Bewegungsfreiheit eingeschränkt. Ihr ist heiß; sie schwitzt sich unter dem Gewand halb tot, wie ein Reisender mit schwerem Gepäck. Sie ist wütend auf sich, weil sie nicht zu Zaaks Haus zurückkehrt, um bequeme Kleidung anzuziehen und diese dann mit einem *niqab*, einem einfachen Gesichtsschleier, zu ergänzen.

Sie schleppt sich so langsam dahin wie ein Lieferwagen mit kaputten Stoßdämpfern, neigt sich völlig ungraziös erst zur einen Seite, dann zur anderen; sie fühlt sich äußerst unwohl, schwitzt heftig in ihrer lästigen Burka und zieht immer wieder ihre baumwollenen Unterhosen hoch, als erwarte sie, ein Lüftchen unter ihrem Gewand zu spüren. Trotz alledem quält sie sich voran, überzeugt, daß sie mit möglichen Angreifern in Gestalt bewaffneter Jugendlicher auf kurze Distanz fertig werden wird, dank der in der Tasche ihres Gewands verborgenen Waffe ihrer Wahl, einem Messer. Cambara hat sich immer schon als potentielles Mitglied einer verschworenen Schwesternschaft gesehen, und sie hält ein Messer für praktisch, wenn es gilt, einen bewaffneten Feind zu überraschen, der einen für unbewaffnet hält.

Da geht sie – groß und gutgebaut. Sie ist stattlich und imposant und humpelt furchtlos die Straße hinunter. Während sie die Gedanken ordnet, die ihr durch den Kopf gehen, zieht sie konzentriert die Augenbrauen zusammen. Sie denkt darüber nach, wieviel Verhaltensnormen sie verletzt hat, schon bevor sie hierher kam und auch danach. Obwohl sie offiziell mit Wardi verheiratet ist, wohnt sie in einem Haus mit Zaak, der nicht ihr Ehemann ist. Das hat sie schon einmal getan, wenn auch im Rahmen eines Täuschungsmanövers. Natürlich ist das hier nicht Saudi-Arabien. Dort muß man, wenn man ein Haus betritt, einen von zwei Eingängen benutzen; eine kleine, fast geheime Seitentür ist für die Frauen und eine größere, exponiertere Tür für die Männer. Sie erinnert sich amüsiert, wie oft so mancher dort lebende Somali einen Fauxpas begangen hat. Einige davon sind mit fünfzig Peitschenhieben bestraft worden, weil sie zum Entsetzen des ganzen Haushalts an der falschen Tür aufgetaucht sind, während die Frauen kichernd durchs Guckloch schauten und dann die alte Vettel informierten, die die Frauenschaft beaufsichtigt. Vielleicht rief dann die Alte unbedacht und übereilt den männlichen Haushaltsvorstand auf den Plan, der wiederum die Polizei anrief, damit sie sich um die Bedrohung kümmerte.

Erst jetzt überlegt Cambara, ob sie es überhaupt nötig hat, in irgendeiner Verkleidung zum Haus der Familie zu gehen, weil doch Gudcur, der Warlord, gar nicht weiß, wer sie ist. Doch es ist gut möglich, daß er oder seine Familie die Motive ihres Besuchs argwöhnen, und so muß sich Cambara trotz der Verkleidung einleuchtende Gründe ausdenken, die ihr Eintritt verschaffen, wenn es denn soweit ist. Bis dahin wird sie viele Grenzen überschritten haben. Furchtlos verfolgt sie ihren gefährlichen Kurs und hofft zu überleben. Man hat sie vor den Gefahren gewarnt, die jeden Mann oder jede Frau erwarten, die Mogadischu besuchen oder dort leben. Es ist eine Stadt, in der die Geister der unschuldigen Toten unterwegs sind.

Ihre Augen sind rot wie Gebetsperlen. Sie wendet ihre Aufmerksamkeit von sich ab und konzentriert sich auf die Häuser zu beiden Seiten der Straße. Doch da gibt es nichts Angenehmes zu sehen; die Straßen wirken wie zerbombte Tunnel, und die Häuser ähneln leeren, zerquetschten Blechbüchsen, die am Straßenrand liegengelassen wurden. Sie marschiert die Straße entlang, auf der Hut vor Jugendlichen, die versuchen könnten, sie zu vergewaltigen, da sie augenscheinlich allein und schutzlos ist.

Cambara ist kaltblütig genug, um sich nicht der Furcht zu ergeben, und holt sich Rat aus ihrer inneren Stärke. Trotz ihrer ambivalenten Einstellung zur Burka wünscht sie sich, jemand hätte sie in ihrem Körperzelt fotografiert. Sie muß einfach wunderbar aussehen; in das geheimnisvolle Wallen des Schleiers gehüllt, ist sie sich der Angemessenheit ihrer Reaktionen auf mögliche Gefahren genauso sicher, wie sie entspannt ist in der Gewißheit, daß sie sich verteidigen kann. Sie bleibt kurz stehen, um zwei Frauen mit weniger kunstvollen Schleiern vorübergehen zu sehen. Weiter vorn nähert sich noch eine dritte, recht seltsame Gestalt – sie muß an einen Derwisch denken, der bei seinem heiligen Sufi-Tanz eine Staubfahne aufwirbelt.

Sie geht weiter und ist sich der verdeckten Gefahren bewußt, die überall lauern – in jedem Winkel, weiter vorn auf der Straße, in einer Auffahrt und in den Gassen. Natürlich hat sie Angst. Sie bemüht sich jedoch sehr, sie nicht zu zeigen, ihre Schritte werden so träge wie die Bewegungen eines vollgesogenen Moskitos, der in grauer Dämmerung aus einer Ritze kriecht. Sie erlaubt ihren Zweifeln nicht, die Oberhand zu gewinnen.

Zu ihrer Angst gesellt sich blinde Wut, wenn sie an Wardis Verrat denkt, der zu Dalmars Tod geführt hat.

Das Gewicht des Messers in der Tasche des weiten Kaftans, den sie unter dem Körperzelt trägt, erinnert sie daran, wo sie ist und warum. Dann denkt sie daran, wie sie die verschmutzte Burka in einem Geschäft in Dearborn, Michigan, gekauft hat, wo es eine große und alteingesessene jemenitische Bevölkerungsgruppe gibt, die sich in den dreißiger Jahren in diesem Teil der Vereinigten Staaten angesiedelt hat. Der Laden hatte sich auf alle erdenklichen exotischen Gewänder aus islamischen Ländern spezialisiert. Sie ist über die Grenze nach Detroit und weiter nach Dearborn gefahren. Es gibt keine bessere Tarnung als ein Körperzelt, nicht nur weil es so theatralisch aussieht, sondern weil es einer Frau gestattet, unbehelligt herumzustolzieren. Jeder wird annehmen, daß die Unebenheit des Bodens für ihren Gang verantwortlich ist. Sie betrachtet die Welt aus ihrem Blickwinkel und stellt fest, daß sie bisher ziemlich viel Glück gehabt hat: Zaak hat sie vom Flughafen abgeholt und zu sich mitgenommen. Daß er ihr gegenüber so bösartig war, ist auch ganz gut, da es sie veranlaßt hat, schnell zu handeln, ohne sich auf ihn zu verlassen. Dann ist da der Kindersoldat, Seidenhaar.

Als die andere verschleierte Gestalt, die sie vorher von weitem gesehen hat, näher kommt, steigt plötzlich Angst in ihr auf und droht sie zu überwältigen. Cambara befürchtet, die andere könne auf den Gedanken kommen, daß sie ihre Identität verbergen will; sie weiß, daß sie nicht zur selben Schicht gehört wie die Frauen, denen sie begegnet, Frauen, die in abgetragene Schleiergewänder gehüllt sind, ganz anders als ihre Burka, die von bester Qualität ist und, wie der Verkäufer in Dearborn erklärte, in Afghanistan als Festkleid für die Frau eines hohen Taliban-Würdenträgers gefertigt wurde. Ob es ihr wohl anzusehen ist, daß sie eine Fremde ist, keine Frau von hier auf dem Weg zum Laden an der Ecke, um ein Pfund Zucker und eine Flasche Wasser zu kaufen?

Hier an der Kreuzung gibt es mehr Verkehr, hin und wieder fährt ein Auto vorbei, altersschwaches Blech klappert, und Qualm kommt aus dem Auspuff. Zweimal spürt sie durchdringende Frauenblicke, die sie glauben lassen, ihre Tarnung sei durchschaut, und ein ängstlicher Schauer ergreift sie. Sie möchte nicht darüber nachdenken, was ihr zustoßen könnte, wenn jemand ihre Absichten erkennt. Der Gedanke an eine Entdeckung bringt sie so aus der Fassung, daß ihr die Knie weich werden und sie taumelt, während drei Frauen stehenbleiben und sie anstarren und eine von ihnen bemerkt, daß sie ihrem Gang nach zu urteilen »eine Ausländerin« sein müsse, die das Tragen einer Burka nicht gewohnt ist. Es hat jedoch einen Vorteil, sich zu verschleiern: Kein Mann wird seine triebhafte Gier auf eine so gekleidete Frau richten.

Cambara schätzt, daß sie sich einen halben Kilometer vor ihrem Ziel befindet. Wegen ihres chamäleonähnlichen Schleichens ist ihr die zurückgelegte Strecke länger vorgekommen. Das Problem ist, daß Zaak ihr nicht gezeigt hat, wo das Haus ihrer Familie im Verhältnis zu seinem Haus liegt. Er hat geschworen, er wolle nichts mit ihrem wahnsinnigen Vorhaben zu tun haben, und hat verhindert, daß sie einen praktikablen, zeitsparenden Weg dorthin ausarbeitete. Er hat ständig wiederholt, daß es notwendig sei, Gudcurs Wohlwollen mit einer hübschen Summe Bargeld zu erkaufen, überreicht vor dem Haus. Cambara will nichts davon hören, ihr eigenes Haus zurückzukaufen. Sie sagt: »Ich werde diesen Mördern keinen Cent zahlen. Auf keinen Fall. Meine Eltern haben fleißig gearbeitet, um diese Häuser kaufen zu können.«

Ihr Vater hatte jahrelang als Journalist gearbeitet, bis die bisher schon schwierigen Verhältnisse sich noch mehr verschlechterten und er seinen Beruf kaum mehr anständig ausüben konnte. Daraufhin gründete er eine Druckerei, und Arda erledigte das Geschäftliche. Die Druckerei spezialisierte sich auf Visiten- und Hochzeitskarten und beschäftigte zehn Mitarbeiter, die Reinigungskräfte, die Dienstboten und der Anhang armer Verwandter nicht mitgerechnet. Er arbeitete fleißig, verließ das Haus früh am Morgen, um sein Geschäft zu öffnen, und kam abends spät und völlig erschöpft nach Hause. Doch obwohl er viel Geld verdiente, hatte er eine sehr schlechte Angewohnheit: Er war der sprichwörtliche Verschwender und hatte keine Ahnung, wie er sparen oder klug investieren sollte. Es war an Arda, zu tun, was notwendig war. Sie war gewitzt und hatte ein Talent dafür, Menschen und Geld nach ihren Vorstellungen zu lenken, damit sich alles vorteilhaft entwickelte und gedieh. Sie ging mit den Finanzen genauso souverän um wie mit den Herzen der Menschen, welche für sie alles gaben – und noch mehr. Es dauerte nicht lange, bis verschiedene Botschaften lukrative Verträge mit ihnen abschlossen und ihre Einladungskarten bei ihnen drucken ließen; einige, wie das Kanadische Büro für Zusammenarbeit, baten sie, die Karten vor Ort für sie zu verteilen.

Cambaras Familie besaß zwei Immobilien und investierte dank Ardas Weitblick und Geschäftssinn bereits überschüssige Gewinne im Ausland, in Kanada, als das bei den Einwohnern von Mogadischu noch nicht üblich war. Die Familie – ihre Eltern, sie selbst und Zaak – wohnte in dem einfacheren der beiden Häuser, einem Bungalow mit sechs Zimmern, zwei Bädern und einem kleinen Nebengebäude mit eigenem Bad, in dem die Familie Gäste unterbrachte, die längere Zeit blieben. Das Haus, das sie wieder in ihren Besitz bringen will, ist jedoch das größere der beiden. Ihr Vater hatte es auf Ardas Rat hin gekauft, und im Jargon der Makler wurde es als wertvolle Geldanlage bezeichnet. Als anspruchsvolle Immobilie in Bestlage hatte es Zugang zu einem eigenen Strand, außerdem einen riesigen Garten, bestens geeignet für große Empfänge. Sie erinnert sich an ihre Kindheit in Mogadischu, als die Somalis noch im Einklang mit ihren eigenen Vorstellungen lebten und stolz auf ihre Einzigartigkeit als Nation waren. Damals bezogen ihre Eltern ein großes monatliches Einkommen durch die Vermietung des Hauses an die Kanadier, die es als Gästehaus für die kurzen Besuche des in Kenia stationierten Botschaftspersonals in Somalia nutzten.

Mit den Einnahmen aus der Druckerei des Vaters konnten fast alle Ausgaben der Familie, einschließlich der Gebühren für Cambaras Privatschule und für Zaaks Internat, beglichen werden. Von den Mieteinnahmen aus der zweiten Immobilie wurden gelegentliche Auslandsreisen bezahlt, und dank des Finanzgenies ihrer Mutter konnte die Familie die Spareinlagen bilden, mit denen Cambaras Studium in Kanada bezahlt wurde, bis sie ein Stipendium bekam, und die später halfen, eine Wohnung für sie in Toronto zu kaufen. Leider konnte Cambara nicht rechtzeitig vor dem Zusammenbruch heimkehren. Ihren Eltern gelang es jedoch, das Land zu verlassen, und sie flogen zunächst nach Nairobi, bevor sie zu ihr nach Toronto kamen und dort eine Weile bei ihr wohnten. Ein halbes Jahr später zogen sie nach Ottawa und kauften sich eine eigene großzügige Wohnung in einer Wohnsiedlung in den östlichen Vororten Ottawas, ganz in der Nähe von Ardas kanadischen Freunden aus dem diplomatischen Dienst. Mit denen hatte sie in Somalia häufig zu tun gehabt und sie oft zum Essen eingeladen, wenn sie sich in diplomatischer Mission in Mogadischu aufhielten.

Nichts bereitete dem gerade umgesiedelten Paar mehr Freude, als das Debüt ihrer Tochter als Schauspielerin auf der Bühne erleben zu können. In fast allen wichtigen Zeitungen gab es begeisterte Besprechungen, und in einer davon wurde sie als das vielversprechendste neue Talent, das seit Jahren in Kanada aufgetaucht war, hervorgehoben. Diese Rezensionen – und das Gefallen, das ihre Eltern an der Aufführung hatten – versetzten Cambaras Blut so in Wallung, daß sie glaubte, sie habe eine hervorragende Chance als Berufsschauspielerin. Um ihr Einkommen aufzubessern, machte sie eine Ausbildung zur Visagistin und verdiente damit ihr Geld, während sie auf den Durchbruch wartete.

Jetzt wird sie beträchtlich langsamer und bleibt fast stehen, als das Haus ihrer Familie in Sicht kommt. Mit wild klopfendem

Herzen und glühendem Kopf, in dem es mächtig arbeitet, nähert sie sich dem Tor zum Grundstück und weiß noch immer kaum, was sie als nächstes tun soll, da entdeckt sie, daß das Tor offensteht und ein großer Stein verhindert, daß es zufällt. Dieses halb offenstehende Tor ist für sie ein Beweis für Leben im Haus, doch sie hat keine Ahnung, wer es offengelassen hat und warum. Als sie noch in Mogadischu lebte und der Frieden selbstverständlich schien, war es allgemein üblich, die Türen Tag und Nacht offenzulassen. Als später Bestechungsgelder und andere Formen der Korruption über Nacht Millionäre schufen, wurde die Stadt überschwemmt von Arbeitslosen, Armen und Wanderarbeitern aus dem hungernden Hinterland, und Zäune wurden schneller errichtet, als man die Änderungen in der Todes- und Geburtenstatistik vornehmen konnte. Noch etwas später rüsteten die Einwohner die Zäune mit Glasscherben, Rasierklingen und elektrischen Drähten auf, um Räuber abzuschrecken. Man stelle sich vor: ein offenes Tor. Was hat das wohl zu bedeuten?

Während Cambara wartet, wird sie von Angst ergriffen, wobei das krampfhafte Heben und Senken ihres Brustkorbs dem plötzlichen Einsetzen eines Asthma-Anfalls ähnelt, und ihr bricht der Schweiß aus. Doch dann übernimmt die Schauspielerin in ihr das Kommando, und sie beruhigt sich, wischt sich den Schweiß von der Stirn und beschließt, eine Rolle zu spielen, zu improvisieren und zu erfinden. Schließlich weiß sie, was sie will, doch die kleine, hochschwangere Frau dort am Tor hat keine Ahnung, wer Cambara ist. Wenn Gudcur im Haus ist und schläft, sich von einer nächtlichen Khat-Orgie erholt, ist es ihr Pech. Cambara hofft, daß sie bei ihrem Vorgehen mehr zu gewinnen als zu verlieren hat.

Sie wirft einen letzten, langen Blick auf das halbgeöffnete Tor, dessen Anblick sie, trotz Furcht und Mißtrauen, wieder nüchterner denken läßt. Cambara nickt, als wolle sie die Richtigkeit ihres Entschlusses bekräftigen, und faßt genügend Mut, um rasch auf die Frau am Tor zuzugehen, ehe sie sich fragen kann, ob sie noch bei Trost ist.

Außer Sichtweite des Hauses lehnt sich Cambara an eine Mauer, ihr Herz hämmert, der Puls rast. Das ganze Gelände, das zu betrachten sie einen kurzen Moment Gelegenheit hatte, macht einen zerfalleneren Eindruck, als sie erwartet hatte. In ihren Eingeweiden rumort es schmerzhaft, während sie sich die Zeit nimmt, sich gründlich umzusehen.

Sie überlegt lange und wird schon etwas mutlos, als durch einen außerordentlichen Glücksfall die Schwangere mit einem Eimer in der Hand müde aus dem Grundstück watschelt. Die praktisch in Lumpen gekleidete Frau leert den ekelhaften Inhalt des Eimers in einen offenen Abwasserkanal etwa zwanzig Meter links vom Tor. Die Worte, die Cambara benutzen wollte, Worte, die sie unzählige Male in Gedanken geprobt hat, mit denen sie den Grund ihres Hierseins erklären könnte, bleiben ihr im Halse stekken, drohen sie zu ersticken und wollen nicht heraus. Erst als die Schauspielerin in ihr sich wieder meldet und die Sache übernimmt und sie ein wenig freier atmen kann, schiebt sie den Musselinstreifen beiseite, der ihr als Gesichtsschleier gedient hat, um besser Luft holen zu können. In diesem Moment bemerkt die Frau plötzlich Cambaras hochaufgerichtete Gestalt. Erschrocken läßt sie den Eimer fallen und schützt den Kopf mit den Händen, auf einen Schlag gefaßt. Ihr Atem geht stoßweise. Sie hat sichtlich Angst.

Cambaras Haut brennt vor Verlegenheit, doch sie findet ihre Sprache wieder. Sie sagt nur das eine Wort »Wasser«, verleiht ihm die magischen Eigenschaften eines Wunders und legt alles Paradiesische hinein, das ein ewiges Leben zu bieten hat. Die Frau reibt sich mit ihren schmutzigen Handballen die Augen, dann wischt sie sich mit einem Kleiderzipfel über die Wangen und zeigt dabei ihre fortgeschrittene Schwangerschaft und einen ungewöhnlich dicken Bauch.

Als Cambara sicher ist, daß die Frau ihr richtig zuhört, spricht sie vorsichtig und versucht sie davon zu überzeugen, daß sie zum Einkaufszentrum wollte, sich jedoch verlaufen hat und dringend einen Schluck Wasser braucht. Sie spielt eine Frau mit ausgedörrtem Hals, kurzatmig vor Durst, und wiederholt mehrmals

»Wasser«, bis die Frau nickt, um zu zeigen, daß sie verstanden hat.

Cambara fügt hinzu: »Meine Gastgeber haben mir gesagt, daß es hier in der Nähe ein kleines Einkaufszentrum gibt, wo ich Wasser in Flaschen bekommen kann. Aber ich bin wohl falsch abgebogen?«

Die Frau blickt auf, ihre Augen spiegeln nun Erleichterung. »Sie sind falsch abgebogen. Das ist ein paar Straßen weiter unten«, und sie zeigt mit den Fingern, deren Nägel einen kohlschwarzen Rand haben, »dort müssen Sie nach links gehen, und da ist schon das kleine Einkaufszentrum, Sie können es gar nicht verfehlen«, erwidert die Frau.

»Gibt es dort einen Supermarkt?«

»Es gibt ein Geschäft für Lebensmittel und ein paar Stände, wo man frisches Gemüse bekommt, aber Fleisch gibt es dort nicht«, teilt die Frau mit. »Aber Ihre Gastgeber sollten Sie nicht allein losschicken. In diesem Stadtviertel sind die Straßen nicht sicher für eine Frau allein.«

Die Frau hebt den Eimer wieder auf, ehe sie Cambara winkt, ihr zu folgen, und ihr voranwatschelt. Auf den Lippen der Frau schwebt ein Lächeln. Sie hält das Fußgängertor auf, macht einen halben Knicks und läßt Cambara vor sich hindurchgehen. Cambara tritt vorsichtig ein und dreht sich etwas unbeholfen um, während sie wartet, bis die Frau das Tor hinter ihnen geschlossen hat. Sie zuckt zusammen bei dem Gedanken, daß sie dieser Frau oder ihrem Kind unabsichtlich – in Selbstverteidigung oder aus ihrem Wunsch heraus, das Eigentum der Familie wiederzuerlangen – in Zukunft einmal schaden könnte. Sie hofft, daß sie mit dieser Frau gut auskommt, zumindest bis sie mehr über ihr Verhältnis zu dem kleineren Warlord weiß. Sie beschließt, das Bild, das sie sich von ihr gemacht hat, auf keinen Fall zu beflecken, um ihr vertrauen zu können.

»Ich will Ihnen einen Schluck Wasser holen«, sagt die Frau.

Als sie fort ist, steht Cambara allein im Vorhof; der Autostellplatz, jetzt leer, befindet sich links und das große Tor, das jetzt mit einer Kette gesichert ist, direkt vor ihr. Das alles erfaßt sie mit erstaunlicher Geschwindigkeit. Sie betrachtet das ungeheure Ausmaß der Zerstörung ringsum und schätzt, daß es teuer wird, den angerichteten Schaden zu beheben. Um es wieder bewohnbar oder vermietbar zu machen, wird wohl nur ein vollständiger Abriß und Neuaufbau helfen, nimmt sie an. Wo sie auch hinsieht, entdeckt sie nicht wiedergutzumachende Schäden: Der Putz bröckelt großflächig von den Mauern; das Holz der Deckenbalken verrottet; der Toilette dort drüben, deren Tür weit offensteht, entströmt bestialischer Gestank; die Fenster haben keine Scheiben mehr; die Teppiche lehnen zusammengerollt in einer Ecke an der Hauswand. Cambara wird beim Anblick von soviel Gefühllosigkeit übel; sie hält die Hand vor den Mund, als müsse sie sich übergeben.

Jetzt steht die Frau neben ihr und hält ihr ein Glas mit schlammbraunem Wasser hin. Sie nimmt es, entdeckt Schmierflecken darauf, die vielleicht von den feuchten Fingern der Frau stammen, und murmelt ein schwaches Danke. Um das Vertrauen der Frau zu gewinnen, setzt sie das Glas an die Lippen und nimmt einen winzigen Schluck.

Die Frau fragt: »Möchten Sie sich hinsetzen?«

»Ja, gern«, sagt Cambara.

»Dann hole ich einen anständigen Stuhl.«

Die Frau geht mit neuem Elan ins Haus und steigt dann mühsam eine Treppe hoch, einem Mistkäfer gleich, der seine Kugel einen steilen Hang hinaufrollt. Cambara hat nun einen außerordentlich kühnen Gedanken, den sie, ohne im geringsten zu zögern, in die Tat umsetzt. Sie hat den ruinösen äußeren Zustand des Hauses gesehen und möchte nun herausfinden, wie die Räume im Inneren aussehen. Wer bewohnt sie? Wie sind sie möbliert? Aber ehe sie den ersten Schritt macht, bedeckt sie ihr Gesicht mit dem Gesichtsschleier, beißt nervös in den Musselinstreifen und saugt ihn an, bis er fast naß ist. Im Bewußtsein, daß sie weder durch Intuition noch durch ihr Gefühl der Verzweiflung im allgemeinen auf diese Tollkühnheit vorbereitet wurde, betritt sie das nächstgelegene Zimmer. Durch die halbgeöffnete Tür erblickt sie Hinweise auf die Anwesenheit von Kindern in Form von Kleidungsstücken, die um die Matratzen und das Etagenbett herum verstreut sind. Cambara nimmt an, daß es sich nicht um die Kinder dieser Frau handelt. Wessen Kinder sind das also? Wie viele Familien leben in dem Haus?

Doch zögert sie nicht oder zieht sich etwa zurück, ganz so als gehorche sie einem stärkeren Sog, denn sie kennt das Haus ja von innen und außen, hat darin gespielt, als es noch im Bau war, und ist mit ihrer Mutter Arda hergekommen, als diese es dem Makler gezeigt hat, der Mieter für die Immobilie finden sollte. Natürlich weiß sie sehr gut, daß es, um das mindeste zu sagen, töricht ist, sich auf ein so gefährliches Unternehmen einzulassen. Trotzdem stürzt sie sich hinein und denkt gleichzeitig bei sich, daß sie einem solch plötzlichen Impuls wahrscheinlich nicht gefolgt wäre oder sich so sorglos verhalten hätte, wenn das Haus nicht einst ihr gehört hätte und sie es zurückhaben wollte. Kann es sein, daß der Tod ihres Sohnes und der heftige Streit mit Wardi, bei dem sie ihn verprügelt hat, sie leichtsinnig, furchtlos und unbekümmert um Gefahren gemacht hat? Ach, zum Teufel, denkt sie und stößt die Tür auf, geht ins Zimmer und schließt sie hinter sich.

Da die Vorhänge zugezogen sind, ist der Raum sehr dunkel, bis sie ihren Gesichtsschleier entfernt. Außerdem mischen sich verschiedene unangenehme Gerüche, doch hauptsächlich riecht es nach ungewaschenen Körpern. Ihre Weigerung, Furcht zu zeigen, läßt sie sich gründlich im Zimmer umschauen. Da sieht sie schemenhaft menschliche Gestalten, Schläfer liegen auf Matten auf dem Fußboden. Dann macht sie die Umrisse einer Reihe von Kalaschnikows aus, die sich in Reichweite von zwei der Männer befinden, neben einem Mann, der eine Insel für sich bildet, liegt eine Maschinenpistole. Dieser Mann, jung und mit bloßer Brust, schreckt plötzlich hoch und setzt sich auf, sein schlafbefangen schielender Blick richtet sich auf Cambara. Verwirrt verweilt der benebelte Blick des Mannes auf der großen, reglosen Gestalt ganz in Schwarz. Er kann sich nicht entscheiden, ob sie nur in seiner Vorstellung existiert oder ob sie real ist, weiß nicht, was er von ihrer verschleierten Anwesenheit halten soll. Ungläubig schüttelt er den Kopf, dann lauscht er dem lauten Schnarchkonzert eines seiner Kameraden und setzt den unterbrochenen Schlaf fort. Cambara wartet, bis sein Atem wieder gleichmäßig geht, ihre Hand die ganze Zeit auf dem Schweizer Messer. Schließlich schlüpft sie aus dem Zimmer und schließt behutsam die Tür.

Draußen stößt Cambara auf die Frau, deren unfreundliches Gebaren und verstörte Miene sie beinah dazu verleiten, gewalttätig zu werden. Die Frau fragt: »Was wollten Sie in dem Zimmer?«

»Ich habe eine Toilette gesucht«, sagt Cambara kleinlaut.

»Sie hätten auf mich warten sollen«, sagt die Frau.

Cambara sagt: »Ich habe mir nichts dabei gedacht.«

Die Verärgerung der Frau drückt sich in der Schärfe aus, mit der sie jetzt fragt: »Was wollen Sie wirklich?«

»Eine Toilette bitte«, wiederholt Cambara.

»Zuerst Wasser, dann eine Toilette. Was kommt als nächstes?«

»Es ist eilig«, sagt Cambara. »Die Toilette.«

»Dann kommen Sie mit und bleiben Sie gefälligst bei mir.«

Der Gestank wirft sie beinahe um, und sie kann es nicht über sich bringen, die Toilettentür zu schließen. Er ist so stark und beißend, daß Cambara sich fast übergeben muß. Sie versucht krampfhaft, das Fenster zu öffnen, wenigstens einen Spaltbreit, aber es läßt sich nicht bewegen, ganz egal wie sehr sie sich dagegen stemmt.

Cambara kommt aus der Toilette, und ihr ist übel, wie bei einer Katze weiß man nicht, ob es sie würgt oder ob sie hustet. Aus dem Blick der Frau schließt Cambara, daß sie weiß, welche Ungeheuerlichkeiten sie in der vollen und fast überquellenden Kloschüssel gesehen hat. Beim Herauskommen holt sie erst einmal tief Luft, und ihre Miene heitert sich auf, als sie das Lächeln der Frau sieht.

Mit dem Rücken zu Cambara sagt diese: »Sie sind schlimmer als Tiere.«

Cambara bittet die Frau nicht, das näher zu erläutern. Sie glaubt zu wissen, wen die Frau meint. Ihre Feststellung hilft jedenfalls, das Eis zu brechen.

Außerdem wirkt ihr Gegenüber nun völlig erschöpft, was sich mit den vielen unerledigten Dingen erklären läßt, die noch auf sie warten: Die eingeweichten Kleidungsstücke der Erwachsenen müssen gewaschen werden; frisch gewaschene Schuluniformen der Kinder müssen noch gebügelt und zusammengelegt werden; das Mittagessen muß gekocht und der Fußboden gekehrt werden. Wie kann eine Frau in ihrem hochschwangeren Zustand hoffen, das alles allein zu bewältigen? Cambara denkt daran, daß ihr eigenes Leben seit ihrer Ankunft hier nach einem bestimmten Muster abläuft, nach dem sie eingreift, um eine gewisse Ordnung in das Leben anderer Menschen zu bringen. Wenn es etwas Positives daran gibt, dann ist es der Umstand, daß sie dadurch weniger Zeit hat, über ihrem Verlust zu brüten, zu trauern und sich den Kopf zu zermartern.

Cambara überlegt, ob sie ihren Gesichtsschleier entfernen kann. Nach kurzem Zögern legt sie das Körperzelt ganz ab. Nun kommt wieder Luft an den Körper, und sie fühlt sich insgesamt leichter. Während sie die Burka gewissenhaft so zusammenlegt, daß es ihr später das Wiederanziehen erleichtert, mustert sie einen Moment lang kritisch die Kleidung, in der sie jetzt dasteht, und fragt sich, ob es klug ist, sich ihrer Tarnung zu entledigen. Sie zuckt mit den Schultern, was soll's, rollt die Ärmel ihres Kaftans auf – erst da spürt sie das Messer in ihrer Tasche – und bietet der Frau eine Erholungspause an. Die Frau ist so erschöpft, daß sie einfach nicht ablehnen kann. Cambara hat die Hausarbeit kaum begonnen, da versucht sie schon herauszufinden, wie tief der Erschöpfungszustand der Frau ist.

Sie nennt einen falschen Namen, als sie sagt: »Ich heiße Xulbo. Und du?«

Die Frau schweigt ziemlich lange. Sie hat Mühe beim Sitzen, massiert sich bald den Rücken, bald die Hüften und starrt vor sich hin. Sie rollt die Augen vor Staunen über das, was hier geschieht: Hilfe ist da, welche Wohltat! Die Frau wirkt unzugänglich, mit anderen Dingen beschäftigt. Sie quetscht an einem Mitesser herum. Vielleicht überlegt sie, ob sie Cambaras Hilfsangebot annehmen soll; vielleicht kann sie sich nicht mit der Vorstellung anfreunden, einer völlig Fremden ihren Namen zu sagen, auch wegen der Männer, die ihren Khat-Rausch ausschlafen.

Schließlich sagt sie: »Ich heiße Jiijo.«

Cambara weiß, daß das die Abkürzung für Khadija ist, ein Name, der bei Frauen der Xamari-Bevölkerungsgruppe häufig vorkommt. Das sind die kosmopolitischen Einwohner von Mogadischu, die von den Persern, Arabern und Somalis abstammen, wie man glaubt.

Cambara, die angebetete Tochter ihrer Eltern, die in diesem Haus in all den Jahren, in denen es im Besitz der Familie war, nie einen Finger gerührt hat, macht sich jetzt ernsthaft an die Arbeit, spült das Geschirr, macht die Wäsche und wischt den Fußboden. Es überrascht sie, wieviel Freude ihr diese körperliche Arbeit macht und wie die Arbeit von bisher wenigen Minuten ihr schon Türen geöffnet hat, die ihr andernfalls verschlossen geblieben wären. Als sie glaubt, genug getan zu haben, fragt sie: »Wie viele Monate?«

»Achteinhalb.«

»Ist es dein erstes Kind?«

Die Frau nickt matt.

Cambara arbeitet wie besessen, fest entschlossen, soviel wie möglich von der Hausarbeit zu erledigen, bevor die kleinen Kinder zurückkommen. Sie hat ihre Sachen, das kaputte Plastikspielzeug der Jungen, die Puppen der Mädchen, gesehen, als sie heimlich das Zimmer mit den Matratzen auf dem Fußboden betreten hat.

Cambara tut unter den beschränkten zeitlichen Umständen ihr möglichstes. Sie verabschiedet sich nicht eher von der Frau oder dem Haus, bis sie eine Couch gefunden hat, auf die Jiijo sich legen kann. Ja, sie schleicht erst auf Zehenspitzen hinaus, als Jiijo das Schnarchen einer erschöpften Frau hören läßt.

9

Cambara macht einen Umweg. Statt direkt zu Zaaks Haus zurückzukehren, beschließt sie, im nahen Einkaufszentrum noch ein paar Dinge zu kaufen, die sie braucht. Auf diese Weise kann sie vielleicht etwas über das Viertel erfahren, mehr entdecken.

Sie betrachtet den Einkauf von Lebensmitteln als Teil ihres Versuchs, sich einen Weg in das Leben der Menschen, die sie bisher getroffen hat, zu ebnen: Jiijo, die jungen Milizionäre und auch Zaaks Fahrer, eine arme, hungrige Meute. Es lohnt sich, die Beziehung zu ihnen zu pflegen, um sich ihre Unterstützung zu sichern. Wenn sie einander oder fremden Menschen schreckliche Dinge antun, dann deshalb, weil sie Unzufriedene sind, die in tragische Zeiten hineingeboren wurden und ihre Verzweiflung an anderen, die genauso unglücklich sind wie sie, auslassen.

Sie hat vor, ein paar Flaschen Trinkwasser zu kaufen, ein Schneidebrett, ein Küchenmesser und noch eine Reihe anderer Dinge für Zaaks Wohnung. Sie möchte auch bei den benachbarten Frischmarktständen Gemüse, Eier und Sesamöl für die Jugendlichen kaufen, soviel sie bekommt. Wenn sie einmal dabei ist, kann sie auch die eine oder andere Kleinigkeit für Jiijo kaufen, als Zeichen ihrer Wertschätzung. Sie will sich zwar keine Hoffnungen machen, nur um kurz darauf enttäuscht zu werden, geht aber davon aus, ein Taxi zu bekommen, das sie zuerst zum Hotel Shamac bringt und von dort zum Hotel Maanta, damit sie sich mit Kiin, der Freundin ihrer Freundin, treffen kann.

Es ist allmählich früher Nachmittag geworden. Die Sonne wandert genüßlich auf ihrer Tropenbahn und kommt jede Sekunde näher. Ihre Hitze wird immer brutaler, als wolle sie sich an allen rächen, die nicht im Haus sind und die angenehme Kühle der Siestastunde genießen. Cambara reibt ihre Augen, die tränen und jucken. In dem Körperzelt, das sie wieder angelegt hat, fühlt sie sich noch unwohler. Sie hatte überlegt, ob sie es einfach mitnimmt, ohne es wieder anzuziehen, sich dann aber anders entschieden.

Der scharfe Wind verursacht einen plötzlichen Staubsturm.

Der Staub – hell, sehr fein und pudrig – wirbelt so wild herum, daß er sich wie ein Derwisch auf Cambara stürzt und Erinnerungen mitbringt: Sie ist mutig und willensstark, eine schöne junge Sportlerin, von allen begehrt und bewundert, und die beste Schülerin ihrer Klasse; sie ist der Liebling ihrer Mitschüler und von allen mit Zuneigung verwöhnt. In ihren Erinnerungen aus jüngster Zeit ist sie jedoch nicht die Herrin ihres eigenen Schicksals, sondern vielmehr eine Frau in Fesseln. Wenn ihre Ehe mit Zaak als Irrtum abgetan werden kann und die mit Wardi als unnormal, wie soll man dann ihren Entschluß bezeichnen, einfach nach Mogadischu zu kommen und sich mit einem Warlord anzulegen, um das Haus der Familie wiederzubekommen?

Während der langen Zeit, die Cambara zu ihrem Ziel unterwegs ist, begegnet sie keiner Menschenseele und sieht auch kein Auto auf der Straße. Das ändert sich erst, als sie sich auf hundert Meter dem Einkaufszentrum genähert hat, einer Reihe von Gebäuden, die in einem Halbkreis um einen ungepflasterten Platz stehen. Sie weicht den starrenden Blicken einiger Frauen im Tschador aus, wendet ihr Gesicht ab und beschließt, etwas an ihrem fremdartigen Erscheinungsbild zu ändern, das sie von den anderen Frauen unterscheidet und sie in ihren Augen zu einer Fremden unter ihnen macht. Nicht die Frauen bereiten ihr dabei Sorge, sondern vielmehr die Männer, die sich auf ihre Fremdartigkeit einschießen werden. Diese allein wird schon Feindseligkeit hervorrufen, und Gott weiß, daß sie keine Feindschaft gebrauchen kann bei den gewaltigen Hürden, die sie überwinden muß.

Als sie in die staubige Straße zu den Geschäften einbiegt und dabei mit der Vorsicht und Umsicht einer Frau dahinschreitet, die das Universum auf ihrem Kopf balanciert, wird sie plötzlich ganz traurig. Sie denkt daran, wie menschenfeindlich das Wetter in diesem Teil der Welt nun seit Jahrzehnten gewesen ist: nicht enden wollende Dürre, Bodenerosion und Umweltschäden, das Meer ist leer gefischt. Diese Zustände haben Mensch und Tier schwer zugesetzt und die armen und auf Nahrungsmittelhilfe angewiesenen Viehzüchter in die Städte getrieben. Zudem gibt es keine Regierung, die ein wenig Ordnung in das Leben dieser Menschen bringen könnte. Und internationale Hilfe ist nicht in Sicht.

Dann entdeckt sie eine Anzahl mit Binsenmatten gedeckter Verkaufsstände. Sie stehen etwas abseits vom Gebäudekomplex. Weiter vorn befinden sich linker Hand einige schmutzige, niedrige Hütten, die zunächst vielleicht aus Versehen dorthin gesetzt und dann später von einem einäugigen Baumeister gruppiert sein mochten, so schief und krumm und durcheinander, wie sie dastehen. Während erneut ein Wirbelwind Staub und Abfall gegen ihre Schuhe schleudert, erkennt Cambara, daß sich ihre Umstände auf bemerkenswerte Weise geändert haben, seit sie sich entschlossen hat, den jungen Kämpfern freundlich gegenüberzutreten und ihre Mägen zu füllen und mit Jiijo einen Kontakt von Frau zu Frau anzubahnen. Sie ist zuversichtlich, daß beide Taten sich bezahlt machen werden.

Es gelingt ihr jetzt nicht mehr, ihre Gedanken in irgendeine Richtung fortzuspinnen, und sie wendet den Blick von den schäbigen Hütten ab und starrt in die gleißende Nachmittagssonne, als werde deren Allgegenwart ihr den Weg weisen. Als sie gerade weitergehen will, erschreckt sie das plötzliche Rascheln einer Eidechse, die zwischen einigen Kakteen hervorhuscht. Fasziniert sieht sie dem Tier bei seinen »Liegestützen« zu und erinnert sich daran, daß sie seit ziemlich langer Zeit ihre täglichen Übungen vernachlässigt hat. Vermutlich wird sie trotzdem abnehmen, weil hier so vieles nicht erhältlich ist.

Schließlich geht sie weiter und denkt an die Reptilien und anderen kleinen, versteckten Bewohner des niedrigen Gestrüpps, deren plötzliches Auftauchen zu ihren Füßen ihre Nervosität offenbart und ihr einen Schock versetzt haben. Einmal bleibt sie stehen und lauscht, weil sich etwas bewegt, da fällt ihr Blick auf ein Paar menschlicher Füße, sehr trocken und an den Fersen rissig. Sie braucht lange, um festzustellen, daß die Füße, die in einem Paar ausgesprochen häßlicher chinesischer Plateausandalen stekken, zu einem Mann gehören, höchstwahrscheinlich obdachlos, der lang ausgestreckt im Gestrüpp schläft. Der Mann könnte aber auch tot sein. Beunruhigt entfernt sie sich mit nun schnelleren und entschlossreneren Schritten.

Jetzt ist sie am Rand des Einkaufszentrums angekommen und bleibt stehen, weniger um den Platz zu studieren als um sich darüber klarzuwerden, was sie nun tun und wohin sie sich wenden soll. Schließlich geht sie am Gemüsestand vorbei, mustert das Angebot flüchtig und beschließt, wenn nötig, später zurückzukommen. Dann steuert sie geradewegs auf die Gemischtwarenhandlung zu, die auf einem handbeschriebenem Brett verspricht: »Hier gibt es alles.« Das ist nun das zweite Mal, daß sie im Bürgerkriegs-Mogadischu einen Markt besucht, und sie findet es seltsam, daß die Geldwechsler, die jungen Milizionäre, die Verkäuferinnen an den Gemüseständen und die Verkäufer von Khat-Bündeln alle entspannt miteinander umgehen, beinahe freundschaftlich. Man könnte sich einbilden, alles sei normal. Manche glauben, die Wirtschaft sei der Funke, der den Treibstoff zündet und damit die Bürgerkriegsmaschinerie zum Laufen bringt. Man kauft, man verkauft, und alles ist gut. Als sie sich umschaut, glaubt sie nur Leute aus der Gegend hier zu sehen, ihre Sprechweise ist rau und geht ihr durch und durch. Außerdem gibt es hier weniger verschleierte Frauen, stellt Cambara fest. Vielleicht fühlen sie sich unter den hiesigen Männern sicher, weil jeder jeden kennt.

Sie bleibt zwanzig Meter vor der Gemischtwarenhandlung stehen und hält nach Anzeichen Ausschau, die möglichen Ärger signalisieren, zum Beispiel eine Gang bewaffneter Jugendlicher, die sich vor dem Eingang oder in der Nähe herumdrücken. Da sie nichts dergleichen sieht, fühlt sie sich sicher und geht hinein.

Der Besitzer der Gemischtwarenhandlung steht groß und bärtig hinter seinem Ladentisch. Er lächelt ihr zu, als sie hereinkommt. Die beiden Jugendlichen links und rechts neben ihm helfen im Laden; sie sehen nicht aus, als seien sie mit ihm verwandt. Tatsächlich wirken sie auf Cambara wie junge Männer, die während der meisten Zeit ihr Geld anständig verdienen, in ihrer Freizeit jedoch möglicherweise illegalen Aktivitäten nachgehen. Der Mann beauftragt sie, andere Kunden zu bedienen, und wendet sich nun ihr zu; recht geschäftsmäßig fragt er sie, was er für sie tun könne. Ermutigt entfernt sie ihren Gesichtsschleier, was es einfacher macht, seine ganze Aufmerksamkeit zu bekommen.

Dann bemerkt sie seine lebhaften Augen, die jeden eintretenden Kunden gründlich mustern. Bei denen, die er für gefährlich hält, macht er sich in Gedanken vielleicht bereit, seine Waffen zu benutzen; für reiche Kunden muß er seinen Charme einsetzen. Sie vermutet, daß er sie in der zweiten Kategorie einordnet. Er hat noch eine andere Unterteilung für die Bettler, die ihn um Almosen angehen: gute Leute, die eine schwere Zeit durchmachen, und schlechte Leute, die schlecht riechen und sich schlecht benehmen.

Erleichtert entspannen sich ihre Schultern, als sie glaubt zu erkennen, daß er ihr eine eigene Kategorie zugewiesen hat – eine Frau für sich. Ohne sich zu bewegen, steht sie mit hängenden Schultern da, wie jemand, der über wichtige Dinge nachdenkt. Sie winkt ihn heran, und als er näher kommt, erklärt sie ihm, daß sie kein Geld in der Landeswährung hat, nur amerikanische Dollar in großen Scheinen, und Wechselgeld braucht, ehe sie etwas kauft. Er lächelt, nickt und sagt: »Kein Problem, kein Problem. Was wünschen Sie also?«

Sie ist keine versierte Einkäuferin. Schon in Toronto hatte sie die Angewohnheit, in einen Supermarkt zu gehen um ein paar Dinge einzukaufen, nur um dann festzustellen, daß sie die Einkaufsliste vergessen hatte, und ihren Korb schließlich mit ganz anderen Artikeln zu füllen und sie zur Kasse zu tragen. Mit dem Bewußtsein, daß sie kein Transportmittel zur Verfügung hat und daß nicht absehbar ist, wann sie das nächste Mal in einen Supermarkt kommt, der ein so großes Angebot hat wie dieser hier, stellt Cambara die Liste im Kopf zusammen und nimmt sich Zeit, zu improvisieren, während sie sich umschaut und die Auswahl in den Regalen betrachtet, ehe sie ihre Wünsche äußert. Der Ladenbesitzer hält Zettel und Stift bereit, um alles aufzuschreiben. Er sagt: »Nehmen Sie sich Zeit. Ich bin den ganzen Tag hier.«

Die Gedanken, die ihr in bezug auf diese und ähnliche Läden durch den Kopf gehen, stellt sie erst einmal zurück. Nicht abweisen läßt sich jedoch die Frage: Wer sind die Großhändler, die das Risiko auf sich nehmen, diese Waren ins Land zu bringen, und wer sind ihre Geschäftspartner im Ausland? Es ist allgemein bekannt, daß der Bürgerkrieg für die Zerstörung von Somalias ohnehin dürftiger industrieller Basis verantwortlich ist. Die Warlords haben von der Demontage ihrer Infrastruktur profitiert, die sie als Schrott nach Abu Dhabi und China verkauft haben, so erzählt es zumindest die Gerüchteküche in Toronto.

Jetzt drängt er: »Ich warte.«

Das bedeutet wohl, daß sie lange genug gezögert hat. Die provisorische Liste, die später noch verlängert werden wird, geht ihr schnell und leicht von der Zunge: je ein Kilo Zucker, Mehl und Reis; ein Schneidebrett; ein Küchenmesser; zwei, drei Geschirrtücher; ein Paket Seifenpulver; etwas Tee, am liebsten in Beuteln; Pulverkaffee; getrocknete Kräuter, Currypulver und andere Gewürze; Ketchup in Dosen; Spaghetti; abgefülltes Wasser; einige Flaschen Limonade; Pappteller und -tassen; Plastikmesser und -gabeln; und Papierservietten. Ein paar Schachteln Bonbons, einige Tafeln Schokolade, Shampoo, Seife.

»Ist das alles?« fragt er.

Die Stimme des Geschäftsinhabers klingt beruhigend; sie erinnert Cambara an so manchen Freund ihrer Eltern, den sie als junges Mädchen stets mit »Onkel« angeredet hat. Seine Stimme klingt so beschwichtigend, daß sie sich hütet, ihm ihr volles Vertrauen zu schenken. Doch sie überlegt, ob sie nicht das Kopfteil ihres Körperzelts etwas lockern soll, als eine andere Frau im Tschador und mit einem enganliegenden Kleid darunter in den Laden kommt, um eine Flasche Limonade zu kaufen. Cambara folgt der Frau mit den Blicken und stellt dabei fest, daß diese den Tschador der Form halber trägt und sich wohl darin fühlt. Morgen, nimmt sich Cambara vor, wird sie einen leichteren Tschador tragen, im Jemen hergestellt und aus Baumwolle, damit ihre Haut normal atmen kann. Nächstes Mal.

»Noch etwas?« fragt der Ladenbesitzer.

»Gemüse führen Sie nicht, oder?« Ihr ist schon klar, daß er kein Gemüse im Angebot hat, aber sie weiß auch, daß sie die Situation ausnutzen und ihre Bestellung machen kann, und er wird sich irgendwie darum kümmern. Ihre Annahme, daß er ihre Wünsche erfüllen und seine Helfer losschicken wird, um zu besorgen, was sie braucht, gründet sich auf die Tatsache, daß der Mann sie für eine angesehene und wohlhabende Frau aus den Arabischen Emiraten oder aus Saudi-Arabien hält, wo Frauen von hohem Rang sich kaum unter den Pöbel mischen. Sicher wird er den Service extra berechnen.

»Wenn Sie möchten, können wir es für Sie besorgen«, bietet er an.

Sie rasselt die Liste herunter. »In diesem Fall: ein Kilo Okra, je ein Kilo Kartoffeln und Möhren, je ein halbes Kilo Zwiebeln und Tomaten, drei oder vier Knoblauchzehen und einige Zitronen oder Limonen.«

Er schickt einen seiner Jungen los, um »das Beste vom Besten« zu holen und »schnell, schnell« zurückzukommen. Den anderen beauftragt er, »der Lady« einen Stuhl zu bringen. Nun findet sie die Beachtung aller anderen Käufer, und ein Dutzend neidische Augen richten sich auf sie. Cambara ist nicht verlegen, da sie als Schauspielerin gewöhnt ist, sich in ihrem Erfolg zu sonnen.

Als der Ladeninhaber und seine Helfer alles zusammengetragen und professionell in Einkaufsbeuteln verstaut haben, die nun auf dem Ladentisch stehen, teilt ihr der Mann mit, daß die Rechnung fertig ist. Cambara hat noch eine Bitte, von der sie annimmt, daß sie dadurch in seiner Wertschätzung steigen wird, weil sie so signalisiert, daß sie zu einer besonderen Klasse gehört.

»Bitte, können Sie mir ein Taxi besorgen?«

Sie lehnt sich zurück in der Haltung einer Frau, die es gewohnt ist, Befehle zu geben und sie befolgt zu sehen.

Der Mann nickt nachdenklich und flüstert dann einem der Jugendlichen, den er vorher nach dem Gemüse geschickt hat, etwas ins Ohr. Unter Protest verschwindet der Junge so schnell durch eine Hintertür, daß Cambara glaubt, er werde in weniger als einer Minute mit einem Taxi im Schlepptau zurück sein.

Sie holt nun einen Fünfzigdollarschein hervor, der auf Briefmarkengröße zusammengefaltet ist, faltet ihn auseinander und streicht ihn glatt, ehe sie ihn dem Jugendlichen gibt, der ihn an den Ladeninhaber weiterreicht.

Dieser hält ihn, während er spricht, diskret gegen das Licht, wahrscheinlich um das Wasserzeichen zu prüfen und zu entscheiden, ob der Schein echt ist. Er nickt, wie zur Bestätigung für sich selbst, zieht eine Schublade auf, hebt einen Einsatz hoch und legt den Fünfzigdollarschein in den doppelten Boden.

Nun wendet er sich ihr zu und sagt mit Worten, die vor Ehrerbietung der peinlichsten Art triefen: »Unsere Herzen frohlocken, wenn wir Ihresgleichen wieder in unserer Stadt begrüßen können.« Bei den schlecht formulierten, gefühlvollen Worten des Mannes laufen ihr Tausendfüßler über die Haut. »Das ist der Beweis, falls jemand einen braucht, daß unsere Stadt nicht mehr so gefährlich ist wie früher.«

Plötzlich wünscht sich Cambara, ihre Mutter wäre hier, um die Worte des Ladenbesitzers zu hören. Sie erinnert sich an das letzte Zusammentreffen mit Arda und das damalige Gespräch. Ihre Mutter hatte an jenem Tag einen Gast – einen früheren kanadischen Diplomaten, dank dessen Vermittlung und freundlicher Einflußnahme Cambaras Eltern, Zaak und Wardi alle eine unbefristete Aufenthaltserlaubnis für Kanada erhalten hatten. Arda, die sich angewöhnt hatte, über ihre Tochter tadelnd und stets in der dritten Person zu sprechen, selbst wenn sie anwesend war, erklärt Mr. Winthrop, daß sie sich über die mangelnde Bescheidenheit ihrer Tochter, ihre Unfähigkeit, die einfachen Seiten des Lebens zu schätzen, große Sorgen mache. Arda fügte hinzu: »Stellen Sie sich das einmal vor – sie muß gerade den Verlust ihres einzigen Sohnes, meines einzigen Enkelkindes, verarbeiten, und ehe sie noch fertig ist mit Trauern, macht sie alles noch komplizierter. Ruhe und Frieden findet man doch in bescheidenem und schlichtem Verhalten. Nicht meine Tochter.«

Mr. Winthrop tut interessiert. »Was hat sie denn vor?«

»Sie will nach Mogadischu«, erwidert Arda, als wäre nach Somalia zu gehen gleichbedeutend mit dem Begehen eines Verbrechens in einem friedlichen Vorort von Ottawa. »Sie will dorthin, um, wie sie selbst sagt, das Haus unserer Familie wiederzuholen.

Erinnern Sie sich noch an das Haus, das Sie sich angesehen haben, das Ihnen gefiel und das Sie dann gemietet haben? Sie möchte diese Immobilie einem Warlord entreißen, der eine Menge Blut an den Händen hat. Keiner hat sie aufgefordert, sich Schwierigkeiten einzuhandeln und möglicherweise ihr Leben zu riskieren. Ich jedenfalls nicht. Wenn sie auf meinen Rat hören würde, dann würde ich vorschlagen, sie solle den nutzlosen Ehemann loswerden, sich scheiden lassen und sich nicht um die Immobilie kümmern. Doch, ach, sie will nichts davon wissen. Sie möchte die Dinge kompliziert machen, vielleicht weil das Schlichte und Einfache sie ermüdet und verrückt macht. Sie muß also unbedingt in dieses verdammte Land und ihr Leben für nichts und wieder nichts aufs Spiel setzen. Ich bin sicher, daß jenes Haus, das Sie und ich ja gut kennen, das uns zusammengebracht hat und zu den Freunden hat werden lassen, die wir jetzt sind, zerstört und unwiederbringlich verloren ist. Ich frage immer wieder: Wozu? Was hat das für einen Sinn?«

Ein plötzlicher Krawall auf der Straße holt Cambara in die Gegenwart zurück und warnt sie, daß sie sich in Mogadischu befindet, verschleiert und verkleidet auf einem Erkundungsgang, und daß ihre Expedition sie nun in ein Geschäft geführt hat, wo sie Zeugin wird, wie zwei Halbwüchsige miteinander kämpfen, sich treten, boxen und an den Sarongs ziehen. Eine stattliche Frau in einem *Guntino*-Wickelgewand, in der Hand eine Keule von der Größe und Form eines Alphorns, kommt aus einem der Häuser und geht an der Menschenmenge vorbei, die sich jetzt einfindet und zuschaut. Schweigend und mit ernstem Blick legt sie die Keule dicht neben ihre Füße, wo sie sie schnell aufheben kann, ehe sie einen der Jungen beim Haar packt und daran zerrt. Sie schleudert ihn weg, als wäre er ein schmutziges Tischtuch, und tritt zwischen die beiden Streithähne, furchterregend massig. Sie starrt auf den einen, dann auf den anderen hinunter, sagt nichts, aber beherrscht die Szene.

Mit einem Anflug von Stolz sagt der Ladenbesitzer: »Hier ist ein weiterer Beweis, wenn Sie ihn brauchen.«

»Beweis wofür?«

»Früher hätten zwei Jungen ihres Alters aus verschiedenen Clans einen kleinen Streit ausgetragen, indem sie aufeinander geschossen hätten«, erklärt der Mann, »aber jetzt nicht mehr. Und sie hätten es nicht zugelassen, daß eine Frau ihren Kampf beendete; sie hätten sie glatt umgebracht. Jetzt können Sie sehen, wie beide auseinandergehen und beschämt und still ihre Wunden lecken.«

Gebannt sieht Cambara zu, wie die Amazone, die gerade eben die beiden Jungen getrennt hat, mit in die Hüfte gestützten Armen dasteht und darauf wartet, daß sich die Menge zerstreut, ehe sie zu ihrem Haus zurückgeht.

»In welchem Verhältnis steht die Frau zu den beiden?« fragt sie den Ladeninhaber.

»In keinem«, erklärt der Mann. »Sie ist weder ihre Mutter noch ihre Tante. Oder eine entfernte Verwandte.«

»Was hat sie dann aber mit der Sache zu tun?«

»Sie gehört zum Netzwerk ›Frauen für den Frieden‹.«

»Erzählen Sie mir bitte mehr«, sagt Cambara.

Der Ladenbesitzer kommt ihrem Wunsch nach. »In mehreren Stadtvierteln haben sich Frauen gegen den Gebrauch von Schußwaffen organisiert. Bewaffnete Gewalt hat zu einer hohen Rate an Vergewaltigungen und zum Tod von vielen Menschen geführt. Das Versagen der Politiker dieses Landes, denen es nicht gelungen ist, den Bürgerkrieg zu beenden, hat die Frauen dazu gebracht, eine private Organisation – ›Frauen für den Frieden‹ – zu gründen, die von der EU finanziell unterstützt wird.«

»Woher wissen Sie das alles?« fragt sie.

»Meine Frau sitzt im Lenkungsausschuß.«

Cambara merkt, daß er zur Hintertür schaut, durch die er vermutlich in sein Haus geht und wo seine Frau vielleicht jetzt bei der Hausarbeit ist. Sie will gerade fragen, ob sie zu Hause ist, als ein junger Mensch durch ebendiese Hintertür in den Laden kommt und verkündet, daß er sie zum wartenden Taxi bringen wird.

Der Mann geht die Rechnung für sie noch einmal durch, und Cambara erhält ihr Wechselgeld in somalischen Schilling. Die Bündel sind so dick, daß sie nicht weiß, wo sie das Geld unterbringen soll. Der Ladeninhaber kommt ihr zu Hilfe und gibt ihr eine fast neue Handtasche. Als sie zögert und meint, sie wisse nicht, wann oder wie sie die Tasche zurückbringen könne, ermuntert er sie mit den Worten: »Wir sehen Sie bestimmt wieder und freuen uns darauf. Nehmen Sie die Tasche, und geben Sie sie zurück, wenn Sie wiederkommen.«

Mit dem Gedanken »Das ist meine Chance, vom Ladenbesitzer den Namen seiner Frau zu erfahren oder woher er die Waren in den Regalen hat« folgt sie einem seiner Helfer, als er durch die Vordertür hinausgeht und die Riesenmenge ihrer Einkäufe vor sich herschiebt. Der Bursche wendet sich scharf nach rechts, dann scharf nach links. Das Taxi, ein alter Lada aus den Jahren des Kalten Kriegs, als die Sowjets in Mogadischu das Sagen hatten, ist eine einzige Rostlaube, bei der überall der Lack abblättert, mit abgefahrenen Reifen und wer weiß was noch für Mängel. Sie fragt sich, ob es klug und sicher ist, sich da hineinzusetzen und sich zuerst zum Hotel Shamac fahren zu lassen, wo sie sich nach Kiin erkundigen kann, dann vielleicht zum Hotel Maanta und später zu Zaaks Haus.

»Wohin soll's gehen?« fragt der Fahrer, als der Jugendliche ihre Einkäufe im Kofferraum verstaut, wobei der Fahrer erst mit der Klappe ringt und dann Mühe hat, alles unterzubringen. Die Autoscheiben fehlen, und Cambara spürt den durchhängenden Sitz, noch ehe sie einsteigt und sich darauf niederläßt. Sie kann von ihrem Standort aus auch sehen, daß dort, wo sie ihre Füße hinstellen müßte, ein Loch klafft. Ihr einziger Trost ist, daß niemand mit einem Gewehr hier ist; selbst der Fahrer scheint unbewaffnet zu sein. Sie ist ungeheuer erleichtert. Trotzdem fragt sie ihn, nur zur Sicherheit, nachdem er die Kofferklappe geschlossen hat: »Kein bewaffneter Geleitschutz?«

»Mein Taxi ist so alt, daß es sicher ist«, erwidert der Fahrer, reißt den Mund auf und zeigt ihr die löchrigen Zähne, als sei sie Zahnärztin und habe ihn aufgefordert, den Mund aufzumachen.

»Zum Hotel Shamac, bitte.«

»Bitte steigen Sie ein.«

10

Ein leichtes Unbehagen macht Cambara zu schaffen. Sie überlegt, ob sie sich jetzt, wo sie sich mit einem Taxi aus dem Viertel entfernt, für die erfundene Identität einer verschleierten Frau entscheiden oder wieder ihre eigene annehmen soll. Die Anforderungen ihrer verschleierten Identität sind ihr zu strapaziös und lästig, unter dem Tschador ist ihr zu heiß, und er behindert sie.

Als sie vorhin aus dem Geschäft trat, fühlte sie sich beschwingt und glaubte, viel mehr erreicht zu haben, als sie selbst zu hoffen gewagt hatte. Sie ist langsam in die gleißende Nachmittagssonne getreten, majestätisch in ihr zeltähnliches Gewand gehüllt, eine imposante Erscheinung. Sie hat sich bemüht, keine unnötige Aufmerksamkeit auf sich zu ziehen, doch genau das hat sie getan. Das merkt sie an der Art, wie Dutzende von Menschen sich wie Paparazzi vor dem Geschäft herumdrücken und sie anstarren, als wäre sie eine berühmte Persönlichkeit. Statt gleich in das Taxi einzusteigen, hatte sie es vorgezogen zu kontrollieren, ob der junge Bursche auch alle Einkaufstüten einlud, bevor sie ihm den Rükken zukehrte.

Zu allem Überfluß ließ sich der Bursche beim Abladen ihrer Einkäufe vom Karren und Verstauen im löchrigen Kofferraum des Taxis viel Zeit. Gelegentlich wühlte er sogar in den Einkaufstüten. Sie hatte keine Ahnung, warum er das tat, und wagte nicht zu fragen, um ihn nicht zu verärgern – wer weiß, was er anstellen oder ob er vielleicht gewalttätig werden würde.

Jetzt läuft der Motor, und Cambara läßt den gaffenden Fahrer und die Schar der Neugierigen nicht aus den Augen. Der Fahrer hat den Fuß auf der Bremse und die Handbremse fest in der rechten Hand, vielleicht weil nicht sicher ist, ob sie funktioniert.

Nachdem Cambara ihrem jugendlichen Helfer einen Packen Schilling als Trinkgeld gegeben hat, ohne den wahren Wert zu kennen, steigt sie ein und sagt zum Taxifahrer: »Wollen wir?«

Das Taxi ist schlecht gelaunt, und sein Motor verreckt, als der Fahrer in den zweiten Gang schaltet, um loszufahren, vielleicht weil der erste nicht funktioniert, sie weiß es nicht. Der Fahrer wackelt zwei- oder dreimal mit dem Zündschlüssel im Schloß, bevor er ihn ganz dreht. Der Motor springt an. Cambara erinnert sich wieder an ihr schreckliches Erlebnis im Lastwagen mit Zaak. Sobald sie jedoch aufhört, sich Sorgen zu machen, läuft das Fahrzeug problemlos. Ihre Situation beschäftigt sie jetzt stärker als nötig, weil sie zum ersten Mal einen Schleier trägt, aber auch weil sie zum ersten Mal seit ihrer Ankunft in Mogadischu allein ist mit einem fremden Mann. Es ist wichtig, daß sie sich für eine Identität entscheidet, damit ihre Kleidung zu ihrem Verhalten paßt. Schafft sie es, sich glaubhaft zu verstellen?

Sie hat die Wahl: Sie kann so tun, als fürchte sie sich, allein mit einem Mann, und als sei sie wie gelähmt, läßt den Gesichtsschleier bewußt ungeöffnet und wechselt während der ganzen Fahrt kein Sterbenswörtchen mit dem Fahrer. Sie darf ihr Gesicht auf keinen Fall zeigen oder gar Augenkontakt aufnehmen und sich in einer Weise benehmen, die er auch nur entfernt als kokett deuten könnte. Sie bezweifelt, daß ihr dieses Spiel gelingen wird, allein schon weil der Rücksitz schrecklich unbequem ist und sie unentwegt hin- und herrutscht, um zu verhindern, daß sie auf den harten Federn sitzt oder tief in den Polstern versinkt. Oder sie verhält sich ganz natürlich und zeigt statt eines Schleiers ihre ihr von Gott verliehene Identität. Wenn sie die Wahl hat, wird sie sich dafür entscheiden, sie selbst zu sein – eine Frau, die in der Gesellschaft von Männern gelassen bleibt. Was soll sie mit dem ganzen Aufputz anfangen? Cambara beschließt, nichts zu überstürzen und die rechte Zeit abzuwarten.

Er fragt: »Wohnen Sie im Hotel Shamac?«

»Warum fragen Sie?«

»Weil ich dann vielleicht mehr Fahrgeld verlange.«

»Finden Sie das fair?«

»Tut mir leid«, sagt er, »aber das Wort ›fair‹ gehört nicht mehr zum hiesigen Wortschatz.«

»Das finde ich nicht sehr beruhigend.«

»Wissen Sie, was mir das über Sie sagt?«

»Was denn?«

»Daß Sie nicht von hier sind.«

»Weil ich das Wort ›fair‹ benutzt habe?«

»Und auch wegen Ihres Schleiers.«

»Was ist mit meinem Schleier?«

»Es ist offensichtlich, daß Sie nicht gewohnt sind, einen zu tragen«, sagt er und lächelt ein wenig.

»Woran merken Sie das?«

»Vor dem Bürgerkrieg war ich Leiter der Fuhrparks des Außenministeriums und hatte die Aufgabe, wichtige Würdenträger und Botschafter zu fahren, die auf Dienstreise in Somalia waren. Ich erinnere mich, daß die meisten ihren Schlips ablegten, sobald sie im Auto und unter Freunden waren, als wäre es eine Verkleidung. Und viele von ihnen seufzten dann erleichtert.«

Sie fühlt sich durchschaut, und erneut stürmen starke Selbstzweifel auf sie ein. Mit angespannten Bewegungen rückt sie aufgeregt auf ihrem Sitz hin und her, beinahe entschlossen, einen Teil ihrer Tarnung, den Gesichtsschleier, abzulegen; wenigstens wird sie sich dann wohler fühlen. Ehe sie jedoch mit ihren inneren Widersprüchen im reinen ist, überlegt sie, ob es nicht ihrem Ziel abträglich ist, wenn sie jetzt auf den Vorschlag eines ihr unbekannten Mannes eingeht, und ob sie das nicht zum Opfer seiner Pläne machen könnte, wie die auch aussehen mögen. Sie wird von einer unheimlichen Erinnerung heimgesucht, bei der Wardi eine große Rolle spielt. Gefühlsduselig, als wäre sie betrunken, sitzt sie auf der Rückbank und wehrt sich entschieden, sich von den immer stärker auf sie einströmenden Sorgen unterkriegen zu lassen.

Sie entscheidet sich gegen die einfachere Möglichkeit. Dann läßt sie ihre Gedanken schweifen, die Blicke auch. Überall sieht sie Zerstörung, Häuser ohne Dächer, Laternenpfähle, deren Kabel entwendet wurden, Fenster, denen die Scheiben fehlen: ein geplündertes und verwüstetes Mogadischu. Von ihrem Sitz im Taxi aus sieht sie Frauen in billigen Tschadors, Männer in Sarongs und Flipflops, die ihre Gewehre am Riemen über der Schulter tragen. Aus ihren Begegnungen mit den Bewohnern schließt sie, daß die Stadt offenbar ihre kosmopolitische Identität verloren und stattdessen die clangeprägte Wegwerfmentalität der ordinären, abgewetzten Halbnomaden übernommen hat. Obwohl sie ihre Verzweiflung nicht unterdrücken kann, möchte sie nicht länger bei den Folgen des Bürgerkriegs und der Zerstörung einer ganzen Gesellschaft verweilen. Sie möchte über die positive Seite der Dinge reden und richtet ihr Augenmerk auf den Ladenbesitzer und seine Frau, die – laut ihrem Mann – im Netzwerk ›Frauen für den Frieden‹ aktiv ist, von dem ihr Raxma erzählt hat.

»Wie lange kennen Sie denn den Herrn schon, der die Gemischtwarenhandlung betreibt, wo Sie mich abgeholt haben?« fragt sie.

»Ich kenne ihn und seine Familie schon lange.«

»Erzählen Sie mir ein wenig über sie.«

»Was möchten Sie denn wissen?«

»Zunächst einmal seinen Namen«, sagt sie.

»Warum interessiert Sie das?« fragt der Fahrer. An seinem Gesichtsausdruck kann sie nicht erkennen, ob ihr Gespräch ihn interessiert oder beunruhigt.

»Ich finde, er war sehr freundlich. Einen solchen Gentleman trifft man selten in einer Stadt, die, wie man sagt, den rücksichtslosen Warlords und ihren Spießgesellen gehört. Es war ein Vergnügen, mit ihm Geschäfte zu machen.«

»In welcher Branche sind Sie denn tätig?«

Natürlich möchte sie ihm nicht allzuviel von sich erzählen, doch wie kann sie dann von ihm erwarten, daß er ihr Fragen über Dritte beantwortet, wenn sie nicht gewillt scheint, über sich zu reden? Mit ihrer Antwort versucht sie den Eindruck, den sie erweckt hat, zu korrigieren.

»Ich meinte damit, daß es ein Vergnügen war, in seinem Geschäft einzukaufen«, sagt sie ihm. »Außerdem hat er mir eine Handtasche geliehen, und ich möchte sie sobald wie möglich zurückgeben. Es wäre gut, wenn ich seinen Namen wüßte. Das ist alles.«

»Alle nennen ihn bei seinem Spitznamen Odeywaa«, erzählt ihr der Fahrer. »Er ist ein ungewöhnlicher Geschäftsmann und sehr anständig. Er ist ehrlich, er ist fair, er geht sehr offen mit allen um, mit denen er zu tun hat, einschließlich aller Mitglieder der ungewöhnlichen Genossenschaft, die er leitet – die einzige ihrer Art.«

»Was ist denn so ungewöhnlich an ihr?«

»Er erweist der Allgemeinheit damit einen Dienst, wie es keine andere Genossenschaft tut. Unter den beinah zwei Millionen Somalis in der Diaspora gibt es Zehntausende, die in Gegenden dieser Welt leben, von wo aus sie ihren bedürftigen Verwandten daheim kein Geld in konvertiblen harten Währungen wie dem US-Dollar, dem Euro und dem Pfund Sterling überweisen können. Mit der Gründung seiner Genossenschaft möchte Odeywaa für die Somalis hier im Land, die Zuwendungen in Form von Kleidern und anderen Waren bekommen, eine Absatzmöglichkeit schaffen, wo sie die Sachen beinah zum Selbstkostenpreis verkaufen können. Das ist sehr selten in dieser Stadt, in der alle mit untertänig gesenktem Kopf zu den Häusern der Warlords drängen, um ihnen ihre Aufwartung zu machen, als wären die Kerle was Besseres.«

Der Fahrer träumt still vor sich hin, seinem Gesicht im Rückspiegel entnimmt sie, daß er sich mit privaten Gedankenspielen beschäftigt; sie läßt ihn in Ruhe und wartet schweigend.

Er fährt fort: »Zur Zeit ist der Bürgerkrieg auf Sparflamme, und immer mehr von uns kommen zu der Erkenntnis, daß wir nichts als Verachtung für die Machenschaften der Warlords übrig haben, ein Gefühl, dem nur unser Widerwille für die sogenannten Clan-Ältesten gleichkommt, die die Rekrutierung der Jugendlichen für die kämpfenden Milizen gutheißen.« Er macht eine lange Pause, so daß Cambara sich nach vorn beugt, begierig darauf, zu hören, was er zu sagen hat. »Ich sehe die Warlords als das, was sie wirklich sind – Fummeltrinen, ausnahmslos alle.«

»Fummeltrinen? Das hab ich noch nicht gehört.«

Der Fahrer fährt fort: »Einer von ihnen – man nennt ihn den Schlächter – ist als Frau verkleidet aus Kismayo im Süden geflohen, als er die Kontrolle über die Stadt verloren hat.«

»Was halten Sie von den religiösen Führern?«

»Ach, die haben sich auch entlarvt.«

»Was meinen Sie damit?«

»Mit ihrem Verhalten seit Ausbruch des Bürgerkriegs haben die religiösen Führer jegliches Wohlwollen von unserer Seite verspielt. Viele von denen sind in einen Zustand der Verzweiflung gefallen, in dem sie nicht Allah, dem Allmächtigen, die Treue geschworen haben, sondern den Stämmen, in die sie hineingeboren wurden, jeder dem seinigen.«

Wieder schweigen sie, während sie in südwestliche Richtung fahren und Schlaglöcher passieren, die häufig zu plötzlichem Ausweichen und gelegentlich zu abrupten Bremsmanövern zwingen, um nicht in den Straßengraben oder in die Abfallberge daneben zu fahren. Sie kommen an mit Einschußlöchern übersäten Mauern vorüber und an Gebäuden, die unsicher schwanken und sich zu einer Seite neigen, während sie später bei ihrem Einsturz in die entgegengesetzte Richtung fallen werden.

Jetzt, wo die Stadt nicht länger in Nord und Süd unter zwei Warlords aufgeteilt ist, sondern ein halbes Dutzend weniger mächtige *Signori di guerra* jeder über ihre jeweiligen chaotischen Machtbereiche herrschen, sind die Menschen voller Sorge, gefangen in einem Gefühl der Unsicherheit, und Cambara fragt sich, ob nicht am Ende die Islamisten die Oberhand gewinnen werden. Diese könnten an die religiöse Identität der Somalis appellieren, als Alternative zur Clan-Identität, die sich als unbefriedigend erwiesen hat. Die Warlords haben keine Anziehungskraft mehr; anders die Islamisten.

Wie auf Stichwort treten ein paar noch sehr junge Kämpfer aus einem Gebäude. Sie tragen Tarnkleidung, die schon bessere Tage und sauberere Träger erlebt haben. Als sie näher kommen hebt einer der Jungen die Hand und stoppt sie. Das leichte Lächeln, das während der Fahrt meist auf Camboras Gesicht gelegen hat – das Lächeln einer Person, die mehr weiß als ihr Gesprächspartner –, wird allmählich schwächer und verschwindet dann ganz. Als der Fahrer abrupt bremst, stellt Cambara sich vor, wie das Fahrzeug zusammenbricht, die Vorder- und Hinterräder davonrollen und der Rest auf dem Bauch landet und rüttelnd zum Stehen kommt.

Einer der Jungen kommt zur Fahrerseite marschiert, seine Kiefer sind in ständiger Bewegung; er kaut Khat. Während er seine Hand weiter vorstreckt, als seine trüben Augen sehen können, nuschelt er mit schwerer Zunge: »Was hasten für uns?«

»Wir sind uns doch schon mal begegnet«, sagt der Fahrer.

Ein viel größerer Jugendlicher, der hinter dem Jungen mit den wässerigen Augen steht, antwortet sarkastisch: »Da hast du geknausert. Ich warne dich: Du und dein Fahrgast, ihr werdet teuer dafür zahlen, wenn du diesmal nicht mehr ausspuckst.«

Die Augen des Fahrers suchen in der Tiefe des Rückspiegels nach Cambaras, und weil das Lächeln von vorher nun verschwunden ist, nimmt er an, daß sie Angst hat. Seine Hand, die im Handschuhfach herumgesucht hat, taucht mit einem Bündel zusammengerollter Geldscheine wieder auf, die er dem am nächsten stehenden Jungen übergibt. Als der Jugendliche das Geldbündel benutzt, um sich Luft zuzuwedeln und damit seine Unzufriedenheit auszudrücken, fügt der Fahrer noch zwei Bündel Khat hinzu. »Das ist doch ein Wort«, sagt der Größere, offenbar der Anführer, und winkt ihn weiter. Der Fahrer kommt dieser Aufforderung nach, sobald er kann.

Ihr abwesender Blick ist plötzlich wieder wach, und sie sagt: »Wenn Sie die Fahrtkosten berechnen, dann rechnen Sie bitte ohne Zögern den Wegzoll mit ein, ich bezahle das gern.«

Er erinnert sich der Zeiten, als er in seiner Funktion als Leiter des Fuhrparks die Würdenträger chauffierte, die auf Besuch hier im Land waren, und neigt respektvoll den Kopf, ihre Großzügigkeit dankbar anerkennend. Er sagt: »Ja, gnädige Frau!«

Ein paar hundert Meter weiter ist das ferne Summen eines mächtigen Generators zu hören, und der Fahrer teilt ihr mit, daß sie noch knapp einen halben Kilometer von ihrem Ziel entfernt sind. Zum ersten Mal seit ihrer Ankunft empfindet Cambara ehrfurchtsvolle Scheu vor den Ausmaßen ihres Vorhabens: nach Mogadischu zu kommen und dabei zu helfen, die Welt, die sie dort vorfindet, zu einem besseren Ort zu machen, im Gedenken an ihren Sohn, dessen Leben so früh beendet wurde.

»Da wären wir«, sagt er. »Hotel Shamac, meine Dame!«

11

Kaum sind sie vor dem Tor angekommen, als ein bewaffneter Wachposten – vermutlich in der Uniform des Hotels – aus einem kleinen, hastig aus Zinkblechresten errichteten Anbau heraustritt, worauf weder sie noch der Fahrer gefaßt sind. Der Mann ist mittelgroß, hat ein breites Gesicht mit einem vorstehenden Unterkiefer und einer Stupsnase, deren Nasenlöcher kaum zu sehen sind. Stupsnase bedeutet dem Taxi anzuhalten, das mit kreischenden Reifen zum Stehen kommt und sie in ihrem Sitz nach vorn schleudert. Trotz ihrer Nervosität gelingt es Cambara, völlig ruhig zu wirken, selbst als ein zweiter Mann auf der Bildfläche erscheint. Der zweite bewaffnete Posten hat einen langen Oberkörper und die schmalen Füßchen eines Liliputaners. Schmalfuß befiehlt dem Fahrer, auszusteigen; er umkreist mehrmals das Fahrzeug, dabei die ganze Zeit den Finger am Abzug seines Maschinengewehrs und die Augen auf Cambara gerichtet, vielleicht in der Hoffnung, daß sie das Fenster auf ihrer Seite herunterläßt und ihr Gesicht zeigt.

Sie lehnt sich zurück, läßt den Schleier vor dem Gesicht und schließt die Augen, als wolle sie sich selbst beruhigen und davon überzeugen, daß alles gut wird. Kaum hat sie sich entschlossen, ihnen zu erklären, daß sie sich nach einem freien Hotelzimmer erkundigen will, als Schmalfuß die Autotür aufreißt und ihr befiehlt auszusteigen, damit er sie filzen kann.

Zwischen dem Taxifahrer und Stupsnase bricht ein lautstarker Streit aus, als der Fahrer die Autotür wieder schließt und Cambara auffordert, sitzenzubleiben.

»Was fällt dir ein, die Tür zu schließen, wenn ich sie geöffnet habe?« fragt Schmalfuß wütend und mit rotunterlaufenen Augen. Er stößt den Fahrer beiseite.

Cambara mahnt den Fahrer eindringlich, doch mit gedämpfter Stimme, die bewaffneten Posten nicht weiter zu provozieren. Auf ihr Drängen hin verstummt der Fahrer, obwohl sie sehen kann, daß er trotzig und bereit ist, weiter Widerstand zu leisten, wenn nötig auch zu kämpfen. Dann sagt er aufmüpfig und ohne jede Angst zu Schmalfuß: »Ist dir denn nicht klar, daß es sich für dich nicht schickt, bei einer Frau eine Leibesvisitation zu machen? Das geht nicht. Eine Frau sollte das übernehmen, kein Mann. Jedenfalls nicht du.« Nach einer gewichtigen Pause fügt er hinzu: »Würdest du zulassen, daß deine Frau oder Schwester in dieser Weise von einem Mann, ob bewaffnet oder nicht, gedemütigt wird?«

Jetzt nimmt die Auseinandersetzung eine bedrohliche Wendung, und Stupsnase stimmt in das Geschrei ein und macht es zu einem dreistimmigen Brüllkonzert. Zwei bewaffnete Idioten gegen ihren unbewaffneten Beschützer – wie unfair. Während Cambara zuhört, wird sie immer wütender und überlegt, ob sie sich einmischen soll. Stupsnase näselt laut und drohend, aber sie versteht nicht, was er sagt, so wütend ist er. Zudem hat er einen starken lokalen Akzent, seine Wortwahl deutet auf einen groben Sprachgebrauch und auf eine Herkunft vom Lande, so daß Cambara, die in der Stadt geboren wurde und lange außer Landes gewesen ist, ihm nicht folgen kann.

Schmalfuß mischt sich ein und übersetzt für sie, was sein Kollege gesagt hat. »Hör gut zu«, sagt er zu dem Fahrer. »Wir schießen zuerst auf die Reifen deines Taxis und dann auf den Fahrgast, wenn du nicht den Rückwärtsgang einlegst und sofort verschwindest oder wenn die Frau nicht aussteigt. Entscheide dich, und zwar schnell.«

»Laßt uns vernünftig sein«, bittet der Fahrer.

»Willst du behaupten, daß wir die Frau belästigen?«

»Nichts dergleichen«, sagt der Fahrer mit Nachdruck.

»Du beleidigst uns. Ich weiß, was du da machst«, sagt Schmalfuß.

Cambaras zur Schau getragene Selbstbeherrschung ist gänzlich erschüttert; bei dem verstörenden Gedanken, daß ihre Tugend in Gefahr ist, kauert sie sich zusammen. Aber ich will verdammt sein, wenn ich ihnen erlaube, mich anzufassen, sagt sie bei sich. Sie fährt mit der Hand wieder ins Innere ihres Körperzelts, und erst als ihre Finger den Messergriff fest umschließen, fühlt sie sich besser.

In seinem Bemühen, die bewaffneten Posten zu beruhigen, senkt der Fahrer die Stimme. Fast flüsternd fleht er Schmalfuß an: »Bitte, das ist eine ehrenwerte, verschleierte Dame«, sagt er. »Ich kann mich für sie verbürgen. Sie stellt keine Gefahr dar, wenn ihr sie hineingehen laßt, ohne sie zu durchsuchen. Sie möchte sich nur das Hotel ansehen, weil sie ein Zimmer mieten will. Warum begleiten wir sie nicht hinein? Eine Frau an der Rezeption kann die Leibesvisitation drinnen vornehmen, wenn sie wirklich nötig ist. Ich steige wieder ein und lege den Rückwärtsgang ein und warte hier auf sie. Wenn das nicht geht, dann schlage ich vor, daß ihr eine Frau hierher holt. Es ist nicht richtig, daß du oder ein anderer Mann sie anfaßt. Sie ist eine Dame und muß als eine solche behandelt werden.«

Als ihr das Geschehen immer mehr auf die Nerven geht, beschließt sie, eine Entscheidung herbeizuführen – und zwar plötzlich. Sie steigt mühsam aus dem Taxi. Nun, da sie es geschafft hat, wirkt ihre verschleierte Gestalt beeindruckend, sie streckt die Arme, macht den Rücken gerade, massiert ihn und stampft mehrmals mit den Füßen auf, wie ein Elefant, der seine Angreifer in die Flucht schlagen will. Sie will nicht nur den Staub abschütteln, sondern hofft damit auch die bewaffneten Posten zu verhexen. Wenn sie doch einen Zauberspruch wüßte, der sie zwänge, ihrem Befehl zu gehorchen. Sie wirkt stattlich; die Männer sind offenbar verzaubert und fasziniert, ihre ganze Aufmerksamkeit richtet sich auf die rätselhafte Gestalt einer verschleierten Frau, die etwas über einen Meter achtzig groß ist und deren Hände in dem sie umhüllenden Zelt verborgen sind, wo sie Gott weiß was tun. Vielleicht weil sie es nicht gewohnt sind, daß Frauen einen Auftritt haben, bringt Cambaras gebieterische Gegenwart sie aus dem Gleichgewicht.

Von außen hat es den Anschein, als wisse sie, was sie tut; drinnen sieht es anders aus. Sie hat schreckliche Angst, daß sie es nicht schafft; in ihren Eingeweiden rumort es. Doch die Schauspielerin in ihr beherrscht die Situation.

»Da Sie mein Taxi nicht hineinlassen wollen«, sagt sie, »gestatten Sie, daß der Fahrer meine Einkäufe aus dem Kofferraum holt. Sie können sie kontrollieren. Ja, ich wäre Ihnen dankbar, wenn Sie ihm dabei helfen würden, die Sachen hineinzuschaffen, da keine Pagen zu sehen sind.«

Sie dreht ihnen den Rücken zu und geht unbeholfen mit kleinen schlurfenden Schritten davon, jeder Schritt ein gewaltiges Unterfangen, da sie nicht wissen kann, ob sie ihr nicht in den Rücken schießen, auch wenn sie es bezweifelt. Als sie ein paar Schritte gemacht hat, ohne daß ihr befohlen wurde, stehenzubleiben und sich erst durchsuchen zu lassen, schaut sie zurück und sieht sie miteinander flüstern und zustimmend mit dem Kopf nicken; am Ende macht Schmalfuß einen Rückzieher und Stupsnase folgt seinem Beispiel.

Auf Geheiß von Schmalfuß parkt der Fahrer am Rand der staubigen Straße, holt Cambaras Einkaufstaschen aus dem Kofferraum und folgt ihr mit einem breiten Grinsen auf dem Gesicht. Sein umherschweifender Blick trifft auf die finsteren Gesichter der bewaffneten Posten, von denen keiner anbietet, ihm die Taschen tragen zu helfen. Ja, Stupsnase droht ihm sogar mit dem Finger. In der Lobby holt der Fahrer sie ein, setzt die Taschen ab und hat es eilig, wieder zu seinem Fahrzeug zu kommen. Er fragt: »Soll ich auf Sie warten?«

»Das ist nicht nötig«, sagt sie.

Sie entfernt ihren Gesichtsschleier und bemerkt, wie einige Männer sie aus verschiedenen Winkeln anstarren; keiner von ihnen kommt ihr jedoch entgegen. Seltsamerweise kommt es ihr so vor, als wären einige von ihnen der Meinung, sie verhielte sich wie eine billige Stripperin.

Verlegen holt sie aus ihrer Handtasche eine Handvoll Geldbündel zu tausend Schilling, jeweils mit einem Gummi zusammengehalten. Auf gut Glück gibt sie dem Fahrer mehrere Bündel der abgewerteten Währung. »Reicht das?« fragt sie.

Er wiegt die Bündel in der Hand, als könne er ihren Wert nur am Gewicht erkennen, und wedelt dann mit ihnen vor seinem Gesicht herum, als taugten sie nur zum Luft Zufächeln. Doch er wirkt zufrieden. »Das genügt«, sagt er. »Danke.«

Nicht mehr in das Geheimnis ihres Gesichtsschleiers gehüllt, aber dennoch beeindruckend durch ihre Größe, nähert sie sich nun mit hocherhobenem Kopf der Rezeption. Sie setzt ihre kurzen Schritte mit beinahe einzigartiger Laufsteg-Eleganz und ignoriert die Augenpaare, die jede ihrer Bewegungen verfolgen. Mit einem triumphierenden Ausdruck auf dem Gesicht schreitet sie selbstbewußt durch den Raum.

Einer der Männer hinter dem Pult winkt einige Pagen heran und bedeutet ihnen, sich bereit zu halten. Sie gehorchen, stehen mit den Händen hinterm Rücken da und warten auf Anweisungen. Cambara ist überzeugt, daß sie ihre Aufgaben gewandt erledigen werden; sie malt sich aus, wie es sein wird, ein Zimmer in diesem Vier-Sterne-Hotel zu mieten. Es ist eine ihr von vielen Aufenthalten in Hotels ähnlicher Kategorie vertraute Welt, nur daß dieses hier im Bürgerkriegs-Mogadischu sichtlich etwas heruntergekommen ist. Dennoch kommt es ihr nach Zaaks Wohnung unwirklich vor. Je näher sie dem Schild »Rezeption« kommt, desto mehr findet sie zu ihrer Gelassenheit zurück. Sie genießt die Atmosphäre des Hauses, seine Sauberkeit und fragt sich, ob die Hotelleitung weiß, was vor ihren Toren passiert. Sie ist sich noch nicht sicher, ob sie das erwähnen wird.

Aus der Nähe liest sie nun das Schild »Stellvertretender Direktor«, aber das *S* in »Stellvertretender« und das *e* in »Direktor« fehlen. Er mustert sie seinerseits mit dem wissenden Blick eines Bekannten. Dann fragt er: »Kann ich Ihnen helfen?«

»Gewiß«, sagt sie.

Sein Blick gleitet von ihr weg zum Computerbildschirm, er betätigt einige Tasten und nimmt sich genügend Zeit, die Meldung zu studieren, ehe er sich räuspert und bei ihr entschuldigt. Er überrascht sie mit der Frage, ob sie zufällig Cambara heiße.

»Warum fragen Sie?«

»Weil wir immer wieder Anrufe und anderweitige Anfragen von der Direktorin des Maanta-Hotels erhalten haben, die wissen möchte, ob eine Dame dieses Namens Gast bei uns ist. Sie hat mehrfach hier im Hotel angerufen, das letzte Mal vor fünf Minuten.«

Cambaras Kehle entringt sich ein Laut, den auch ihr Gegenüber vernimmt. Sie freut sich so sehr über diese Nachricht, daß ihr die Worte fehlen, und ist ganz aufgeregt beim Gedanken, bald mit Kiin zu sprechen.

Der stellvertretende Hoteldirektor spürt ihre Erregung und sagt: »Verzeihen Sie bitte meine Kühnheit. Sie müssen wissen, die Beschreibung, die Kiin von Ihnen geliefert hat, paßt haargenau auf Sie.«

Ihr blinder Glaube, mit ihrem Herkommen heute das Rechte getan zu haben, wird zur Überzeugung, nicht nur wegen dieses außerordentlichen Zufalls – daß sie jemanden getroffen hat, der weiß, wie Kiin zu erreichen ist –, sondern auch weil die Kopfbewegungen des Direktors sie an eine Marionette erinnern, die plötzlich zum Leben erwacht. Die Stille wird hin und wieder durch einzelne Bewegungen der Pagen oder des Taxifahrers unterbrochen, der noch immer herumsteht, als würden seine Dienste weiterhin benötigt.

»Seien Sie herzlich willkommen«, sagt der Hoteldirektor überschwenglich.

Mit gespannter Miene fragt sie: »Wie kann ich Kiin erreichen?«

»Ich rufe sie gleich an.«

»Das ist sehr freundlich von Ihnen«, sagt sie.

Der Mann schaut wieder auf seinen Bildschirm und notiert sich eine Nummer auf das hoteleigene Briefpapier. Cambara hat ein tröstliches Gefühl in der Magengrube, während sie auf seinen nächsten Schritt wartet. Er fragt: »Womit kann ich Ihnen in der Zwischenzeit noch dienen?«

»Haben Sie ein Restaurant?«

»Eines der besten in der Stadt.«

»Darf ich diese Einkäufe in Ihrer Obhut zurücklassen, bis ich fertig gegessen habe?« fragt sie und bückt sich dabei, um eine der beiden Taschen anzuheben. Das ruft auf der Stelle hektische Bewegungen der Pagen hervor, die sie hilfsbereit umschwärmen. Als die Jungen ihr wieder etwas Bewegungsfreiheit lassen, sagt sie: »Ich hole es dann nach dem Essen wieder ab, wenn ich darf.«

»Selbstverständlich.«

Auf Geheiß des stellvertretenden Hoteldirektors bringen zwei der Pagen ihre Einkäufe in den Gepäckraum, der sich rechts hinter der Rezeption befindet. Ein dritter Page bietet an, sie zum Restaurant auf der vierten Etage zu geleiten. Während sie hinter dem jungen Mann die mit Teppich belegte Treppe hinaufgeht, sehnt sie schon den Moment herbei, in dem sie das Körperzelt ausziehen kann, das ihr inzwischen zu heiß, hinderlich und eine rechte Bürde geworden ist. Sie glaubt, sich jetzt mit dem Gefühl entspannen zu können, unter Freunden zu sein, und sich nicht mehr verstellen zu müssen.

Bald ist sie in einem klimatisierten Raum, und ein Kellner bringt sie an einen Tisch beim Fenster, weit entfernt vom Generator, der läuft. Ein weiterer Kellner in weißem Hemd und dunklen Hosen kommt mit Schreibblock und erhobenem Stift herbei und teilt ihr mit, daß die Küche gleich schließt. Sie sagt ihm, was sie essen möchte: ein Thunfischsteak, gut durchgebraten, mit Reis und einem grünen Salat als Beigabe. Dann bittet sie den Kellner, ihr den Weg zu den Toiletten zu weisen, was er tut.

Als sie vom Tisch aufsteht, denkt sie lächelnd, daß ihr bisher das Glück hold gewesen ist, und überlegt, ob es sich lohnt, ein Zimmer für den Tag zu mieten, um sich nach einem langen, anstrengenden Tag auszuruhen. Noch ehe sie bei der Toilette angekommen ist, weiß sie, daß das nicht geht, weil es ihre endgültige Einquartierung in Kiins Hotel Maanta beträchtlich erschweren oder verzögern würde.

Sobald sie in der Toilette angekommen ist, entfernt sie alles, was sie einengt. Zuerst legt sie mit theatralischer Geste den Tschador und den farbenfrohen Schal ab, dann fährt sie sich mit gespreizten Fingern durchs lange Haar, als wolle sie sich neu erfinden. Der Spiegel zeigt ihr das alte Selbst, mit dem sie sich gern wieder anfreundet. Neu belebt summt sie eine ihrer Lieblingsmelodien, während sie sich das Gesicht wäscht.

Sie sagt sich, daß sie in nur einem halben Tag so etwas wie einen Sieg errungen hat, glücklicherweise ohne sich in Gefahr zu begeben und ohne die geringste Hilfe von Zaak. Sie ist hoch befriedigt, daß sie das Haus ihrer Familie besichtigt und Jiijo kennengelernt hat, dann den Weg zum Einkaufszentrum des Viertels gefunden, dort alle notwendigen Einkäufe erledigt, ihre Dollars in somalische Schilling umgetauscht und danach eine Taxifahrt zum Hotel Shamac ausgehandelt hat. Sie ist bereit zuzugeben, daß sie ihre Kontaktaufnahme zu Kiin einem glücklichen Zufall und dem richtigen Zeitpunkt zu verdanken hat, weniger ihrer Raffinesse. Es ist eine Offenbarung für sie, daß nicht alle ihre Befürchtungen oder die Bedenken ihrer Mutter im Hinblick auf ihre Sicherheit gerechtfertigt sind; daß man in weniger akuten Bürgerkriegszeiten ungeschoren bleiben kann, wenn man die gebotene Vorsicht walten läßt und auf das Schlimmste gefaßt ist. Genausogut kann man jedoch ohne eigene Schuld eine Katastrophe heraufbeschwören und herausfordern.

Hier oben im Waschraum auf der vierten Etage weht ihr sanft eine Meeresbrise ins Gesicht und regt ihr Gedächtnis an, das sich in erfreulichen Erinnerungen an ihre Kindheit in Mogadischu ergeht, als die Somalis kein Problem mit ihrer Identität hatten, zufrieden waren mit ihrer Welt, wie sie damals war. Jetzt weiß man nicht, wie man sich auf den gefährlichen Pfaden bewegen soll, die überall von hirnlosen Milizen unsicher gemacht werden, die die Häuser anderer Leute besetzt halten und sie verwüsten, die Türen, Garagentore, Dächer und Autos der meisten dieser Häuser entfernen und weiterverwerten.

Sie hätte nie gedacht, daß der Tag kommen würde, an dem sie Dinge schätzt, die sie immer für selbstverständlich gehalten hat – einen sauberen Waschraum, funktionierende Toiletten, einen makellosen Fußboden, Handtücher auf den Haltern. Es ist ein gutes Gefühl, zum ersten Mal seit ihrer Ankunft in einem tadellosen Sanitärraum zu sein, und sie ist überglücklich. Nur eine korrupte Gesellschaft duldet ein Leben in solchem Schmutz, besonders die Männer, die sich mit dem Unrat abfinden, den sie produziert haben, als wenn Dreck von allein entstünde und sich vermehrte. Keine Frau, die in der Lage ist, etwas dagegen zu tun, würde soviel Schmutz ertragen. Ihre Mutter hat immer gesagt, daß man so schmutzig ist, wie man es zuläßt.

Im Restaurant sitzt Cambara mit übertriebener Begeisterung an ihrem Tisch und wartet sehnsüchtig auf ihr Essen und eine Nachricht von oder über Kiin. Ein anderer Kellner als derjenige, der sie vorher zum Tisch geführt hat, erscheint und nimmt ihr das Körperzelt ab, das er auf einen Kleiderbügel hängt. Er stellt sich als Oberkellner vor und trägt ein langärmliges weißes Hemd, frisch gebügelt, gutsitzende Khakihosen und schwarze Schnürschuhe, die kürzlich auf Hochglanz poliert wurden. Er hat ihr etwas vom stellvertretenden Hoteldirektor auszurichten: Kiin ist auf dem Weg hierher und müßte bald eintreffen.

»Oh, das ist ja wunderbar«, sagt sie strahlend.

»Und das Essen geht auf Rechnung des Hauses.«

»Vielen Dank.«

Sie lächelt mit der ungezwungenen Heiterkeit einer Frau, die gerade im Lotto gewonnen hat. Als er davongeht, vielleicht um die Vorspeise zu bringen, erinnert sie sich daran, wie furchtbar das Kochen in Zaaks Küche gewesen ist, wo sie sich mit dem behelfen mußte, was zur Hand war. Sie wird wohl nie vergessen, wie sie die Hühner mit dem stumpfesten Messer, das sie je erlebt hat, geköpft und mühsam ausgenommen hat, wie sie das Blut weggewischt und das Geflügel für die jungen Kämpfer gekocht hat.

Der Kellner kommt mit Eiswasser zurück, kurz darauf mit einer Vorspeise – Tomatensalat mit Mozzarella –, und ehe er sich um den zweiten Gang kümmert, rückt er die Olivenölflasche, das Salz und den Pfeffer in ihre Reichweite. Bald darauf ist er mit ihrem Fischgericht zurück, perfekt gebräunt und mit Petersilie und einer Zitronenscheibe dekoriert.

Cambara stürzt sich mit einer für sie untypischen freudigen Hingabe auf ihre Mahlzeit und genießt jeden Bissen. Als sie gerade überlegt, ob sie nicht doch ein Zimmer mieten soll, weil die Küche so gut und das Haus so sauber ist, bleibt ihr Blick an einer Frau hängen, die sich mit einiger Eile anmutig nähert. Cambaras Puls beschleunigt sich in der freudigen Erwartung, Kiins Bekanntschaft zu machen, die ihr, wie sie hofft, manche bislang verschlossen gebliebene Tür öffnen wird. Cambara denkt, daß die gutgekleidete Frau mit der Würde einer Person schreitet, die es gewohnt ist, die Welt auf ihrem Kopf zu tragen, und stolz darauf ist. Erwartungsvoll wie eine Zwölfjährige hofft Cambara, daß sie und Kiin eine Art von Freundschaft schmieden werden, zu der nur Frauen fähig sind. Gott weiß, wie dringend eine Frau die Freundschaft anderer Frauen in dieser Bürgerkriegsstadt mit der abartigen Schießwütigkeit ihrer Milizionäre braucht.

»Ich bin Kiin«, sagt die Frau in schwarzem Tschador und weißem Kopftuch, »und möchte dich in Mogadischu willkommen heißen.« Schweigen, und dann erscheint ein feines Lächeln auf Kiins Gesicht, ihre Augen werden größer, als sie über das ganze Gesicht strahlt.

Cambara, die sich wünscht, sie wäre kühn genug, Kiin im Vorgriff auf die erhoffte Seelenfreundschaft zu umarmen, schiebt ihren Stuhl zurück und will sich gerade mit einem bloßen Händeschütteln zufriedengeben, als Kiin ihr in die Augen blickt und sie an die Brust drückt. Dann gibt sie ihr ein Küßchen links und rechts auf die Wange. Der unvermittelte Gedanke, daß Kiin eine Frau mit beachtlicher Entschlußkraft, starkem Charakter und festen Anschauungen ist, erfaßt Cambara zeitgleich zu einem ganz anderen, unheimlichen Gefühl. Sie sieht sich selbst als eine weggeworfene Lumpenpuppe, die man gerade noch rechtzeitig vor dem Feuer gerettet und abgestaubt hat. Warum sind diese zwei so unvereinbaren Vorstellungen – die weggeworfene Puppe, verlassen von dem Kind, das sie einmal geliebt hat, und die respekteinflößende Kiin – gleichzeitig zu ihr gekommen? Kiins Tschador ist von der Art, wie sie in den Emiraten üblich ist, und aus dünnem Stoff, der sich angenehm anfühlt, ihre Brust hängt unter dem Stoff herab und zeugt von einer frühen Mutterschaft.

»Willkommen«, sagt Kiin. »Setz dich bitte und iß.«

Cambaras spontane Bewunderung für Kiin hat die Qualität einer Leidenschaft unter günstigen Umständen. Da sie zu impulsiven Entscheidungen neigt, beschließt sie, ein Zimmer in Kiins Hotel zu nehmen, und ist sich sicher, daß es ihr zusagen wird. Dort zu wohnen wird helfen, eine Verbundenheit zu schaffen und diese mit der Zeit wachsen zu lassen. Eine Beziehung von gleichgesinnten Menschen, die, wie die Somalis sagen, eine Seelengemeinschaft haben, kann viel bewirken.

Kiin fragt: »Seit wann bist du hier? Warum bist du nicht zu mir ins Hotel gekommen und hast nach mir gefragt? Raxma, meine Freundin und Cousine, hat mich jeden Tag zweimal aus Toronto angerufen und dafür gescholten, daß ich dich noch nicht gefunden und in meinem Hotel untergebracht habe. Jedesmal fragt sie mich, ob ich alle Hotels angerufen und mich erkundigt habe, ob du dich dort einquartiert hast. Ich bin froh, daß unsere Bemühungen erfolgreich gewesen sind und ich dich gesund und in guter Verfassung vorfinde. Ich möchte nicht aufdringlich sein, und versteh mich bitte nicht falsch. Fühlst du dich wohl, dort wo du bist? Und vor allem, glaubst du, daß du von dort aus in Sicherheit dein Vorhaben betreiben kannst, was es auch sei? Welchen Komfort hat dein Quartier? Hat es fließendes Wasser? Gibt es dort tagsüber Strom, besonders mittags, wenn du während der Siesta die Klimaanlage brauchst, und nachts aus Sicherheitsgründen?«

Wieder betrachtet Cambara Kiin, die ein äußerst angenehmer Anblick ist, wie sie findet, eine hinreißende Frau mit Sinn fürs Praktische. Cambara sagt: »Ich habe bisher in sehr primitiven Umständen gewohnt, um ehrlich zu sein.«

»Zieh in mein Hotel. Wir holen deine Sachen gleich ab«, schlägt Kiin vor. »Im Maanta gibt es fließendes Wasser, die Toiletten sind sauber, die Küche arbeitet vierundzwanzig Stunden am Tag, und wir haben Tag und Nacht Strom. Es ist auch sehr sicher. Wir organisieren für dich Fahrten in jeden Stadtteil, den du aufsuchen willst, und zurück ins Hotel; wir erledigen für dich die Einkäufe und die Wäsche; und wir besorgen dir E-Mail, ein Handy, du brauchst es nur zu sagen.«

»Was würde ich für ein sauberes Zimmer und eine Toilette geben!«

Gerührt ergreift Kiin Cambaras Arm. Sie blickt ihrer neuen Freundin voller Gefühl in die Augen und sagt dann: »Wenn du es willst und uns deine jetzige Adresse gibst, kann ich meinen Fahrer und die Mitarbeiter in meinem Auto losschicken, um deine Sachen abzuholen.«

Cambara überlegt schweigend. Nicht zu schnell, denkt sie, als sie sich erinnert, wie sie sich Hals über Kopf in Wardi verliebt und ihn geheiratet hat. Und wohin hat das am Ende geführt? Nun ist sie in Mogadischu, ohne Kind und verbittert und riskiert ihr Leben, um über ihren Verlust hinwegzukommen.

Kiin deutet Cambaras Schweigen auf ihre Weise und fragt, ob es ein Problem gibt.

»Ein Problem?«

»Wenn du mir die Indiskretion verzeihst«, sagt Kiin.

»Bitte sehr.«

»Gibt es hier einen Mann, dessentwegen du gekommen bist und von dem du dich nicht trennen willst? Anders gesagt, hast du ein Männerproblem?« fragt Kiin und wirkt dann nach dieser Frage etwas derangiert, wie ein Zimmer, das man durchwühlt und hastig verlassen hat.

»So kann man das auch nennen: ein ›Männerproblem‹.« Cambara wirkt amüsiert, nickt mit dem Kopf und wiederholt den Ausdruck grinsend ein paarmal.

Kiin sagt: »Sag mir, wo du hineingeraten bist; und wir werden mit jedem Männerproblem oder jeder anderen Schwierigkeit fertig, egal was es ist. Ich schulde es Raxma, ich schulde es dir als Frau. Mit Männerproblemen werden wir in Mogadischu unter Bürgerkriegsbedingungen leicht fertig.«

Offenbar hatte Kiin etwas falsch verstanden, hatte Cambaras Geschichte, wie sie ihr von Raxma erzählt worden war, falsch interpretiert, das Männerproblem hochgespielt und Wardi als Übeltäter ausgemacht. Weil sie sich nicht erklären kann, warum Cambara zögert, das Angebot eines sauberen Zimmers mit Toilette sofort anzunehmen, hat Kiin offenbar den Schauplatz verlegt und Toronto, wo Cambara ein Männerproblem hatte, mit Mogadischu verwechselt, wo es nichts Derartiges gibt.

»Weißt du was?« Kiin ist unermüdlich in ihrem Bemühen zu helfen. »Mach eine Liste von dem, was du brauchst, und ich gehe auf Einkaufstour und besorge dir, was ich kann.«

Als die Worte über ihre Lippen kommen, ist Cambara selbst überrascht, weil sie vorher nicht wirklich darüber nachgedacht hat, was sie braucht. Es kommt ihr vor, als sei sie das Medium für eine andere Frau.

»Für gewisse Aufgaben brauche ich einen Elektriker, einen Tischler und einen Klempner«, sagt Cambara. »Ich möchte, daß du mir hilfst, Handwerker zu finden, damit sie sich den Aufgaben widmen können, an die ich denke. Auf jeden Fall werde ich schneller ins Hotel Maanta ziehen, als du denkst.«

»Bedeutet das, du hast ein Haus gekauft?«

»Nein.«

»Bedeutet das, du hast das Haus deiner Familie zurückbekommen, das von zerlumpten, Khat kauenden Hausbesetzern verwüstet und in einem unbewohnbaren Zustand ist? Wohnst du jetzt dort und willst ins Maanta ziehen, während es renoviert wird?« wundert sich Kiin.

»Nein, auch das nicht.«

»Was dann? Warum brauchst du einen Tischler, einen Klempner und einen Elektriker?«

»Es ist alles sehr kompliziert«, antwortet Cambara.

»Würdest du so freundlich sein und die Art deiner Schwierigkeiten erklären, damit ich dir helfen kann?«

»Gib mir noch einen oder zwei Tage, dann werde ich dich aufklären«, sagt Cambara.

Kiin verhält sich seltsam. Ihre Augen verschleiern sich, sie wendet den Blick ab, damit Cambara nicht darin lesen kann. Hat Kiin den Eindruck, daß ihr die kalte Schulter gezeigt wird? Ihre Begeisterung scheint in sich zusammenzufallen, wie ein Luftballon, in den man gestochen hat, platzt und zur Leblosigkeit erschlafft.

Kiin unterbricht das verlegene Schweigen als erste und schaut sich nach einem Kellner um, vielleicht um die Rechnung zu bezahlen und dann aufzubrechen. Durch die Art, wie sie unruhig auf ihrem Stuhl herumrutscht, wird deutlich, daß sie das Gespräch jetzt beendet. Sie fragt Cambara: »Hast du einen Wagen, oder soll ich dafür sorgen, daß man dich zu deiner Unterkunft zurückbringt?«

Cambara begreift, daß ihr Schweigen Kiin mißtrauisch gemacht hat, und sagt sich, daß nichts, was sie tun oder sagen kann, die

Härte erweichen wird, die jetzt in Kiins Stimme und Blick ist. Sie gibt sich selbst die Schuld, nicht Kiin. Wahrscheinlich ist es zu spät, noch einmal auf das Thema zu sprechen zu kommen. Sie braucht jedenfalls Zeit, um Kiin besser kennenzulernen, und darf nichts überstürzen. Keine hastigen Aktionen mehr; sie braucht Zeit, und die wird sie sich nehmen.

»Ich wäre dankbar, wenn mich jemand mitnehmen könnte.«

»Wo bist du untergebracht?«

»Bei meinem Cousin.«

»Wo befindet sich sein Haus?«

»In der Nähe der ehemaligen Zigarettenfabrik.«

Kiin winkt dem Kellner und schickt ihn los, um ihren Fahrer zu holen. Der Fahrer, ein sehr schlanker, hübscher Mann Anfang zwanzig, kommt herbei und steht etwas schräg da, den Blick halb abgewandt, während er Kiin zuhört, die ihm sagt, er solle drei Mitarbeiter nehmen – das bedeutet im Jargon Mogadischus drei Bewaffnete – und Cambara zu einem Haus in der Nähe der alten Zigarettenfabrik fahren.

»Soll ich danach zurückkommen und Sie hier abholen?«

»Nicht nötig«, sagt Kiin. »Das ist meine Stadt.«

Cambara fragt höflich: »Bist du sicher?«

»Ich leihe mir einen Wagen vom Hotel.«

Zum Abschied umarmt Kiin Cambara, die sagt, wie sehr sie sich über das Treffen gefreut hat, und Kiin gibt Cambara einen aus einem Heft herausgerissenen Zettel, auf den sie alle nötigen Daten notiert hat. »Du hörst noch vor morgen abend von mir«, verspricht Kiin.

»Ich habe vor, dich bald wiederzusehen«, versichert ihr Cambara.

12

Cambara, nicht länger durch ihre Kleidung behindert, kommt nach einer kalten Dusche leichtfüßig und frisch die Treppe herunter. Sie trägt Taschen voller Einkäufe aus dem Einkaufszentrum, die sie gerade auf dem Boden abstellt, als sie auf Zaaks gräßlichen Anblick stößt. Er ist ziemlich wacklig auf den Beinen und steht da mit freiem Oberkörper und um die Taille gerafftem Sarong; seine Stirn glänzt vor Schweiß. Nun schreitet er im Wohnzimmer auf und ab. Einen Meter von ihr entfernt bleibt er stehen. Er verspürt einen Hauch ihres Eau de Cologne und ist aus irgendeinem Grund wütend, wie ein eifersüchtiger Ehemann, der an seiner Frau fremde Düfte entdeckt, die sie von draußen mitgebracht hat.

Nach einer wohlüberlegten Pause sagt Zaak mit einem tückischen Grinsen: »Bist du draußen gewesen, und wenn ja, wo?«

Völlig verdutzt überläßt sie sich den unerfreulichen Emotionen, die sie erfüllen. So überlegt sie unter anderem, ob es sich lohnt, ihn daran zu erinnern, daß er kein Recht hat, ihr eine solche Frage in diesem aufdringlichen, unsensiblen und aggressiven Ton zu stellen, und daß sie hofft, er möge die Frage zurückziehen, da er eine Antwort von ihr nicht erwarten kann. Sie fühlt sich berechtigt, ihn zu ignorieren, sagt lange Zeit gar nichts und ringt um Fassung. Was geht es ihn an, wohin sie geht? Wie kann er annehmen, er sei berechtigt, ihr solche Fragen zu stellen?

»Ja, ich bin draußen gewesen«, sagt sie.

»Wo?«

Zaaks Ton ruft in ihr unerfreuliche Erinnerungen an die Jahre nach ihrer Trennung als Paar wach, in denen er seine häßliche Seite zeigte.

»Da und dort«, sagt sie.

Mit seinem von Schlafmangel geschwollenen Gesicht erinnert er an ein Schwein, und aus seiner Kehle kommt eine Art Grunzen. Er sagt: »Da und wo?«

»Nirgendwo speziell.«

»Und was hast du gemacht?«

»Nichts Bestimmtes.«

Die folgende Frage klingt freundlicher, als sie erwartet hat: »Du hast also die Atmosphäre der Stadt geschnuppert, in der du sehr lange nicht gewesen bist, wie?«

»So kann man es auch nennen.«

»Wo genau ist ›da und dort‹?«

Cambara schaut ins Leere und überlegt verzweifelt. Nach wenigen Sekunden formieren sich ihre Gedanken in Bruchstücken, was dazu führt, daß sich zu viele zornige Worte in ihrer Luftröhre stauen und ausgesprochen werden wollen. Sie startet einen wohlüberlegten Versuch, ihre Gedanken mit Fleisch zu versehen, ohne sich ihrer Wut hinzugeben. Weil ihr das Durcheinander unkoordinierter Formulierungen im Halse steckenbleibt und sie aufregt, flucht sie zu ihrer Überraschung still vor sich hin. Nach mehreren Versuchen produziert sie einen Laut, der sich anhört wie der mißlungene Versuch eines ungezogenen Mädchens, einen Lachanfall zu unterdrücken. Sie flucht weiter leise vor sich hin und kann ihren Zorn immer noch im Zaum halten, davon überzeugt, daß jede Antwort auf seinen leicht feindseligen Tadel, den er mit einer Frage getarnt hat, unpassend erscheinen wird.

Vielleicht ist es an der Zeit, das Thema zu wechseln, besonders weil sie sich nicht drängen lassen will, zu lügen und wie eine schuldbewußte Gattin kleine Unwahrheiten zu erfinden, um damit riesige Lücken in ihrer Geschichte zu kaschieren. Sie bereut nicht, was sie getan hat, sondern ist vielmehr schrecklich stolz auf all das, was sie heute erreicht hat. Außerdem will sie ihre Angelegenheiten für sich behalten. Was hat es für einen Sinn, ihre Freude mit Zaak zu teilen? Sie sieht nicht, wie ihr seine Kameradschaft nützen kann, und will natürlich nicht auf sein Angebot, ihr zu helfen, hereinfallen, was er bis jetzt nicht getan hat. Jetzt erinnert sie sich daran, daß ihre Mutter einmal die Zurückhaltung der Tochter in so einer Stimmung mit einem Haus verglichen hat, das seine Geheimnisse erstaunlich gut bewahrt. Cambara wird das Gespräch so natürlich weiterlaufen lassen wie ein Pferd, das ohne die Ermunterung seines Reiters voranschreitet.

Sie nimmt ihre Einkäufe. Sie hat Lust zu kochen, alle satt zu machen, die zufällig in der Nähe sind. Sie glaubt, daß es ihrem Gemüt guttun wird, und fragt: »Wie wär's mit Abendessen?«

»Ich für meinen Teil habe für heute genug gegessen.«

Daß er ein Spaßverderber ist, bleibt ihr nicht verborgen. Sie versucht jedoch einen Weg zu finden, wie sie am besten Nutzen daraus ziehen kann, daß sie mit viel Mühe und Aufwand die Haushaltsdinge und Lebensmittel für Zaaks Haus besorgt hat. Bisher war sie der Ansicht, daß ihre Einkäufe sich langfristig als nützlich erweisen werden, daß sie vielleicht mit ihrer Hilfe die Einstellung der jungen Milizionäre nachhaltig beeinflussen und eine Art Freundschaft zu ihnen aufbauen kann. Sie spürt, daß sie nur in der Lage ist, ihren brachliegenden Geist zu bearbeiten, wenn sie ihn mit Freundlichkeit bewässert. Was soll sie tun, ihn schelten oder sich gleich auf die jungen Leute konzentrieren, sie über den Magen zu erreichen versuchen und sie füttern, in der Hoffnung, sie dadurch auf ihre Seite zu ziehen?

»Wie steht's mit den jungen Milizionären und dem Fahrer?« sagt sie. »Wenn ich etwas koche, vielleicht wollen sie dann essen? Was glaubst du?«

Zaak macht ein paar kleine Schritte und entfernt sich nachdenklich von ihr, als hätte sie ihn gebeten, Abstand zu halten. Er begibt sich in seine zum Khat-Kauen bevorzugte Ecke und ordnet seine Sachen, streicht den Teppich hier und da glatt, hebt das Kissen hoch und schiebt den Teppich zusammen mit dem Polster näher zur Wand, wobei er die ganze Zeit eine ihr unbekannte Melodie summt.

Er sagt: »Was ist das mit dir und den Jungen?«

»Wie meinst du das?«

»Was bedeuten sie dir, warum kümmerst du dich um sie?«

Über ihr Gesicht huscht ein nervöses Zucken, und sie denkt, daß es eine Schande wäre, wenn sie vor Zaaks Anspielungen kapitulieren würde, nur weil er nicht in der Lage ist, sein Benehmen den Jugendlichen gegenüber zu ändern. Es würde sie nicht im mindesten überraschen, wenn er versuchte, ihr Vorgehen zu behindern, oder sich gegen alles ausspricht, was sie vorschlägt, nur weil er neidisch darauf ist, daß sie ein neues Kapitel aufschlägt, indem sie und die Jugendlichen anders miteinander umgehen. Und dann ist er ausgeschlossen, isoliert in seinem eigenen Haus. Ohne Zweifel weiß sie, daß ihr Mitgefühl mit den Jugendlichen zu allen möglichen Komplikationen führen kann, besonders wenn sie durch friedliche Überzeugungsarbeit eine funktionierende Beziehung zu einem oder zweien von ihnen zu schaffen versucht. Sie ist jedenfalls entschlossen, daß nichts, was Zaak tut, und kein Wutanfall von einem der Jugendlichen sie davon abbringen wird, ihr Ziel zu verfolgen: eine Art Friedensabkommen mit ihnen, während sie sich nach Kräften bemüht, das Haus ihrer Familie zurückzugewinnen. Es ist allgemein bekannt, daß man eine große Chance verpassen kann, weil man den Mechanismus einer Vorrichtung nicht beherrscht und sie so nicht nutzen kann.

»Ich würde wirklich sehr gern für alle kochen«, bietet sie an.

»Es ist mir völlig schnuppe, was die Burschen essen«, sagt er gereizt. Er will sich nun setzen. Während er sich bückt und den Hintern in die Höhe reckt, wölbt sich sein Wanst nach vorne; er stützt sich mit den Händen ab und sucht nach der bequemsten Möglichkeit, erst in die Hocke zu gehen und sich dann hinzusetzen. Dabei schwitzt und keucht er die ganze Zeit.

Es ist sinnlos, ihm klarzumachen, daß sie sich selbst nützt, wenn sie für die Jungen kocht. Nur bei Seidenhaar ist das etwas anderes; er ist ein besonderer Fall. Jedenfalls bezweifelt sie, daß Zaak es versteht.

Als er sitzt und sein Atem wieder gleichmäßig geht, sagt er triumphierend: »Ich habe sie schon mit ihrer täglichen Khat-Ration versorgt, den sie jetzt eifrig kauen, und bezweifle, daß sie sich für gekochtes Essen interessieren. Ich bin selbst bereit für ein langes, entspannendes Kauen und würde mich sehr freuen, wenn du mitmachst.«

Der überfreundliche Ton ihrer Stimme widerspricht dem, was sie halb lächelnd sagt. »Nein danke.«

»Was willst du denn überhaupt kochen? Es ist kaum etwas zu essen im Haus, und ich habe nichts mitgebracht«, fragt er.

»Ich habe etwas gekauft.«

»Ach, wirklich?«

Dann sagt sie zu seiner Überraschung: »Und außerdem habe ich ein paar Küchenutensilien mitgebracht, die ich gut gebrauchen kann, wenn ich in der Küche arbeite.«

Eine vorzeitige Dämmerung erfaßt Zaaks Blick und nistet sich dort ein, und die Düsternis des Moments erschwert es Cambara, in seiner Miene zu lesen. Sie weiß nicht, ob er froh ist, daß sie die Einkaufstour gemacht und diese Dinge besorgt hat, oder ob er verärgert ist. Eines weiß sie sicher: Daß er nicht besser informiert war über ihre Unternehmungen und die Kontakte, die sie hatte, hat ihn weniger beunruhigt als beleidigt. Er bestätigt ihre Vermutungen, als er spricht.

»Sag bloß, du bist so verrückt gewesen und hast dich bei deinem irrsinnigen Versuch, das Haus zu besichtigen, in eins der gefährlichen Viertel der Stadt begeben?«

»Gefährlich oder nicht, irrsinnig oder nicht – wie du siehst, lebe ich noch und bin unverletzt«, sagt sie. »Vielen Dank für deine Hilfe. Ich werde es nicht vergessen.«

Verärgert reckt er das Kinn. »Was hast du gesagt?«

»Im Augenblick nichts Neues.«

»Willst du mir etwa drohen?«

Empört erhebt er sich und weiß zunächst nicht, wohin er will oder was er tun soll; er geht hierhin und dorthin, als sei er auf der Suche nach einem für immer verlorenen Gegenstand. Er grollt und ist wütender auf sich selbst als auf Cambara. Er starrt sie durchdringend an, wendet dann den Blick ab und weiß nicht, was er tun soll. Schließlich beruhigt er sich und bereitet sich darauf vor, es sich so gemütlich wie möglich zu machen und sich ganz dem Kauen hinzugeben – seine Khat-Bündel liegen ausgebreitet um ihn herum. Weil er sein rechtes Bein nachzieht, ist sie nicht sicher, ob sein Fuß nur eingeschlafen ist oder ob er inzwischen behindert ist, was in Anbetracht der Tatsache, daß er nie läuft oder sich sportlich betätigt, nicht verwunderlich wäre. Er ist in extrem schlechter körperlicher und gesundheitlicher Verfassung, was bei jeder körperlichen Anstrengung sichtbar wird.

Fluchend sinkt er auf alle viere, kniet sich hin, kriecht ungeschickt herum und stützt dabei seinen plumpen Körper mit beiden Händen ab. Die Hände zittern, und er bricht fast zusammen, dann vollführt er mit großer Kraftanstrengung eine Drehung um hundertachtzig Grad, ehe er sich auf den Boden plumpsen läßt. Er ist aufgedunsen, seine Kurzatmigkeit macht ihm zu schaffen, er keucht. Endlich hockt Zaak in bequemer Position da und atmet erleichtert aus.

Als er sich lang genug ausgeruht und wieder gefaßt hat, fragt er: »Wie bist du dort hingekommen?«

»Ich bin gelaufen.«

»Du bist überallhin gelaufen?«

»Zurück habe ich ein Taxi genommen.«

»Wo genau?«

Sie denkt nach über seine Frage und den Befehl, genaue Angaben zu machen, und spürt einen Hinterhalt, so wie eine Radarfalle, in die man unversehens gerät. Sie kann nicht wissen, ob der Fahrer oder die jungen Milizionäre sie in dem Taxi gesehen haben, das sie vom Einkaufszentrum oder vom Hotel nach Hause gefahren hat. Und da er weder über genug Charme noch Hinterlist verfügt, ihr eine Information zu entlocken, ist es angebracht, dem Angriff auszuweichen.

Sie schwafelt: »Weißt du, daß ich meilenweit laufen kann, wenn ich es will? Erinnerst du dich, wie ich früher ab und zu zehn Meilen ohne Pause gejoggt bin?«

»Es gab keine Probleme?«

»Überhaupt keine.«

Zaak nimmt ein Bündel Khat und wählt einige junge Triebe aus, bricht ihre zarten Spitzen ab mit der Haltung eines Scharfrichters, der einen Verbrecher enthauptet, und stopft sie sich in den Mund. Als seine Augen schmal werden, deutet Cambara das als Reaktion auf ihr unheilträchtiges Benehmen – eine Verrückte, die sich absichtlich in Gefahr begibt, indem sie allein durch die Gegend läuft, wo er ihr doch einen Lastwagen mit Fahrer und bewaffnetem Geleitschutz angeboten hat. Das wird er sagen, selbst wenn es nicht stimmt.

»Du bist nicht ganz richtig im Kopf«, sagt er.

»Mag sein, daß du recht hast.«

»Dein Verhalten ist höchst seltsam.«

Sie geht auf seine ungehörigen Bemerkungen nicht ein, sondern schaut auf ihre Uhr und studiert das Zifferblatt, als wäre sie eine kaum des Lesens Kundige, die einer Buchstabenfolge mühsam einen Sinn zu entlocken sucht. Sie deutet sein »Du bist nicht ganz richtig im Kopf« mit »Du benimmst dich nicht wie eine Frau« und erinnert sich an Beispiele aus ihrer Vergangenheit, wo Männer ähnliche Worte benutzten, um sie zu demütigen.

»Du findest das wohl unglaublich aufregend? Dich in Gefahr zu begeben?« fährt er mit fast schwindender Stimme und unstetem Blick in seiner Tirade fort. Da Cambara ihn gut kennt, glaubt sie, daß er sich mehr über sich selbst ärgert, weil er so hilflos wirkt, als über sie, weil sie seine Güte strapaziert und seine Geduld erschöpft.

»Das will ich nicht abstreiten«, erwidert Cambara.

»Die Gefahr zu suchen hat also seinen Reiz?«

»Für manche Menschen, ja.«

»Für dich etwa?«

»So habe ich das bisher nicht gesehen.«

Vielleicht interpretiert er ihr Verhalten als das einer unter Sex-Entzug leidenden Frau, die nicht etwa den Tod ihres einzigen Sohnes betrauert, sondern den Verlust ihres Ehemanns. Benimmt er sich deshalb so unentschlossen, nennt sie krank und will nichts mit ihrem unbesonnenen Benehmen zu schaffen haben, um sich kurz darauf besorgt zu zeigen und sie vor weiteren Wagnissen zu warnen? Sie ihrerseits wendet einen Gedanken hin und her und beleuchtet ihn von allen Seiten: Ist es zuviel verlangt, daß sie jeden Ort besser zurücklassen will, als sie ihn vorgefunden hat? Hat sie deshalb die Lebensmittel mit derselben Unbekümmertheit gekauft, mit der sie Kiin gebeten hat, ihr einen Klempner und einen Elektriker zu besorgen? Vielleicht muß sie Zaak auf die Veränderungen vorbereiten, die sie in die Wege zu leiten gedenkt. Er wird ihnen wohl nicht kampflos zustimmen. Schließlich suhlt sich ein Schwein lieber in seinem Dreck, als in einem Bett mit Matratze, Bettdecke und frischer Bettwäsche zu liegen.

»Warum?« fragt er plötzlich.

Dann hält er seine beiden Handflächen nebeneinander empor wie jemand, der das *Salaatul Khauf* betet, gedacht für die Zeiten des Krieges, wenn die Angst vor weiteren Kampfhandlungen es schwierig macht, andere Gebete aufzusagen. Zaak starrt sie an, und seine Miene verfinstert sich. Cambara glaubt, daß er sich ärgert, ohne es zu wollen; vermutlich hält er sie für vollkommen verrückt, weil sie nach Mogadischu gekommen ist und dort allein herumläuft.

Sie befindet es nicht für nötig, seine Frage zu beantworten.

»Warum?« wiederholt er, und seine ausgebreiteten Handflächen bewegen sich aufeinander zu, mit der Geste eines Betenden, der sich auf einen Segen vorbereitet.

»Was meinst du damit: Warum?«

»Warum tust du mir das an?«

»Ich tue dir gar nichts an.«

»Doch«, sagt er. »Und das weißt du.«

Zaak schwitzt und murmelt Verwünschungen. Cambara schätzt, daß sie ihn nicht von seinem Gefühl der Frustration erlösen kann, weil sie den Grund dafür nicht kennt. Bekommt er plötzlich so etwas wie hohes Fieber, weil ihre grenzenlose Ungeduld sie in die Katastrophe führen muß? Oder beunruhigt ihn, daß er ihr nicht seinen Willen aufzwingen kann und daß er, wenn sie zu Schaden kommt, nicht in der Lage sein wird, ihr zu helfen? So oder so wird man ihm Vorwürfe machen.

»Ich habe vorhin deine Mutter angerufen«, sagt er.

Ein Gefühl großen Unbehagens befällt sie. Sie wird von Zorn gepackt, er steigt ihr zu Kopf und macht sie fast blind.

Sie fragt: »Wann hast du meine Mutter angerufen?«

»Ich bin ungefähr um zwölf Uhr unerwartet nach Hause gekommen, und du warst nicht da«, sagt er, »keine Nachricht von dir und kein Hinweis, wo du abgeblieben sein könntest. Ich habe mir Sorgen gemacht. Als dein Gastgeber, Cousin und früherer Ehemann habe ich gedacht: ›Was wird Arda sagen, wenn ihr etwas zustößt?‹ Da habe ich sie angerufen.«

»Hast du geglaubt, sie wüßte, wo ich sein könnte?«

»Ich dachte, sie könnte mich aufklären.«

»Worüber? Worüber sollte sie dich aufklären?«

»Über Dinge, die du mir nicht erzählst.«

»Ich verstehe«, sagt sie mit wissendem Sarkasmus.

»Was verstehst du?«

»Wetten, daß du geglaubt hast, du würdest deine Pflicht tun?«

»Wieso?«

»Als männlicher Verwandter fühlst du dich verantwortlich.«

»Das streite ich gar nicht ab«, gibt er zu.

»Du überwachst mich und was ich tue mit deinem wachsamen männlichen Auge, und selbst wenn ich mich in Lebensgefahr begebe wegen einer Wahnsinnstat, vor der du mich nach besten Kräften beschützen wirst, willst du sichergehen, daß ich deinem Namen und dem Namen der Familie keine Schande mache.«

»Dazu fühle ich mich verpflichtet, richtig.«

»Glaubst du, wir sind in Saudi-Arabien?« fragt sie.

»Ich habe keine Ahnung, wovon du sprichst.«

Sie schaut ihm unverwandt in die Augen und sieht seinen betretenen Gesichtsausdruck, eher überrascht als schockiert. Natürlich weiß er, was sie meint: Sie beschuldigt ihn, rückständig zu sein.

Er nimmt sich ziemlich viel Zeit, um über seine Antwort nachzudenken, dann schüttelt er mißbilligend den Kopf und sagt schließlich: »Mach dich nicht lächerlich.«

Dann verstummt er und legt die Stirn in Falten, vielleicht weil er seiner Ermahnung noch etwas hinzufügen will, dabei verfinstert sich seine Miene. Als der Schatten auf seinem Gesicht wieder verschwindet, sagt er noch ein zweites und ein drittes Mal überdeutlich: »Mach dich nicht lächerlich.« Sein Gesichtsausdruck erinnert Cambara nun an die Aussage eines Autors, dessen Namen sie vergessen hat, daß es im allgemeinen nicht das Kind ist, das im Manne steckt, sondern der Junge.

»Du bist unmöglich!« sagt er.

Sie erinnert sich daran, wie er ihr Benehmen oder ihre allgemeine Einstellung während ihrer gemeinsamen Kindheit am liebsten beschrieb, und das Wort »unmöglich«, wie in »Du bist unmöglich«, spielte dabei eine Hauptrolle. Oder er benutzte das Wort »unverbesserlich«, wie in »Sie ist unverbesserlich«. Die erstere Beschreibung wurde immer direkt ihr gegenüber, die letztere häufig in der dritten Person anderen gegenüber geäußert. Damals wurden diese Beschreibungen ihrer Person in freundschaftlichem Ton und ohne eine Spur von Ärger vorgebracht. Vielleicht fand er sie zu dreist in der Art, wie sie ihn ansah, und auch wenn sie spaßeshalber drohte, ihn anzufassen, selbst wenn sie das nie wagte, weil sie den Tadel ihrer Mutter fürchtete. Er war verletzlich, wenn er provoziert wurde, und gab lieber nach. Sie behauptete immer, er würde lügen, und er machte sich oft nicht die Mühe, sie zur Rede zu stellen, es sei denn, es war ihm peinlich, was oft in Gegenwart Gleichaltriger der Fall war. Sie erinnert sich, wie schockiert er ausgesehen hatte, als sie mit neun das erste Mal Lippenstift – den ihrer Mutter – verwendet hatte. Als er sah, wie sie einen BH anzog, um die dunklen Flecken auf ihrem Brustkorb zu bedecken, die man für Brustwarzen halten konnte, trat ein amüsierter Ausdruck auf sein Gesicht.

Cambara erwägt gerade, was sie tun oder sagen soll, als sie eine Veränderung in der Umgebung wahrnimmt und dann Schritte hört, leise genug, um vermuten zu lassen, daß sich jemand mit unbekannten Absichten auf Zehenspitzen nähert. Sie dreht sich um und sieht im Türrahmen die Umrisse einer Gestalt, die unbeweglich im schwindenden Licht dasteht. Als sie Seidenhaar erkennt, breitet sich ein Lächeln der Erleichterung auf ihrem Gesicht aus.

Sie sagt zu ihm: »Möchtest du mir beim Zubereiten des Abendessens helfen?«

Er antwortet: »Ja, gern.«

Sie weist Seidenhaar an, vor ihr in die Küche zu gehen und damit zu beginnen, die Zwiebeln und Tomaten und den Knoblauch auf dem neuen Hackbrett kleinzuschneiden.

Sie will sich gerade höflich von Zaak verabschieden, als er langsam zu sprechen beginnt, wobei die Worte träge kommen, vielleicht weil das Khat schon seine Fähigkeit zu sprechen beeinträchtigt hat. »Weißt du, warum es nichts Gutes verheißt, wenn

Außenstehende, die nicht begreifen, was in Somalia geschieht, und keine Ahnung von den Ursachen des Bürgerkriegs haben, sich einmischen?«

Ihr gefällt weder die Absicht noch der Ton oder die Bedeutung seiner Frage, doch sie merkt, daß sie keine Lust hat, weiter mit ihm zu diskutieren, und schneidet den Faden ab: »Warum?«

»Weil, wenn wir Somalis uns gegenseitig die Köpfe blutig schlagen, wir unsere Auseinandersetzungen am besten ohne Einmischung von außen austragen.«

Cambara ist beeindruckt von den sensationellen Fortschritten, die Seidenhaar gemacht hat; er begreift sehr schnell, worauf es beim Kochen ankommt. Die Zwiebeln sind gehackt, der Knoblauch zerdrückt, die Tomaten geviertelt, die Kartoffeln und Möhren gewaschen, geschält und im Wasser.

Sie schließt aus seinem Benehmen, seiner Körpersprache und seinen sprachlichen Eigenheiten, daß er höchstwahrscheinlich einen bürgerlichen Hintergrund hat – ein Zehnjähriger, der durch den Bürgerkrieg in eine schwierige Lage geraten ist. Vielleicht sind beide Eltern tot und auch alle Verwandten, die sich um ihn kümmern könnten. Sie zieht es jedoch vor, ihn nicht auszufragen, aus Sorge, daß er sie ausschließt. Seine Art, sich ihr allmählich zu öffnen, selbst den Dialog zu suchen und ihn dann auch zu beenden, erinnert sie an eine Schildkröte, die aus Selbsterhaltungstrieb den Kopf einzieht, und auch an eine Eidechse, die bei der kleinsten Bedrohung davonhuscht.

Als das Gemüsecurry mit Reis fertig ist, beauftragt sie ihn, das Essen zu den Jugendlichen ins Seitengebäude zu bringen, wo sie untergebracht sind. Sie nimmt ihm das Versprechen ab, die Gefäße zurückzubringen, abzuwaschen und auf das Abtropfbrett zu stellen sowie die Pappteller und Plastiklöffel zu entsorgen. Als sie Zaak fragt, ob er seine Meinung geändert hat und etwas essen will, fertigt er sie mit den Worten »Gute Nacht« ab.

Sie zieht sich auf ihr Zimmer zurück, um zu lesen und zu schlafen.

13

Cambara fühlt sich innerlich jung, körperlich stark, vielleicht nicht ganz klug, jedoch weiterhin fest entschlossen, die Dinge in Bewegung zu bringen, als sie sich am nächsten Morgen von Zaaks Gartentor entfernt. Sie ist in einen weiten, maßgefertigten grauen Tschador gehüllt, der mit seitlichen Reißverschlüssen versehen ist, um ihn schnell und leicht entfernen zu können, wenn es nötig sein sollte, einen Angreifer mit einem Karatetritt abzuwehren. Das heutige Schleiergewand ist für seine Trägerin einfacher und angenehmer: leichter, luftiger und heller in der Farbe. Als sie das Tor ordentlich abgeschlossen und sich versichert hat, daß niemand sie beschattet, geht sie los. In ihren beschwingten Schritten liegt eine Entschlossenheit, die von einer geheimen dringlichen Angelegenheit zeugt, in die kein anderer eingeweiht ist; ihr Gang ist zielbewußt. Ein zufälliger Beobachter könnte denken, sie fliehe von einem Tatort, nervös und besorgt, gefaßt zu werden.

Vor Konzentration zieht sie die Augenbrauen zusammen und runzelt die Stirn, und ihr gesenkter Blick zeugt von ihrer Unbeirrbarkeit. Sie hat verschiedene Dinge bei sich, die sie gestern im Gemischtwarenladen gekauft und bis heute morgen heimlich in einem Winkel ihres Zimmers aufbewahrt hat. Die Bonbonschachteln und ein paar Schokoladentafeln möchte sie den Schützlingen von Jiijo als Friedenszeichen geben; Creme, Lotion, Shampoo, Seife und andere Frauenartikel sind für Jiijo bestimmt, dazu etwas Reis. Wenn noch Zeit ist, will sie die Tasche zum Ladeninhaber zurückbringen. Sie möchte nicht länger als nötig bleiben, weiß aber nicht, wann die Kinder aus der Schule nach Hause kommen. Sie hofft, bei Jiijo die Kinder kennenzulernen, das vorsichtige Ausfragen von Jiijo fortzusetzen und zu verschwinden, ehe der kleine Warlord und sein Trupp sich von ihrem Schlaf bis weit in den Tag hinein aufrappeln. Unter anderem hat sich Cambara vorgenommen, ein paar wesentliche Dinge über ihren Hauptfeind in Erfahrung zu bringen, genug, um zu wissen, was zu tun ist, und zu entscheiden, ob sie die gewonnenen Informationen mit Kiin und anderen teilen soll, die ihr dabei helfen könnten, ihn aus dem Haus zu werfen. Sie braucht alle Informationen, die sie durch die Unterhaltung mit Jiijo und ihren Schützlingen heute bekommen kann, alles, was hilft, ihre Pläne voranzutreiben. Der Mann, der das Haus besetzt hält, und seine Gesellen scheinen, soweit sie das mitbekommen hat, der realen Welt völlig verlorengegangen zu sein, weil sie in ihren wachen Stunden immerzu Khat kauen und den Rausch dann bis in den Nachmittag hinein ausschlafen. Sie hofft inständig, daß sie diese Gewohnheit beibehalten.

Während Cambara zuversichtlich voranschreitet, wird ihr plötzlich klar, daß es möglicherweise nicht mehr lange dauert, bis ihre wiederholten Besuche Jiijo mißtrauisch machen und sie von Cambara ihre wahren Beweggründe zu erfahren verlangt. Cambara fragt sich, wie sie herausfinden kann, mit wieviel verschiedenen feindlichen Parteien sie es zu tun hat, in welchem Verhältnis sie zueinander und besonders zu dem Haus stehen – wer sich wo aufhält, wie viele in einem Raum schlafen und was mit den Kindern los ist. Freundlichkeit und Geschenke können helfen, Verdächtigungen zu zerstreuen, können aber ebensogut das schlafende Mißtrauen einer Person wecken. Sie weiß nicht, wie beherzt sie im Fall von Feindseligkeit bleiben wird; wenn ihre Versuche, die benötigten Informationen zu bekommen, nicht erfolgreich sind und sich eine feindselige Situation entwickelt, hat sie keine andere Wahl, als eventuelle Angriffe abzuwehren. Obwohl sie hier und da weitergekommen ist und entdeckt hat, daß es hinter dem nach außen harten Auftreten der jungen Milizionäre einen weichen Kern gibt – das trifft auch auf Jiijo zu –, ist sich Cambara sicher, daß es noch Tage dauern wird, ehe ihr ein echter Durchbruch gelingt.

Eine Sorge von ihr stellt alle anderen in den Schatten: die Wahl ihrer Route. Sie hält es für klug, nicht stets den gleichen Weg zum Familiengrundstück zu nehmen und die gestrige Route zu meiden. Jedes Gebiet, durch das man zum zweiten Mal geht, birgt Gefahren. Beim ersten Mal bleibt man vielleicht unbemerkt, aber wenn man die gleiche Route noch einmal nimmt, dann gibt das jemandem die Gelegenheit, einen Hinterhalt zu schaffen. Die bewaffneten Milizen errichten innerhalb kürzester Zeit Checkpoints und halten vorbeikommende Fußgänger und Fahrzeuge an, um sie zu terrorisieren, Zoll zu erheben, sie zu berauben. So ist das hier, das ist ihr mehrfach gesagt worden. Zaak hat mehr als einmal darauf hingewiesen, daß die bewaffneten Kontrolleure keinen Unterschied machen zwischen Personen mit Waren, auf die man bei der Einreise in ein anderes Land Zoll erheben würde, und einer Frau, die in Ausübung ihrer Geschäfte vorbeikommt. Doch sie traut sich nicht, allzu weit von ihrer Route abzuweichen, aus Angst, sich zu verlaufen.

Cambara ist gerade eine Minute auf einer Strecke unterwegs, die noch mühsam zu werden verspricht, als sie plötzlich von einem heftigen Windstoß erfaßt wird. Ein Sandsturm erhebt sich, steigert sich zu wildem Ungestüm und produziert eine peitschende Windhose. Der wirbelnde Sand schleudert sie zur Seite, sie taumelt, quält sich voran und hat große Mühe, aufrecht zu bleiben und die Einkaufsbeutel festzuhalten, die sie Jiijo und ihren Schützlingen geben will. Sie tappt einher und sucht nach etwas, woran sie sich mit der freien Hand festhalten kann, damit sie nicht in einen Graben stolpert oder in einen offenen Abwasserkanal fällt, wenn es hier einen geben sollte. Der Wind führt grobkörnigen Sand mit sich, der ihr in die Augen fliegt, sie blendet und ihr weh tut. Sie bleibt stehen, dreht sich mit dem Rücken zum Sandsturm und bewegt sich dann blind und mit geschlossenen Augen rückwärts, bemüht, ihr Gleichgewicht wiederzufinden.

Während einer kurzen Atempause, in der der Sturm fast völlig aufhört, entdeckt Cambara einen Habicht, der gelassen weit vorn auf einem Lichtmast sitzt. Sie beneidet den Vogel um seine Gelassenheit, sie bewundert die Gewandtheit des Habichts, als er ein wenig vor und wieder zurück schwankt. Der Vogel führt eine Art Tanz auf und behält stets das Gleichgewicht; die Federn seiner Schwingen sind leicht zerzaust und gespreizt, mit den Klauen umklammert er fest den Draht, sein Kopf ist nach vorn geneigt, als huldige er einem Windgott. Cambara beobachtet ihn gebannt, als ihr Fuß plötzlich gegen einen Stapel Papier stößt. Sie bückt sich, um ihn aufzuheben, und beschließt, ihn später in Ruhe zu untersuchen.

Kurz darauf entdeckt sie drei Gestalten, die wie aus dem Nichts vor ihr aufgetaucht sind. Was sie in dieser vom Sandsturm völlig durcheinandergewirbelten Welt machen, kann sie jedoch nicht erkennen. Sie bemerkt auch, daß sie nun eine Hindernisstrecke bewältigen muß, bestehend aus einem Durcheinander von Zinkblechen, die sich von den Nägeln, mit denen sie auf den Dächern befestigt waren, losgerissen haben, und aus kleinen und großen Stücken Sperrholz, die der Sturm überall verteilt hat. Sie fragt sich, ob die Papiere, die sie gerade aufgelesen hat und nun in der Hand hält, in irgendeiner Verbindung zu den Gestalten stehen, die inzwischen erkennbar menschliche Umrisse angenommen haben. Furchtlos, weil sie nicht weiß, warum sie sie fürchten sollte, stellt sie ihre Taschen ab und läßt die Gestalten näher kommen. Dabei steckt sie den Papierstoß in eine der Einkaufstaschen und nimmt diese dann in die linke Hand, um die rechte zu ihrer Verteidigung frei zu haben.

Ihr Verstand arbeitet auf Hochtouren, und sie erinnert sich daran, daß sie ein Messer dabeihat und ihre Chancen gut stehen, eine Auseinandersetzung mit jeder Sorte von Jugendlichen zu gewinnen; sie rechnet sich aus, daß sie den Überraschungseffekt auf ihrer Seite hat. Sie hat keine Ahnung, wer diese jungen Männer sind, die sich schon an ihre Fersen geheftet haben könnten, als sie Zaaks Haus verlassen hat, oder vielleicht beschlossen haben, ihr eine Falle zu stellen, weil sie sie gestern auf demselben Weg gesehen haben. Im Grunde ihres Herzens glaubt Cambara, daß solche Gauner und Tunichtgute feige sind und einer mutigen Frau, die den Überraschungseffekt auf ihrer Seite und ein Messer in der Hand hat, nicht gewachsen, wenn sie sich wehrt, und das wird sie ohne Zweifel tun. Sie ist bisher noch nie überfallen oder vergewaltigt worden, außer im Spiel auf der Bühne. Aber sie hat gehört, daß die Vergewaltigung von Frauen das Hauptvergnügen der Jugendlichen in Mogadischu darstellt.

Dann, wie auf ein Stichwort hin oder eher wie ein Schiedsrichter, der einen Boxkampf unterbricht, erhebt sich erneut ein Sandsturm, und zwar so heftig, daß sie die jungen Männer nicht mehr sieht. Als Cambara sie wieder entdeckt, sind sie zunächst am Rand ihres Gesichtskreises, doch sie kommen sehr schnell näher und gewinnen eine physische Präsenz, die sie mit unmittelbarer Gefahr verbindet.

Sie wartet. Als sie näher kommen, wird ihr ganz mulmig zumute; ihr Mut und die bisherige Zuversicht und innere Stärke drohen sie zu verlassen, denn sie weiß nicht im mindesten, worauf die Jugendlichen aus sind, ob vielleicht der Papierstoß, den sie aufgelesen und in ihre Tasche gesteckt hat, etwas damit zu tun hat. Was wollen sie nur? Zur Sicherheit stopft sie die Papiere vorn unter ihren Tschador. Ihr Puls rast. Es war nicht ihre Absicht, irgend jemanden herauszufordern oder Aufmerksamkeit auf sich zu ziehen. Wenn es jedoch so ist, dann muß sie damit fertig werden; sie wird keine Angst vor ihnen zeigen oder davonlaufen, da ihr klar ist, daß sie wie Hunde auf das kleinste Anzeichen von Panik reagieren werden. Wie ein Rudel Löwen, die ihre leichte Beute umzingeln, kommen sie jetzt auf sie zu. Sie öffnet die seitlichen Reißverschlüsse ihres Tschadors, so daß sie mehr Bewegungsfreiheit zur Selbstverteidigung hat.

Es sind vier Jugendliche, nur einer davon hat offenbar eine Schußwaffe, ein zweiter trägt eine schwere Keule. Sie redet sich ein, daß sie den mit dem Gewehr und den mit der Keule auf einmal erledigen kann, ganz bestimmt. Die beiden anderen machen ihr keine Sorgen: der eine ein Jugendlicher unbestimmten Alters, der wegen seiner geringen Größe und seines muskulösen Körpers eher einem Zwerg gleicht, der andere ein Kümmerling, der kaum eine Bedrohung darstellt. Sie hat das Messer in der linken Hand hinter einer Einkaufstasche versteckt und weicht mit der Langsamkeit einer Jägerin in vertrautem Terrain vor ihnen zurück, wobei sie sich einredet, daß sie diejenige ist, die hinter ihnen her ist, nicht umgekehrt. Ganz plötzlich bleibt sie stehen und wendet sich gegen sie. Der Drang, gegen den Gewehrträger loszuschlagen, ist so stark, daß sie mit ihrem Gewissen kämpft, weil sie fürchtet, ihn zu ermorden und den mit der Keule gleich mit.

Dann spricht sie, mit einer Stimme wie die eines Mannes, und richtet ihre Worte an den Größten von ihnen. Sie wählt ihn aus, weil er sich schnell und drohend auf sie zu bewegt, während die anderen zurückbleiben, als hielten sie sich an die Grenzlinie um eine verschleierte Frau, der sich ein Mann nur ehrerbietig nähern darf.

»Was willst du?«

Er wirft seine Keule beiseite, studiert ihren Gesichtsausdruck, vielleicht um herauszufinden, ob sie Angst hat, und sagt dann in unverschämtem Ton: »Jammerschade, daß du dich verhüllen mußt. Warum willst du die Schönheit verstecken, mit der Gott dich gesegnet hat?«

Nach seinen verfaulten Zähnen und den vor Übermüdung roten Augen zu urteilen ist der Jugendliche khatsüchtig. Einmal in Fahrt gekommen, führt er sich äußerst flegelhaft auf. Höchstwahrscheinlich ist er auch ein Exhibitionist. Sie hat eine ähnlich sexbetonte Pose und einen ähnlich lüsternen Blick schon bei anderen geilen Böcken gesehen. Sie wird ihm nicht aus Angst so leicht zu Willen sein. Der rotäugige Lustmolch faßt sich in den Schritt und starrt sie an, während er sich dort massiert.

»Willst du nicht?« fragt er.

Um ihn in den Griff zu kriegen, macht sie einen Schritt zurück und schafft mehr Distanz, während sie überlegt, was sie angesichts einer solchen Unverschämtheit tun soll, und sich gleichzeitig bemüht, seine Reaktion vorherzusehen. Körperliche Gewalt ist natürlich etwas Neues für sie, jedenfalls ist es das erste Mal, daß sie mit einem völlig Fremden auf diese Weise umgeht. Es ist eine Sache, sich mit Wardi zu prügeln, der kein Fremder ist, sagt sie sich, und eine ganz andere, sich mit Mogadischus Verbrechern anzulegen. Ihre Körpertemperatur steigt auf die Hitze eines Wäschetrockners, die Luft wird ihr knapp, ihren Lungen fehlt Sauerstoff. Wenn sie nicht starr vor Furcht ist, dann deshalb, weil sie weiß, daß sie ihm einen Karatetritt in die Eier und dazu noch einen Arschtritt verpassen kann.

Der rotäugige Lustmolch ist erstaunt, daß Cambara ihn furchtlos und mit haßerfülltem Hohn durch das Netz vor ihrem Gesicht anstarrt und sich benimmt, als seien sie zwei Duellanten, die sich fixieren, wobei sie eher belustigt wirkt und er beunruhigt, wenn nicht sogar ein wenig erschüttert. So treibt sie mit ihm ihr Spiel: Sie will ihn so verunsichern, daß er voreilig handelt. Er jedoch hat seinen eigenen Plan und beginnt, so zu tun, als würde er masturbieren. Als sie ihn nachäfft, ist der rotäugige Lustmolch gänzlich aus dem Konzept gebracht. Seine Verunsicherung steigert sich noch, als er sich vorstellt, welchen Eindruck er wohl auf seine zwei Gesellen macht, die ihn mit großem Interesse beobachten.

In dem Versuch, die Oberhand zu gewinnen, wendet sich der Rotäugige nun an seinen Begleiter mit der Knarre, fordert ihn möglicherweise zum Eingreifen auf. Cambara konzentriert jetzt ihren starren Blick auf den Kumpel des Rotäugigen, den mit der Knarre. Die Bewegungen ihrer Hand unter ihrem Tschador lassen ihn besorgt dreinschauen, und er tritt einen Schritt zurück. Wachsam bleibt er ein wenig abseits der anderen stehen, und auch wenn er seine Waffe schußbereit hält, tut er so, als ginge ihn das Ganze nichts an. Cambara benimmt sich, als könne nichts sie aus der Fassung bringen. Sie wartet ab, ob einer der Jugendlichen sich rührt, dann bohrt sie ihren Blick durch den Schleier in das weiche Zentrum, den Jüngsten, der Gruppe. Er scheint ihr in einem verletzlichen Alter und sehr nett zu sein, spielt vielleicht nur eine Rolle im Hintergrund, wenn er auch unter dem Einfluß der Älteren steht. Sie glaubt nicht, daß er den verrückten Mut hat, den Rotäugigen oder den mit der Knarre herauszufordern oder ihr böswilliges Treiben zu unterbinden.

Sie sagt mit der zittrigen Stimme einer älteren Frau, die sie mühelos imitiert, zu ihm: »Haben deine Freunde denn keinen Respekt vor einer Frau, so alt wie ihre Mütter, die unterwegs ist zu einer kranken Enkelin in ihrem Alter?«

Bubi windet sich. Sein Blick wandert vom Rotäugigen zu dem mit der Knarre, dann zu dem vierten, stummen Gesellen und schließlich zurück zu Cambara. Seine Miene verrät große Ratlosigkeit. Die Unwirklichkeit der Situation und Bubis flehender Blick veranlassen sie, tief in ihrem Innern die notwendige Selbstsicherheit aufzuspüren. Sie weiß, daß Bubi die anderen nicht von ihrem Tun abbringen kann; sie weiß es und weiß, daß die anderen es wissen. Außerdem stehen ihm nicht die Worte zur Verfügung, mit denen er sich von ihnen abgrenzen könnte. Und selbst wenn er sich wünscht, er könnte seine Opposition ausdrücken, ist doch augenscheinlich, daß er nicht die körperliche Kraft oder die Erfahrung hat, den Rotäugigen und den mit der Knarre erfolgreich abzuwehren. Es mildert Cambaras Sorge ein wenig, daß Bubi auf ihrer Seite ist. Sie muß also noch mit den beiden fertig werden, die einen Streit vom Zaun brechen wollen, und mit dem schweigenden vierten. Da sie nicht weiß, was der vorhat und ob er sich einmischen will, bereitet sie sich darauf vor, jeden, der die kleinste Drohgebärde macht, mit ihrer Karate-Kampftechnik außer Gefecht zu setzen.

Als Cambaras Hand sich dorthin bewegt, wo ihre Waffe und der Packen Papier versteckt sind, ändert sich die Laune des Rotäugigen so schnell, wie eine Ampel auf Gelb schaltet. Cambaras Blick wandert vom Rotäugigen zu dem mit der Knarre und dann zu Bubi.

»Gib es her«, sagt der Rotäugige.

Cambara blickt wieder in die Runde und täuscht vor, Angst zu haben. Damit erreicht sie, was sie beabsichtigt.

Bubi sagt zu dem Rotäugigen: »Warum läßt du die Dame nicht in Ruhe? Schau doch, was du mit ihr gemacht hast. Du erschreckst sie.«

Cambara sagt zu dem Rotäugigen: »Was soll ich hergeben?«

Der Rotäugige steht dicht bei seinem Gesellen mit der Knarre und dem stoischen Gesichtsausdruck eines Profiboxers, der von dem betrunkenen Rausschmeißer eines Nachtclubs herausgefordert wird.

Inzwischen sagt Bubi: »Meine Mutter geht verschleiert zum Markt. Wir wollen die Frau in Ruhe lassen. Seht ihr denn nicht? Sie ist anständig verschleiert.«

Der rotäugige Lustmolch flüstert dem Gesellen mit der Knarre etwas ins Ohr, ehe er zu Bubi sagt: »Wenn du nicht die Schnauze hältst, kriegst du was verpaßt! Sie ist nicht wie deine Mutter oder meine. Sie ist eine Stadthure.«

Bubi sagt: »Huren gehen nicht verschleiert, wie diese gute Frau. Laß sie weitergehen, bitte.«

Ungeduldig sagt der Rotäugige zu Bubi: »Laß sie doch mal ein paar Schritte vor und zurück gehen, dann siehst du, was ich meine.«

»Was sehe ich dann?«

»Weißt du denn nicht mehr, du Dummkopf«, sagt er zu Bubi, »das ist doch die, die ich gestern schon entdeckt habe und der ich lange hinterhergegangen bin. Sie geht nicht wie eine anständige Frau.«

»Was spielt das für eine Rolle?«

Der Geselle mit der Knarre stolziert herum und äfft ein Model auf dem Laufsteg nach.

»Sie ist nicht so schön wie Iman.«

»Doch, ich wette drauf. Untendrunter.«

»Sie soll den Schleier ablegen«, sagt der Rotäugige.

»Schaust du nach, was sie im Busen versteckt?«

»Ja, los!« Der Rotäugige bewegt sich auf sie zu und sagt zu dem mit der Knarre: »Gib mir Deckung, und ich tu's.« Er streckt die Hand nach ihr aus.

Sie sagt: »Faß mich nicht an!«

»Und wenn ich's tue?«

»Ich warne dich.«

Er dreht sich nach seinen Kumpeln um. »Sie droht mir.«

»Zeig ihr, daß du ein Mann bist«, sagt der mit der Knarre.

Er sagt zu Cambara: »Willst du mir drohen?«

Als er näher kommt, die Hand nach ihrem Tschador ausgestreckt, kann Cambara seinen stinkenden Atem riechen und ist so angewidert, als hätte er höchst unerwünschten Sex von ihr gefordert. Bei der Vorstellung, daß er sich an ihr vergehen könnte, wird sie furchtbar zornig, flippt völlig aus und schlägt zu. Sie überrumpelt die Jungen, indem sie den Rotäugigen blitzschnell bei der Hand packt und ihm den Arm verdreht, bis er fast ausgekugelt ist. Dann tut sie etwas, dessen Wildheit sogar sie selbst überrascht, und handelt wie ein tollwütiger Hund: Ehe der mit der Knarre sich versieht, wird er zum Ziel eines mit unerwarteter Wut ausgeführten hohen Kicktritts, dann bekommt der Rotäugige noch einen Tritt in den Schritt. Der mit der Knarre verliert seine Waffe, und der Rotäugige wälzt sich auf dem Boden, stöhnt und preßt die Hände auf seine verwundete Männlichkeit. Um Bubi kümmert sie sich nicht, der mit angstgeweiteten Augen mitansieht, was seinen beiden angeblich knallharten Kumpanen angetan wird. Er schaut von Cambara zum Rotäugigen und zu dem Burschen, der seine Knarre verloren hat – sie liegen auf dem Boden, der eine faßt sich an die Kehle und stöhnt, der andere krampft die Hand in den Schritt und heult vor Schmerzen –, und schließlich zu ihrem schweigenden Kumpan, der vielleicht taubstumm ist, denkt Cambara. Einen Moment lang ist Bubi unschlüssig, ob er die Hände heben und sich ihr ergeben soll oder ob er noch einmal wiederholen soll, daß er schon die ganze Zeit der Ansicht war, sie sollten sie in Ruhe lassen. Bubi beschließt, zu bleiben, wo er ist. Er bemerkt, daß sie gute Stiefel trägt unter ihrem Tschador, der kein gewöhnlicher Tschador ist, weil er sich seitlich mit Reißverschlüssen öffnen läßt, was ihren Beinen die nötige Freiheit für die Kicktritte läßt.

Kaum hat sie das Gewehr aus der Reichweite der Jungen gestoßen, als sie ein Auto herankommen hört – es hält an, und ein paar Männer steigen aus. Cambara ist entschlossen, nicht von der Stelle zu weichen und nicht davonzulaufen, komme, was wolle. Sie greift nach ihrer Waffe für den Fall, daß sie sie einsetzen muß, zunächst um abzuschrecken, oder als letztes Mittel der Selbstverteidigung. Die Männer nehmen sich jedoch Zeit; einer von ihnen kommt kerzengerade und mit der Autorität eines Menschen auf sie zu, dem die Straßen samt allem, was sich darauf bewegt, gehören; der andere, dessen Hände sie nicht sehen kann, prüft die Situation mit der Routiniertheit eines Armeesoldaten. Er bückt sich, läßt dabei die beiden auf dem Boden liegenden Jugendlichen nicht aus den Augen, stößt das Gewehr mit dem Fuß fort, wie sie das in Filmen machen, und nickt dann dem Mann mit der kerzengeraden Haltung zu.

Je länger sie letzteren anstarrt, desto mehr fühlt sie sich zu ihm hingezogen und ist überzeugt, daß sich ihr Leben vom Moment eines ersten kurzen Wortwechsels zwischen ihnen und dem Moment der Verabschiedung gewaltig verändert haben wird. Der geheimnisvolle Mann erscheint als ein Schicksal, das sich Cambara anbietet, und sehr gern möchte sie es nicht nur zur Kenntnis nehmen, sondern mit der Hilflosigkeit einer hypnotisierten Frau auch zulassen. Die Frage ist nur, ist sie auch bereit dafür?

Der Mann mit der kerzengeraden Haltung sagt mit tiefer, beruhigender Stimme zu seinem militärisch aussehenden Begleiter: »Gibt es Probleme? Können wir helfen?«

Cambara kämpft mit sich, bis ihre Angst verflogen ist. Mehr noch, sie spürt, daß es nicht viele Mut erfordernde Unternehmungen gibt, die sie nicht bewältigen kann. Belustigt erinnert sie sich an ein Sprichwort, das angeblich ein feiger Einwohner von Mogadischu geprägt hat: Jeder, der eine Ratte mit bloßen Händen töten kann, ohne sich zu fürchten, kann auch einen Menschen abschlachten.

Ihre Stimme täuscht über das Ausmaß ihrer Unruhe hinweg, als sie sagt: »Mir sind keine Probleme bekannt, wenn Sie nicht selbst welche bringen.«

»Wir bringen Frieden.«

Ihr verschleierter Blick geht von dem Mann, der sich als Bile vorstellt, zu seinem militärisch aussehenden Begleiter, den er ihr als Dajaal vorstellt. Bile blinzelt in die Sonne, als er das Vorstellen absolviert, während Dajaal herumgeht wie einer, der ein Kampfgebiet kontrolliert und es für die Sieger, die es im Moment besetzt haben, absichert. Zuallererst nimmt er das Gewehr und die Keule an sich, ehe er Bubi bedeutet zu verschwinden. Dann geht er zum Auto und holt Plastikbänder, mit denen er dem Rotäugigen und seinem Kumpan die Hände auf den Rücken fesselt.

Cambara fragt Bile: »Warum macht er das?«

»Um sie ruhigzustellen, bis wir weiterfahren.«

Dajaal überlegt laut: »Wohin fahren wir denn?«

»Fragen wir doch mal die Dame«, schlägt Bile vor.

»Können Sie mich bitte mitnehmen?«

»Wo wohnen Sie?« fragt Dajaal.

Cambara verkrampft.

Um sie von seinen guten Absichten zu überzeugen, sagt Bile: »Wir bringen Sie, wohin Sie wollen.«

Dajaal scheint damit nicht einverstanden.

»Kommen Sie nur.«

Als sie schließlich abfahren, liegt ein allgemeines Triumphgefühl in der Luft. Erleichterung breitet sich in Cambaras Zügen aus, als Dajaal sie auf Biles Drängen hin vom »Schauplatz des Kampfes einer tugendhaften Frau gegen die bösen Kräfte, die diese Stadt belagern«, zum Fahrzeug führt, wobei seine Fingerspitzen diskret den weiten Ärmel ihres Tschadors berühren. Dajaal sagt dem rotäugigen Lustmolch und seinen Kumpanen, sie sollen Leine ziehen, und versetzt ihnen derbe Tritte in den Hintern. Er droht ihnen Schlimmeres an, falls er sie wieder hier in der Gegend erwischt. Hoffnung regt sich in ihr, als sie auf dem Rücksitz hinter Bile sitzt, der nun schweigt und auf sie den Eindruck macht, er lebe in einer eigenen Welt.

Cambara sagt sich, daß sie sich hüten muß, vor Biles magischem Charme zu kapitulieren: ein schöner Mann mit einem ausgesprochen verschlossenen Blick, der sich nicht auf etwas Bestimmtes richtet, obwohl ihn Dajaal sanft dazu ermuntert. Die einzige Tätigkeit, zu der er sich aufrafft, ist, seine Brille abzunehmen, nacheinander auf die Gläser zu hauchen und sie mit einem sauberen Taschentuch zu polieren, das er anschließend wieder in die Hosentasche steckt. Dann reibt er sich die Augen, und ein Grinsen breitet sich auf seinem Gesicht aus. Bile erinnert sie an ein Kind, das nicht aus einem tiefen Schlaf erwachen will.

Dajaal fragt: »Wohin?«

Er bekommt keine Antwort.

Er sagt: »Ich habe gefragt, wo Sie wohnen.«

Sie blickt von Dajaal zu Bile, der für das geübte Auge einer Frau, die gern Gesichtsausdrücke deutet, kampfesmüde wirkt. Sie weiß zwar nicht, warum sie das beunruhigt, doch sie kann nicht erkennen, in welcher Beziehung Bile und Dajaal zueinander stehen: Dajaal ergreift die Initiative, und Bile sitzt still und in sich versunken da und äußert kaum etwas. Sie bemerkt, daß er behutsam ein Buch in der Hand hält und seinen Zeigefinger als Lesezeichen benutzt; er starrt ungeduldig vor sich hin, als warte er darauf, endlich seine unterbrochene Lektüre fortzusetzen. Wie sehr sie es auch versucht, es gelingt ihr nicht, den Titel des Buches auf seinem Schoß zu erkennen. Cambara, überzeugt, daß er interessanter ist als Dajaal, würde gern seine Gedanken belauschen.

Ihr umherschweifender Blick trifft jetzt auf den Dajaals, und sie lächelt. Sie möchte es zwar nicht zugeben, doch die Wahrheit ist, daß sie die Namen der Straßen hier nicht kennt. Und sie weiß auch nicht, wie sie ihm den Weg zum Grundstück der Familie weisen kann. Schließlich ist es etwas anderes, wenn man irgendwohin läuft, als wenn man im Auto von einem anderen dorthin gefahren wird.

»Soll ich Ihnen den Weg weisen?«

»Ich bitte darum«, sagt Dajaal.

Er folgt ihren Anweisungen und bemüht sich, dabei weder sie noch Bile anzusehen. Er starrt geradeaus, biegt links ab, schwenkt scharf nach rechts und fährt dann geradeaus, bis sie beim Einkaufszentrum ankommen, wo sie ihn bittet anzuhalten, was er tut. Sie steigt aus und dankt ihnen beiden. Sie steht auf der Beifahrerseite, dicht bei Biles Sitz. Er schreibt Telefonnummern auf einen Zettel, den er ihr wortlos gibt.

Als sie die ersten beiden Schritte weg vom Auto macht, wird ihr plötzlich bewußt, daß ihr Leben in Mogadischu und ihr Schicksal eine entscheidende Wende genommen haben. Sie hofft, daß ihre Begegnung mit den beiden Männern, vor allem mit Bile, sich für sie günstig erweisen wird.

14

Cambara ist unterwegs zum Haus der Familie, und sie hat einen Begleiter. Sie freut sich, daß der Ladeninhaber, dem sie die geliehene Tasche mit Dank zurückgibt, sich ihres Vertrauens und ihrer Bewunderung würdig erwies, indem er sie wirklich gut bedient hat. Schade, daß sie vergessen hat, ihn nach seiner Frau zu fragen, die sie nicht zu sehen bekam. Cambara hat das Einkaufszentrum beladen mit einer bunten Auswahl an Lebensmitteln verlassen, einiges davon hat sie bei ihm im Laden gekauft, anderes mit seiner Hilfe; er ist so freundlich gewesen, einen seiner Verkäufer damit zu beauftragen, für sie alles Gewünschte zu besorgen, zum Teil in anderen Geschäften, zum Teil an den Ständen, wo man frisches Obst und Gemüse bekommt. Da ihre Einkäufe zu umfangreich sind, als daß sie alles selbst tragen könnte, hat sich der Neffe des Ladeninhabers, ein Teenager, erboten, ihr behilflich zu sein. Die beiden gehen den größten Teil des Weges nebeneinander, ohne zu sprechen. Sie überlegt, wie sie ihn kurz vor ihrem Ziel fortschicken kann, ohne sein Mißtrauen zu erregen oder sich Unannehmlichkeiten zu bereiten, weil sie dann die vielen Beutel ganz allein schleppen muß. Sie möchte schließlich nicht, daß er merkt, was sie vorhat, und es wäre auch nicht gut, wenn er Jiijo oder eine der anderen, üblen Gestalten zu sehen bekäme. Wenn das Glück auf ihrer Seite ist, erreichen sie ihr Ziel, und keiner hält sich beim Tor zum Grundstück und in seiner Nähe auf oder ist überhaupt auf der Straße zu sehen. Sie nimmt sich vor, zwei Tore weiter unten oder weiter oben auf der Straße – je nachdem – stehenzubleiben, ihm reichlich Trinkgeld zu geben und ihn dann mit den Worten zu verabschieden: »Ich danke dir, du warst eine große Hilfe. Jetzt komme ich allein klar.« Einige Minuten nachdem er gegangen ist, wird sie an das Tor klopfen.

Das Glück ist ihr wieder hold gewesen, sagt sie sich. Als sie in die Nähe des Hauses kommen, teilt sie ihm mit, sie seien nun am Ziel, besten Dank.

»Mein Onkel . . .«, sagt er.

»Ich weiß . . .«, fällt sie ihm ins Wort und verstummt.

»Was soll ich ihm sagen, wenn ich Sie hier stehenlasse?«

»Daß du mich bis zu meinem Tor gebracht hast.«

Er zögert und weiß nicht, ob er ihr gehorchen soll, und bleibt, wo er ist, als warte er auf eine Bestätigung. Er blickt besorgt drein, so wie jemand, der schlecht hört und nicht sicher ist, daß er das Gesagte richtig von den Lippen abgelesen hat. Sie hofft, daß er nicht länger herumsteht und zögert. Seine Körpersprache zeigt, daß er sie nicht verlassen möchte, ehe sie sicher angekommen ist, vielleicht weil der Ladeninhaber einen entsprechenden Bericht von ihm erwartet. »Lauf ruhig«, sagt sie zu ihm und scheucht ihn mit den Händen fort. Von seiner Last befreit, steht der Teenager unbeholfen da; er wirkt verwirrt, und die Besorgnis läßt ihn schielen.

Neugierig, was sie wohl als nächstes tun wird, geht der Junge rückwärts und bleibt erst stehen, als er fast hinfällt. Schnell findet er jedoch sein Gleichgewicht wieder, dreht sich um und grinst von einem Ohr zum anderen. Bedächtig betrachtet er dann den Erdhaufen, der ihn aufgehalten hat, und läßt einige Flüche auf ihn hinabregnen. Als sie eine Woge der Nervosität in sich aufsteigen fühlt, winkt sie ihm verabschiedend zu. Auch wenn die Ursache des Hochgefühls für sie ein Rätsel ist, muß sie doch anerkennen, wieviel Glück sie bisher gehabt hat, daß sie bis hierher gekommen ist und das wenige erreicht hat, was ihr möglich war, ohne auf Widerstand zu stoßen. Es ist vorteilhaft für sie, weiter freundschaftlich mit dem Ladeninhaber und seinem Neffen zu verkehren, wenn auch aus keinem anderen Grund, als daß es ratsam ist, sich ihrer Unterstützung zu versichern, wenn sie ihren Plan in die Tat umsetzen und den kleinen Warlord und seine Spießgesellen aus dem Haus der Familie vertreiben will.

Nach etwa einer Minute, als sie sicher sein kann, daß sie ihren Begleiter los ist, schaut sie sich vorsichtig um. Da sie nichts Beunruhigendes feststellt, schleppt sie die Einkaufstüten in die Nähe des Tores zum Familiengrundstück; dazu muß sie zwei-, dreimal hin und her laufen. Schwer atmend stellt sie die Tüten ab und faßt Mut, um ans Tor zu klopfen, zunächst sanft, mehrmals, dann energischer. Sie wartet, und das Herz klopft ihr bis zum Halse.

Während sie wartet, fühlt sie sich unwohl in ihrer Haut und überlegt, ob man sie nicht zu Recht beschuldigen könnte, ein doppeltes Spiel zu treiben, weil sie einige Leute falsch informiert und weder Zaak noch sonst jemanden, den sie bisher traf, aufgeklärt hat. Sie rechtfertigt sich damit, daß sie nicht beabsichtigt, jemanden zu täuschen, sondern vielmehr etwas zu erreichen, was sie sich vorgenommen hat. Ihr Ziel ist letzten Endes, das Familieneigentum wiederzubekommen, ohne jemanden zu gefährden. Je weniger Leute wissen, was sie tut, zumindest im Anfangsstadium, desto besser ist die Aussicht auf Erfolg, schätzt sie. Vor allem möchte sie, daß Jiijo sich entspannt, Vertrauen zu ihr faßt und sie schließlich mit Wohlwollen betrachtet.

Cambara spürt, daß sie eine andere Person ist als die Frau, die vor etwas mehr als einer Stunde die Jugendlichen mit ihren Karatekicks traktiert und gezwungen hat, sich ihrer physischen und mentalen Willenskraft zu unterwerfen. Ihr gegenwärtiger Geisteszustand entspricht nicht ihrer sonstigen Denkweise und auch nicht dem der Frau, die erst vor ein paar Tagen auf einer Erkundungstour in derselben Gegend gewesen ist. Sie zweifelt nicht daran, daß sie seit damals viel Gutes erreicht hat, dank ihrer freundschaftlichen Annäherung an Jiijo. Mittlerweile glaubt sie, daß sie mit den Bürgerkriegsbedingungen viel besser fertig wird, als sie je für möglich gehalten hatte.

Ihre Einkäufe sind rund um das Tor verstreut, und sie steht daneben. Sie ist angespannt, aber nicht mehr ängstlich, auch wenn ein Gefühl des Déjà-vu sie überwältigt. Sie hat das seltsame Gefühl, daß sie etwas Ähnliches früher schon einmal erlebt hat, als ihr der Zutritt zu dem verwehrt wurde, was ihr rechtmäßig gehört hatte, und sie den Fehdehandschuh aufnahm, kämpfte und die Schlacht gewann. Es ist, als wäre sie bloß ein Augenzeuge und nicht die Hauptdarstellerin; es ist, als ginge sie das, was geschehen soll, nichts an. Dann beginnt ihr Herz, aufgeregt gegen ihre nun schmerzenden Rippen zu schlagen, die Luft wird ihr knapp, und sie fragt sich, ob sie sich in einer Geschichte verlaufen hat, die ein anderer erfunden hat. Das Licht in ihren Augen erlischt.

Sie schließt die Augen und feiert schon beinah ihren Triumph, als sie leichte Schritte herankommen hört. Ohne daß sie angeklopft hat, öffnet sich das Tor mit der langsamen Vorsicht eines Gastes, der im Beisein eines gastfreundlichen Wirtes gähnt. Die Gesichtshälfte, die zu sehen ist, veranlaßt Cambara, sich nach rechts zu begeben, um in Jiijos Sichtfeld zu kommen.

Sie sagt: »Ich bin es, Jiijo. Laß mich bitte ein.«

Cambara erstarrt, als ihr zu spät einfällt, daß sie in ihrem Bemühen um Geheimhaltung Jiijo einen falschen Namen genannt hat, an den sie sich nun leider nicht mehr erinnert. Hoffentlich wird dieser Fehler sie später nicht verfolgen oder den Charakter ihrer Beziehung ernstlich beschädigen.

Jiijo öffnet das Tor. Erschöpfung nistet in ihren Augen, die Tränensäcke sind geschwollen, und die Wangen glänzen kaum noch. Jiijos Bewegungen offenbaren eine überwältigende Müdigkeit. Als sie sich mit schmerzverzerrtem Gesicht aufrichtet, starren die beiden Frauen einander töricht an, und eine Weile lang rührt sich keine von beiden oder sagt etwas.

»Geh hinein und leg dich hin«, sagt Cambara sanft zu ihr. »Ich schaffe die Sachen hinein. Überlaß alles mir.«

Jiijo läßt das Tor los und zuckt unter erneuten Schmerzen zusammen. Als sie in den offenen Hof watschelt, greift sie an ihre rechte Seite und massiert sie. Cambara folgt ihr nicht sofort. Sie schaut in den Hof und prüft den Raum vor ihr, nimmt sich Zeit, die Situation zu erfassen und vorsichtig einzuschätzen, ob es sicher für sie ist, hineinzugehen. Es reicht schließlich nicht, vorschnell anzunehmen, daß der kleine Warlord und seine Kumpane nach einer mit Khat-Kauen verbrachten Nacht ihren Rausch ausschlafen. Als sie sich überzeugt hat, daß niemand sonst zu sehen ist und daß die auf den Hof führenden Türen alle geschlossen sind, geht sie hinein und hilft Jiijo, die sich immer noch die Seite hält und sie massiert, auf ebendie Couch, zu der Cambara sie neulich geführt hat, dann geht sie hin und her, um ihre Einkäufe hineinzutragen.

»Kann ich dir etwas bringen?« fragt Cambara.

Jijio zeigt ihre Erleichterung unmißverständlich, aber nicht sehr taktvoll; ihre Körperhaltung zeigt nichts als Gleichgültigkeit. Doch plötzlich verzerrt sie schmerzlich das Gesicht, was sie dazu zwingt, sich der quälenden Gegenwart wie auch den Erinnerungen an vergangene Schmerzen zu stellen.

Cambara reißt sich zusammen und überlegt, ob sie Jiijos offensichtliches körperliches Unwohlsein mit einer Massage lindern kann. Das wäre eine freundliche Geste in Erinnerung an die Zeit, als sie mit Dalmar schwanger war. Sie hat wohl recht mit ihrer

Vermutung, daß Gudcur sich ebenso verhält wie damals Wardi und daß er Jiijo in ihrem jetzigen Zustand keine Hilfe ist.

Cambara wird jedoch durch das Gewicht der Papiere abgelenkt, die sie vor den Jugendlichen gerettet hat. Für einen kurzen Moment quält sie die Erinnerung an die unerfreuliche Begegnung, und sie stellt irritiert fest, daß der Papierpacken weiter nach unten rutscht und dicht bei ihrem Bauchnabel steckenbleibt, was ihren gesamten Bauch jucken läßt. Doch sie kann jetzt nichts dagegen tun und wünscht sich, sie wäre allein in einem Raum, wo sie sich ausziehen und die Papiere herausnehmen könnte, bevor sie sich nach Herzenslust kratzt.

Ihr Unvermögen, sich an ihren Decknamen zu erinnern, ängstigt sie ein wenig, und ihr fällt auf, daß sie Jiijo als Teil ihrer Tarnung nur ein verzerrtes Bild von sich selbst geliefert, Dajaal und Bile jedoch die Wahrheit gesagt hat. Es ist verständlich, daß sie Jiijo mißtraut; sie kann jedoch nicht sagen, warum sie Dajaal und Bile vertraut hat, obwohl sie beide nicht kennt. Was auch sonst noch geschehen mag, sie darf ihre Gedanken nicht so abschweifen lassen, denn das ist gefährlich.

Jiijos Stöhnen beunruhigt Cambara, die nicht im geringsten darauf vorbereitet ist, draußen Hilfe zu suchen, jemanden zu finden, der ihr sagen kann, wo sie einen Krankenwagen oder einen Arzt herholen kann; sie weiß nicht, was sie tun und an wen sie sich wenden soll. Auf Zaak würde sie sich nicht verlassen wollen und hätte daher keine andere Wahl, als Hilfe bei Menschen zu suchen, die sie erst kürzlich kennengelernt hat: Kiin, Dajaal und Bile oder den Ladeninhaber. Jetzt hört Cambara Jiijo mit schwacher Stimme reden, es klingt unsicher, und die Worte kommen stockend, wie bei einer Computerstimme. Mühsam versucht sie zu entziffern, was Jiijo sagen will, und kommt zu der Auffassung, daß sie sich Vorwürfe macht, weil sie sich nicht an den Namen ihrer Besucherin erinnert.

»Mein Name spielt keine Rolle«, sagt Cambara mit fester Stimme und läßt sich nicht einschüchtern. Es kann ja durchaus sein, daß Jiijo heimlich die Wahrheit über Cambara herausgefunden hat und sie schließlich zu überführen versucht. Sie will sich jedoch durch einen unbewiesenen Verdacht keinesfalls zu einer falschen Handlung hinreißen lassen und sagt zu Jiijo: »Sag mir, was dir fehlt, wo es weh tut. Ich kann ein Taxi rufen und dich schnell in ein Krankenhaus bringen, wenn es nötig ist.«

Der Kloß, der ihr für kurze Zeit im Halse steckte, löst sich auf. Statt dessen breitet sich Erleichterung in ihr aus, und sie entspannt sich bei der immer länger währenden Stille, die nur von Jiijos mühsamen Atemzügen unterbrochen wird.

Jiijo setzt sich auf, sie hat offensichtlich Beschwerden, ihr Gesicht ist eingefallen, die Beine hat sie unbeholfen von sich gestreckt. Ihre Haut weist Spuren von Vernachlässigung auf, sie ist so trocken wie der Harmattan und schuppt sich. Möglicherweise begann Jiijos Leiden in der Schwangerschaft im Kopf, ehe es sich im übrigen Körper bemerkbar machte.

Cambara fragt: »Willst du mir nicht sagen, was dir fehlt, damit ich weiß, was ich tun muß?«

»Er hat mich gestern nacht geschlagen«, sagt Jiijo mit schwacher Stimme.

Cambara könnte wetten, daß sie weiß, welcher Mann sie verprügelt hat. Sie hat ihn gesehen, auf dem Bauch liegend und schnarchend, umgeben von einem halben Dutzend Kissen, ein Mann, abgegrenzt von den anderen, die keine Kissen hatten. Sie ist voller Abscheu und würde am liebsten ins Schlafzimmer marschieren, wo sie ihn und seine khatsüchtigen Kumpane finden wird, wie sie ihren Rausch ausschlafen; sie will ihn zerfleischen, wenn auch nur als Erinnerung daran, wie sie mit Wardi verfahren ist. Cambara zögert, Jiijo die sich ihr aufdrängenden Fragen zu stellen, weil sie ihr nicht zu nahe treten möchte. Sie will wissen, was der Mann für Jiijo bedeutet, welchen Charakter ihre Beziehung hat, ehe sie ihr weiteres Vorgehen beschließt. Sie muß aufpassen, dem Übergriff, den Jiijo schon erleiden mußte, nicht noch eine weitere Demütigung hinzuzufügen, damit sie sich nicht zurückzieht und sich gänzlich weigert, mit ihr zu sprechen. Doch dann betrachtet Cambara Jiijos Lage aus einer anderen Perspektive und sieht sie beide nicht mehr in völlig verschiedenen Sphären, die nichts miteinander zu tun haben, sich durch Klasse, Herkunft und Erfahrung unterscheiden oder von einer unsichtbaren Grenze des Mißtrauens getrennt werden. Sie erkennt, daß sie als Frauen der weitverbreiteten männlichen Gewalt ausgesetzt sind, daß sie beide auf unterschiedliche Weise unter ihren Partnern gelitten haben.

»Wo ist er?«

»Er ist nicht hier.«

»Und seine Männer?«

»Sie sind alle weg.«

»Wohin?«

»Sie sind alle in einem Gefecht um einen Brückenkopf bei der Stadt Jowhar, der die Straße nach Mogadischu beherrscht«, erklärt Jiijo und trocknet sich die Wangen, da sie jetzt aufgehört hat zu weinen.

»Wann erwartest du sie zurück?«

»Keine Ahnung.«

Cambaras Verstand arbeitet auf Hochtouren.

»Ich sage dir, was wir machen.«

Furcht nistet sich in Jiijos Blick ein und schwingt auch in ihrer Stimme. Sie fragt: »Was sollen wir denn machen?«

Cambara ist zunächst ein wenig irritiert vom einschließenden »wir«, doch nach kurzem Nachdenken wird sie so aufgeregt, daß es aus ihr heraussprudelt: »Erst einmal machen wir dir etwas zu essen.«

»Ich weiß nicht, ob ich was runterkriege.«

»Inzwischen duschst du dich«, sagt Cambara, überzeugt, daß sie Jiijo dazu bringen wird, einen Happen zu essen. »Wir reden weiter, wenn du fertig bist.«

Jiijo fügt sich.

Cambaras Fürsorge ist vorbildlich, in jeder freien Minute schaut sie nach Jiijo. Eben noch hat sie eifrig Zwiebeln und Knoblauch geschnitten, jetzt wäscht sie sich die Hände und prüft mit dem Handrücken Jiijos Stirn. Jiijos fiebrig glänzende Augen blicken verstört und werden glasig vor Angst, ihre Lippen sind so trocken, als wären sie mit gebackenem Schlamm überzogen, der Speichel rinnt ihr aus dem Mund, die Zunge tritt hervor und liegt reglos da wie ein Alligator in der Sonne.

Cambara kocht und kümmert sich um Jiijo und nutzt zwischendurch die Gelegenheit, das Haus zu erkunden. Da sie zum erstenmal freien Zugang zu allen Räumen hat, verschafft sie sich einen Überblick über den Zustand des Hauses. Insgesamt ist das Gebäude schrecklich heruntergekommen, was nicht nur an der groben Vernachlässigung durch seine Besetzer liegt, die vielleicht nie zuvor ein solches Haus betreten haben, sondern auch an der generellen Zerstörungswut, der einige der Räume zum Opfer fielen. Zu ihrer Freude befindet sich jedoch der Festsaal, der früher für Empfänge und Parties genutzt wurde, in einem einwandfreien Zustand. Im übrigen bedarf das Haus einer sorgfältigen Restauration, so wie ein schlechterhaltenes Kunstwerk.

Das Essen ist nun fertig und die Besichtigung abgeschlossen, und Cambara bringt zwei gefüllte Teller, einen für sich selbst, den anderen für Jiijo. »Fieber muß man füttern«, sagt sie und ermuntert sie zu essen, »dann bist du im Handumdrehen wieder auf den Beinen.«

Jiijo macht sich über ihr Essen her, doch nicht bevor sie sich an dem Anblick ergötzt und an der Aufmerksamkeit erfreut hat, die Cambara ihr bis jetzt so reichlich geschenkt hat. Als sie ihr Mahl beendet haben, sagt Cambara zu Jiijo: »Nun laß uns deine Geschichte hören.«

»Wo soll ich anfangen?« sagt Jiijo.

Während sich Cambara zum Zuhören bereit macht, denkt sie bei sich, daß Jiijo wohl das geborene Opfer ist. Sie stellt auch fest, daß sich ihre Haltung deutlich verändert hat; die Arme wirkt eher wie eine gebrochene Frau, nicht mehr so tüchtig wie zuvor. Bei ihrer ersten Begegnung machte Jiijo auf sie den Eindruck einer starken und lebendigen Frau, die sich genauso benahm, wie es sich für eine Frau aus gutem Hause schickte.

Mit ernster Stimme sagt sie: »Ich weiß nicht, wer du bist oder warum ich dir mein Herz ausschütte. Man könnte sagen, daß ich das Pech nur so anziehe. Wenn ich dir nichts vorenthalte, dann weil ich weiß, daß nichts mich noch mehr verletzen kann, als ich es schon bin.«

Dann macht sie eine lange Pause und wartet darauf, daß sich die Geschichte in ihrem Kopf entwickelt, ehe sie sie mit Cambara teilt. Währenddessen massiert sie ihren Oberschenkel, um ihre körperlichen Schmerzen und gleichzeitig ihre seelischen Qualen zu lindern. Cambara nimmt sich vor, Jiijo aus ihrem eigenen Vorrat eine feuchtigkeitsspendende Creme mitzubringen, um ihre trockene Haut wieder zum Leben zu erwecken. »Ich bin die Tochter eines Schneiders«, erklärt Jiijo. »Mein Vater hatte gemeinsam mit zwei seiner jüngeren Brüder eine kleine Schneiderei. Uns ging es gut, wir hatten alles, was wir brauchten, es war immer ausreichend zu essen auf dem Tisch, und wir waren zufrieden mit unserem Leben. Um noch mehr Geld zu verdienen, betrieb mein Vater ein kleines Nebengeschäft mit einem Schlüsseldienst – eines von zwei solcher Unternehmen in unserem Stadtteil. Weil wir uns sehr nahestanden, verbrachte ich viel Zeit mit ihm in der Schneiderei – was meine Onkel nicht guthießen – oder half ihm, Schlüssel anzufertigen. Schon früh hatte ich das Gefühl, klüger zu sein als andere Kinder in meinem Alter, die mir oft kurzsichtig oder unreif vorkamen. Mein Vater wollte mich nicht mit einem meiner Cousins verheiraten, wie es bei uns Xamaris Brauch ist, sondern erlaubte mir, weiter die Schule zu besuchen. Man könnte sagen, daß ich die einzige unter meinen Cousinen bin, die etwas Bildung erworben hat. Ich bereitete mich gerade auf die Reifeprüfung vor und wollte dann auf die Universität gehen, als ich schwanger wurde und ein uneheliches Kind erwartete. Mir blieb nichts anderes übrig, als zu heiraten, nicht den Vater meines Kindes, sondern einen entfernten Cousin, der dem reicheren Zweig meiner Familie entstammte. Dann kam der Zusammenbruch.«

Sie schweigt, als bekämpfe sie den Ansturm der Wut, die sie in sich fühlt. Ihre Gesichtsmuskeln spannen sich an, als bereite ihr der bloße Gedanke an das, was geschehen ist, furchtbaren Schmerz. Cambara, die ihre Umgebung mit wachen Sinnen beobachtet, bemerkt, daß Jiijos fast gierig leergeputzter Teller beinahe vom

Tisch fällt. Sie fängt ihn noch rechtzeitig auf und stellt ihn neben sich auf den Boden.

Jiijo fährt fort: »Gruppenvergewaltigungen waren für mich so alltäglich wie Nase putzen. Seit dem Zusammenbruch war ich eine Gefangene, die meiste Zeit in einem kleinen Raum ohne Licht und so verängstigt wie ein blindes Kätzchen. Ich erduldete die tägliche Erniedrigung, nicht zu wissen, wer von den vielen Jugendlichen in meinen Raum kommen und mich nehmen würde. Es ist kaum zu glauben, daß ich nicht völlig verrückt wurde, daß ich mich ans Leben klammerte, wie sich ein verängstigtes Kätzchen ans Fell der Mutter klammert. Die Tage meines Elends dauerten an, bis Gudcur kam und mich für sich beanspruchte. So schwer es mir jetzt fällt, so muß ich doch zugeben, daß ich ihn als meinen Beschützer gesehen habe, der gekommen war, um mich von einem anhaltenden Zustand der Angst zu befreien. Sobald für alle eindeutig war, daß ich ihm gehörte, fügte ich mich in meine Umstände und akzeptierte sie. Meine für gewöhnlich gutmütige Art kam wieder zum Vorschein, als er zeigte, wie freundlich er sein konnte, wenn er nur wollte.«

Daß sie über ihre elende Vergangenheit spricht und die schrecklichen Dinge erwähnt, die ihr geschehen waren, scheint Jiijos Schmerzen vorübergehend zu lindern. Es gelingt ihr, den ernsten Eindruck einer verletzten Frau zu machen und gleichzeitig ihre innere Stärke zu zeigen.

Mit bedrückter Miene fährt Jiijo fort: »In meiner Situation erlebe ich auch seltsam befriedigende Momente, wenn ich es recht bedenke. Da die Männer weder lesen noch schreiben können, kommen sie zu mir, damit ich ihnen helfe, ihr Leben zu organisieren, und das ist eine eigenartige Genugtuung. Ich lese ihnen ihre Briefe vor und schreibe welche für sie, und ich koche die Mahlzeiten. Bis vor ein oder zwei Jahren, als die Schulen wieder öffneten, habe ich Gudcurs Kinder unterrichtet.«

Jiijo ist eine ziemlich gute Erzählerin. Während sie redet, beschäftigt sie sich ausgerechnet damit, ihre Achselhöhlen zu zupfen. Cambara sieht in Jiijo eine weitere Schauspielerin – im Rohzustand, untrainiert. Es ist die Art, wie Jiijo spricht, wie sie die

Worte mit erstaunlicher Leichtigkeit formuliert und eine Geschichte erzählt, ihre eigene und die ihres Landes. Zweifellos hatte diese Frau es schwer im Leben. So wie sie jedoch ihre Geschichte wiedergibt, scheint sie sich Cambara vollständig zu öffnen, so offenherzig, wie nur ein Opfer gegenüber einem anderen Opfer sein kann. Cambara lauscht aufmerksam und achtet auf Veränderungen in ihrem Tonfall; in der Überzeugung, daß niemand Jiijo noch mehr verletzen kann, als sie schon verletzt wurde, weist sie alle Anflüge von Furcht von sich.

Jiijos Geschichte ist zudem wohlstrukturiert. Auch sind die Worte, die ihre gegenwärtige Stimmung beschreiben, mit Bedacht gewählt. Cambara hat das Gefühl, daß Jiijo trotz ihrer grimmigen Miene eine wahre Freude am Erzählen ihrer Geschichte hat; sie fesselt ihre Zuhörerin, während sie weiterspricht, einen Satz nach dem anderen, einen Gedanken nach dem anderen äußert. Gebannt beobachtet Cambara, wie Jiijo sich hier und jetzt neu erfindet. Sie spürt, daß sie einen Eindruck von Jiijos starker Persönlichkeit bekommen hat, und versucht ihre Überraschung zu verbergen, als sie Jiijo sagen hört: »Was für Hilfe gibt es für unser dem Untergang geweihtes Land?«

Da Cambara Jiijo wieder zu ihrer Geschichte zurückführen möchte, antwortet sie darauf mit einer Frage: »Wie war es, nicht mit dem Vater deines Kindes, sondern mit einem anderen Mann verheiratet zu sein, wenn es auch dein Cousin war, den deine Eltern für dich ausgesucht hatten, wahrscheinlich um die Familienehre nach außen hin zu wahren?«

Jiijo bearbeitet äußerst konzentriert ein Hühnerauge an der kleinen Zehe ihres rechten Fußes, schält die abgestorbene Haut ab und wirft sie weg. »Ich konnte es nicht über mich bringen, meinen neuen Ehemann zu täuschen. Statt dessen täuschte ich meine Familie, denn ich ging zu einer ›Mitternachtsfrau‹, wie man hier sagt, und trieb das Baby ab, ohne mich irgend jemandem außer einer Schulfreundin anzuvertrauen. Ich wurde krank, schrecklich krank. Meine Mutter erfuhr die Ursache zuerst, und sie überredete meinen Vater, ohne ihn in unser Geheimnis einzuweihen, die Hochzeit aufzuschieben, bis es mir wieder besserging.

Es tut mir sehr leid, daß er nie erfuhr, was ich getan hatte, ehe er in der zweiten Woche des Bürgerkriegs starb.«

»Erzähl mir von deinem Mann.«

Dann berichtet Jiijo mit einer ihrer Geschichte angemessenen Ernsthaftigkeit, schnell weiter.

»Er war ein erfolgreicher Geschäftsmann, und seltsamerweise waren wir lange Zeit glücklich miteinander«, sagt sie. »Er war ein sehr liebevoller Ehemann, sorgte wunderbar für mich, erfüllte mir alle meine Wünsche und noch viel mehr. Ich war jedoch unglücklich darüber, daß wir keine Kinder hatten. Nachdem wir es mehrere Jahre lang vergeblich versucht hatten, schickte er mich nach Europa – die Kosten interessierten ihn nicht –, damit ich dort verschiedene Ärzte konsultieren konnte. Diese untersuchten mich viele Male und machten eine Reihe von Tests, doch ohne Erfolg. Ich wünschte mir so sehr, schwanger zu werden, vielleicht weil ich die Abtreibung bereute oder vielleicht aus Schuldgefühlen, weil er so ein netter Mann war und ich eine schlechte Frau, der eines Tages etwas Schreckliches zustoßen würde, ich weiß es nicht. Ich sehnte mich nach einer Schwangerschaft, und ich wollte, daß er teilhatte an meiner Erfahrung, an den Sorgen und Freuden der Mutterschaft. Ich glaubte, das würde uns einander näherbringen, würde ihm Freude bereiten und mir auch.«

Cambara, die sich daran erinnert, wieviel Freude ihr das Muttersein gebracht hatte, und die deshalb das Dilemma versteht, ist von der Geschichte gerührt.

»Ich konnte mich nicht entscheiden, ob ich die Abtreibung gestehen sollte«, fährt Jiijo fort, »aber da ich nicht wußte, was das helfen konnte, entschieden die Ärzte, die meinen Körper lesen konnten wie ein Blinder die Brailleschrift, aus eigenen Gründen, meinem Mann nichts von meiner Abtreibung zu sagen.«

Jiijo hat sich in einen Zustand großer Unruhe hineingesteigert, in einem Moment spricht sie mit großer Lebhaftigkeit, während sie im nächsten traurig und mißmutig verstummt, um dann wieder mit träger Selbstvergessenheit fortzufahren, wobei in ihrer Stimme die ungeweinten Tränen zu hören sind, die darauf warten, vergossen zu werden.

»Wenn ich daran zurückdenke, wie Gudcur mich behandelt hat, der Vater meiner Kinder, und an die Umstände meiner Versklavung«, sagt Jiijo, »dann fällt es mir schwer, die Freundlichkeit, die er mir als seiner erwählten Frau erweist, mit der Grausamkeit zu vereinbaren, die andere mit ihm verbinden. Ich will nicht bestreiten, daß ich seine Hartherzigkeit gespürt habe. Ich habe sie erlebt, wenn er psychologische Spielchen spielte, die grausamer sind als die körperlichen Schmerzen, die seine Leute ihren Opfern zufügen: Sie prügeln, vergewaltigen, rauben und plündern. Und natürlich hat er mich gestern nacht geschlagen. Das läßt sich nicht leugnen.«

Irgendwo im Haus klingelt ein Handy, wahrscheinlich im Zimmer gegenüber. Jiijo richtet sich auf und runzelt zunächst die Stirn, dann verstummt sie und ergeht sich in Selbstvorwürfen. Während das Telefon noch einige Male klingelt, ohne daß Jiijo oder Cambara darauf reagieren, klopft jemand ans Tor. Als Jiijo die wohlbekannten Stimmen der ihr anvertrauten Kinder hört, die sich lautstark zurückmelden, bittet sie Cambara, das Tor zu öffnen, was sie gern tut.

Erschöpft vom Reden, müde vom Erzählen ihrer Geschichte, ist Jiijo außerstande, sich den nie endenden Anforderungen der Kinder zu stellen, und sucht einen ruhigen Winkel, wohin sie sich zurückziehen kann. Klammheimlich verschwindet sie von der Bildfläche und schließt die Tür hinter sich.

Cambara ist nun allein mit den vier Kindern im Alter von sechs bis zwölf, die gerade aus der Koranschule zurückgekehrt sind, schmutzig, hungrig, neugierig auf sie und um ihre Aufmerksamkeit kämpfend. Cambara fragt, was sie den Tag über draußen erlebt haben, ohne ihren Antworten zuzuhören. Sie gibt ihnen zu essen und schenkt ihnen dann Bonbons und Schokolade, die sie freudig vertilgen. Dann unterhält sie die Kinder mit einer indischen Fabel, die sie ihnen aus dem Gedächtnis erzählt.

»Es war einmal eine Schar Milane und eine Schar Krähen, die eines Tages auf einen verwundeten Fuchs treffen, der hilflos unter einem Baum

liegt. Die Milane und die Krähen einigen sich, die Beute gerecht unter sich aufzuteilen: Die obere Hälfte des Fuchses soll an die Krähen gehen und die untere an die Milane.

Der Fuchs verspottet ihre Abmachung und beanstandet die Aufteilung seiner Körperteile. Er betont, daß die Milane von Natur aus und durch die Schöpfung den Krähen überlegen seien und es ihn daher verwundere, daß sein oberer Teil den niedrigsten Aasfressern, den Krähen, zugesprochen worden sei. Nach Ansicht des Fuchses sollten der Kopf, das Gehirn und andere zarte Teile an die Milane gehen.

Weil sie sich nicht einigen können, bricht ein Krieg zwischen den Milanen und den Krähen aus, und aus beiden Gruppen werden viele Tiere getötet, während den wenigen Übriggebliebenen mit Müh und Not die Flucht gelingt. Inzwischen tut sich der Fuchs tagelang an den toten Milanen und Krähen gütlich und geht gesund von dannen, wobei er erkennt, daß die Schwachen vom Streit der Mächtigen profitieren.«

Als das kleinste der Kinder sie anbettelt, noch eine Geschichte zu erzählen, schaut Cambara auf ihre Uhr und stellt fest, daß sie schon seit über drei Stunden hier ist. Sie überlegt, wie sie wohl die Verantwortung für die Kinder am besten wieder an Jiijo abgeben könne, und setzt ihre Hoffnung auf das Kleinste, das die Mutter wecken soll, damit sie fortgehen kann. Als Jiijo wach ist, kommt sie zu ihnen; sie sieht neubelebt, aber immer noch angeschlagen aus. Und Cambara zieht sich ins Bad zurück, um die Papiere zu lesen, die der Sturm hochgewirbelt hat. Wie sich herausstellt, sind es Seiten, die aus einem Dokument eines amerikanischen Ölkonzerns herausgerissen wurden. Auf ihnen wird genau ausgeführt, welche Gelder einer der berüchtigten Warlords von Mogadischu erhalten soll. Doch, oh je, sie vergißt die Papiere, als sie das Bad verläßt.

Cambara verabschiedet sich von Jiijo und den Kindern und verspricht, wiederzukommen, sobald sie kann. Eilig läuft sie zur Tür.

15

Cambara befolgt eine Faustregel des Bürgerkriegs und wählt eine andere Route als zuvor, um zum Einkaufszentrum zu gelangen, wo sie ein Taxi zum Hotel Maanta auftreiben will. Sie bewegt sich mit der beharrlichen Wachsamkeit einer Eidechse und hält Ausschau nach Jugendlichen, die an Straßenecken oder vor ihren Unterschlupfen herumlungern und auf potentielle Opfer lauern. Manche Leute glauben, daß Menschenmengen einen gewissen Schutz bieten; Cambara nicht. Sie zieht es vor, ihre Sache auf ihre Weise zu betreiben, und glaubt, daß der Schlüssel zum Erfolg darin liegt, allein zu handeln.

Sie ist eine geborene Optimistin. Hätte man sie gefragt, warum sie sich auf dieses Abenteuer einläßt, würde sie vielleicht antworten, sie versuche ihr Glück. Dennoch möchte sie die einzelnen Parteien, mit denen sie es zu tun hat, voneinander getrennt halten, so daß keine von ihnen über ihre Pläne auf dem laufenden ist, besonders dann nicht, wenn sie in das Territorium einer anderen Partei vorstößt. Aus dem wenigen, was sie von ihm gesehen hat, schließt Cambara, daß Bile ein anständiger Mensch ist, und sie muß immer wieder an ihn denken. Dajaal handelt offenbar mit einer gewissen Autorität und beachtlichem Geschick. Es kann ihr nur nützen, mit Dajaal zusammenzuarbeiten und Bile bei Laune zu halten, während dieser wiederum bemüht ist, ihr zu Diensten zu sein. Kiin hat, anders als die meisten Frauen, nicht vor den Beschränkungen des Lebens in dieser Stadt kapituliert, was angesichts der drohenden Gefahren wahrlich bewundernswert ist. Und was Jiijo angeht, so scheint es zunehmend, als hätte Cambara sie schon für sich gewonnen. Der Gedanke, daß sie sich Jiijos bedienen muß, um Gudcur zu verraten, bekümmert sie, denn obwohl er ein Warlord ist und ein brutaler Mensch, so ist er doch auch der Vater von Jiijos Kindern. Cambara sieht große Schwierigkeiten auf sich zukommen.

Sie schreitet jetzt noch energischer dahin, wird immer schneller, und ihr Herz klopft nervös, wie das Herz eines jungen Mädchens auf dem Weg zu ihrem allerersten Rendezvous. Sie wird von dem Verlangen getrieben, sich mit Kiin zu treffen und sie besser kennenzulernen. Sie ist sich nur allzu bewußt, daß sie bisher gar nichts für eins ihrer wichtigsten Ziele getan hat: mehr Zeit in friedenstiftende Arbeit zu stecken, damit sie »den Ort« in einem besseren Zustand zurückläßt, als sie ihn vorgefunden hat.

Um den Frieden zu fördern, möchte sie einige der jungen Milizionäre gewinnen und ihnen einen Start in ein normales Leben ermöglichen. Für Seidenhaar, der jung genug ist, um in die Schule zu gehen, wird sie alle Hefte und Bücher kaufen, die er braucht, um sich an einer Schule als Förderschüler anzumelden. Plötzlich stolpert sie und verliert fast das Gleichgewicht, fängt sich aber noch rechtzeitig. Als sie sich wieder aufrappelt, fällt ihr Blick auf eine Gruppe von Männern, die sich an der Biegung der staubigen Straße vor dem Einkaufszentrum zusammengerottet haben. Die Männer starren sie an; ihre Blicke sind wie Dolche, einer davon so durchdringend, daß ihre Entschlossenheit zu schwinden beginnt. Sie mobilisiert all ihren Widerstand gegen den drohenden Überfall, und die Männer scheinen das zu spüren, und als sie näher kommt, ziehen sie sich zurück.

Odeywaa, der Ladenbesitzer, besorgt ihr ein Taxi, und sie fährt damit nicht zum Hotel Maanta, ihrem Bestimmungsort, sondern als Täuschungsmanöver wieder zum Hotel Shamac. Dort empfängt der stellvertretende Hoteldirektor sie überschwenglich, führt sie in sein klimatisiertes Büro und versorgt sie eifrig mit Erfrischungen. Er telefoniert mit Kiin, um ihr Cambaras Ankunft zu melden, und erfährt, daß Kiin sie erwartet.

Er sagt zu Cambara: »Mein Fahrer wird Sie zum Hotel Maanta bringen, wo eine Nachricht von Kiin auf Sie wartet.«

Kurz darauf läßt der Fahrer des stellvertretenden Hoteldirektors vom Shamac die Hupe der klimatisierten Limousine ertönen. Zwei Türsteher in blauer Uniform öffnen das Tor des Hotel Maanta, und als sie den Mann hinterm Steuer erkennen, kommen sie einmütig und fröhlich heran und begrüßen ihn wortreich. Als Cambara aus dem Fahrzeug steigt, sieht sie einen korpulenten

Mann in einem langärmligen weißen Hemd, beigefarbenen Hosen und schwarzen Halbschuhen auf sie zusteuern und beinahe stürzen, weil er dabei zwei Stufen der Treppe auf einmal nimmt. Er streckt die Hand aus, ein Lächeln geht über sein breites Gesicht, und er kommt auf sie zu in der entschiedenen Absicht, sich von den Wachposten bei der Begrüßung eines geschätzten Gastes nicht übertreffen zu lassen. Cambara überblickt den Schauplatz, prüft ihn flüchtig und kommt zu dem Schluß, daß ihr gefällt, was sie sieht; sie ist sicher, daß sie sich in diese Örtlichkeit verlieben wird, je länger sie hier ist. Außerdem möchte sie Kiin verpflichtet sein, sich mit ihr anfreunden, sich von ihr beraten lassen; Cambara wünscht sich, daß Kiin sie mit den Seiten von Mogadischu vertraut macht, die sie noch nicht entdeckt hat. Sie freut sich darauf, durch Kiin die anderen Frauen kennenzulernen, von denen Raxma gesprochen hat, eine riesige Schar von Friedensaktivistinnen. Cambara dreht sich um und winkt dem Fahrer zu, der sein Fahrzeug mit spielerischer Leichtigkeit aus einem engen Winkel herausmanövriert und davonfährt, während sie ihm ein »Danke« zuruft, das er mit Winken quittiert.

Über das ganze Gesicht strahlend stellt sich der große Mann vor. »Ich heiße Mohammed und bin der Assistent von Kiin, der Managerin, und ich habe eine Nachricht für Sie.«

»Wie lautet die Nachricht?«

Mohammed steckt die Hand in seine Hosentasche, nur um sie leer wieder herauszuziehen und zu mustern, als könnte sie ihm ein Geheimnis verraten. Dann versenkt er die Hand in der anderen Tasche und durchwühlt sie, während Cambara die ganze Zeit darauf wartet, daß er vielleicht einen Zettel mit einer darauf gekritzelten Nachricht hervorholt. Sie ist gespannt, geduldig. Kurz darauf schaut er auf einen Schlüssel und wirkt aus irgendeinem Grund, der ihr nicht klar ist, erst erstaunt und dann niedergeschlagen. Er neigt den Kopf zur Seite wie ein Bootsmann, dessen Schiff sich unerklärlicherweise losgemacht hat. Mohammed hält ihr den Schlüssel hin und sagt: »Hier.«

Cambara ergreift ihn mit beiden Händen und murmelt ein Danke, was für sie ein wenig unehrlich klingt, und wendet den

Blick ab, weil sie das alles nicht versteht. Eine Weile starrt sie den Schlüssel belustigt an. In Gedanken ersetzt sie das Wort »Nachricht« mit »Schlüssel«, aber das bringt sie auch nicht weiter. Statt zu fragen, was sie mit dem Schlüssel anfangen soll, oder herauszufinden, für welches Zimmer er gedacht ist, da er keine Nummer trägt und keinen Hinweis darauf, was er öffnen könnte, fragt sie: »Und die Nachricht?«

Mohammed sieht aus wie jemand, der krampfhaft versucht, eine Sprachstörung zu kaschieren. Als er spricht, macht er ungefähr nach jedem zweiten Wort eine Pause. Cambara bemüht sich, die Worte zusammenzufügen, damit sie einen Sinn ergeben. »Kiin hat mich beauftragt, Ihnen einen Schlüssel für das Zimmer zu geben, das sie für Sie reserviert hat.«

Cambara wendet den Schlüssel hin und her. Der Wind in den Bäumen, ihr wohltuender Schatten, die Tatsache, daß die Luft frisch ist und keinen Zigarettengeruch mit sich führt – das alles, so hofft sie, wird ihren Aufenthalt in diesem Hotel sehr angenehm machen. Überwältigt vor Freude und regelrecht fassungslos, weil alles sich besser entwickelt, als sie je erwartet hätte, verliert sie für einen Moment ihren klaren Blick und dann ihr Gleichgewicht. Sie richtet den verschwommenen Blick in die Ferne, setzt gleichzeitig den linken Fuß hinter den rechten und stößt mit der großen Zehe des linken Fußes gegen die rechte Ferse, bis sie einen durchdringenden Schmerz fühlt; dann fängt sie sich wieder.

Sie bittet Mohammed, sie zu ihrem Zimmer zu führen, und folgt ihm mit einigem Abstand, während sie sich ihren Arbeitsalltag während ihres Aufenthalts im Hotel Maanta vorstellt. Als sie die Stufen neben dem Brunnen hinaufgegangen ist, spürt sie die Nähe von Wasser. Der Generator arbeitet und liefert Strom. Die Erde unter ihren Füßen bebt, und sie hofft inständig, daß ihr Zimmer so weit wie möglich von diesem furchtbaren Krach entfernt liegt.

»Läuft der Generator Tag und Nacht?«

»Er läuft nicht, wenn wir Strom von einer Eisfabrik in der Nähe bekommen können«, antwortet Mohammed. »Wir stellen ihn immer dann an, wenn die Fabrikbesitzer einen Spannungsabfall haben und die Leistung herunterfahren, was meist ohne vorherige Ankündigung geschieht.«

Sie denkt an die Zeiten, als der Strom von den Stadtwerken geliefert wurde und fast nichts kostete und keiner je von Spannungsabfällen hörte. Als sie merkt, daß sie inzwischen etliche Schritte hinter Mohammed zurückgefallen ist, schließt sie zu ihm auf, und sie gehen eine weitere Treppe hinauf, dann über einen asphaltierten Weg mit Bäumen und Büschen zu beiden Seiten, durch eine Metalltür, die Treppe hinauf zur ersten Etage und den Gang entlang.

Schließlich bleibt Mohammed stehen und zeigt auf eine Metalltür ohne Nummer. Sie steckt den Schlüssel ein wenig zaghaft ins Schloß, und nach mehreren Versuchen dreht sie ihn resolut. Sie bedankt sich noch einmal bei ihm, geht hinein und sichert die Tür hinter sich mit einem Riegel.

Das Zwei-Zimmer-Appartement – gepflegt, geräumig, mit zwei Betten an einer Wand – befindet sich in einiger Entfernung von den beiden Generatoren, von denen jetzt einer arbeitet, vielleicht weil das private Elektrizitätswerk, das sonst für eine minimale Stromversorgung am Tag sorgt, abgeschaltet ist. Die Klimaanlage läuft, und der Lärm des Generators ist kaum zu hören, was sie in der Überzeugung bestärkt, daß es ihr hier gefallen wird.

Cambara wandert durch die beiden Zimmer, um zu sehen, wie geräumig sie sind. Sie schreitet die Entfernung zwischen den Zimmern und dann zwischen den beiden Betten ab und konzentriert sich schließlich darauf, ihre jeweilige Nähe zum Badezimmer zu messen. Wie ein verwöhntes Kind, das seine Entscheidung mit einem Auszählreim trifft, zeigt sie erst auf das eine und dann auf das andere Bett und entscheidet sich schließlich für das rechte, weil sie glaubt, dort würde sie lieber schlafen wollen. Sie streckt sich auf dem Bett aus und testet, wie gut es sich darauf liegt. Dann öffnet sie nacheinander alle Schränke, bis sie einen Safe entdeckt, der diskret in eine Wand eingebaut ist, mit Bedienungsanleitung in Somalisch, Arabisch, Italienisch und Englisch. Als Cambara den Griff zu sich zieht, um eine Kombinationsnummer einzustellen, die sie sich gut merken kann, erlebt sie eine freudige Überraschung. Auf einem Post-it klebt eine Notiz von Kiin, die Cambara mitteilt, daß sie unter der Matratze des rechten Bettes ein Handy für sie versteckt hat. Sie möge sie bitte anrufen, damit sie erfährt, ob alles in Ordnung ist. Cambara erfüllt Kiins Bitte, drückt den Menüknopf und ist sogleich mit ihrer freundlichen Gastgeberin verbunden. Diese informiert sie, daß sie sich auch um einen Klempner gekümmert hat, der in ungefähr einer Stunde zu Cambara kommen wird. Kiin bittet sie, auf ihn zu warten und ihm dann die Aufgaben zu zeigen, die er übernehmen soll. Auf Cambaras Geheiß werde Mohammed ihr gern ein Fahrzeug und Bodyguards besorgen.

Cambara beendet das Gespräch, und ihr Hochgefühl steigert sich dermaßen, daß sie fast in Tränen ausbricht. Sie kommt zu dem Schluß, daß keiner Kiins übergroße Freundlichkeit schlagen kann, die sie ohne einen offensichtlichen Hintergedanken erweist. Ob nun Bürgerkrieg herrscht oder nicht, es gibt Menschen wie Kiin, die von Natur aus äußerst großzügig, wohlmeinend und überaus freigebig sind. Im Gegensatz zu dem hartherzigen Zaak, ihrem Cousin, früheren »Ehemann« und jetzigem Gastgeber, hat Kiin es sich zur Aufgabe gemacht, sich um alle unmittelbaren Bedürfnisse von Cambara zu kümmern, auch wenn sie nicht blutsverwandt sind. Cambara sieht darin die Bestätigung, daß nicht alle Somalis von Clan-Zugehörigkeiten besessen sind und viele Menschen sich normal verhalten, selbst wenn die Umstände um sie herum außergewöhnlich sind.

Cambaras große Freude über Kiins Großzügigkeit währt nur so lange, bis sie beginnt, sich über den verfallenen Zustand des Geländes vor dem Hotel zu grämen. Die unschöne Szenerie vor ihren Augen bereitet ihr Kummer. Sie steht hinter dem Fenster und schaut hinaus auf eine Wüstenei von herzzerreißender Häßlichkeit: verkrüppelte Bäume, ein Durcheinander von Holz- und Metallabfällen, Kinder, die Abfallhaufen durchwühlen, als suchten sie nach etwas, was sie verkaufen können. Der Anblick erwachsener Männer, die sich in Sicht der Straße ungefähr fünfzig Meter hinter ihnen hinhocken und ihr Geschäft verrichten, beunruhigt sie maßlos. Dann bleibt ihr umherschweifender Blick kurz an einem Mann hängen, der eine Axt schwingt und ein riesiges Metallrohr – offenbar aus einer Fabrik – zerlegt und in transportable Stücke hackt. Sie nimmt an, daß andere, von unstillbarer Habsucht getrieben, mit ähnlich zerstörerischen Methoden zunächst die nationalen Denkmäler abgebaut und sie dann zerlegt haben, um sie in einem der Golfstaaten spottbillig zu verkaufen.

Als sie sich dann von der Verwüstung draußen abwendet und wieder ins Bad geht, ist sie von der Sauberkeit des Fußbodens so beeindruckt, daß sie für einen Moment all die niederschmetternden Eindrücke vergißt und ihre Augen leuchten. Schließlich zieht sie die Schuhe aus und legt dann ihre Kleidungsstücke ab, eins nach dem anderen, läßt sie auf den Boden fallen und trampelt darauf herum, wie es ihr Sohn zu tun pflegte, wenn er seinen Vater Wardi ärgern wollte. Wie Wardi dann außer sich geriet und den Jungen für seine Verstocktheit schlagen wollte! In mütterlicher Fürsorge um das Wohlergehen ihres Sohnes pflegte Cambara dann einzuschreiten, die störenden Dinge selbst aufzuheben und Wardi zu sagen: »Bitte beruhige dich. Ich möchte, daß in diesem Haus Frieden herrscht.« Als sie sich an die Kämpfe um die Erziehung ihres einzigen Sohnes erinnert, den sie im Stich gelassen hat, da sie ihn nicht vor Wardis kindsmörderischen Neigungen beschützen konnte, kann sie ihren Zorn nicht mehr beherrschen. Wäre sie doch wie eine Henne gewesen, die in heller Aufregung über ihre Küken wacht und gluckt und sie vor Schaden bewahrt.

Sie ist so zornig, daß sie der Tür einen kräftigen Karatetritt verpaßt; zum Glück zerbricht sie nicht. Aber das hindert sie nicht daran, einen Schrei auszustoßen, so furchtbar, daß jemand angelaufen kommt, sanft an die Tür klopft und sich nach einer höflichen Pause erkundigt, ob bei Madam alles in Ordnung sei.

»Es geht mir gut, vielen Dank«, sagt sie.

Dann sinkt sie zusammen; sie hockt mit geballten Fäusten und zusammengebissenen Zähnen da, und ihr ganzer Körper zittert, als wappne sie sich für einen letzten Kampf mit ihren inneren Dämonen.

Als ihr verzweifelter Versuch, sich zu beruhigen, sie dazu bringt, sich in Selbstbezichtigungen zu ergehen, wobei sie Wardi für ihre eigenen Fehler verantwortlich macht, ruft der wache Teil ihres Geistes sie zur Ordnung, und sie erkennt, daß dieses Verhalten selbstzerstörerisch ist. Ist sie nicht nach Mogadischu gekommen, um hier eine Möglichkeit zu finden, ihren Verlust auf edle Art zu betrauern, nicht im Zorn, sondern durch die Rückgewinnung des Hauses ihrer Familie, damit sie sich der Friedensarbeit widmen kann?

Dann genießt Cambara zum ersten Mal seit ihrer Ankunft in Mogadischu das Gefühl, barfuß in einem Badezimmer herumzulaufen und mit geschlossenen Augen ihren nackten Körper zu streicheln in der fühlbaren Wertschätzung eines ausgiebigen Bades.

Das Zimmer im Hotel Maanta betrachtet sie als einen Test, ob sie bereit ist, ihren eigenen Weg zu gehen und sich von Zaak zu befreien. Es soll ihr auch beweisen, wenn das überhaupt nötig ist, daß sie selbständig und keinem anderen verpflichtet ist, am wenigsten einem Mann, sei es Zaak oder Wardi. Sehr wahrscheinlich wird sie gewisse Umstände ihres Lebens für sich behalten und das Zimmer als ihre geheime Zuflucht betrachten, so wie man etwa eine Affäre geheimhält. Es amüsiert sie jetzt, daß sie in der ganzen Zeit ihrer traurigen und unglücklichen Ehe mit Wardi nie versucht gewesen ist, eine Affäre zu haben.

Nach einer heißen Dusche, ihrer ersten, verläßt Cambara ihr Zimmer. Sie fühlt sich erfrischt und springt jugendlich beschwingt die Treppe hinunter, vorbei an der Kabine, die als Rezeption für den Hotelflügel dient, wo der stellvertretende Hoteldirektor sitzt und liest. Sie nimmt an, daß Mohammed ein Lehrbuch studiert, weil er einige Textabschnitte mit einem knallgelben Marker unterstreicht. Er murmelt vor sich hin, so wie jemand, der gerade das Alphabet gelernt hat. Sie beantwortet sein warmes Lächeln mit einem Kopfnicken.

Sie tritt hinaus in die Sonne, geht ein paar Steinstufen hinauf und biegt dann scharf links ab, um einer plötzlich vorspringenden kleinen Mauer auszuweichen, die den Brunnen einfaßt. Schließlich erblickt sie weit hinten in einer Ecke eine Frau, die wild mit den Armen fuchtelt, was mehr an die Bewegungen einer Ertrinkenden denken läßt als an ein Winken. Als sie näher herankommt, erkennt sie Kiin, die über das ganze Gesicht strahlt. Cambara läuft eilig auf das Restaurant-Café zu, wo Kiin jetzt ganz allein an einem Tisch sitzt. Der Teil des Restaurants, in dem das Café untergebracht ist, hat ein Strohdach und ist noch im Bau. Auf der einen Seite wird es von dicken Balken gestützt und auf der anderen von einem Metallgerüst.

Als Cambara an ihrem Tisch ankommt, ist Kiin bereits aufgesprungen, die Arme ausgebreitet, um sie an sich zu drücken. Die beiden Frauen umarmen sich und küssen sich auf beide Wangen, wie Freundinnen aus Kindheitstagen, die sich seit vielen Jahren zum ersten Mal wiedersehen, um als Erwachsene liebe Erinnerungen an eine längst vergangene Zeit miteinander zu teilen. Schließlich sitzen sie sich gegenüber, so daß sich ihre Knie berühren; ihre emotionale Nähe nach einer so kurzen Zeit beginnt Cambara ein wenig zu beunruhigen. Dennoch erinnert ein Prikkeln am ganzen Körper sie an ihre Teenagerzeit, als sie zum erstenmal das Ende der unschuldigen Kindheit nahen fühlte, kurz nachdem ihr die offensichtlichen Veränderungen an ihr aufgefallen waren und dazu die Tatsache, daß Jungen und Männer sie auf bestimmte Art ansahen. Vor ihrem inneren Auge sieht sie sich wieder nackt allein im Badezimmer stehen und ihre knospenden Brüste berühren. Sie erinnert sich auch noch an zwei andere Episoden: daran, wie sie Zaak zufällig mit einer Erektion erwischt, und an ihre Begegnung mit einem Pfau. Sie erinnert sich, wie der beeindruckende Anblick des Pfaus sie sexuell erregte. Sie spürt, daß Kiins Nähe kein Versuch ist, sie anzumachen. Wenn es irgend etwas bedeutet, dann die Freude einer Frau, die ein abgeschiedenes Leben führt, über eine unschuldige Freundschaft, die ihr sehr viel bedeuten wird.

Kiin ergreift jetzt Cambaras Hand, knetet sie und dreht sie hierhin und dahin und fragt dabei: »Wie gefällt dir dein Zimmer?«

»Ausgezeichnet.«

Cambara versucht bewußt, Kiins bohrendem Blick auszuweichen und ihre Hand zurückzuholen, die Kiin fest umklammert hält.

»Mittagessen?« fragt Kiin.

»Ich habe mächtigen Hunger.«

»Was möchtest du essen?«

»Was gibt es denn?«

Kiin ruft den Kellner herbei, einen kleinen, hübschen und sehr schwarzen Mann Ende zwanzig mit dünner werdendem Haar und einem strahlenden Lächeln. Er kommt heran, und nachdem er beauftragt wurde, dem geehrten Gast zu sagen, was es gibt, zählt der Kellner die Speisen auf, höflich an Cambara gerichtet, die zunächst Mühe hat, ihn zu verstehen, weil er sehr schnell spricht. Nachdem er alles noch einmal wiederholt hat, gibt Cambara ihre Bestellung auf: Salat, keine Vorspeise, Fisch, Seezunge mit ein wenig Knoblauch und viel Zitrone, zum Nachtisch Obst, Kaffee. Als der Kellner ihr mitteilt, daß die Espressomaschine kaputt ist, entscheidet sie sich für Tee. Da sie nicht sicher ist, ob Kiin schon bestellt hat und auf ihr Essen wartet oder ob sie anderswo essen wird, blickt Cambara vom Kellner zu Kiin, die ihm zunickt und ihm bedeutet, sich um Cambaras Bestellung zu kümmern.

Cambara sagt: »Erzähl mir, wieso du in einer Stadt geblieben bist, aus der viele andere geflohen sind, und wieso du ein Hotel leitest.«

Während Kiin eine Pause macht, um ihre Gedanken in Worte zu fassen, versucht Cambara sanft ihre Hand zu requirieren, wie eine Mutter vorsichtig ihren Finger aus der Umklammerung eines inzwischen schlafenden Kindes befreit.

»Der Bürgerkrieg in der Stadt explodierte, während ich fast einen Monat auf der Intensivstation des Krankenhauses unter ärztlicher Aufsicht zubrachte«, erzählt Kiin. »Ich war ein knappes Jahr verheiratet und verlor Blut. Ich sorgte mich um die Gesundheit meines ungeborenen Kindes und befürchtete eine Fehlgeburt. Jedenfalls war ich weder körperlich noch mental in einem Zustand, der meine Entlassung gerechtfertigt hätte, mit all den

Schläuchen und dem Tropf, an dem ich hing. Ich war niedergeschlagen, krank, fühlte mich elend vor Selbstverachtung – kurz, ich war alles, was ich nie sein wollte. In Anbetracht meiner Situation erschien es mir oder meinem damaligen Mann nicht geraten, uns denen anzuschließen, die vor den Kämpfen aus der Stadt flohen.«

Bei der Erwähnung des damaligen Ehemannes beobachtet Cambara, wie sich Kiins Miene kurzzeitig verfinstert. Dann fragt sie: »Aber du hast dein Kind doch trotzdem zur Welt gebracht?«

»Ja, es war eine Frühgeburt, ein Mädchen.«

»Und es hat überlebt?«

»Danach habe ich noch eine Tochter bekommen.«

»Wie alt sind sie?«

»Zehn und zwölf.«

»Das ist wunderbar, wunderbar.«

»Ich würde sie dir sehr gern vorstellen.«

»Wo sind sie?«

»Hier, bei mir«, antwortet Kiin.

»Wohnen sie hier im Hotel?«

»Nein, in unserem Haus«, sagt Kiin und zeigt mit dem Finger auf ein Loch in der Mauer, das Cambara schließlich als Tür erkennt. »Das ist auch der Grund, warum ich nicht hier esse. Nachdem ich dir Gesellschaft geleistet habe, werde ich den Nachmittag mit ihnen verbringen, da die Schule für heute aus ist.«

»Wo gehen sie zur Schule?«

Der Kellner bringt den Salat, den Cambara mit einem Dressing versieht, nachdem Kiin ihr Angebot, davon mitzuessen, abgelehnt hat. Dann erklärt Kiin, daß als Folge einer fehlenden Zentralregierung und eines funktionierenden Schulsystems im Land viele mittelständische Familien, die noch in der Stadt wohnen, sich zusammengeschlossen haben, um Nachbarschaftsschulen zu betreiben. Mit vereinten finanziellen Kräften organisieren sie für ihre Kinder Hausunterricht mit zweckmäßig kleinen Klassen. Die in der Stadt verbliebenen Familien, von denen viele meinen, daß sie hierher- und nicht als Flüchtlinge oder Einwanderer nach Europa oder Nordamerika gehören, haben für den Unterricht gutausgebildete – manchmal für den Grundschulunterricht überqualifizierte – Lehrer aus Tansania, Uganda und Kenia angeworben. Meist sind es unverheiratete Männer, die auf das Geld aus sind, denn wegen der Bürgerkriegszustände, unter denen sie arbeiten müssen, erhalten diese ausländischen Lehrer höhere Honorare, als sie in ihren Heimatländern bekommen würden, und zwar in US-Dollar.

»Seid ihr zufrieden mit der Ausbildung eurer Kinder?«

»Ja, unter den gegebenen Umständen.«

»Was machen denn arme Familien, um ihren Kindern eine Schulbildung zu verschaffen?«

»Weil es keinen Staat mehr gibt, ist leider die einzige Alternative die Koranschule.«

Kiin legt inzwischen ein etwas mädchenhaftes Benehmen an den Tag und kichert an den unpassendsten Stellen ihres Gespräches. Auch ergreift sie wieder Cambaras Hand und reibt sie und sucht weiterhin körperlichen Kontakt zu ihr.

»Wenn du meine beiden Töchter kennenlernst, die hier geboren und aufgewachsen sind, kannst du mir ja sagen, wie sie sich deiner Meinung nach entwickelt haben«, sagt Kiin. Sie verstummt, als der Kellner Cambara den gedünsteten Fisch mit Spinat bringt.

»Und der Vater der Kinder?«

»Wir sind noch verheiratet«, sagt Kiin, »aber wir leben getrennt. Er ist wie ich trotz des Bürgerkriegs in der Stadt geblieben, statt das Land zu verlassen, als Flüchtling anderswo Unterschlupf zu finden und sich später in einem anderen Land einbürgern zu lassen. Wir sind glücklich hier, egal wie andere uns nennen mögen: Mörder der Clanfamilien, die außer Landes fliehen, Besetzer ihrer Häuser, Räuber und Plünderer, die sich am Reichtum der Stadt vergreifen.«

»Und dir ist nichts zugestoßen?«

»Man gewöhnt sich an alle möglichen Situationen, wie schrecklich sie auch sein mögen, bis man schließlich tut, was man kann, um gerade so zu überleben. Wenn es nötig ist, wird man erfinderisch, einfallsreich und findet entsprechende Möglichkeiten, die gelegentlich widersprüchlich sind, bis man selbst unter schrecklichsten Umständen gut zurechtkommt. Wir kommen gut zurecht, wie du siehst. Inzwischen ziehe ich meine beiden Töchter groß, und sie entwickeln sich, Gott sei Dank, erfreulich.«

Weil für Cambara die Zeit noch nicht gekommen scheint, eine wichtige Frage zu stellen, und Kiin eine Pause macht, sitzen die beiden Frauen schweigend da, jede in ihre eigenen Gedanken versunken.

Kiin sagt zu Cambara: »Du bist sehr lange außer Landes gewesen, nicht wahr?«

Cambara spürt, daß Kiin viel mehr über sie weiß, als sie zu erkennen gibt, höchstwahrscheinlich weil ihre gemeinsame Freundin, die Kiin von Cambaras bevorstehender Ankunft unterrichtet hat, auch ihre Lebensgeschichte erzählt haben wird. Ihre gemeinsame Freundin wird Cambara als berühmte Schauspielerin beschrieben haben, als betrogene Ehefrau, als Mutter, die den Verlust ihres einzigen Sohnes betrauert. Kiins gute Kinderstube hat sie nichts davon erwähnen lassen. Dafür ist noch Zeit. Der Kellner räumt Cambaras Teller mit der halb gegessenen Mahlzeit ab und bringt ihr eine halbe Mango, fußballgroß und in Würfel geschnitten. Cambara genießt den ersten Bissen so offenkundig, daß auch Kiin das Wasser im Munde zusammenläuft und sie den Kellner bittet, ihr die andere Hälfte zu bringen. Sie essen etliche Löffel davon, ehe Kiin die Stille zu unterbrechen wagt.

Dann fährt sie fort: »Gerade jetzt ist die somalische Gesellschaft so zerfallen wie nie. Es gibt so viele Gründe zu streiten, daß keine zwei Somalis einer Meinung sind oder eine gemeinsame Verantwortung für das Wohl der Nation verspüren. Die Männer fangen lieber einen Krieg an, statt die Dinge zu besprechen; sie gehen lieber verschiedene Wege, statt sich zu treffen und ihre Meinungsverschiedenheiten zu klären; sie provozieren weitere Kämpfe und fangen an zu schießen, obwohl ihre Unstimmigkeiten unwesentliche und unwichtige Dinge betreffen. Die Männer neigen dazu, alle kleinen Differenzen eskalieren zu lassen, bis bewaffnete Auseinandersetzungen daraus werden, bei denen viele Menschen sterben, jeder Schußwechsel kocht über zu Gefechten, die nicht zu stoppen sind, und die Gefechte explodieren zu Kriegen. Ich glaube, daß mein Mann und ich unsere Unstimmigkeiten nicht zu einem ernsthaften Zerwürfnis hätten auswachsen lassen, wenn wir uns nicht in solch barbarischen Verhältnissen befunden hätten. Wir lieben uns, mein Mann und ich, doch unsere jeweiligen Standpunkte sind nicht miteinander zu vereinbaren. Ich bin eine Frau und um jeden Preis für den Frieden; mein Mann ist nicht um jeden Preis für den Frieden. Jahrelang, tagein, tagaus in einer so angespannten Situation zu leben hat seine Auswirkungen auf unser Verhältnis gehabt.«

Dann verstummt Kiin ganz unerwartet und ohne Vorwarnung für lange Zeit. Aufgewühlt durch die Gedanken an ihr eigenes und Cambaras zerstörtes Heim schüttelt sie den Kopf. Dann schnieft sie laut und bricht so plötzlich in Tränen aus, wie ein Sturm zu toben beginnt, und ihre Wangen sind naß von der Sturzflut der Gefühle, die über die Ufer tritt.

Nach einer Pause sagt Kiin erklärend: »Solche Zeiten und Geschichten wie die deine und die vielen Tragödien anderer Frauen sind so schwer zu ertragen, all das Schreckliche, das die Männer den Frauen immer schon ungestraft angetan haben. Als ich das erstemal von deinem schrecklichen Verlust gehört habe, war ich sehr betrübt, und jetzt bricht es mir das Herz, wenn ich daran denke, wie Wardi euren Sohn vernachlässigt hat.«

Sie schweigen beide; der Kellner räumt die Teller ab.

Kiin sagt: »Es tut mir leid, daß ich dich die ganze Last meiner Emotionen in dieser Weise habe fühlen lassen und tränenreich eine Verbindung zwischen deinem und meinem Verlust hergestellt habe und zu allen anderen Frauen, die ich kenne.« Sie hält inne, schaut sich um und sagt dann: »Männer sind Versager, und sie zeugen Kriege, unser Elend.«

Cambara fühlt sich mit ihrem Schweigen unbehaglich, weiß jedoch nicht, was sie sagen soll. Sie rutscht unruhig auf ihrem Stuhl herum und hält die Hand vor den Mund; sie ist von ihren Gefühlen übermannt und hofft inständig, sie unterdrücken zu können, damit sie nicht explodieren wie bei Kiin. Wie heikel! Und was für ein stürmisches Temperament diese Frau hat!

Kiin sagt: »Es geschieht im Interesse der Gemeinschaft von Frauen und weil wir eine gemeinsame Freundin in Raxma haben, daß ich dir meine Freundschaft anbiete. Vielleicht laden wir dich ein, dich uns anzuschließen.«

Zunächst weiß Cambara nicht, wie sie auf das Erlebte reagieren soll und auf den Vorschlag, sich der Gemeinschaft der Frauen anzuschließen, die für den Frieden arbeiten.

»Selbstverständlich!« sagt Cambara schließlich.

»Ich bin so froh, so froh«, sagt Kiin, die beunruhigend plötzlich aufspringt und Cambara hochzieht, sie umarmt und küßt. Sie ist voll freudiger Erregung, weil sie Cambara für die Sache der Frauen gewonnen hat, und fährt fort: »Morgen abend feiern wir unsere halbjährliche Party nur für Frauen, und ich richte sie hier aus. Ich freue mich so sehr, daß du dabeisein kannst. Es wird dir gefallen: eine Party nur für Frauen, gutes Essen, tolle Musik, Tanzen, Tanzen, Tanzen.«

Cambara ihrerseits setzt sich wieder hin und überlegt ruhig, daß sie sich nun nicht mehr verschleiern muß, weil sie es nicht mehr nötig hat, sich zu tarnen. Daher wird sie zu Zaak gehen und ein paar ihrer Koffer holen. Sie denkt an das tiefausgeschnittene Kleid, das sie zur Party morgen abend anziehen will, und will Kiin gerade über die anderen Frauen ausfragen, als sich das Tor öffnet und ein Mann hereingeführt wird. Bald darauf begrüßt Kiin den Klempner, der mit seinem Werkzeug gekommen ist, und organisiert einen Wagen mit Bodyguards.

»Mach dich mit dem Klempner auf den Weg, nimm ihn mit dorthin, wo du ihn brauchst, und zeige ihm, was du erledigt haben willst«, sagt Kiin. »Du hast doch sicher das Handy dabei, also ruf an, wenn du etwas brauchst. Oder wenn ich es mir recht überlege, ruf auch an, wenn du nichts brauchst, nur zum Schwatzen. Ich gebe dir auch noch einen Fahrer und den Chef des Hotelsicherheitsdienstes mit, beide gehören zur Familie, und sie werden dich gut behandeln und tun, worum du sie bittest. Sag mir, wenn es ein Problem gibt. Ich gehe inzwischen nach Hause zu meinen Töchtern. Gib auf dich acht, bis wir uns zum Abendbrot wiedersehen.«

Cambara fragt sich, ob die Welt, die ihr Kiin anvertraut hat, ein besserer Ort sein wird, wenn sie die Zeit gefunden hat, sie so zu gestalten, daß sie sich wohl fühlt.

16

Wieder in ihrem Tschador, sitzt Cambara nun in Kiins Limousine und wartet darauf, daß der Fahrer, die ihr als Geleitschutz zugeteilten Jugendlichen und der Klempner, der einen Kostenvoranschlag für sie machen soll, ihr Gebet beenden. Die Jugendlichen haben ihre Waffen an die Wand gegenüber gelehnt, und der Klempner hat sein Werkzeug dicht daneben abgestellt, wo er es im Auge behalten kann. Alle haben vor der rituellen Waschung ihre Schuhe ausgezogen und hinter sich zurückgelassen. Sie haben die Gebete fast zur Hälfte aufgesagt, angeführt von dem alten Mann, der die Koranverse erregt rezitiert, als einige Kellner in ihren Uniformen sich ihnen anschließen und sich im schnellen Rhythmus, der schon vorgegeben ist, hastig zu Boden werfen. Als wolle er kein Außenseiter sein, schließt sich der Koch, noch mit der weißen Papiermütze auf dem Kopf, als letzter der Gebetsgemeinschaft an.

Als sie Cambara einer nach dem anderen vorgestellt und ihre Namen genannt wurden, während sie ihnen die Hände schüttelte, wirkte jeder von ihnen auf sie so ungezwungen und lässig wie ein Seemann auf Urlaub. Aus Langeweile foppten sie einander freundschaftlich. Die Jüngeren haben die Angewohnheit, sich gegenseitig zu watschen oder zu einem Ringkampf herauszufordern. Ob sie nun jünger oder älter sind, sie alle machen auf Cambara den Eindruck, als seien sie schon lange zusammen, was ja der Fall sein kann, und als hätten sie gemeinsame Erlebnisse gehabt, bei denen es um Leben oder Tod ging. Sie ist auch überzeugt, daß sie bereit sind, füreinander einzutreten, daß sie nicht nur die Kameradschaft bei gemeinsam ausgefochtenen Kämpfen verbindet, sondern auch ihre Verpflichtung durch Blutsverwandtschaft. Nach dem zu urteilen, was sie bisher gesehen hat, zieht Cambara ihre

Gesellschaft der von Zaaks Meute vor, mit Ausnahme von Seidenhaar, den sie schon vermißt. Teilweise ist es dem Umstand geschuldet, daß die Leitung des Hotel Maanta seinen Angestellten nicht gestattet, auf dem Hotelgelände oder während der Arbeit Khat zu konsumieren. Diese ihrer Meinung nach gesündere Atmosphäre gibt ihr Auftrieb, und das ernsthafte Gespräch mit Kiin hat sie sehr aufgemuntert, ihr Selbstbewußtsein ist gestärkt, und sie fühlt sich neu belebt. Dementsprechend mutiger sind ihre Entscheidungen und die daraus folgenden Handlungen.

Das Gebet zieht sich unerklärlich lange hin, und der alte Vorbeter spricht längere Verse. Sie kann sich nur denken, daß er sich so verhält, weil er glaubt, die Mission, zu der der Geleitschutz, der Fahrer, der Klempner und Cambara aufbrechen, sei gefährlich. Wer weiß, vielleicht stimmt das ja. Cambara bereitet sich ihrerseits im Geiste auf die Rückkehr zu Zaaks Haus vor, danach auf einen Besuch des Familiengrundstücks, dem ersten in Begleitung und, was besonders wichtig ist, mit Geleitschutz. Ihre neue Stellung bietet ihrer Meinung nach die Freiheit, sich nicht verschleiern zu müssen, wenn sie nicht will.

Da sie jetzt den Tschador als eine Art Gefängnis sieht, entfernt sie das Kopftuch, als keiner zu ihr herschaut. Als ihr Blick dem des Fahrers begegnet – seine Lippen bewegen sich dabei noch und sagen Koranverse her –, lächelt sie und triumphiert, als er nickt, weil er offenbar ihr Tun gutheißt. Mühsam löst sie die verknoteten Bänder ihres Schleiers. Sie kurbelt das Fenster auf ihrer Seite herunter, um für bessere Durchlüftung zu sorgen, und genießt den frischen Wind, der ihr Wangen und Ohren streichelt. Ermutigt kämpft sie erneut mit den Knoten ihrer Kopfbedekkung, die sich nun unerklärlich leicht lösen. Sie läßt ein wenig Haar sehen, setzt sich zurecht und entfernt dann die Kopfbedekkung ganz. Nur der Fahrer beobachtet aufmerksam ihr Tun, alle anderen haben ihr den Rücken zugekehrt und konzentrieren sich auf die Rezitation der Koranverse. Da sie nun den Kopfschleier entfernt hat, sieht sie sich im Geiste in einem Trägerkleid, das sie in einem pakistanischen Geschäft in Toronto gekauft hat, und einer maßgeschneiderten weiten Leinenhose.

Als das Gebet schließlich zu Ende ist, schütteln alle dem alten Mann, der ihre Andacht geleitet hat, die Hand und danken ihm; er segnet die Jugendlichen des Geleitschutzes, die ihre Waffen aufnehmen und die Schuhe wieder anziehen, und den Klempner, der sein Werkzeug holt. Er rät ihnen, sich vorzusehen. Dann verabschiedet er den Koch und die Kellner, die sich wieder an die Arbeit machen. Der Fahrer steigt als erster ins Auto, die bewaffneten Jugendlichen suchen sich alle ihr bequemes Plätzchen im Wagen, und der Klempner, der zuletzt einsteigt, stellt sein Werkzeug vor sich und läßt sich auf den Rücksitz gleiten. Der Fahrer holt den Revolver aus dem Handschuhfach und steckt ihn in seine Hemdtasche. Zwei Jugendliche vom Geleitschutz löchern sich gegenseitig mit persönlichen Fragen, die keiner der beiden zu beantworten gewillt ist.

Cambara sitzt vorn und blickt geradeaus; sie spürt die Nähe des Fahrers, dessen Hände beim Schalten jedesmal die ihren streifen. Sie weiß nicht, ob er das tut, weil er ihr eine Reaktion entlokken will, oder ob es zufällig geschieht. Sie fragt sich, ob es an ihr liegt – sie hat ja gesehen, daß er ihr interessiert zusah, als sie den Schleier gelüftet und ihre Kopfbedeckung abgelegt hat. Vielleicht hält er sie für modern, das heißt für eine leichte Beute? Sie zieht sich in nachdenkliches Schweigen zurück und malt sich aus, wie sie auf Zaak oder Gudcur in ihrem jeweiligen Haus trifft, beide hingelümmelt und mit dem Kauen ihrer mittäglichen Ration beschäftigt.

Sie nimmt an, daß es leichter sein dürfte, Zaak, falls er zu Hause ist, von ihren guten Absichten zu überzeugen, wenn sie mit einem Klempner ankommt, der sich in den Badezimmern oben und unten sowie in der Küche umschaut. Leichter jedenfalls als mit Gudcurs Wut fertig zu werden. Sie wagt sich gar nicht vorzustellen, was er tun könnte, wenn er wütend ist. Denn wenn sie mit einem Klempner, einem Fahrer und dem Geleitschutz im Schlepptau auf Gudcur stößt, steckt sie in einer äußerst heiklen Situation, der ersten wirklich gefährlichen. Wie sie sich dann gegen den kleinen Warlord behaupten will, dürfte spannend werden; er wird sein Äußerstes versuchen, um ihren Widerstand zu brechen und herauszufinden, was sie vorhat. Da sie dem Burschen noch nicht im wachen Zustand begegnet ist und nicht genug Informationen über seinen Charakter oder seine Schwächen gesammelt hat, kann Cambara sich nur das schlimmste aller Szenarien vorstellen: wilde Schießereien, Tote und weiteres Blutvergießen. Sie stellt sich vor, wie Gudcurs mörderische Säfte in ihm aufwallen, ihm zu Kopf steigen, überschäumen und alles und alle in Reichweite vernichten. Sehr wahrscheinlich wird der Mann zorniger und daher gefährlicher werden und es auf die Spitze treiben, sobald er bemerkt, daß sie schon mehrmals hier im Haus war, Jiijo und seine Kinder besucht und letztere mit Süßigkeiten verwöhnt hat. Er wird von ihr wissen wollen, welche Motive sie hat und was sie mit den Besuchen bezweckt; er wird wissen wollen, wer sie ist, warum sie seiner Frau und seinen Kindern Geschenke macht, warum sie mit einem Klempner und mit Geleitschutz eines anderen Clans in *sein* Haus kommt. Gudcur wird darauf drängen, daß Cambara ihm erklärt, was sie mit seiner Familie und *seinem* Haus zu schaffen hat.

Der Fahrer braucht mehrere Versuche, um das Fahrzeug aus einem engen Winkel herauszumanövrieren. Er rangiert mit dem Auto – ein Modell ohne Servolenkung – vorwärts und rückwärts und schaltet dabei geschmeidig, professionell und schnell. Als sich jedoch die zwei Jugendlichen vom Geleitschutz einen Witz erzählen, in lautes Gelächter ausbrechen und sich vor Vergnügen auf den Sitzen wälzen, verliert der Fahrer die Beherrschung. Er bremst gerade noch rechtzeitig, ehe er gegen einen Baum fährt, und hält dann abrupt an, bevor er das Fahrzeug vor die Mauer hinter ihm setzt. Der Klempner schweigt nachdenklich.

Nachdem der Wagen die Ausfahrt passiert hat, gewinnt er an Fahrt und rollt nach Norden, bis sie auf eine der größeren Nebenstraßen stoßen. Cambara will dem Fahrer nun Hinweise geben, damit er sie zu Zaaks Haus bringt. In diesem Moment bemerkt sie dessen plötzliche Unruhe, was sie sich nicht erklären kann, bis einer der jungen Männer ihr vom letzten Besuch erzählt, den er und der Fahrer im nördlichen Teil der Stadt gemacht haben. Das sei nun schon zehn Jahre her und damals seien er und der Fahrer an einigen der heftigsten Gefechte zwischen den früheren Warlords Strongman-Nord und Strongman-Süd beteiligt gewesen.

Um keine Panik aufkommen zu lassen, stellt Cambara dem Fahrer Fragen und bemüht sich die ganze Zeit über, Ruhe zu bewahren und gelassen zu wirken.

»Auf wessen Seite habt ihr, der Fahrer und du, gekämpft?« fragt sie und blickt dann weg, fast zitternd vor verständlichem Unmut.

»Wir haben gemeinsam mit den Clan-Mitgliedern von Strongman-Süd gekämpft, die mit unseren Leuten verbündet waren«, erwidert einer der jungen Männer hinten im Wagen.

Cambara gelingt es nicht, diese Information unkommentiert zu lassen, und sie runzelt die Stirn zum Zeichen, daß sie diese Einstellung mißbilligt. Sie weiß jedoch, daß sie als Frau wenig Ahnung von dem hat, was alle »die Clan-Geschichte« nennen und was mit seiner unsäglichen Politik die Nation in den Ruin geführt hat. Daß sie den engen Fahrgastraum mit vier Männern teilt, von denen drei Blut an den Händen haben, läßt sie die Glaubwürdigkeit solcher Leute wie Kiin, die sie beschäftigen, anzweifeln. Sie fragt sich, ob sie ihre Kurzsichtigkeit bereuen wird, ob sie es bedauern wird, Kiins freundliches Angebot angenommen zu haben, ihr einen Wagen samt Fahrer und Geleitschutz zu leihen, einen Klempner zu rufen und ihr beim Erreichen ihrer Ziele zu helfen, ohne diese zu kennen, da sie nicht in Cambara gedrungen ist, sie ihr zu sagen. Doch im Grunde möchte sie sich damit gar nicht beschäftigen, weil in einem Bürgerkrieg niemand unschuldig ist: Männer, Frauen, Jugendliche, Geistliche, alle sind Komplizen, wenn es darum geht, andere zu töten und zu verstümmeln, wissentlich und unwissentlich. Während das Auto dahinbraust, fragt sie den Fahrer, welchen Beruf er vor dem Zusammenbruch des Landes ausgeübt hat.

»Ich war bei der Nationalarmee, die es jetzt nicht mehr gibt, bis ich mein Abitur machte und dann mit einem Stipendium nach Odessa in die Sowjetunion ging, wo ich zum technischen Offizier für Panzer ausgebildet wurde«, erwidert er.

Cambara fragt den Fahrer: »Wissen Sie zufällig noch, wo Sie

waren oder vielmehr was Sie gemacht haben, als Siyad Barre, der Tyrann, in einem Armeepanzer aus der Stadt floh?«

»Ich war einer der wenigen höheren Offiziere der Armee, die sich weigerten, sich der Miliz anzuschließen, die das wehrlose Mogadischu einnehmen wollte«, antwortete der Fahrer. »Wir, die wir kämpften, um den Idealen der Nationalarmee gerecht zu werden, erfuhren bald – besonders nachdem der Diktator geflohen und der Präsidentenpalast in die Hände der Nativisten gefallen war –, daß wir eine sehr kleine Minderheit waren, aber wir kämpften auf verlorenem Posten.«

»Was haben Sie also gemacht?«

»Gemeinsam mit einer Handvoll gleichgesinnter Armeeoffiziere habe ich eine kleine Einheit von ungefähr einem Dutzend Männern zusammengestellt, die alle Clans dieses Landes repräsentierte«, antwortet der Fahrer. »Wir rekrutierten die Einheit mit dem Ziel, die Clan-Mitglieder der ›Verjagten‹ zu schützen, auch Leute, die mit ihrem Eigentum zu Freiwild gemacht, deren Häuser besetzt und geplündert worden waren oder deren Bewohner mit der ständigen Drohung konfrontiert wurden: ›Entweder du verschwindest, oder du wirst abgeschlachtet!‹ Viele gingen fort, ohne es zu wollen, wurden zwangsvertrieben, landeten in Flüchtlingslagern in einem der Nachbarländer.«

»Was ist aus Ihrer Einheit geworden?«

»Hier sehen Sie das, was von der Einheit übrig ist.«

Der Klempner meldet sich zum erstenmal zu Wort: »Wenn man sieben abzieht, bleiben nur noch drei.«

Cambara verstummt. Als befürchte sie, die Stunde ihres Versagens sei nahe, versucht sie energisch, sich zu konzentrieren, und legt die Stirn in Falten. Natürlich ist sie traurig, weil sie zugeben muß, daß ein ähnliches Schicksal ihre ehrbaren Absichten zunichte machen kann. Wenn man sie danach fragte, würde Cambara zugeben, daß es praktisch unmöglich ist, unter diesen widrigen Bedingungen seinen hohen Idealen zu genügen, doch sie hofft, daß ihre Bemühungen letztlich nicht fehlschlagen werden. Denn sie plant einen Gegenentwurf zu den hiesigen Lebensumständen und will sich dabei nur auf einige wenige Personen stützen: Kiin und vielleicht Bile und Dajaal, von denen sie glaubt, sie könnten zuverlässige Verbündete sein.

Als der Fahrer den Wagen vor Zaaks Haus parkt, ohne weitere Hinweise zu benötigen, atmet Cambara tief durch, entspannt sich und wirkt, als hätte jemand sie von einem verstörenden Anblick fortgezogen. Die beiden Bewaffneten steigen aus, einer öffnet das Tor, der andere bereitet sich auf alle Eventualitäten vor, einschließlich eines Schußwechsels. Der Fahrer mustert die Umgebung, bevor er den Fuß von der Bremse nimmt und den Gang einlegt. Er hält im Schatten eines Baumes, geschützt vor den neugierigen Blicken von Herumtreibern, die das Auto zufällig entdecken könnten.

Cambara führt den Klempner ins Haus und zeigt ihm alles, was er sehen muß: die Küche, die Toiletten, das Bad unten und das im ersten Stock. Während er sich einen Überblick über die Situation verschafft, die Wasserzuleitung prüft sowie die verrosteten und die defekten Leitungen und anfängt, sich ausführliche Notizen zu machen, läßt sie ihn allein und schlägt vor, sich am Fahrzeug wiederzutreffen.

Dann geht sie hinauf in ihr Zimmer, um zwei große Koffer zu packen. Den einen füllt sie mit Kleidung für den Alltag plus ein paar Kleidern für besondere Anlässe und fünftausend US-Dollar in bar, einem Viertel des Geldes, das sie mitgebracht hat. In den härteren der beiden großen Koffer stopft sie Bücher über Puppenspiel, Masken und Theater, einige davon so groß wie Beistelltische. Sie schlägt eins auf und wirft dann einen Blick auf ihre Skizzen und Notizen und anderes Material, das sie mitgebracht hat, damit es ihr eines Tages behilflich ist, ihr Stück zu inszenieren – ein Lieblingsprojekt, mit dem sie sich seit Jahren immer wieder beschäftigt hat, wenn auch im stillen. Als sie sich dann entscheiden muß, was sie anziehen soll, ändert sie mehrmals ihre Meinung und probiert verschiedene Kleidungsstücke an, stellt einen Stilmix her, bevor sie sich schließlich für eine angenehm weite Baumwollbluse und Flatterhosen entscheidet. Sie glaubt, daß sie es sich leisten kann, ohne Schleier zu gehen, und sie kämmt ihr Haar und läßt es herab, wie zur Erinnerung an ihre Jugendzeit in Mogadischu. Als schmückendes Beiwerk trägt sie ein *Garbasaar*-Schaltuch aus feinster Seide.

Sie beschließt, keinen der jungen Männer zu bitten, die Koffer zum Fahrzeug hinunterzubringen, und trägt sie ganz allein. Der Klempner, der gerade fertig geworden ist mit seinen Notizen und der Überprüfung, hört, wie jemand einen schweren Koffer mit Rädern eine Treppe halb hinunterzieht, halb hinunterwuchtet. Erst als er sich die Gestalt, die den schweren Gegenstand hinunterschleppt, noch einmal genauer anschaut, bemerkt er, daß es Cambara ist – jetzt schick gekleidet –, die er anstarrt. Um seine Verblüffung über diese Verwandlung zu überspielen, bietet er sich an, den Koffer zum Fahrzeug zu bringen, muß aber feststellen, daß er ihn gar nicht anheben, geschweige denn wie Cambara befördern kann. Wie um etwas zu beweisen, schleppt Cambara ihn daraufhin die gesamte Strecke zum Auto allein, während der Klempner ins Haus zurückgeht, um sein Werkzeug und seine Notizen mit den Maßangaben zu holen. Sie bemerkt die belustigten Blicke, mit denen die Jungen vom Geleitschutz sie und den Klempner beobachten, und ruft dann den Fahrer, damit er ihr die Kofferraumklappe öffnet.

Als der Klempner wieder zu ihnen stößt, fragt er Cambara, was in dem Koffer ist, um die spöttischen Blicke seiner Kameraden zu entschärfen. Als Antwort zeigt sie auf einen Aufkleber der Fluglinie mit dem Bild eines Gepäckträgers, der sich das Kreuz massiert, und der Aufschrift »Sehr schwer«. Der Klempner will gerade nachhaken, als der Fahrer zu ihm sagt: »Es gehört sich nicht, eine Dame zu fragen, was in ihrem Koffer ist.«

Dann schaut Cambara vom Fahrer zu den Geleitschutzleuten und schließlich zum Klempner und überlegt laut, ob einer von ihnen ihr vielleicht helfen würde, einen zweiten Koffer herunterzuholen. Die Männer wechseln zweideutige Blicke, und keiner bietet an, mit ihr zu gehen, da alle annehmen, der zweite Koffer könnte noch größer sein als der erste. Nicht einmal ihre verächtliche Bemerkung »Männer«, die sie hocherhobenen Kopfes und dreisten Blickes fallenläßt, bringt einen von ihnen dazu, sich ihr anzuschließen.

Als sie wieder zu ihnen tritt, den Koffer schwenkt und damit beweist, daß er viel leichter ist, als sie sich ausgemalt hatten, blicken alle vier verlegen drein. Doch eine Zeitlang sagt keiner etwas. Sie steigen ins Auto, der Fahrer läßt den Motor an, schaltet das Radio ein, fährt durchs Tor und stoppt an der ersten Kreuzung. Er will wissen, wohin es gehen soll. Sie gibt ihre Anweisungen Schritt für Schritt, sagt ihm kurz vor einer Kurve, wo er links abbiegen muß, und bittet ihn, vom Gas zu gehen, ehe er scharf nach rechts abbiegt. Keiner der vier Männer hat die leiseste Ahnung, daß sie unwissentlich ihre Helfershelfer sind; vier Männer, die für das Komplott einer Frau benutzt werden, die ihr helfen, eines ihrer Ziele zu erreichen. Sie haben auch keinen Schimmer, daß sie verstrickt sind in ihren riskanten Versuch, das Haus ihrer Familie zurückzuerobern.

Sie sind schon auf halbem Weg zu Cambaras Haus, als eine Meldung aus dem Radio über den Straßenkampf eines gewissen Gudcur und seiner Männer mit einer anderen Miliz alle aufhorchen läßt. Es herrscht absolute Stille im Wagen, während sie sich die jüngsten Berichte der Journalisten von *Horn Afrique* anhören, die dicht am Geschehen sind: Gudcur und seine Milizen haben etliche Männer verloren, sind einige Straßen weit zurückgedrängt worden und mußten einen provisorischen Bunker schaffen, auf den sie sich jetzt zu ihrer Verteidigung verlassen. Nach Augenzeugenberichten ist die Kampfkraft von Gudcur und seinen Männern stark beansprucht, da sich anscheinend eine andere, südlich von ihnen stationierte Milizfraktion, die von ihnen vor einem Jahr vertrieben wurde, mit ihren Gegnern verbündet hat und sie von hinten angreift.

Als die Nachrichten vorbei sind, übertönt Cambara die Musik mit ihrer Frage an den Fahrer, ob er Gudcur kenne.

Der Fahrer schaltet das Radio aus und sagt: »Ich kenne ihn nicht persönlich, aber ich halte ihn für einen üblen und widerwärtigen Kerl; er verdient die Bestrafung, die ihm jetzt zuteil wird.«

»Erklären Sie mir bitte, was da passiert ist«, sagt sie und täuscht vor, gar nichts von diesem Mann und seinen früheren und jetzigen Aktivitäten zu wissen. »Worum geht es bei den Kampfhandlungen, und warum sind sie jetzt ausgebrochen?«

Der Fahrer erwidert: »Sie kämpfen um die Kontrolle eines Checkpoints in der Nähe einer wichtigen Kreuzung vor einer Brücke. Es soll eine gute Stelle sein, um den Leuten, die diese Straße benutzen, Gebühren abzuverlangen.«

Schon als sie die Frage formuliert, weiß sie, daß sie naiv klingt, doch sie stellt sie trotzdem. Sie sagt: »Ist es lukrativ genug, um seinen Finanzbedarf zu decken?«

»Sonst würde er nicht kämpfen.«

»Wie viele Checkpoints müßte denn ein Mann wie er kontrollieren, um genug einzunehmen, damit er seine Kämpfer unterhalten und in großem Stil leben könnte?« fragt sie.

»Er ist ein Warlord mittleren Ranges«, erklärt der Fahrer, »untergeordnet den Warlords höheren Ranges, die sich das Recht erworben haben, eine zentrale Rolle in der Landespolitik zu spielen und die zu jeder Nationalen Versöhnungskonferenz eingeladen werden, die unseren gescheiterten Staat mit einer Zentralregierung versehen soll. Gudcur ist ein Verbündeter des jetzigen Strongman-Süd und seiner Operationen.«

Dann mischt sich einer der Jugendlichen vom Geleitschutz ein und schleudert seine Verachtung heraus, als ob Gudcur, auf den sie gemünzt ist, sich mit ihnen im Auto befände und zwischen Cambara und dem Fahrer säße. Er sagt: »Wir freuen uns zu hören, daß er herumzappelt wie ein Fisch im Netz.«

Der zweite junge Mann vom Geleitschutz nickt heftig und stimmt seinem Kameraden zu. Das Schweigen des Klempners beunruhigt Cambara jedoch, weil sie keine Ahnung hat, was sie von seiner Zurückhaltung denken soll, warum er so wortkarg ist. Es kommt sicherlich nicht oft vor, daß jemand, der in Mogadischu wohnt und arbeitet, das Tun eines Warlords nicht mit Zustimmung oder Ablehnung kommentiert, besonders wenn es sich dabei um einen Straßenkampf zur Eroberung eines Checkpoints handelt, durch den er einen Wegezoll auf jedes vorbeifahrende Fahrzeug und alle Waren erheben kann.

Cambara sagt: »Das habe ich nicht gewußt.«

»Was? Was haben Sie nicht gewußt?«

Im Fahrzeug ist ihr erregtes Atmen zu hören, und in ihrer Miene kämpft wirre Verdrießlichkeit mit einem verschmitzten Grinsen, denn sie ist krank vor Sorge, weil sie die vier nichtsahnenden Männer zu Gudcurs Höhle führt.

Kaum hat sie sich darauf vorbereitet, ihre Einmischung in Jiijos Leben und ihre äußerst verwickelte Beziehung zu Gudcur anzudeuten, da stellt sie fest, daß sie fast am Ziel sind. Die Tatsache, daß sie Gudcur wahrscheinlich nicht antreffen werden, beruhigt Cambara; sie ist entschlossen, ihr Vorhaben durchzuführen, und sagt dem Fahrer, er solle nicht zu nahe am Tor auf der anderen Straßenseite anhalten. Sie steigt mit dem Klempner aus und läßt den Fahrer und die jungen Männer vom Geleitschutz im Auto zurück, damit sie ihnen Deckung geben, falls es Probleme gibt.

Sie klopft mehrmals laut an das Tor, ehe sich jemand rührt. Auf Jiijos ängstliches »Wer ist da?« antwortet sie: »Ich bin's«.

Cambara ist erleichtert, daß Jiijo allein ist.

Als Cambara sie fragt, wo ihr Mann und die Männer sind, die mit ihm Khat kauen, antwortet Jiijo, sie seien fortgegangen und hätten etwas Wichtiges zu erledigen, ohne ihr zu sagen, worum es geht. Cambara mustert Jiijo aufmerksam und versucht herauszufinden, ob sie die Wahrheit sagt, dann mustert sie den Klempner, um zu erkennen, ob er weiß, daß Jiijo Gudcurs Frau ist. Nach flüchtiger Prüfung kommt sie zu dem Ergebnis, daß keiner der beiden die Geheimnisse oder die Identität des anderen kennt.

Dann erkundigt sie sich, wo die Kinder sind, und Jiijo erklärt, daß man sie »abgeholt hat«. Obwohl sie merkt, daß Jiijo vage bleibt und nichts Näheres mitteilt, bringt sie sie nicht in Verlegenheit, fragt sie nicht aus, wer sie »abgeholt hat« oder ob sie weiß, an welchen Zufluchtsort die Kinder so plötzlich zu ihrer eigenen Sicherheit gebracht wurden. Und warum hat man sie trotz ihres hochschwangeren Zustands sich selbst überlassen? Soll das heißen, daß sie für Gudcur entbehrlich ist? Cambara nimmt Jiijos Aussage ohne Kommentar oder weitere Fragen hin.

Dann fragt Jiijo: »Wer ist dieser Mann?« und mustert den

Klempner, um herauszufinden, ob er Freund oder Feind ist. »Und warum hast du ihn hergebracht?«

Cambaras Antwort beruhigt Jiijo. Sie sagt: »Dieser Herr ist Klempner, und ich habe ihn mitgebracht, damit er dafür sorgt, daß die sanitären Probleme in diesem Haus behoben werden, bevor du dein Kind bekommst. Ich werde seine Arbeit und alle Änderungen und Aufwendungen bezahlen, um sicherzustellen, daß dein Baby in einem Haus mit sauberem Wasser und in einem gesunden Umfeld zur Welt kommt. Heute ist er hier, um die Situation zu begutachten, und wird mir dann die Kosten nennen. Er wird mir sagen, was getan werden muß.«

Die beiden Frauen folgen dem Klempner in ein Zimmer, dann in das nächste und das übernächste, so daß Cambara nun das ganze Haus zum zweiten Mal zu sehen bekommt, aber diesmal bequemer und ohne Hektik.

Eine halbe Stunde später sind alle im Hotel Maanta bemüht, Cambara beim Transport ihrer zwei Koffer zu ihrem Zimmer zu helfen. Sechs Männer mühen sich ab, um sie die Treppe hinauf zu bugsieren, vorbei am Zwischenstock, wo sie eine Pause einlegen, und schließlich in ihr Quartier. Die Klimaanlage ist voll aufgedreht, und sie duscht ganz ausführlich und genießt das sehr.

17

Cambara richtet sich nach einem anstrengenden Training in ihren Räumen, der ersten ernsthaften Übungseinheit seit ihrer Ankunft, zu ihrer vollen Größe auf. Sie atmet schwer und schwitzt heftig und kann gar nicht glauben, daß sie nicht schon vorher trainiert hat, um sich fit zu halten für den Fall, daß sie in eine prekäre körperliche Auseinandersetzung verwickelt wird und zwei oder mehr bewaffnete Spitzbuben mit Karatekicks abwehren – kurz, ihr Leben retten – muß. In letzter Zeit sind einige Milizionäre, da ihnen die Opfer ausgegangen sind, von denen sie große Summen an Bargeld erpressen konnten, darauf verfallen, sich entweder als Piraten auf dem offenen Meer zu betätigen oder an Land Geiseln zu nehmen und riesige Lösegeldsummen für sie zu fordern, während sie jeden Kontakt ihrer Gefangenen zur Außenwelt verhindern. In einer solchen Situation ist es von Vorteil, wenn man fit ist. Sie hat die Milizionäre lange genug beobachtet, um zu wissen, daß sie keine gute Kondition haben. Obwohl sie froh darüber ist, wie sich die Dinge bis jetzt entwickelt haben, wird sie von verständlichen Sorgen beherrscht, von denen viele von der Angst herrühren, sie könnte dem sich in ihr und außerhalb aufbauenden Druck nicht standhalten und zusammenbrechen, wenn es am ungünstigsten ist. Sie hält es für klug, ihren Geist zu schulen und ihren Körper zu stählen für den Tag, an dem das Glück, das sie bisher getragen hat, versagt – und was soll dann werden? Sie spürt, daß sie obenauf bleiben kann, wenn es ihr gelingt, nicht nur körperlich und geistig stark zu sein, sondern auch ihren Aktivitäten eine gewisse Struktur zu geben.

In ihrem Bemühen, wieder eine gesunde Routine einzuführen, rackert sie sich bis zur Erschöpfung ab. Da ihr ein Heimtrainer und andere Sportgeräte fehlen, an die sie zu Hause gewöhnt ist, und da nicht daran zu denken ist, auf den unbefestigten, mit Schlaglöchern übersäten Straßen der Stadt zu joggen, um nicht zum Ziel eines schießwütigen Kerls zu werden, spannt sie jeden Muskel, bis sie den Schmerz nicht mehr aushält. Dabei hört sie Radio, um auf dem Laufenden zu bleiben, und wartet ängstlich auf die schlimmste aller Nachrichten: daß Gudcur seine Feinde besiegt hat. Bisher deutet alles darauf hin, daß er die Oberhand über seine Gegner gewinnt, die zurückweichen, zuvor eroberte Gebiete räumen und behaupten, das sei ein strategischer Rückzug.

Sie gerät ins Schwitzen bei dem Gedanken, daß sie den Klempner und Kiins Fahrer und Bodyguard mit hineinzieht, die bisher immer freundlich zu ihr gewesen sind. Es beunruhigt sie, daß sie Kiin, ihre neugewonnene Freundin, in ihre riskanten Angelegenheiten verwickelt, ohne offen mit ihr zu sprechen. Eine neue Panikattacke ergreift sie, als sie sich in einem stillen Moment ausmalt, was es für alle Betroffenen bedeutet, wenn Gudcur in ein oder zwei Tagen über seine Gegner triumphiert, die auch zu seinem Clan gehören und einmal enge Verbündete waren, die zusammen gekämpft und ihre Diebesbeute geteilt haben. Ein wichtiger Sieg wird zweifellos Gudcurs Selbstbewußtsein stärken, dadurch sein selbstsicheres Auftreten noch steigern und seine Chancen verbessern, weitere Gebiete zu erobern und sein Einflußgebiet auszuweiten. Für Cambara kann das nur verhängnisvoll sein.

Sobald ihr klar wird, was Gudcurs Sieg bedeutet, durchfährt sie ein lähmender Schock. Um die düstere Stimmung abzuwehren, die sie verschlingen will, beschließt Cambara, Kiin am besten eine Version der Ereignisse zu erzählen, die der Wahrheit insgesamt sehr nahekommt. Natürlich wird sie die Erzählweise anpassen, so gut sie kann, dort etwas ausführlicher darstellen, wo der Stoff geschmeidig ist, und da etwas zurechtstutzen, wenn die Geschichte sich nicht fügen will, weil es dem zugrundeliegenden Material an Geschmeidigkeit fehlt.

Trotz der Klimaanlage im Zimmer schwitzt sie stark. Sie ist erschöpft, das Sweatshirt klebt ihr am Rücken, und sie läuft auf Zehenspitzen von einem Ende des Zimmers zum anderen. Sie betrachtet sich in voller Größe im Spiegel auf der Rückseite der Badezimmertür und bewundert, was sie dort sieht: ein weiblicher Körper, wohlproportionierte Taille, für eine Frau ihres Alters noch feste Brüste.

Ein Adrenalinstoß durchfährt sie, als sie daran denkt, wie traurig es für sie wäre, wenn Kiin Cambaras Version der Geschichte nicht glaubt und zudem aufdeckt, daß sie von ihr getäuscht wurde. Inzwischen stellt Cambara sich vor, wie sie versucht, sich leichtfüßig durch eine von Monstern bevölkerte Stadt zu bewegen, während in Kiin jegliches Mitgefühl für Cambara aus Mangel an Vertrauen versiegt. Wohin wird sie dann gehen? Bei wem Hilfe suchen? Nicht bei Zaak, der ihr höchstwahrscheinlich ebenfalls den Rücken kehren wird; nicht bei Bile und Dajaal, zwei Männern, die sie kaum kennt. Ihre einzige Hoffnung ist Kiin, mit der sie ihrer Meinung nach ein besonderes Mitgefühl verbindet, selbst wenn diese Verbundenheit vage bleibt. Vielleicht stimmt zwischen ihnen einfach die Chemie. Cambara wird ganz elend, als sie sich die schmerzliche Szene vorstellt, in der Kiin, nachdem sie Cambaras Lügen aufgedeckt hat, sie aus dem Hotel und aus ihrem Leben hinausweist, jeglichen Kontakt abbricht. Wie kurz sind doch die Beine der Lüge; wie lang die Beine der Wahrheit, wieviel schneller sie läuft als die Lüge, die sie niemals einholen kann. Diese Vorstellung bringt sie schließlich zu dem Entschluß, sich Kiin anzuvertrauen, ihr zu erzählen, was sie erreichen will, warum sie hier im Land ist, Klempner beschäftigt und so weiter. Eine Frau, die auf eine andere baut, eine Frau, die mit einer anderen verbunden ist, eine Frau, die einer anderen vertraut, eine Frau, die beschließt, mit einer anderen wahrhaftig zu sein, im Dienst eines höheren Ideals: im Dienst von Frieden und gesellschaftlicher Harmonie.

Was soll sie dem Klempner erzählen, der mehr als jeder andere, sie selbst eingeschlossen, in Gefahr ist, ein Opfer Gudcurs zu werden, wenn der in einem Moment des Zorns tötet? Welche Erklärung soll sie Zaak liefern, wenn er fragt, warum sie sich immer noch in sein Leben einmischt, obwohl sie nicht mehr bei ihm wohnt? Er wird sie wahrscheinlich daran erinnern, wie sie seine Garderobe und seinen Kleidungsstil verändert und ihn dazu gebracht hat, Sachen mit einem höheren Baumwoll-, statt Polyesteranteil zu tragen. Zaak wird sich beklagen, daß sie ihn, bevor sie sich scheiden ließen und auseinandergingen, dazu gebracht hat, sein asketisches Leben zugunsten eines anspruchsvollen Lebens aufzugeben, das bedeutete, bis in die frühen Morgenstunden aufzubleiben, die Vormittage im Bett zu verbringen, unbekümmert Geld auszugeben, sich selten Sorgen zu machen, als würde jeder heraufziehende Tag sein besonderes Geschenk bringen. Wenn er ihr gegenüber so argumentiert, dann wird sie ihn daran erinnern, daß sie aufhörte, die Frau zu sein, die er kannte, sobald sie ihn losgeworden war, und daß die neue Cambara sich weniger Gedanken darum macht, was er anzieht, und sich mehr um ihre eigenen Probleme kümmert.

Die Entscheidung, den Klempner in das Haus ihrer Familie mitzunehmen, ohne ernsthaft über die Konsequenzen ihrer Handlung nachzudenken, hat Cambaras Engagement zu einem riskan-

beide persönlicher Natur seien. Obwohl sie hofft, daß sie das Haus ihrer Familie zurückgewinnen kann, und geplant hat, dies ganz allein und ohne die direkte Beteiligung anderer zu schaffen, so hat sie in Wahrheit doch andere Menschen mit hineingezogen.

»Was hattest du doch vorhin gesagt«, fragt Kiin, rückt dabei ihr Kopftuch zurecht und schiebt eine Locke zurück, die herausgerutscht ist, »wie weit fortgeschritten ist Jiijos Schwangerschaft?«

»Über den achten Monat.«

»Korrigiere mich, bitte«, fährt Kiin fort. »Du hast gesagt, die Kinder seien zu ihrer Sicherheit fortgeschickt worden und Jiijo sei allein im Haus, während wir hier miteinander sprechen, weil Gudcur einen Straßenkampf führt, um verlorenes Gebiet zurückzuerobern?«

»Soweit mir die Situation bekannt ist, ja.«

Sie beobachtet gespannt, wie Kiin still für sich eine Idee erwägt. Cambara hat den Verdacht, daß Kiin einen kühnen Gedanken hat, und fragt sich, ob oder wann ihre neue Freundin ihre Schlußfolgerungen, wenn sie welche gezogen hat, mit ihr teilen wird.

»Woran denkst du?« fragt Cambara.

Kiin schaut zur Decke hinauf, als könnten ihr die Deckenbalken eine geheime Botschaft offenbaren. Dann nickt sie wie jemand, der schließlich ein Geheimnis gelüftet hat, holt ihr Handy aus der Tasche, gibt eine Nummer ein und wartet lange. Als sich jemand meldet, fragt Kiin die Person mit der schrillen Stimme: »Wo bist du, Farxia, meine Gute, und störe ich gerade?«

Kiin hat das Telefon auf Freisprechbetrieb gestellt, damit Cambara mithören kann. Sie erklärt ihr flüsternd, daß sie mit Farxia spricht, einer Ärztin in einer Klinik, die gerade Dienstschluß hat. Farxia fragt Kiin, ob es einen Notfall gibt und ob sie sofort ins Hotel kommen soll. Kiin antwortet, es gehe ihr gut und Cambara ebenfalls. Kiin zögert zunächst, als hätte sie es sich anders überlegt und wolle nun doch nicht berichten, was ihr auf den Nägeln brennt. Halbherzig versucht sie Farxia zu versichern, daß »eigentlich alles in Ordnung ist«.

Farxia sagt mit einer noch schrilleren Stimme: »Ich bezweifle, daß du mich über den Notruf anrufen würdest, wenn die Sache warten kann und alles eigentlich in Ordnung ist.«

»Ich werde morgen abend mit dir reden«, sagt Kiin.

»Schieb es bloß nicht bis morgen auf«, sagt Farxia. »Sprich, und zwar jetzt.«

Auf Farxias Drängen hin denkt Kiin laut, wahrscheinlich Cambara zuliebe, und fragt sich, ob die geschätzte Ärztin sich wohl auf einen gewagten Gedanken einlassen könnte. Kiin braucht lange, um zu erklären, was ihr im Kopf herumgeht, obwohl Cambara glaubt, daß niemand Kiin im Verdacht haben wird, etwas Unvernünftiges vorzuschlagen.

»Stell dich nicht so an, Kiin.«

»Mach ich nicht.«

»Dann raus mit der Sprache, und zwar schnell«, befiehlt Farxia.

Kiin gehorcht und sagt: »Hast du oder hat einer deiner jüngeren Kolleginnen von der Klinik Zeit für einen Hausbesuch?«

»Gleich jetzt?«

»Oder noch besser«, sagt Kiin, »hast du einen Krankenwagen mit Besatzung, um eine hochschwangere Frau abzuholen und sie in deine Klinik zu bringen?«

»Wo ist die Schwangere?«

Kiin schlägt dann vor, daß Farxia in der Klinik auf ihren Fahrer wartet, der ihr eine Nachricht mit dem Namen der Schwangeren und weiteren Informationen bringt. Der Fahrer wird den Krankenwagen dann zu dem Haus lotsen, wo sich die Frau befindet.

»In Ordnung«, sagt Farxia.

Cambara ist beeindruckt, wie schnell Kiin ihre Zukunft und die ihres Geschäfts aufs Spiel gesetzt hat, indem sie diesen äußerst gewagten Schritt tat, nämlich das Haus ihrer Familie von dem einzigen noch verbleibenden Beweis der Besetzung durch Gudcur zu befreien. Cambara ist Kiin so dankbar, daß ihr die Worte fehlen. Und auch die feuchten Flecken an der Decke, die Kiin vorhin inspiriert haben, können ihr nicht helfen und sagen, was sie tun soll.

»Diese Sache ist erledigt«, sagt Kiin, »jetzt kommt die nächste.«

Irgend etwas rüttelt Cambara auf, und sie überlegt, wie verzweifelt sie sein wird, falls die Sache schiefgeht. Sie hat schließlich nicht nur Kiins Leben und das ihrer Töchter in Gefahr gebracht, sondern auch ihr Hotel, die Ärztin, die sie noch nicht getroffen hat, und deren Kolleginnen, die Klinik und ihr Personal. Sie zittert vor Sorge und fühlt sich so schwach wie ein Blatt im Meereswind.

»Mein zweites Vorhaben bezieht sich auf die Frauen, auf das Theater und auf ein dauerhafte Engagement für den Frieden«, sagt Cambara. »Ich bin sicher, daß ich mit deiner Hilfe ohne Mühe erreichen werde, was ich mir vorgenommen habe.«

»Äußere dich etwas genauer«, sagt Kiin. »Auf welche Weise kann ich helfen?«

Cambara gewöhnt sich allmählich an das angenehme Gefühl, daß Kiin alle ihre Probleme löst. Sie widmet sich den Schwierigkeiten, auf die sie mit großer Wahrscheinlichkeit stoßen wird, wenn sie sich an die Inszenierung eines Stückes in einem Land macht, das diese Form der Unterhaltung nicht mehr kennt. Sie spricht weiter: »Eigentlich wollte ich deshalb mit einem Tischler sprechen, der eine Bühne bauen und helfen kann, die Masken herzustellen, die ich entworfen habe. Ich brauche einen sehr geschickten Tischler, der auch schnitzen kann und meine Skizzen auf seine Art umsetzt.«

Kiin lächelt charmant und ist sichtlich zufrieden mit sich. »Ich kenne eine solche Person«, sagt sie.

»Hier in dieser Stadt?«

»Er ist Ire, und ich kenne ihn gut.«

»Lebt er in Mogadischu?«

»Er lebt hier schon seit Jahren, hat Somalia zu seiner Heimat gemacht und, was noch wichtiger ist, hat überlebt.«

»Was macht denn ein Ire hier?«

»Das ist eine lange Geschichte.«

»Wie heißt er?«

»Seamus.«

18

Früh am nächsten Morgen, um acht Uhr, sitzt Cambara allein an einem Tisch im Hotelrestaurant, ihren großen Schreibblock aufgeklappt vor sich. Sie blättert durch ihre Notizen, liest und überarbeitet sie, fügt hier etwas hinzu und streicht dort etwas. Sie tut das so halbherzig, wie eine Professorin den Text eines Studenten durchsieht, für den sie sich nicht wirklich interessiert. Die Blätter des Schreibblocks sind mit Krakeln bedeckt, die nur sie entziffern kann. Darunter befindet sich die Skizze eines Stückes, an dem sie mit langen Unterbrechungen viele Jahre gearbeitet hat. Sie glaubt, dieses Stück sei bestens geeignet, um es hier auf die Bühne zu bringen, und hofft, daß sie mit ihrer Einwilligung, ein Puppenspiel zu inszenieren, nicht nur ihre Chancen auf einen künstlerischen Erfolg verbessert hat, sondern daß sie sich dadurch auch von dem unangenehmen Gefühl befreien kann, nie eine eigene Arbeit inszeniert zu haben.

Sie würde gern herausfinden, was Kiin dazu gebracht hat, so bereitwillig, kenntnisreich und überzeugend über Cambaras leidenschaftlichen Wunsch zu sprechen, ein Stück für den Frieden in Mogadischu zu inszenieren. Sie vermutet, daß ihre gemeinsame Freundin Raxma mit ihr telefoniert und dabei auch Cambaras Theaterbegeisterung erwähnt hat, die, wie Arda es ausdrückt, »gespeist wird von der fixen Idee, sich gleichzeitig einen Namen als Schauspielerin und als Stückeschreiberin zu machen«. Cambara hat ihren Traum bis heute am Leben erhalten, jedoch wenig davon umgesetzt, abgesehen von einigen laienhaften Versuchen, auf die sie nicht stolz sein kann. Jetzt ist jedoch nicht die Zeit, sich Gedanken über ihre künstlerische Laufbahn zu machen. Das kann warten, bis sie an anderen Fronten erfolgreich war; danach wird die Inszenierung eines Stückes für sie ein Vergnügen und keine Mühe sein, da ist sie sich sicher.

Sie malt sich ihre Freude aus, wenn Gudcur verwundet aus dem Kampfgeschehen zurückkommt oder an seinen Verletzungen stirbt; das würde ihre Position schlagartig verbessern. Wie gewohnt zählt sie ihre Küken, bevor sie geschlüpft sind, und sieht schon den Tag gekommen, an dem sie den Festsaal ihres Hauses als Probenraum nutzen kann. Wenn Gudcur fort ist, seine Männer ihre Pläne nicht mehr gefährden und Jiijo aus dem Weg ist und ihr Baby im Krankenhaus bekommt – dank der von Kiin und Farxia getroffenen Vorbereitungen –, dann wird sie schnell vorankommen, davon ist Cambara überzeugt. Sie deutet ihren Traum im Morgengrauen, in dem sie gesehen hat, wie einige Habichte mit Hyänen kämpften und sie besiegten, als Zeichen, daß sie ihre Gegner, wer sie auch sein mögen, überlisten und ihr Ziel, was es auch sein mag, erreichen wird.

Sie erinnert sich, daß ein Korrespondent von *Radio Horn Afrique* um sieben Uhr früh berichtet hat, Gudcurs Männer seien in die Flucht geschlagen und befänden sich auf dem Rückzug, nachdem sie aus weiteren Checkpoints vertrieben wurden. Darüber hinaus deuten andere, noch unbestätigte jüngere Meldungen anderer Nachrichtendienste darauf hin, daß es viele Tote und Verwundete unter seinen Männern gegeben hat. Und da keiner der Reporter behauptet, Gudcur persönlich gesehen zu haben, gewinnt das Gerücht, er sei tot oder zumindest schwer verwundet, an Glaubwürdigkeit. Berichte, sein Stellvertreter handele, als habe er zweifelsfrei das Sagen, unterstützen diese Vermutung. An einem Punkt des Interviews rutscht Gudcurs Stellvertreter die Bemerkung heraus, daß er den Kampf anführe, der aufgrund einer mangelhaften Kommandostruktur ins Stocken geraten sei. Daß der Stellvertreter Gudcurs Autorität in Frage stellt, sieht sie nicht so sehr als Hinweis auf eine demütigende Niederlage, sondern vielmehr als unstrittigen Beweis für seine Machtlosigkeit.

Sie richtet sich auf und lächelt dem Kellner erfreut zu, als er sich mit einem Teil ihres Frühstücks nähert: zwei Scheiben Mango, so zubereitet, wie man sie hier in Mogadischu liebt. Das Wasser läuft ihr im Mund zusammen, während sie die süße goldene Frucht bewundert, die in zwei gleiche Hälften geteilt, deren flacher, rundlicher Kern entfernt und deren Fruchtfleisch mit einem Messer in mundgerechte Stücke geteilt wurde. Da der Kellner sich nicht von der Stelle rührt, als warte er darauf, daß sie etwas sagt, teilt Cambara ihm mit, daß er ihr den zweiten Gang nicht zu bringen brauche, Leber mit *canjeero*-Pfannkuchen, ein Lieblingsgericht der Mittelschicht in Mogadischu. Als Erwiderung auf seinen freundlichen Versuch, sie doch noch zu überreden – »Leber mit Pfannkuchen ist unsere Spezialität« –, erklärt sie ihm, sie bezweifle, daß es ihr jetzt bekommt. »Nicht heute morgen«, fügt sie hinzu.

Der Kellner nickt und geht. Als sie dann den ersten Löffel zum Mund führt, hört sie ein plötzliches Durcheinander von Stimmen. Eine Horde junger Männer schleppt Möbelstücke herbei, sie heben und tragen sie so unbeholfen, wie ungeübte Leute schweres Mobiliar mit vielen Beinen transportieren. Sie erkennt einen oder zwei der jungen Männer wieder und ist besorgt, daß sie sich verheben oder daß der eine oder andere Tisch und Stuhl oder ein Sofa beschädigt werden könnten, was Kiin ohne Zweifel eine schöne Stange Geld kosten würde. Sie beobachtet die Männer halb besorgt und halb belustigt, während die sich schwerfällig bemühen, einen Tisch, an dem ihrer Schätzung nach zehn Leute Platz finden könnten, durch eine zu schmale Tür zu schaffen. Und mehr noch, die Ungeschicklichkeit dieser Jugendlichen – die den Tisch über ihre Köpfe heben und dabei riskieren, ein Bein abzubrechen, statt ihn anzukippen und ihn Bein für Bein durch die Türöffnung zu fädeln – verschafft ihr solches Unbehagen, daß sie sich fragt, ob diese Kerle überhaupt geeignet sind, bei ihrem Stück mitzumachen. In der Tat tritt ein, was sie befürchtet hat: Die beiden Vorderbeine des Tisches wackeln, und die jungen Männer sind schweißgebadet und keuchen. Sie gehen am Brunnen vorbei und stolpern dann ungeschickt eine Steintreppe rechts von ihr hinauf, die zum Seitengebäude mit dem Strohdach führt.

Sie schaut den jungen Leuten nach, und ihr Blick fällt auf das Seitengebäude, das man offenbar errichtet hatte, weil mehr Platz und so etwas wie ein Saal gebraucht wurde. Sie erkennt, daß dies der Ort ist, wo das Hotel große Veranstaltungen organisiert. In Gedanken sieht Cambara eine Zukunft, in der Frieden herrscht und in der Kiins Töchter in diesem Gebäude ihre erste eigene Wohnung einrichten. Es ist seltsam, doch erst jetzt, nachdem sie beobachtet hat, wie die jungen Leute sich bei der Möbelschlepperei verausgabt haben, bemerkt sie, daß sich im Nebengebäude oben einen Saal und unten ein Restaurant befindet, in dem ungefähr ein Dutzend Tische und Stühle stehen, die mit farbenfrohen Tüchern dekoriert und wie für eine Feier gruppiert sind. Cambara hofft sehr, daß sie sich auf dieser Party nur für Frauen, zu der Kiin sie eingeladen hat, wohl fühlen wird, und will versuchen, dort die eine oder andere von ihnen für ihre Pläne zu gewinnen, will Farxia für ihre Unterstützung danken und vielleicht endlich die Frau des Ladeninhabers Odeywaa kennenlernen.

Sie blickt erschrocken auf und wird von Zweifeln befallen. Wieder überwältigt sie die Unsicherheit, als sie über das furiose Tempo nachdenkt, mit dem sich alles entwickelt hat. Dabei wird Kiin zu dem Sockel, auf dem die Säulen von Cambaras Unternehmung ruhen, während Zaak und Wardi praktisch aus ihrem Gesichtsfeld und aus ihren Gedanken verschwinden. Entgegen aller Vernunft ist sie weiterhin entschlossen, ganz auf Kiin zu vertrauen, obwohl sie das Gefühl hat, daß sie auch die Freundschaft zu anderen Menschen, an die sie sich wenden kann, pflegen muß; sonst macht sie sich gänzlich von Kiin abhängig, mag sie auch eine noch so gute Wahl sein. Es ist schon traurig, daß Cambara jedesmal, wenn sie einen guten Grund hat, einen Moment des Triumphes zu genießen, zu einem Angstanfall neigt und die Folgen zukünftiger Fehler fürchtet, statt sich den Mantel des Erfolgs umzuhängen. *Basta*, es reicht!

Seidenhaar. Welche Absichten hat sie ihm gegenüber, falls sie sich immer stärker für sein Wohlergehen engagiert? Wird sie ihn jemals legal adoptieren dürfen? Das ist eins ihrer Anliegen. Die Vorstellung, Seidenhaar bei sich aufzunehmen, hat ihren Reiz, da dies ihr mehr Halt geben würde, wenn sie sich zur Rückkehr nach Toronto entschließt. Sie stellt sich vor, wie sie ihren Freunden auf ihre mögliche Frage, warum sie so schnell nach Toronto zurückgekehrt ist, antwortet: »Aber ihr wißt doch, daß Mogadischu kein Ort ist, um einen intelligenten, ehrgeizigen Jungen großzuziehen, weil es dort keine Schulen gibt, eigentlich gar nichts, was für die Stadt spricht.« Natürlich kann man nicht sagen, wie sich die Dinge entwickeln werden oder ob sich Seidenhaar als gutwilliger Partner bei ihrem Vorhaben erweisen wird, denn man darf nicht vergessen, daß er – für einen Jungen seines Alters und seiner Herkunft – genaue Vorstellungen davon hat, was er mit seinem Leben anstellen will. Und was noch wichtiger ist, kann sie denn einem Jungen aus seinem sozialen Umfeld eine gute Mutter sein? Ist sie so zäh wie Seamus, von dem Kiin behauptet, er habe das ganze Land adoptiert und überlebt?

Sie verzieht verdrießlich den Mund, weil sie der immer wiederkehrende Gedanke beunruhigt, sie werde sich, indem sie andere in ihr Leben hineinläßt, Schwierigkeiten aufhalsen, die sie überhaupt nicht gebrauchen kann. Warum nur tut sie das immer wieder? Geschieht es, weil sie ständig einsam ist und die Gesellschaft anderer Menschen braucht, so wie manche sich Haustiere halten oder wie Ehepaare mit Problemen sich andere Leute einladen, weil sie es allein miteinander nicht aushalten? Warum denkt sie – noch ehe sie sicher ist, daß die Sache mit Seidenhaar ein gutes Ende nehmen wird – an Bile? Vielleicht glaubt sie, daß Bile auf seine Weise ihr neues Selbst ergänzen und schließlich vollenden und bereichern würde. Ob es ihr nun gefällt oder nicht, so stellt sich ihr doch die Frage, ob sie nicht etwa Wardi, den von ihr getrennt lebenden Ehemann, durch Bile ersetzt und ob ihr neuentworfenes Selbst eine festere Struktur bekommt, wenn sie Seidenhaar einbezieht.

Ein Lächeln erhellt ihr Gesicht bei dem Gedanken, daß sie diesen Seamus nicht nur kennenlernen, sondern ihm auch ihre Skizzen vorlegen und ihn bitten wird, die Masken zu schnitzen und, wenn möglich, die Bühne und das Bühnenbild zu bauen. Glücklich über die Aussicht, daß sie ihr Ziel erreichen kann, nimmt Cambara gemächlich einen Schluck aus ihrer Flasche Mineralwasser.

Sie ißt einen Bissen von der Mango und denkt: Wie prächtig sie ist, was für eine Mango! Dann sinnt sie darüber nach, welche Gestalt ihr neues Selbst annehmen wird, wenn es sich voll und ganz entwickeln kann. Damit alles funktioniert, muß sie herausfinden, wie der Heimunterricht aussieht, den Kiin für ihre

Töchter organisiert hat, und welche Chancen es da für Seidenhaar gibt. Die Frage ist, wie man in diesen schwierigen Zeiten das Leben eines Jungen am besten organisieren kann. Wird es ihr gelingen, sich zu neuen »Dingen« aufzumachen, wenn das alte »Ding«, dem sie über viele Tage, Wochen, Monate oder Jahre ihre Aufmerksamkeit geschenkt hat, ihr Herz nicht mehr bewegt und erregt?

Plötzlich vernimmt sie eine weibliche Stimme, die ihr vertraut ist, aber auch energisch Anweisungen erteilt und gleichzeitig einige Leute herumkommandiert. Der ihr vertraute Teil von Kiins Stimme hat einen unwiderstehlichen Zauber; der ihr fremde Teil ist laut, spricht hastig, klingt angestrengt, nahezu gequält – es ist die Stimme einer gestreßten, genervten und etwas oberflächlichen Frau. Schließlich erblickt Cambara ihre Freundin, die elegant daherschwebt. Sie ist tief bewegt, Rührung schnürt ihr die Kehle zu, und sie kann nur winken und winken. Endlich bemerkt Kiin ihr Winken und gibt ihr mit einer Handbewegung zu verstehen, daß sie gleich bei ihr sein wird.

Kiin kommt zu ihr herüber, obwohl sie eindeutig unruhig ist, vielleicht weil sie nicht viel Zeit zum Plaudern hat, da sie sich noch um so vieles vor der abendlichen Party kümmern muß. Die beiden Freundinnen umarmen sich, schmiegen die Wangen aneinander und küssen sich, und jede fragt die andere, wie es ihr geht, um dann unisono zu antworten: »Gut, sehr gut.« Sie finden das spaßig und kichern.

Als sie wieder loslassen, sagt Kiin: »Hat er sich bei dir gemeldet? Er hat versprochen, dich anzurufen.«

Es tut Cambaras Herz nicht gut, eine allgemeine Anspielung auf einen »er« zu hören und zu merken, daß sie das Handy auf ihrem Zimmer vergessen hat – nicht zu wissen, welche Neuigkeiten dieser »er« bringen wird, ob es gute oder schlechte sind. Wer soll sie angerufen haben? Gesegnet sei er – Bile? Verflucht sei er – Zaak? Gott bewahre – Gudcur?

»Wer soll sich bei mir gemeldet haben?«

»Seamus.«

»Wie dumm von mir«, sagt Cambara.

»Warum sagst du das?«

»Weil ich das Handy in meinem Zimmer gelassen habe«, sagt Cambara.

»Seamus hat mich angerufen.«

»Und was sagt er?«

»Daß er gleich hier sein wird.«

Cambara schiebt ihr Frühstücksgeschirr beiseite und wird sofort unruhig, schaut von den Tellern zu Kiin und schließlich auf ihren Skizzenblock zu ihrer Rechten, der mit Krakeln und Mustern bedeckt ist, die zumindest von Kiins Position aus interessant wirken. Kiin weist inzwischen den Kellner an, in die Küche zu gehen, einen doppelten Espresso und Frühstück – rosig gebratene Leber und *canjeero*-Pfannkuchen – für Seamus zu bestellen und an Cambaras Tisch zu bringen.

Als der Kellner gegangen ist und sie allein sind, sagt Kiin: »Ich möchte dich gern zum Essen mit meinen Töchtern und mir einladen.«

»Sehr gern«, sagt Cambara.

»Mittagessen um halb zwei.«

Cambara erhebt sich halb und will sich bei Kiin für alles bedanken, während sie gleichzeitig mit dem Stachel der Eifersucht in ihr eine Frau sieht, die ihr Leben im Griff hat.

Kiin geht und sagt: »Bis später.«

Cambara bekommt den ersten Hinweis darauf, daß etwas Ungewöhnliches geschieht, in Gestalt einer unheimlichen Stille, als einer der Wachposten ein Radio abschaltet. Von diesem Moment an interessiert sich Cambara sehr für das ungewöhnliche Benehmen einiger der jüngeren unbewaffneten Wachposten, die damit beschäftigt sind, nacheinander durch den Spion des Fußgängertores zu schauen. Dann schauen sie sich fragend an, beraten sich und diskutieren, welche Maßnahme sie ergreifen sollen, wenn überhaupt eine, ehe sie verlegen zu einem Mann hinüberblicken, der aussieht, als sei er in einer anderen Welt, vielleicht schläft er ja.

Eine flüchtige Einschätzung bestätigt ihre Vermutung: Der auf dem Stuhl sitzende schlafende Mann, der die Arme über der Brust verschränkt und die Füße von sich gestreckt hat und den die jüngeren unbewaffneten Wachposten am Tor nicht zu stören gewagt haben, ist in der Tat der Mann, der gestern das nachmittägliche Gebet geleitet hat. Offenbar ist er der Sicherheitschef, und jetzt erinnert Cambara sich, daß er die Show im Wagen angeführt hat. Kiin hat ihr erzählt, wie sehr sie sich auf ihn verläßt.

Schließlich wacht er von allein auf, vielleicht weil das Radio nicht mehr spielt und die unheimliche Stille ihn auf die Veränderungen, die er nun wahrnimmt, aufmerksam gemacht hat. Er öffnet die Augen mit der Langsamkeit eines Hahns, der seinem schläfrigen Zustand ein schwaches Krähen abringt, gähnt dann kräftig und streckt die Arme, ehe er sich tatterig zu seiner vollen Größe aufrichtet. Er reibt sich den Schlaf aus den Augen, lehnt sich an die Mauer und fragt, was los ist. Da er von den anderen, die ihn nur anstarren, keine Antwort bekommt, bringt er sein Auge an das Guckloch. Er sieht einen unbeholfen wirkenden Weißen mit dem traurigen Ausdruck eines Menschen, der eigentlich hier nichts zu suchen hat, einen Mann mit Bierbauch, der an seinem Bart herumzerrt, sich nervös graue Haarbüschel in den Mund steckt und darauf herumkaut.

Der Sicherheitschef mustert den Weißen, soweit er ihn sehen kann, von oben bis unten und gibt einem der jungen Leute dann den Befehl, »den Gentleman hereinzulassen«.

Seamus kommt herein, mit gleichmäßigen Schritten und einem freundlichen Grinsen im Gesicht, sein Auftreten furchtlos und unbekümmert, die Hände zu Fäusten geballt. Aufgrund der Entfernung und seines starken Bartwuchses kann Cambara jedoch nicht genau erkennen, von welcher Art seine Freundlichkeit ist, wem sie gilt und ob er nicht ein wenig kichert. Trotzdem sagt sich Cambara: »Terra firma«, denn sie hat bereits erraten, wer er ist, noch ehe er sie erblickt hat. Während sie ihn mustert, denkt sie: »Was für eine Ausstrahlung.« Um ihn zu begrüßen, erhebt sie sich und ist beinahe versucht, ihn beim Vornamen zu rufen. Sie reißt sich zusammen und setzt sich, glättet umständlich ihr Haar mit den Händen und betastet ihr Gesicht, ohne sich darum zu kümmern, was andere, die sie beobachten, denken könnten.

Seamus macht die Runde und schüttelt Hände, wobei er die Hand jedes einzelnen, der sich in seiner Nähe befindet, in die seine nimmt. Er beginnt beim Sicherheitschef und hält dann die Hände des anderen Mannes für einige Momente in den seinen, schließlich kommt er mit kurzen Schritten und einem Bauch, prominenter als ihm lieb ist, auf sie zu, die rechte Hand vorgestreckt, als wolle er ihr damit ein Geschenk machen. Sie denkt, Seamus wirkt wie ein erschöpftes Lasttier, das mehr als das Doppelte seines Gewichts trägt, dessen Knie sich unter der Last beugen und schmerzen. Sein Blick ist wachsam, und der Mund schmollt, als sei er verärgert. Sieh doch, wie er jedem die Hand schütteln will; schau, wie er ständig die Hose hochzieht und dabei seine Geschlechtsteile dezent berührt, als wolle er sich überzeugen, daß sie noch da sind. Wie bewegt er sich wohl in der Stadt, wenn ich fragen darf? Welches Beförderungsmittel hat er, wenn er überhaupt eins hat?

»Ich bin Biles Freund«, sagt Seamus laut genug, daß alle ihn hören können. Auf diese Weise bezeichnet er eine Art Verwandtschaft, die den bewaffneten und den unbewaffneten Jugendlichen einleuchten wird, wie er hofft: ein Maskottchen für Bile, für die Freundschaft. Sie gibt sich alle Mühe, die glotzenden Jugendlichen zu ignorieren. Ihrer Meinung nach zeigt das nur deutlich ihre Neugier, da sie vielleicht zum ersten Mal erleben, wie eine unverschleierte somalische Frau einen europäischen Mann vor so vielen Augen begrüßt. Am hellichten Tag. Ohne Begleiter.

Sie sagt: »Seamus, nehme ich an«, und schüttelt ihm voll Wärme die Hand, als würde sie ihn auch gleich umarmen, sehe aber dann doch davon ab.

»Willkommen in unserer Stadt, Cambara«, sagt er und spricht das gutturale *C*, mit dem ihr Name beginnt, akzentfrei aus. »Bile läßt grüßen, ebenso Dajaal, die beide das Vergnügen hatten, dich unter ungünstigen Bedingungen kennenzulernen. Mir scheint, ich bin der Glückliche, weil ich dich ausgeruht und entspannt antreffe, bereit, mich in deinem Hotel zu bewirten.«

»Das Vergnügen, dir in dieser freundlicheren Situation zu begegnen, ist ganz auf meiner Seite, Seamus«, sagt sie und spricht seinen zweisilbigen Namen so aus, daß es besitzergreifender klingt, als sie beabsichtigt hatte.

Als der Kellner mit einem doppelten Espresso für ihn herankommt, deutet Cambara auf einen Stuhl, auf den Seamus sich niederläßt und den Jugendlichen den Rücken zukehrt, die sie nun beide anstarren und mit ihren Blicken ausziehen. Seamus sagt automatisch »Danke«, weder an sie noch an den Kellner gewandt. Er läßt dem Kellner genug Zeit, sich zurückzuziehen, rückt auf seinem Sitz hin und her und nimmt dann nachdenklich seinen ersten langen Schluck vom Kaffee, verkneift sich aber, Cambara mitzuteilen, ob er nach seinem Geschmack ist oder nicht.

Er zieht an seinen borstigen Kinnhaaren und zupft hin und wieder ein loses Haar zwischen seinen dicken Fingern hervor, mit der Bedächtigkeit eines Bauern, der Unkraut jätet. Irgend etwas an der Art, wie er dasitzt, sagt ihr, daß Seamus in Somalia verwurzelt ist, so wie ausländische Vegetation sich anpaßt und schließlich in dem Boden, in den sie gepflanzt wurde, dauerhaft Wurzeln schlägt.

»Nun erzähl mal«, fängt Seamus die Unterhaltung an.

»Wo anfangen?« sagt sie. Sie klingt wahrlich entzückt; ihre Fröhlichkeit ist so spontan wie das erste Lächeln eines Babys.

»Fang irgendwo an«, lächelt er aufmunternd. »Irgendwo ist gut.«

»Ich nehme an, daß du John Coltrane kennst?«

»Vermutlich nicht so gut wie du.«

»Mein liebster Coltrane-Song ist ›A Love Supreme‹.«

»Möchtest du damit beginnen?«

»Ebensogut könnte ich mit einem wahren Moment der Traurigkeit beginnen, wenn ich entdecke, daß sich mein Partner in meiner Erniedrigung sonnt, sich darin aalt.« Sie blickt weg, als sei sie verlegen, vielleicht weil sie unsicher ist, ob er weiß, was sie meint.

Ihre Hand fährt zu ihrer Wange – eine Frau, die sich nicht entschieden hat, ob sie Tränen wegwischt oder ein wenig Kohlestift mit einem Tempotaschentuch entfernt. Ihr fällt ein, daß sie inzwischen etliche Monate lang keinen Lidstrich gemalt hat – sie, die eine Ausbildung als Visagistin hat –, nicht mehr, seit sie ihren geliebten Sohn verlor.

»Mein Sohn ist gestorben«, sagt sie. »Ertrunken.«

»Das tut mir sehr leid«, sagt Seamus und blickt beiseite.

»Im Swimmingpool der Geliebten meines Mannes.«

Er bewegt tonlos die Lippen: »Es tut mir leid.« Wieder blickt er weg und dann auf seine Fingernägel, die entweder ganz abgekaut oder lang und schmutzig sind.

»Man könnte sagen, daß ich hergekommen bin, um zu trauern.«

Seamus schluckt, als stecke ihm eine Gräte im Hals. Er sieht aus wie ein Mannes, der helfen möchte, aber nicht weiß, wie, der etwas sagen möchte, aber keine Ahnung hat, welche Worte ausdrükken können, was er denkt.

Nach langem Schweigen, während Cambara nach Worten sucht, sagt er dann: »Und während du trauerst, während du dich grämst . . .«

»Habe ich geschworen, das Haus unserer Familie zurückzugewinnen.«

»Davon hat Kiin nichts gesagt.«

»Worüber hat sie mit dir gesprochen?«

»Über Trauern, Frieden und Masken«, sagt er kurz und bündig, als tippe er seine Gedanken in Morsezeichen.

»Ich hoffe, daß ich der Gemeinschaft von Frauen, deren Mitglied ich bin, einen Dienst erweisen kann«, erklärt Cambara. »Ich habe mich riesig gefreut, daß Kiin mich aufgefordert hat, meinen Beitrag auf diese Weise zu leisten.«

Seamus scheint nicht so recht zu wissen, was er sagen soll. Seine Knopfaugen sind auf seine Fingernägel gerichtet, die er so weit abgekaut hat, daß sie ein wenig bluten. Vor lauter Nervosität und Zerstreutheit steckt er den Finger in den Mund und runzelt die Stirn, als er Blut schmeckt.

Er sagt: »Einfach gesagt, brauchst du unsere Hilfe.«

»Stimmt.«

Als der Kellner zurückkommt, diesmal mit dem für Seamus bestellten Frühstück von Leber und Pfannkuchen, lächelt Seamus abwesend. Dann sieht sie, wie seine rechte Hand sich hebt und, wie sie vermutet, jemandem freudig zuwinkt. Cambara möchte wissen, wen er grüßt, und entdeckt Kiin, die im Seitengebäude oben auf dem Balkon steht und gestikuliert, schließlich die Handfläche an ihre Lippen führt und ihnen beiden schnelle Handküsse sendet, ehe sie verschwindet.

Cambara fragt Seamus: »Wie geht es Bile?«

Seamus antwortet: »Er fühlt sich nicht ganz wohl.«

»Was fehlt ihm denn? Hat er eine Depression?«

»So kann man es auch nennen«, bestätigt Seamus.

Dann winkt er den Kellner heran, der an die Wand gelehnt in der Nähe steht. In sorgfältig betontem Somalisch sagt er, daß er noch einen Espresso möchte, bitte, ohne Zucker.

»Erkläre mir klar und deutlich, wobei du Hilfe brauchst«, sagt Seamus zu Cambara, »dann werde ich sehen, was ich tun kann und ob ich dir helfen kann oder nicht.«

Sie redet klar und sachlich und beginnt ganz von vorn, weil sie in seiner Gegenwart nicht mehr verlegen ist und ihn nicht zu beeindrucken braucht. Sie spricht lebhaft über ihre Pläne und gibt ihm zu verstehen, daß sie für jegliche Hilfe, die er ihr geben kann, dankbar sein wird, besonders was das Schnitzen von Masken betrifft. Dann erklärt sie, daß sie schon alles skizziert hat, und zeigt ihm ihre Bleistiftzeichnungen im Skizzenblock.

»Und wie steht's mit dem Text?« fragt er.

Cambara gibt ihm eine Zusammenfassung der Geschichte, auf die sie das Stück gründen will. Sie fährt fort: »Die Version des Stückes, das ich inszenieren möchte, hat ihr Vorbild in einer mündlichen Parabel aus Ghana, die zuerst von einem gewissen Kwegyir Aggrey aufgeschrieben wurde, der unter dem Namen Aggrey of Africa bekannt und berühmt wurde.«

Seamus verliebt sich in die Idee, verspricht, sich der Sache anzunehmen und ihr zu helfen, soweit er kann. Doch er schüttelt den Kopf und fügt hinzu: »Ich weiß nicht, ob ich der Richtige bin, genauer gesagt, ob ich Masken schnitzen kann, da ich keine Ausbildung im künstlerischen Bereich habe.«

»Ich habe genau das mitgebracht, was du brauchst: jede Menge Skizzen, Modelle und Anleitungsbücher für Anfänger, die sich für die Kunst des Puppenspiels interessieren.«

»Dann bin ich dabei«, sagt er, erhebt sich halb von seinem Sitz und streckt ihr die Hand entgegen. Sein nackter Bierbauch und seine starke Behaarung lenken Cambara für eine Sekunde ab, dann bekräftigen sie die Absprache mit einem Händedruck.

»Wir werden viel Spaß bei der Sache haben«, sagt sie, als sein runder Po wieder auf den Sitz plumpst, »und es wird für alle, die mitmachen, lehrreich sein, wenn es uns gelingt, das Stück auf die Bühne zu bringen.«

Sie gibt Seamus den Skizzenblock. Der schaut sich alle Zeichnungen genau an und nickt beifällig. Dann hören sie ein leises Hupen. Seamus blickt zum Tor und beobachtet, wie einer der unbewaffneten Posten durch den Spion späht. Der Posten öffnet das Tor, und ein Auto kommt hereingefahren. Seamus erkennt das Auto, macht sich bereit, das Gespräch zu beenden, schaut auf seine Uhr und nickt, als würde seine Zeitplanung perfekt funktionieren. Jetzt erkennt Cambara auch den Fahrer, Dajaal, wieder, der aus dem Auto steigt und die bewaffneten und unbewaffneten Posten an den Toren begrüßt und jeden beim Namen nennt.

Dajaal kommt zu Cambara und Seamus herüber und antwortet auf ihre warme Begrüßung mit einem Kopfnicken, bleibt jedoch in einiger Entfernung recht steif stehen, für ihr Gefühl etwas zu förmlich und distanziert. Trotzdem bietet sie ihm einen Stuhl an und fragt, ob er Tee oder Kaffee möchte oder vielleicht ein Glas Wasser oder sonst etwas. Dajaal lehnt ab, tippt auf seine Armbanduhr und deutet auf diese Weise an, daß er keine Zeit hat. Er betrachtet Seamus mit einem wissenden Grinsen, und als der Ire sich nicht erhebt, um mit ihm zu gehen, sagt Dajaal zu Seamus in Italienisch: »Bile wartet.«

Seamus rührt sich immer noch nicht.

»Wir müssen los«, sagt Dajaal.

Cambara sagt zu Seamus: »Nimm den Zeichenblock mit. Wir wollen uns in ein paar Tagen wieder treffen, und bis dahin werde ich eine Kopie vom Text des Stückes haben.«

»Bis dann also«, sagt Seamus.

Dajaal drängt Seamus und faßt ihn beim Ellbogen, als wolle er ihm helfen, auf die Füße zu kommen. Obwohl Seamus nicht gefällt, was Dajaal andeutet, fügt er sich ihm und sagt nichts. Sie weiß nicht, was an den drei Männern – jeder auf seine Weise charmant und liebenswert – sie an ähnliche Persönlichkeiten aus Filmen denken läßt. Walter Matthau und sein Trupp in den Komödien, darunter Jack Lemmon und ein anderer Schauspieler, dessen Name ihr nicht einfällt; und natürlich Frank Sinatra, Dean Martin und Sammy Davies Junior. Wenn man an den einen denkt, fallen einem auch gleich die anderen ein.

Cambara sagt: »Grüßt bitte Bile von mir.«

Ihr ist zumute, als ginge der verzauberte Teil von ihr mit ihnen, als sie ins Auto steigen und Dajaal energisch den Motor startet. Sie würde sich ihnen gern anschließen. Ja, sie ist versucht, Dajaal zuzuwinken, ihm zuzurufen, er solle anhalten, dann in ihre Zimmer zu gehen, eine Tasche mit den wichtigsten Sachen zu packen, diesmal auch die Make-up-Utensilien, und dann auf den Rücksitz des Autos zu schlüpfen, vielleicht aus keinem anderen Grund, als um Bile wiederzusehen. Doch sie kann die Quelle dieses dringenden Wunsches nicht benennen oder ihren Finger auf die Ursache dieses Verlangens legen, da sie den Mann nur das eine Mal getroffen hat, und das nicht unter idealen Umständen.

Genau in diesem Moment – welch ein Spielverderber – ruft ihr Gedächtnis eine schreckliche Szene auf: eins ihrer häßlichen Erlebnisse mit Zaak am ersten Tag nach ihrer Ankunft. Natürlich muß sie sich an seine Ermahnung in diesem unnachahmlich grausamen Tonfall erinnern: »Werd erwachsen, Frau.« Sie winkt und lächelt nicht länger, sondern ihre Hand sinkt so schnell herab, wie die Luft aus einem Reifen mit Loch entweicht.

Sie verflucht den Tag, an dem sie Zaak kennengelernt hat, zieht sich in sich selbst zurück und nimmt Kontakt auf zu ihrem Innersten, wo sie ihre Stärke weiß; sie nimmt Zuflucht zu der absichtsvoll nachdenklichen Stimmung einer Frau, die entschlossen ist, sich zusammenzureißen. Und obwohl sie sich hinaufbegibt, um sich ein wenig zu schminken, ehe sie sich zum Mittagessen zu Kiin und ihren Töchtern begibt, ist sie so unruhig, daß sie es kaum ertragen kann, allein in ihrem Zimmer zu sein.

Sie sitzt mit einem Buch in der Hand im Café, und das Handy in ihrem Schoß ist unheimlich still. Sie beobachtet das Geschehen am Tor, wo sich die bewaffneten und die unbewaffneten Posten versammelt haben und einander freundschaftlich necken. Ihre Gedanken wandern zurück zu dem Gespräch mit Seamus, dem sie mehr von ihrer traurigen Seite gezeigt hat, als sie sich hätte vorstellen können. Vielleicht war es ihre Absicht gewesen, jeglichen Eindruck eines Glamour Girls, den Bile von ihr gewonnen haben könnte, zu zerstören; und wem könnte sie das besser vermitteln als einem Dritten, in diesem Fall Seamus, der es ihm sicherlich mitteilen wird. Nun, auch Seamus hat durchblicken lassen, daß Bile an einer Depression leidet.

Es ist alles in Ordnung, wenn alles rechtzeitig bekanntgemacht wird!

19

Kaum hat sich Cambara im Schatten niedergelassen und die Seite wiedergefunden, bei der sie die Lektüre ihres Thrillers unterbrochen hat, da bemerkt sie, daß der Fahrer ihr grüßend zuwinkt. Sie will gerade darauf reagieren, als sie einen Jungen entdeckt, der ihre Aufmerksamkeit gänzlich gefangennimmt und von allem anderen ablenkt. Sie fragt sich, ob sie Halluzinationen hat oder Geister sieht, weil ein Junge plötzlich da ist, dessen Namen sie nicht kennt, dem sie ganz gewiß bisher noch nicht begegnet ist und der ihr dennoch vertraut vorkommt, da er sie an ihren Sohn Dalmar erinnert. Er wirkt wie eine Erscheinung, und die Atmosphäre um ihn herum wird immer geheimnisvoller, je länger sie ihn ansieht.

Zufällig ist der Kellner ins Café zurückgekehrt, um die Tische mit einem feuchten Tuch abzuwischen und sie dann für das Mittagessen einzudecken. Sie ruft ihn herbei und fragt: »Kennen Sie zufällig den Jungen dort oder wissen Sie, wie er heißt?«

»Er heißt Gacal.«

»Wessen Sohn ist er?«

»Er ist keines Menschen Sohn«, antwortet der Kellner.

»Keines Menschen Sohn?«

»So ist es. Er ist niemandes Sohn.« Der Kellner sagt das mit dem ausdruckslosen Gesicht eines Menschen, dem die außergewöhnliche Natur seiner Bemerkungen nicht klar ist. Ihm ist nicht im geringsten bewußt, wie erregt Cambara ist, als sie die Bemerkung leise wiederholt und ihre Genialität würdigt.

»Er ist keines Menschen Sohn«, sagt er noch einmal.

Das ist mal was Neues, denkt sie. Sie findet diese Bemerkung sehr passend und außergewöhnlich: ein Junge, ihrer Schätzung nach noch nicht ganz zehn Jahre alt, der schon eine recht ausgeprägte Persönlichkeit zeigt und als keines Menschen Sohn angesehen wird. Ein wenig wie eine mythische Gestalt: ohne Eltern wie Adam; ohne bekannten biologischen Vater wie Jesus. Wird dieser Gacal heroische Taten vollbringen wie Krischna? Hat er auch eine dunkle Seite, und wenn ja, welche? Teilt Gacal Wesenszüge Sundiatas, der in der Mandingo-Mythologie nicht durch die Vagina einer Frau geboren wurde, weil diese mit allen möglichen Absonderungen verbunden wird, sondern durch einen Finger, unbefleckt?

Offenbar ist der Junge nun viel näher herangekommen, und die Lumpen, die er trägt, machen ihn verlegen. Er verhält sich, als posiere er für ein Foto; vielleicht war er es früher gewohnt, häufig fotografiert zu werden, von einer liebevollen Mutter geknuddelt und vom Vater bewundert. Schau dir nur an, wie er blinzelt. Erinnert er sich daran, wie ihn der Kamerablitz blendet? Ist er nicht ein kleiner Schauspieler? Gacal hat eine Eleganz, die man mit einer vornehmen Herkunft verbindet. Er hat Temperament. Man braucht nicht viel Phantasie, um zu spüren, daß er einer anderen Klasse angehört; er weiß, wo er sich im Verhältnis zu anderen befindet. Er achtet auf seinen persönlichen Freiraum und drängt sich auch anderen nicht auf. Deutet sein Benehmen auf eine frühere bürgerliche Erziehung hin? Er trägt nicht einmal Schuhe. Und sie bemerkt, daß er die Angewohnheit hat, sich auf die Zehenspitzen zu stellen und den Hals zu recken, als stünde er in einer Menschenmenge zwischen Leuten, die größer sind als er, und beobachte eine Straßenrevue.

Da er nun hier ist, was soll sie machen? Wie soll sie mit der Anwesenheit des Jungen umgehen oder sonst zurechtkommen, wo sie doch so in Anspruch genommen ist vom Haus der Familie und was damit geschehen soll, wenn Jiijo nicht mehr dort ist? Soll sie ihn willkommen heißen, *dolce far niente*, ohne daß eine Erklärung oder Rechtfertigung nötig ist?

Mit einem Lächeln auf dem Gesicht steht Gacal ein wenig rechts von ihr ruhig da, seine Hände scheinbar respektvoll hinter dem Rücken verschränkt, das Gesicht und die Lumpen, die er trägt, schmutzig. Seine Mundwinkel sind wie zu einem verschmitzten Lächeln nach oben gezogen, während er beharrlich darauf wartet, daß Cambara sein Benehmen interpretiert und es deutet, wie sie will. Cambara läßt sich Zeit, um die ihr zur Wahl stehenden Möglichkeiten abzuwägen und zu überlegen, ob es vielleicht vorteilhafter wäre, sich nicht zu engagieren, oder ob sie die nachgiebige Haltung einer Mutterfigur einnehmen sollte. Sie nimmt an, daß Gacal lange nicht mehr mit Vater oder Mutter oder einem für ihn sorgenden Erwachsenen zusammengewesen ist. Wie lautet seine Geschichte? Sie wagt sich nicht, zu fragen, ob er Seidenhaar kennt, und wenn ja, ob die beiden sich ausgetauscht haben über diese weichherzige Frau, die jeder rühren kann und die mit freundlichen Gesten reagiert, wie sie kein Kind in Mogadischu jemals erlebt hat. Hüte dich, krankhaftes Mißtrauen dein Denken beherrschen zu lassen, sagt sich Cambara und entwickelt ein neues Interesse an Gacal.

Er ist in eine Schlägerei verwickelt gewesen, das ist deutlich zu sehen. Ja, es gibt genug Anzeichen dafür, daß er einen brutalen

Kampf mitgemacht hat: das eingetrocknete Blut auf Stirn und Unterlippe; ein paar Schürfwunden, die zum Kinn hinunterlaufen, andere, die nach oben bis kurz unter das rechte Auge reichen; Verletzungen an den Armen und am Hals, Schnittwunden auf der Brust. Dazu sind ein Hemdsärmel und der Reißverschluß seiner Hose abgerissen. Er wirkt ausgehungert, und sie schätzt, daß er seit vierundzwanzig Stunden kein Auge zugetan hat. Wenn er etwas zu essen bekäme und sich ausruhen könnte, würde das vielleicht wieder Farbe in seine Wangen und ein Lächeln auf seine aufgeplatzten Lippen bringen. Jetzt ist wohl nicht die Zeit, ihn mit Fragen zu bedrängen. Das kann warten, bis sie ihm etwas zu essen verschafft hat und einen Platz, wo er sich hinlegen kann.

Cambara winkt den Kellner heran und flüstert ihm ihre Bitte ins Ohr: angesichts der späten Stunde möge er doch bitte für eine Mahlzeit, ein sauberes Handtuch, eine Dusche und eine Matte unter einem Baum für Gacal sorgen. Als er zustimmend nickt, sagt sie: »Ich bezahle alles.«

Als sich der Kellner zielstrebig auf Zehenspitzen entfernt, erinnert sie die Szene an eine fragwürdige geheime Absprache zwischen ihr und Wardi in ihrer ersten Zeit, als die Frau in ihr trotz der Ahnung, daß es nicht gut sei, sich mit ihm einzulassen, nicht widerstehen konnte und dem Gebot ihres Herzens folgte. Wardi nutzte sie aus, schlug Kapital aus ihrer Naivität und machte am Ende einen großartigen Gewinn. Schau doch, wo er jetzt ist: in Toronto, wo es ihm sehr gutgeht. Und schau, wo sie jetzt ist: in Mogadischu, damit beschäftigt, ihr Leben irgendwie zu organisieren. Sieh doch den Schalk in Gacals Augen, ein Hinweis darauf, daß ihre Einmischung wahrscheinlich zu einer ähnlichen Situation führen wird. Es gibt zwei Möglichkeiten, mit Gacal umzugehen: Entweder weist sie ihn an, dem Kellner zu folgen, etwas zu essen und sich auszuschlafen, um sich danach mit ihm zu treffen; oder sie führt sofort ein zwangloses Gespräch mit ihm, und Schluß! Sie winkt ihn jedenfalls heran. Er macht Anstalten, eine längere Erklärung abzugeben, aber sie läßt es nicht zu.

Sie hebt die Hand und bringt ihn zum Schweigen. Nach einer Pause sagt sie zu ihm: »Folge dem Kellner, er wird dir etwas zu essen geben und ein sauberes Handtuch und dir zeigen, wo du eine Dusche aus dem Eimer haben kannst.« Aber sie sagt ihm nicht, daß sie inzwischen ein Paar Hosen und ein T-Shirt für ihn heraussuchen wird, da seine Sachen so schmutzig wie die Hinterläufe einer Hyäne und so zerfetzt wie das ausgestochene Auge eines Matadors sind.

Gacal tut, wie sie ihn angewiesen hat, und geht so verdrießlich davon wie eine Katze, deren Anbiederungsversuche ihr keinen Platz auf dem Schoß der Herrin verschafft haben. Und Cambara geht nun schnurstracks auf ihre Zimmer und weiß nicht, ob sie zufrieden sein kann mit der Weise, wie sie ihn behandelt hat. Sie fragt sich, ob Gacal begriffen hat, wo ihre Toleranz endet und was der Rahmen ihrer Beziehung ist. Natürlich freut sie sich auf eine lange Unterhaltung mit ihm zu einem späteren Zeitpunkt.

Zunächst durchwühlt sie aber ihren Koffer nach Sachen, die einst ihrem Sohn Dalmar gehört haben, und versucht ein Paar Baumwollhosen und ein T-Shirt für Gacal zu finden. Schließlich wählt sie mit fahrigen Bewegungen ein paar Kleidungsstücke, die ihm, wie sie hofft, perfekt passen werden. Dann ruft sie die Rezeption an und bittet darum, daß einer der jungen Leute die ausgewählten Sachen abholt und zu Gacal bringt. Sie erklärt, daß der Kellner wissen müßte, wo er zu finden ist.

Zu spät erst dämmert ihr, daß sie sich verhält wie jemand, der sich einschmeicheln will: eine kinderlose Frau, die einen vaterlosen Jungen verwöhnt, sosehr sie kann, damit er Zuneigung zu ihr empfindet. Als dann der Kellner erscheint, um auf ihre Bitte hin die Kleidungsstücke abzuholen und sie dem Jungen nach dem Duschen zu übergeben, weiß Cambara, daß sie die Videokassette mit dem Film *Pinocchio* und Gacal zum Mittagessen in Kiins Wohnung mitnehmen möchte.

Eine Dreiviertelstunde später sitzt Cambara an ihrem Schreibtisch im Arbeitszimmer. Sie ist ernsthaft bei der Arbeit, studiert die Notizen auf ihrem Block und bewundert die Miniaturholzmasken, die der Junge, der in ihrem Fabel-Stück den Adler spielt, hoffentlich auf dem Kopf tragen wird. Die Maske, die sie in der Hand hält, ist eine Kopie des Originals, das ein in Toronto lebender Igbo in ihrem Auftrag geschnitzt hat.

Sie ist beige, aus weichem Holz geschnitzt und inspiriert von einer Elfenbeinschnitzerei aus dem 19. Jahrhundert, die aus dem Königreich Benin im heutigen Nigeria stammt, ein Kolanußgefäß in Gestalt eines Antilopenkopfes, dessen Hörner mit dunkleren Mustern und mit geschnitzten Motiven versehen sind. Es wurde für zeremonielle Zwecke verwendet. An den Ohren, etwas unterhalb der rechten Seite des Antilopenkopfes ist ein Fischskelett mit einem kühn hervortretenden Fischauge zu sehen. Sie wendet sich wieder ihren Notizen zu und blättert die Fotokopien durch, die sie von der Originalschnitzerei gemacht hat. Diese ist von so großer Schönheit, daß Cambara sie einen Moment lang staunend betrachtet.

Sie mustert weitere Kopien einiger anderer Masken, die sie von Seamus für ihr Stück geschnitzt haben möchte. Darunter fällt besonders ein Stück auf: ein Senufo-Kopfschmuck aus dem 20. Jahrhundert, geschnitzt aus einem rechteckigen Stück Holz und als Maske zu tragen. Das fesselt ihre Aufmerksamkeit, denn darauf befinden sich in vier breiten Öffnungen abstrakte Tierfiguren in zweidimensionaler Seitenansicht. Zusätzlich zu den Tierfiguren sind etliche andere, schwer zu identifizierende Formen nach einem gewissen Plan angeordnet. Vor dem Kopf einer Antilope dominiert eine weibliche Gestalt, und über dem Antilopenkopf ist ein adlerähnlicher Vogel zu sehen, der abstrakter ausfällt als die anderen Gestalten.

Sie geht das gesammelte Material weiter durch und stößt auf ein Exemplar von atemberaubender Kunstfertigkeit, das angeblich zu der Sammlung von Leo Frobenius gehört hat und 1904 dort gekauft wurde, wo jetzt die Demokratische Republik Kongo liegt. Es ist ein aus Holz geschnitzter Kamm in abstrakter Menschengestalt und stammt aus dem 19. oder frühen 20. Jahrhundert. Besonders fallen daran eine vorspringende Nase und ein haubenähnlicher Kopfschmuck auf – Details, die mit beeindruckender Kunstfertigkeit in den Kamm hineingearbeitet wurden. Diese

Kämme wurden als Haarschmuck von hochgestellten Persönlichkeiten getragen und von jungen Männern, die an den Feiern zum Abschluß ihrer Initiationsriten teilnahmen. Cambara hofft, daß Seamus in der Lage sein wird, Schnitzereien in Gestalt von Zeptern anzufertigen, die von den Schauspielern, die diese Charaktere spielen und ihre Rollen sprechen, leicht zu handhaben sind.

In diesem Moment vernimmt sie ein Klopfen an der Tür und springt mit der Schnelligkeit eines Menschen auf, der einen Besucher erwartet. Dabei stößt sie mit dem Oberschenkel gegen die Tischkante, und sofort spürt sie einen heftigen Schmerz, und ihre Venen brennen. Sie hinkt jammernd zur Tür, und da sie die Tür aufmacht, ohne zu fragen, wer geklopft hat, kommt ihr der Gedanke, daß das vielleicht töricht ist. Schließlich könnte wer weiß wer geklopft haben: Gudcur oder einer seiner Männer mit der Absicht, ihr etwas anzutun; Zaak, der seinem Ärger Luft machen will, übelriechend und schlechtgelaunt; oder irgendein mit einem Gewehr herumfuchtelnder Jugendlicher, der verwirrt genug ist, ohne jede Hemmung um sich zu schießen.

»Da bist du ja«, sagt sie zu Gacal, der vor der Tür steht. Es hört sich an, als sei sie richtig glücklich und zufrieden, daß er in den Sachen, die sie ihm geschickt hat, eleganter aussieht, als sie für möglich gehalten hat.

»Hier bin ich«, sagt er im Tonfall eines verkannten Verehrers ohne einen Hut, den er vor der umworbenen Frau ziehen könnte. Mit Daumen und Zeigefinger deutet er das Hutziehen an.

Cambara mustert ihn, läßt den Blick über ihn wandern und ist sehr zuversichtlich, daß er die richtige Wahl ist für die Rolle, die sie ihm zugedacht hat. Sie ist erfreut, daß er so geeignet ist für das, was sie mit ihm vorhat, und zufrieden, weil er ihre schnelle Musterung ganz locker mit einem Lächeln und Zwinkern über sich ergehen läßt. Belustigt beobachtet sie, wie er die Falten in den Hosen mit der flachen Hand glattstreicht. Sie gibt ihm die Bestnote; er nickt, vielleicht zur Bestätigung ihrer Gedanken. Sie überlegt gerade, ob sie ihn in ihr Zimmer bitten soll, als sie feststellt, daß er barfuß ist. Dabei fällt ihr ein, daß sie Schuhe für die Heilsarmee in Toronto gespendet hat und warum sie bei der Spendenübergabe das Bedürfnis hatte, sich zu entschuldigen. Dalmar nannte seine Füße immer »ulkig« wegen ihrer unterschiedlichen Größe, denn sein linker Fuß war beinahe drei Nummern größer als der rechte, eine Abnormität, für die Wardi sie verantwortlich machte; er behauptete einmal, Cambaras Degeneriertheit sei die Ursache. Sie bestellte dann Schuhe für ihren Sohn bei einer Firma in Großbritannien, *Sole Mates*, die sich darauf spezialisiert hatte, Leute wie Dalmar, deren Füße verschieden groß waren, mit Schuhen zu versorgen. Cambara grübelt noch ein wenig über die Schuhfrage und lädt Gacal dann ein, ins Zimmer zu kommen. Sie nimmt ihn bei der Hand, ehe sie seine Füße rasch taxiert und entscheidet, daß er für den Moment ihre Ledersandalen nehmen kann, die nach ihrer Einschätzung nur eine Nummer zu groß sind.

Als sie ihren Blick wieder Gacal zuwendet, stellt sie fest, daß er seine ganze Aufmerksamkeit auf die Nachbildung einer hölzernen Maske gerichtet hat, die aus Pappe ausgeschnitten und mit dunkler Farbe bemalt wurde. Sie schaut ihm fasziniert zu, ihre freudige Entzückung kennt keine Grenzen. Begeistert tritt sie hinzu, nimmt den von ihm bewunderten Gegenstand in die Hand und sagt: »Probier sie an.«

Gacal macht einen Schritt nach vorn, um die Maske mit der Selbstbeherrschung einer Person zu empfangen, die von einer königlichen Hoheit einen Preis entgegennimmt – ehrerbietig und mit beiden Händen. Ein wenig verlegen dreht er die Maske bewundernd hin und her. Man könnte annehmen, daß er schon immer ihre besondere Bedeutung gekannt habe, obwohl Cambara aus der ehrfurchtsvollen Weise, mit der er sie jetzt hält, schließt, daß er vielleicht keine Ahnung hat, wozu sie dient.

Um ihm die Verlegenheit zu ersparen, beschließt sie, ihm weiterzuhelfen. Sie sagt: »Probier doch mal, ob sie auf deinen Kopf paßt.« Als er sie zögernd anstarrt, offensichtlich verwirrt und ratlos, sagt sie: »So.« Sie nimmt ihm freundlich die Maske ab, grinst breit und setzt sie ihm so feierlich auf den Kopf, wie ein Bürgerlicher eine Krone auf das Haupt eines Adligen setzen würde. Danach tritt sie zurück, um die spontane Entscheidung bei ihrer ersten Begegnung, Gacal die Rolle des Adlers in dem Stück zu geben, zu prüfen. Sie sagt: »Na also.«

Gacal fuchtelt blind, aber sehr vorsichtig mit den Händen über dem Kopf und wagt die Maske nicht zu berühren, damit sie nicht hinunterfällt. Nun führt sie ihn bei der Hand zum großen Spiegel im Bad. Damit sie sich beide konzentrieren können, tritt sie ein Stück zurück, aus dem Spiegelbild heraus. Sie beschreibt die Szene vor ihr als einen Augenblick von atemberaubender Schönheit. »Kein Zweifel, kein Zweifel«, wiederholt sie mehrmals.

Als er sich anschickt, nach dem Sinn des Ganzen zu fragen, nimmt sie ihm die Maske wieder ab, hält sie in einigem Abstand vor sich und sagt: »Die Sachen, die ich dir gegeben habe, passen vielleicht nicht hundertprozentig, und ich habe keine Schuhe für dich, aber das da steht dir wunderbar.«

Ein Meisterstück von außerordentlicher Schönheit; sie ist beinahe zufrieden mit der Welt und genießt den Anblick von Dalmars Ebenbild.

Ihr Handy klingelt. Sie meldet sich, und ihre Augen leuchten auf, als die Frauenstimme am anderen Ende ihr sehr gute Neuigkeiten verkündet. Dann hört sie wieder zu und fragt: »Bist du sicher, Kiin, meine Liebe, daß es dich nicht stört, wenn ich meinen jungen Gast zum Mittagessen mitbringe? Und wenn ich auch *Pinocchio* mitbringe, damit er und deine beiden Töchter, auf die ich mich so freue, sich das Video ansehen können, während wir ungestört plaudern?«

»Aber sicher.« Cambara entdeckt eine leichte Verärgerung in Kiins Tonfall und vermutet, daß irgend etwas sie beunruhigt, auch wenn sie es ihr nicht sagt. Cambara ist irritiert, aber sie läßt es auf sich beruhen und hofft, daß sie später herausfinden wird, was Kiin stört. Verständlicherweise wird Kiin wohl nicht sehr erpicht darauf sein, daß ein ihr unbekannter Junge unbeaufsichtigt mit ihren Töchtern spielt. Man kann nie wissen, was ein Bursche, bei dem man nicht weiß, woher er kommt, anstellen kann, wenn die Gelegenheit sich ergibt. Es ist ganz gut, daß sie in der Nähe sein und achtgeben wird, damit nichts passiert. Könnte Gacal, der vielleicht Schlimmes durchgemacht hat, die beschauliche Atmosphäre stören, die Kiin für sich und ihre Töchter geschaffen hat?

»Gehen wir«, sagt sie. »Zeit zum Mittagessen.«

Gacal ist begeistert. Cambara glaubt, daß er sich in seiner neuen Rolle wohl fühlt: ein sauberer, gutgenährter Junge, der beinahe neue Kleidung trägt, dazu ein Paar Ledersandalen (ist doch egal, wenn man mit ihnen nicht so schnell vorankommt), an der Hand einer Frau, die ihn zu hohen Zielen geleitet. Was kann er sich noch wünschen?

Um zu Fuß zu Kiins Wohnung zu kommen, geht Cambara mit Gacal an der Hand durch eine versteckte Tür in der Mauer, die das Hotelgelände von Kiins Bereich trennt. Grüngestrichen und mit Weinranken überwuchert, die man zur Tarnung angepflanzt hat, ist die Tür nur für diejenigen sichtbar, die von ihrer Existenz wissen. Davor hat die Wachmannschaft rechts neben dem Haupteingang provisorisch einen Wachposten eingerichtet. Cambara benutzt die Tür, die Kiins Familie vorbehalten ist, erleichtert, daß sie sich nicht aus dem Hotel auf die unbefestigte Hauptstraße begeben muß, auf der man dann etwa hundert Meter geht und links in Kiins Tor abbiegt.

Ihre angespannten Nerven beruhigen sich, und Gelassenheit kehrt ein, sobald sie mit Gacal Kiins Revier betritt. Beim Anblick einer solchen Idylle hüpft ihr Herz vor Freude: ein sonniger Ort des Friedens und der Harmonie inmitten von soviel Finsternis. Cambara läßt Gacals Hand los, zum einen, weil seine Hand feucht ist, ihre jedoch trocken, aber auch, weil sie möchte, daß er *Pinocchio* trägt. Sein Grinsen reicht von einem Ohr zum anderen, was nur bedeuten kann, vermutet sie, daß sich ein Traum für ihn erfüllt hat: Eine Mutterfigur betraut ihn mit einer wichtigen Aufgabe. Er schreitet zuversichtlich voran, und seine vorwärtsstrebende Körperhaltung zeugt vom Eifer, sich beweisen zu wollen.

Sie stoßen auf einen Mann, der auf einer Strohmatte ausgestreckt im Schatten eines großen, Früchte tragenden Mangobaumes liegt. Sie nimmt an, daß es der Gärtner ist, der in der Nähe des Schuppens eine Mittagspause macht. Um ihn herum verstreut, wie absichtlich, liegen seine Geräte: eine Schubkarre, einige Rechen, eine Hacke und andere Gartengeräte. Weiter hinten, hinter den blühenden Orchideen spielen zwei hübsche Mädchen Fangen und laufen um einen Baum herum, aufgeregt, mit Stimmen voller Leben und mit furchtlosem Gekicher. Dort sind auch die Schaukel und die Wippe, die den Mittelpunkt des Spielplatzes bilden; ganz in der Nähe entdeckt Cambara ein Baumhaus mit einer Leiter, bei der am oberen Ende eine Sprosse fehlt. Während sie den Weg entlanggeht, ist sie versucht, ein paar Puppen und sonstiges Spielzeug aufzuheben, das so aussieht, als hätte es ein Kind hingeworfen – ein Puppenbein ragt in die Luft, der Kopf ist verdreht –, Spielzeug, das mitten im Spiel fallengelassen wurde.

Kiin lebt in einer Stadt, die seit über zehn Jahren keinen Frieden mehr gekannt hat, da ist es um so erstaunlicher, wie viele Annehmlichkeiten sie sich schuf, manche von ihnen sind das reinste Vergnügen, andere eher überraschend. Cambara kommt zu dem Schluß: Nur ein Mensch mit reichlich Selbstvertrauen, der in der Behaglichkeit dieses geschützten Refugiums die Freuden des Lebens genießt, kann so großherzig und hilfsbereit sein, wie Kiin ihr und wahrscheinlich vielen anderen gegenüber gewesen ist.

Doch Cambara ist auch betrübt, weil sie alle ihre Hoffnung auf Kiin setzt, die sie kaum kennt. Was wird sie tun, auf wen wird sie sich verlassen, wessen Hilfe wird sie suchen, wenn dem einen Pfeiler, auf den sie alles stützt, etwas Schlimmes zustößt? Wie schade, denkt sie, daß Zaak, auf den sie sich verlassen sollte, wie ihre Mutter gehofft hatte, sich als faul und unwürdig erwiesen hat. Man kann erkennen, wie verschieden die Charaktere von Kiin und Zaak sind, wenn man ihr jeweiliges Zuhause und das Leben, das sie führen, betrachtet. Kiins Leben ist geordnet, eine Oase, in der viel Nahrhaftes, Blumen und schattenspendende Bäume gedeihen und blühen – ein vielversprechendes Shangri-La.

Als Cambara und Gacal näher kommen, verstummen die Mädchen, und die Jüngere läuft nach einer kleinen Weile fort, während die Ältere scheu lächelnd wartet. Ihre Haltung ist entzükkend, ihr schmaler Körper – hochgewachsen für ihr Alter, schätzt

Cambara – stützt sich wie der einer Tänzerin auf die Zehenspitze des rechten Fußes: verspielt, neckisch kokett, mit rollenden Augen sendet sie unterschiedliche Botschaften aus. Gacal blickt zu Cambara auf, als suche er ihren Rat.

Das Mädchen ist außer Atem, als es zu Cambara sagt: »Mutti läßt ausrichten, daß sie etwas später kommt, aber du und dein Gast, ihr sollt schon hineingehen. Unsere Haushälterin wird euch etwas zu trinken bringen, bis sie kommen kann.«

Cambara stellt sich als Freundin ihrer Mutter vor; beinahe hätte sie auch Gacal vorgestellt, überlegt es sich aber im letzten Moment noch anders, weil sie nicht sicher ist, wie sich das entwickeln könnte. Sie rückt näher an das Mädchen heran und fragt: »Wie heißt du denn, meine Süße?«

»Ich heiße Sumaya und meine Schwester Nuura«, antwortet das Mädchen. Ihr Auftreten läßt sie älter erscheinen, als sie tatsächlich ist. Ihre Augen sagen: »Ich weiß viel mehr, als du denkst.«

Diese »Augensprache« läßt Cambara Kiins Sorge verstehen: Als Mutter eines solch umwerfenden Mädchens, das so geschützt aufwächst, möchte man nicht, daß ein Gacal hergebracht wird, der sie ausnutzen könnte. Da die Sache nicht rückgängig zu machen ist, beschließt sie, für möglichst viel Sicherheit zu sorgen.

»Willst du uns nicht zeigen, wo es langgeht?« schlägt Cambara vor.

Sumaya führt sie zur Veranda und dort zu den Sitzplätzen, von denen man in den Garten blickt. Bevor sie in einem Hausflügel hinter Cambaras Rücken verschwindet, ruft sie noch nach der Haushälterin, um ihr mitzuteilen, daß die Gäste da sind.

Gacal sagt: »Hübsch.«

Cambara weiß nicht genau, was Gacal damit sagen möchte, und hofft, daß er einfach darauf aufmerksam machen will, wie hübsch – also angenehm anzuschauen – Sumaya ist und daß alles hier, von dem sie einen wichtigen Teil oder vielleicht den Mittelpunkt darstellt, reizend ist. Sie betet, daß er es dabei bewenden läßt und nicht scharf auf Sumaya ist und seinem Sexualtrieb – von dem bisher allerdings nichts zu merken war – gestattet, sein Verhältnis zu ihr oder ihrer jüngeren Schwester zu beherrschen, denn das könnte Kiin als Mutter aufregen und die Freundin verstören.

Sie hätte gern die Zeit, herauszufinden, aus welchem Stoff Gacal ist. Was für ein Junge ist er in der Gegenwart von »hübschen« Mädchen mit »hübschen« kleinen Titten, die in einem »hübschen« Zuhause aufwachsen, Mädchen, die ihm ein wenig keß gegenübertreten, als fänden sie es aufregend, mit jemandem zu flirten, der anders ist als sie? Ihr ist klar, daß es jetzt zu spät ist, daß sie nicht mehr rückgängig machen kann, was sie getan hat; zu spät kommt auch der Wunsch, sie hätte ihn nicht so übereilt zu Kiin mitnehmen sollen, weil sie so gern einige Stunden mit ihm verbringen wollte. Es ist typisch für sie, die Dinge komplizierter zu machen als nötig. Warum muß sie sich immer unüberlegt in etwas hineinstürzen, sich von ihren Emotionen leiten lassen und sich übereilt für Ansichten oder Personen einsetzen, wenn sie sich statt dessen besser Alternativen überlegen und darüber nachdenken sollte, was möglich und klug ist, was dagegen töricht und zu überprüfen? Doch sie haßt es, einen Rückzieher zu machen, und es widerstrebt ihr ungeheuer, zuzugeben, daß sie etwas bedauert. Sie besteht darauf, daß das Gefühl der Reue ihr fremd ist. Gleichzeitig quält es sie, daß sie Kiin überrumpelt und genötigt hat, Gacals Anwesenheit zuzustimmen, wo sie doch eindeutig nicht wollte, daß Gacal sich mit den Mädchen *Pinocchio* anschaut. Vielleicht hat Kiin etwas anderes geplant; doch leider hatte sie kaum eine Chance, auf Cambaras Vorschlag mit einem Gegenvorschlag zu reagieren.

»Du wirst dich doch anständig benehmen, oder?« sagt sie zu Gacal.

»Klar«, sagt er, mit einem Glitzern im Auge und einem vielsagenden Grinsen.

Cambara bleibt abrupt stehen, als überlege sie, wie sie weiter verfahren soll. Gacal erkennt, was los ist, und nimmt ihre Hand in die seine. Er sagt: »Bis später.«

Cambara ist zutiefst beunruhigt und sucht nach den rechten Worten, als Sumaya ungeduldig nach der Videokassette greift, sie ihm abnimmt und dann Nuura und Gacal auffordert, ihr ins Videozimmer zu folgen. Die beiden Mädchen und Gacal stürzen eifrig davon, wobei Sumaya Gacal verspricht, daß sie ihm ihre Zimmer und das Spielzeug dort zeigen wird und das Zimmer, wo sie sich *Pinocchio* ansehen werden. Kiins ältere Tochter sagt: »Du kannst dir gar nicht vorstellen, wie sehr Nuura und ich uns immer gewünscht haben, diesen Film zu sehen.«

In Gacals Augen blitzt es schelmisch. Er dreht sich spitzbübisch zu Cambara um und dehnt die Vokale effektvoll, als er sagt: »*See you laaaater, Aligaaator.*«

Sie will ihn gerade ausschimpfen, ihn zumindest ermahnen, sich zu benehmen, als Nuura ihn bei der Hand nimmt und mit sich fortzieht. Cambara folgt ihnen ein Stück, bis sie um eine Ecke biegen und in einen Korridor verschwinden; sie beobachtet die drei schweigend und kann sich nicht entscheiden, ob sie ihnen weiter nachgehen und Gacal zurückrufen oder ihn gehen lassen und auf eine andere Gelegenheit warten soll. Sie entschließt sich, mit ihnen zu verhandeln, und sagt: »Wartet, wartet, ich möchte euch etwas sagen«, doch sie huschen geschwind davon, und eins der Mädchen schließt die Tür von innen.

Als Cambara sich umdreht und nun allein im Korridor steht, wird sie plötzlich von Verzweiflung überwältigt, worauf sie noch einmal in Gedanken ihre erste und bisher einzige Meinungsverschiedenheit mit Kiin durchspielt. Die Freundin hatte gezögert, Cambaras Vorschlag zuzustimmen, daß Gajal in ihrem Haus mit ihnen zu Mittag essen und sich dann mit ihren Töchtern *Pinocchio* ansehen sollte. Das brachte Cambara dazu, es sich noch einmal zu überlegen, und sie hätte die Idee fast verworfen. Jetzt schreibt sie ihr vorheriges Unbehagen dem Umstand zu, daß sie ihren Vorschlag nicht umgesetzt hat, Gacal für sein Mittagessen wieder ins Hotel zu bringen, nicht unbedingt ins Restaurant, aber vielleicht in die Küche, wo er mit den Angestellten essen konnte.

Schließlich griff Sumaya zu begierig und zu schnell nach der Videokassette, entriß sie ihm und rannte damit weg, und die anderen liefen hinter ihr her, wie aufgeregte Kinder das oft machen. Vielleicht hat sie zu lange nach den passenden Worten gesucht, um ihren geänderten Plan vorzustellen, der bei weitem klüger und weniger gefährlich für alle Beteiligten war. Inzwischen ist Sumaya, flink in ihrer Neugier auf den Film, auf und davon, sie rennt beinah, und die anderen folgen ihr und hören nicht auf Cambaras wiederholte Appelle, zu warten und zuzuhören. So geht ihre Chance vorüber, ihren neuen Plan vorzustellen.

Sie fragt sich, ob Gacal ein Lucignolo ist und in seiner Einstellung und seinem Verhalten dem Charakter in *Pinocchio* gleicht, der ein wirklich schlimmer Junge ist. Sie erinnert sich, daß das Buch von den gefahrvollen Abenteuern einer Handvoll Jungen handelt, von denen einige gute schlimme Jungen sind und einige andere einfach zu schlimm sind, um wieder auf den schmalen rechten Weg gebracht zu werden. Lucignolo ist ein solcher Junge – schlimm, sehr schlimm. Nach ihrer Einschätzung ist Pinocchio, obwohl er leichtgläubig ist, im Innersten ein guter schlimmer Junge. Es ist schade, daß sie Gacals Geschichte nicht kennt und nichts über seine Herkunft weiß, wer seine Eltern waren und warum er da ist, wo er jetzt ist. Angenommen, Gacal ähnelt Pinocchio in Persönlichkeit und Veranlagung mehr als Seidenhaar, in erster Linie weil er auf sie wirkt, als stamme er aus der Mittelklasse, dann ist vielleicht Seidenhaar, den sie auch nicht kennt, eher wie Lucignolo, wenn man seine jetzige Situation bedenkt. Es würde nicht nur Spaß machen, die beiden Jungen besser kennenzulernen, sondern auch, sie schließlich zusammenzubringen. Wer von den beiden wird Luzifer sein, denn von diesem Namen ist Lucignolo sicherlich abgeleitet, und wer der beste Schüler, keine Marionette mehr, die mit Fäden von einem anderen gelenkt wird.

Cambaras unmittelbare Sorge ist jedoch von anderer Art. Sie betrifft die Frage, ob Gacal, mit den Mädchen allein gelassen, etwas aushecken und Sumaya und Nuura, die offenbar bisher ein sehr behütetes Leben geführt haben, an der Nase herumführen könnte. Es geht darum, ob sie ihre zukünftige Freundschaft mit Kiin gefährdet und ihr Wachsen und Gedeihen verhindert hat. Möglicherweise ist Kiin sich besser bewußt, was auf dem Spiel steht. Das ist unter den Umständen verständlich.

Cambara erinnert sich, daß sie *Pinocchio* als Kind im Original mit Vergnügen gelesen und sogar damals schon viel daraus gelernt hat. In letzter Zeit hatte sie Gelegenheit, sich wieder mit dem Buch vertraut zu machen, als sie es – diesmal auf englisch – Dalmar vorlas oder mit ihm gemeinsam las. Das Buch erschien ihr zu dieser Zeit als Vorläufer der vielen Geschichten von einem Hinterwäldler, der in die Stadt kommt und von einem aalglatten Betrüger hereingelegt wird. Als sie vor kurzem den Text noch einmal gelesen und dazu das Disney-Video angeschaut hat, kam ihr der Gedanke, daß *Pinocchio* vielleicht von kleinen Jungen handelt – die meisten von ihnen elternlos und unschuldig –, die dazu verleitet werden, sich bewaffneten Milizen anzuschließen und Verbrechen im Namen von Idealen zu begehen, die sie nicht wirklich begreifen oder befürworten. Jungen, die Spaß haben, sogar beim Töten.

Voller Bedauern, nicht ihrer ersten Regung gefolgt zu sein, kehrt sie ins Wohnzimmer zurück und sorgt sich, was Sumaya und Nuura, die das Video in Gacals Gesellschaft sehen, davon halten werden. Sie ist unschlüssig, ob sie zu ihnen gehen soll, und sei es nur, um ihnen eine intelligentere Erklärung zum Verständnis der Geschichte aus ihrer Perspektive zu liefern. Am Ende entscheidet sie sich jedoch, auf Kiin zu warten und zu sehen, was ihre Freundin dazu sagt.

Kiin kommt flott herein, schnell wie ein Wirbelwind, der plötzlich aufgekommen ist und anschwillt. Cambara beobachtet, wie sie plötzlich, den rechten Fuß vor den linken gestellt und mit gebeugten Knien, innehält; sie hat die elegante Körperhaltung einer Sportlerin, einer Läuferin am Start, die auf das »Auf die Plätze – fertig – los!« und den Schuß wartet, ehe sie lossprintet. Vielleicht zieht sie erst die Schuhe aus und dann die verschiedenen Kleidungsschichten? Denn Kiin trägt einen *Khimaar*, der Gesicht,

Kopf und Haar verhüllt, und eine *Shukka*, einen Mantel mit Knöpfen. Keines dieser Kleidungsstücke hat Cambara bei früheren Treffen an ihr gesehen. Sie denkt, daß weder der Gesichtsschleier noch die *Shukka* Kiins Charakter entspricht oder ihrer eigenen Vorstellung von einer Sportlerin, die an einem Wettkampf teilnimmt. Was kann Kiin dazu bewogen haben, sie anzulegen?

Da entledigt sich Kiin blitzschnell ihres *Khimaar* und ihrer *Shukka*, wie aus einem Impuls heraus legt sie erst das eine, dann das andere Kleidungsstück ab und befreit sich damit bewußt von etwas, das sie daran hindert, eine persönlichere Seite von sich zu zeigen. Vielleicht möchte Kiin glauben, daß sie wieder zu der Person wird, die sie die meiste Zeit ihres Lebens gewesen ist: eine Muslimin und dazu eine Somali. Schließlich war es bei ihresgleichen bis vor kurzem nicht Brauch, *Khimaar* und *Shukka* zu tragen. Vielleicht muß sich Kiin dieser Kleiderordnung nur unterwerfen, um sich draußen ungestört bewegen zu können; mehr nicht. Cambara kann nicht anders, als Kiin anzustarren und sie mit ihren Blicken zu verfolgen. Sie ist bezaubert und wendet kein Auge von ihr. Und Kiin steht einfach da, groß und beeindruckend in einem durchsichtigen Kleid, ohne BH, in ihrer Unterwäsche mit fröhlichen Mustern, und ihr beträchtlicher Leibesumfang fordert Cambara auf, sie zu betrachten.

Eine einfachere Erklärung bietet sich an: daß Kiin nach einem arbeitsreichen Tag nach Hause gekommen ist und sich in einem leichten Rock mit schickem Mieder entspannt. Daran ist nichts auszusetzen. Jetzt wendet sie sich Kiin zu, die ihr eine Frage stellt.

»Wie ist es gelaufen?«

»Du hast hier ein schönes Heim geschaffen«, sagt Cambara.

»Diese verfluchten Schleier«, murmelt Kiin wütend und sammelt sie von der Couch auf, wo sie selbst sie zuvor hingeworfen hat, legt sie dann ordentlich zusammen und räumt sie weg. Cambara hört Kiin fluchen und mit einem abschließenden Blick auf die zusammengelegten Textilien sagen: »Wie lästig! Wie unbequem!«

Cambara kann nachempfinden, was ihre Freundin fühlt, denn

sie erinnert sich, wie sie Zuflucht zum Tragen eines Schleiers genommen hat, weil sie dadurch die unerwünschte Aufmerksamkeit der jungen Milizionäre vermied, aber auch weil der Gedanke, sich zu tarnen, eine besondere Anziehungskraft besaß. Sie weiß nicht mehr, wo sie gelesen oder gehört hat, daß der Islam den Sex erst recht aufregend macht: das ganze Verschleiern, das ganze Verstekken, das Gieren nach einem kurzen Blick auf das Verborgene; der verschämte Blick der verhüllten Frau; ihr kokettes, einladendes Gebaren. Das Verbot, sich mit einer Frau allein in einem Raum aufzuhalten, es sei denn, sie ist deine Gattin oder Schwester – diese Dinge, von manchen zwar als hinderlich angesehen, konkretisieren die Vorstellung von Sex, machen ihn zu etwas, das schwer zu erlangen und daher erstrebenswert ist. Cambara will Kiin gerade eine Frage stellen, als ihre Freundin spricht.

»Du hast also meine Töchter kennengelernt?« fragt Kiin. Sie sitzt kerzengerade da, und ihre Hände beschäftigen sich damit, Fusseln von ihrem Mantel zu entfernen und ihn dann sorgfältig glattzustreichen. Nach einer nachdenklichen Pause fügt sie hinzu: »Sag mir, wie ist dein erster Eindruck?«

»Wir hatten nur das Vergnügen, mit Sumaya zu sprechen, die Jüngere zeigte keinerlei Interesse, mit uns zu plaudern«, erklärt Cambara. Dann fährt sie fort: »Ich finde, Kinder haben ihre ganz eigene Art, eine Beziehung zu Erwachsenen aufzunehmen; das kann man nicht ignorieren. Du fragst mich nach meinem Eindruck. Ich würde sagen, daß Sumaya ein sehr eigenständiges Mädchen ist.«

»Kannst du dir aber Sumaya in einem Schleier vorstellen?«

Ihr Blick wandert von Kiin zur Zimmerdecke, und ehe sie eine Antwort findet und sich entscheidet, ob sie überhaupt auf eine so rhetorische Frage reagieren soll, überlegt Cambara, wieviel von Kiin in Sumayas Verhalten steckt. Ja, wenn man Kiins Auftritt gerade zum Maßstab nimmt, dann kann man gewiß das Verhalten der Tochter vorhin als Schauspielerei ansehen – ein halbwüchsiges Mädchen, das seine Mutter nachahmt und nichts mit Sex im Sinn hat. Aber Cambara kann dazu nicht viel sagen und schweigt lieber, da sie befürchtet, sie könne die Gefühle ihrer neuen Freundin und Gastgeberin verletzen. Es fällt ihr schwer, sich somalische Frauen verschleiert vorzustellen, und sie hat ein ungutes Gefühl dabei, ebenso wie ihr die Vorstellung zuwider ist, daß ein kleines Mädchen beschnitten und zugenäht wird.

Da erblickt sie Gacal, und Kiin tut es auch.

»Hallo, was machst du hier?« fragt Cambara.

»Ich bin hier«, antwortet Gacal frech.

Kiin sagt in verwundertem Ton: »Wo bist du gerade hergekommen, junger Freund?« Sie ist freundlich, doch bestimmt und verlangt eine sofortige Antwort. Als die nicht kommt, fährt sie fort: »Ich will wissen, was ein charmanter und so glücklich wirkender Bursche im Familienbereich unseres Hauses macht? Ich hoffe, du kannst das erklären«, sagt sie. Ihr schweifender Blick erfaßt Cambara, und sie zwinkert mit dem rechten Auge, als wolle sie ihr ein Zeichen geben.

Weder Cambara noch Gacal wissen, wie sie das Blinzeln deuten sollen. Ist es Zufall, oder geschieht es im Spaß? Oder will sie damit etwas mitteilen, das beide nicht verstehen? Gacal fühlt sich unbehaglich; er windet sich, sein Blick ist unsicher, er macht den Mund auf und wieder zu, wie ein Baby, das gefüttert wird. Er schweigt, doch ein Grinsen breitet sich auf seinem Gesicht aus, und er läßt sich Zeit, ehe er es zu unterdrücken versucht. Cambara nimmt an, Kiin habe wahrscheinlich vergessen, daß sie von dem Jungen, den sie zum Mittagessen mitbringen will, erzählt hat, und will sich gerade einschalten.

Doch Kiin sagt: »Er kann für sich selber sprechen. Er hat eine Zunge, und zwar eine scharfe, wette ich.«

Gacal sagt nichts, tut nichts.

»Wie lautet deine Antwort?«

»Wie lautet die Frage?«

»Wo bist du gewesen?«

»Da und dort.«

»Wo ist da, und wo ist dort?« Kiin ist entnervt, und das Übermaß ihres Mißvergnügens ist deutlich zu spüren.

Weder Cambara noch Gacal rühren sich; sie hören zu.

Kiin fährt fort: »Ich meinerseits mußte heute zu meinem Leidwesen *Khimaar* und *Shukka* anlegen, um ein Aufgebot von Männern in frommen Gewändern zu besänftigen: meinen Schwiegervater und seine Gesellen, die sich dazu herabließen, mich zu ihnen zu zitieren. Wißt ihr, worum es bei unserem Gespräch ging? Um das Sorgerecht für meine beiden Töchter. Anders gesagt, ob ich gut genug bin, um sie großzuziehen, wie es die Tradition verlangt. Ich habe *Khimar* und *Shukka* angelegt, nicht weil ich das gern tue, sondern weil ich nicht mutig genug war, ihr Mißfallen zu erregen. Was bilden die sich denn ein, meine Fähigkeit zur Erziehung meiner Töchter in Frage zu stellen? Das ist eine berechtigte Frage. Und wenn man feststellt, daß ich nicht gut genug bin, dann geben sie das Sorgerecht für meine Kinder an ihre Stiefmutter, das heißt an die ältere Schwester meines von mir getrennt lebenden Mannes, eine kinderlose Frau. Warum ich dir das alles erzähle? Ich tue es, weil ich möchte, daß du dich daran gewöhnst, Dinge zu tun, die dir vielleicht nicht den geringsten Spaß machen, die dir aber helfen werden, das zu bekommen, was du am dringendsten brauchst: einen Platz, den du Zuhause nennen kannst, Essen, eine Schule, Kleidung und die Zuneigung eines Menschen. Wir sind jetzt großzügig zu dir, aber um unser Wohlwollen weiter zu verdienen, mußt du dich anstrengen und ab und zu Dinge tun, die dich langweilen, die dich nerven.«

Kiin, die erschöpft wirkt, spricht; Cambara, mit etwas umwölktem Blick, lauscht auf das, was ungesagt bleibt. Gacal scheint das alles überhaupt nicht zu berühren. Aufmerksam wie ein Theaterfan, der ein Stück verfolgt, hängen seine Augen an Kiin, die Ohren hat er gespitzt.

Kiin fragt ihn: »Wie alt bist du?«

»Ich bin alt«, antwortet er.

»Wie alt ist alt?«

»Ich bin so alt, wie ihr mich haben möchtet.«

Cambara schaltet sich ein und erklärt, wer Gacal ist. »Erinnerst du dich nicht, das ist doch der Junge, den ich zum Mittagessen mitbringen wollte und der sich, wenn möglich, *Pinocchio* mit Sumaya und Nuura anschauen sollte«, sagt sie. Dann wendet sie sich an ihn: »Warum siehst du dir den Film nicht weiter an?«

»Weil ich ihn unzählige Male gesehen habe«, sagt er.

»Wo?«

»In unserem Haus.«

Cambara nimmt das zur Kenntnis und sagt sich, daß Gacal ein Geheimnis auf das andere häuft. Kiin fragt: »Wann?«

»In einem anderen Leben«, antwortet Gacal.

Kiin wirkt besorgt und müde, doch vor allem sagt ihre Miene: »Laßt mich in Ruhe«. Cambara bemerkt, daß sie eine Frau ist, die nicht weiß, was sie sehen möchte, was sie hören möchte, worüber sie sprechen möchte. Was Gacal angeht, so liest Cambara aus seinem Gesichtsausdruck widersprüchliche Botschaften. Es erinnert sie an ein mit Unkraut überwuchertes Rosenbeet. Wo soll man anfangen? Wo aufhören?

Cambara beschließt, dieses fruchtlose Gespräch zu beenden, und sei es nur, um Kiin und sich ausreichend Zeit für das Mittagessen und zum Reden zu geben. Sie sagt zu Kiin: »Bitte, können wir ihm nicht etwas zu essen geben? Ich bin sicher, er hätte nichts dagegen, in der Küche zu essen.«

Kiin betätigt eine Klingel, dann warten sie und Cambara.

Gacal macht eine kleine, freundliche Verbeugung und schweigt erwartungsvoll.

Es folgt eine sehr lange Stille, in der eine junge Frau erscheint – nach ihrer schäbigen Bekleidung zu urteilen vielleicht eine Haushaltshilfe –, und es herrscht ein unheimliches Schweigen. Alle Augen richten sich auf den Neuankömmling, Kiin und Cambara beobachten die Schritte, mit denen sie sich langsam wie ein Chamäleon nähert.

Irgend etwas an der Haushaltshilfe stört Kiin, die verärgert klingt. »Wenn du wegen unseres Mittagessens kommst, dann beweg dich ein bißchen. Nimm den jungen Mann hier mit und gib ihm etwas zu essen. In der Küche. Meine Freundin und ich werden auf der Veranda essen. Bring alles auf Tabletts. Vergiß nicht, uns Stoffservietten zu bringen. Bitte keine Papierservietten. Ich mag keine Papierservietten, und ich verabscheue Leute, die sie meinen Gästen oder mir hinlegen. Wie schon gesagt, beweg dich. Mach schnell. Ich muß einen Gast bewirten und auch eine Abendgesellschaft im Restaurant organisieren. Beweg dich also. Sei flink.«

Die Haushaltshilfe schafft es tatsächlich, ihr Tempo zu beschleunigen, was zeigt, daß es ihr durchaus möglich ist. Und auch Gacal rührt sich und springt so schnell von seinem Sitz auf, als hätte ihn eine schwarze Ameise gebissen. Er eilt der jungen Frau hinterher, wahrscheinlich in die Küche.

Kiin geht jetzt einen Korridor entlang, und Cambara folgt ihr, vorbei an dem Zimmer, wo Sumaya und Nuura sich *Pinocchio* ansehen. Die Lautstärke erinnert sie an billige Motels, wo manche Dauergäste den ganzen Tag lang Videos anschauen, um die Zeit totzuschlagen. Die schöne, geräumige Veranda geht auf den hinteren Garten hinaus, ihre Mauern sind efeubewachsen und die Sofas mit farbenfrohem Baidoa-Stoff bezogen.

Die Drinks kommen schneller, als Kiin und Cambara Zeit haben, einen Blick und ein paar Worte auszutauschen. Sie werden von niemand anderem als Gacal serviert, der jetzt eine Schürze trägt, und das gekühlte Lassi schmeckt einfach himmlisch. Kurz darauf kommt ihr Mittagessen auf Tabletts, und die Stoffservietten sind so gefaltet, wie es in noblen Restaurants üblich ist.

Ein lang ausgedehntes Mittagessen ist genau das Richtige, wenn man sich entspannen und ungestört unterhalten will. Kiin spricht, und Cambara hört meist zu, während Sumaya und Nuura sich *Pinocchio* ansehen und Gacal in der Küche ißt, wahrscheinlich ganz allein. Cambara und Kiin freuen sich vielleicht auf eine anschließende Siesta auf ihren jeweiligen Zimmern. Kiin ist die Art von Freundin, die mehr Zeit für andere als für ihre eigenen Sorgen hat. Bis eben hat sie nicht einmal angedeutet, was sie beschäftigt und sicherlich quält – die Möglichkeit, das Sorgerecht für ihre beiden Töchter zu verlieren.

Zunächst versteht Cambara nicht, was Kiin ihr erzählt, wer was zu wem gesagt hat, doch sie gibt sich Mühe und hört weiter zu. Zwei der erwähnten Namen sind Cambara vertraut, darunter Raxmas. Offenbar hat Arda, Cambaras Mutter, Raxma in begreiflicher Panik angerufen und sie gebeten, von Kiin in Erfahrung zu bringen, was mit Cambara passiert ist, und sie so bald wie möglich zu informieren. Soweit Kiin weiß, hat Zaak Arda angerufen, um ihr mitzuteilen, daß er ihre Tochter nun seit einigen Tagen nicht mehr gesehen oder mit jemandem gesprochen hat, der sie gesehen hat, daß er auch keine Nachricht oder Botschaft von ihr erhalten hat und sie gekidnappt oder sonst zu Schaden gekommen sein könnte, aber Genaues weiß er nicht. Zaaks wirres Gerede lief auf folgendes hinaus: Da die Zustände in Mogadischu sind, wie sie sind – man Leute, von denen man denkt, sie seien reich, als Geiseln nimmt und ihre Familien in Europa und Amerika riesige Lösegelder zahlen läßt –, möchte er nicht, daß er verantwortlich gemacht wird, wenn sie zu Schaden kommt.

»Was hast du Raxma erzählt?« fragt Cambara.

Kiins langes Schweigen verstört Cambara und läßt sie leiden, es bestätigt ihre schlimmsten Befürchtungen, ihr sinkt das Herz, und ihr Zorn steigt – nicht auf Zaak, sondern auf sich selbst. Sie zittert am ganzen Leib.

Kiin antwortet: »Ich habe ihr gar nichts erzählt.«

»Warum nicht?« fragt sie.

Cambara hält die Gabel drohend in der Luft, wie eine Fechterin, die mit ihren inneren Dämonen ficht, nicht mit der Person, die gegen sie antritt.

»Weil ich möchte, daß du selbst mit ihr redest.«

Cambaras Blick geht in die Ferne, in den Himmel und heftet sich auf die Wolken, die die Sonne verdecken. Dennoch kommt ihr die Galle hoch, und sie schmeckt die bittere Erinnerung.

»Du kannst beide, Raxma und deine Mutter, von hier aus anrufen«, sagt Kiin. »Wenn wir mit unserem Mittagessen fertig sind wird es die richtige Zeit für einen Anruf sein.«

Sie sieht ihre Mutter vor sich, wie sie in ihrem Wohnzimmer auf und ab läuft und auf die Torheit ihrer beiden Schützlinge wettert, während sie ihr schlimmes Bein dem guten nachzieht, ihr Körper vor Zorn glüht, ihre Augen voll Wut funkeln wie Glühwürmchen in der Dunkelheit. Cambara denkt an Rache, nicht an Aussöhnung und Frieden und daran, das Essen inzwischen fortzusetzen, als sei nichts Besonderes geschehen. Natürlich sollte sie anrufen, doch wie kann sie alles erklären, was bisher passiert ist? Welche Seiten der bisherigen Geschichte soll sie verschweigen? Welche hervorheben?

»Es ist naiv von mir, wieder einmal einem Mann zu vertrauen, der mich enttäuscht hat«, sagt Cambara. »Wann werde ich es wohl lernen? Oder vielmehr: Werde ich es jemals lernen?«

Kiins Worte zeigen, daß sie bereits einen Schritt weiter ist und das Thema wechseln will, um Cambara in dieser Krise mit ihrem Rat beizustehen. »Das Leben bringt Gewinn mit sich und Verlust«, sagt Kiin.

Nackte Wut kriecht Cambara insektengleich über die verborgenen Körperpartien, und Zornesröte steigt ihr ins Gesicht. »Mir fällt nichts ein, was ich gewonnen habe, nur Verluste.«

Als ihr beharrlicher Versuch, Cambaras Stimmung zu verbessern und mit ein wenig freudiger Erwartung aufzuhellen, erfolglos bleibt, wählt Kiin einen anderen Ansatz.

Sie sagt: »Es gibt noch weitere Neuigkeiten.«

»Gute Nachrichten könnte ich wirklich gebrauchen.«

»Neues über Jiijo, von Farxia, ihrer Ärztin.«

»Ich höre.«

»Jiijo hat einen Jungen zur Welt gebracht.«

Cambara ist klar, daß Kiin viel Unterstützung geleistet hat, ohne etwas dafür zu erwarten, und daß diese Hilfe für sie nicht ohne Risiko gewesen ist. Außerdem ist die Aktion, Jiijo in einem Krankenwagen vom Haus ihrer Familie in eine Privatklinik zu transportieren, nicht gerade billig. Sie steht tief in Kiins Schuld und verdankt die Fortschritte, die sie in dieser Sache erreicht hat, ihrem Einfallsreichtum. Sie wird zwar darum bitten, doch bezweifelt sie, daß die Frauenärztin Cambara die Rechnung für Jiijos Krankenhausaufenthalt, die sie zu bezahlen bereit ist, präsentieren wird. Schlimmstenfalls wird Kiin oder ihr Netzwerk von Freundinnen sie begleichen. Sie muß darauf bestehen, die Kosten zu übernehmen, weil sie diejenige ist, die von der großzügigen Intervention profitieren wird.

»Wie geht es Mutter und Kind?«

»Prima, beiden geht es sehr gut.«

»Wie lange will Farxia Jiijo denn in der Klinik behalten?« fragt Cambara.

Kiin antwortet: »Da bleibt nicht viel Spielraum. Jiijo wird in aller Stille fortmüssen, lieber noch vor dem Abend. Die Frage ist, wohin wir sie nach der Entlassung aus der Klinik bringen sollen. Wir wollen nicht, daß sie in dein Haus zurückkehrt. Und Farxia möchte sie nicht eine Stunde länger in ihrer Klinik haben. Du weißt ja, Farxia hat sie ohne jeglichen Papierkram aus deinem Haus geholt. Wie soll sie das leugnen oder erklären? Und wie oder durch wen hat Farxia von Jiijos Zustand erfahren, bevor sie den Entschluß faßte, sie mit einem Krankenwagen in die Klinik zu holen? Riskante Fragen, die nicht leicht zu beantworten sind.«

»Weiß jemand, wo Gudcur steckt?«

»Wir wissen es nicht.«

»Was bedeutet es, daß keiner ihn gesehen oder gesprochen haben will und daß kein Radiosender mehr über die Kämpfe berichtet?« fragt Cambara mit besorgter Miene.

»Das kann alles und nichts bedeuten.«

»Das sind ja entmutigende Aussichten«, sagt Cambara.

»Einige Mitglieder des Netzwerkes haben noch viel schlimmere Situationen durchgestanden«, ermutigt Kiin sie. »Mach dir keine Sorgen. Am Ende gewinnt immer das Netzwerk.«

»Ich habe dir und den anderen Frauen in eurem Netzwerk schon soviel Mühe gemacht und bin euch dankbar, jeder einzelnen von euch«, sagt Cambara. »Ich wünschte nur, ich hätte euren Rat eingeholt, ehe ich das hier in Angriff genommen habe.«

»Wir helfen gern, als Frauen und Mitmenschen.«

Cambara ißt weiter. Sie sitzt unbequem auf der Sofakante, und ihr Teller fällt fast herunter. Kiin hält ein Auge auf das Essen ihrer Freundin, und obwohl sie nichts sagt, ist sie darauf vorbereitet, ihr beizuspringen. Inzwischen quält sich Cambara damit, die rechten Worte zu finden, mit denen sie ihrer besorgten Freude Ausdruck geben kann – besorgt, weil sie sieht, welche Bürde und tragische Verantwortung Jiijo zu tragen hat, indem sie den Sohn eines Mannes großzieht, den sie haßt. Vielleicht ist es das Los vieler Frauen: die Kinder von Männern aufzuziehen, die sie verabscheuen und ohne die sie manchmal kaum überleben können. Wie kann sie helfen? Wie kann irgend jemand Frauen wie Jiijo beistehen, die sich in einer so schrecklichen Verstrickung befinden? Sie werden schlechter behandelt als Vieh, jeden Tag verprügelt und auch gefoltert, doch als Mütter der Kinder dieser Ungeheuer steht ihre Blutsverwandtschaft außer Frage; sie ist für jeden offensichtlich. Im Idealfall müßte man dafür sorgen, daß Jiijo und ihr Kind in einem sicheren Heim untergebracht werden, wo sie außer Gefahr sind und für Gudcur nicht zu erreichen.

Cambara überlegt laut, mit ausdrucksloser Miene. »Wenn wir sie nun ausfliegen, sobald sie entlassen ist?« Und kaum hat Cambara die Frage in Gedanken formuliert und ausgesprochen, da ist ihr schon klar, wie töricht sie ist.

Kiin ist so freundlich und nachsichtig, so zu tun, als verdiene Cambaras neuer Vorschlag ernsthafte Überlegung, ehe sie die jungen Triebe stutzt.

»Sie in ein Flugzeug setzen, das direkt nach Nairobi fliegt?«

»Das wird vielleicht nicht gehen«, gibt sich Cambara geschlagen.

Kiin gibt nicht so schnell auf. Sie sagt: »Es würde funktionieren, wenn Jiijo sich in einem Zustand befände, der ihre Reise dorthin rechtfertigen würde – um ihr Leben und das ihres Kindes zu retten –, aber es geht ihnen beiden gut. Wir können den Plan zurückstellen und auf ihn zurückkommen, wenn andere Pläne, die wir in Angriff genommen haben, scheitern.«

»Was sind das für Pläne?«

»Wir diskutieren Pläne, die sich vollkommen auf die Mitglieder des Netzwerkes stützen und nur mit ihrer Hilfe erfolgreich verwirklicht werden können«, erklärt Kiin. »Kein anderer wird davon erfahren, bevor sie ausgeführt sind. Wir haben schon früher ähnliches für Frauen in Schwierigkeiten getan. Wir haben unsere Methoden perfektioniert.«

»Erzähl mir mehr über den Plan.«

»Wir bringen Frauen vor den Männern, die sie oder ihre Kinder ernstlich bedrohen, in Sicherheit und lassen sie verschwinden. Und in der Zwischenzeit kümmern wir uns um die betreffenden

Männer. In einem Fall mußten wir sein Essen vergiften – Ende des Problems.«

Einen Augenblick lang versucht Cambara, eine Alternative anzubieten, eine, die praktikabler und erfolgversprechender ist. Doch ihr Kopf ist leer, und es will sich kein Gedanke einstellen. Als sie die drückenden Sorgen hin und her wendet, kommt sie zu dem Schluß, daß sich bei ihr vielleicht Verzweiflung eingenistet hat und die sich auftürmenden Probleme ihr angst machen.

»Du kannst jetzt über dein Haus verfügen, weißt du das? Wir haben die Schlösser auswechseln lassen und den Hintereingang zugänglich gemacht, der vor den Augen spionierender Nachbarn und anderer Neugieriger verborgen ist, damit es auch funktioniert«, sagt Kiin.

»Ihr habt soviel geleistet, und das in so kurzer Zeit«, sagt Cambara. Sie ist tief beeindruckt und wird fast von ihren Gefühlen überwältigt, beinahe weint sie vor Freude.

Kiin fährt fort: »Zusätzlich haben wir eine bewaffnete Sicherheitseinheit angeheuert, die die Bewegungen im ganzen Viertel genau beobachten soll, und haben Checkpoints eingerichtet, die mit einer freiwilligen Brigade der »Jugend für den Frieden« besetzt sind. Kein Geringerer als Dajaals Neffe Qasiir führt sie an. Bald werden wir wissen, was aus Gudcur geworden ist, und herausfinden, ob die Möglichkeit besteht, daß er oder seine Leute zurückkehren. Wenn er überlebt hat, werden wir die Möglichkeit einer gewaltsamen Auseinandersetzung mit ihm einplanen. Wir bereiten uns auf das schlimmste Szenario vor. Und wir sind zuversichtlich, daß wir das Haus in unserem Besitz halten können.«

»Du möchtest nicht, daß Jiijo darin wohnt?«

»Warum die Dinge komplizieren?« fragt Kiin.

»Ich verstehe, was du meinst.«

»Wenn ich dich richtig verstanden habe, dann willst du den Ballsaal zum Probenraum machen, wenn du mit der Arbeit an deinem Stück anfängst, nicht wahr?« fragt Kiin mit geweiteten Augen und etwas erhobener Stimme, und sie schüttelt den Kopf. »Hast du das nicht die ganze Zeit vorgehabt, das Haus wieder zurückzuerlangen und es dafür zu benutzen?«

»Das stimmt.«

»Weißt du noch, warum du hier bist?«

In Cambaras Augen blitzt jetzt ganz weit hinten die Erinnerung an ihren Zorn auf Wardi auf, der sie zum Handeln angespornt hat, und sie wendet den Blick ab. Ihre Erinnerung löst eine unwillkommene Rückkehr der vielen schrecklichen Dinge aus, die Männer ihr angetan haben: Wardi, der für Dalmars Tod verantwortlich ist; Zaak, der sie verärgert hat, und so weiter.

Sumayas leise Schritte wecken Cambara aus ihrer Träumerei und verhindern, daß Kiin sich in ähnliche Gedanken verstrickt. Das ansteckende Lächeln der Kleinen ist so süß, daß beide Frauen sie zu sich rufen; ihre Mutter sagt: »Komm und laß dich drücken, mein Schatz«, und Cambara wirft ihr einen Handkuß zu und sagt: »Komm, meine Süße.« Sumaya geht zu ihrer Mutter, die sie in die Arme schließt.

Kiins Antennen spüren einen plötzlichen Stimmungsumschwung bei Cambara, und da sie das darauf zurückführt, daß die Freundin den tragischen Tod ihres Dalmar wiederaufleben läßt, beschließt sie, sie aufzumuntern.

»Warum nicht?«

Cambara reißt sich zusammen und richtet den Blick auf Kiin und Sumaya. Dennoch verhindern die Gedanken, die sich ihr aufdrängen, daß sie im Kampf mit ihren Dämonen die Oberhand gewinnt.

»Bitte jemanden, Gacal wieder ins Hotel zu bringen, wenn er mit dem Essen in der Küche fertig ist«, sagt Cambara und macht sich zum Gehen bereit. »Behalte den Film für deine Töchter.«

»Mit Vergnügen«, sagt Kiin.

»Und wenn ich dich noch um etwas bitten darf . . .«, beginnt Cambara und verstummt dann.

»Ja?«

»Es betrifft die Unterbringung von Gacal.«

»Was ist damit?«

»Kannst du ihm einen Schlafplatz besorgen?« fragt Cambara. »Vielleicht mit den anderen Jugendlichen, bis wir eine bessere Lösung für ihn finden?«

»Kein Problem.«
»Vielen Dank.«
»Wir sehen uns auf der Party oder eher.«
»Sehr gern.«

21

Cambara wartet auf Gacal. Sie hat bereits mit dem stellvertretenden Direktor telefoniert, der ihr bestätigte, daß Kiin ihn angerufen und er alles veranlaßt habe, um Unterkunft und Verpflegung für Gacal zu arrangieren. Jetzt liegt sie ausgestreckt auf ihrem Bett, hat die Augen geschlossen und versucht ferne, flüchtige Erinnerungen einzufangen. Sie ist entspannt. Die Klimaanlage läuft, in der Ferne summt der Generator, nur die Stimmen der Wachposten sind etwas zu nah, um beruhigend zu wirken.

Sie hat sich gleich nach dem Mittagessen mit Kiin umgezogen und trägt nun ein weites Gewand. Statt eines Kissens hat sie die Hände unter den Kopf gelegt und läßt in Gedanken noch einmal die Ereignisse der letzten Tage Revue passieren. Nach diesem Moment intensiven Nachdenkens setzt sie sich auf und erinnert sich daran, daß sie weniger von Gacal weiß, als es für ein gutes Verhältnis zu ihm nötig ist, das als ausbaufähige Grundlage für eine Beziehung dienen kann.

Eigenartig, daß sich ihre Miene so plötzlich und unerwartet zerknirscht verzieht. Sie ist verbittert darüber, daß sie sich gegen besseres Wissen so übereilt für Gacal eingesetzt hat, noch ehe sie mehr über seinen Hintergrund erfahren konnte. Kein Wunder, daß Arda das kritische Urteilsvermögen ihrer Tochter bemängelt. »Bei dir gewinnt immer das Bauchgefühl«, hat Arda einmal zu ihr gesagt, »du schenkst deine Zuneigung so schnell und richtest dich dabei nicht danach, was du weißt, sondern nach der Intensität deiner momentanen Leidenschaft.«

Cambara zieht die Hände unter dem Kopf hervor, macht eine Faust und streckt dann ihre eingeschlafenen Finger, um sie wieder zum Leben zu erwecken. Sie betrachtet die Zimmerdecke und ist überzeugt, daß sie sich auf dem richtigen Weg befindet, dank Kiin, die ihre Pläne zum Laufen gebracht hat. Manche sind schon fast gescheitert, andere entwickeln sich schnell. Sie hält es für richtig, zu sichern, was sie erreicht hat und was ihr einen festen Anker in der Realität dieser Stadt bieten wird. In gewisser Hinsicht schätzt sie sich glücklich, daß sie zu einem wichtigen Faktor im Leben verschiedener Menschen geworden ist, deren Pfade den ihren gekreuzt haben. Sie muß nun Vorsicht walten lassen, denn ein einziger Fehltritt kann nicht wiedergutzumachende Folgen haben.

Jetzt hört sie ein leises Klopfen an der Tür und nimmt an, daß es kein anderer als Gacal ist. Doch sie wartet auf ein zweites Klopfen, ehe sie sich rührt, denn sie möchte, daß er sich zu erkennen gibt, als ob es ihr helfen könnte, sich eine Meinung zu bilden und das weitere Vorgehen beim Gespräch zu planen, wenn sie ihn seinen Namen nennen hört. Doch als er wieder und wieder klopft, ohne seine Identität preiszugeben, ergreift sie beim vierten Mal die Initiative. Sie fragt: »Wer ist da?«

»Sie haben gesagt, ich soll kommen, und hier bin ich«, sagt Gacal.

Sie geht zur Tür. Jetzt, da sie ihn wiedersehen wird, ist sie recht zuversichtlich, daß ihre intuitive Reaktion auf Gacal richtig war, denn sie findet seine ausweichende Antwort – zu sagen, sie habe ihn aufgefordert zu kommen und hier sei er, anstatt wie erwartet seinen Namen zu nennen – sympathisch, umständlich, herausfordernd und originell. Es bleibt abzuwarten, was sie nach dem Gespräch von ihm hält, doch Cambara ist sicher, daß Gacal genug Selbstvertrauen und Unverzagtheit besitzt. Sie kann sich nicht erinnern, auf diese Eigenschaften bei anderen Jungen seines Alters gestoßen zu sein, außer vielleicht bei Dalmar. Oder in geringerem Maße bei Seidenhaar.

Als die Tür schließlich geöffnet ist, sieht sie sein selbstgefälliges Lächeln, was vermuten läßt, daß auch er sein Spiel spielt – und zwar ziemlich erfolgreich. Obendrein hat er die Hand ausgestreckt. Fordert er Cambara heraus, sie zu ignorieren oder sie zu schütteln und ihn dann zu umarmen? Wenn man sich Cambara so anschaut, könnte man bestätigen, daß er diese Runde gewonnen hat.

Sie ergreift seine Hand nicht und umarmt ihn auch nicht. Als wolle sie sich etwas beweisen, dreht sie ihm den Rücken zu und sagt: »Komm rein.«

Er kommt ins Zimmer, nun keineswegs mehr selbstgefällig, und schließt behutsam die Tür hinter sich; sein Mut scheint ihn zu verlassen. Er kommt auf Zehenspitzen etwas weiter herein ins Zimmer und wartet ängstlich und angespannt, als erwarte er, von ihr zurechtgewiesen zu werden.

»Erzähl«, sagt sie.

Während er sich bereit macht, ihrer Aufforderung zu folgen, bemüht er sich, seine Straßenjungen-Manieren, so könnte man es bezeichnen, durch ein Benehmen zu ersetzen, das jemanden wie Cambara gewinnen kann. Er setzt sich, ohne daß sie ihn dazu aufgefordert hätte.

»Wer bist du?« fragt sie.

»Kommt darauf an.«

Cambara zuckt zusammen bei dem feindseligen Gedanken, der ihr eben gekommen ist, eine nicht allzu freundliche Redensart wie »Geh zum Teufel!«, die seine Antwort verdient hätte. Nach kurzer Überlegung sagt sie dann nichts Derartiges, auch weil er sie an Dalmar denken läßt.

Sie erinnert sich lebhaft an den Zorn, mit dem Wardi auf Dalmars kühne Widerreden reagierte, und wie er ihm Schläge androhte, wenn der Junge ihn weiterhin provozierte. Sie weiß noch, daß sie Wardi riet, er solle nicht versuchen, aus Dalmar mit Gewalt ein anderes Kind zu machen, und daß sie sagte: »Du könntest ebensogut versuchen, einem Vogel das Singen abzugewöhnen, wie Dalmar die Widerrede.«

Ein anderer Grund, weswegen sie Gacals Kühnheit mit Nachsicht aufnimmt, hat etwas mit der Tatsache zu tun, daß er offensichtlich in der Lage ist, sich einem von Erwachsenen ausgeübten Druck zu widersetzen – besonders wenn jemand ihn zwingen will sich unterzuordnen –, aber auch einzulenken, wenn er das wirklich will.

Ihr Lächeln ist so schmal wie eine frische Laufmasche in einem alten Paar Strümpfen, als sie beschließt, seinen Widerstand zu brechen, indem sie ihm die dürren Tatsachen ihrer eigenen Geschichte liefert und dabei besonders den Verlust ihres Sohnes betont, der etwa in seinem Alter gewesen ist und dessen Tod sie nun betrauert. Als sie ihre Erzählung beendet hat, verfinstert eine Erinnerung an tragische Ereignisse Gacals Gesichtsausdruck. Er schweigt lange und mit ernster Miene. Dann redet er.

Gacal spricht mit einem leicht elegischen Tonfall, um die unvorstellbare Tragödie zu schildern, die sein junges Leben überschattet. Er erzählt von einem ebenso großen Verlust: von der Ermordung seines Vaters, mit dem er vor zwei Jahren nach Mogadischu gekommen war. Umgebracht von den Milizionären, die sie beide entführt, dann getrennt und ohne Verbindung zur Außenwelt festgehalten hatten. Sein Vater wurde in den Kopf geschossen und seines Geldes beraubt, ehe sie Gacal gehen ließen. Während er spricht, starrt Cambara ihn entsetzt an. Sie bemerkt, daß er sehr erwachsen wirkt, wenn er gelegentlich innehält und nach einer Redewendung sucht oder nach Worten, mit denen er seinen Kummer beschreiben kann. Sie beobachtet auch seine Angewohnheit, das Gesicht entweder leicht nach links oder nach rechts zu wenden wie einer, der eine Pose einnimmt. Er sitzt da und spitzt die Ohren, als erwarte er, daß Gefahr in irgendeiner bedrohlichen Gestalt hier eindringe und mit einem einzigen Streich die ihm bekannte Welt vernichte. Man kann sich seine Geschichte nur schwer zusammenreimen, weil vieles daran keinen Sinn ergibt. Ein Mann verläßt Amerika und nimmt seinen Sohn mit, um ihn mit der Sprache und Kultur seines Volkes bekannt zu machen. Das geschieht auf den Rat seiner Frau hin, der Mutter des Jungen, die möchte, daß die beiden verreisen, damit sie ein Projekt beenden kann. Bewaffnete Milizionäre nehmen die beiden gefangen, kurz nachdem sie auf einem der von Warlords kontrollierten Flughäfen der Stadt gelandet und in ein Fahrzeug mit der Aufschrift »Taxi« gestiegen sind. Soviel scheint glaubhaft. Doch als Gacal den anderen Teil seiner Geschichte in

Amerika erzählt, beginnt Cambara sich zu fragen, ob sie wahr oder erfunden ist.

Gacal sagt: »Ich wurde in Duluth geboren, meine Eltern waren Somalis, die in die Vereinigten Staaten einwandern durften, nachdem sie mehrere Jahre in Flüchtlingslagern in Kenia gelebt hatten. Nach einem ersten Aufenthalt in San Diego zogen sie nach Minnesota.«

Cambara registriert sein Auftreten, das an einen Erwachsenen erinnert: der Tonfall, die Wortwahl und auch die Körpersprache. Das einzige an ihm, was zu seinem wirklichen Alter paßt, ist seine Nase, feucht wie die eines Kätzchens. Weil seine Augen koboldhaft umherwandern, kann sie deren Alter nicht exakt bestimmen. »Erst kürzlich ist es mir gelungen, das Durcheinander meines Lebens aufzuklären«, fährt er mit der Stimme eines Erwachsenen und in einem eher philosophischen Tonfall fort, »fast zwei Jahre nach meiner Ankunft hier mit meinem Vater.«

»Und wo ist deine Mutter?«

»In den Staaten.«

»In Duluth?«

»Keine Ahnung.«

»Du hast sie doch angerufen?«

»Unsere Telefonnummer zu Hause ist abgeschaltet.«

Es gelingt ihr nicht, sich in seine Lage zu versetzen, ohne sich vorzustellen, sein Entsetzen wäre ihres. Sie spürt, daß sie es nicht fertigbringt, weil sie nicht genug von ihm weiß. Es ist ihr bekannt, daß Bürgerkriege viele Familien auseinandergerissen, Männer von ihren Frauen und Kinder von ihren Eltern getrennt haben. Im Fall von Somalia weiß sie von den Bemühungen des Internationalen Roten Kreuzes, getrennte Familien wieder zusammenzuführen, und von der fast täglichen Rundfunksendung »Vermißte Menschen« des somalischen Senders der BBC, bei der die Leute die Namen ihrer Vermißten bekanntgaben und wann und wo sie zuletzt gesehen wurden; in der Hoffnung, von den Vermißten zu hören, nannten sie auch ihre eigenen Kontaktdaten und Telefonnummern. Vielleicht könnte sie ihn in die Sendung bringen?

»Hast du es mit deinen Schulfreunden oder mit Verwandten versucht, deren Telefonnummern du kennst?« Sie kommt sich töricht vor, sobald ihr die Worte über die Lippen gekommen sind. Wie kann er telefonieren, wenn er keine Menschenseele kennt und nicht das nötige Kleingeld hat?

»Habe ich.«

Ein Kloß in Cambaras Hals hindert sie daran, ihm eine indiskrete Frage zu stellen, die ihr lange auf der Zunge liegt. Dennoch fragt sie ihn. »Woher hattest du denn das Geld für das Telefongespräch?«

»Das möchten Sie doch gar nicht wissen.«

»Doch. Sonst würde ich nicht fragen.«

»Ich habe die Taschen einer Leiche durchsucht und es gestohlen.«

Seine Antwort verstört sie, und die Erschütterung bringt sie wieder in die Realität des Bürgerkriegs zurück. Doch trotz dieses rauen Erwachens fragt Cambara: »Ist es dir gelungen, jemanden zu erreichen?«

»All meine Versuche in dieser Sache waren erfolglos.«

Er schweigt und kneift die Augen zusammen, als konzentriere er sich auf einen noch unfertigen Gedanken in weiter Ferne. Für Cambara wirkt es, als durchlebe er noch einmal ein vergangenes Geschehen und denke vielleicht darüber nach, wie seine gegenwärtige mißliche Lage ihn zwingt, sich einer fremden Frau in Mogadischu zu offenbaren.

Was sie gern wissen möchte, doch nicht zu fragen wagt, ist, warum er und sein Vater die Frau verlassen haben, die ihn geboren hat, weil ein Sohn seines Alters ohne Mutter in der Nähe nicht normal ist, eine Anomalie. Cambara rutscht auf ihrem Stuhl hin und her und bereitet sich vor zu sprechen. Sie kann sich nicht vorstellen, daß die Frau abgeschrieben wurde, als sei sie unnötig, denn sie denkt, daß Eltern gebraucht werden, vor allem Mütter. Sie beginnt mit: »Deine Mutter . . .!« und verstummt dann.

Gacal sagt: »Wir hätten nicht herkommen sollen.«

Cambara verspürt die Hilflosigkeit eines Menschen, der mit einem unlösbaren Problem konfrontiert wird. Als sie zu ihm hinblickt, wirkt er abweisend, als wolle er sagen: »Kein Mitleid bitte.«

»Wo ist deine Mutter in deiner Geschichte?«

Cambara übersetzt das, was Gacal ihr erzählt, in Erwachsenensprache, die Gacal nicht beherrscht. Sie versteht, daß sein Vater als privater Berater nach Nairobi kam, mit dem Auftrag Technologie-Firmen in Ostafrika zu gründen und sie profitabel zu machen. Und da sie beide unzertrennlich waren, nahm er seinen Sohn mit, da gerade die langen Sommerferien waren. Es war die Idee seiner Mutter, daß Gacal vom Aufenthalt an einem Ort, der sicherer war als Mogadischu und viel großstädtischer als jede andere Stadt auf der somalischen Halbinsel, profitieren und dort Somalisch lernen sollte. Während der Abwesenheit ihres Mannes und Sohnes beabsichtigte die Mutter, sich zurückzuziehen, um irgendeine Arbeit für eine Universität in einem anderen Staat, wo sie sich für ein Aufbaustudium eingeschrieben haben mußte, fertigzustellen.

»Haben sie sich oft gestritten, deine Eltern?«

»Dazu hatten sie zuviel zu tun, beide haben gearbeitet und waren glücklich in ihrem Beruf«, sagt er. »Ich war ihr einziges Kind, und sie waren zufrieden. Das haben sie oft gesagt, zu mir oder zu anderen, wenn ich es hören konnte.«

»Dein Vater ist wohl viel gereist?«

»Ja, und sie hat sich um mich gekümmert.«

»Hat er ihr gesagt, daß er dich hierher mitnimmt?«

»Ich glaube nicht.«

»Wieso denkst du das?«

»Er hatte einen langen Wochenendbesuch hier geplant, wollte mit mir vier Tage bleiben«, sagte Gacal. »Ich habe ihm keine Ruhe gelassen und ihn immer gefragt, wie es denn an diesem Ort wäre, wo sie beide herkamen und aufwuchsen und geheiratet haben, da ich nie dort gewesen war. Ich habe immer gesagt, ich würde mir wünschen, den Ort zu besuchen und vielleicht dort zu leben. Eines Tages machten wir uns plötzlich auf, und ohne vorher zu buchen, fuhren wir zu einem abgelegenen Flughafen und flogen in einem kleinen Flugzeug mit, das Khat geladen hatte. Es war geplant, ein verlängertes Wochenende zu bleiben; das ist alles. So war er, mein Vater.«

Kaum zu glauben ... diese Tragödie. Eben noch ist Gacal ein Junge aus der Mittelschicht in einer Welt, die ihn schützt und umsorgt; am nächsten Tag ist die einzige ihm bekannte Welt verschwunden, und er irrt in einer mörderischen Stadt umher. Haltlos dahintreibend.

»Wie ist der volle Name deines Vaters?«

Gacal nennt ihn; sie kennt ihn nicht.

»Und der von deiner Mutter?«

Gacal sagt ihn ihr; auch ihn kennt sie nicht.

In der traditionellen somalischen Gesellschaft wäre der nächste logische Schritt, nach anderen Hinweisen zu fragen, wie den jeweiligen Clans von Vater und Mutter, um sie zu identifizieren. Sie ist sicher, daß irgendeine Person, entweder hier in Mogadischu oder irgendwo in Nordamerika, Bescheid wissen würde. Wenn sie sich nur aufraffen könnte, nach ihren Clanzugehörigkeiten zu fragen. Somalis mit sogenannter fortschrittlicher Gesinnung pflanzen ihren Kindern nicht dieses Clan-Ethos ein; manche gestatten es sich nicht einmal, den Namen dieser Clans auszusprechen. Vielleicht wird sie die Aufgabe, sich eingehend mit diesem Aspekt des Problems zu befassen, jemandem wie dem alten Mann am Tor übertragen; er hätte sicher nichts dagegen, ihr zu helfen. Es ist möglich, daß er und jeder andere inzwischen Gacals Clanzugehörigkeit kennt. Sie selbst hat darauf geachtet, Dalmar nicht zu ermutigen, sich um seine oder ihre Clanzugehörigkeit zu kümmern. Viele Somalis, die in Großstädten oder im Ausland geboren wurden, kennen die ihrige auch nicht.

Es gibt noch viele Fragen, die sie gern beantwortet haben möchte, aber es fällt ihr schwer, sie ihm zu stellen. Wie ist er die ersten Tage, Monate, Jahre nach dem Tod seines Vaters allein zurechtgekommen? Wie hat er den Verlust betrauert? Wie hat er die Zeitspanne zwischen seiner Ankunft hier und den veränderten Umständen verbracht?

»Kannst du dich an den Namen der Gesellschaft erinnern, für die dein Vater in Duluth gearbeitet hat?« fragt sie.

»Er war selbständig.«

»Und der Name der Firma in Nairobi oder von irgendwelchen Leuten, mit denen dein Vater gearbeitet hat? Kannst du dich an irgendeinen Namen erinnern? Dann könnten wir Informationen bekommen«, sagt sie.

»Es ist so lange her, daß ich mich an nichts erinnern kann.«

»Kannst du dich an die Namen von Freundinnen deiner Mutter erinnern?«

»Nur an Vornamen.«

»In welche Schule bist du in Duluth gegangen?«

Gacal nennt einen Namen, den sie sich notiert. Wenn Gacal gegangen ist, wird sie Raxma anrufen und sie bitten, sich darum zu kümmern. Sehr wahrscheinlich wird Raxma sofort Erkundigungen einziehen, wenn auch nur um den Wahrheitsgehalt zu kontrollieren. Raxma wird sie dann zurückrufen und ihr Vorschläge machen, was möglich ist und was nicht, nachdem sie sich von Maimouna hat juristisch beraten lassen. Aber wenn Cambara ihre Mutter anruft, wird sie Gacal nicht erwähnen, ihre jüngste Leidenschaft.

Cambara erhebt sich, öffnet die Tür und lächelt Gacal lieb an, der sich zu seiner vollen Größe erhebt und zu ihr tritt, bereit zu gehen. Er grinst, verbeugt sich und sagt dann: »Bis später.«

Kaum hat sie die Tür geschlossen, als ihr ein Film aus den 1970er Jahren einfällt, *Deliverance*, den sie gesehen hat. Es ist ein erschütternder Bericht von einer katastrophalen Kanufahrt, die vier Männer auf einem Fluß in Georgia unternehmen. Die Handlung des Films und Gacals Geschichte sind nicht etwa identisch oder auch nur ähnlich. Vielleicht hat die traumatische Beschaffenheit der plötzlichen Veränderungen in Gacals Leben sie an die Leiden erinnert, die diese Männer durchmachen und dabei unvorstellbare Schrecken durchleben.

Schweren Herzens blickt sie auf ihre Uhr, entscheidet, daß es eine gute Zeit für ein Telefongespräch nach Amerika ist, ruft die Rezeption an und bittet um eine Verbindung nach draußen. Sie kennt Raxmas Nummer auswendig. Raxma meldet sich nach dem dritten Klingeln und sagt: »Cambo, Liebling,

Kiin hat mich angerufen und mir die guten Nachrichten berichtet.«

Cambara weiß nicht, was sie darauf sagen soll, und bleibt still. Wenig später, als Raxma fragt, ob sie noch da sei, erkundigt sie sich: »Welche guten Nachrichten hat sie dir denn mitgeteilt?«

»Daß sie gerade mit dir über deine Inszenierung eines Stückes verhandeln, das vom Netzwerk der Frauen finanziell unterstützt wird, das erste Theaterstück seiner Art in Mogadischu. Für den Frieden. Daß sie dir zu diesem Zweck freie Unterkunft gewähren, solange du es wünschst, und einen in Mogadischu lebenden Iren anheuern, um die hölzernen Masken nach deinen Entwürfen zu schnitzen, und auf deine Anweisungen hin einige Tischler, um die Bühne zu bauen, und wenn ich mich nicht irre, Elektriker und andere Experten, die alle vom Frauen-Netzwerk bezahlt werden sollen. Ich freue mich so für dich, meine Liebe. Ich habe auch gehört, daß Kiin und ihr Freundeskreis dir dabei helfen, dein Haus wiederzubekommen. Wenn das keine guten Nachrichten sind, dann weiß ich nicht, Cambo, Liebste.«

Von alldem hört Cambara jetzt zum erstenmal so klar und deutlich. Es ist auch das erste Mal, daß jemand, und was besonders wichtig ist, eine Gemeinschaft von Frauen, auf ihre künstlerische Arbeit stolz ist. Sie muß sich kneifen. Träume ich? denkt sie.

»Was gibt es sonst Neues? Nur Gutes, hoffentlich. Schnell, erzähle.«

Cambara holt tief Luft; sie zögert zu sprechen. Erst als Raxma drängt – »ich muß zur Arbeit, meine Gute, also mach schon« –, berichtet sie Raxma von ihren bisherigen Aktivitäten, ohne etwas Wichtiges auszulassen. Welche Ironie: Was könnte wichtiger sein, als Raxmas Bestätigung zu bekommen? Jedenfalls erzählt sie von Kiins Einladung zum Mittagessen in ihrem Heim und davon, daß sie ihre beiden reizenden Töchter kennengelernt hat; von Jiijo und ihrem jetzigen Aufenthaltsort; von Seidenhaar, wie er ist und wie sie sich in sein Leben eingemischt hat; von Seamus und seiner Bereitschaft, die Masken herzustellen; und schließlich vom Frauen-Netzwerk, dessen Mitglieder sie bald bei einer Party treffen wird. Dann liefert sie Raxma die Eckdaten von Gacals Geschichte.

Raxma fragt: »Möchtest du, daß ich die Geschichte dieses Jungen überprüfe und dir sage, was ich herausgefunden habe? Überlaß das mir. Ich rufe dich in ein oder zwei Tagen wieder an. Okay? Ich muß jetzt los, wenn ich nicht in den Berufsverkehr kommen will.«

»Du bist ein Schatz.«

Dann ruft sie Arda an, und die beiden Frauen fachsimpeln eine Weile, ehe Cambara der alten Dame einen abgeschwächten Bericht ihrer Aktivitäten liefert, ohne zu erwähnen, daß Kiin ihr Stück unterstützt, oder etwas von Gacals und Seidenhaars Geschichten verlauten zu lassen. Sie verschweigt alle möglicherweise strittigen Dinge, die eine hitzige Debatte zwischen ihnen heraufbeschwören könnten.

Ihr Telefongespräch mit Raxma macht Cambara ruhelos, ihr Adrenalinspiegel steigt. Obwohl es sie drängt, etwas zu tun, weiß sie zunächst nicht, wie sie diese durch ihre Begeisterung erzeugte Energie am besten nutzen soll, bis sie ihr ein Ziel gibt. Sie sagt sich, daß es an der Zeit ist, ihre restlichen Sachen bei Zaak abzuholen und ihn auf die Position eines Paria abzuschieben, mit dem man nichts zu tun haben möchte. Vielleicht sollte sie jedoch die Verbindung nicht kappen, auch wenn sie diese nicht nutzt. Man kann bei Bürgerkriegen nie wissen, was geschieht; vielleicht braucht sie seine Hilfe noch einmal, warum sollte sie ihn dann ganz in die Wüste schicken.

Egal, sie hält ihn nun einmal für einen verachtenswerten Menschen – ein Gastgeber, der Spaß daran hat, bösartigen Klatsch über seinen Gast zu verbreiten. Das bedeutet, daß er keine Selbstachtung hat. Sie könnte seine Engstirnigkeit darauf zurückführen, daß er ein Hohlkopf und ein geborener Verlierer ist. Ungeachtet der Tatsache, daß Arda sich immer große Mühe gegeben hat, aus ihm einen anderen Menschen zu machen. Da sie sich mit ihm abgefunden hat, ohne je deutlich ihre Meinung zu sagen, weiß sie jetzt nicht, wem sie böse sein soll: ihrer Mutter, sich selbst oder dem törichten Mann. Sein Verhalten ist unangebracht und verdient keinen Kommentar.

Sie ist froh, daß sie nicht länger zugelassen hat, von Zaak so verächtlich behandelt zu werden, sondern ausgezogen ist, und daß sie es ohne seine Hilfe geschafft hat, ihre Talente sinnvoll einzusetzen. Bald wird sie vom Wohlwollen der Freunde profitieren, die sie gewonnen hat, und Nutzen aus dieser kreativen Übung ziehen; zum Teufel mit Zaak. Jetzt sitzt sie am Schreibtisch, um die Namen derer aufzuschreiben, von denen sie Hilfe erwartet oder die sie in der einen oder anderen Eigenschaft engagieren will: Kiin, das Juwel unter ihren Entdeckungen; Farxia, die Ärztin, die Jiijo verschwinden ließ; Seamus, der Unbekannte, das Genie; Dajaal, ein taktvoller Mann, der nützlich sein wird, indem er die Sicherheit des Ganzen gewährleistet; Bile, der Mann hinter den Kulissen, der Dajaal und Seamus dazu animiert zu helfen; der Ladenbesitzer Odeywaa und seine Frau; und natürlich Raxma. Was würde sie nur ohne Raxma anfangen? In einer Extraspalte trägt sie die Namen Gacal, Seidenhaar und Jiijo ein, unterstreicht alle und setzt ein Fragezeichen hinter den letzten Namen.

Plötzlich macht sie sich große Sorgen und wird von Reue und Hilflosigkeit gepackt: Reue, weil ihr bewußt ist, daß sie nie ehrlich zu Jiijo gewesen ist; Hilflosigkeit, weil es jetzt, wo die Dinge in Bewegung gekommen sind, keinen Spielraum mehr für Manöver gibt, nicht den geringsten. Und sie kann auch nichts für Jiijo tun, bis klar ist, in welcher Situation Gudcur sich befindet. Wenn er tot ist und das Haus ganz zu ihrer Verfügung steht, dann ist sie nicht abgeneigt, Jiijo als eine Art Hausmeisterin dort einziehen zu lassen. Doch wenn Gudcur lebt und eine Bedrohung darstellt, dann wäre es ganz gewiß nicht klug, irgend etwas mit ihr zu tun zu haben. Sie will ja nicht die Eier zählen, bevor sie gelegt sind, doch sie ist überzeugt, daß es ihr viel Freude bringen wird, wenn sie wieder im Besitz des Hauses ist, die Proben für das Stück im Ballsaal durchzuführen. Zudem hält sie es für eine gute Idee, wenn sich jemand um die Küche und die Verpflegung aller Beteiligten kümmert, und wer könnte das besser als Jiijo, mit ein wenig Unterstützung durch Kiins Koch.

Um ihren kühnen Plan umzusetzen und die Inszenierung ihres Stückes zu einem Erfolg zu machen, braucht sie mehr als einen Ballsaal und eine Schar ungeschulter, wenn auch bereitwilliger Jungen, die ihren Wünschen gern nachkommen. Ihre Stimmung sinkt zu einer leichten Verzweiflung, als sie überlegt, wo sie einen Menschen finden soll, der sie mit genügend geistigen Anregungen versorgt. Unter den Menschen, die sie bisher kennengelernt hat, kann sie nur vier nennen, die ihr den intellektuellen Austausch bieten könnten, der für sie in der gegenwärtigen Situation so wichtig ist: Kiin, Bile, Seamus und, auf seine Weise, Gacal. Jeder dieser vier Menschen ist unverzichtbar. Seamus wird ihr den dringend benötigten Beistand leisten, besonders bei Angelegenheiten technischer Art, wie zum Beispiel dem Schnitzen der Masken, sowie bei einigen anderen Erfordernissen: Tischlerarbeiten, Bühnenbild, Beleuchtung. Sie wird viel guten Willen von Kiin, Bile und Gacal erwarten, und jedem wird sie eine Aufgabe übertragen. Es lohnt sich, die Freundschaft mit Bile zu pflegen. Deshalb muß sie ihn so bald wie möglich anrufen.

Cambara fühlt sich, als hätte sie gerade eben erst bemerkt, daß seit ihrer Ankunft viele Entscheidungen gefallen sind, ohne daß sie diese wahrgenommen oder richtig genutzt hätte. Sie spürt auch, daß ihr Weg hierher und das Kennenlernen von Kiin, mit der sie sich nun so gut versteht, reichlich mit Entscheidungen verbunden waren, von denen jede genauso wichtig ist wie der Meilenstein im Vorfeld und so bedeutsam für ihr Handeln wie der Fixpunkt danach. Jetzt ist sie in einer Art Aufholstimmung, ruft Raxma an und besorgt sich die restlichen Informationen. In ihrer Hast, verlorene Zeit gutzumachen, flitzt sie umher, als wolle sie ihre Zukunft einholen, ehe sie zur Gegenwart oder zur Vergangenheit geworden ist.

Ihre plötzliche Sorge über die viele Zeit, die sie verschwendet, und die Gelegenheiten, die sie verpaßt hat, machen sie so ruhelos, daß sie sich benimmt, als wäre sie von einer schwarzen Ameise gebissen worden. Plötzlich holt sie ihr Handy hervor und wählt Biles Nummer.

Dajaal meldet sich und reicht den Hörer dann nicht an Bile, sondern an Seamus weiter, der ihr sagt, daß Bile im Moment nicht ans Telefon kommen kann und daß er ihn herzlich von ihr grüßen wird, wenn er mit ihm spricht. Er sagt, daß er sich über ihren Anruf freut, weil er sie ebenfalls gerade anrufen wollte. »Ich muß dir etwas zeigen«, sagt er. »Wann und wo können wir uns treffen?«

»Wie wär's, wenn ich morgen vormittag zu dir komme?« fragt sie.

»Um zehn, wenn dir das paßt.«

»Gut, um zehn.«

»Okay. Bis dahin.«

Sie sagt: »Grüß bitte Bile von mir.«

»Mach ich«, sagt er.

Sie ist versucht anzubieten, Bile auf der Stelle zu besuchen, doch sie zügelt ihre Begeisterung, weil sie befürchtet, Seamus könnte sie für aufdringlich halten. Wie gern würde sie Bile in die Arme schließen! Sie ist überzeugt, das würde ihren eigenen Kummer lindern und gleichzeitig Biles Schmerz stillen.

Dann fallen ihr die Koffer ein, die in Zaaks Haus darauf warten, abgeholt zu werden. Im Bemühen, die Dinge zu beschleunigen, ruft sie Kiin an. Sie kann sich gerade noch rechtzeitig zurückhalten, ehe ihr herausrutscht, daß sie mit Raxma telefoniert hat. Kiin hält es nämlich für unklug, jemand anderen einzubeziehen.

»Kannst du mir einen Gefallen tun?« fragt sie.

»Dein Wunsch ist mir Befehl«, sagt Kiin.

Ob Kiin wohl den Allrad-Laster und einige der bewaffneten Jugendlichen entbehren kann, da sie beabsichtigt, ihre restlichen Sachen bei Zaak abzuholen? Wieder verheimlicht sie Kiin etwas. Sie erzählt ihr nicht von ihren Plänen, Seidenhaar mitzubringen, den sie aus Zaaks Mannschaft weglocken will. Was soll ihnen Seidenhaar, ein Teenager mit einem Gewehr, nutzen? Soll er ein möglicher Spielkamerad und Freund für Gacal sein?

Gacals Name versüßt ihr die gegenwärtige Aufgabe, ihre Sachen abzuholen und dabei vielleicht auf Zaak zu treffen, und so hofft sie, daß sie sich nicht davon abbringen läßt, mutig in sein Haus zurückzukehren. Sie wird nicht herumdrucksen, wenn er sie provoziert; es könnte ihr sogar Spaß machen, ihm unter die

Nase zu reiben, daß sie in allen Bereichen prima ohne ihn zurechtkommt, danke der Nachfrage.

Als Kiin anruft, um zu bestätigen, daß der Laster vollgetankt ist und samt dem bewaffneten Geleitschutz zur Abfahrt bereit am Tor wartet, sagt Cambara: »Danke. Ich komme sofort.«

Als Cambara ihre Schlüssel an der Rezeption abgibt, hört sie, wie ein kalter Dieselmotor startet, und dann, wie der Chef der Sicherheitstruppe die Jugendlichen ruft und sie auffordert, sich zu beeilen. »Schnell, schnell. Madame ist unterwegs.«

Als sie aus dem Hotel kommt und etwa einen Meter vor dem Laster stehenbleibt, sieht sie den Fahrer die Tür für sie aufhalten und sich verbeugen. Das läßt Cambara an einen Mann denken, der sich an seinen Umgangsformen erfreut.

Sie murmelt ihren Dank, als sie in den Laster klettert, dann nickt sie und murmelt wieder etwas, als er hinter ihr die Tür schließt. Was für ein Ritual, denkt sie. Ganz bestimmt hat Kiin jeden einzelnen von ihnen instruiert, Cambara zu gehorchen und sie stets sehr höflich und zuvorkommend zu behandeln. Der Chef der Sicherheitstruppe sitzt vorn in der Kabine neben dem Fahrer, von wo aus er die fünf Jugendlichen ermahnt. Drei der Jungen sind schwer bewaffnet, zwei nur leicht. Sie haben in der Nähe herumgelungert, und er befiehlt ihnen jetzt, auf das Fahrzeugdach zu klettern, und zwar fix, was sie auch tun. Sie ist Kiin zu Dank verpflichtet, die ihr alle möglichen Schwierigkeiten aus dem Weg räumt, damit Cambara sich ihren Angelegenheiten ohne Probleme widmen kann.

Cambara fragt den Chef der Sicherheitstruppe, ob er sich noch erinnert, wie man zu Zaaks Haus kommt; er war beim erstenmal mit ihr im Laster. Er nickt, sie lehnt sich zurück und wartet darauf, daß sich der Wagen in Bewegung setzt, und ist auf alles gefaßt. Ausgerechnet wenn sie entspannt ist und recht zufrieden mit dem erfreulichen Verlauf der Dinge, wird sie von der unguten Ahnung heimgesucht, daß etwas Schreckliches geschehen könnte, nicht nur mit ihr, sondern auch mit Kiins Männern und dem Laster. Sie betet, daß die bewaffneten Bodyguards von Zaak und Kiin keinen Kampf anfangen, bei dem Menschen zu Tode kommen und Eigentum zerstört wird. Wie tragisch wäre es doch, wenn der Wunsch, ihre Sachen abzuholen, darunter einen Koffer, in dem sich ein Kleid für die Party heute abend befindet, einen heftigen Schußwechsel zur Folge hätte!

Sie wappnet sich mit ihrer Furchtlosigkeit, ihrer inneren Stärke, ihrer Zuversicht und der Rechtmäßigkeit ihres Handelns gegen das feige Verhalten einiger weniger Gudcurs, die das ganze Land in Geiselhaft genommen haben. Nichts beunruhigt sie mehr als die Aussicht, auf Gudcur oder seinesgleichen zu treffen, zu einer Zeit und an einem Ort, die von ihnen bestimmt wurden. Das wäre für sie ohne Zweifel lebensbedrohlich. Wie erfreut und überrascht war sie noch, als Kiin und ihre Vertrauten es ermöglichten, daß sie ihr Haus wiederbekam, ungeachtet der Gefahr für ihr Leben und ihre Geschäfte. Und nun ist sie so aufgeregt, weil sie nicht weiß, wie sie Zaak ihre Abwesenheit erklären soll oder warum sie sich nicht gemeldet hat. Soll sie sich etwa dafür entschuldigen? Eigentlich kann sie es ja gar nicht erwarten, jede Verbindung zu ihm zu kappen.

Es beruhigt sie, als sie mit der Hand in die Tasche ihres Kaftans fährt und dort das Schweizer Taschenmesser und den Schlüssel spürt. Mit dem Schlüssel will sie sich und ihren Begleitern den Zugang zu Zaaks Haus verschaffen, falls er nicht daheim sein sollte. Sie wird alle ihre Sachen aus ihren Zimmern holen. Vielleicht wird sie sich nicht die Mühe machen, eine Notiz für ihn zu hinterlassen. Aber wenn er nun die Schlösser am Gartentor, an der Haustür oder an den Türen zu ihren Zimmern hat austauschen lassen? Cambara bezweifelt, daß es das bewerkstelligt hat, denn sie weiß ja, wie lethargisch und langsam dieser Khat-Konsument ist, daß er keinerlei Antrieb hat.

Ein Gefühl der Mutlosigkeit überkommt sie, während der Laster nach Norden braust, das Tageslicht allmählich schwächer wird und die Hitze abnimmt. Der Chef der Sicherheitstruppe schwatzt mit dem Fahrer, und die jungen Milizionäre auf dem Dach beginnen zu randalieren. Die Tür in ihrem Gedächtnis öffnet sich und läßt einen Zornesstrahl herein: Sie erinnert sich an ihren Kampf mit Wardi. Sie glaubt, daß es zwei Arten von Zorn gibt: die Art, die anhält, die einen Menschen überlebt, ein Groll, der auf ihr Gehirn drückt und ihr die Luft nimmt – so würde sie ihren Zorn auf Wardi beschreiben. Die andere Art von Zorn – die sie jetzt spürt, auf dem Weg zu Zaak – ist tief und wahrscheinlich kurzlebig. Es ist keine mörderische Wut, sondern bloße Enttäuschung. Sie denkt, daß sie zwar die beiden Arten von Zorn eine Wegstrecke lang parallel laufen lassen muß, sie jedoch nicht zusammenfließen und nicht miteinander verwechseln darf. Wenn es nötig ist, können sie sich gelegentlich ergänzen, aber nie sollte sie zulassen, daß sich die beiden Arten von Wut zu einem Cocktail vermischen, denn das wäre viel zu explosiv, und am Ende könnte sie das Opfer sein.

Es ist zu erwarten, daß irgendwann einmal das Glück sie verläßt, aber sie hat keine Ahnung, wann das sein wird. In diesem Fall kann sie nur hoffen, daß dabei nicht Kiin oder jemand anders, der ihr beim Erreichen ihrer Ziele geholfen hat, zu Schaden kommt. Sie selbst scheut die Konsequenzen ihres Handelns nicht, doch wäre es schrecklich für sie, wenn einem ihrer Freunde etwas zustoßen würde. Doch warum glaubt sie, daß das Glück sie verlassen wird, gerade jetzt, wo alles sich zusammenfügt und etliche ihrer Pläne Früchte tragen? Glaubt sie, daß der Besuch bei Zaak ihr nicht nur sein Mißvergnügen einhandeln, sondern auch ihre Glückssträhne beenden wird?

Cambara reißt sich aus ihren Gedanken, weil der Laster fast zum Stehen gekommen ist und der Sicherheitschef sich umdreht und sie mit leicht unsicherer Stimme fragt, ob sie die zweite oder die dritte Abzweigung rechts nehmen sollen. Es ist nicht so einfach für Cambara, ihm den Weg zu weisen, und zunächst wirkt sie, als hätte sie keinen blassen Schimmer, wo sie sich befinden oder wer der Mann ist, der mit ihr spricht. Dann reißt sie sich zusammen, schaut aus dem Fenster und erkennt die Gegend. Innerhalb von zwei Sekunden weist sie dem Fahrer den Weg. Der Laster setzt sich in Bewegung; sie richtet sich in ihrem Sitz auf, und dabei hebt sie die Hand, um sich die Haare glattzustreichen.

Sie würde gern einen schnellen Blick in den Rückspiegel werfen, da sie selbst keinen Spiegel bei sich hat. Schließlich möchte jede Frau gut aussehen, wenn sie einen früheren Gefährten wiedertrifft. Sie verflucht ihre Feigheit und sagt sich: »Jetzt reicht's!«

Zaak erscheint nur halb bekleidet am Tor. Die Hupe, die der Fahrer ein wenig zu oft ertönen ließ, hat ihn wahrscheinlich aufgeschreckt. Er ist barfuß, seine Kiefer arbeiten, an den Lippen klebt grüner Speichel, was zeigt, daß er den größten Teil des Tages eine Portion Khat nach der anderen kaut. In einem Paar abgewetzter Hosen, hastig und liederlich angezogen, die seinen überquellenden Bauch nicht fassen können, kommt er mit leerem Blick und auf Zehenspitzen heraus. Als Cambara ihn sieht, beneidet sie seine schamlose Häßlichkeit; sie, die sich noch eben die Haare glattgestrichen hat, weil sie kein widerspenstiges Härchen dulden wollte. Sie nimmt sich einen Moment Zeit, um die Mienen der Mitfahrer zu studieren: schockiert, einige kichern, andere wechseln vielsagende Blicke. Als er die jungen Milizionäre sieht, die vom Dach des Lasters herunterklettern, gerät er in Panik – er erstarrt in der seltsamen Pose eines verängstigten Mannes, der nicht weiß, ob er die Hände heben und sich ergeben oder auf die Knie fallen und um Gnade flehen soll.

»Zaak, ich bin es, Cambara«, ruft sie und übertönt den Lärm, der sich wie Staub zwischen ihnen erhoben hat.

Als er sie schließlich erkennt, mustert er zunächst die jungen Milizionäre, den Fahrer und den Sicherheitschef; er studiert ihre Gesichter und prüft, ob ihre Gesten Gefahr signalisieren; als er nichts Beunruhigendes entdeckt, wendet er sich Cambara zu und starrt sie mit einem Blick an, der weniger wuterfüllt als vielmehr sarkastisch ist. Da er so schwankt, fragt sie sich, ob er betrunken ist. Die schwere Zunge, seine grüngraue Gesichtsfarbe und seine Art, zu reden und die Vokale in die Länge zu ziehen, beweisen seinen Rausch.

Er sagt: »Ich finde es schon amüsant, daß du hier in Begleitung bewaffneter Zeugen ankommst. Warum hieltest du das für nötig? Du hättest allein kommen können. Oder bist du eine Geisel und erwartest von mir, Lösegeld für dich zu bezahlen? Wenn das so ist, ich habe kein Bargeld.«

Sie geht auf seine Äußerung nicht weiter ein – die Worte eines Betrunkenen – und tut so, als würde seine verbale Abfuhr sie nicht verletzen. Mutig lächelnd steigt sie aus dem Wagen, macht einen entschlossenen Schritt auf ihn zu und streckt ihm die Hand hin als Zeichen ihrer freundschaftlichen Verbundenheit. Aber er brüskiert sie und bleibt in einiger Entfernung stehen, seine Arme in die Hüften gestemmt. Er ist jetzt hellwach, ohne Furcht, seine Füße stehen dort, wo er sie haben will.

»Ich komme, um meine Sachen abzuholen«, sagt sie und erstickt fast vor Wut.

»Hab ich dich je daran gehindert, deine Sachen abzuholen? Warum mußtest du in einem geliehenen Laster mit bewaffnetem Geleitschutz kommen?«

»Eine Freundin hat mir den Laster geliehen.«

»Warum mußtest du bewaffnet kommen?« fragt er.

»Was soll das? Du begreifst gar nichts.«

»Ich weiß, ob eine Idee bescheuert ist, wenn ich sie höre«, sagt er und versperrt ihr mit seinem massigen Körper den Weg, wortlos fixiert er sie, als bereite er sich auf ein Duell vor.

Sie erinnert sich an ihren Kampf mit Wardi, mit dem die Geschichte ihrer Reise hierher begonnen hat, und sagt: »Wenn du mich auch nur mit einem Finger anrührst, wirst du es bereuen.«

Dann wendet sie sich an den Sicherheitschef und fordert ihn auf, ihr mit drei unbewaffneten Jugendlichen zu folgen; sie werde vorausgehen. Inzwischen solle der Fahrer den Laster im Schatten des Baumes parken, und zwei bewaffnete Jugendliche sollen bei ihm bleiben und das Fahrzeug bewachen.

Sie kommt Zaak bedrohlich nahe, und als sie mit dem Sicherheitschef und den Jugendlichen im Schlepptau an ihm vorbei ins Haus gehen will, läßt sein mühsames Atmen sie abrupt innehalten. Sie ist sicher, daß er Herzbeschwerden hat und vielleicht gleich umfallen wird. Vermutlich ist er ihren Zorn nicht wert und auch nicht die Energie, die sie für ihn aufwendet.

In diesem Wirrwarr aufgrund ihrer Unentschlossenheit, ob sie ihm trotzen und ins Haus gehen oder mit ihm reden und es wiedergutmachen soll, hört man den Motorenlärm eines weiteren Lasters, der sich dem Tor nähert, gefolgt vom Geräusch der Reifen auf dem Kiesweg, die die Steinchen fliegen lassen und einen Sandsturm aufwirbeln. Seidenhaar sieht Cambara zuerst, klettert vom zweiten Laster und kommt herbeigerannt, wobei er »Tantchen, Tantchen!« ruft, eine respektvolle Anrede junger Leute für eine ältere Frau. Dann wechseln sich alle Jugendlichen in Zaaks Diensten ab und bilden eine Schlange, um sie ehrerbietig zu begrüßen. Als letzter schüttelt der Fahrer ihre Hand und sagt: »Wir haben Sie vermißt. Ich hoffe, es geht Ihnen gut da, wo Sie sind.«

Dann helfen ihr alle dabei, den Laster mit ihren Sachen zu beladen, ausgenommen Zaak. Da alle um ihn herum aktiv und durchgehend in Bewegung sind, tut er das, was er am bestem kann: Er spielt den Beleidigten. Er ist sichtlich eingeschüchtert, hat die Arme um seine Wampe gelegt und verfolgt mit den Augen das Kommen und Gehen der Leute, die die Koffer tragen oder beim Einladen helfen. Die Jugendlichen, die auf seinem Laster als Geleitschutz dienen, lehnen ihre Gewehre an einen Baum in der Nähe von Zaaks Laster, während die mit Cambara Gekommenen ihre Waffen vorn in der Fahrerkabine stapeln. Inzwischen feiern die Jugendlichen der beiden Trupps ihre Kameradschaft mit einem humorvollen Wortgeplänkel. Cambara ihrerseits ist allen gegenüber sehr umsichtig in ihrer Wortwahl, da ihr bewußt ist, daß eine leichtfertige Bemerkung eines Jugendlichen über einen anderen eine Schießerei auslösen kann.

Als Cambaras Gepäck verstaut und sie zur Abfahrt bereit ist, ist Zaak plötzlich eifrig bemüht, alles wiedergutzumachen, ehe der Laster abfährt; aber sie kümmert sich nicht darum und sagt zum Fahrer: »Fahren wir.« Dann ruft sie Zaaks Jungen heran und verteilt Geldbündel in der Landeswährung unter ihnen als Bakschisch, bevor sie zum Laster geht. Jemand hält ihr die Tür auf und hat die Hand ausgestreckt, um ihr zu helfen, falls es nötig ist.

Jetzt dreht sie sich um, damit sie ein Wort im Vertrauen mit Seidenhaar reden kann, der ganz in der Nähe steht. Sie umarmt ihn und blickt ihm in die Augen, so daß sich ihre Nasen fast berühren. Sie fragt so leise, daß kein anderer es hören kann: »Und was ist mir dir, Seidenhaar?«

»Was soll mit mir sein?« sagt er.

»Würdest du gern mit mir kommen?«

Als Seidenhaar zu ihrer freudigen Überraschung laut verkündet, daß er sein Glück mit ihr versuchen wolle, verschlägt es ihr die Sprache, obwohl es genau das ist, was sie sich die ganze Zeit gewünscht hat. Sie umarmt ihn, packt ihn beim dünnen Handgelenk und drängt ihn, vor ihr in den Laster zu steigen.

Zu Zaak sagt sie: »Bis demnächst!«

22

Sie gelangen ohne Zwischenfall in der zunehmenden Dämmerung zum Hotel zurück, und Kiin, die Cambara nach dem Gespräch mit Raxma noch mehr ins Herz geschlossen hat, ist unter den Leuten, die sich um den Laster drängen und ihr auf Kiins Aufforderung hin helfen. Jedesmal, wenn Cambara etwas anheben möchte, hält Kiin oder jemand anders sie davon ab. »Lassen Sie das uns machen«, sagt der Sicherheitschef. »Wir sind dazu geboren, diese Aufgaben zu erledigen, nicht Sie. Ruhen Sie sich einfach aus.« Schließlich tritt sie zurück und schaut zu, wie die Jugendlichen unter seiner Aufsicht erst die schwereren Koffer ausladen und dann die leichteren und sie wankend die Treppe hinauftragen. Der eine oder andere der jungen Leute erkundigt sich: »Was ist denn da drin, die sind ja so riesig.«

Seidenhaar ist außer sich vor Aufregung, wie ein kleines Hündchen in der Gesellschaft anderer Hundekinder, das spielen will. An niemand speziell gewandt witzelt er: »Sie ist zu klug, um Steine mit sich herumzuschleppen.«

Gacal seinerseits fühlt sich zu Seidenhaar hingezogen, sobald er ihn erblickt; vielleicht weil er nicht nur der einzige Gleichaltrige, sondern auch ungefähr gleich groß und von ähnlichem Körperbau ist; zudem trägt er Sachen, die in Stil und Schnitt den seinen vergleichbar sind. Oder vielleicht weil er jungenhafte Züge an ihm entdeckt – ein Junge, der fehl am Platz wirkt und sehr bemüht ist, sich den Erwachsenen anzupassen. Dennoch scheint Seidenhaar sich mehr auf der Ebene der anderen Jugendlichen zu bewegen, jedenfalls verhält er sich so, als sei er schon in den Kreis der waffentragenden Clique aufgenommen worden. Cambara beobachtet ihn beunruhigt und fragt sich, ob Seidenhaar sich wohl eher zu den bewaffneten Milizionären, verwandten Seelen, hingezogen fühlt, als sich mit Gacal anzufreunden und sein Spielgefährte und Kamerad zu werden. Sie weiß, daß sie alle Hände voll zu tun haben wird, und sieht aufregende Zeiten vor sich. Sie wird sowohl Sorgen als auch Freude kennenlernen, die beide mit der Mutterschaft verbunden sind, auch wenn es in ihrem Fall eine Leihmutterschaft ist. Als eine erste Übung überträgt Cambara den beiden die Verantwortung, in ihren Zimmern zu bleiben und die Gepäckstücke zu zählen.

Als man mit dem Ausladen fertig ist und sie nun die Zeit findet, sich umzuschauen, sieht sie mit einem kleinen Schrecken, daß Gacal, als wäre er mehr als Seidenhaar berechtigt, ihr Eigentum zu bewachen, in den Zimmern geblieben ist und Seidenhaar losgeschickt hat, um ihr mitzuteilen, daß alles ausgeladen ist und sie jetzt in ihre Zimmer zurückkehren kann, um das Kommando zu übernehmen. Und als sie sich nun auf den Weg macht, geht Seidenhaar, statt mit ihr zu kommen, in die entgegengesetzte Richtung, dorthin, wo die bewaffneten Posten beisammenstehen, neben sich ihre Waffen in einem unordentlichen Haufen, und Worte wechseln, die eine Dame zusammenzucken lassen könnten. Cambara blickt über die Schulter, denn die Neugier läßt sie abrupt stehenbleiben. Sie wundert sich überhaupt nicht, daß der Junge in seinem Element ist und sich an den zotigen Spötteleien beteiligt, daß er sich heimisch fühlt in der Gesellschaft dieser Jugendlichen und nicht in der ihren oder Gacals. Vielleicht sollte sie sich alles noch einmal überlegen; vielleicht sollte sie nicht versuchen, ihm ihren Willen aufzuzwingen.

Niedergeschlagen überläßt sie Seidenhaar für den Moment seiner selbstgewählten Gesellschaft und geht die fünf Treppen zu ihren Zimmern hinauf, tief in Gedanken und begierig, Gacal wiederzusehen. Als sie sieht, daß die Tür geschlossen ist, ruft sie Gacals Namen und versucht sie aufzustoßen, zunächst sacht und dann etwas kräftiger. Sie drückt die Klinke herunter, doch vergebens. Nach einigen erfolglosen Versuchen, die Tür zu öffnen, beschleicht sie ein Gefühl der Verzweiflung, da sie nicht weiß, was los ist, oder vielmehr, was Gacal ausheckt. Was treibt er denn, daß er die Tür von innen verschließt? Sie ist nicht sicher, wie sie die Koffer zurückgelassen hat, in denen ihr Bargeld verstaut ist. Hat er denn nicht jede Menge Zeit gehabt, sich alles zu nehmen: ihren Paß, ihre Notizen, ihre Skizzenblöcke? Warum meldet er sich nicht? Voller Entsetzen stellt sie sich vor, was Arda sagen wird, wenn sie erfährt, daß Cambara so naiv gewesen ist, einem Jungen zu vertrauen, dessen Geschichte sie nicht kennt. Geschieht dir recht, wird sie sagen. Ihr Mißtrauen wächst, und sie ist kurz davor, etwas Drastisches zu tun und Kiin herbeizurufen, um die Tür aufbrechen zu lassen, als sie das leise Klingeln der Zimmerschlüssel in der Tasche ihres Kaftans hört. Sie holt sie eilig heraus und schließt auf.

Leise schlüpft sie hinein. Auf Zehenspitzen geht sie ins Zimmer, und ihre Verzweiflung wächst mit jeder Sekunde. Zuallererst denkt sie daran, wie sie sich seine Zukunft vorgestellt hat, ein Junge, der auf den rechten Weg geführt und dem ein Leben mit Zukunft geschenkt wurde. Als er nicht im ersten Zimmer ist und kein Laut aus dem hinteren Zimmer dringt, das ihr als Schlafzimmer dient, fragt sie sich, ob sie gleich die ersten Anzeichen eines Mißgeschicks erblicken wird, ob das Glück sie schließlich verläßt, ob alles, was sie mit der Hilfe so vieler Menschen erreicht hat, vergeblich war. Sie weiß wirklich nicht, wie sie ihren Zorn bändigen soll, wenn sie ihn bei einer Gaunerei, beim Stehlen erwischt. Voller Ungeduld eilt sie in ihr privates Heiligtum, das Refugium, wo sie denkt, schreibt und zeichnet, bloß um auf den schlafenden Gacal zu stoßen, dessen Kopf auf einem Stapel Bücher ruht. Er liegt auf dem Rücken, seine Füße ruhen auf einem Koffer, sein Gesicht ist halb verdeckt, die Hände sind nah am Kinn, wie bei einem *Namaste*-Gruß. Rechts neben ihm liegt ein schmales

Buch mit dem Titel *Flieg, Adler, flieg*, aufgeschlagen auf Seite sieben. Die Vermutung, daß er in dem Text, auf den sie ihr Stück gründen will, geblättert hat, erfreut sie, es beunruhigt sie jedoch, daß er es ohne ihre ausdrückliche Erlaubnis gelesen hat, wenn er es denn getan hat.

Erschöpft läßt sie sich auf das zweite Bett fallen.

Wenig später besucht Kiin Cambara in ihren Zimmern, weil sie sehen will, wie Cambara mit der neuerlichen Gepäckflut zurechtkommt, aber auch wie vollgestopft oder wie einladend die Zimmer wirken. Als sie ins vordere Zimmer trat, mußte sie ganz vorsichtig gehen, da überall Koffer lagen, einige davon waren offen und ihr Inhalt war in Stapeln auf dem Fußboden ausgebreitet, andere waren in die Ecke geschoben und kreuz und quer übereinandergestapelt. Kiin nimmt an, daß Cambara entweder nach einem bestimmten Kleidungsstück sucht, das sie noch nicht gefunden hat, oder ihr Sammelsurium – Notizblöcke, Marker, Make-up-Utensilien und Fläschchen mit farbigem Inhalt, den Kiin nicht kennt – in verschiedenen Häufchen ordnet, ehe sie alles wieder einpackt; vielleicht lüftet sie die Sachen auch bloß aus.

Kiin hält die Klinke, als wolle sie die Tür wieder schließen. Sie bleibt dann aber, wo sie ist, und sagt: »Da du gerade beim Sortieren bist und ich dich nicht ablenken will, werde ich vielleicht später wiederkommen. Dann wollen wir reden.«

Cambara hat es eilig, sie zu begrüßen, vielleicht weil sie möchte, daß Kiin sie in ihre Pläne einweiht. In der Hast stolpert sie und fällt beinahe. Sie versucht, wieder zu Atem zu kommen, und stottert beim Sprechen. »Das kann alles warten. Bitte komm herein.« Sie schiebt die zwei Koffer, über die sie gefallen ist, aus dem Weg und macht Platz für Kiin.

Kiin betritt jetzt mühelos das Vorderzimmer, doch als sie in Cambaras Allerheiligstes gebeten wird und die Gestalt eines schlafenden Jungen erblickt, bleibt sie abrupt stehen, als wäre sie auf ein sich küssendes Paar gestoßen. Cambara bittet sie nachdrücklich herein und erklärt: »Er ist eingeschlafen, der Arme!« Kiin tritt zögernd ein, als wolle sie nicht stören. Sie setzt sich auf den Stuhl, den Cambara ihr anbietet, dreht sich herum und spricht langsam und bedächtig. Sie fragt: »Das Wichtigste zuerst. Wie ist es mit Zaak gelaufen?« Ein breites Lächeln voller Wärme und auch Besorgnis liegt auf Kiins Gesicht. Ihre Augen, neugierig und ängstlich, suchen nach Anzeichen von Verdruß in Cambaras Augen. Sie ist neugierig, was den Jungen betrifft, der auf dem Fußboden schläft. Welche Rolle spielt er für Cambara, die sich gerade verpflichtet hat, sich um einen anderen Jungen zu kümmern, dessen Spitzname Seidenhaar ist? Und sie fragt sich, ob er ihr Gespräch hört. Cambara bemerkt Kiins irritierten Gesichtsausdruck, kennt aber dessen Ursache nicht.

»Bist du froh, daß du Zaak los bist?«

»Zaak und seine einfältige Art«, antwortet Cambara.

»Was meinst du damit?«

»Ich meine damit, daß er uns die ganze Zeit mit Augen ansah, aus denen die Niederlage sprach«, erklärt Cambara. »Der Kerl sah fürchterlich aus – er stand da in Unterhosen, kaute Khat und schien lethargisch und abwesend, die Hände hatte er in die Hüften gestützt.« Dann schlägt sie einen anderen Kurs ein. Als reiße sie Kiins Part in diesem Gespräch an sich, wagt sie es und unterbreitet eine – aus ihrer Sicht – angemessene Beurteilung einer Generation somalischer Männer. Worte, die mit mehr Berechtigung aus Kiins Mund hätten kommen können als aus ihrem. Trotzdem sagt Cambara: »Zaak ist ein Verlierer durch und durch, typisch für die Männer, denen wir viel zu lange das Schicksal dieser Nation anvertraut haben. Hirnlos, die ganze Bande.«

»Wie ich höre, bist du bestens mit ihm fertig geworden.«

»Um ehrlich zu sein: Es war mir kein Vergnügen«, sagt sie mit schwächer werdender Stimme, als fehle es ihr plötzlich an Überzeugung. Nach einer längeren Pause fügt sie dann kraftvoller hinzu: »Ich finde es schockierend, daß er einmal *mein* Ehemann gewesen ist. Unabhängig davon, daß die Ehe nie vollzogen wurde und nur auf dem Papier bestand, um seine Auswanderung nach Kanada zu erleichtern.«

»Ich nehme an, daß dein ganzes Gepäck jetzt hier ist.«

»So ist es.«

Kiins Stimme gerät in eine höhere Lage, weil ihr Adrenalinspiegel steigt, und sie sagt: »Ich sehe, daß du deinem neuen Bekannten zu einer höheren Stellung verholfen hast, als wäre er dein eigenes Kind, oder zumindest sieht er sich selbst jetzt so. Er hat einen erstaunlich tiefen Schlaf. Und hübsch ist er noch dazu, sieht aus wie ein Engel.«

Cambara kann einfach nicht zugeben, daß sie manchmal schwer von Begriff ist. Es ist eben ein anstrengender Tag gewesen, nicht wahr? Und deshalb glaubt sie, sie verstünde die Frage vielleicht nicht richtig, die sie ohnehin nicht sehr mag, wenn sie überlegt, was mit »dem neuen Bekannten zu einer höheren Stellung verholfen« gemeint sein kann, und weil sie ja weiß, daß Kiin, oder wenn man will das Frauen-Netzwerk, die Kosten trägt – obwohl Kiin nicht ahnt, daß Cambara das von Raxma erfahren hat. Cambara erwägt all das bei sich und versucht nicht etwa, die offene Frage zu beantworten, sondern herauszufinden, ob Raxma in der Zwischenzeit mit Kiin gesprochen hat, um ihr die Einzelheiten von Cambaras jüngstem Auftrag mitzuteilen: das Aufspüren von Gacals Eltern.

Daher fragt Cambara: »Was meinst du mit ›dem neuen Bekannten zu einer höheren Stellung verholfen‹?«

Nun versucht Kiin die Situation zu entschärfen. Lächelnd sagt sie: »Für uns ist es kein Problem, ein Maul mehr zu stopfen. Da kannst du beruhigt sein.«

In ihrer Begriffsstutzigkeit, die vielleicht daher rührt, daß sie sich zuviel zugemutet hat und seit ihrer Ankunft ständig in Bewegung gewesen ist, schaut Cambara verständnislos drein. Sie bemüht sich gar nicht erst um eine entsprechende Reaktion und weiß nicht, was sie tun oder sagen soll. Sie wiederholt die Worte »ein Maul mehr zu stopfen ...« und verstummt. »Ich bin bereit, die Kosten zu tragen. Und ich bin sehr dankbar.«

Um es Cambara etwas leichter zu machen, richtet sich Kiin zu voller Größe auf und sagt: »Ich sehe, daß es ein langer Tag für dich gewesen ist, und ich weiß, daß uns eine noch längere Nacht erwartet. Deshalb schlage ich vor, daß du dich nicht so quälst und dich ausruhst, vielleicht auch ein Schläfchen machst und danach eine heiße Dusche nimmst, um die Batterien wieder aufzuladen. Mach dir keine Sorgen um den jungen Burschen, den du Seidenhaar nennst; ich kümmere mich darum, daß er alles bekommt, was er braucht – etwas zu essen und einen Platz zum Schlafen. Also bis zur Party.«

Cambara humpelt zum Bett, die Augen schielen vor Müdigkeit, die Nasenlöcher weiten sich, als sich ihr Mund öffnet und sie herzhaft gähnt. Plötzlich überwältigt sie eine Erinnerung an die Geburtsschmerzen; ihr ist, als atme sie Äther ein, und die Knie werden ihr weich, die Augen brennen, die Zunge wird schwer und will nicht mehr gehorchen, der Fußboden gleitet ihr unter den Füßen weg. Ihre Erinnerung an die Anästhesie bei der Geburt ihres Sohnes und verbunden damit die Erinnerung an seinen späteren Tod rufen eine totale Erschöpfung hervor, die sie schlaftrunken macht.

Ehe sie es sich versieht, ist Kiin verschwunden, und sie ist allein in ihren Räumen, die Tür ist geschlossen, die Vorhänge sind zugezogen, sie liegt auf ihrem Bett, bereit, in einen tiefen Schlaf zu gleiten. Doch dann setzt sie sich auf, weil sie sich der Gegenwart eines anderen bewußt ist, der ganz in der Nähe atmet und mit ihr im gleichen Zimmer schläft. Eine solche Situation hat sie seit Monaten nicht mehr erlebt, denn damals bei Dalmars Tod ist sie aus dem Schlafzimmer ausgezogen, das sie mit Wardi teilte. Es ist ein langer Tag gewesen, der viele Anforderungen an sie gestellt hat, und natürlich ist da noch Gacal und die schwierige Entscheidung: Soll sie ihn aufwecken und hinauswerfen, oder soll sie ihn hierlassen in Anbetracht seines Alters und ihrer Zuneigung zu ihm. Sie lauscht auf sein leises Schnarchen, es klingt wie bei einer Flöte, in die man zart hineinbläst und dabei das Griffloch nur halb abdeckt. Cambara überlegt hin und her, ob sie Gacal ruhig weiterschlafen lassen soll, und beschließt schließlich, daß sie ihr inneres Heiligtum für sich allein haben will. Sie ruft ihn beim Namen. Er bewegt sich, fährt plötzlich auf und reibt sich die Augen wund. Als er ganz wach ist, entschuldigt er sich.

»Entschuldigung, Entschuldigung, das wollte ich nicht.«

»Das ist schon in Ordnung. Du warst müde.«

»Bis später.« Mit gesenktem Kopf macht er sich davon.

Sie bedauert es nicht. Es ist noch Zeit, Gacal kennenzulernen, nachdem Raxma sich wieder gemeldet hat. Bis dahin wird sie sich verhalten, als wäre Arda bei ihr, die nur darauf wartet, sich auf sie zu stürzen und sie wegen ihres Draufgängertums und ihrer sonstigen Schwächen zu schelten, ihr, wie immer, ihre Fehler vorzuhalten.

Cambara braucht lange, um einzuschlafen.

Einige Stunden später wacht Cambara auf. Sie ist in heller Aufregung. Nach ihrer Uhr ist es nach neun abends, höchste Zeit, zu duschen und sich anzukleiden, nicht unbedingt besonders schick. Sie möchte so bald wie möglich zum abendlichen Fest und ist spät dran. Schade, daß sie nicht vor dem Einschlafen die Geistesgegenwart hatte, bei der Rezeption um einen Weckruf zu bitten. Jetzt muß sie sich beeilen.

Als sie überlegt, was sie anziehen soll, stößt sie auf einen schlichten Kaftan, den sie hastig überstreift. Das Haar ist aus der Stirn gekämmt, der Kopf unbedeckt, und um die Schultern legt sie einen indonesischen *Garbasaar*-Schal mit einem kunstvollen Muster: Pfauenhähne, die Pfauhennen verfolgen, eine davon stellt sich zur Schau und ist paarungsbereit, die anderen tun scheu und genießen das ausgedehnte Werben. Ein Paar tropfenförmige Ohrringe. An die Füße kommen Ledersandalen, vor ein paar Jahren in Rom erstanden. Sie nimmt keine Handtasche mit, weil sie findet, daß diese sie nur behindert, und ihre Hände schwingen mit ihren großen Schritten frei neben dem Körper. Zum Schluß tut sie etwas Seltsames: Sie bewundert ihre sauber in zartem Purpurrot lackierten Nägel.

Sie trägt ein ganz leichtes Make-up auf, als Balsam, um damit ihr Unbehagen darüber zu lindern, daß sie nicht als eine der ersten zum Fest kommt. Bisher konnte sie ihrem Körper nur wenig Aufmerksamkeit widmen. Sie hat sich um anderes gekümmert, nämlich die Rückgewinnung des Familienbesitzes. Wenn sie nun ihre Phantasie schöpferisch einsetzt beim Skizzieren und Proben des Stückes, wird das den Heilungsprozeß, den sie nötig hat, befördern, da ist sie sich sicher. Sie hofft, daß der Abend sie inspirieren wird und sie dadurch besser erkennt, welche Eigenschaften sie von den anderen Frauen auf der Party unterscheiden. Viele der dort Anwesenden haben, wie sie annimmt, ihre Basis hier und sind in die Stadtpolitik eingebunden.

Sie geht die Treppe hinunter, vorbei an der Rezeption, die unbesetzt ist, weswegen keiner die klingelnden Telefone beachtet. Bekümmert schreitet sie durchs Hotel, weil sie sich nicht erinnern kann, was ihren Blackout verursacht hat – Erschöpfung? Sie ist so abwesend, daß sie beinah mit zwei Frauen zusammenstößt, mit jungen Stimmen doch von unbestimmbarem Alter, die kichernd eine Klatschgeschichte von einer Bekannten erzählen, die mit ihrem Bodyguard im Bett erwischt wurde, worauf sie ihn bezichtigte, sie mit vorgehaltener Pistole zum Geschlechtsverkehr gezwungen zu haben. »Wo doch klar war, daß es im Einverständnis geschah«, fügt die eine lachend hinzu, packt ihre Freundin bei der Hand und zieht sie zu sich, und die beiden biegen sich vor Lachen. Cambara kann nichts Komisches an der Vergewaltigungsgeschichte erkennen, die sie gerade belauscht hat. Was sind das nur für Frauen?

Sie geht nun langsamer und tut so, als lausche sie der lauten somalischen Musik, die aus dem Saal im ersten Stock dröhnt, wo die Party stattfindet, während sie in Wirklichkeit Gacal und Seidenhaar, die auf dem Boden sitzen und Karten spielen, nicht in die Augen sehen will. Sie umrundet eine Säule, läßt sich dann auf einem Stuhl im Café nieder und schaut hinaus in die schöne sternklare Nacht. Wieder läßt ihr Gedächtnis sie im Stich, denn sie erinnert sich nicht, wo am Himmel sie das Sternbild des Kamels finden kann.

Beim Weitergehen versucht sie, das somalische Lied, das aus dem Saal dringt, zu erkennen, doch leider gelingt es ihr nicht. Sie erinnert sich, daß Kiin sie einigen ihrer Freundinnen vorstellen will, und hofft, daß darunter die Frauenärztin sein wird, die nicht nur geholfen hat, Jiijos kleinen Jungen auf die Welt zu bringen, sondern auch ein sicheres Heim außerhalb von Gudcurs Reichweite für die beiden zu organisieren. Doch wird Cambara diese Frauen wiedererkennen, wenn sie ihnen anderswo begegnet, oder werden ihre Namen in einem schwarzen Loch verschwunden und unwiederbringlich verloren sein, wird etwas Ähnliches geschehen wie vor ein paar Stunden? Vielleicht muß sie sich keine Sorgen machen. Vielleicht ist es nur eine kleine Ohnmacht gewesen, die sie allerdings vorher noch nie erlebt hat. Jedenfalls gibt es keinen Grund zur Besorgnis. Das ist nicht der richtige Weg; dann könnte sie gleich zusammenpacken und abreisen. Die Frage ist jedoch: Kommt eine Abreise in Frage? Sie hat sich schon durchgerungen, die Verbindung zu Zaak abzubrechen. Ist es jetzt sinnvoll, es sich mit Kiin und all den anderen Menschen, die ihr Leben riskiert haben, zu verscherzen? Es ist an der Zeit, daß Cambara sich entspannt und sich auf die Party freut.

Als sie langsam weitergeht, erinnert sie sich an die vielen Gelegenheiten, zu denen somalische Frauen, die noch nicht lang in Toronto wohnten, sie zu dieser oder jener Feier eingeladen haben: eine Tochter feierte ihren Universitätsabschluß; ein Sohn, ein Neffe oder eine Nichte heirateten; eine junge Frau oder ein junger Mann wurde für geschäftliche oder sportliche Leistungen ausgezeichnet. Kein Wunder, daß Cambara, die nur an einigen der zahllosen Feiern teilnahm, zu denen sie stets eingeladen wurde, nun lustlos einherschleicht und es nicht mehr eilig hat, auf diese Party zu kommen.

Jetzt steht sie herum, während zwei Frauen in schwarzen Tschadors plaudernd und über einen Mann tratschend an ihr vorübergehen. Sie unterhalten sich lautstark, und es scheint sie überhaupt nicht zu kümmern, wer sie hören könnte. Cambara tritt beiseite, und es erregt ihre Neugier, daß sie zwar vollständig verhüllt sind, doch Schuhe mit Stiletto-Absätzen tragen, die so laut klappern, daß es hallt und Cambara irritiert. Mehr noch, als beide ihre Gewänder vom Boden hochraffen, damit sie nicht schmutzig werden oder sie darauf treten, ist Cambara sicher, daß sie bei der einen kräftig rosa Unterwäsche hat blitzen sehen. Sie hört die beiden Frauen unaufhörlich ziemlich ordinär daherreden, bis sie die Steintreppe hinaufgehen, die zum Tanzsaal führt.

Nur Geduld, sagt sie sich. Einen Augenblick lang tröstet sie sich mit dem Gedanken, daß sie schließlich zum ersten Mal ein so ungezwungenes Benehmen bei somalischen Frauen erlebt hat, und sie weiß natürlich, daß außerhalb des Hotelgeländes das Land den Banditen gehört, wo Frauen nicht aus der Reihe tanzen dürfen. Sonst ...!

Die Party ist im vollen Gange, und bei Cambaras Auftritt glotzen einige Frauen in der Nähe des Saaleingangs sie an. Da sie das ständige Kommen und Gehen nicht behindern möchte, stellt sie sich links neben die Tür und beobachtet. Sie lehnt sich an die Wand, gleich neben einem Kleiderständer, auf den die Frauen lange schwarze Stoffbahnen abgeladen haben, vermutlich ihre Schleier, da sie nun nur unter Frauen und innerhalb eines Gebäudes sind und sie sich nicht mehr verschleiern müssen.

Viele Frauen tanzen lebhaft auf dem Parkett, wenn es ihnen auch mit ihren arhythmischen Bewegungen nicht ganz gelingt, ihre Absichten umzusetzen. Einige Frauen in ihrer Nähe sind recht breit um die Hüften und können kaum mit dem schnellen Rhythmus der Musik mithalten, ein paar von ihnen geben es auf und werden dann von den anderen ermuntert, ihr Tempo dem Takt anzupassen und es ihnen gleichzutun. Doch vergeblich, denn es gelingt ihnen nicht, das richtige Tempo zu halten. Cambara kann von ihrem Standpunkt aus den ganzen Tanzsaal überblicken und sieht ein pulsierendes Farbenmeer, das an Inszenierungen im sowjetischen und chinesischen Stil erinnert, die früher oft bei besonderen nationalen Anlässen mit dem Pomp und der Förmlichkeit der sogenannten sozialistischen Staaten veranstaltet wurden. Zehntausende Kinder, trainiert in Akrobatik und der Kunst der Speichelleckerei, wurden angeleitet, farblich abgestimmte Bilder zu formen und so all die guten Dinge darzustellen, die der Staat im Namen seines tapferen Volkes erreicht hatte. Sie beobachtet die Szene vor sich, findet jedoch kein großes ästhetisches Vergnügen daran, nicht bei soviel unrhythmischen Bewegungen und der Tatsache, daß falsche Schritte hin und wieder die Tänzerinnen übereinanderfallen lassen.

Da erscheint Kiin auf der Bildfläche. Sie umarmt Cambara, gibt ihr ein Küßchen rechts und links auf die Wange, macht ihr Komplimente und krönt alles mit dem Satz: »Wie schön, daß du endlich da bist.«

Cambara läßt alle Sorgen fahren. Mit ihr und Kiin stimmt alles. Wieso hatte sie denn etwas anderes erwartet?

Kiin nimmt sie bei der Hand, zieht sie fast mit sich fort, und sagt: »Komm, meine Liebe, komm.« Und sie stellt Cambara flüchtig einer Reihe von Frauen vor, ehe sie ihr einen Pappbecher mit einem kräftig gelben Getränk anbietet, von dem Cambara vorsichtig nippt und dabei ihre Miene kontrolliert, um sich nicht zu verraten. Da sie das angebotene Getränk für ihren Geschmack zu süß findet, stellt sie es bei der nächsten Gelegenheit auf ein Fensterbrett, angeblich um die ausgestreckte Hand einer Frau zu schütteln, die ihr Kiin gerade vorgestellt hat, und läßt es dann stehen.

»Weißt du, wen ich gern treffen würde?«

»Wen denn?«

»Die Frau des Ladeninhabers im Viertel von unserem Haus«, sagt Cambara. »Mir ist, als würde ich sie kennen. Nur um sie zu begrüßen. Nichts weiter.«

»Leider ist sie nicht in der Stadt.«

»Ist sie ins Ausland gereist?«

»Ja«, erwidert Kiin. »Sie ist als Delegierte in Nairobi auf der Nationalen Versöhnungskonferenz, in Vertretung unserer Abteilung des Frauen-Netzwerkes.«

»Dann vielleicht ein andermal.«

»Gehen wir.«

Dann begeben sich Kiin und Cambara auf einen Rundgang und führen unverbindliche Gespräche mit Frauen, deren Namen Cambara sich wahrscheinlich nicht merken wird. Aber ihr gefällt deren Art, ihrer Freundschaft durch Umarmungen und andere Gesten Ausdruck zu verleihen, sie mag das Gefühl der Verbundenheit mit Frauen, deren Namen für sie keine Rolle spielen werden, weil sie sie bei der Lautstärke der Musik nicht verstanden hat und sich nicht merken wird, da sie keinen Grund weiß, warum sie es tun sollte. Kiin, die sie bei der Hand führt, so wie jemand eine Blinde führen könnte, hält offenbar nach jemandem Ausschau. Doch sie gehen weiter, und manchmal sehen sie zwei junge Frauen in Jeans, die alles mit einer Videokamera aufnehmen.

Sie trennen sich, als Cambara sich an einem der an die Wand gerückten Stühle stößt. Sie bleibt stehen und reibt sich das schmerzende Knie. Dann fällt ihr Blick auf zwei junge Frauen, die sich von vielen anderen nicht nur durch ihre Art zu tanzen unterscheiden, sondern auch durch ihre Kleidung. Die eine von ihnen trägt eine Pumphose, und ihr Oberkörper ist ganz frei, sogar ohne Büstenhalter, ihre Brüste sind fest, ihr Körper ebenso. Sie vollführt einen Bauchtanz, und zwar gut, fast wie eine Berufstänzerin. Die andere trägt ein sehr enges Kleid, das kohlschwarze Haar hängt lang herab, ihre Rundungen vorn und hinten sind deutlich ausgeformt. Cambara ist von den beiden fasziniert, wenn auch nicht verzaubert, und doch findet sie es seltsam, daß es niemandem sonst so ergeht wie ihr. Jede Frau macht ihr eigenes Ding.

Plötzlich findet Cambara ihre Hand in dem festen und warmen Griff einer anderen. Sie wendet sich um und blickt in Kiins erwartungsvolle Augen wie in die aufgewühlten schlammigen Fluten eines Flusses, der sich in der Regenzeit bis zum Rand füllt, ehe er die Ufer überflutet. Cambara bemüht sich angestrengt, ihre Gefühle zu verbergen, und lächelt vorwurfsvoll, weil sie keine Ahnung hat, warum sie eine beunruhigende Regung in der Magengrube spürt.

Kiin sagt: »Komm mit.«

Sie ergreift Cambaras Hand mit sehr festem Griff. Cambara hat das unheimliche Gefühl, als durchliefe sie ein schwaches Beben, nur weiß sie nicht, wer dafür verantwortlich ist.

»Wohin gehen wir?«

»Komm mit, und du wirst es sehen.«

Unten im Café stellt Kiin ihr Farxia vor, die Ärztin, in deren Klinik Jiijo ihr Kind bekam und die sich seitdem um sie kümmert und die »flüchtige« Mutter vorübergehend sicher untergebracht hat. Farxia hält einen Becher in der Hand und trinkt daraus in kleinen Schlucken. (In einigen muslimischen Ländern vertuscht man auf diese Weise die Tatsache, daß man Alkohol trinkt. Cambara ist nicht sicher, ob das auf Farxia zutrifft).

Farxia, die schlicht in Hemd und Khakihosen gekleidet ist, sitzt in einer schwach beleuchteten Ecke, von der aus sie das ganze Kommen und Gehen beobachten kann. Sie hat drei Bänder um den Hals, zwei für Handys und ein drittes für den Memory Stick ihres Computers. Soweit Cambara das in dem schummrigen Licht erkennen kann, trägt sie keinerlei Make-up und auch keinen Schmuck. Farxia – Cambara schätzt sie auf Ende Dreißig oder Anfang Vierzig – ist eine schlanke, mittelgroße Frau mit leiser Stimme, ernster Miene und einem leichten Silberblick.

Sie hat jedoch einen festen Händedruck. Als die beiden Frauen einander vorgestellt werden, nickt sie Cambara zu, sagt jedoch nichts. Ein kurzer, intensiver Blick in die Augen, sonst nichts. Kaum haben sich Cambara und Kiin niedergelassen, als eine junge Frau mit Platten voll Fingerfood herbeikommt: knusprige Chickenwings in Honig, Zitrone und Knoblauch; Babymöhren und ein paar Selleriestangen; verschiedene Dips und eine Auswahl Baguette und *Nan*-ähnliches *Sabaayo*-Brot; Salat für alle drei.

Farxia verzichtet auf jegliche Förmlichkeit und nimmt sich nur eine sehr kleine Portion, an der sie herumknabbert. Dabei blickt sie auf ihre gepflegten Nägel und ihre viele Male gewaschenen und mit der Bürste bearbeiteten Hände; es sieht aus, als konsultiere sie ihre Hände, so konzentriert ist ihr Blick, und ihre Lippen bewegen sich. Dann sagt sie, an niemanden speziell gewandt: »Jiijo und ihrem Kind geht es sehr gut.«

Farxia ist unruhig und ein bißchen angespannt; vielleicht denkt sie nicht so sehr daran, was sie bisher für Jiijo getan hat, sondern an die Verpflichtungen, die sie eingegangen sein muß, um für die Sicherheit der Frau und ihres Kindes zu sorgen. Und sie blickt in der nur schwach erleuchteten Dunkelheit, die sie alle umgibt, um sich, als erwarte sie, daß plötzlich ein Angreifer erscheint. Doch in Farxias Augen leuchtet keine Angst. Cambara glaubt, die unbändige Entschlossenheit einer Frau zu erkennen, die einem Ideal folgt.

Farxia fährt fort: »Wir haben Glück, daß die Entbindung so

glatt gelaufen ist, und sind froh, daß es bisher keinerlei Komplikationen gegeben hat.«

Cambara erkundigt sich jetzt: »Wo sind sie denn, Mutter und Kind?« Dabei klingt es, als frage sie nur ungern, weil sie damit Anstoß erregen könnte.

Farxia zögert, will offenbar einen geheimen Pakt nicht brechen. Sie sieht Cambara an, dann Kiin, ehe sie antwortet: »Ich habe sie aus der Klinik in ein privates Haus bringen lassen. An einen Ort, an dem sie sicher sind. Und ich habe eine Krankenschwester beauftragt, für sie zu sorgen. Ich stehe in ständigem Kontakt zu der Schwester, einer vertrauenswürdigen Frau, die früher mit Bile zusammengearbeitet hat, den Sie schon kennengelernt haben, wie ich hörte. Ich besuche sie zweimal am Tag; kurz vor Tagesanbruch und spätabends.«

Bei der Erwähnung von Bile rutscht Cambara verlegen hin und her. Sie ist beruhigt, daß keine der beiden Frauen ihre Unruhe wahrnimmt. Vielleicht um Farxia aus der Klemme zu helfen, sagt Kiin nun mit klarer, selbstbewußter Stimme wie jemand, der eine Frage beantwortet, bevor sie gestellt wurde: »Unser Netzwerk versorgt sie mit Essen und allem Nötigen.«

»Das wollte ich gerade fragen.«

»Ja?« sagt Farxia.

Cambara spricht langsam und bedächtig. »Wie kann ich dafür bezahlen, daß Sie als Ärztin Jiijo in der Klinik behandelt haben, abgesehen vom Krankenwagen, mit dem sie abgeholt wurde, und von den Kosten, die durch ihre Unterbringung und Verpflegung und durch die Einrichtung eines bewaffneten Sicherheitsdienstes entstanden sind?«

»Meine Liebe, das müssen Sie mit Kiin besprechen.«

Und Kiin sagt sogleich: »Alles zu seiner Zeit.«

»Es sind große Kosten entstanden, und ich möchte sie umgehend begleichen, in bar, US-Dollar, da ich nichts anderes habe«, sagt Cambara und kommt sich töricht vor, als sie das mit zittriger Stimme sagt.

Kiin und Farxia schauen sich kurz an, dann ruhen ihre Blicke etwas zu lang auf Cambara, keine sagt etwas. Es ist klar, daß sie

sie nicht in ihre Gedanken einweihen wollen. Kiin sagt: »Wir werden zu gegebener Zeit über die Kosten reden.«

Cambara spürt, wie ein Gefühl der Beklemmung aus ihrer Magengrube aufsteigt bei dem Gedanken daran, wie viele Kosten sie diesen Frauen bereitet und wie stark ihre Einmischung in die Angelegenheiten anderer ihr Leben belasten muß.

Es paßt zu Cambara, die immer dann, wenn alles glattgeht, die Dinge kompliziert machen muß, als sie fragt: »Kann ich Jiijo und ihr Baby besuchen?«

»Warum möchten Sie das?«, fragt Farxia herausfordernd.

Wenn Cambara ihren Einfall nicht näher erläutern kann, dann weil ihr klar ist, daß ihre Erklärung, Jiijo und ihr Baby wiedersehen, sie herzen und liebkosen zu wollen, nicht ausreichen wird. Wenn sie diese selbstkritischen Gedanken nicht äußert, dann deshalb, weil Farxia ungehalten den Blick abgewendet und Cambara so gezwungen hat, verlegen zu schweigen.

Kiin rettet Cambara wieder aus der Verlegenheit. Sie sagt: »Auch wenn es nicht ratsam erscheint, Jiijo und ihr Baby in ihrem Versteck aufzusuchen, sage ich dir, wo du ohne Furcht und Besorgnis hingehen kannst.«

»Wohin?«

»In das Haus deiner Familie.«

Bevor sie ihnen gesteht, von der Rückgewinnung ihres Hauses dank der Hilfe Kiins und des Frauen-Netzwerkes bereits zu wissen, denkt Cambara, daß die guten Nachrichten ein klares Gespür für ihre Selbstverwirklichung hervorgebracht haben werden.

»Hält jemand die Festung?« fragt sie.

»Dajaal, sein Neffe und ihre Männer.«

Cambara denkt, daß sie Kiin zwar außerordentlich dankbar ist, doch hat sie auch anderen wohlmeinenden Menschen zu danken, einschließlich Bile, der Dajaal vielleicht darin bestärkt hat, sich einzumischen und bei der Rückgewinnung ihres Familienbesitzes zu helfen. Wer weiß, vielleicht hat Bile auch Seamus davon überzeugt, sie zu unterstützen. Cambara ihrerseits wird dann für alles verantwortlich sein, was schädlich für das Wohlergehen der Gemeinschaft ist; was Kiin, Farxia und all die anderen Frauen gefährdet; was Dajaal, seinen Neffen Qasiir und ihre Kumpane einer möglichen Bedrohung aussetzt. Sie betet nur, daß allen diesen guten Menschen nichts Schreckliches zustoßen möge.

Cambara fragt Farxia: »Wissen Sie, wie es Bile geht?«

»Seit Raasta fort ist, ist er sehr deprimiert«, sagt Farxia. »In seinem Kummer sucht er die Einsamkeit und ist immer tiefer und immer häufiger depressiv, will sich nicht damit abfinden, wie die Dinge sind.«

Cambara sackt erschöpft zusammen und schweigt.

23

Am nächsten Morgen wird Cambara von einem Lärm geweckt, der ihr schon aus einem Traum kurz vor dem Morgengrauen vertraut ist, einem Traum, beherrscht von den Geräuschen, die eine Gruppe von Menschen beim gemeinsamen Essen macht. Als sie nun aus einem weiteren kurzen Schlummer auftaucht, hört sie das Klirren von Besteck, die dumpfe Kakophonie von Tontöpfen und im Hintergrund das Klappern von Tellern gegen Untertassen und von anderem Geschirr, das abgewaschen und chaotisch aufeinandergestapelt wird.

In ihrem Traum hat Cambara ein besonderes Essen zubereitet: Krabbencocktails; eine Fischplatte aus Süßwasser-Herzmuscheln mit Zitrone und Chilisauce; in Butter gebratener und mit Knoblauch und Kräutern angerichteter Tintenfisch; Seezunge mit Reis und Gemüse. Es sind noch drei weitere Personen anwesend: Wardi, am Kopfende eines Tisches, an dem zwanzig Leute Platz finden könnten; Dalmar, der so dicht neben ihr sitzt, daß ihre Körper sich berühren; und Arda am anderen Ende des Tisches. Es wird nicht viel gesprochen, und wenn doch, dann nur stockend. Dalmar und Arda versuchen ein Gespräch in Gang zu halten, wenn auch nur, weil sie die lastende Stille nicht ertragen. Wardi bereitet es Vergnügen, giftige Bemerkungen zu machen, die nicht nur sie ärgern, sondern vielmehr alle drei beleidigen sollen. Sein Blick zu Cambara spricht nur von Verachtung, zu Arda ist er eine einzige Herausforderung, zu Dalmar eine Mischung aus Verrat und Geringschätzung. Sie ist deutlich verärgert und kann es nicht erwarten, daß diese Karikatur eines Familienessens ein Ende hat. Die ganze Zeit über droht sie Wardi mit der geballten Faust und schwört, ihn zu verprügeln, sobald Arda gegangen ist und Dalmar in seinem Zimmer schläft, sobald sie beide allein sind.

Cambara weigert sich nicht nur, gute Miene zum bösen Spiel zu machen und ihre Mutter oder ihren Sohn in sinnlose Gespräche zu verwickeln, sie rührt auch ihr Lieblingsessen nicht an, was, soweit sie sich erinnern kann, vorher noch nie vorgekommen ist. Im Gegensatz dazu ist Wardi geschwätzig und erzählt schamlos einen unanständigen Witz über sechs Italiener aus einer ländlichen Kleinstadt in Sizilien, die zusammen in einem Haus in den Vororten von Mailand wohnen und die Dienste einer Hure in Anspruch nehmen. Arda appelliert an sein Anstandsgefühl, doch Wardi hört nicht auf sie, und als er gerade einen weiteren Witz erzählen will, sagt Arda mit fester Stimme: »Es reicht jetzt! Nichts Derartiges mehr in Dalmars Gegenwart.«

Wardi wendet sich seiner Schwiegermutter zu, und es sieht so aus, als wolle er etwas erwidern. Kaum hat er die erste Silbe eines langen Wortes herausgebracht, da bewegen sich seine Lippen stumm wie die eines Fisches, der einen Köder schluckt, er reißt die Augen auf, bis sie beinahe aus den Höhlen springen, der Unterkiefer fällt herunter, und Schaum quillt aus seinem Mund. Offenbar hat Wardi einen Anfall, einen epileptischen Anfall. Er hört ganz auf zu atmen, und seine Muskeln werden steif, so hart wie die Rückenlehne des Stuhles, auf dem er sitzt. Arda blickt von ihm zu Cambara, die nur nickt. Daraufhin reckt Dalmar mit einem breiten, wissenden Lächeln Zeige- und Ringfinger zum Siegeszeichen. Dann sagt er zu Cambara: »Weißt du, Mami, ich hab dich lieb, egal was passiert.«

»Ich hab dich auch lieb, mein Schatz.«

Als Dalmar aufspringt, um laut schluchzend seine Mutter und danach seine Großmutter zu umarmen, was so theatralisch wirkt, als habe er es einstudiert, da geschieht es: Wardi fällt vom Stuhl.

Keiner rührt sich; lange sagt niemand etwas, die Stille breitet sich aus, so daß nicht einmal Dalmar sich traut, sie zu brechen. Er rührt sich jedoch als erster und sagt: »Was machen wir jetzt?«

Cambara nimmt seine Hand, als wolle sie ihn trösten.

Arda fragt Cambara: »Wie erklärst du dir das?«

»Allergie.«

Cambara schiebt sich nun zum ersten Mal große Bissen in den Mund und ermuntert ihren Sohn und ihre Mutter, weiterzuessen.

»Ich hatte keine Ahnung, daß er allergisch war gegen Fisch«, sagt Arda.

Cambara würdigt ihn keines einzigen Blicks, jetzt wo er auf dem Boden liegt, bereits von der Totenstarre erfaßt – so sehr haßt sie ihn. »Er ist gestorben, ohne zu wissen, daß er eine Fischallergie hatte, der Narr.«

»Wieso hast du davon gewußt?« fragt Arda.

»Ich weiß so manches.«

Das hartnäckige Gefühl der Reue macht Dalmar so unruhig, daß er von seinem Stuhl aufsteht und sich neben Wardi hockt, ihm den Puls fühlt und berichtet: »Nichts zu spüren. Mami, er ist schon kalt. Und schau dir seinen Körper an: blutlos gelb. Was machen wir mit ihm?«

»Dalmar hat recht. Was machen wir jetzt?« fragt Arda.

Cambara unterdrückt ein Grinsen, was ihre Lippen schmaler und das ganze Gesicht starr wirken läßt, holt ihr Handy hervor und wählt eine Nummer. Zu der Frau am anderen Ende sagt sie: »Susannah, komm bitte und hol deinen Wardi ab. Er liegt auf dem Boden und hatte einen tödlichen Anfall, wir wissen nicht, was wir tun sollen.«

Die Stimme sagt: »Ich bin gleich da.«

Cambara sagt zu Arda und Dalmar: »Seht ihr, schon erledigt.«

Dalmar geht zu Wardis auf dem Fußboden zusammengekrümmtem Körper und versetzt ihm einen Tritt, nicht einmal, sondern zwei-, dreimal schnell hintereinander. Cambara ist wütend auf ihn und schimpft: »Du mußt seinen toten Körper mit Respekt behandeln. Er ist dein Vater.«

Er entgegnet: »Aber er hat mich immer geschlagen. Weißt du noch?«

Arda weist Cambara zurecht und sagt: »Es ist deine Schuld. Alles. Dalmars schlechtes Benehmen. Wardis Feindseligkeit uns allen gegenüber.«

Es klingelt. Während sie aufsteht und zur Tür geht, verkündet sie: »Das ist Susannah, die ihren toten Liebhaber abholen will.«

Die Tür geht auf, sie wird von der Sonne geblendet. Susannah ist nicht da, sie dreht sich um und möchte etwas zu Dalmar und Arda sagen, doch die beiden sind weg.

Cambara blinzelt den Traum fort.

Schweißgebadet wacht sie auf in ihrem Zimmer im Hotel Maanta in Mogadischu: Sie hat aus Haß getötet, aus Rache. Sie ist erschüttert, holt tief Luft und sieht sich im Zimmer um. In diesem rätselhaften Zustand zwischen Schlaf und Wirklichkeit fragt sie sich, ob ein solcher Traum sie von ihren Mordgelüsten befreit.

Eine halbe Stunde später sieht sie Gacal und Seidenhaar in ein freundschaftliches Gespräch vertieft, was ihren Entschluß bekräftigt, eine Familie zu gründen, um die nicht funktionierende zu ersetzen, die sie im Traum abgeschafft hat. Sie beobachtet die beiden Jungen von ihrem Platz im Café aus, wo sie ihr erstes Frühstück einnimmt: zwei Scheiben Mango und einen Becher Kaffee. Mit der freien Hand blättert sie im Text ihres Stückes, von dem sie Gacal später ein Exemplar geben will. Über Seidenhaar, der ihr noch nicht seine Geschichte erzählt hat, weiß sie nicht genug. Es ist noch reichlich Zeit, um von Raxma zu hören, die fleißig ermittelt, untersucht, nachforscht. Es hat keine Eile. Ohnehin nimmt sie an, daß Seidenhaar nicht viel liest; vielleicht hat er nie eine normale Schule besucht. »Das wird sich finden«, sagt sie laut zu sich.

Kurzsichtig blinzelt sie zu ihnen hinüber; ihr Puls rast, und das Atmen fällt ihr schwer. Sie richtet sich auf und kann es kaum erwarten, die Jungen zu begrüßen, kann sich gerade noch zügeln, nicht ihre Namen zu rufen. Halb aufgestanden von ihrem Stuhl wartet sie mit erhobenem Kaffeebecher, den sie dicht ans Kinn, doch etwas schräg hält und aus dem sie beinah ihren Kaffee verschüttet. Sie hält Seidenhaar und Gacal für den Kern ihrer alternativen Familie, mit der es ihr vielleicht noch gelingen kann, die Familie zu ersetzen, die mit Dalmar gestorben ist. Bei der Erinnerung an die wunderbare Zeit, die sie damit zugebracht hat, Dalmar zu lieben, aufzuziehen, zu unterrichten und zu bemuttern, wird sie von ihren Gefühlen übermannt, und ihre Augen schwimmen in Tränen. Wenn sie jetzt alles neu bedenkt, muß sie zugeben, daß sie von ihrem Dalmar ebensoviel hat lernen können, wie sie ihm beigebracht hat. Und im Hinblick auf ihre gegenwärtige Situation: Sie erfährt eine Menge über sich selbst aus ihrem Umgang mit Gacal und Seidenhaar, die sie in ihrem Bemühen unterstützen, ihre Selbstachtung als trauernde Mutter neu zu überdenken.

Cambaras Stimmung läßt sich von den Winden des Optimismus in die Höhe tragen, sie gleitet beschwingt dahin bei der Vorstellung, wie sie schließlich eins ihrer Hauptziele erreichen könnte: einiges von dem Unrecht wiedergutzumachen, das eine von Männern geschaffene Gesellschaft im Laufe der Jahrhunderte den Frauen angetan hat, und dieses Ziel kann sie dank der Einmischung des Frauen-Netzwerkes mit Kiin an der Spitze erreichen. Sie bezweifelt, daß ihr guter Wille und ihre innere Stärke Gewissensbisse im Herzen eines Wardi erzeugen würden, so wie ihr das bei den Dajaals, Seamuses und Biles dieser Welt gelingen könnte. Es kommt ihr so vor, als hätten diese Männer aufgehört, zu schwindeln und sich aufzuspielen, und hätten begonnen, ihr Leben in die Hand zu nehmen. Ist das so, weil sie neue Männer sind, die ihre Menschlichkeit auf eine Weise ausdrücken können, die allen nützt? Nicht so Wardi; bei ihm ist keine Spur von Menschlichkeit zu finden, keine.

Seidenhaar erblickt sie als erster und stößt Gacal an, deutet mit einer kaum wahrnehmbaren Kopfbewegung auf Cambara und kommt auf sie zu mit dem rauen Benehmen eines Menschen, der seine Gefühle und Triebe nicht unterdrückt. Gacal seinerseits bleibt, wo er ist, und winkt zur Begrüßung. Cambara fragt sich, ob er darauf wartet, eingeladen zu werden, oder ob er verärgert ist, weil er sich verletzt fühlte durch die Art, wie sie ihn gestern Abend aus ihrem Zimmer geworfen hat. Daß Gacal zurückbleibt, ist kein Ausdruck von Distanziertheit, denn sie sieht, wie sich auf seinem Gesicht ein Lächeln ankündigt.

Inzwischen wendet sie sich Seidenhaar zu, der seinen Körper mit der Schnelligkeit eines Tennisspielers, der das Spiel voranbringen will, nach vorn wirft. Er ist da, ehe sie sich überlegt hat, was sie zu ihm sagen soll. Aber was soll sie tun, was soll sie sagen? Die Arme ausbreiten für eine kurze Umarmung? Ihn fragen, was er mit seiner Zeit angefangen hat seit ihrem letzten Zusammentreffen? Er tritt ein wenig zurück, sein Adamsapfel vollführt fleißig Schluckbewegungen, und seine Augen kleben an ihrem Frühstück, deshalb lädt sie ihn ein, sich etwas zu essen zu bestellen. Da Seidenhaar sich niedergelassen hat und sich eine ihrer Mangoscheiben angelt, winkt sie Gacal heran. Gacal läßt sich zwischen ihr und Seidenhaar auf dem freien Platz nieder und beugt sich vor, als könnte er ein Küßchen auf die Wange bekommen. Cambara klopft ihm leicht auf den Schenkel und schiebt ihm dann die verbliebene Mangoscheibe hin. Er benimmt sich wie ein wohlerzogener Junge seines Alters, der gerade gegessen hat und sich keine Gedanken um seine nächste Mahlzeit macht.

Er sagt: »Danke, wir haben schon gefrühstückt.«

Sie fragt Gacal: »Was gab es denn?«

Gacal antwortet: »Haferbrei.«

»Wie war der?«

»Hat satt gemacht«, sagt er.

»Wie war denn die erste Nacht hier?«

Gacal und Seidenhaar sprechen gleichzeitig, ihre Wortwahl weist auf ihre unterschiedliche Veranlagung hin, Gacal nennt es »passabel«, im Gegensatz zu Seidenhaar, der die Erfahrung so beschreibt: »Bis jetzt ist es wunderbar.« Cambara glaubt, daß es noch zu früh ist, um auf ihren Charakter zu schließen, doch sie bewahrt die Beobachtungen in ihrem Gedächtnis für später.

Sie schnippt mit den Fingern, und der Kellner läßt sich Zeit, sein Unwille, vielleicht da er die beiden Jungen nicht bedienen möchte, ist an seiner Körpersprache erkennbar. Er lächelt ihr zu und verbeugt sich leicht. Aber wenn er sich ihnen zuwendet und mit ihnen spricht, nimmt sein Gesichtausdruck eine Feindseligkeit an, die vorher nicht da war; seine Blicke werden hart, seine Ausdrucksweise rau und grob.

Offenbar beleidigt, schaut Gacal vom Kellner zu Cambara, wenn auch nur, um zu zeigen, daß er seinen Frust mit ihr teilt, doch, und das spricht für ihn, ihn still erträgt. Es ist nicht so, daß Seidenhaar nicht bemerkt, was vor sich geht, doch er beeilt sich, eine möglichst neutrale Miene aufzusetzen, die zu keinerlei Interpretationen einlädt, ehe er sein Frühstück bestellt: ein großes Glas Orangensaft, Leber und Pfannkuchen. Er gehört zu den Jugendlichen – »ein weiteres Maul zu stopfen« –, die wissen, was es bedeutet, für ihre Verpflegung töten zu müssen. Gacal will »nichts für den Augenblick«, und er hätte ebensogut hinzufügen können: »von diesem Kellner«.

»Was habt ihr gestern abend gemacht?« fragt sie die beiden.

Seidenhaar hält sich den Zeigefinger an die Lippen wie jemand, der nicht über eine Sache sprechen möchte; auch weicht er ihren Blicken aus. Cambara muß wohl oder übel annehmen, daß die Jungen irgendwohin gegangen sind oder etwas getan haben, worauf Seidenhaar im hellen Tageslicht nicht stolz ist. Ganz anders ist ihr Eindruck, als sie Gacal ansieht. Er starrt sie herausfordernd an.

»Seid ihr gestern abend irgendwo gewesen?«

»Wir haben uns einen Film angeschaut«, sagt Gacal.

»Was für einen Film? Wo?«

Gacal erklärt, daß sie zu einem Gebäude gegangen sind, das einmal der somalischen Regierung gehört hat, nämlich dem früheren Außenministerium. Dort gebe es einen Saal, an dessen beiden Enden sich jeweils eine Videoleinwand befindet. Seidenhaar habe am einen Ende einen Hindi-Film in somalischer Synchronisation angesehen, danach einen koreanischen Kung-Fu-Film, der auch synchronisiert war, wenn auch sehr schlecht, hastig und billig. Dann fährt er fort: »Ich habe am anderen Saalende eine andere Art Film angeschaut.«

»Und er hat dir gefallen?«

»Sehr.«

»Wie hieß denn der Film, den du gesehen hast?«

»An den Namen erinnere ich mich nicht.«

»Worum ging es?«

Der Kellner stellt Seidenhaar sein Frühstück hin. Er langt sofort zu, nicht weil er Hunger hat, denkt sie, sondern hauptsächlich weil er nicht an ein solches Essen gewöhnt ist. Anders als Gacal ist er in ihrer Gegenwart nicht verlegen. Daraus schließt sie, daß Gacal mehr weiß, als er sich anmerken läßt.

»Ich warte«, stachelt sie Gacal an.

Gacal lockt ihre Neugier dezent von der Frage weg, die er nicht beantwortet hat, und lenkt sie auf seinen Widerwillen und seine Mißbilligung gegenüber den schlürfenden, schmatzenden und laut mampfenden Geräuschen, die Seidenhaar macht, aber sie fällt darauf nicht herein.

Sie fordert ihn auf: »Sag mir schon, was du dir angesehen hast. Ich warte.«

Gacal sagt nichts und weicht ihrem Blick aus.

Zwischen zwei Bissen, die er noch immer gleichermaßen geräuschvoll kaut, meldet sich plötzlich Seidenhaar zu Wort: »Wenn er es nicht erzählen will, sage ich es: Er hat sich einen Porno angesehen.«

Cambara starrt Seidenhaar mißbilligend an, als wolle sie ihn bezichtigen, Gacal die Schau gestohlen zu haben. Als Schauspielerin hat Cambara eine Schwäche für Menschen mit einem Gefühl für das richtige Tempo beim Erzählen einer Geschichte. Gacal ist darin perfekt; es hat ihr Freude bereitet, ihm zuzuhören und ihn dabei zu beobachten. Sie selbst hat es immer gehaßt, wenn Wardi sich einmischte und die Wirkung der Geschichte zerstörte, die sie gerade erzählte.

Sie fragt Gacal: »Hat es dir gefallen?«

»Ja.«

Cambara schweigt, und ihre Miene verhärtet sich, als sie sich fragt, wie sie reagiert hätte, wenn ihr Sohn Dalmar sich nach Einbruch der Dunkelheit heimlich davongeschlichen hätte, um einen Porno zu sehen, und ihr dann, ohne mit der Wimper zu zucken, gesagt hätte, daß es ihm gefallen habe. Egal, denkt sie. Sie weiß, was Wardi getan hätte. Er hätte ihn grün und blau geschlagen und wieder einmal ihre sogenannte Nachgiebigkeit dafür verantwortlich gemacht, mit der man seiner Ansicht nach kein somalisches Kind in Nordamerika erziehen könne. Wird Gacals Vorliebe für Pornos, die er vielleicht erst hier erworben hat, am Ende ihre Beziehung beeinträchtigen? Das kann sie unmöglich vorhersagen; sie muß es abwarten.

Nun spürt sie, wie die Aufregung sie erneut durchfährt. Sie rutscht ungeduldig auf ihrem Stuhl hin und her, weil sie es nicht erwarten kann herauszufinden, ob er das Textbuch ihres Stückes lesen möchte und Gefallen daran findet. Sie wird es ihm zu passender Zeit geben, wenn sie allein mit ihm auf ihrem Zimmer ist, ohne Seidenhaar. Es kommt ihr so vor, als sei Seidenhaar grundlos eifersüchtig und könne obendrein sehr wütend werden. Ist sie wieder einmal voreilig, wenn sie glaubt, es habe sich gelohnt, Gacal näher kennenzulernen und zu prüfen, ob er das Zeug hat, bei ihrem Stück mitzumachen?

In Anbetracht der leichten Spannungen zwischen den beiden Jungen, die gewiß daher rühren, daß sie sich ihrer Konkurrenzsituation bei ihr bewußt sind, hält sie es für das beste, von jetzt an sehr vorsichtig zu sein. Daß keiner der beiden mit ihr verwandt ist, macht die Sache noch komplizierter, da beide vielleicht der Ansicht sind, den anderen beim Gewinnen ihres Vertrauens und ihrer Zuneigung ausstechen zu können. Das darf sie nicht vergessen, denn sie weiß ja, der Umgang mit dem eigenen Nachwuchs ist eine Sache; im Vertrauen darauf, daß Eltern und Kinder auf einen großen Vorrat an Vergebung zurückzugreifen vermögen, kann man da so reden, wie einem der Schnabel gewachsen ist. Mit Jugendlichen, die nicht zur Familie gehören, ist es jedoch etwas völlig anderes, denn die haben ihr eigenes Gepäck und ihre eigene Geschichte. Sie erinnert sich an zahllose Gelegenheiten, bei denen sie und Dalmar heftig gestritten haben; trotzdem blieben sie zusammen. Bei diesen beiden wird das nicht so sein. Davon ist sie überzeugt.

Kurz bevor der Kellner zurückkommt, um das Frühstücksgeschirr abzuräumen, ruft Cambara Kiin an und bittet sie um eine weitere Gefälligkeit. Diesmal fragt sie, ob jemand »einen meiner Jungen«, der keine Schuhe hat, begleiten und ihm helfen könne, ein Paar Flipflops zu kaufen. Kurz darauf kommt der Kellner und teilt ihr mit, Kiin habe ihn beauftragt, das Geld und »einen ihrer Jungen« zu nehmen und auf dem Markt für ihn ein Paar Schuhe zu kaufen.

»Wieviel kostet ein Paar?«

Der Kellner nennt eine Summe in den Tausendern. Cambara bemüht sich gar nicht erst, die Summe umzurechnen, schätzt aber, daß es nicht mehr als zwei oder drei Dollar sein können. Sie leiht sich einen Stift vom Kellner und schreibt eine Mitteilung an den stellvertretenden Hoteldirektor, in der sie ihn beauftragt, dem Überbringer die besagte Summe und zur Sicherheit ein paar Tausender mehr auszuhändigen. Der Kellner sagt zu Seidenhaar, er solle in der Nähe des Ausgangs auf ihn warten; aufgeregt und nur allzu gern befolgt Seidenhaar seine Anweisung. Allein mit Gacal, ist Cambara nervös. Warum das so ist, weiß sie nicht. Vielleicht, weil sie ihm etwas verheimlicht und ihm nicht sagt, daß sie freundlich zu ihm ist, während sie hinter seinem Rücken Raxma damit beauftragt hat, seine Geschichte zu überprüfen, warum er hier ist, wer seine Eltern sind – Fragen, deren Beantwortung eine Weile dauern kann?

Um ihn dafür zu entschädigen, nimmt sie ihn mit auf ihr Zimmer.

Dann gibt sie ihm eine Limonade aus ihrem kleinen Kühlschrank, eine Art Coca-Cola, in Saudi-Arabien abgefüllt und mit beträchtlichen Kosten nach Mogadischu importiert. Diese Sorte ist offenbar viel süßer und soll noch besser wirken als der amerikanische Prototyp. Sie ist sicher, daß Seidenhaar, wenn er vom Einkauf zurückkommt und davon erfährt, auch eine haben möchte.

Sie selbst mag nichts Süßes und trinkt kleine Schlucke aus ihrer Mineralwasserflasche, damit es länger reicht. Sie sitzt auf einem Teppich auf dem Boden, und da sie merkt, daß er sie ansieht wie ein junger Mann eine Frau ansehen könnte, die ihm gefällt, hält sie Abstand und erinnert sich an seine Bemerkung, daß ihm der Pornofilm gefallen habe. Man kann nicht wissen, wozu er in der Lage ist; sie muß vorsichtig sein, das ist alles. Um einen größeren Abstand zwischen ihnen zu schaffen, zeigt sie auf das Sofa. Keiner sagt etwas, bis beide es sich bequem gemacht haben.

Sie fragt: »Hast du zufällig das dünne Buch gelesen, das neben dir lag, als du eingeschlafen bist? Weißt du, welches ich meine?«

»Es hieß *Flieg, Adler, flieg*, nicht wahr?«

»Stimmt.«

»Ja«, sagt er, »ich habe es gelesen.«

»Was hältst du davon?«

Er sagt: »Hat mir gefallen. Habe es zweimal gelesen und wollte es zum dritten Mal lesen, war eigentlich schon halb durch, als ich eingeschlafen sein muß.«

Sie ist versucht, Gacal den vollständigen Text zu geben und für sich lesen zu lassen, damit er ihr dann seine Meinung dazu sagen kann; doch Cambara ist ein wenig unwohl dabei, und sie ist nicht sicher, ob das klug wäre. Sie weiß nicht, ob der Junge genug Grips hat, um den Text allein und ohne Hilfe mit soviel Gewinn zu lesen, wie er mit ihr zusammen und von ihr angeleitet haben könnte. Sie weiß zwar, daß er während seines Aufenthaltes in Mogadischu, wo das Gewehr verherrlicht wird und Kultur keine Rolle spielt, kein Theaterstück gesehen haben kann, doch natürlich kann er in Duluth ein Stück gesehen oder darin mitgespielt haben. Auf jeden Fall muß er mit den Grundlagen vertraut sein, da er vermutlich Filme unterschiedlicher Art gesehen hat – amerikanische, bevor er hierherkam; indische, koreanische oder ägyptische seit seiner Ankunft in Mogadischu – Filme, in denen Dialoge vorkommen. Sie sollte ihm einfach den verdammten Text geben und seine Reaktion beobachten. Entscheide dich, Frau!

»Hier«, sagt sie und reicht ihm den Paralleltext, auf englisch und somalisch, mit doppeltem Zeilenabstand gedruckt und elegant gebunden.

»Was ist das?« fragt er und wiegt es in der Hand, als wolle er auf diese Weise seinen Wert bestimmen.

»Schlag es auf, und schau's dir an.«

Er tut es und liest den Titel auf somalisch, zuerst nur für sich, mit der Wachsamkeit eines Prüflings, der keinen Flüchtigkeitsfehler machen will. Er liest den Titel ein zweites Mal und betont jedes Wort einzeln und mit beträchtlichem Nachdruck, vielleicht weil er den Charakter des Textes, den er liest, erkannt hat: *Gallayrro iyo Dooro* (Adler unter den Hühnern). Als er dann umblättert, scheint er erfreut, als treffe er jemand, den er mag; sie nimmt an, daß er sich ganz auf den Text einläßt, er ist so gefesselt. Einen Moment später ist er so vertieft, daß er zerstreut die Coca-Cola-Flasche mit dem Fuß umstößt und den Inhalt verschüttet. Er entschuldigt sich und steht auf, um beim Aufwischen zu helfen, doch sie sagt, sie will es mit einem alten Lappen aufwischen, den sie in ihren aussortierten Sachen findet. Während sie sich auf den Teppich hockt, beobachtet sie ihn. Die Konzentration steht ihm gut – er wirkt älter, als er ist, während er seine Aufmerksamkeit voll und ganz auf das Buch richtet; er sitzt reglos, atmet aber angestrengt.

Cambara vergleicht, was sie die Bodenständigkeit von Gacals Charakter nennt, mit der Beschaffenheit von Ton, der im feuchten Zustand fest und doch formbar ist; der weich ist, und doch zum Hartwerden neigt, wenn man ihn sich selbst überläßt. Natürlich fragt sie sich, was er von dem Text halten wird. Wenn er ihn mag, was ist es, das ihm dann daran gefällt? Sie hat Grund, optimistisch zu sein in bezug auf Gacal, der seit der Ermordung seines Vaters das Leben einer Maus im Käfig geführt hat. Und was für ein Leben ist das gewesen, eines, in dem Gewalt ein regelmäßiger Begleiter war und in dem er es mit der Niederträchtigkeit anderer Menschen zu tun hatte, von denen viele ihm unbekannt und nicht mit ihm verwandt waren. Hat er die Willenskraft, sich zu befreien, natürlich mit viel Unterstützung von ihrer Seite? Die Vorstellung, wozu er in der Lage sein könnte, wie er auf erwachsene, vernünftige und verantwortliche Weise handeln könnte, beeindruckt sie sehr.

Welche Art von Verhältnis stellt sie sich für sie beide vor? Sie darf nichts überstürzen und darf nicht mehr auf sich nehmen, als sie bewältigen kann. Sie weiß, daß ihre Mutter Arda sie beschuldigen wird, einen »Tauschhandel« zu betreiben. Ihre Mutter hatte ihr auch vorgeworfen, sie habe den nutzlosen Wardi »gekauft«, sie habe seine Zuneigung im Austausch für einen kanadischen Paß und die Studiengebühren seiner Umschulung erworben, damit er im Tausch für seine Liebe eine Arbeitsstelle bekommt. So töricht ist sie gewesen – diesmal muß sie versuchen, vorsichtiger zu sein.

Sie dreht sich um und beobachtet, wie Gacal mit gespannter Aufmerksamkeit liest und die Seiten umblättert. Er erinnert sie an Dalmar, den sie so zu erziehen hoffte, daß er ein eifriger Leser wurde, viele Sprachen lernte und weitere wichtige Fertigkeiten erwarb – ein absolutes Gegenbild zu Wardi, der sich oft damit brüstete, kein Buch mehr in der Hand gehabt zu haben, seit er seine Prüfung auf dem College wiederholt hatte. Der Dummkopf fand das Lesen von vier Seiten an Unterlagen zu einem Fall lästig, und er war auch nicht in der Lage, eine Glühbirne auszuwechseln, einen Nagel einzuschlagen oder die Spülung einer Toilette zu reparieren – Wardi, der Nichtsnutz. Wenn man bedenkt, in welch unglücklicher Lage sie Gacal vorgefunden hat, dann macht er sich ihrer Ansicht nach sehr gut.

»Fertig«, sagt er.

»Hat es dir genausogut gefallen wie der Film, den du gestern abend gesehen hast?« fragt Cambara.

»Es hat mir viel besser gefallen.«

»Erzähl mir mehr.«

Er fragt: »Überhaupt, wozu ist das?«

»Was glaubst du denn?«

»Soll ich da mitspielen? Ich würde gern einer der Adler sein«, sagt er.

»Welcher?«

»Der jüngere«, sagt er. »Das wäre toll, so wie einen Film zu drehen. Ich würde gern in dem Stück mitspielen. Ich kann das. Lokker.«

Ehe sie auf Gacals Gefühlsausbruch reagieren kann, klingelt das Telefon, und der stellvertretende Hoteldirektor teilt ihr mit, daß ein Mann sie sprechen möchte.

»Wie heißt er?«

»Dajaal.«

»Geben Sie ihn mir bitte.«

»Hier ist Dajaal«, meldet sich eine tiefe Männerstimme. »Ich bin an der Rezeption. Wenn Sie einen Moment Zeit haben, würde ich Sie gern hier unten sprechen.«

Sie wartet, daß er ihr den Grund dafür erklärt oder ihr mitteilt, er habe Seamus und Bile mitgebracht, doch er tut nichts dergleichen; er legt einfach auf.

Aus irgendeinem Grund interpretiert Cambara Dajaals Benehmen überraschend positiv. Sie findet, ein Mann, der so sparsam mit seinen Worten umgeht, verdient durchaus ihren Respekt. Sie steht eilig auf, um hinunterzugehen und sich mit ihm zu treffen. Sie sagt Gacal, auch er solle sich beeilen, und sie sind im Nu an der Rezeption.

»Gehen wir«, sagt Dajaal.

»Wohin?«

Er antwortet nicht sofort.

»Wohin, Dajaal?«

»Zuerst zum Haus Ihrer Familie«, sagt er.

»Warum dorthin?«

»Es hat eine Planänderung gegeben.«

»Was meinen Sie mit Planänderung?«

»Seamus ist in Ihrem Haus, mit ein paar Tischlern, einem Elektriker und noch einigen anderen. Er hat mich gebeten, Sie zu ihm zu bringen. Ich bin nur der Bote und führe aus, worum er mich gebeten hat.«

Ihr fällt wieder ein, daß sie sich mit Seamus treffen wollte, um in Ruhe das Schnitzen der von ihr entworfenen Masken besprechen zu können. Jetzt kümmert er sich also um ihr Haus und hilft, es in Ordnung zu bringen, es bewohnbar zu machen. Cambara sieht davon ab, Dajaal die Fragen zu stellen, die ihr auf der Zunge liegen, zum Beispiel die Frage der Bezahlung für seine Dienste und die der anderen und die Frage, wie sicher das Haus ist. Es ist nicht die rechte Zeit dafür.

Statt dessen sagt sie: »Kann ich jemanden mitnehmen?«

»Meinen Sie diesen jungen Burschen?« Dajaal zeigt neckend mit dem Finger auf Gacal.

»Und was ist mit mir?«

Sie dreht sich um und sieht zu ihrer Überraschung Seidenhaar, der mit einem Paar knallrosa Flipflops vom Einkauf zurückgekehrt ist und sich zwischen Dajaal und Cambara drängt, wobei er Gacal boshaft zur Seite stößt.

»Da bist du ja wieder«, sagt sie, und es klingt erfreut.

»Hier«, er zeigt auf seine Flipflops. »Gefallen sie Ihnen nicht?«

Gacal sagt: »Wie kannst du nur so was tragen!«

»Kann er auch mitkommen?« fragt sie Dajaal.

»Wie könnte ich nein sagen, wenn Sie ja sagen?« antwortet er.

Es ist etwas Unbekümmertes und onkelhaftes an Dajaal, der sich gern an der allgemeinen Neckerei beteiligt und die Rolle des Friedensstifters zwischen Gacal und Seidenhaar übernimmt. Er geht ihnen voraus zum Fahrzeug, Cambara folgt ihm dicht auf den Fersen. Sie fragt sich, ob tatsächlich alles einen besseren Verlauf nimmt, als sie es sich vorzustellen wagte: zwei Jungen, ein onkelhafter Dajaal und das Haus der Familie endlich wieder in ihren Händen. Vielleicht wird ein Besuch bei Bile die Belohnung des Tages sein.

»Wie geht es Bile?« fragt sie ihn.

»Möchten Sie ihn besuchen?«

»Hat er seine düstere Stimmung überwunden?«

Dajaal sagt nichts und starrt in die Ferne. Vielleicht möchte er sich einfach nicht festlegen. Unterdessen öffnet er die Beifahrertür und sagt zu dem Mann, der dort sitzt, er solle sich mit den Jungen nach hinten setzen. Dajaal gibt sich nicht die Mühe, Cambara vorzustellen. Daß der Mann mit einem Revolver herumfuchtelt und mit Gacal und Seidenhaar hinten sitzen wird, paßt nicht zu den Plänen, die sie für die beiden hat – ein Leben, in dem sie nicht der Verlockung von Waffen ausgesetzt sind –, aber wie käme sie dazu, sich wegen einer kleinen Handfeuerwaffe herumzustreiten, wo doch Seidenhaar mit AK-47 und MGs hantiert hat?

Dajaal kommt zu ihr und legt ihr diskret die Hand auf die Schulter, als wolle er ihr versichern, daß sie sich keine Sorgen machen brauche und alles gutgehen werde; sie werde schon sehen.

»Na hoffentlich«, sagt sie und steigt neben ihm ein.

24

Dajaal fährt aus dem Tor des Hotels, biegt links auf eine Sandstraße und nimmt dann die Kurve zu schnell in der bockigen Art eines Mannes, dem jemand mit ungerechtfertigter Bösartigkeit begegnet ist. Das Fahrzeug gerät ins Schleudern und rammt beinahe einen großen Stein auf der anderen Seite der Straße. Er geht vom Gas und hält das Lenkrad fest, bis die Reifen wieder Bodenhaftung haben und das Auto ins Gleichgewicht kommt.

Gacal und Seidenhaar schwatzen pausenlos, necken sich, scherzen miteinander und stellen sich gegenseitig Rätselfragen. Der Mann auf der Rückbank beobachtet die Umgebung mit grimmiger Wachsamkeit, er lächelt nicht und spricht nicht – mit schußbereiter Waffe sitzt er da, als wüßte er von einer Gefahr, die nur er sehen kann. Außerdem hat sie das Gefühl, als sei Dajaal in ihrer Gegenwart befangen; zum erstenmal, seit sie sich kennengelernt haben, macht er ein verdrießliches Gesicht. Hat sie etwas getan, was ihn beleidigt hat? Oder etwas gesagt, was ihn aufgeregt hat? Oder ist sie wie gewöhnlich zu empfindlich?

»Ist alles in Ordnung, Dajaal?« fragt sie.

Er nickt, ohne sie anzusehen, sagt aber nichts.

Cambara fragt den Mann auf der Rückbank nicht, ob er einen Angriff auf ihr Fahrzeug erwartet; zum einen, weil sie nicht sicher ist, ob seine Stimmung etwas mit Dajaals Stimmung zu tun hat, aber auch, weil sie sich daran erinnert, wie oft ihr Somalis begegnet sind, die ihre Großzügigkeit ausnützen, wenn sie sich danach erkundigt, wie es ihnen im Bürgerkrieg ergangen ist. Viele sprechen dann von einem kriegsbedingten Trauma. Viele betonen, welches Glück sie hatte, es nicht aus erster Hand erlebt zu haben. Sie hat genug über diese Männer und Frauen gelesen und genügend Kriegsveteranen getroffen, um zu wissen, daß einige von ihnen die Geschichten ihrer leidvollen Erfahrungen erzählen, als wären es Orden, die sie bei einem Treffen von Leidensgenossen tragen; es macht ihnen Spaß, Leute wie sie, die nicht den körperlichen und mentalen Schmerz der Kämpfe erduldet haben, auszugrenzen.

Das kindische Schmollen des Mannes und seine Körperhaltung, die nicht mehr so gut ist wie damals, als er jünger war und in der Armee diente, gleichen einer Körpersprache, die ihr vertraut ist, seit sie Zaak und Wardi kennt. Sie weiß das auch von anderen Somalis, die Mogadischu nach dem Zerfall des Landes verlassen haben: Gerade eben noch ist ihre Stimmung prima, sie sind freundlich und reden fröhlich, doch im nächsten Moment, wenn man denkt, alles sei in Ordnung mit ihrer Welt, gerät etwas aus dem Gleichgewicht, und plötzlich verhalten sie sich seltsam. Es war traurig, mitzuerleben, wie Wardi langsam tiefer und tiefer glitt, ein Mann ohne Lebenskraft. Sein Leben oder was davon übrigblieb, wenn er deprimiert war, zerbröselte dann vor ihren Augen, löste sich buchstäblich auf. Wie tragisch! Das Traurige daran war, daß er nur sie für sein Problem verantwortlich machte, selbst wenn sie gar nichts damit zu tun hatte. Ein einzelner, der unter einem solchen vom Bürgerkrieg verursachten Druck steht, muß irgendwann dem Wahnsinn erliegen, den man Clan-Politik nennt, auch wenn die meisten Somalis sagen, daß die wirtschaftliche Grundlage, auf welcher der Bürgerkrieg ruht, die Kämpfe am Leben erhält. Sie hat erlebt, wie Wardi zwischen Loyalität gegenüber den Rechtsprinzipien und Verbundenheit mit seiner Blutsverwandtschaft schwankte, und wettet, daß jeder, der die schlimmsten Jahre des somalischen Bürgerkriegs durchlebt hat, so erbärmlich dreinschaut wie der Mann auf der Rückbank. Wardi ist in seinem unbegründeten, krankhaften Mißtrauen nicht zu überbieten. Vielleicht ergeht es diesem Mann ähnlich? Bei Dajaal ist das nicht so; sie muß ihn fragen, warum.

Cambara weiß zwar nicht allzuviel über Dajaal, doch sie stellt sich vor, daß sein Charakter von der Verbindung zu Bile und Seamus profitiert hat. In ihrer Gesellschaft würde jeder sein impulsives Wesen zügeln. Ein Seitenblick auf Dajaal bestärkt indirekt ihren Glauben an die zunehmende Nähe, die sich zwischen ihr und Bile über die Beziehung zu Dajaal und Seamus entwickelt.

In der Dunkelkammer ihrer Phantasie entwickelt sie das Bild einer Frau, die ihr ähnlich sieht und mit der sie einige wichtige Eigenschaften teilt. Zufällig sitzt diese Frau auf dem Beifahrersitz neben einem Mann, der Dajaal heißt; sie macht ein trübsinniges Gesicht und versucht herauszufinden, wie schnell sie dieses durch ein scheinbar angenehmes Lächeln ersetzen kann. Ob es ihr jedoch gelingt, nicht nur ihren Gesichtsausdruck zu ändern, sondern auch höfliche Konversation zu machen? Schließlich ist Dajaal ihr gegenüber sehr zuvorkommend gewesen und hat mit dem Schutz des Hauses ihrer Familie eine der schwierigsten Aufgaben übernommen. Und jetzt fährt er sie dorthin.

Sie fragt ihn: »Hat Bile bei der Rückgewinnung des Grundstücks eine Rolle gespielt? Wie sehr habt ihr ihn einbezogen?«

Seine Stimme gibt nichts preis, als er sagt: »Inwiefern?«

Sie spricht weiter, ihre eigene Stimme ist leise, fast ein Flüstern: »Hat er Sie überredet, mitzumachen, oder hatten ursprünglich Sie die Idee? Und haben Sie wiederum Ihren Neffen dazu bewegt, bei der Errichtung der Straßensperren und der Einrichtung des Sicherheitsdienstes zu helfen?«

Ohne eine ihrer Fragen zu beantworten, verlangsamt Dajaal das Tempo, ehe er anhält, die Handbremse zieht und die Warnblinkanlage einschaltet. Dann sitzt er völlig reglos, spitzt die Ohren und lauscht auf verdächtige Geräusche, um die er oder der Mann mit der gezogenen Waffe auf dem Rücksitz sich kümmern müßten. Gacal und Seidenhaar verstummen, der eine dreht sich neugierig um, der andere macht sich bereit abzutauchen, sich bei einem Schußwechsel sofort flach auf den Fahrzeugboden zu legen. Als sie Dajaal fragend ansieht, sagt er: »Meine Dame, wir sind hier an einem der Zugänge zum Haus Ihrer Familie, dem ersten von drei Checkpoints, die errichtet wurden, um die Ein- und Ausfahrt an den Zufahrtsstraßen zu kontrollieren. Wir sind kaum zwei Autominuten entfernt. Hören Sie.«

Sie spürt die deutliche Veränderung, die in der Luft liegt; ihre Eingeweide ziehen sich zusammen, und die Stille wird noch quälender. Jetzt vernimmt sie das ferne Summen eines mittelgroßen Generators, was in diesem Viertel zu dieser Tageszeit ungewöhnlich ist. Dann fällt ihr Blick wie zufällig auf eine unbewachte Schranke auf der unbefestigten Straße, fünfzig oder mehr Meter entfernt, und auf ein Schild davor, auf dem höchstwahrscheinlich ein Legastheniker »JoOgSo« gekritzelt hat, darunter das Wort »sToP«.

Sie blickt sich um und weiß jetzt, wo sie sind. Wenn man einen Häuserblock weiter nach rechts abbiegt, steht man vor dem Tor. Ob es sinnvoll ist, ihre Basis in das Haus zu verlegen? Zweifellos ist es billiger, als die Hotelrechnung anwachsen zu lassen, doch ist das Haus sicher genug, damit sie sich dort ihrer Theaterarbeit widmen kann? Und außerdem, wenn das, was sie gerade gehört hat, ein Generator ist und wenn das Geräusch aus dem Haus kommt, wem gehört er? Dann registriert sie allmählich Bewegungen sowohl im Fahrzeug als auch draußen. Mit der Behutsamkeit einer Großmutter, die den Raum verläßt, in dem ihre Tochter gerade entbunden hat und nun eingeschlafen ist, steigt der Mann vom Rücksitz aus dem Wagen und schließt die Tür fest und schnell. Bei Gacal und Seidenhaar sind Anzeichen von Angst zu erkennen, beide sind unruhig und wissen nicht, was sie machen sollen. Cambara befiehlt ihnen, still sitzen zu bleiben, und sie gehorchen.

Inzwischen greift Dajaal ins Handschuhfach, holt eine Waffe heraus und hält sie so, daß man sie nicht sehen kann. Er beobachtet wachsam, wie drei junge Männer aus ihrem mit Zweigen getarnten Versteck kriechen, zuerst mißtrauisch, dann sehr freundlich und enthusiastisch winkend. Sie sind nicht älter als Gacal oder Seidenhaar und tun so, als seien sie in ein Gefecht zweier Milizengruppen verwickelt; sie bewegen sich vorsichtig, lassen die Blicke hierhin und dorthin schweifen, ihre Waffen sind schußbereit, und die Finger spielen am Abzug. Für Cambara gehört das alles zum Theater eines absurden Krieges, in dem keiner der Beteiligten weiß, wann er zu Ende sein wird, wenn er erst einmal angefangen hat.

Der Junge kommt in seinen ausgebeulten Hosen, die er immer wieder hochzieht, und mit seiner kompakten Maschinenpistole, die eigentlich viel zu schwer ist für seine dürre, langbeinige Gestalt, auf sie zu. Er senkt die Waffe aus Respekt vor Dajaal, vor dem er im Stil der amerikanischen Marines salutiert, wie er es vielleicht in Filmen gesehen hat.

»Wo ist mein Neffe?« fragt Dajaal den Jungen.

Wie auf Stichwort kommt ein kleiner Teenager heranstolziert als probe er für die Dreharbeiten eines Films, in dem er den Gegenpart zu Clint Eastwood spielt. Mit einem altklugen und aufgesetzten Akzent, der sie beeindrucken soll, sagt er: »Hier bin ich. Alles okay an allen Fronten, Onkel. Und bei euch?«

»Das ist Qasiir, mein Neffe«, sagt Dajaal.

Bei seiner Show als Alleinunterhalter trägt Qasiir eine Mütze der New York Yankees und ein weißes T-Shirt mit der schwarzen Aufschrift »Iraq Hawks Down«. Unter der Schrift ist ein Adler ohne Flügel und mit leeren Augenhöhlen aufgedruckt – ein häßlicher Anblick. Qasiir wirft sich in Positur, und als er merkt, daß Cambara nicht beeindruckt ist, scheint er beleidigt und kaut nervös auf einem Streichholz herum, das ihm à la Jean-Paul Belmondo links aus dem Mundwinkel hängt.

»Noch Fragen?« sagt er, eindeutig gekränkt.

Dajaal fragt: »Alles in Ordnung an allen Fronten?«

»Soviel ich weiß, ist alles okay.«

»Das ist gut«, sagt Dajaal.

»*Hasta la vista*«, sagt Qasiir, trottet davon und stößt beinahe mit einem seiner Kameraden zusammen, als er in seinen Plateauschuhen zu einem Baum hinüberläuft, unter dem ein Klappstuhl wie für einen Filmregisseur bereitsteht, nur daß diesem hier die Lehne fehlt.

Als sie schließlich am Tor des Hauses ihrer Familie ankommen, spürt sie, daß sich sehr viel verändert hat. Sie kann sich die vielfältigen Arbeiten vorstellen, die jetzt dort drinnen ausgeführt werden, und bemüht sich, durch den Lärm der Renovierungs- und Umbauarbeiten das laute Geräusch eines Generators zu hören. Dajaal gibt mit der Hupe ein verabredetes Zeichen, und ehe sie noch »Sesam, öffne dich« sagen kann, schwingt das Tor auf, das von seinem über Jahre angesetzten Rost befreit und mit einem ersten Anstrich versehen wurde, auch die Angeln sind repariert.

Zwei Jugendliche tauchen auf, beide verbeugen sich theatralisch und knicksen wie Clowns. Sie fordern Dajaal auf hereinzufahren, und als er es tut, winken sie ihr grinsend zu. Sie sieht einen Mann, vielleicht einen Elektriker, der mit der Langsamkeit eines Krüppels, der aus einem tiefen Brunnen klettert, die Sprossen einer Leiter an der Wand hinaufsteigt. Auf dem Hof liegen eine Reihe von Spülkästen, ganz neu, wenn auch etwas staubig, und andere Sanitärartikel, die auf ihre Installation warten. Kurz und gut, dank dieser wohltätigen Menschen wird eine Welt wiedererschaffen, und sie hat wenig dazu beigetragen. Doch als sie sieht, wie Seamus gerade rechts neben dem Haus aus einem Laster steigt, denkt sie, daß sie sich vielleicht als Katalysator für eine solche bemerkenswerte Neugestaltung sehen kann. Sie steigt aus dem Auto und bleibt daneben stehen, während er lächelnd auf sie zukommt. Sie glaubt, Seamus, Kiin und Dajaal dürfen auf diese Entwicklung stolz sein. Trotzdem überlegt sie, ob sie das nötige Geld hat, um das Haus zu unterhalten und es in diesem Stil zu bewahren, wenn sie berücksichtigt, wieviel es gekostet hat, den Wiedergewinnungsprozeß in Gang zu setzen.

Dajaal steigt wieder ins Auto, winkt Seamus enthusiastisch zu, wechselt mit ihm ein paar Worte in einfachstem, mit italienischen Wörtern gespicktem Somalisch und sagt dann zu Cambara: »Ich hole Sie in einer Stunde wieder ab und bringe Sie zu Bile, wenn Sie möchten.«

»Ja, das möchte ich. Danke.«

Dann setzt er zurück und macht dabei soviel Lärm wie der Maurer, der gerade ein Loch in die Wand bohrt. Gereizt beißt Seamus die Zähne zusammen und wartet, bis Dajaal sicher aus dem Tor hinausgefahren und nicht mehr zu hören ist, bevor er zu Cambara sagt: »Wie schrecklich, schrecklich, schrecklich.« Da sie nicht sicher ist, daß sie seine Bemerkung richtig verstanden hat, lächelt sie.

Nach einer nachdenklichen Pause wendet Seamus sich in Englisch an sie, obwohl er aus irgendeinem Grund heute immer wieder ins Italienische verfällt. Sie weiß nicht, warum sie darauf wartet, daß er sich eine Zigarre oder eine Pfeife in den Mund steckt und anzündet. Sie denkt, sein Haar im Gesicht und auf dem Kopf werde davon profitieren, wenn sich immer mehr Grau hineinmischt in seine gesprenkelten Locken, die aussehen wie Knoblauch aus dem Mezzogiorno, wie die Locken eines Dozenten an irgendeinem Jesuitenkolleg, wo sie guten Wein trinken, schreckliche gekochte Gerichte essen und einander bei den Nachnamen anreden, ohne Titel.

Er sagt: »Willkommen in dieser Gegend, mein liebes Mädchen«, und nähert sich ihr behutsam.

Sie sagt: »Es ist immer schön, dich zu sehen.«

Als sie sich ihm freundschaftlich nähert, um ihm drei Küßchen auf die Wangen zu geben, nimmt sie seinen Schweißgeruch wahr. Sie vermutet, daß er vielleicht seit gestern nur eine Katzenwäsche vollzogen hat, da das Haus noch nicht an die städtische Wasserversorgung oder ein anderes System angeschlossen ist. Unwillkürlich vergleicht sie seinen Geruch mit dem Zaaks und stellt fest, daß dieser hier sie nicht im geringsten stört, da Seamus hart und ehrlich gearbeitet hat, während Zaak ein fauler Dummkopf ist. Als sie ihn küßte, kitzelte es, und sie mußte sich beherrschen, um nicht zu kichern – das wäre doch wohl zu albern. Sie beschließt, die erste richtige Frage zu stellen, die ihr in den Sinn kommt.

»Wie geht es Bile?« sagt sie.

»Manchmal weiß er nicht, ob Tag oder Nacht ist«, sagt Seamus.

»Wie lang ist er schon in diesem Zustand?«

»Mit Unterbrechungen seit zwei Tagen.«

»So schlimm ist es?« fragt sie verwundert.

»Es könnte schlimmer sein«, sagt Seamus. »Ich hoffe, wir können etwas tun, damit sich sein Zustand nicht verschlimmert.«

»Wir? Wer ist wir?« fragt sie.

»Du und ich und jeder in seiner Nähe.«

Da sie ihm nicht in die Augen sehen will, blickt sie weg.

»Besonders Dajaal«, ergänzt Seamus.

Dann entschuldigt er sich dafür, daß er den Zeitpunkt ihres Treffens verschoben hat. »Irgendwie schienen die Dinge so schlecht zu laufen, daß ich Trost in der Arbeit suchte. Bin hierhergekommen, wo ich in einem der Zimmer auf einer Matte gepennt habe. Ich konnte den Gedanken nicht ertragen, in meine Wohnung zurückzukehren. Außerdem war es beinah ein Uhr früh, ehe ich mir eine Pause gönnte.«

»Ein wirklich beeindruckendes Engagement«, sagt sie.

Ihr Blick begegnet dem seinen, und sie schaut ihm aus nächster Nähe in die Augen, in das überraschende Dunkelbraun seiner Pupillen, über die sich gleich die Lider senken werden. Hier ist ein Mann, denkt sie, der seine schamanischen Kräfte erfolgreich einsetzen könnte, wenn er das wollte.

»Es gibt viel zu tun«, versichert er ihr.

Sie sieht sich um, stimmt ihm zu und sagt dann: »Aber da du nun die Grundlage für die Arbeit gelegt hast, was der schwierigste Teil jeder Aufgabe ist, bin ich überzeugt, daß die verbleibende Arbeit viel leichter sein wird.«

Ein Mann, wahrscheinlich ein Klempner, geht vorbei, gefolgt von seinem jungen Mitarbeiter; jeder von ihnen nimmt einen Spülkasten und verschwindet im Innern des Hauses, ohne mit einem von ihnen ein Wort zu wechseln.

Seamus hebt die Brauen und fragt: »Espresso?«

Ehe sie auf sein Angebot reagiert, versucht sie herauszufinden, wo ihre beiden Schützlinge abgeblieben sind und was sie getrieben haben. Sie entdeckt sie ganz schnell, denn sie sind in der Nähe: Seidenhaar hat sich zu den bewaffneten Milizionären gesellt, die das Tor bewachen, und schwatzt mit ihnen; Gacal steht am Fuß der Leiter und hat sich dem Elektriker angeschlossen, reicht ihm eifrig Werkzeuge und scherzt mit einem anderen Mann, der elektrische Drähte isoliert.

»Ja, ich hätte gern einen Espresso, vielen Dank«, sagt sie.

Seamus entschuldigt sich bei Cambara und geht zu zwei Milizionären, die ein Waschbecken umgedreht haben, um sich darauf zu setzen, während sie offensichtlich aufgeregt auf Seidenhaar einreden. Cambara hört, wie er den Befehl *Kac* – somalisch für »Steht auf« – gibt, seine Aussprache des gutturalen *c* in *kac* ist perfekt. Die jungen Männer erheben sich auf sein Geheiß tatsächlich, doch statt einen Fehler einzugestehen, rechtfertigen sie sich, wie das für Somalis typisch ist. Sie behaupten, so wenig zu wiegen, daß sie das Waschbecken nicht zerbrechen können, wenn sie darauf sitzen. Seamus droht ihnen mit dem Finger, und ehe er weggeht, feuert er seine letzte Salve ab. »*Maya, maya*«, wiederholt er. »Nein, nein.«

Er bedeutet ihr, ihm in den Saal zu folgen, den er zu einer Werkstatt umfunktioniert hat, und begibt sich hinter eine Werkbank, auf der Zettel liegen, die er wahrscheinlich vollgekritzelt hat. Von seinem Platz aus hat er seine Werkzeuge und einige der Masken, die er seit ihrem letzten Treffen geschnitzt hat, in Reichweite. Auf der freien Fläche der Werkbank stehen eine Thermosflasche und daneben zwei Mokkatassen. In einer Ecke dahinter sieht sie eine Espressomaschine und daneben mehrere große Flaschen Mineralwasser; hinter Seamus befindet sich ein kleiner Kühlschrank.

»Solche Idioten, diese Milizionäre«, sagt er.

Schweigend und grübelnd bereitet er den Espresso. Sobald Cambara die lebensechten Gesichts- und Kopfmasken sieht, die Seamus in Form von Adlern und Hühnern für ihr Stück geschnitzt hat, wird sie von ihrer Schönheit gefangengenommen. Sie ist so begeistert von den Masken, daß sie den Blick nicht abwenden kann. Niemand kann glücklicher aussehen als eine gerührte Cambara, als sie jetzt eine schwere Maske hochhebt, die in Gestalt eines jungen Adlers aus edlem Holz gehauen ist. Sie bringt die prächtige Maske fast nah genug an ihr Gesicht, um sie zu küssen, dann nimmt sie eine andere, diesmal in Gestalt eines Mutteradlers, danach die Maske eines jungen Huhns, das aussieht, als würde es ängstlich gackern.

»Was möchtest du zum Espresso?«

»Ein Glas Wasser bitte«, sagt sie und setzt sich, dann streckt sie beide Hände aus, um den Espresso, den er gerade für sie zubereitet hat, mit der einen Hand und das Wasser mit der anderen entgegenzunehmen.

Wieder wendet sie sich den Masken zu.

»Sie sind wunderschön«, sagt sie.

»Ich bin noch nicht fertig mit ihnen.«

»Mir gefällt sehr, was ich sehe.«

»Das ist sehr lieb von dir.«

Sie sagt sich, daß wirklich eine Menge geschehen ist, seit sie in ihrem Körperzelt dem Haus einen ersten unangemeldeten Besuch abgestattet und Jiijo kennengelernt hat, sich dann in ihr Vertrauen schlich, ehe sie sozusagen zum Angriff überging. Die Mühe hat sich gelohnt.

Jetzt sagt sie zu Seamus: »Erzähl mir von Dajaal.«

»Was möchtest du wissen?«

»Was ist sein Problem?«

Seamus zieht an seinem wuchernden Bart, und gleichzeitig schmuggelt er ein paar Haarsträhnen von rechts in den Mund.

»Er hat eine Menge auf dem Herzen. Seit er seine Mission erfüllt hat, die unter anderem darin bestand, dein Haus zurückzuholen, ist er schlecht gelaunt. Als ich ihn darauf ansprach, gab er zu, sehr verärgert zu sein, weil ich Masken in Gestalt von Adlern und Hühnern geschnitzt habe«, sagt Seamus. »Er billigt nicht, was wir tun.«

»Wie erklärst du dir das?« fragt Cambara.

»Ich habe vorher noch nie erlebt, daß er seine religiösen Gefühle so zeigt; ich hätte ihn nicht für einen frommen Eiferer gehalten«, sagt Seamus.

Cambara macht ein finsteres Gesicht und sagt dann: »Ich möchte wissen, was Dajaal aus der Bahn geworfen hat. Daß er dich die Masken hat schnitzen sehen? Oder regt er sich wegen anderer Dinge auf? Mir ist nicht klar, was genau im Islam verboten ist.«

»Es ist verboten, ein Abbild von Allahs lebenden Geschöpfen zu machen«, antwortet Seamus. »Du weißt sicher, daß das arabische Wort *sawara*, ›ein Bild machen‹, heute für die Fotografie verwendet wird.«

Sie denkt eine Weile über seine Worte nach, dann schaut sie ihn herausfordernd an und fragt: »Erzähl mir nicht, daß die Fotografie verboten ist?«

Seamus grinst und liest in seinen Notizen, dann antwortet er so vorsichtig wie ein Siebzigjähriger, der sich auf glattem Boden bewegt: »Nach dem verstorbenen Scheich Muhammad Bakheet, einem früheren Mufti von Ägypten, ist Fotografie nicht verboten, weil, so sagt er, ›diese Kunst nicht mehr ist als das Einfangen eines Schattens oder eines Spiegelbilds mit Hilfe einer besonderen Methode, verwandt dem, was wir in Spiegeln sehen‹. Nicht erlaubt ist es dagegen, ›ein Abbild zu schaffen, das vorher nicht existiert hat‹, ein Abbild, das als Konkurrenz zu Allahs Schöpfung aufgefaßt werden könnte. Statuen, Skulpturen – die sind verboten. Wenn sie nicht als Spielzeug gedacht sind.«

Sie denkt ernsthaft über das eben Gesagte nach und fragt dann: »Was sollen wir von Dajaals Reaktion halten?«

»Er hat einen Trupp Männer organisiert, um Gudcur zu erstechen, der ein Mitglied des Clans ist, zu dem auch er und Bile gehören«, erwidert Seamus. »Warum er nun so gegensätzlich handelt, wenn es um die Masken geht, kann ich mir nicht erklären.«

»Wir brauchen Dajaal auf unserer Seite«, sagt Cambara.

»Wenn du es wissen willst, Dajaals negative Haltung zu der Idee, daß ich die Adler und die Hühner schnitze, hat unter anderem meinen Umzug gestern abend aus der Wohnung, die ich mit Bile teile, hierher beschleunigt. Und das will etwas heißen.«

»Ob es hilft, mit Dajaal zu reden?« fragt sie. »Hat sich Dajaal die Mühe gemacht, eine Autorität zu zitieren, auf deren Grundlage es einem Muslim verboten ist, beispielsweise eine Maske in Gestalt eines Adlers oder eines Huhns zu schnitzen?«

»Ich bezweifle, daß er irgendeine Autorität kennt, die er zitieren kann«, sagt Seamus.

»Er betet nicht einmal regelmäßig.«

Sie nimmt einen Schluck von ihrem Espresso, der mittlerweile kalt und bitter ist.

Seamus fährt fort: »Ich habe ihn während unserer ganzen gemeinsamen Zeit nicht einmal seine Gebete sprechen sehen, und wir waren viele Sonnenaufgänge und -untergänge zusammen. Ich weiß, daß er diszipliniert genug ist, seine Ansichten über viele Dinge für sich zu behalten. Er ist so verschlossen, daß Bile und ich nicht wissen, was er nach der Arbeit macht.« Verzweiflung breitet sich auf seinem Gesicht aus, als er sagt: »Und nun das!«

»Nur so ein Gedanke.«

Eine Weile betrachtet er seine – wahrscheinlich mit Alleskleber – befleckten Finger. Er trägt eine klare Flüssigkeit auf, die wie Leinöl riecht, und reibt sich dann die Hände.

»Ich schulde ihm Dank für all das«, sagt sie und gestikuliert. »Was Dajaal getan hat, war bestimmt keine einfache Sache. So ein Stratege, besonders wenn er etwas mit dem Angriff auf Gudcurs befestigte Stellung zu tun hatte, wodurch der aus dem Haus gelockt wurde.«

Seamus' Gesicht wird vom Blitz einer Erinnerung erhellt, als er sagt: »Wenn ich jetzt darüber nachdenke, fällt mir ein, daß Dajaal vor ein paar Tagen ganz aufgeregt war, nachdem er und Bile ein langes Gespräch unter vier Augen hatten. In all den Jahren unserer Bekanntschaft, und ich kenne beide seit Urzeiten, hat keiner von ihnen gewollt, daß ich bei ihren Gesprächen dabei bin. Dann habe ich Dajaal einen ganzen Tag lang nicht gesehen, und als er wiederauftauchte, war er nicht allein. Er hatte Kaahin, einen früheren Offizierskollegen in der jetzt nicht mehr existierenden Nationalen Armee, im Schlepptau. Wieder wurden die Köpfe zusammengesteckt. Ich erfuhr dann, daß sie eine Art Geheimoperation vorbereiteten, die das Anmieten von ein oder zwei Kampffahrzeugen und einem Dutzend bestens ausgebildeter Kämpfer erforderlich machte. Später erfuhr ich, wieviel es kosten würde, die Sache durchzuziehen. Ich weiß von dem Ganzen nur, weil ich derjenige war, der zu unserem Geldwechsler ging, um die Männer auszuzahlen, von denen ich keinen einzigen zu Gesicht bekam.«

»Woher kam denn das benötigte Geld?«

»Von irgendeinem Wohltäter im Ausland. Sonst ist alles streng geheim. Kiin ist wohl im Bilde. Für mich ist das Ganze unklar.«

Cambara hat den Verdacht, daß Arda es mit Unterstützung von Raxma wieder mit ihrer alten Masche versucht und Geld durch einen Vermittler einschleust. In ihrem Kopf pocht der Schmerz, als ob die aus einem anderen Zimmer kommenden Bohrgeräusche sich in sie hineinbohrten und zu jemandem machten, dessen Gehirn überholt werden müßte.

»Es bereitet mir Sorgen, daß es dazu gekommen ist.«

»Wir wollen nicht verzweifeln. Rede mit Bile. Über Dajaal.«

»Laß uns eine Möglichkeit finden, Dajaal irgendwie in die Produktion des Stückes einzubeziehen.«

»Sprich mit Bile; er wird besser wissen als ich, was man vorschlagen kann.«

»Glaubst du, Bile könnte ihn überreden, auf unsere Seite zu wechseln? Oder daß ihm der Text gefiele, wenn er ihn lesen würde?«

»Keine Ahnung.«

Sie verstummen, da keiner weiß, was er noch sagen soll. Gacal kommt herein und meldet, daß Dajaal im Auto auf Cambara wartet. Als sie zu ihm geht, merkt sie, daß der Motor läuft. Sie steigt ein und schnallt sich an, er setzt zurück und fährt dann flott los, ohne ein einziges Wort.

25

Kaum hat Cambara sich angeschnallt und ist bereit, Dajaal in ein Gespräch über die Masken in ihrem Stück zu verwickeln, da holt er sein Handy hervor und informiert einen Mann, daß er und ein Gast unterwegs sind und daß er das Fahrzeug am üblichen Eingang erwarten solle; er habe keine Zeit, selbst zur Wohnung zu gehen.

In diesem Moment fällt ihr schweifender Blick auf zwei Gegenstände, die eine religiöse Bedeutung haben: eine Gebetsschnur und das Wort »Allah« auf arabisch – beides hängt gut sichtbar am Rückspiegel. Wie hypnotisiert starrt sie darauf. Zunächst ist sie verwirrt und verdutzt, doch dann sagt sie sich ruhig und vernünftig, daß es oberflächlich wäre, von zwei Gegenständen auf Dajaals religiöse Einstellung zu schließen. Sie können schließlich schon im Auto gewesen sein, das wie viele der Autos auf Mogadischus Straßen als generalüberholtes Fahrzeug aus den arabischen Golfstaaten importiert sein kann. Und man braucht sie auch nicht daran zu erinnern, daß sie selbst ein Körperzelt getragen hat, die Art von Gewand, die Muslime mit besonders frommen Frauen verbinden, was sie nicht ist. Und dennoch hat sie es getragen.

Es würde ihr oder ihrer Sache nicht nützen, das Thema geradewegs anzusprechen, da es so aussieht, als sei er ihr nicht sehr wohlgesinnt. Wer weiß, er könnte schon bald seine Meinung ändern, vielleicht wenn er Gelegenheit hatte, den Text zu lesen. Sie wird mit Bile darüber sprechen, der sich unter Umständen bereit erklären könnte zu vermitteln. Könnte Seamus außerdem nicht auch etwas falsch verstanden haben? Man kann Dajaals Position durchaus so interpretieren, daß er einem Iren theologischen Nachhilfeunterricht erteilt hat, was nicht nötig ist, wenn er mit ihr spricht, die ebenfalls Muslimin ist, wenn auch weltlich gesinnt. Jedenfalls muß sie unvoreingenommen alles versuchen, um Dajaals Wohlwollen zu gewinnen, weshalb es nicht klug ist, das Thema jetzt mit ihm zu diskutieren, und noch viel weniger geraten, später mit ihm zu streiten, weil er Einwände gegen ihre Verwendung von Masken gemacht hat. Dajaal verdient ihren aufrichtigen Dank.

Als sie ihn loben will, merkt sie, wie schwer es ist, die Worte zu finden, mit denen sie nicht nur ihre wahren Absichten, sondern auch ihren Zwiespalt ausdrücken kann. Diese ambivalenten Gefühle verhärten ihre Züge, und sie spürt, was immer sie zu sagen hat, wird nicht genügen, und welche Worte ihr auch einfallen, sie werden unangemessen oder zu förmlich klingen. Da Schweigen keine Alternative ist und es ihr auch nicht gelingt, Blickkontakt mit ihm aufzunehmen, beschließt sie zu sprechen.

Sie sagt: »Ich wollte Ihnen für all die Hilfe danken, Dajaal. Sie haben Ihr Leben und das Leben anderer für dieses Projekt riskiert. Vielen Dank.«

Die Kürze seiner Antwort entspricht seiner distanzierten Haltung. »Gern geschehen.«

Er schweigt und konzentriert sich ganz aufs Fahren, doch obwohl er geradeaus blickt, bemerkt er, daß sie ihn durchdringend ansieht. Wenn sie ihn auf diese Weise auffordert, sie anzusehen, dann ist das leichte Lächeln, das sich kurz zeigt und dann wieder verschwindet, seine Art, darauf zu reagieren.

»Sie haben Dinge in Bewegung gesetzt, mit bewundernswerten Ergebnissen, und so etwas wie ein Wunder erreicht: die Wiedergewinnung des Hauses meiner Familie, ohne einen Tropfen Blut zu vergießen. Vielen Dank.«

»Gern geschehen.« Dann Stille.

Niedergeschlagen schweigt auch sie, während das leise Echo ihrer Stimme in ihrem Kopf widerhallt. Ihr ist zumute, als befände sie sich im freien Fall und der Strick, der sie mit dem Fallschirm verbindet, hätte sich so verheddert, daß keine Chance bestünde, ihn zu öffnen. Es überrascht sie und schockiert sie gleichermaßen, wie verletzlich sie ist und wie unberechenbar und sprunghaft.

Dajaal bricht als erster das Schweigen und sagt: »Ich befürchte, daß Seamus Sie falsch informiert oder unnötig beunruhigt hat.«

»Bitte erklären Sie, was Sie meinen«, sagt sie.

Er gehorcht. »Vielleicht hat Seamus mich mißverstanden.«

Cambara sagt nichts und wartet.

»Ich habe nichts gegen die Verwendung von Masken in Ihrem Stück einzuwenden«, fährt er fort. »Ich habe nur gesagt, daß die islamischen Gerichte etwas gegen geschnitzte Figuren im Theater haben könnten und daß wir in diesem Fall Schwierigkeiten bekämen. Unüberwindliche Schwierigkeiten.«

»Haben Sie selbst schon einmal ein Marionettentheater erlebt?«

»Jawohl.«

»Nicht hier im Land?«

»Nein, in der früheren Sowjetunion«, sagt er und fügt hinzu: »als ich dort eine Ausbildung zum Armeeoffizier gemacht habe. Eine Theatertruppe aus der Ukraine hat für uns gespielt. Das Ballett aus Guinea ist ebenfalls dort aufgetreten, wie auch hier in Mogadischu, etliche Jahre später. Sowohl hier als auch in Odessa – ich spreche jetzt vom Ballett – waren die Zuschauer schockiert, als die Frauen des Balletts im Schlußakt ihre Brüste entblößten. In Odessa haben sie geglotzt und eine Zugabe verlangt. Hier in Mogadischu hat das Publikum geklatscht. Aber damals waren die Gerichte keine große Bedrohung. Siyad Barre war an der Macht, und er hätte ihre Einwände nicht unterstützt. Die Lage hat sich geändert. Die Islamisten haben eine enorme Schlagkraft und eine schwerbewaffnete Miliz, und die Kinobesitzer und Fernsehproduzenten gehorchen, wenn von islamistischer Seite ein Fernsehprogramm oder eine Rundfunksendung verboten wird.«

Cambara weiß, daß die Frauen in Afrika seit Generationen das Entblößen der Brüste weniger künstlerisch nutzen, als es das Ballett aus Guinea bekanntlich getan hat, sondern politisch, in Opposition zu der männlich geprägten Gesellschaftsordnung, die korrupt, ineffizient und rückschrittlich ist. Aber auf dieses Gebiet möchte sie ihr Gespräch nicht lenken; sie kommt also wieder zum Thema zurück und sagt: »Kennen Sie jemanden, der Einwände gegen meinen Gebrauch von hölzernen Masken erheben könnte? Persönlich?«

»Ich habe mit niemandem außer Seamus darüber gesprochen«, sagt er, »aber ich kenne die Verhältnisse hier. Es braucht nur ein islamistischer Fundamentalist zu kommen und aus sogenannten religiösen Gründen einen Koranvers zu zitieren, und schon versammeln sich Massen von ultrafrommen Menschen mit Plakaten vor dem Theater, demonstrieren und bewerfen das Gebäude oder jeden, der hineingeht, mit Steinen. Irgendein selbsternannter religiöser Führer wird dann zwangsläufig eine Fatwa über den Autor aussprechen, und ein Geschäftsmann in Mogadischu, der nach Popularität und Ruhm giert, verspricht demjenigen Hunderte von US-Dollars, der das Todesurteil ausführt. Inzwischen wird das somalische Rundfunkprogramm der BBC in seinem Freitagsprogramm den religiösen Führer, den betreffenden Geschäftsmann und den Autor des Marionettentheaters interviewen.«

Da sie sich an ihr Gespräch mit Seamus erinnert, fragt sie, was er tun würde, wenn sich jemand – aus welchem Grund auch immer – gegen die Requisiten als Götzenbilder aussprechen würde. »Anders gesagt, auf welche Seite würden Sie sich stellen, falls und wenn mein Leben bedroht ist oder wenn der Saal, in dem ich das Stück inszeniere, mit Molotowcocktails angegriffen wird?«

Er scheint gänzlich ungerührt von ihrem durchdringenden Blick, den sie jetzt auf ihn gerichtet hat. Sie kann sehen, daß er ihn sehr wohl bemerkt hat und ein wenig irritiert und erschüttert ist.

»Darüber muß ich ernsthaft nachdenken.«

»Was nur recht und billig ist.«

Lange Zeit sagt keiner etwas.

»Sie würden nicht sagen, daß die Bilder unislamisch sind?«

»Manche würden das so sehen«, sagt er.

»Aber *Sie* nicht, oder?«

Als er sich nicht auf eine Position festlegen will, sickert eine plötzliche dunkle Ahnung wie Ölschlick in unerreichbare und daher nicht zu säubernde Gebiete ihres Bewußtseins, sie spürt eine Art von Entfremdung. Warum hat sie nie in Betracht gezogen, daß es tatsächlich dazu kommen kann? Was würde sie eher aufgeben: ihre Kunst oder ihr Haus, das so gut wie wiedergewonnen, so gut wie restauriert ist und daher ganz ihr gehört? Sie bemerkt, daß Dajaal das Tempo drosselt, so langsam fährt wie ein Leichenwagen und abwechselnd in den Rückspiegel und dann wieder nach vorn schaut, als suche er jemanden.

Mit sanfter Stimme sagt sie: »Was für eine harte Entscheidung!«

Dajaal sagt: »Ja, das ist mir klar.«

Dann erblicken beide einen älteren Mann, der aus einem riesigen, heruntergekommenen Gebäude herauskommt und zum Fahrzeug eilt, wobei er aufgeregt mit den Armen fuchtelt. Als er näher kommt, breitet sich ein Lächeln des Wiederkennens auf dem zerfurchten Gesicht des Alten aus. Dajaal wird noch langsamer, schaltet und bremst, doch er stellt den Motor nicht ab.

Er sagt zu dem Alten: »Bring diese Frau bitte zu Bile«, und zu Cambara sagt er: »Rufen Sie mich auf meinem Handy an, wenn Sie wieder abgeholt werden möchten, und ich komme. Umgehend.«

Ohne zu winken, setzt er zurück und fährt davon.

Ein wenig irritiert, steigt Cambara aus dem Auto und nimmt sich die Zeit, zu winken und dann Worte des Danks in Dajaals Richtung zu sprechen, obwohl sie weiß, daß er sie nicht hören wird. Vielleicht tut sie das der Form halber, weil der alte Mann da ist, dem sie nun folgt.

Sie holt ihn ein, und nun gehen sie nebeneinander an einem

eisernen Tor und einem leeren Platz vorbei, eine Treppe hinunter in ein kühles, feuchtes und dunkles Untergeschoß. Sie möchte wissen, wo sie sich befinden – vielleicht in einer Art Höhle mit bröckelnden Wänden und einem unheimlichen Echo. Ängstlich bleibt sie dicht hinter ihm, während sie an Pfützen vorbeigehen, deren Herkunft unklar ist. Sie gehen auf menschliche Stimmen zu – laut schnatternde Frauen, Kinder, die Fangen spielen –, doch sie kann nicht erraten, woher die Stimmen kommen, von oben oder aus einem anderen Untergeschoß. Der Mann ist fest entschlossen, sie schnell zu Bile zu bringen, und sie, nicht an diesem Ort zurückzubleiben, wo es so feucht ist wie auf dem Grund eines frisch ausgehobenen Grabes in der Nähe eines Sumpfes und wo ihr ein so schrecklicher Gestank entgegenschlägt wie aus Zaaks Mund kurz nach dem Erwachen.

Der Alte wird notgedrungen langsamer, als sie zu einer schlüpfrigen Treppe kommen. Er hält sich an einem rostigen und feuchten Geländer fest. Auch sie sieht sich vor, verlangsamt nach seinem Vorbild ihre Schritte, und ihre Schuhe stoßen an etwas gefährlich Feuchtes. Der Alte sagt: »Achtung!«, als sie stolpert, und seufzt tief, als sie auf den Zehen stehend mit den Armen fuchtelt, bis sie das Geländer noch rechtzeitig zu fassen bekommt, ehe sie fällt. Es ist ihr ein Rätsel, wie der alte Mann den Weg findet und weiß, was ihr zustößt, ohne sich umzusehen; es ist, als hätte er Augen am Hinterkopf.

Sie ist erleichtert, als sie ins Freie auf einen früheren Parkplatz hinaustreten, wo nun keine Autos mehr sind. Sie steigen eine kurze Treppe hinauf, vorbei an einem Hof mit Topfpflanzen und mit von kräftigen, jungen Kletterpflanzen bewachsenen Mauern: die dunkelgrünen, jungen Blätter der Passionsblume zeigen sich in voller Pracht.

Sie bleiben vor einer Stahltür stehen, und der Alte zögert zu klingeln. Cambara ihrerseits liest einen Spruch auf einer an den Türsturz genagelten Tafel: »Errette mich, Gott, vor Blutschuld.« Sie hat kaum Zeit, zu überlegen, aus welcher heiligen Schrift der Spruch stammt, als der Alte die Tür aufstößt und sich so schnell davonmacht, als fliehe er vom Schauplatz eines Verbrechens.

Sobald Cambara nun allein die Wohnung betritt, schlägt ihr ein verräterischer Gestank entgegen, bedrohlich in seiner Stärke und nicht zu unterdrücken, und nimmt ihr fast die Sinne. Der Gestank versetzt sie in längst vergangene Zeiten, als ein kleines Kind eine rechte Schweinerei anrichtete, indem es seine Kleidung mit seinem Kot verunreinigte, und sie, die Mutter, alles wieder reinigen mußte.

Noch ehe sie einen weiteren Schritt tut, weiß sie, woher der Gestank kommt. Sie hat das Bedürfnis, Bile zu schützen, und beschließt, daß niemand, einschließlich des Alten – besonders er nicht, Zeuge dieses Zustands werden soll. Sie schließt die Tür hinter sich, und als sie überlegt, was zu tun ist und wie man dem Gestank beikommen kann, drängt sich ihr ein aufsässiger und beunruhigender Gedanke auf.

Dann tritt sie zu Bile, der besudelt, mit glasigen Augen daliegt, und sie muß an ein starkes Arbeitspferd mit schwachen Knien denken. Er liegt auf der Seite, völlig erschöpft, ohne die Kraft, sich zu erheben. Die linke Hand ist unter seinem Kopf, die rechte zur Faust geballt und nach vorn gestreckt; seine Hosen sind vorn und hinten braun verfärbt, wahrscheinlich von Kot; einen Slipper hat er ganz verloren, den anderen halb. An seiner rechten Wange klebt eine eingetrocknete gelbliche Masse, vielleicht halbverdaute Nahrung, deren Aufnahme sein Körper verweigert hat. Sein umnebelter Blick sagt ihr, daß Bile sie nicht einmal erkennt, doch als wolle sie ihn entschuldigen, erinnert sie sich daran, daß sie bei ihrer ersten Begegnung in einem Körperzelt steckte. Jetzt trägt sie einen Kaftan, und ihr Haar ist nicht bedeckt; er ist in seiner Wohnung und steht gänzlich neben sich, kaum in der Lage, festzustellen, wie es kommt, daß er schließlich seine Kleidung mit seinen Körperausscheidungen »geschmückt« hat.

Sie tut, was sie viele Male zuvor als Mutter getan hat. Zuerst hilft sie ihm in eine halb kauernde Stellung, läßt ihn geduldig auf den Knien verharren, hilft ihm dann dabei, sich nach vorn und an sie zu lehnen, ehe sie ihn, ganz langsam, allmählich hochzieht und auf die Couch setzt. Sie kümmert sich weder um den schrecklichen Gestank noch um den Umstand, daß seine besabberte Wange und seine verunreinigten Hosen mit ihrem Körper in Berührung kommen. Nachdem er wieder zu Atem gekommen ist, läßt sie ihn sich auf den Rücken legen.

Sonne dringt in die Wohnung und fällt auf Biles Augen, die jedoch kein Licht reflektieren, nur Dunkelheit, wie die einer Nacht voll schrecklichem Leid. Dennoch erscheint ein entrücktes Lächeln auf seinem Gesicht.

Es ist keine Zeit zu verlieren, und Cambara geht schnell durch die Wohnung auf der Suche nach dem Bad, wo sie eine furchtbare Schweinerei vorfindet: Das Waschbecken ist verstopft, der Rand der Toilette und der Bidetsitz sind beschmiert, das Toilettenpapier ist aus dem Halter gefallen und liegt ausgerollt auf der Seite. Sie geht in die Küche, füllt Wasser in einen Kessel und zündet die Gasflamme an. Während das Wasser sich erhitzt, geht sie wieder ins Bad, dreht die Hähne auf und stellt fest, daß warmes Wasser für eine Dusche da ist. Kurz darauf kommt sie mit einem großen Badetuch, einem Bademantel und einem Eimer warmen Wassers heraus. Die ganze Zeit über ist Bile für die Welt verloren. Als sie sich an die erste Reinigung macht, ehe sie ihn schließlich ins Badezimmer zu seiner Dusche führt, kooperiert er weder, noch widersetzt er sich und öffnet auch nicht die Augen, als sie ihm das Gesicht mit einem Waschlappen sauberwischt. Sie dreht ihn hin und her, bis sie das große Badetuch unter ihn geschoben hat. Dann deckt sie ihn mit dem Bademantel zu. Sie öffnet seinen Gürtel; er bewegt sich und zeigt ihr so, daß er bei Bewußtsein ist. Doch obwohl er sie nicht wegstößt, geht sie als Antwort auf das Pfeifen des Kessels aus dem Zimmer, um eine Kanne Tee zu machen. Sie findet ein Tablett und etwas Honig.

Dann hilft sie ihm, sich aufzusetzen; vorn bedeckt ihn der Bademantel, und das große Badetuch unter ihm muß zurechtgerückt werden. Wenn sie ihn nicht fragt, was sie als nächstes tun soll, oder sich erkundigt, wie es ihm geht, dann weil sie glaubt, daß er nicht in der Lage ist zu beschreiben, was mit ihm geschieht. Sie weiß auch, daß er für einen Mann seines Alters recht fit wirkt, aber wer weiß, was die Frage: »Wie geht es dir?« auslöst und ob er sich als Arzt bei seiner Aufzählung von Beschwerden zu wissenschaftlich ausdrücken wird. Hat er sich wegen eines Darmverschlusses übergeben oder wegen einer Störung im Innenohr? Hat er sich den Kopf gestoßen und dabei verletzt und dann das Bewußtsein verloren, sich übergeben und wie ein Kleinkind in die Hosen gemacht? Vielleicht hat seine Leber versagt; bei ihm könnte sich Gicht entwickeln, wie ein Baobab-Baum einen schwieligen Pilz bekommt. Bei einem Mann seines Alters kann alles mögliche passieren; in der zweiten Kindheit kann alles nur Erdenkliche geschehen.

Sie macht den Tee stark. Dann sucht sie den Zucker, zwei Löffel davon kommen in die Tasse, und rührt energisch um. Nachdem sie noch etwas Honig hinzugefügt hat, drückt sie ihm die Tasse in die Hand und ermuntert ihn, einen Schluck zu nehmen. Sie sagt: »Das wird dir guttun«, wie eine Mutter zu ihrem kranken Kind sagen könnte, wenn sie es überreden möchte, eine Schüssel Brühe zu trinken. »Das wird dir guttun.«

Sie wartet, bis er den Rand der Tasse an die Unterlippe setzt, um seinen ersten langsamen Schluck zu nehmen. Dann denkt sie, daß Bile, mehr als jeder andere, der Traurigkeit fast eine Art ernster Würde verleiht. Sein Gesicht ist nun sauber, er wirkt weniger verzweifelt, vielleicht weil ihm ihre Gegenwart neue Kraft verleiht, und Cambara meint, Anzeichen von Normalität in seinem Verhalten und in seiner Körpersprache zu entdecken, und schließt daraus voller Optimismus, daß sie sich geirrt hat mit der Annahme, er sei krank. Jetzt erscheint es ihr, als sei es nicht mehr als eine kurze Verwirrung gewesen, nichts allzu Ernsthaftes. Sie erklärt sich sein geschwollenes Gesicht mit einer plötzlichen Gewichtszunahme aufgrund von Verdauungsproblemen. Ein Tag Bettruhe mit liebevoller Pflege wird bei ihm Wunder bewirken.

Bile streckt ihr seine Hand entgegen, und sie ergreift sie. Sie zieht ihn zu sich und ist versucht, ihm einen Kuß auf die Wange zu geben, überzeugt, daß diese unschuldige Handlung ihn da erreichen kann, wo es ihm weh tut, und ihn vielleicht heilt. Es ist das erste Mal seit langer Zeit, daß sie so ergriffen ist und deshalb den Wunsch hat, ihn auf die Wange zu küssen, und das muß etwas bedeuten. In Kanada würde sie sicher nicht zögern, einem Mann bei der Verabschiedung von einer Party, nachdem er ihr kurz vorher vorgestellt wurde, ein Küßchen zu geben; doch hier liegen die Dinge anders, besonders nach dem Bürgerkrieg. Manche Leute würden eine Frau wie sie schief ansehen. Nicht nur hat sie bei Zaak als Gast gewohnt, sondern ist auch ohne Anstandsperson in Biles Wohnung gekommen. Und nun schau sich einer an, was sie wieder getan hat: Sie hat ihn ausgezogen und will ihn nun duschen. Unter keinen Umständen wird eine solche abgeschottete Gesellschaft ihr gestatten, Theaterrequisiten zu verwenden, die der Mufti nicht gutheißt.

Er will ihre Hand nicht loslassen, wenn sie ihm auch freundlich bedeutet, daß sie die Hand braucht, um seinen Bademantel festzuhalten. Er hält sie, wie ein Kind einen Teddybär im Schlaf festhalten, umklammern und drücken mag. Ihre naive Hoffnung, daß der Tee ihn wiederbeleben würde, geht nicht in Erfüllung, jedenfalls nicht sofort. Bisweilen wimmert er wie vor Schmerzen, und im nächsten Augenblick gibt sein Mienenspiel ihr Anlaß zur Sorge, als sie den Versuch macht, ihn zu duschen. Mit seinen Augen stimmt etwas nicht, ganz und gar nicht. So viele Qualen, welcher Art sie auch sein mögen, stimmen einen Menschen wahrscheinlich nicht gerade froh. Er ist unruhig, so nervös, daß seine Augen sich so schnell öffnen und schließen, wie sich die Zunge eines Stotterers bewegt. Sein Blick ist vollkommen leer, von einer traurigen, traurigen Leere, deren Ursache höchstwahrscheinlich eine verzögerte Reaktion auf Antidepressiva ist, die er unklugerweise eingenommen hat.

Er spricht wie im Fieber. Zunächst ist er nicht zu verstehen. Dann ergibt das, was er sagt, keinen Sinn, bis sie ihn bittet, es zwei- oder dreimal zu wiederholen.

»Sag mir«, bringt er hervor, »was bedeutet Gold für jemanden, der seinen Wert nicht kennt? Was ist eine Wohnung für den, der nicht darin wohnt? Was für ein Mann läßt sich zum Arzt ausbilden und hilft, andere zu heilen, kann aber das Gelernte nicht auf seine eigene Krankheit anwenden?«

Cambara erkennt, daß sie Zeugin des Beginns einer furchtbaren Entwicklung ist, des allmählichen Zerfalls eines großen Mannes, der sonst, wie sie gehört hat, berühmt ist für seine Charakterstärke. Sein aufgeschwemmtes Gesicht erinnert sie an Marlon Brando in *Apocalypse Now* in der Rolle des Kurtz, eines völlig durchgedrehten ehemaligen Armeeoffiziers, der durch seine unersättliche Gier immer verrückter wird und neurotisch ein Schloß aus den Knochen brutal massakrierter Menschen baut. Sie glaubt, daß Bile dem Zusammenbruch nahe ist und seine nihilistische Veranlagung auf die bedrohlichen Erscheinungsformen der dunklen Seite des somalischen Charakters trifft. Jetzt ist er still und wirkt distanziert, ein vornehmer Mann, der seine inneren Qualen nicht mit einer Frau teilen will, die er kaum kennt.

Warum hat er keinen Arzt zu Rate gezogen? Warum ist er nicht ausgereist, wenn er der Ansicht ist, daß kein anderer hiesiger Arzt gut genug ist, ihm eine Diagnose zu stellen? Es sei denn, er geht davon aus, daß es möglich ist, ein geheimnisvolles unterirdisches Leben in der Dunkelheit, in der er sich aufgehalten hat, anzuzapfen? Vielleicht steht es um ihn noch viel schlimmer, als sie ahnt. Was kann sie nur tun? Kann sie ihm heraushelfen aus dem abgeschotteten fernen Land der tiefen Depression?

Ihnen beiden fehlt es an vielem, meint sie. Schade, daß sie ihn nicht besser kennt und nicht weiß, ob er an Selbstmord gedacht hat. Ein Pillenfläschchen, das sie in einem der Zimmer gesehen zu haben meint – doch sie ist sich nicht sicher –, läßt sie argwöhnen, daß er genau das versucht hat. Ihre Mutter wird ihr – vielleicht zu Recht – sagen, daß sie sich nicht die Probleme anderer Menschen aufbürden soll. Warum muß sie sich immer in Problem-Männer verlieben? Aber Bile ist kein Problem, er ist die Lösung. Um sie zu entmutigen, wird ihre Mutter sie daran erinnern, wie Zaak und Wardi auf ihre Kosten schmarotzt haben, bis sie ihnen nicht mehr nützlich war. Wie undankbar sie doch waren; wie sie ihre eigenen Wege gingen, ohne sich im mindesten um Cambaras Gefühle zu scheren. Wird Bile nicht genauso handeln? Welche Garantie hast du, daß es nicht so kommt?

Er murmelt etwas, als sie schließlich ihre Hand aus seinem Griff befreit. »Bist du okay?« fragt sie, als ihm die Worte im Halse stekkenbleiben.

Grinsend, mit leuchtenden Augen sagt er: »Als würde man die Matratze dafür verantwortlich machen, daß man sich wundgelegen hat.« Dann schaut er sie hochtrabend an, starrt ihr auf eine Art in die Augen, die sie überrascht. »Als würde man die Matratze dafür verantwortlich machen, daß man sich wundgelegen hat. Kannst du dir das vorstellen?«

Eine Vorahnung, überwältigend in ihrer Intensität, ergreift sie plötzlich in Gestalt einer inneren Stimme, die sie warnt, ihn nicht als kranken Mann zu betrachten, der weise Worte spricht, sondern als einen Mann, der allmählich wieder zu sich kommt. Die Stimme sagt ihr, daß sie sich nicht von ihm fernhalten muß, jedoch auf der Hut sein soll.

Mit gespielter Leichtigkeit setzt er sich auf und zwingt sich zuerst, Cambara möglichst freundlich anzublicken, dann grinst er. Für sie. Mit kontrollierten Bewegungen legt er das Buch, das er zu lesen versucht hat, beiseite; er vollführt diese einfache Handlung mit der Langsamkeit eines Mannes mit Down-Syndrom, der einen komplizierten Gedanken ausdrücken will. Einen Augenblick später trübt sich Biles Blick, seine Züge verfinstern sich, und er bewegt seine Lippen mit der furchtbaren Anstrengung eines Menschen, der aus einer gottlosen Klage auftaucht. Da seine Stimmung offensichtlich jetzt noch düsterer ist als bei ihrem Eintreffen, befürchtet Cambara, mit hineingezogen zu werden in seine Welt der Verzweiflung. Er steht auf und versucht zu laufen, zögert, fällt beinahe um, dann richtet er sich auf, nicht ganz so gerade wie sonst. Seine Miene ist hölzern, seine Lider schwer wie Blei. Schließlich gibt er auf und läßt sich wieder auf dem Sofa nieder. Er seufzt. Die unheimliche Art, in der er wortlos vor sich hin starrt, beunruhigt sie sehr.

Er sagt: »Wenn du wundgelegen bist, liegt es an der Matratze.«

»Was sagst du?« fragt sie.

Doch er antwortet nicht. Sein diffuser Blick hat etwas Verstörtes und Quälendes, als ringe er mit einer Heerschar böser Kräfte unbekannter Herkunft. An dieser Stelle fragt sie sich, ob Dajaal vielleicht um Biles Zustand, um seinen körperlichen und geistigen Verfall gewußt und sie hereingelegt hat. Aber warum? Möchte er sie herausfordern? Sieh nur, wie es dir ergeht – du mit deiner Vorliebe für schwierige Aufgaben, streunende Jungen ohne Eltern und bewaffnete Jugendliche ohne Zukunft. Oder möchte Dajaal etwa auf seine ganz eigene Art andeuten, sie sei die Ursache von Biles Qualen und es sei an der Zeit, daß sie sich darum kümmere?

»Komm«, sagt sie.

»Wohin?«

»Duschen – das wird dir guttun.«

Er nimmt sich Zeit, sich in den Bademantel zu wickeln, und gibt ihr zu verstehen, daß er nicht mehr wie ein hilfloser Kranker behandelt werden möchte, dann steht er auf; zunächst schwankt er noch ein wenig, ehe er ins Bad schlurft.

»Brauchst du Hilfe?« fragt sie seinen Rücken.

Er bleibt stehen, nickt und murmelt etwas, was für Cambara klingt wie: »Ja, bitte.« Sie hört das nicht mit den Ohren, sondern mit dem Herzen.

»Die Hosen«, sagt er und spricht das Wort aus, als hätte es sehr viele Konsonanten. »Meine Beine sind zu schwach«, fügt er hinzu. »Die Hände auch.«

Einige ungeschickte Versuche, bei denen sie einmal beinahe gemeinsam hinfallen, sind nötig, um ihm die Hose auszuziehen. Sie bleibt trotz des durchdringenden Gestanks bei ihm, bis sie die Dusche aufgedreht und er sich gesäubert hat. Dann sucht sie ein sauberes Handtuch und bringt es ihm, ebenso ein Paar Slipper, ein T-Shirt und einen Sarong.

An der Hand führt sie ihn zu seinem Schlafzimmer. Das Bett ist zerwühlt, das Zimmer stickig. Sie öffnet das Fenster, um zu lüften. Nachdem sie ihn ins Bett gesteckt hat, kehrt sie ins Bad zurück, um seine schmutzigen Sachen einzuweichen. In der Küche schafft sie ein wenig Platz und findet genug Zutaten, um eine Gemüsebrühe zu kochen. Als sie ihn etwas murmeln hört – vielleicht versucht er, sie zu rufen –, sucht sie sich eine Schüssel und geht zu ihm, um ihn zu füttern. Wieder sagt sie: »Das wird dir guttun« und gibt ihm Löffel um Löffel. Beim Verlassen des Zimmers betrachtet sie die Fotos an den Wänden: zwei Mädchen, eins davon hübsch und normal aussehend, das andere mit Down-Syndrom, eine ältere Frau, die aussieht, als sei sie mit Bile verwandt. Dann geht sie wieder ins Bad, um seine schmutzigen Sachen zu waschen. Sie gießt kochendheißes Wasser darauf und verbrennt sich beinahe, als sie die Hand hineintaucht.

Sie weiß nicht recht, wie sie weitermachen soll. Es gibt genug Leute, die sie anrufen könnte: Dajaal, Seamus, Kiin, Farxia – die einzige Ärztin, wenn auch Gynäkologin, doch leider hat sie vergessen, sich ihre Handynummer aufzuschreiben.

Wieder im Schlafzimmer, sieht sie ihm zu, während er seine Suppe ißt. Es riecht nach Krankenstube, nach getragenen Kleidungsstücken, nach herumliegenden Socken, die niemand aufgehoben hat – das alles überzeugt sie davon, daß sie etwas tun muß, und aus diesem Gefühl heraus entsteht Engagement. Jetzt fällt ihr ein, daß Seamus und Dajaal erzählt haben, Bile habe gute und schlechte Tage.

Sie ist nicht sicher, glaubt aber, daß Seamus gesagt hat, wenn Bile schlechte Tage habe, seien sie so schlimm, als käme die Dunkelheit des Winters über Biles Geist. In guten Zeiten seien die Tage hell und die Sonne schiene ohne Unterlaß. Wenn das jetzt sein schlechter, schlechter Tag ist, wird sie dann auch seinen guten Tag miterleben?

»Ich wollte fragen …«, sagt er.

»Bitte«, ermutigt sie ihn.

»Fühlt man sich dadurch nicht einsam?«

Wie seltsam: ein Mann, der in Rätseln spricht.

»Wodurch soll man sich einsam fühlen?«

»Fühlt sich die Trägerin eines Schleiergewands nicht einsam?«

Cambara weiß darauf keine Antwort.

Wieder eine Frage. »Weißt du was?« sagt er.

»Sprich«, ermuntert sie ihn.

»Jede Tugend trägt schon ihren Lohn in sich.«

Dann Schweigen, so total wie in einem Klassenzimmer, in dem Abiturienten ihre Abschlußprüfung schreiben. Cambara fragt sich, ob ihr schwerwiegende Veränderungen bevorstehen, und sie ist aufgeregt wie ein Teenager, der zum ersten Mal verliebt ist. Sie ist ganz kribbelig, weil sie Bile in seinem Haus besucht und sich seines Vertrauens würdig gezeigt hat. Sie hofft, daß sie mit seinen und ihren Problemen so sensibel umgeht wie ein kunstfertiger Puppenspieler mit seinen Marionetten, die er mit Hilfe unsichtbarer Drähte lenkt.

Dann ruft sie Dajaal an. »Bitte holen Sie mich in ungefähr anderthalb Stunden ab.«

»Wie geht es Bile?«

»Gut.«

26

Biles Geheimnis – als das will Cambara seine Unpäßlichkeit betrachten – wird bei ihr sicher sein, denn sie hat nicht den Wunsch, irgend jemandem davon zu erzählen, weder Seamus noch Dajaal. Sie nimmt an, da Bile soviel von Diskretion hält – warum nur neigt sie dazu, in ihrem Herzen zu glauben, daß sie ihn kennt, wenn das nicht so ist –, würde er es wohl nicht gutheißen, wenn sie seine körperlichen Defekte seinen Freunden und verschiedenen Bekannten weitererzählte. Jedenfalls hat sie in der Zeit, die sie mit ihm verbracht hat, den Eindruck gewonnen, daß er ein diskreter Mann ist.

Als sie davon ausgehen kann, daß Dajaal unterwegs ist, um sie abzuholen, ruft sie Seamus an und fragt, was ihre beiden Schützlinge so treiben und wann er, Seamus, in die Wohnung zurückzukehren gedenkt. Als Seamus sagt, daß er nicht vor dem frühen Abend dasein werde, vielleicht auch viel später, und daß er auf jeden Fall etwas zu essen mitbringen werde und sie sich keine Sorgen wegen Gacal und Seidenhaar machen müsse, weil diese sinnvoll beschäftigt werden, widmet sie sich der Aufgabe, die Wohnung und sich selbst von dem Gestank zu befreien. Sie bemüht sich, so leise wie möglich zu arbeiten, damit Bile im Schlaf vor seiner Verlegenheit Zuflucht finden kann. Sie erwägt sogar, ihr Handy und das Telefon abzustellen, damit er nicht durch ihr Klingeln gestört wird. Nach kurzer Überlegung hält sie das für übertrieben und läßt den Gedanken fallen.

Sie wischt den Badezimmerboden und duscht sich dann lange

und sehr warm, ehe sie das Erstbeste anzieht, was sie finden kann, schlechtsitzende weite Hosen und ein dazu passendes Oberteil – sie hofft, daß es Biles Sachen sind –, ehe sie ihre eigenen Kleider wäscht, um den aufdringlichen Gestank loszuwerden. Dieser ist so durchdringend, daß er nicht nur an ihrem Körper haftet und sie überallhin begleitet, sondern sich sogar in ihrer Nase niedergelassen hat, als habe er sich permanent mit den dort wachsenden Härchen verbunden. Sie wäscht ihre Sachen, dann verriegelt sie die Badezimmertür von innen und steckt ihre nassen Kleider in den Trockner. Sie betet, daß Bile nicht aufwacht und ins Bad muß, das hier das einzige zu sein scheint, und sie in diesem seltsamen Aufzug in seinem Schlafanzug vorfindet. Und mehr noch, sie hat auch ein wenig Angst, daß er ihre ehrbare, vernünftige Handlungsweise falsch verstanden haben könnte. Aber was sind denn diese ihre ehrbaren Absichten? Was hat sie vor, denn irgend etwas muß sie ja vorhaben?

Während sie dem rhythmischen Poltern des Trockners lauscht, kehrt sie in Gedanken zu ihren ersten Tagen als Gast bei Zaak zurück, und sie muß unwillkürlich ihre damalige Mißbilligung von Zaaks üblem Mundgeruch mit ihrer heutigen Haltung vergleichen, die viel toleranter scheint. Wie ist es denn passiert, daß sie das Glück oder vielmehr das Pech hatte, innerhalb von nicht einmal vierzehn Tagen zwei Männer zu treffen, von denen der eine fürchterlich aus dem Mund stank, so daß man dem nicht entkommen konnte, und der andere mit seinem Kot beschmiert war wie ein mit Dung beschmierter Stammestänzer?

In Anbetracht dessen zitiert sie für sich die somalische Weisheit, die besagt, wenn Kot Reichtum bedeutete, dann würden ihn alle anders nennen. Sie denkt sich, daß sie Bile gegenüber wahrscheinlich gnädiger gestimmt ist, weil er freundlich zu ihr war. Wenn sie Zaak nicht mit Toleranz begegnet und seine übelriechende Gegenwart nicht erträgt, dann einfach deshalb, weil er sie äußerst schlecht behandelt hat.

Sie sitzt auf dem Deckel der Toilette, um ihre schmerzenden Knochen auszuruhen. Die Pause soll sie auch vor Überanstrengung schützen. Dann beschließt sie, sich zusammenzureißen und nicht über die traurige Tatsache zu jammern, daß sie, seit sie nach Mogadischu gekommen ist, mit ihren Gedanken nicht allein sein konnte, denn die ständigen Störungen und äußeren Kräfte haben ihr selten erlaubt, sich ganz auf sich selbst zu konzentrieren. Sie ist hierhin und dorthin geeilt, hat ein leichtes Make-up vor einer Party nur für Frauen aufgetragen, ist gerannt und gerannt und nun hundemüde. Zugegeben, während sie sich in Toronto mit einem Gedanken um seiner selbst willen beschäftigen konnte, ihm nach Herzenslust frönen und, wenn sie wollte, ihr Telefon aus der Dose ziehen und sich von allem erholen konnte, indem sie sozusagen brachlag wie ruhendes Farmland, ist es hier für sie nicht möglich gewesen, ein Privatleben zu haben. Immer in irgendeinem Auto, auf der Fahrt irgendwohin und wieder zurück, ständig in Reichweite eines Gewehrs, mag es auch das von Freunden sein, stets unter der Aufsicht von irgend jemandem, angeblich zu ihrer eigenen Sicherheit, Wachen am Tor, die ihr den Eintritt entweder gewähren oder verweigern, junge Milizionäre draußen, die ihr auflauern. Wie ärgerlich, daß sie sich in dieser Stadt nicht frei bewegen kann.

Mogadischu ist ihre Heimat, nicht Toronto, aber die Frage ist doch: Ist sie die heimgekehrte Taube inmitten von Katzen, oder hat man die Katze auf die Tauben losgelassen, um die Taubenschläge in helle Aufregung zu versetzen? Ohne Zweifel hat ihre Anwesenheit geholfen, verschiedene Entscheidungen herbeizuführen, und eine Anzahl von Menschen angeregt, Veränderungen zu schaffen, viele davon zum Besseren. Wie Cambara es sieht, hat sie Kiin veranlaßt, mit Hilfe des Frauen-Netzwerkes die Dinge in Bewegung zu bringen, da Zaak ihr unmißverständlich gezeigt hatte, daß er ihr nicht helfen würde. Bile wiederum ist einzigartig, weil er eingriff und Dajaal dazu bewegte zu handeln, ohne daß sie überhaupt darum gebeten hatte. Und Dajaal hat es geschafft: Er hat geholfen, das Haus zurückzuerobern, doch nicht bevor Kiin und Farxia sich verabredeten, Jiijo herauszuholen. Jeder von ihnen hat dabei sein Leben riskiert. Inzwischen hat sich auch Seamus angeschlossen, wahrscheinlich auf Biles Vorschlag hin. Was kann sie sich noch wünschen?

Sie steht auf, öffnet den Trockner und prüft, ob ihre Sachen trocken genug sind, um sie anzuziehen. Kaum hat sie die Kleidung herausgenommen, als eine neue Erinnerung über sie kommt: wie sie für Zaaks Milizionäre kocht. Sie hält mitten in der Bewegung inne und sagt sich, daß das Kochen eine der ältesten weiblichen Strategien ist, um mit der testosteronbegründeten Rastlosigkeit der Männer fertig zu werden; ihnen zu essen zu geben ist eine Möglichkeit, sie außer Gefecht zu setzen, wenn auch nur für kurze Zeit. Frauen haben immer wieder zu dieser Strategie gegriffen und Männer dazu gebracht, zu essen, was sie gekocht haben; und so haben sie die Männer »verhext« und das erregte Nervenkostüm ihrer ehelichen Konsorten besänftigt. Es ist daher nicht verwunderlich, daß in vielen Sprachen – einschließlich der somalischen – der Begriff des Essens mit dem des Liebesspiels austauschbar ist.

Sie verharrt in angeregter Anspannung und schafft es weder, ihre Kleider anzuziehen, die zwar nicht völlig trocken, aber tragbar sind, noch irgendeine andere Tätigkeit zu beginnen. Ein Gedanke führt zum nächsten. Wenn ihre Abwehr der Milizionäre am Tag, an dem sie Dajaal und Bile kennenlernte, als das erste Mal angesehen werden kann, daß das Glück ihr hold war, dann war ihr Kochen für Zaaks Milizionäre, womit sie die Jungen besänftigte und ihr Benehmen mäßigte, der zweitwichtigste Schritt, da ist sie sich sicher. Zudem wird sie nie vergessen, wie erstaunt die Jugendlichen waren, als sie entdeckten, daß es nicht leichter war, einem Huhn, das man essen will, den Kopf abzuhacken, die Eingeweide herauszuziehen und es zu rupfen, nachdem man es abgebrüht hat, als den Finger auf den Abzug einer AK-47 zu legen und einen Menschen zu töten.

Weil sie nicht sicher ist, ob sie ein Klopfen an der Tür gehört hat, lauscht sie, doch nichts geschieht. Dann hört sie, wie sich ein Schlüssel im Schloß der Wohnungstür dreht, und sie erstarrt und wartet darauf, daß sich die eingetretene Person zu erkennen gibt, bevor sie aus dem Bad kommt.

»Ich bin es, Seamus«, sagt eine Stimme.

»Ich bin im Bad«, informiert sie ihn.

Dann zieht sie die geborgten Sachen aus und ihre eigenen an, auch wenn sie in den Achselhöhlen und weiter unten noch ein wenig feucht sind. Sie kommt heraus, während sie mit den Händen eifrig die Falten glattstreicht.

Vielleicht entbehrt ihre Vermutung, daß Dajaal ihr auszuweichen versucht und Seamus statt dessen überredet hat, sie abzulösen, jeder Grundlage. Um das herauszufinden, sagt sie: »Ich habe Dajaal angerufen, damit er mich abholt.«

»Es hat ein kleines Sicherheitsproblem gegeben«, erklärt Seamus. »Dajaal hat mich hergebracht und ist zurückgefahren, um sich sofort darum zu kümmern. Es hat etwas mit einem Verwandten von Gudcur zu tun, der bewaffnet an einem der Kontrollposten vor deinem Haus aufgetaucht ist. Einer von Qasiirs Jungen hat ihn aus kürzester Distanz erschossen. Dajaal organisiert den Abtransport der Leiche und auch das Begräbnis vor Einbruch der Nacht.«

In Gedanken schiebt sie alles, was mit Gefechten und Schießereien zu tun hat, beiseite, weil für sie diese bewaffneten Auseinandersetzungen nicht unter ihre Zuständigkeit fallen. Und da sie nun ruhiger ist und sich nicht mehr so sehr um Notfälle kümmern muß, die durch Biles Leiden verursacht werden, nicht länger hinter ihm her putzen und seine Bedürfnisse erfüllen muß, nimmt sie alles neu wahr. Wie gut die Wohnung eingerichtet ist, welch exzellente Handwerkerleistung erbracht wurde, nach dem, was Kiin ihr erzählt hat, vermutlich von Seamus.

»Wann wird diese Unsicherheit enden?«

»Es wird noch eine ganze Weile dauern«, sagt Seamus.

»Du scheinst so gefaßt. Wie machst du das?«

»Hab ich dir nicht erzählt, daß ich aus Belfast komme?«

»Trotzdem, das ist Mogadischu. Vergiß das nicht.«

»Und?«

Es entsteht eine ungemütliche Pause.

»Tee?«

»Ja, bitte.«

Seamus geht in die Küche, sie folgt ihm. Mit dem Rücken an den Türpfosten gelehnt, die Beine breit, steht sie ihm gegenüber.

Sie sieht, daß die Küche mit all den Dingen ausgestattet ist, die man braucht, um eine anständige Mahlzeit zu bereiten. Ihn zu fragen erscheint ihr etwas unhöflich, doch sie vermutet, daß Seamus derjenige ist, der diesen Haushalt führt, der geschickte Bastler mit dem praktischen Wissen, der Koch, der Handwerker, wenn der Generator den Geist aufgibt. Typisch für einen Somali, von »europäischer Großzügigkeit« zu profitieren. Es ist die traurige Wahrheit, daß wenn der Tod in Gestalt immer wiederkehrender Hungersnöte vor den Toren steht, der Somali an die europäische humanitäre Gesinnung appelliert und Nahrung verlangt. Zu Biles Verteidigung muß jedoch gesagt werden, daß er – wieder nach Kiins Aussagen – ein sehr aktives Leben geführt hat, bevor er krank wurde. Ein Arzt, der sich um einen Flüchtling kümmert. Davon gibt es nicht viele.

»Tee mit Keksen im Wohnzimmer?«

Ortswechsel: Sie trägt das Tablett, er folgt ihr und summt etwas, was sie für ein nationalistisches somalisches Lied hält, dabei öffnet er schon die Kekspackung. Ihr Blick schweift umher und ruht für eine Weile auf einer Runenschrift: »Die Sonne soll in Finsternis und der Mond in Blut verwandelt werden.«

Was auch immer das heißen mag, denkt sie. Er bietet ihr einen Keks an, sie schenkt Tee ein. Keinen Zucker – sie trinkt ihren Tee mit Milch, er trinkt ihn pur.

Ein sehr langes Schweigen.

»Zu Bile«, sagt er mit dem Schuldgefühl eines Menschen, der die nicht beneidenswerte Aufgabe übertragen bekommen hat, einen Kranken zu versorgen.

Seamus versucht verzweifelt, nicht unnötig aufdringlich zu erscheinen. Cambara wartet darauf, daß er weiterspricht, überzeugt, er werde versuchen zu erklären, was seiner Meinung nach mit Bile los ist. Doch das tut er nicht; sein Blick wandert zuerst verstohlen zu seiner Uhr und dann zu einer Stelle rechts von ihr, vielleicht zu einem Fleck auf ihrem Kleid, den sie nicht entfernen konnte. Cambara vermutet, daß er ein schwaches Geräusch aus Biles Zimmer vernommen hat, wie es eine Mutter tut, wenn ihr Baby irgendwo in der Nähe schläft. Unruhig springt er auf, und ohne ein Wort zu ihr geht er auf und ab, murmelt etwas vor sich hin und schaut zu Biles Zimmer hinüber, dessen Tür geschlossen ist. Vielleicht wartet er auf eine Bestätigung, daß er etwas gehört hat.

Als nächstes geht er zur Anrichte und macht sich daran, in Rekordzeit den Tisch zu decken: drei Plätze, drei Teller, drei Tischsets, Geschirr, Wassergläser mit Eiswürfeln und Zitronenscheiben und eine große Flasche Mineralwasser.

»Kann ich helfen?« fragt sie scheu.

»Nur für den Fall, daß Bile aufwacht.«

»Was soll ich tun?«

»Wenn er wirklich aufwacht, möchte ich, daß er etwas ißt, denn ich habe in der Küche gesehen, daß er nicht gekocht hat und daß du keine Mahlzeit für ihn bereitet hast.« Dann sagt er wie ein Krankenpfleger, der die Angewohnheiten seiner Schützlinge kommentiert: »Sein unruhiger Schlaf bedeutet, daß er einen schlimmen, schlimmen Tag hat.«

Seamus geht in die Küche, wäscht sich die Hände, bindet eine Schürze um, rumort in der Speisekammer, bringt einige Büchsen mit Suppe und Erbsen heraus, öffnet sie, schüttet den Inhalt in Mikrowellengefäße und schiebt sie in die Mikrowelle, wobei er Handschuhe benutzt. Er schaltet den Herd ein, nimmt ein paar Zwiebeln, hackt sie und dünstet sie in Olivenöl, öffnet eine Büchse Tomaten, dreht sich um, holt Pfannen, Gewürze, Knoblauch hervor, und im Handumdrehen ist eine einfache Sauce bereitet. Er dreht das Gas herunter, damit nichts anbrennt, dann kommt er zu ihr, nimmt einen Schluck von seinem kalten Tee, runzelt die Stirn und fragt laut, ob sie vielleicht eine frische Kanne möchte. Sie bietet an, den Tee zu machen; er zuckt gleichgültig mit den Schultern und setzt sich wieder. Ein Teil von ihm lauscht auf etwaige Geräusche aus Biles Zimmer, ein zweiter achtet auf den Backofen und die Sauce auf dem Herd, und ein dritter kümmert sich um sie. Sein Verhalten erinnert sie an ihre erste Zeit als Mutter, als Dalmar noch ein Baby war.

»In welchem Zustand hast du ihn vorgefunden?« fragt Seamus.

»Er lag in seinem Unrat.«

»Aber er will ja nicht hören.«

Sie wird sich nicht gestatten zu fragen: »Worauf will er nicht hören?« Sie kann nicht sagen: »Aber man fragt einen Menschen in diesem Zustand nicht, was zu tun ist, man tut es einfach.« Zudem erinnert sie sich an ihren Schwur, keiner Menschenseele zu erzählen, was sie gesehen hat. Sie weiß, daß ihr nichts anderes übrigbleibt, als die Arbeit, die zu tun ist, ab jetzt denen zu überlassen, die ihm schon viel länger nahestehen. Sie hebt den Kopf, und als sie Seamus' erwartungsvollen Blick sieht, wendet sie sich ausweichend ab.

»Es bricht mir das Herz, daß du Bile in diesem traurigen Zustand gesehen hast«, sagt Seamus. »Ich kenne ihn viel länger, seit wir beide Anfang Zwanzig waren, und er war damals so voller Energie und heiter, es hat Spaß mit ihm gemacht. In Padua erlebten wir gemeinsam das Wunder der Jugend. Wir waren drei, Bile, Jeebleh und ich. Jeebleh hat uns vor ein paar Jahren besucht, sein Besuch hat eine Erschütterung ausgelöst, die zum Erdbeben wurde. Der Tod rief, und Biles Halbbruder antwortete; dann verließen Biles Nichte Raasta und ihre Gefährtin Makka, die Down-Syndrom hatte und an der er sehr hing, das Land, um in Dublin zur Schule zu gehen, ebenso Shanta, Biles jüngere Schwester, und ihr Mann Faahiye. Seitdem, und besonders nach Raastas Abreise, ist sein emotionaler Zustand von Traurigkeit und Antriebslosigkeit geprägt. Er will nicht mehr als Arzt arbeiten, sein Geist hat sich erschreckend verlangsamt, er hat einen unruhigen Schlaf, und Kleinigkeiten werfen ihn aus der Bahn. Viel davon rührt von einem Kindheitstrauma her, als sein Halbbruder Caloosha seinen, Biles, Vater tötete.«

Seamus verstummt, und da er keinen Laut aus Biles Zimmer hört, räumt er das Teegeschirr ab und geht wieder in die Küche. Er schüttet das fertige Essen in Schüsseln und kehrt zurück. »Tut mir leid«, sagt er.

»Was tut dir diesmal leid?«

Er sagt nicht gleich etwas, weil er in die Küche geht, das Essen holt, auf den Tisch stellt und möglicherweise darauf wartet, daß

Bile auftaucht. Sie stellt sich vor, daß Seamus sich entschuldigt, weil er vielleicht angenommen hatte, daß sich Bile und Cambara unterhalten und kennenlernen. Vielleicht glaubt er, sie sei gut für ihn, und er mag sie genug, um Bile als Freund mit ihr zu teilen. Vielleicht glaubt Seamus, sie könnte Bile inspirieren und seine trüben Tage aufhellen, seine lethargischen Stunden beleben und seinen Pessimismus vertreiben. Vielleicht hatte er gehofft, daß Bile von ihrer Gesellschaft profitieren würde, bis er zu erschöpft war, um länger aufzubleiben. Oder er findet seine Neugier über ihre private Unterhaltung aufdringlich. Er kommt zurück und setzt sich.

»Tut mir leid, daß ich nicht da war, als du hierhergekommen bist.«

»Wichtig ist, daß du jetzt hier bist.«

Seamus' Augen werden trüb, durch die Anstrengung, sich auf mehrere Dinge gleichzeitig zu konzentrieren, wie Cambara vermutet. Irgend etwas beunruhigt ihn auch, denn er schaut sich um, als hätte jemand die Möbel in der Wohnung verrückt. Sein Blick wandert von einem Gegenstand zum anderen, seine Nase ist anscheinend aktiv und versucht emsig, den unbekannten Geruch zu orten. Ihr fällt wieder ein, daß er zuvor auf einen Fleck am Saum ihres Kaftans gestarrt hat; jetzt richtet sich seine Aufmerksamkeit auf einen Fleck am oberen Ende des Stuhls, der am weitesten von ihm entfernt steht, er schnuppert beunruhigt wie ein penibler Hausmann, der einen Makel entdeckt, wo keiner sein sollte. Er steht schnell auf, wie getrieben vom Verlangen, den schuldigen Stuhl zu isolieren und ihn in eine Ecke zu schaffen, um ihn später zu bearbeiten, doch er achtet darauf, nicht in ihre Richtung zu blicken, damit sie nicht denkt, er mache sie dafür verantwortlich.

»Wenn ich das gewußt hätte«, sagt er, als er sich wieder setzt.

Sie blickt ihm tief in die Augen, als sie zu ihm sagt: »Du hast Nützlicheres im Haus unserer Familie getan, als ich mir hätte träumen lassen. Ich bin dir sehr zu Dank verpflichtet.«

»Hast du gesehen, ob er Tabletten eingenommen hat?«

»Nein. Was für Tabletten nimmt er denn ein?«

»Er nimmt die Antidepressiva nicht regelmäßig«, erklärt Seamus. »Er wendet eine kombinierte Arzneimitteltherapie an: einige Mittel nimmt er, wenn er deprimiert ist, andere, wenn sich sein Zustand abrupt verschlimmert, wieder andere, wenn er rasch wieder auf die Beine kommen will. Gewöhnlich, wenn alles im üblichen Rahmen ist, nimmt er Fluoxetin. Ich weiß, daß Dajaal ihn angerufen hat, um ihn von deinem bevorstehenden Besuch zu unterrichten, und obwohl ich es nicht beweisen kann, nehme ich doch an, daß er zur Vorbereitung darauf Imipramin genommen und sich die intramuskuläre Spritze selbst gesetzt hat. Die heftige Reaktion seines Körpers auf das Medikament war vielleicht die Folge davon. Er hat große Arzneimittelvorräte. Ich weiß, daß er Tabletten genommen hat, die eigentlich für Bettnässer gedacht sind und aus der Zeit stammen, als er die Klinik in der ›Zuflucht‹ geleitet hat.«

»Er gehört in ein Krankenhaus«, sagt sie.

»Nicht hier. Ein Krankenhaus in Europa oder Amerika.«

»Du hast recht.«

»Ich habe ihm vorgeschlagen, mit ihm erst einmal nach Nairobi zu fliegen und von dort irgendwo anders hin. Er wollte nichts davon wissen.«

»Das ist jammerschade.«

Seamus sagt: »In letzter Zeit ist es ihm furchtbar schlecht gegangen, doch er wollte nicht einmal, daß wir ihm eine Vollzeit-Krankenschwester besorgen oder Ärzte im Ausland konsultieren. Morgens in der Frühe funktioniert er leidlich; später am Tag steckt er in einem tiefen Loch, dunkel, feucht und angsteinflößend. Klinische Depression auf ihre schlimmste Art.«

»Ich hatte ja keine Ahnung«, mehr kann sie nicht sagen.

»Man wird erzählen – wenn ihm etwas zustößt, was Gott verhüten möge –, daß er absichtlich versucht hat, sein Leben zu ruinieren, wie ein Mensch, der langsam seinen eigenen Tod herbeiführt.«

»Ist er in der Lage, das zu erkennen?«

»Warum sonst nimmt er, solange es geht, seine Tabletten nicht, nur um sie dann in großen Mengen zu schlucken, weit mehr als die normale Dosis?« fragt Seamus.

»Aus Todessehnsucht.«

»Ich schiebe das auf den tiefen Schacht seines abgrundtiefen Kummers, den die Jahre in ihm und um ihn herum gegraben haben und der mit Worten nicht zu beschreiben ist«, sagt Seamus. »Zusätzlich zu seinem Kindheitstrauma, verursacht durch die Ermordung seines Vaters durch seinen Stiefbruder, führe ich seinen jetzigen Zustand – und das ist nun meine Laienpsychologie, wenn du sie ertragen kannst – auf seine jahrzehntelange Haft unter unmenschlichen Bedingungen zurück, wovon das Schlimmste die totale Isolation war. Vielleicht ist dir ja nicht bekannt, daß er jahrelang in Isolationshaft saß, nachdem er lebenslänglich bekommen hatte für seine Opposition gegen das tyrannische Regime, dessen Mißwirtschaft zum Bürgerkrieg geführt hat. Es war kein Zufall, daß die Freilassung der Gefangenen mit der Flucht des damaligen Diktators in einem Armeepanzer zusammenfiel. Diese Taktik wurde von Milizionären unterstützt, und zwar auf Befehl eines gewissen Generals, der zufällig zu demselben Clan gehörte wie Bile und der schließlich als Warlord einen eigenen Herrschaftsbereich in der geteilten Stadt kontrollierte, deren südlicher Teil an ihn fiel, während der Norden an einen anderen Warlord ging. Jedenfalls ereignete sich der Sturz des Tyrannen gleichzeitig mit Biles Befreiung, der Geburt von dessen Nichte Raasta und dem Zusammenbruch des Staates. Als er dann die ›Zuflucht‹ gründete und die Einrichtung mit solch unglaublicher Hingabe führte, sah es so aus, als hätte er alles überstanden und die Erinnerung an seine schlimmsten Jahre hinter sich gelassen. Diese geniale Unternehmung half ihm, die verschiedenen Seiten seiner Persönlichkeit zusammenzuhalten: Er konnte seiner Nichte, ihrer Spielgefährtin Makka und seiner Schwester nahe bleiben, und jede von ihnen trug wiederum zur Grundidee der ›Zuflucht‹ und zu Biles Wohlergehen bei. Die Einrichtung hätte deine Anerkennung gefunden, wenn du sie in ihrer Blütezeit erlebt hättest, jedenfalls bevor sich bald nach Jeeblehs Besuch der Gedanke durchzusetzen begann, daß sie unzulänglich sei.«

Cambara zieht die Augenbrauen nach oben und fragt auf diese Weise stumm nach Jeebleh: Wer? Was? Warum?

Seamus' Augenblick des Zögerns dehnt sich zu einer Minute der Stille, sein Mund ist leicht geöffnet, es dringt aber kein Laut heraus.

Dann fährt er fort: »Einige Jahre nachdem er die ›Zuflucht‹ gegründet hatte, taten Bile und ich uns zusammen, und zwar ziemlich erfolgreich, würde ich sagen. Wir schufen unser eigenes Paradies in einem Land, das zur Hölle geworden war, einem Land, das kaum hoffen konnte, sich jemals aus der totalen Abhängigkeit von Hilfslieferungen der internationalen Gemeinschaft zu befreien. Damals taten wir, was wir konnten, um den Nachwuchs bereits in jungen Jahren auszubilden und ihm die Verherrlichung des Gewehrs abzugewöhnen und so dabei zu helfen, eine Grundlage zu schaffen, auf der die Milizen entwaffnet werden konnten. Doch es war – und es ist – noch mehr allgemeines Engagement nötig; ein paar wohlmeinende Leute können nicht genug bewirken, um die Infrastruktur des Landes wiederaufzubauen und den Menschen dieser Nation ein neues Ziel zu geben, damit sie sich wieder zurechtfinden und helfen, den Staat auf einer gesunden Grundlage neu zu gründen. Das sind langweilige Sprüche, langweilige Politik, ja, doch die Wahrheit ist, daß die politische Klasse das Land im Stich gelassen hat. Man kann nicht vernünftig über Somalia oder eben auch über Bile oder Jeebleh oder Dajaal sprechen, ohne daß man die feige Klasse der Intellektuellen in Bausch und Bogen verdammt.«

Cambara schweigt und denkt, daß nicht viele Menschen Augen haben wie Seamus, die den Augen eines Falken gleichen: wachsam und mit jedem Lidschlag in alle Richtungen nach Gefahr Ausschau haltend. Sie beobachtet ihn, wie er abwesend vor sich hin starrt und über etwas nachdenkt. Cambara fragt sich, ob sie wohl recht hat, seine Miene als reuig oder einfach zerknirscht zu beschreiben, weil er es an Bescheidenheit hat fehlen lassen und seinen Beitrag zum Wohlergehen des Freundes stärker hervorgehoben hat, als ihm lieb ist.

»In der letzten Zeit jedoch, seit deiner Ankunft, sind seine guten Zeiten mächtig gut und seine schlechten Zeiten schrecklich schlecht gewesen, ein Auf und Ab, das uns der Verzweiflung noch näher gebracht hat.«

Cambara ist überrascht, daß sie eine solche Rolle spielt – aber vielleicht nicht allzusehr überrascht, wenn man bedenkt, welch herausragende Rolle Bile in ihrer Phantasie gespielt hat, besonders jetzt, wo sie ohne rechte Beweise davon überzeugt ist, daß Bile an der Wiedergewinnung ihres Hauses beteiligt war. »Wie äußern sich diese Veränderungen?«

»Er hat von seinen Träumen erzählt, in denen er in der Kleidung eines Fremden aufwacht oder mit ihm völlig unbekannten Personen speist«, sagt Seamus.

»Sind diese Mahlzeiten für ihn angenehm?«

»Gegen Ende dieser Veranstaltungen, bei denen man soviel ißt, wie man kann, hat er das Gefühl, daß es etwas zu feiern gibt, besonders wenn er dich sieht oder, noch besser, mit dir zusammentrifft. Nur kommst du nur immer dann, wenn er gerade aufbricht, oder du sitzt an einem Platz, wo er nicht hinkommt, weil kein Weg dorthin führt.«

»Wie reagiert er darauf?«

»Im Traum dreht er durch vor Angst«, erklärt Seamus. »Höhen und Tiefen wechseln sich ab, seine Stimmung schwankt ständig. Eben noch verhält er sich ganz normal, selbst wenn er die Kleidung eines Fremden trägt und sich unter ihm unbekannten Menschen befindet, doch im nächsten Augenblick wird er unberechenbar, ist gereizt und wird handgreiflich.«

»Sehr seltsam und beunruhigend.«

»Bile wirkt auf mich wie ein Junge, der sich zum ersten Mal verliebt. Gewissermaßen ist das auch der Fall, wenn man bedenkt, daß es, bevor er dir begegnet ist, so aussah, als sei er nicht fähig zu lieben. Er ist kein Mann, der seine Gefühle zur Schau stellt. In jüngeren Jahren hatte er so viel Selbstbeherrschung, daß er vor uns seine Zuneigung für eine Frau nicht zeigte und statt dessen heimliche Affären hatte, von denen niemand etwas wußte. Aber das war nie von Herzen – eher kurze Beziehungen, um nicht allein zu sein oder bloß so zum Spaß. Ich kenne ihn länger als sein halbes Leben; ich kenne den Mann gut, besser als die meisten.«

»Weiß außer dir noch jemand davon?«

»Dajaal.«

»Und wie nimmt Dajaal das auf?«

»Als ich Bile aufgefordert habe, seinem Herzen zu folgen, und ihm vorschlug, dich aufzusuchen, dich anzurufen und ein Treffen zu vereinbaren, etwas zu tun, irgend etwas, war Dajaal dagegen.«

»Mit welcher Begründung?« Ihre Stimme klingt mißtrauisch, was sie bedauert.

»Es hat nichts mit Clan-Angelegenheiten zu tun.«

»Das hätte ich auch nicht angenommen.«

»Dajaal sagt, daß es sich für einen Mann in Biles Alter nicht ziemt, sich beim ersten Anblick zu verlieben«, sagt Seamus. »Du wirst das besser wissen als ich, doch Dajaals Reaktion ist typisch für viele Somalis. Sie erwarten nicht, daß ein Mann von Biles Herkunft und Alter gewisse Dinge tut, auch wenn er krank ist vor Liebe.«

Cambara ist versucht, Seamus zu erzählen, daß ihre Gefühle für Bile nicht viel anders sind, wenn sie als Frau auch andere Ausdrücke zur Beschreibung ihres Zustandes verwenden würde, doch sie zügelt sich, ehe die Worte aus ihrem Schlupfwinkel gekommen sind, wo sie von ihr seit ihrer Begegnung mit Bile versteckt werden.

»Man kann Dajaals Verhalten auch noch anders erklären.«

»Wie denn?« fragt sie.

Seamus sagt: »Er ist beunruhigt, welche Veränderungen deine Anwesenheit in Biles Leben für seine Beziehung zu ihm bringen, und befürchtet, daß er der Verlierer sein wird, weil du Bile vielleicht mit nach Kanada nehmen willst. Du kannst dir denken, wie verheerend das für ihn wäre.«

In diesem Moment geschehen zwei Dinge fast gleichzeitig: Das Telefon klingelt, und Seamus meldet sich rasch mit gedämpfter Stimme, weil er nicht möchte, daß Bile aufwacht. Aber da taucht genauso plötzlich Bile in Cambaras Blickfeld auf; er lehnt am Türrahmen, groß, sehr dünn, mit Verschwörerblick, als wolle er sie ermahnen, ihrer beider Geheimnis nicht preiszugeben.

Seamus, der Biles Anwesenheit noch nicht bemerkt hat, sagt zu

Cambara: »Dajaal steht unten auf dem Parkplatz, um dich in dein Hotel zurückzubringen, wenn du dorthin möchtest.«

Cambara nickt, erhebt sich und deutet mit dem Kinn in Biles Richtung, um Seamus auf die neue Entwicklung aufmerksam zu machen. Mit langen Schritten geht sie auf Bile zu, umarmt ihn lange und liebevoll und flüstert ihm ein paar persönliche Worte ins Ohr.

Sie läßt los und hält ihn in einiger Entfernung, auf ihren Lippen zittern die Worte, die sie sich mit Lauten zu versehen müht. Sie schauen einander lange in die Augen, keiner bewegt sich oder sagt etwas, Cambaras Hand ruht auf Biles Ellbogen. Dann wendet sie sich ab und winkt Seamus, dankt ihm für alles, verspricht, ihn bald aufzusuchen. Ihr schwirrt der Kopf, die Beine weigern sich beinah, sie aus der Wohnung zu tragen, weil sie nicht gehen will. Sie hofft, daß sie den Parkplatz findet, wo Dajaal im Auto auf sie wartet.

»Laß nur, ich finde schon hinaus«, sagt sie und geht.

27

Ohne jemanden, der sie aus dem Gebäude führt, stolpert Cambara über eine blinde Katze, gleich nachdem sie die Treppe, zwei Stufen auf einmal, hinuntergesprungen ist. Abergläubisch bleibt sie wie erstarrt stehen und ist versucht zurückzugehen, die Katze aufzuheben und an der Wohnungstür zu klopfen, um Bile und Seamus auf ihre Anwesenheit aufmerksam zu machen. Sie beschließt, es nicht zu tun, und setzt ihren Weg hinunter fort, entschlossen, schnell zu Dajaal zu kommen.

Sie glaubt ihren augenblicklichen Gemütszustand durchaus als aufgewühlt beschreiben zu können, weil sie an einem Scheideweg steht, wo alles passieren kann: Sie könnte fast alles Wichtige, das sie erreicht hat, auf einen Schlag verlieren oder ebensoleicht behalten, was sie gewonnen hat, und noch mehr erreichen. Das ist der willkürliche Charakter des Bürgerkriegs: mutwillig in seiner Ungerechtigkeit, gleichgültig durch die Zufälligkeit seiner Gewalttaten. Kein Gesetz schützt einen; alles ist im Chaos. Zu einem großen Teil entscheidet Dajaal, von dem beinahe alles abhängt. Er spielt jetzt eine ebenso wichtige Rolle wie Zaak während ihrer ersten Tage hier, wie Kiin für eine Weile, Kiin, die ihr geholfen hat, festen Boden unter die Füße zu bekommen. Wie soll sie jetzt weitermachen?

Sie denkt noch über den Charakter ihrer Aufregung nach und überlegt, ob sie etwas tun kann im Hinblick auf ihre und Biles unangebrachte – wie Dajaal offenbar meint – gegenseitige Zuneigung, als sie sich nicht nur im Labyrinth ihrer widersprüchlichen Gefühle verirrt, sondern auch auf dem Weg hinunter falsch abbiegt. Schwermütig folgt sie dem Gang, der direkt vor ihr liegt, verwirrt durch die für diese Jahreszeit ungewöhnliche Helligkeit der Sonne zu dieser Stunde. Doch nach kurzer Zeit scheint es ihr, als bewege sie sich in Wirklichkeit vom Licht weg, hinein in einen schmalen Gang, der immer dunkler wird, je weiter sie kommt. Sie bezweifelt, daß dieser Weg sie schließlich zum Parkplatz führen wird. Sieh einer an, jetzt ist sie in einem Untergeschoß gelandet.

Desorientiert, als wäre sie in eine Sackgasse geraten statt in einen Durchgang, kommt sie zu der Ansicht, daß dieses Untergeschoß kaum eine Verbindung zum oberen Teil des Gebäudes zu haben scheint, aus dem sie gerade gekommen ist. Nichts ergibt mehr einen Sinn für Cambara. Ihr ist klar, daß weitergehen keine Option ist, wenn sie keinen Schimmer hat, wo sie landen wird, aber denselben Weg zurückzugehen in der Hoffnung, Biles und Seamus' Wohnung zu finden, klingt für sie auch nicht verlockend. Sie befindet sich im Zentrum eines Sturmes, den sie selbst geschaffen hat, sie ist das nicht sehende Auge.

Kindheitserinnerungen steigen in ihr auf, vor allem ihre intimen Gespräche mit der nächtlichen Dunkelheit spät in der Nacht in einem Haus, in dem die tiefe Stille vor der Morgendämmerung schwach widerhallt. Jetzt ist sie viel älter, trauert um ihren toten Sohn und versucht, eine Alternative zu schaffen zu dem Leben, das sie mit Wardi geführt hat, ganz abgesehen von dem falschen Leben, das ihr von ihrer Mutter aufgezwungen worden war. Und auch jetzt tut sie, was sie als Kind zu tun pflegte, um das aufkommende Angstgefühl abzuwehren: Sie erfindet ein Lied und summt eine halb erinnerte Melodie. Danach spricht sie eines ihrer Lieblingsgedichte: »Sei gegrüßt, Dunkelheit, mein alter Freund«. Die Worte streicheln ihre Lippen, bringen angenehme Erinnerungen. Das Herz klopft wie wild, ihr Gehirn bemüht sich, die Erinnerung in ein Bild zu gießen: Ein Kind in stummer Zwiesprache mit der Finsternis des Tages, die wie eine Sonnenfinsternis plötzlich über das Weltall hereinbricht. Doch wo befindet sie sich? Und was ist das für ein Untergeschoß? Wird ihr jemand freundlicherweise eine Kerze borgen?

Cambara fragt sich, welchen Eindruck sie auf Arda machen wird, auf Zaak, auf Dajaal, auf Kiin, vor allem auf Bile, wenn sie davon hören: Als Bile und Seamus zum erstenmal ihrer Bitte folgen, sie nicht hinauszubegleiten, verirrt sie sich. Ausgerechnet in einem Kellergeschoß. Sie kann sich beim besten Willen nicht daran erinnern, daß jemand von dunklen Wäldern in der Gegend gesprochen hat, ganz bestimmt nicht im Herzen einer alten Stadt, die seit mehr als zehn Jahren vom Bürgerkrieg belagert wird. Aber wohin ist sie geraten? Kann es sein, daß sie das alles heraufbeschwört, weil sie so begierig darauf ist, mit Bile zusammenzusein? Zweifellos ist sie auch besorgt wegen der blinden Katze; das ist eine gute List, um sich zu entschuldigen, wenn sie an Biles und Seamus' Wohnungstür klopft und sagt: »Ist es nicht komisch, daß ich offenbar nicht von euch fortgehen kann? Stellt euch nur vor, als ich die Treppe hinuntergegangen bin, habe ich eine blinde Katze gefunden, und dann habe ich mich verlaufen in einem Wald, den ich wahrscheinlich selbst geschaffen habe. Hier, wir wollen sie füttern. Bitte eine Untertasse für ihre Milch. Und ich brauche eine Matratze auf dem Fußboden, wo ich schlafen kann.« Und dann bleibt sie dort. Aber wie weit wird eine solche Taktik sie bringen?

In ihrem Bemühen, sich zusammenzureißen, erinnert Cambara sich daran, wie in einer Reihe von Kinderbüchern, darunter auch *Pinocchio*, Kinder, die nicht auf den vorgeschriebenen Wegen bleiben und diese wissentlich oder sogar böswillig verlassen, oft mit schrecklichen Konsequenzen konfrontiert werden: in *Alice im Wunderland* fällt die Heldin in einen Kaninchenbau; und in C. S. Lewis' *Chroniken von Narnia* gehen Lucy und später die anderen durch einen hinten offenen Schrank und versuchen im Laufe der Geschichte, den nötigen Willen und die Kraft zu entwickeln, um fast unüberwindbare Schwierigkeiten zu meistern. Gleicht ihr eigenes Abenteuer dem ihrigen? Bedeutet dies, daß ihr etwas Schreckliches, etwas Unangenehmes zustoßen wird, weil sie ungezogen war? Und wenn es so ist, welche Form wird es annehmen? Was hat sie getan, um diese Bestrafung zu verdienen? Die blinde Katze? Resultiert ihr gegenwärtiges Mißgeschick aus ihrer sturen Weigerung, sich um das arme Tier zu kümmern? Hat sie Tatkraft und guten Willen beim Säubern von Bile aufgewendet, weil sie sich revanchieren und in ihn investieren will? Hat sie aus demselben Grund Bile beim Ausziehen geholfen, damit er sich duschen konnte, und dann seine schmutzigen Sachen gewaschen? Eine blinde Katze ist eine blinde Katze; was kann die Katze für sie tun? Und was für Zärtlichkeiten, von denen nur sie beide wissen, hat sie Bile ins Ohr geflüstert, ehe sie ging?

Ihre augenblicklichen Sorgen sind mannigfaltig, sie erscheinen abwechselnd in Gestalt einer Angst, die sich immer wieder meldet, oder in Gestalt einer Erinnerung aus der Kindheit. Darin schwänzt sie die Schule, und anstatt als Schlüsselkind an einigen Nachmittagen, wenn die Eltern spät heimkamen, nach Hause zu gehen, folgt sie einem Straßentheater. Da sie nicht auf Zaak treffen will, der allein zu Hause ist – er hat gesehen, wie sie einen anderen Jungen aus ihrer Klasse geküßt hat, und nun befürchtet sie, daß er sie hänseln wird –, möchte sie auf einem Umweg heimkehren, doch dann verpfändet Cambara ihre Armbanduhr, um Geld für eine Eintrittskarte zur Nachmittagsvorstellung im Zirkus zu kaufen. Sie weiß, daß sie erst im Dunkeln nach Hause kommen wird, doch das scheint sie nicht zu beunruhigen.

Ihre Mutter ist dabei, eine Suchmannschaft zusammenzutrommeln – in jenen Tagen gab es nur in wenigen Haushalten ein Telefon –, und ihr Vater will sich gerade auf den Weg zur nächsten Polizeiwache machen und eine Vermißtenanzeige aufgeben, als sie die Tür aufschließt. Als sie aus der Dunkelheit draußen in den von einer Glühbirne hell erleuchteten Teil des Hauses tritt, wirkt sie wie eine Straßenkatze, die dem Kampf mit einer Fuchsmeute entkommen ist.

Auf geheimnisvolle Weise hebt sich nun ganz plötzlich die nächtliche Dunkelheit und wie durch ein Dachfenster strömt helles Licht in das Kellergeschoß. Cambara hört, wie mehrmals ihr Name gerufen wird, und sie folgt dem Klang. Schließlich tritt sie nach draußen in die Abenddämmerung und steht an einer Treppe. Dort findet sie den wartenden Dajaal vor, der fragt: »Wo haben Sie nur gesteckt?«

Weil sie nicht erklären kann, wo sie gewesen und warum sie falsch abgebogen ist – wenn es so war, was sie bezweifelt –, schweigt sie aus Angst, er könnte sie für verrückt halten. Sie geht an ihm vorbei und steigt auf den Beifahrersitz. Es macht keinen Sinn, alles auf ihr schlechtes Orientierungsvermögen zu schieben.

Kurz vor dem Start fragt er: »Wohin?«

Sie sagt: »Zum Haus meiner Familie.«

»Nicht zum Hotel?«

»Später«, sagt sie. »Wir wollen meine Jungen abholen.«

Er startet den Motor und läßt ihn laufen, seine Hand am Kinn, als wäge er verschiedene Möglichkeiten ab. Dann legt er den Gang ein und fährt wortlos ab, als wolle er sagen, es lohne sich nicht auszusprechen, was ihn bewegt.

Sie hätte sich gern getraut, ihn zu fragen, was er von Biles Träumen hält, die Seamus ihm sicher erzählt hat. Wie würde Dajaal wohl den Traum deuten, in dem Bile in den Kleidern eines Fremden steckt? Denn sie hat in *seinen*, Biles, gesteckt, als sie ihre eigenen gewaschen und darauf gewartet hat, daß sie trocknen. Und wenn sie bei Seamus' Rückkehr in die Wohnung sogleich aufgetaucht wäre, als er ihren Namen rief, hätte er den Traum nicht für einen unheimlichen Zufall halten können?

In jeder Geschichte kommt eine Etappe, sinnt Cambara, wenn der Protagonist allein, voller Angst, bekümmert, zu erschöpft oder zu hungrig ist, um weiterzumachen. Vielleicht ist sie an diesem

Punkt ihrer Geschichte angelangt? Vielleicht ist ihr deshalb so mulmig zumute?

Während Dajaal fährt, den Blick fest auf die Straße gerichtet, sitzt sie aufrecht da und schaut nach vorn, die Finger im Schoß verschränkt, Daumen und Mittelfinger drehen an ihrem Ehering, als wolle sie ihn abziehen. Das ist schwierig, denn er sitzt zu fest. Der Ring schneidet ins Fleisch, und der Fingerknöchel ist über die Jahre hin dicker geworden. Sie spürt, daß sie an den Punkt ihrer Geschichte gelangt ist, an dem die Protagonistin sich von einer Daseinsform verabschiedet, jedoch den Kreis noch nicht vollendet und die Metamorphose noch nicht vollzogen hat. Sie ist einsam, voller Angst und beginnt sich vorzustellen, sie könne von der Sehnsucht leben.

Dajaal sagt: »Es ist an mir, Ihnen zu danken.«

»Wieso?«

Er wendet sich zu ihr um und berührt mit der halb ausgestreckten Hand beinah ihren Schenkel, ehe er sie gerade noch rechtzeitig zurückzieht, und wiederholt: »Ich danke Ihnen.«

Überrascht fragt sie: »Was habe ich denn getan?«

Er antwortet: »Als ich Seamus vor ein paar Minuten anrief, hat er mir erzählt, was Sie für Bile getan haben. Wir beide sind Ihnen sehr dankbar. Sie sind außerordentlich gütig gewesen. Seamus beschreibt Sie als eine großmütige Frau und lobt Sie sehr. Ich schließe mich an.«

»Es war mir eine Freude, ein wenig helfen zu können«, sagt sie. »Viel habe ich nicht getan, um ehrlich zu sein.«

Als sie sein Gesicht betrachtet, bemerkt sie, daß die Hitze zusammen mit seiner Gemütsbewegung die Adern auf Dajaals zerfurchter Stirn hat hervortreten lassen, so daß sie aussehen wie Schlangen. Wie doch die Jahre seinem Haupt mitgespielt haben, so daß nur noch dünne Haarbüschel übriggeblieben sind.

»Um auf die Masken zurückzukommen, die Requisiten für Ihr Stück?«

Sie richtet sich auf. »Ja?«

»Ich habe ernsthaft darüber nachgedacht«, sagt er. »Sie brauchen sich keine Sorgen zu machen. Sie bringen Ihr Stück so auf die Bühne, wie Sie wollen, und ich werde Sie unterstützen und die entsprechende Sicherheit gewährleisten, solange es läuft.«

Hat jemand mit ihm gesprochen, so daß er seine Meinung geändert hat? Wenn ja, wer war es? Bile kann es nicht gewesen sein; dazu hatte er keine Gelegenheit in der Zeit, nachdem Dajaal sie abgesetzt und bis er sie wieder abgeholt hat. Es sei denn, sie hätten miteinander geredet, nachdem sie sich von Seamus und Bile verabschiedet und die Wohnung verlassen hatte und dann durch das Untergeschoß gelaufen war, ehe sie bei Dajaal ankam. Es ist alles sehr verwirrend. Wie lange mochte sie dort unten gewesen sein? Nicht länger als eine halbe Stunde. Wer es auch war, irgend jemand hat vorgeschlagen, Dajaal möge seinen Widerstand gegen die Verwendung von Masken noch einmal überdenken und seine Ansichten ändern. Wer? Sie weiß es nicht. Rechtfertigt Dajaals Sinneswandel ihre Sorge? Der Gedanke, was geschähe, wenn er seine Meinung wieder änderte, jagt ihr einen Schrecken ein. Hoffentlich kann sie irgendwie weitermachen und am Ende heil davonkommen.

Sie sagt: »Sehr freundlich von Ihnen.«

Dajaal fährt fort: »Seamus, der manchmal besser weiß als ich, was Bile denkt, nicht nur weil sie sich schon viel länger kennen und gute und schlechte Zeiten zusammen erlebt haben, hat mir zu verstehen gegeben, daß Bile der Ansicht ist, wir sollten eine positive Einstellung zum Leben haben, besonders in wichtigen Fragen. Und ich stimme ihm zu.«

Sie sagt nichts und betrachtet das, was Dajaal gerade gesagt hat, als eitles Geschwätz. Sie entschließt sich zu warten, bis er sich zu einer eindeutigen Position bekennt.

Er spricht weiter: »Seamus und ich haben miteinander geredet, nachdem ich Sie zu Bile gefahren habe, und später, als ich ihn herbrachte. Dann noch einmal, als ich lang genug auf dem Parkplatz auf Sie gewartet habe und Sie nicht auftauchten.«

»Ich kann nicht lange weggewesen sein«, sagt sie.

»Lang genug, daß ich mir Sorgen gemacht und Seamus angerufen habe.«

Sie möchte sich nicht mit ihm streiten, doch glaubt sie nicht, daß zwischen ihrem Verlassen der Wohnung und dem Moment, als sie ihn rufen hörte, eine so lange Zeit vergangen ist.

»Haben Sie auch mit Bile gesprochen? Denn er ist ja dort gewesen und hat mit Seamus gegessen. Ist es das, was Sie sagen wollen?«

»Wie Seamus mir erzählt hat, hat Bile einen Kompromiß vorgeschlagen. Sie arbeiten auf der Basis einer ›eingeschränkten Aufführung‹, wie er es nannte, und ich korrigiere meine frühere Position und überlege, ob ich nicht die Sicherheit für den Ort, wo das Stück seine ›eingeschränkte Aufführung‹ erlebt, garantieren kann«, erklärt Dajaal.

»Was meinen Sie mit ›eingeschränkte Aufführung‹?«

Dajaal antwortet: »Daß es einige Abende an einem bestimmten Ort und für ein ausgewähltes Publikum aufgeführt wird. Klein und privat genug, um die Temperatur zu messen und herauszufinden, was für Möglichkeiten wir nach der Uraufführung in Zukunft haben. Dann sehen wir weiter. Wenn wir es für riskant halten, eine weitere Aufführung zu machen, dann lassen wir es. Das ist ein Kompromiß, mit dem ich einverstanden bin. Eigentlich hat Bile das schon die ganze Zeit vorgeschlagen, aber ich habe mich gewehrt. Jetzt habe ich mich entschlossen, es zu akzeptieren, weil Sie so außerordentlich liebenswürdig gewesen sind.«

Ruhigen Auges kehrt sie in Gedanken zu dem Frauen-Abend in Kiins Hotel zurück. Auch da war ein ausgewähltes Publikum von einigen hundert gleichgesinnten Frauen, die sich in der Gesellschaft der anderen wohl fühlten und so unglaubliche Sachen machten, daß ein kahler Mufti sich gewünscht haben mochte, er könne eine Perücke ausleihen und daran teilhaben, zechen, schmusen und sich an dem erfreuen, was angeboten wurde. Sie glaubt, daß der Plan funktionieren könnte. Dajaals Männer am Tor, die kontrollieren; nur geladene Gäste. Nur für einen Abend oder vielleicht zwei und nur für ein ausgewähltes Publikum, zunächst einmal.

»Hervorragend«, stimmt Cambara zu.

Dajaals Gesicht bekommt einen glücklicheren Ausdruck – ein Lächeln rundet seine Wangen, die Augen leuchten. Seine entspannte Körperhaltung hat eine merkwürdige Wirkung auf sie: Die physische Nähe erregt sie, die Wärme seines Körpers so nah und doch so fern, weil sie sich nicht vorstellen kann, ihn zu berühren oder zu umarmen ohne ungebührliche Komplikationen.

»Sie können Bile vertrauen«, sagt Dajaal.

»Bile war so wunderbar zu mir«, unterbricht sie ihn.

»Er ist das Juwel der ganzen Mannschaft, einzigartig.«

Was für eine Mannschaft? An ihn ragt niemand heran, denkt sie. Dann die große Überraschung: Sie hat ganz einfach und geistesabwesend ihren Ehering vom Finger gezogen, ohne Wasser, Seife oder Öl zu benutzen. Daß sie es so einfach geschafft hat, ist ein Geschenk. Von diesem Augenblick an kann sie sich als nicht mehr mit Wardi verheiratet betrachten.

Es ist ein wenig unheimlich, wie Dajaal weiter daherredet und Bile wie bei einem Verkaufsgespräch anzupreisen beginnt, als wüßte er, was Cambara denkt. »Sie können suchen, wo Sie wollen, einen Mann wie Bile finden Sie nicht: großzügig, verläßlich, aufgeschlossen für die Ideen anderer und bereit, sich ihrer anzunehmen, zum Wohle aller. Der Arme hat nicht soviel Freundlichkeit zurückbekommen, wie er geschenkt hat. Ach ja, das Leben kann süßer sein, als Bile es erlebt hat.«

Dajaals Anpreisung von Biles Charakter entspricht vielleicht der somalischen Tradition, nach der eine Tante oder eine ältere Verwandte, ehe ein Bewerber um die Hand seiner Auserwählten bittet, die Blutsverwandten der jungen Frau besucht, bevor jemand ernsthaft um die Hand der zukünftigen Braut anhält. Dieser letzte, entscheidende Schritt, der wichtigste der Brautwerbung, ist dann Sache der Männer. Nur ist sie noch nicht die Braut von irgend jemandem, denkt Cambara. Außerdem hatten sie und Bile noch keine Gelegenheit, über alle diese Dinge zu reden; er war krank. Egal. Sie kann sich nichts Reizvolleres und Anspruchsvolleres vorstellen, als mit Bile zusammenzusein. Es ist natürlich sehr lieb von Dajaal, der ein ganzer Kerl ist, sich für Biles Wohlergehen einzusetzen und so direkt um ihre Hand zu bitten, wie er es getan hat. Dazu braucht es einen Mann mit einer guten Konstitution, und die hat Dajaal, so schätzt sie. Noch dazu besitzt er eine bewundernswerte Treue und eine beneidenswerte Selbstachtung, um sich auf dieses schwierigste aller Rituale einzulassen.

Er sagt: »Bile ist große Klasse, daran gibt es keinen Zweifel.«

Sie lächelt verlegen und schaut weg, wobei sie sich sagt, daß irgendjemand wahrscheinlich alle diese Worte, die Dajaal zu Biles Lob benutzt, einmal verwendet hat, um ihn zu beschreiben. Das ist das Problem; bei einem Verkaufsgespräch verkauft man sich genauso wie den beworbenen Gegenstand.

Als er mit seinen Lobsprüchen fortfährt, sagt Cambara: »Genug. Es klingt ja, als würden Sie auf seiner Beerdigung reden. Bile weilt noch unter uns und wird noch lange leben.«

Das läßt ihn augenblicklich verstummen.

Leider ist Bile nicht in der Nähe, um den beiden zu sagen: »Genug, Schluß damit« – wie ein Vater es zu zwei streitsüchtigen Kindern sagen könnte. Es dämmert ihr, daß sie und Dajaal einander ähnlich sind in ihrem verrückten Mut, der etwas ausrichten kann in Mogadischu, einer Stadt, die einerseits den Machenschaften der Warlords zum Opfer gefallen ist, andererseits den seltsamen Verfahren der Mullah-Gerichte, die sich auf göttliche Unterstützung berufen. Der einzige Unterschied ist, daß sie nichts Unrechtes darin sieht, wenn sie sich darauf verläßt, daß Dajaal mutig die schmutzige Arbeit erledigt, solange sie nicht Zeuge davon wird oder aus erster Hand von Gewalttätigkeiten erfährt. Und es besteht kein Zweifel, daß er das alles für Bile tut. Wie Bile geht sie nicht zum Schauplatz eines Verbrechens, wo Blut vergossen wird. Aber es ist unmöglich, daß Bile *nicht* weiß, was geschieht. Bedauerlicherweise funktioniert so die Gesellschaft, dank einiger weniger, die sich die Hände mit Blut besudeln.

Die beiden vermeiden Blickkontakt, Dajaal konzentriert sich aufs Fahren, und Cambara versucht geistesabwesend, ihren Ehering wieder auf den Finger zu schieben. Sie schweigen wie ein zerstrittenes Ehepaar. Plötzlich merkt sie, daß sich das Umfeld verändert hat, und achtet auf die Umgebung. Ein junger Mann nähert sich ihnen, und bald erkennt sie in ihm Qasiir, Dajaals Neffen. Das ist der erste von mehreren Checkpoints, besetzt von den Jugendlichen, die Qasiir zusammengebracht hat. Dieser hebt jetzt die Hand zur Begrüßung seines Onkels und entfernt dann die Rolle Nato-Draht vor dem Auto. Nach drei weiteren Halts und viel kameradschaftlichem Geplänkel erreichen sie das Tor, das sich öffnet, damit Dajaal hineinfahren kann.

Dann hört Cambara, wie jemand laut einen Text probt, den sie sehr gut kennt, weil sie ihn geschrieben hat.

Als sie die Tür aufstößt, um auszusteigen, sagt sie: »Ich möchte mich entschuldigen. Es war nicht so gemeint, wie es klang.«

»Ich würde für Bile alles tun«, sagt er.

Als Dajaal ihr die Autotür aufhält und sie aussteigt, noch ehe sie den ersten Schritt in Richtung des Saals gemacht hat, aus dem die probende Stimme dringt, steigt ihr das Adrenalin zu Kopf und bringt ihr Herz fast aus dem Rhythmus. Es ist eine bewegende Erfahrung, den Worten zu lauschen, die sie geschrieben hat und die nun mit solcher Eloquenz gesprochen werden. Erst als sie näher herankommt, spürt sie eine Unsicherheit im Vortrag, denn Gacal ist nun gehemmt und bricht ab. Schade, denn seine Stimme hat sie beeindruckt – sie hat genauso geklungen, wie sie sich das immer vorgestellt hat.

»Warum hat er aufgehört?« fragt sie.

»Keine Ahnung«, antwortet Dajaal, der in der Nähe steht.

Eine Fliege brummt laut wie ein tropischer Sommer auf seinem Höhepunkt dicht vor ihren Augen herum, und sie jagt sie fort. Dann hört sie wieder zu, als Gacal von vorn beginnt, weniger zaghaft, und seine Worte an sie richtet, während er zu einem imaginären Publikum spricht.

»Es war einmal ein Dorfbewohner, der sich allein auf die Suche nach seinem Sohn und der kleinen Kuhherde machte, die er am Morgen auf die Weide getrieben hatte . . .«

Die Stimme hat eine angenehme Sanftheit, als wüßte der Sprecher, daß große Erwartungen auf ihm ruhen, und täte sein Bestes, sie zu erfüllen. Cambara ist zuversichtlich, daß sie mit etwas Zeitaufwand und Hilfe und etlichen Stunden Stimmbildung gewisse Holprigkeiten ausbügeln kann, die sie jetzt beim Zuhören entdeckt. Es gibt keine unüberwindlichen Schwierigkeiten, und sie ist sicher, das in ein oder zwei Tagen schaffen zu können, wenn sie Gelegenheit dazu hat und Gacal mitspielt.

Nachdenklich schweigt sie, tief in Gedanken versunken. Dajaals Kommentar: »Der Junge ist gut« reißt sie aus ihrer Trance.

Sie braucht eine Weile, um sich zu fassen, und noch länger, um ihre Stimme wiederzufinden. Sie sagt: »Er hat das Timbre eines ausgebildeten Schauspielers, Gacal hat das. Ich bin froh, daß ich zufällig auf ihn gestoßen bin.«

»Wo?«

»Er ist in dem Hotel aufgetaucht, wo ich wohne.«

»Und wo kommt er her?«

»Seine Geschichte ist ganz erstaunlich.«

Und ehe er noch nachfragen kann, geht sie zielstrebig auf den Saal zu, Dajaal dicht hinter ihr, als wolle er bei ihr bleiben und sie beschützen. Sie erreichen das Tor, und plötzlich bleibt sie stehen, ihre Hand hebt sich, die Knöchel sind zum Klopfen bereit, doch sie klopft nicht. Es scheint, als ob sie ihr Glück nicht fassen könne, und da ist kein Holz, auf das sie klopfen könnte, da das Tor ganz aus Eisen ist. Aus dem Hof duftet es nach Essen: kochende Kartoffeln, in einer Pfanne brutzelnde Zwiebeln. Ein Kassettenrecorder spielt ein somalisches Lied. Wieder hört sie die Baritonstimme eines Jungen, der sich ohne weiteres zum Sänger ausbilden lassen könnte.

»Bitte«, sagt Dajaal, und als sie sich umdreht, drängt er sich in den Spalt, der sich aufgetan hat, verbeugt sich ehrerbietig vor ihr, stößt das Tor auf und sagt entschuldigend: »Bitte treten Sie beiseite.«

Er behandelt sie wie eine Königin. Wie lange wird das anhalten? fragt sie sich. Es kann und wird nicht so lange anhalten, wie sie mit Bile zusammensein wird. Vielleicht ersetzt diese ritterliche Art den Blumenstrauß, den ein Mann auf Freiersfüßen einer Frau mitbringt, und das Essen im Restaurant, wohin er sie ausführt. Außerdem ist Bile ja gar nicht da, oder? Wenn man in den unnormalen Zeiten eines Bürgerkriegs lebt, muß dies hier genügen.

Beim Eintreten finden sie die bewaffnete Wachmannschaft um das Feuer sitzend, wo Seidenhaar sich um zwei Töpfe kümmert und kocht. Seidenhaar sagt, mehr zur Unterhaltung der Jugendlichen als zu Cambara oder Dajaal: »Gleich gibt es was zu essen. Inzwischen könnt ihr ja Gacal zuhören. Wir haben viel Spaß hier.«

Cambara tätschelt seinen Kopf und sagt: »Gut gemacht«, dann geht sie weiter zum Saal, wo sie zu ihrer Überraschung eine Bühne vorfindet: zwei Bretter, die Seamus fix zusammengenagelt hat, völlig ausreichend für ihren Zweck. Sie sagt, an niemanden speziell gewandt: »Seamus ist ein Wundertäter.«

Dann beobachten sie Gacal bei seinen Übungen, nach welcher Ordnung auch immer die ablaufen. Er probt abwechselnd verschiedene Zeilen, einmal spricht er als erwachsener Mann, dann wieder als junger Kuhhirt, der vermißt wird und den der Dörfler kurz vor Einbruch der Nacht sucht. Ein kompliziertes Schattenspiel – mit helleren Ringen außen und dunkleren Ringen weiter innen – nimmt Dajaal und Cambara gefangen, die verwirrt sind und große Augen machen, weil sie es nicht begreifen, zumindest nicht gleich. Aber Cambara erkennt schnell, wo das Schattenspiel herkommt und daß jemand dazu mit Spiegeln in verschiedenen Farben arbeitet.

»Das ist Qasiir, der uns mit einem Spiegel verschlüsselte Botschaften sendet«, sagt Gacal. »Das bedeutet, alles ist in Ordnung, und es besteht kein Grund zur Sorge.« Dann kommt er herbei, um Cambara mit einer Umarmung zu begrüßen, traut sich aber nicht ganz. Er nimmt wieder die seinem Alter gemäße Stimme an, die eines Teenagers. »Es macht Spaß, ich probe, Seidenhaar kocht, Qasiir spielt mit den Spiegeln«, sagt Gacal.

Sie ist beeindruckt von den beiden Jungen, die selbst die Initiative ergriffen haben, ein gesunder Hinweis darauf, daß sie sich bei entsprechender Anleitung gut entwickeln werden. »Ihr macht das alles sehr gut. Wunderbar.«

Dann ist er wieder ganz er selbst – soweit Cambara das mittlerweile beurteilen kann. Er holt einen Kassettenrecorder aus einer von Cambaras Einkaufstaschen und schaltet ihn ein. Sie lauscht einer Stimmenmontage, für die ihre eigene Stimme mit Gacals gemischt und darüber die von Seidenhaar montiert wurde. Sie erkennt, daß er ihr Band ruiniert hat, das selbst eine Kopie ist. Zum Glück hat sie nicht das Original mitgebracht. Sie tadelt ihn nicht.

»Wie habt ihr die Stimmen gemischt?« fragt sie, rückt näher an die beiden heran, ihre Stimme klingt liebevoll und mütterlich.

»Wir haben mehrere Bänder laufen lassen und unser eigenes Lied aufgenommen, Gacal und ich«, sagt Seidenhaar. »Außerdem koche ich gern. Wir müssen ihnen zu essen geben.« Er zeigt auf die jungen Milizionäre in träger Erwartung einer Mahlzeit, egal wer sie kocht, sie jedenfalls tun es nicht.

Dajaal hat jetzt genug, und er ist nicht in der Stimmung, jemanden zu verwöhnen. Gerade als Gacal zu ihnen tritt, geht Dajaal näher an Cambara heran. Weil er die beiden Jungen, die sie mit ihrer Aufmerksamkeit verwöhnt, höflich behandeln will, spricht er in gedämpftem Ton zu ihr: »In meinem Job als Bodyguard und Sicherheitschef brauche ich ausreichend Schlaf. Es war ein langer Tag, und ich muß jetzt heimfahren. Lassen Sie uns bitte aufbrechen. Ich bringe Sie und Ihre zwei Jungen ins Maanta, schaue dann kurz bei Bile vorbei, ehe ich Feierabend mache. Sie haben doch nichts dagegen?« Er geht zum Auto und wartet dort.

Die Jungen haben ihre Probe wiederaufgenommen. Sie wartet ein paar Minuten, bis sie an einer Stelle angekommen sind, wo sie wohl nichts dagegen haben, unterbrochen zu werden, dann klatscht sie und spendet ihren Applaus, wobei sie einmal Gacal anschaut, dann wieder Seidenhaar.

Sie wendet sich an Seidenhaar: »Ist das Essen fertig, das du für die jungen Milizionäre kochst? Wenn es fertig ist, müssen wir zurück ins Hotel, wo es für uns drei etwas zu essen gibt.«

Als er nach einer Weile sagt: »Das Essen ist fertig«, beauftragt sie ihn und Gacal zusammenzupacken, damit sie zum Hotel zurückkehren können. Sie folgen ihr, sobald die jungen Milizionäre sich wie ausgehungerte Wölfe über die Töpfe hermachen, wobei sich zwei von ihnen vor lauter Gier streiten und sich dabei fast verbrennen.

Dann fällt ihr ein Scherz ein, den sie früher mit ihrem Sohn geteilt hat, weil sie so froh über den Verlauf des heutigen Tages und zu allen Schandtaten bereit ist. Sie sagt: »Wer zuletzt beim Auto ankommt, ist das Schwein mit der kürzesten Schnauze.«

Und sie trabt los, fast rennt sie. Gacal und Seidenhaar wirken unbeeindruckt, vielleicht finden sie ja den Scherz mit dem Schwein etwas beleidigend. Sie nehmen sich also absichtlich Zeit, als wollten sie sie ärgern, suchen langsam ihre Sachen zusammen und bemühen sich, besonders erwachsen zu wirken, ehe sie zu ihr und Dajaal im Fahrzeug stoßen.

Inzwischen hat Cambara gemerkt, worauf sie aus sind, und beschließt, ihnen zu zeigen, daß sie kein leichtes Opfer ist. Sie sagt: »Jungs, es ist ein langer Tag gewesen. Wir danken Dajaal im voraus für seine Geduld und Großzügigkeit und werden alle drei zeitig zu Bett gehen, sobald wir unser Abendbrot gegessen haben.«

Und genau das tut Cambara: Sie geht zeitig zu Bett, kurz nach der Mahlzeit, die ihr aufs Zimmer serviert wird. Doch sie ist zu erschöpft, um Schlaf zu finden. Unruhig macht sie Licht, um zu lesen, doch die Augen fallen ihr zu, und ihre Gedanken rennen los wie ein verzogenes Kind, das mit seiner Mutter einen Spaziergang macht, bald vorausläuft, bald zurückbleibt und Erinnerungen pflückt und jede davon noch einmal kurz betrachtet. Cambara prüft ausführlich, wie ihr Leben in den letzten Tagen verlaufen ist, wenn auch nur, um zu entscheiden, was sie tun muß, um durchzuhalten.

Sie glaubt, daß sie seit ihrer Ankunft hier zuviel gesessen und kaum Sport getrieben hat, so daß ihre Muskeln verkümmern. Ihr Geist ist jedoch lebendig – Gott sei Dank. Und sie ist wieder im Besitz ihres Hauses und kann damit tun, was sie will. Sie macht sich Sorgen, daß Bile in eine noch tiefere Depression abgleiten könnte. Von jetzt an muß sie ihre Zeit gleichmäßig zwischen ihren persönlichen und ihren beruflichen Interessen aufteilen und plant für den nächsten Tag einige Stunden ein, um zu überlegen, wie sie das arrangieren kann.

Sie schaut auf das Telefon, als wolle sie es zum Klingeln bringen, und fragt sich, wann Raxma sie anrufen wird, um ihr mitzuteilen, was sie bisher über Gacals Eltern herausgefunden hat. In den frühen Morgenstunden schläft sie schließlich ein, aber nicht ehe sie sich vorgenommen hat, genauso viel über Seidenhaar in Erfahrung zu bringen.

28

Cambara ist noch ganz benommen, als das Telefon in ihrem Zimmer sie aus dem Schlaf klingelt. Mit geschlossenen Augen streckt sie die Hand danach aus und denkt, wer kann nur zu dieser unchristlichen Zeit anrufen? Vielleicht Bile, um ihr für die schönen Weintrauben zu danken, die sie ihm geschenkt hat und die sie mit Vergnügen geteilt haben. Aber als sie den Hörer ergreift, die Augen öffnet und die Worte herausbringt: »Hallo, wer ist da?«, merkt sie, daß sie sich doppelt irrt: Zum einen ist es später, als sie angenommen hat – vielleicht halb neun oder neun; und zweitens hat sie Bile nicht wirklich gesehen oder ihm Weintrauben geschenkt und sie dann mit ihm gegessen, das alles geschah im Traum, den das Telefonklingeln unterbrochen hat.

Das wird ihr von der fernen Stimme einer Frau bestätigt, die sagt: »Hier ist Raxma mit den neusten Nachrichten. Bist du wach und bereit, sie zu hören?«

»Einen kleinen Moment bitte, Raaxo.«

Sie gönnt sich einen Moment, um auf ihre Uhr zu schauen, die neben dem Bett liegt: Es ist dreiviertel neun. Sie sagt sich, sie hätte schon auf sein, gefrühstückt haben und sich nach ihren beiden Schützlingen erkundigt haben sollen, um zu erfahren, wie ihre Nacht war. Sie setzt sich auf, stopft sich ein Kissen hinter den Rücken und sagt: »Ich höre, Raaxo.« (Die Freundinnen wandeln ihre Namen ab – Raxma verkürzt Cambara zu Cambo, »Apfel«, und Cambara macht aus Raxma Raaxo, was »Trost« bedeutet.)

Raxmas Stimme klingt so nah, als käme sie von nebenan. »Ich habe herumtelefoniert und kann viel von dem, was er dir erzählt hat, bestätigen.«

»Du beruhigst mich«, sagt Cambara.

»Wie spät ist es da, wo du bist? Sag mir nicht, du bist aufgeblieben, um mich anzurufen, denn es ist fast ein Uhr morgens.«

»Was macht man nicht alles für eine Freundin?«

»Ich weiß es wirklich zu schätzen.«

»Jedenfalls«, beginnt Raxma und hält dann inne. »Gacals Eltern, nämlich Qaali und Omar, haben in Duluth, Minnesota, gewohnt, bis Omar für zwei Jahre eine Beraterstelle in Nairobi bekam und Qaali, die Mutter des Jungen, nach Ann Arbor, Michigan, zog, um das noch fehlende einjährige Pflichtstudium für einen höheren Abschluß an der dortigen Universität zu absolvieren. Kurz bevor Qaali für ihre anthropologischen Forschungen in ein abgelegenes Dorf der Dogon gereist ist – sie forschte über die traditionelle Kultur dieses Volkes –, einigten sich Omar und sie darauf, daß sie Mann und Sohn nach drei Monaten in Nairobi besuchen würde. Nach dem, was ich gehört habe, waren sie so oft miteinander in Kontakt, wie sie konnten. In der Region von Mali, wo sie sich aufhielt, war das Telefonnetz unzuverlässig, und eine E-Mail abzuschicken oder zu empfangen war unmöglich, weil es häufige Stromausfälle gab, manchmal über eine Woche und länger.«

»Erzähl mir, was du von ihr weißt.«

»Qaali ist mir als Frau beschrieben worden, die weiß, was sie will, entschlossen, verlorene Zeit aufzuholen und noch vor ihrem vierzigsten Geburtstag ihren Doktor zu machen. Es war ihre zweite Ehe, für Omar war es die erste. Sie hat noch andere Kinder von einem anderen Mann; er hatte nur mit ihr diesen einzigen Sohn. Hinzu kommt, daß Omar fünf Jahre jünger war und daß er eine Stelle und Geld hatte. Als Familie mieden sie meist die Gesellschaft anderer Somalis und verlegten ihren Wohnsitz wegen der negativen Bemerkungen, die einige Somalis in Minnesota über ihren Altersunterschied und ihr jeweiliges Einkommen machten.«

»Qaali tut mir leid, ich mag sie«, sagte Cambara.

»Das habe ich mir gedacht.«

»Sie hatten also keine Freunde unter den Somalis?«

»Sie hatten nur amerikanische Freunde, die Qaali ›Precious‹ nannten, eine direkte Übersetzung ihres somalischen Namens. Wir haben hier also eine somalische Frau, die sich als Amerikanerin neu erfunden hat. Ich vermute auch, daß sie vielleicht ›Precious‹ und nicht ›Qaali‹ in ihren amerikanischen Paß setzen ließ, das müssen wir im Auge behalten, wenn wir nach ihr suchen«, sagt Raxma. »Jedenfalls haben Qaali und Omar mit ihrem Sohn Gacal somalisch gesprochen und miteinander englisch, und sie wollten nichts mit dieser Clan-Geschichte zu tun haben, weder auf seiner noch auf ihrer Seite, es spielte keine Rolle.«

»Wie hast du das erfahren?«

»Unterbrich mich nicht. Warte bis später.«

»Sprich weiter.«

»Was habe ich als letztes gesagt?«

»Sie wollten nichts mit dieser Clan-Geschichte zu tun haben.«

»Aber sie waren stolz auf ihr Land, und sie wollten ihrem Sohn eine Perspektive geben«, fuhr Raxma fort, »sie wollten, daß er die Sprache lernte, solange er jung und formbar war, und die somalische Kultur kennenlernte und sich genug Arabisch aneignete, was ihm später zustatten käme. Der gutbezahlte Job in Nairobi war für sie ein Geschenk des Himmels, denn er würde Qaali ermöglichen, sich für ein paar Jahre ihrem Studium zu widmen; und Omar und Gacal wären nahe genug an Somalia, um kurze Besuche dort zu machen. Der Zufall wollte es, daß vierzehn Tage vor Qaalis geplantem Besuch Omar für sich und Gacal Flugtickets besorgte, um die erste von hoffentlich vielen Reisen zu machen. Omar machte einen ersten Erkundungsgang und schaute sich die Stadt an, entschied sich für ein ordentliches Hotel, in dem die ganze Familie wohnen konnte, wenn Qaali hierher zu ihnen nach Ostafrika kam und sie vier Wochen miteinander verbringen wollten.«

Cambara unterbricht: »Die Woche, in der Qaali zu Besuch kommen wollte, ist da . . .!«

»Als sie bei den beiden zu Hause anrief, antwortete niemand, weil sie da schon in Mogadischu waren«, fährt Raxma fort. »Du mußt wissen, daß sie in die nächste Stadt gefahren ist, um zu telefonieren, weil in dem Dorf, wo sie ihre Feldforschung betrieb, kein Telefon war. Sie blieb also noch ein paar Tage in der Stadt, rief Omars Handy an, seine Nummer im Büro und abends die zu Hause, und nach etlichen vergeblichen Versuchen nahm sie Kontakt mit der Schule auf, wo Gacal angemeldet war. Dort hatte sie Glück, der Direktor versprach, Nachforschungen nach dem verschwundenen Gacal anzustellen. Er bezeichnete ihn als seinen besten Schüler und sagte, die ganze Klasse würde ihn vermissen. Offenbar war Gacal ein ›wunderbarer Junge‹. Er forderte sie auf, in ein paar Tagen noch einmal anzurufen. Als Qaali das tat, teilte er ihr mit, was er erfahren hatte: Ihr Mann war nach Somalia gereist und wollte nach dem Wochenende wieder zurück sein, aber keiner hatte etwas von ihm oder Gacal gehört.«

»Was hat Qaali gemacht?«

»Sie ist nach Nairobi geflogen, eine ihr gänzlich fremde Stadt«, erklärt Raxma. »Sie hatte nur wenig Geld und suchte sich deshalb ein billiges Hotel für die Nacht. Am nächsten Morgen begab sie sich zur Arbeitsstelle ihres Mannes, aber die konnten ihr auch nicht mehr sagen als der Schuldirektor, und als sie den aufsuchte, wußte man an der Schule auch nichts Neues. Sie versuchte gar nicht erst, sich bei den Somalis zu erkundigen, von denen es Hunderttausende in Nairobi gibt, die in jedem teuren Hotel einquartiert sind und die Cafés, Teehäuser und Restaurants der Stadt besuchen, da sie überzeugt war, daß Omar keinen Kontakt zu ihnen gehabt hatte. Zwei Tage später flog sie in einem 12-Sitzer, der Khat transportierte, mit nach Mogadischu, um ihren Mann und Sohn zu suchen, die zuletzt gesund und munter gesehen wurden, als sie einen Wochenendtrip nach Mogadischu planten.«

»Und dann?«

»Kein Wort mehr von ihr. Sie ist verschwunden.«

Cambara ist schockiert und weiß nicht, was sie sagen soll. Sie holt tief Luft, setzt sich im Bett zurecht und überlegt, was sie fragen möchte. Nach einer kurzen Pause sagt sie: »Woher hast du diese Informationen? Mit wem hast du gesprochen?«

Raxma erwidert: »Zuerst habe ich die Auskunft angerufen und

eine unter Omars Namen registrierte Telefonnummer in Duluth bekommen. Als ich dort anrief, antwortete eine Frau, die nicht wußte, von wem ich sprach, doch sie hat mich an die Hausverwaltung weitergeleitet, bei der sie die Wohnung gemietet hatte. Die konnten zunächst weder Omars noch Qaalis Namen als Mieter in ihren Unterlagen finden, dann kam heraus, daß sie als ›Precious‹ und nicht als ›Qaali‹ geführt wurde. Dann habe ich wieder die Auskunft angerufen, als ich wußte, daß sie Doktorandin im Fach Anthropologie an der Universität von Massachusetts war, und habe mit dem Institutsdirektor, ihrem Doktorvater, gesprochen und sogar mit der Institutssekretärin, die alle meine Fragen freimütig beantwortet haben. Sie hatten als ihren ersten Vornamen Qaali und als ihren zweiten Precious und verwendeten sie mit Bindestrich. Was die Amerikaner anging, so war Qaali in dem großen Kontinent Afrika verschwunden, und sie hatten keine Ahnung, wie man sie finden könnte. Sie ist nicht in Mali, jedenfalls nicht in dem Dogon-Dorf, wo sie ihre Feldforschung durchführen sollte. Der letzte telefonische Kontakt fand statt, als sie den Institutsleiter anrief, aber weil er nicht da war, teilte sie der Sekretärin mit, daß sie vielleicht eine Verlängerung brauche, weil sie auf der Suche nach ihrem Mann und ihrem Sohn nach Nairobi und dann nach Mogadischu unterwegs sei; sie hoffe, in ungefähr einem Monat zurück zu sein. Doch seit diesem Tag hat es kein Lebenszeichen von ihr gegeben. Und dann habe ich mit dem Direktor der Schule ihres Sohnes in Duluth gesprochen – er hat als letzter mit ihr geredet. Und schließlich habe ich mit unserer Freundin Maimouna gesprochen, die am besten über internationales Recht und Pässe und so etwas Bescheid weiß, und sie konnte mir beim Zusammentragen vieler Einzelheiten helfen. Die Geschichte hat sie anscheinend richtig gepackt – und sie hat mir sehr geholfen.«

Cambara lächelt bei dem Gedanken an ihre übereifrige Freundin. Dann erkundigt sie sich bei Raxma nach Qaalis und Omars Nachnamen und anderen Einzelheiten, nennt Raxma die Fax-Nummer des Hotels und bittet sie, ihr Fotos von den beiden Erwachsenen zu faxen, falls sie welche auftreiben kann. »Die Universität kann dir ein Paßfoto schicken, wenn sonst nichts aufzutreiben ist.«

»Bist du sicher, daß du die Sache nicht fallenlassen willst?«

»Wenn du einmal dabei bist, kannst du mir auch ihre Clan-Namen besorgen.«

»Wozu?«

»Um sie zu identifizieren natürlich.«

»Hast du nichts Besseres zu tun, mein Apfel?«

»Nein, mein Trost. Nicht mehr. Ich habe mich entschieden.«

Sie lachen, bis ihnen die Rippen weh tun.

»Ich würde lieber Kiin bitten, sich darum zu kümmern«, sagt Raxma. »Zum einen hat sie viel bessere Beziehungen, und zum anderen kann sie das Frauen-Netzwerk viel schneller einbeziehen als du. Das Netzwerk wird sehr gern helfen. Ich werde gleich mit Kiin darüber sprechen und sie auf die Spur von Gacals Mutter setzen«, verkündet Raxma. »Wir werden morgen miteinander reden, wenn sie mich und Arda, wie versprochen, über den Fortgang deiner Angelegenheiten informieren wird. Warum läßt du mich das nicht machen, du hast doch schon genug am Hals?«

»Weil Gacal mein kleiner Schatz ist und ich ihn sehr gern habe.«

»Ganz im Ernst, überlaß Kiin die Angelegenheit.«

»Ich bleibe dabei.«

»Übrigens, wie geht es denn dir?« fragt Raxma.

»Ich kann nicht klagen, wirklich nicht.«

»Mehr gibt's nicht zu erzählen?«

»Es wird alles gut werden«, sagt Cambara. »Da ist jemand an der Tür« – was nicht stimmt. »Wir wollen morgen oder übermorgen darüber reden. Etwa um die gleiche Zeit. Entweder ruft du mich an oder ich dich.«

»Gib auf dich acht, mein teurer Apfel.«

Die Verbindung wird unterbrochen, und Cambara legt auf.

Sieh mal einer an! sagt sie sich. Raxma und Kiin telefonieren häufig miteinander, und Arda wird über Cambaras tägliche Aktivitäten auf dem laufenden gehalten. Was gibt es sonst noch für Absprachen, von denen sie nichts ahnt?

Nachdem sie sich geduscht hat, bestellt sie sich ihr Frühstück aufs Zimmer. Sie kann jetzt niemanden ertragen, am wenigsten Gacal, dessen Anblick sie traurig machen würde; Kiin nicht, die sicher das Neueste über Cambara erfahren will; und auch Seidenhaar nicht, mit dem sie sich heute unterhalten wollte, den sie jedoch angesichts ihrer augenblicklichen Stimmung jetzt nicht sehen will.

Als sie das Frühstück beendet hat, versucht sie Flannery O'Connors »Good Country People« zu lesen, kann sich aber nicht konzentrieren. Sie blättert die Seiten um, ohne zu wissen, was sie gelesen hat. Da klingelt das Telefon, und als sie sich meldet, wird sie mit einer männlichen Stimme verbunden, die ihr nicht vertraut ist, Biles.

»Ich rufe an, um dir zu sagen, daß es mir gutgeht.«

Seine Stimme klingt großartig, und sie plaudern mit erstaunlicher Leichtigkeit über dies und das, erwähnen aber mit keinem Wort, was gestern in seiner Wohnung vorgefallen ist. Er stellt ihr diesbezüglich keine Fragen; sie spielt natürlich auch nicht darauf an. Er erwähnt aber an einer Stelle seine Gespräche mit Seamus und Dajaal über die Masken und wiederholt, daß die von ihm immer schon vertretene Idee der »eingeschränkten Aufführung« das Risiko reduziert, weil dadurch vermieden würde, den Zorn der Islamisten anzustacheln, die jegliche Inszenierung eines Theaterstücks ablehnten, ob nun mit oder ohne Masken. Und auch anderen gekränkten Parteien, die bei der Rückeroberung des Familienbesitzes den kürzeren gezogen haben, würde keine Munition geliefert.

Dann fragt er: »Wann sehen wir uns?«

»Sag du's mir«, antwortet sie.

»Ich komme vorbei und besuche dich in deinem Haus.«

»Bis dann also, ich freu mich.«

Als sie aufgelegt hat, fühlt sie sich durch die Erinnerung an ihren Traum der vergangenen Nacht neu belebt. In dem Traum sind sie und Bile allein neben einem grob zusammengezimmerten Schuppen. Sie sitzen sehr ruhig und zufrieden im wohltuenden Schatten eines Früchte tragenden Mangobaumes. Sie essen Weintrauben aus einer Schüssel, sie füttern sich gegenseitig, und ihre Finger berühren sich dabei; auf ihren Lippen, in ihren Augen, im ganzen Gesicht ist Freude zu erkennen. In der Nähe sind zwei halbnackte, elf- oder zwölfjährige Jungen im Wasser, die sich lärmend gegenseitig naß spritzen und mit einem Ball spielen; ihnen geht es offensichtlich sehr gut.

Dann bemerkt Cambara am Himmel einen mittelgroßen grauen Habicht, der direkt über ihnen schwebt und die Szene lange beobachtet, ehe er sich schließlich auf einem Zweig in einem anderen Mangobaum direkt neben ihrem niederläßt. Dort bleibt der Habicht ruhig sitzen, und als Cambara sich wieder ihren Herzensangelegenheiten zuwendet, schlägt er gelegentlich mit seinen kurzen breiten Flügeln, als wolle er gleich abheben, oder vielleicht erinnert er sie einfach daran, daß er noch da ist.

Und ehe sie sich versieht, segelt der Habicht herab und landet laut- und furchtlos genau neben der Stelle, wo sie und Bile sich immer noch mit Weintrauben füttern, sich im Liebesvorspiel berühren. Seltsamerweise scheint dies weder Bile noch Cambara zu stören, da der Habicht eindeutig keine Gefahr für sie darstellt und die Insekten frißt, die es reichlich in ihrer Nähe gibt. Als die beiden Jungen herankommen, herumtollen, miteinander ringen und sich gegenseitig jagen, scheint das dem Habicht nicht zu gefallen; er stürzt sich auf sie und jagt sie fort. Sie hatte kaum Zeit, sich darüber zu wundern, als sie bemerkt, daß der Habicht eine großköpfige Schlange jagt, sie mit seinen kräftigen Fängen packt und sofort zerstückelt.

Da taucht von links eine Gestalt auf, die aussieht wie Dajaal, um den Habicht zu verjagen. Er scheucht ihn weg und beschimpft ihn. Der Vogel will nicht von der toten Schlange lassen, die er aufgerissen hat, Cambara sieht zu Bile hin und hofft, daß er eingreift und Dajaal überredet, den Habicht und seine Beute in Ruhe zu lassen.

Zunächst tut Bile nichts dergleichen. Er wartet ab, um zu sehen was Dajaal vorhat. Dajaal sammelt die Schlange vorsichtig auf, trägt das tote Tier, aus dem das Blut tropft, mit ausgestreckten Armen dorthin, wo die beiden Jungen im Wasser herumtollen, und wirft sie nach ihnen. Sie schreien vor Angst, tauchen unter und kommen erst am tieferen Ende eines Sees wieder an die Oberfläche. Gacal ruft zu Cambara herüber: »Hilf uns bitte.«

Erzürnt richtet sich Bile so abrupt zu voller Größe auf, daß er die Schüssel mit den Weintrauben umstößt, so daß sie herausfallen. Er ist wütend, er zittert, es hat ihm die Sprache verschlagen. Zornig schweigend starrt er auf die Gestalt, die nun nicht mehr aussieht wie Dajaal, sondern wie Zaak, wenn auch jünger und viel gesünder. Bile fordert eine Erklärung von Zaaks Doppelgänger, doch es stellt sich bald heraus, daß die Gestalt, die für Cambara Ähnlichkeit mit Dajaal hat und für Bile Ähnlichkeit mit Zaak, keine zu bieten hat. Daraufhin nimmt Cambara eine Keule, um die flüchtende Gestalt damit niederzuschlagen. Sie läuft hinterher und jagt sie mit Vergnügen davon.

Mitten in diesen Traum hinein klingelt das Telefon und weckt sie. Sie meldet sich, ganz in Schweiß gebadet, das Herz rast wie bei einem Hund, der einen Fuchs verfolgt. Dann hört sie Raxmas Stimme. »Einen kleinen Moment bitte ...«

Cambara weiß zwar nicht, was sie von diesem Traum halten soll, doch sie ist erfreut, daß im Vergleich zu einem früheren Traum, in dem auch vier Personen vorkamen – Arda, Wardi, Dalmar und sie selbst am Tisch beim Essen –, in diesem keiner stirbt. Auch hat sie ein gutes Gefühl, was ihre Beziehung zu Bile angeht, den sie zuerst früh am Morgen im Traum gesehen hat und mit dem sie nun im wachen Zustand gesprochen hat.

Sie steht auf, zieht ihre Arbeitssachen an – ein Jeanshemd mit Druckknöpfen, ein Paar Jeans und Sneakers –, geht aus ihrem Zimmer und die Treppe hinunter. Sie spürt neuen Antrieb bei dem Gedanken, daß sie sich ab jetzt, wenn möglich, auf drei Vorhaben zu gleichen Teilen konzentrieren will: Bile so gut wie möglich kennenzulernen, das Stück auf die Bühne zu bringen, koste es, was es wolle, und Qaali ausfindig zu machen, welchen Decknamen sie auch benutzen mag.

Als sie beim Hinuntergehen an der Rezeption vorbeikommt, fällt ihr ein, daß sie das Hotelpersonal beauftragen könnte, eine

E-Mail an das somalische BBC-Programm »Vermißte Personen« zu schicken, das an fünf Tagen pro Woche ausgestrahlt wird. Darin soll Qaali gebeten werden, sich mit Raaxo Abduraxman – den Namen hat sie gerade erfunden – im Hotel Maanta in Verbindung zu setzen, um Informationen über ihren Sohn Gacal zu erhalten. Dann teilt sie Irrid, dem stellvertretenden Hoteldirektor, mit, daß sie für einen gewissen Raaxo Abduraxman eine Nachricht zu Gacal erwartet. Sie ist sicher, daß Qaalis Botschaft sie irgendwie erreichen wird, falls sie jemals eintrifft.

Ziellos umherwandernd findet sie sich kurz darauf mit dem Notizblock vor sich im Café-Bereich des Restaurants wieder und beginnt, eine Liste all dessen zusammenzustellen, was sie unmittelbar braucht. Sie ist nicht weit damit gekommen, als der Kellner auftaucht. Da er sie hier schon früher bedient hat, bringt er ihr das Übliche – eine Flasche Mineralwasser und einige Zitronenscheiben auf einer Untertasse – und fragt, ob sie noch etwas wünscht. Sie bestellt ihr zweites Frühstück: Tee und Kekse. Er hat die Bestellung kaum aufgenommen und sich zum Gehen gewandt, als die Erinnerung an den Traum von vergangener Nacht zusammen mit dem Gespräch mit Raxma, vor allem Raxmas Mitteilung, daß sie und Kiin oft miteinander telefonieren, sie zum zweitenmal zutiefst bedrückt. Sie sitzt da und grübelt, was zu tun sei. Matt vor Kummer, glaubt sie, daß die einzige Möglichkeit, sich aus dieser traurigen Stimmung zu befreien, darin besteht zu handeln. Sie geht noch einmal das Gespräch mit Raxma durch, dann den Traum, und sucht in den Szenen nach möglichen Interpretationen. Und ihr fällt auch ein, daß Bile seinen Besuch angekündigt hat – sie gönnt sich den Luxus, das aus allen möglichen Blickwinkeln zu betrachten, und kommt schließlich zu dem Schluß, daß sie besser aus dem Hotel ausziehen und im Haus ihrer Familie wohnen sollte.

Diese Erkenntnis kommt als Schock, sie bringt sie so aus der Fassung, daß sie die logischen Schritte nicht nachvollziehen kann, die sie zu diesem Schluß geführt haben: aus dem Hotel auszuziehen und sich im Haus einzuquartieren. In ihrem Magen rumort es, in ihren Eingeweiden gurgelt es, als hätte man eine Toilettenspülung betätigt. Ihre Nervosität wird vorübergehend durch ihre Selbstkontrolle gedämpft, als sie den Kellner kommen sieht.

Er bringt ihr zweites Frühstück: eine Kanne Tee, Kekse, dazu einen *canjeera*-Pfannkuchen mit Honig und zwei Mangoscheiben, die so süß duften, daß ihr das Wasser im Mund zusammenläuft. Die Mangoscheiben hat sie zwar nicht bestellt, aber sie wird sie nicht zurückgehen lassen, für den Fall, daß ihre Schützlinge kommen, wie es oft geschieht. Cambara glaubt, selbst der Kellner habe gemerkt, daß etwas sie bedrückt. Es ist ja verrückt, aus dem Hotel auszuziehen, in dem sie sich sehr wohl und sicher gefühlt hat, und im Haus der Familie zu wohnen, in dem sie noch keine einzige Nacht verbracht hat, da es für ihre Eltern immer nur eine Geldanlage gewesen ist. Sie kann sich noch so sehr bemühen, den Grad der Verrücktheit ihres Handelns zu messen, einen günstigen Barometerstand wird sie für ihre Torheit nicht ablesen können.

Sie kann auch den Gedanken an ihr zweites Frühstück nicht ertragen: der Tee scheint ungenießbar, der mit Honig getränkte Pfannkuchen zu süß, die Kekse wirken alt, und die Mangos scheinen Fliegen und Insekten anzulocken. Sie schiebt alles weg. Kurz darauf schenkt sie sich eine Tasse Tee ein, gibt dann gedankenlos Kondensmilch und etwas Zucker hinein und rührt um. Jetzt ist sie wirklich niedergeschlagen und fragt sich, warum sie Kondensmilch und Zucker in ihren Tee gerührt hat, wenn sie den Tee doch nicht so trinkt, es nie getan hat. Sie denkt sich, daß dieses Verhalten vielleicht Teil der in ihr stattfindenden Veränderungen ist, des tiefen Gefühls der Entfremdung, das langsam Wurzeln schlägt; im Augenblick ist sie sich selbst fremd. Wie wird ihr Leben unter den veränderten Umständen aussehen?

Kann es sein, daß sie sich selbst etwas beweisen will? Zieht sie aus der Vorläufigkeit eines Hotels in ihr Haus, um zu zeigen, daß sie diesem Land genauso verpflichtet ist wie die Jugendlichen, die ihre Gewehre mit sich herumschleppen, denen sie einen Kommt-doch-wenn-ihr-euch-traut-Fehdehandschuh hinwirft. Sie weiß auch, es wird für sie viel einfacher sein, ohne Unterbrechung an dem Stück zu arbeiten und den beiden Jungen so etwas wie ein Heim zu bieten, wenn sie aus dem Hotel in das Haus zieht. Die Privatsphäre ist ebenso wichtig, denn sie wird in der Lage sein, sich um Bile zu kümmern und ihn gründlich kennenzulernen, ohne daß Kellner, Hoteljungen, Reinigungskräfte, die bewaffneten Torposten, der stellvertretende Hoteldirektor, andere Hotelgäste – und Kiin – ihnen nachspionieren. Sie kann allerdings nicht hoffen, Bile zu treffen, ohne daß andere davon erfahren. Die Privatsphäre ist dem Bürgerkrieg zum Opfer gefallen; die Menschen leben dicht gedrängt, wie sie es in Friedenszeiten nicht tun würden. Wenn sie in das Haus ihrer Familie zieht, wird sie zweifellos Bodyguards brauchen, vielleicht einen äußeren Ring schwerbewaffneter Sicherheitsleute und im Haus Tag und Nacht leichtbewaffnete Wachmänner. Sie weiß überhaupt nicht, ob sie in ihrem neuen Zuhause sicherer oder glücklicher sein wird, doch wenn sie im Haus ihrer Familie Fuß faßt, ist das als Anfang genauso gut wie jede andere Kampagne, bei der sie mitgemacht hat, und sie wird die Aktion mit einem realistischen Schlachtplan und einem zuverlässigen Sicherheitsnetz beginnen und sich nicht um die Todfeinde scheren, mit denen sie vielleicht konfrontiert sein wird.

Die Jungen lassen sich heute nicht blicken. Seltsam ist, daß sie sich nicht nach ihnen erkundigt und daß auch der Kellner, der zurückgekommen ist, um den nicht angerührten Tee, die Kekse, den Pfannkuchen und die Mangos abzuräumen, sie nicht erwähnt. Er nimmt ihr Gedeck, ohne ein Wort zu sagen, wenn auch seine bedenkliche Miene Bände spricht für Cambara, die sich ihrer Gereiztheit bewußt ist.

Dann kommt Kiin mit der Überschwenglichkeit eines Menschen mit einem Übermaß an Zärtlichkeit auf sie zu und fragt: »Jetzt kommt alles in Gang, nicht wahr?«

»Ich ziehe aus dem Hotel in unser Haus.«

Die Vorstellung ist so beunruhigend für Kiin, daß sie sich gar nicht mehr nach Cambaras Besuch beim kranken Bile erkundigt oder nach dem Telefongespräch mit Raxma, die vielleicht zuvor schon mit Kiin gesprochen hat, oder nach Biles angeblichem Vorschlag, daß man ein ausgewähltes Publikum zur Aufführung des Stückes einladen solle, da es zu kontrovers für die allgemeine Öffentlichkeit sei.

»Ich ziehe in unser Haus, das durch deine Bemühungen und die vieler anderer wohlwollender Menschen zurückerobert werden konnte. Ich habe das Gefühl, daß sonst alles von uns Erreichte umsonst wäre, so als würde man Milch auf den durstigen Sand der Sahara gießen, wie ein somalischer Viehhirt sagen würde.«

Kiin starrt Cambara an, als schwanke der Boden, auf dem sie beide stehen und ihr Gespräch führen, plötzlich unter ihren Füßen. Kiin wühlt in ihrem großen Repertoire flotter Sprüche, weil sie zeigen will, daß nichts sie aus der Fassung bringt.

Sie fragt: »Findest du es klug, das jetzt zu tun?«

Cambara überlegt sich genau, was sie Kiin erzählt. Sie erwähnt nicht ihren Traum und ihr Gespräch mit Raxma, wodurch ihr die Idee zum Umzug gekommen ist. Sie betont jedoch den beruflichen Aspekt – »Alles wird dadurch einfacher, ich muß die Arbeit nicht unterbrechen« – und hebt dann gebührend hervor, wie dankbar sie Kiin ist – »Ich ziehe in das Haus, weil ich zeigen will, wie sehr ich schätze, was du und all die anderen für seine Rettung getan habt, vor allem du, Farxia und Dajaal« –, und fügt hinzu: »Wir werden eine Party in dem Haus veranstalten, unmittelbar vor der Aufführung. Wie findest du das?«

»Aber warum?«

»Ich will endlich mit der Inszenierung des Stücks beginnen«, sagt Cambara. Dann fährt sie fort: »Auf mich wartet eine Menge Arbeit. Ich muß anfangen, das Stück zu skizzieren, es zu proben und Schauspieler zu finden.«

»Es ist doch sicher noch Zeit?«

Ungeduldig schneidet Cambara ihr das Wort ab und sagt: »Der Aufenthalt hier, wo du mich mit deiner Freundlichkeit verwöhnt hast, war wunderbar. Vielen Dank; du bist so lieb und ein wahrer Segen für mich gewesen, erquickender als Manna vom Himmel.«

»Hast du dein Vorhaben mit noch jemandem besprochen?«

»Nein.«

»Aber warum?«

Sie wagt es nicht, den Mangel an Privatsphäre hervorzuheben, ihre Abhängigkeit von anderen, wenn es um die gewöhnlichsten Dinge geht – Aspekte des Lebens in Mogadischu, die sie schrecklich frustrierend findet. Eine vertraute Unruhe kehrt zurück. Wird ihr Umzug sie von diesen täglichen Beschwernissen befreien? Wird sie nicht noch abhängiger von anderen werden, was ihre Sicherheit angeht? Kiin schweigt lange, und Cambara beobachtet sie, während ihr die Gedanken durch den Kopf schwirren. Da es typisch ist für Kiin, sich – wenn sie ein Hindernis sieht – sofort an dessen Beseitigung zu machen, erwartet Cambara, daß Kiin die Initiative ergreift, und kommt dem mit einem Satz zuvor.

Sie sagt: »Wenn es möglich wäre, würde ich sofort umziehen, und dafür brauche ich ein wenig Starthilfe von dir.«

Kiin schaut auf ihr Handy, als wünschte sie, daß es klingelt, oder vielleicht überlegt sie, ob sie Raxma anrufen soll, damit diese eingreift. Sie steckt das Handy wieder in ihre Handtasche und sagt: »Sage mir, was du brauchst.«

»Deinen Laster mit bewaffnetem Begleitschutz, damit ich einen Teil meiner Sachen gleich mitnehmen kann«, sagt Cambara. »Es wäre schön, wenn du den Kauf eines Generators, einiger Betten und Matratzen, Töpfe, Pfannen und anderer Küchenutensilien organisieren könntest.«

»Ist so gut wie erledigt«, sagt Kiin. »Was sonst noch?«

»Für den Moment nichts weiter.«

Kiins Stimme klingt jetzt schärfer, als sie sagt: »Das ist, was du für den Anfang brauchst, wie du sagst. Ich bin erstaunt, daß du nichts weiter auf deiner Einkaufsliste hast, da du dich schließlich in ein Kampfgebiet begibst, die Bequemlichkeit und Sicherheit eines Hotels verläßt und vorzeitig dein Leben gefährdest. Bodyguards, Handfeuerwaffen, mindestens zwei Kampffahrzeuge? Bist du sicher, daß du sonst nichts brauchst?«

»Ich bin sicher.«

»Keine Funkgeräte oder so?«

»Ich behalte natürlich meine Zimmer hier.«

»Natürlich.«

»Und wenn unsere Küche nicht in Betrieb ist oder wenn ich das Essen zwischen den Proben satt habe, kann ich doch sicher Essen aus deiner Küche bestellen.«

»Kein Problem.«

»Es gibt viel Arbeit«, sagt Cambara und sitzt auf der Stuhlkante, als wolle sie gleich aufspringen, so begierig ist sie, endlich loszugehen.

Kiin bedeutet ihr mit einer Handbewegung zu gehen und fordert sie so auf, ihrer inneren Stimme zu folgen. Sie sagt: »Worauf wartest du?«

»Wann wirst du fertig sein?«

»Der Laster, der stellvertretende Hoteldirektor, unser Sicherheitschef und der bewaffnete Geleitschutz werden in einer halben Stunde für dich bereit sein«, sagt Kiin.

»Dann treffen wir uns in einer halben Stunde hier unten.«

Als Kiin gegangen ist, um alles zu organisieren, ist Cambara, nun allein, unfähig zu entscheiden, was sie für das Theater und für sich persönlich am dringendsten braucht. Wo soll sie anfangen? Was einpacken? Was soll sie wegen der Jungen unternehmen?

Auf dem Weg zu ihren Zimmern beginnt die glühende Begeisterung im Zentrum ihrer Existenz plötzlich in sich zusammenzusinken. Sie ist in einer Zwickmühle, weiß, daß sie zu schnell vorgeprescht ist, doch sie will nicht umkehren. Zuerst geht sie zur Rezeption und nimmt bündelweise US-Dollar in großen Scheinen aus dem Hotelsafe, um damit einen 2 000-Kilowatt-Generator für ihren Strombedarf zu kaufen sowie einen bescheidenen Kühlschrank, ein Doppelbett und zwei einfache Betten, Matratzen, Tagesdecken, Laken, Badetücher und Handtücher, Seife und eine Reihe von Lebensmitteln einschließlich Gemüse, und wenn es im Supermarkt keine abgepackten Hühner gibt, dann ein lebendes Huhn. Sie deponiert das restliche Geld wieder im Safe und schließt ab.

Dann wendet sie sich der Frage zu, welche Kleider sie mitnehmen soll, und entscheidet sich schnell für neutrale Sachen, weder zu auffällig noch zu schlicht, dazu die Arbeitskleidung, die sie trägt, leger und chic. Die Nachthemden wählt sie sorgfältig aus, für alle Fälle. »Hoffentlich lasse ich die Hühner nicht die Eier von Adlern ausbrüten«, sagt sie sich. »Das wäre wirklich schlimm und traurig.« Dann fügt sie noch zwei der Masken hinzu, die eine voraussichtlich für Gacal, die andere für Seidenhaar.

Im unerbittlichen Griff einer sich ankündigenden Aufgeregtheit, ähnlich einer beginnenden Grippe, die sich mit einem Niesen ankündigt, beeilt sich Cambara, ein paar Sachen zusammenzusuchen, und stürzt aus dem Zimmer, um zu Kiin zu kommen. Als sie ihre Tür zweimal abschließt, wird ihr bewußt, daß es Probleme gibt, wenn man an mehreren Orten gleichzeitig wohnt – eine Wohnung im fernen Toronto, die zwei Zimmer im Hotel, und nun das Haus ihrer Familie. Sie weiß schon jetzt, daß sie morgen ins Hotel zurückkehren muß, um einige der zurückgelassenen Masken zu holen. Sie nimmt sie bewußt nicht mit, weil sie keine Ahnung hat, wie der Sicherheitschef, Hudhudle, der ein frommer Muslim zu sein scheint, auf ihre Beförderung im Laster reagieren könnte. Ihr Koffer schlägt schwer gegen die Stufen, als sie die Treppe hinuntergeht, und die beiden hölzernen Masken geben einen dumpfen Laut; sie hebt den Koffer höher, um sie nicht zu beschädigen. Beinahe stürzt sie vornüber, als einer der Hotelboys ihr den Koffer abnimmt und ihr mitteilt, daß Kiin beim Laster wartet, der schon bereitsteht.

Kiin öffnet die Tür des Fahrzeugs, dessen Motor bereits läuft, und hilft Cambara hinein, während der Hotelboy den Koffer an einen der Leute vom Geleitschutz in der dritten Reihe übergibt. Die beiden Freundinnen wollen sich gerade voneinander verabschieden, und Kiin macht sich bereit, ihr alles, alles Gute zu wünschen, als Cambaras Handy klingelt; sie meldet sich beim zweiten Klingeln.

»Wo steckst du?« fragt eine Männerstimme.

Zunächst sagt Cambara nicht, wo sie ist, weil sie zu ergründen versucht, warum sie heute einen Hauch von Gälisch in Seamus' Englisch hört, etwas, das sie zuvor selten gehört hat. Hat ihn etwas nervös, besorgt, ängstlich gemacht?

»Warum fragst du?« sagt sie.

Seamus erwidert: »Dajaal hat eine Nachricht auf meinem Handy hinterlassen, daß das Haus deiner Familie gestern nacht angegriffen wurde und es Verletzte gegeben hat.«

Kiin ist neugierig, aber Cambara erzählt ihr nichts.

Inzwischen fährt Seamus fort: »Dajaal hat gerade seine Säuberungsaktion beendet und zwei schwerverwundete Milizionäre der Angreifer zum Krankenhaus gebracht, Kinder, zehn Jahre jung, schätzt er.« Er macht eine Pause und fügt dann hinzu: »Auf ›unserer‹ Seite ist keiner verwundet worden.«

Cambara sagt: »Ich bin unterwegs zum Haus, in einem Laster mit Geleitschutz. Sag ihm, daß ich zu ihm unterwegs bin und er sich bitte bei mir melden soll, um uns über die Vorgänge auf dem laufenden zu halten.«

»Ich sage ihm, daß er euch erwarten soll.«

Seamus beendet das Gespräch. Cambara verrät nichts.

29

Cambara sitzt vorn neben dem Fahrer, den Arm läßt sie halb aus dem Fenster hängen. Ihre klägliche Miene verrät denen, die wissen, was sie plant, daß sie höchstwahrscheinlich – etwas verspätet – die Nerven verloren hat.

Auf die Frage, warum sie eine für sie ziemlich untypische reuige Miene aufsetzt, könnte sie antworten, daß sie nicht um ihr eigenes Leben bangt. Es ärgert sie maßlos, daß sie ihr Leben nicht allein gestaltet, wie es löblich wäre. Sie verhält sich feige bei der Ausführung ihrer ausgefeilten Pläne, fährt geradewegs in eine Gefahrenzone und läßt sich dabei von einem halben Dutzend Jugendlicher, dem stellvertretenden Direktor und dem Sicherheitschef des Hotels begleiten, von denen keiner durch das Unternehmen, ihr Abenteuer, etwas gewinnen kann. Im Schlepptau befinden sich noch Gacal und Seidenhaar, die auf geheimnisvolle Weise auftauchten, als der Fahrer gerade den ersten Gang einlegte, und ins Auto sprangen, ohne zu wissen, wohin sie fuhren. Jetzt sitzen sie zwei Reihen hinter Cambara und quasseln. Hoffentlich wird ihr leichtsinniger Entschluß, in das Haus ihrer Familie zu ziehen, nicht für einen anderen als sie selbst zur Katastrophe, denn sie würde es sich nie verzeihen, wenn jemand anders verletzt würde. Warum macht sie sich um sich selbst keine Sorgen? Weil sie es war, die die Bequemlichkeit von Toronto verlassen hat und in das von Kämpfen zerrissene Mogadischu gekommen ist – und wo ist sie jetzt? Sie hat es geschafft, das Grundstück ihrer Familie wieder an sich zu bringen – nicht schlecht für eine trauernde Mutter.

Das Klingeln ihres Handys schreckt sie auf und beendet ihre privaten Gedankengänge. Dajaal sagt: »Geben Sie mir Ihren Sicherheitschef.«

Sie fährt herum und führt sich auf, als drohe eine Geiselnahme. Dann sucht sie Orientierung beim Sicherheitschef, reicht ihm das Handy in die zweite Reihe und erklärt, daß Dajaal ihn sprechen möchte.

»*Pronto?*« sagt Hudhudle, der Sicherheitschef, und lauscht.

Unter normalen Umständen wäre sie vielleicht versucht gewesen sich zu erkundigen, warum Dajaals Manieren sich auf- und davongemacht haben, hält sich jedoch zurück angesichts der Tatsache, daß sie die Kerze schon an beiden Enden angezündet hat, indem sie zuerst Zaak vor den Kopf gestoßen und mit ihrem Auszug aus dem Hotel nun vielleicht auch Kiin verärgert hat. Sie wird nicht an Dajaals Manieren herumkritteln, wenn er keine Zeit auf formelle Floskeln wie »bitte« oder »dürfte ich« verschwenden kann. Schließlich hat sie dazu beigetragen, daß die gegenwärtige Situation so außergewöhnlich ist, indem sie das Risiko um mehrere Grad erhöht hat. Außerdem klang er angespannt. Warum hat er nicht mit ihr gesprochen und sie gebeten, dem Sicherheitschef seine Informationen zu übermitteln? Ist er sehr aufgebracht und möchte ihr Verhältnis nicht gefährden, indem er etwas Falsches sagt? Wenn sie ihn nicht besser kennen würde, könnte sie denken, er hielte sie aufgrund ihres Geschlechts für überflüssig, da Kriegsangelegenheiten, weil sie Männer- und nicht Frauensache sind, nur mit einem anderen Mann besprochen werden können.

Während sie hört, wie der Sicherheitsmensch einige Worte Dajaals wiederholt, tut sie unbekümmert und als ginge sie das alles nichts an und hätte kaum etwas oder nichts mit ihr und ihrem Leben zu tun. Was für Instruktionen kann Dajaal nur geben, die es erfordern, daß Hudhudle seine Antworten ständig respektvoll mit »Sir« oder ähnlichen Ausdrücken spickt?

Cambara kann sich an eine längst vergangene Zeit erinnern, als Frieden in diesem Land herrschte und jeder seinen Platz kannte und wußte, was er tun mußte, um ihn zu behalten. Damals hörte man diese Anredeformen ganz natürlich, weil die somalische Gesellschaft versöhnt war mit ihrem kollektiven Gewissen, zufrieden und stolz auf ihre Stellung, die als einzigartig in Afrika und der gesamten Welt angesehen wurde. Seltsam, daß sie darüber nicht schon früher nachgedacht oder diese Ausdrücke mit einem geregelten Leben in Verbindung gebracht hat, seit sie in das Hotel gezogen ist. Natürlich wünscht sie sich nicht zurück in eine hierarchische, von Männern dominierte Struktur, in der Frauen die niedrigste Stufe der Leiter innehaben. Gott behüte, nein. Sie sehnt sich nur nach einer Vergangenheit, in der dein Haus dir gehörte und man keinen bewaffneten Geleitschutz brauchte, um es wiederzubekommen oder um überhaupt erst hinzugelangen, und in der man darin leben und schlafen konnte, ohne daß man zum Schutz Kampffahrzeuge an mehreren Zugangsstellen positionieren mußte.

»Hier«, hört sie Hudhudle sagen, der ihr das Handy wiedergibt, nachdem er eine Nummer auf einen Zettel geschrieben und sie dann in sein Handy eingetippt hat. Die Nummer wird er wohl in einem Notfall verwenden, nimmt sie an, oder wenn es erforderlich ist, sich mit Dajaal in Verbindung zu setzen.

Sie nimmt ihr Handy zurück, murmelt: »Danke« und starrt das Gerät an, vielleicht weil sie hofft, daß es ihr die Informationen preisgibt, in die nur Hudhudle eingeweiht wurde. Ihr ist bewußt, daß diese Informationen ihr Leben und das der anderen im Laster unwiderruflich verändern können, wenn ein Kampf ausbricht. Wenn sie zögert, sich danach zu erkundigen, dann deshalb, weil sie nicht möchte, daß er in dem herablassenden Ton mit ihr spricht, den Erwachsene bei Kindern anwenden, Männer bei Frauen, Ortsansässige bei Fremden, um klarzustellen, daß es manche lebenswichtige Informationen gibt, mit denen sie ihr Gegenüber nicht behelligen möchten. Sie behält ihre Meinung für sich, schweigt und entscheidet, daß jemand anders die Fragen stellen soll. Seltsamerweise tut es niemand, vielleicht weil seine Männer wissen, daß er nicht nachgeben wird; und Gacal und Seidenhaar schwatzen und messen sich aneinander.

Während der Laster über die Straße holpert und sich dabei immer wieder ruckhaft nach vorn neigt – man könnte meinen, er wolle seine Passagiere auskippen –, sitzt Cambara mit angespanntem Gesicht da und reist in Gedanken zurück in ihre Kindheit, als ihre Eltern einen schützenden Ring um sie schufen und sie »zu ihrem Besten« absichtlich über vieles im unklaren ließen. Sie erinnert sich, daß sie, als sie sieben Jahre alt war, mit ihrer Mutter nach Kismayo und dann nach Nairobi reiste; Mutter und Tochter waren über zwei Monate von zu Hause fort. Dann geschah etwas Unglaubliches: Sie hörte, wie ihre Mutter einen Tag nach ihrer Rückkehr einer Nachbarin erzählte, daß sie ihre Tochter Cambara mitgenommen habe, um sie beschneiden zu lassen. Zuerst fragte sich Cambara, warum Arda eine solche Lüge erzählte; sie wollte wissen, was eine anständige Person wie ihre Mutter dazu veranlaßte, Zuflucht in einer Lüge zu suchen. Älter und klüger geworden, würde sie es so formulieren: Was ist das für eine Gesellschaft, die Menschen zwingt, sich aufs Lügen zu verlegen, lieber aus Bechern zu trinken, um zu verbergen, was sie trinken, und sich einen Mythos zu schaffen, so mächtig, daß sie deswegen ihre Nachbarn ermorden?

Cambara wurde zur willigen Komplizin und wiederholte die gleiche Unwahrheit, wann immer eine ihrer Altersgenossinnen aus der Nachbarschaft oder der Schule das Beschneidungsritual über sich ergehen ließ. Sie behauptete dann, ihre Mutter hätte eine Frau in Kismayo angeheuert, die Beschneidung bei ihr durchzuführen. Beim ersten Mal log Cambara ihrer Mutter zuliebe; beim zweiten Mal war es leichter, und sie dachte sich nichts weiter dabei; dann gewöhnte sie sich daran, die Unwahrheit zu sagen, bis sie beinah selbst daran glaubte. Sie blieb bei ihrer falschen Version, weil sie nicht wollte, daß ihre Kameradinnen sie hänselten und als Unbeschnittene und Unreine bezeichneten. Und natürlich wollte sie auch nicht Lügnerin genannt werden. Am Ende machte sie sich die Lüge ihrer Mutter zu eigen. Und im Laufe der Jahre entdeckte Cambara, daß sie und ihre Mutter immer wieder zur Täuschung griffen, um zum Beispiel die Beschneidungsfetischisten in Schach zu halten oder um es Zaak zu ermöglichen, als Ehemann zu ihr zu reisen. Lügen gebaren neue Lügen. Nicht die Wahrheit zu sagen wird all denen zur zweiten Natur, die in repressiven Gesellschaften leben; es ist eine Möglichkeit, Konfrontationen mit Mitgliedern einer Gesellschaft zu vermeiden, die berüchtigt ist für ihre Scheinheiligkeit.

Plötzlich hält das Fahrzeug mit einem Ruck an, und das bringt sie zurück in ihre gegenwärtige Situation. Hudhudle steigt aus und weist alle außer Cambara, den stellvertretenden Hoteldirektor Irrid, Gacal und Seidenhaar an, auszusteigen, einen Kreis um das Fahrzeug zu bilden und auf weitere Befehle zu warten. Weil sie nicht ausgeschlossen werden wollen, steigen auch Gacal und Seidenhaar aus dem Auto, dabei necken sie sich weiter und albern herum, was Cambara an Roberto Benignis Film *Das Leben ist schön* denken läßt. Hudhudle erklärt allen, daß er etwas zurückbleiben und vor dem Haus der Familie wieder zu ihnen stoßen wird. Dann wählt er auf seinem Handy eine Nummer, offenbar um Dajaal über ihre jetzige Position zu informieren und ihm zu sagen, daß sie sich an seine Anweisungen halten.

Hudhudle sagt zu ihr: »Das wird Ihnen vielleicht dramatisch vorkommen, aber Sie brauchen sich keine Sorgen zu machen, es ist nichts zu befürchten. Dajaal und ich sehen das nur als Vorsichtsmaßnahme an, um Beschuß durch Scharfschützen zu vermeiden. Sie, Cambara, sollten nicht gesehen werden. Legen Sie sich bitte auf den Boden.«

»Warum darf ich nicht gesehen werden?«

Hudhudle antwortet: »Wir fahren durch das gestrige Kampfgebiet. Wir wollen nicht, daß irgendein Scharfschütze weiß, daß Sie im Fahrzeug sind.«

Sie denkt, daß sich zu ducken, um dem Tod zu entgehen, etwas anderes ist, als sich unsichtbar zu machen, und wünschte, sie hätte alles Nötige zu Verfügung, um sich mit Kräutern und Zaubersalben einzureiben, die einen, wie es einige Märchen besagen, unsichtbar machen sollen. Besser noch wäre sie in die Clan-Familie hineingeboren worden, deren Mitgliedern man die Kraft nachsagt, sich unsichtbar machen zu können, was sie angeblich stets tun, wenn sie gegen mächtigere Feinde kämpfen.

Als sie seine Worte vernimmt: »Keine Angst, der Sieg ist Ihnen am Ende sicher«, klopft ihr das Herz.

Das Fahrzeug steht noch immer da, mit laufendem Motor, und Hudhudle hält noch immer die Tür auf, um zu kontrollieren, daß sie sich auf den Boden legt. Wie unbequem es ist, als sie sich nach unten zwängt, mit dem Kopf und dann mit den Knien gegen vorspringende Kanten stößt und über die Unannehmlichkeiten des Ganzen jammert und flucht. Ihr folgt der stellvertretende Hoteldirektor Irrid – so genannt, weil ihm oben die Schneidezähne fehlten, daher *irrid*, eine Tür, in seinem Mund. Er legt sich in der letzten Reihe des Fahrzeugs auf den Boden. Bevor Hudhudle die Tür hinter ihnen schließt, sagt er: »Toi, toi, toi für alle.«

Dann geht er mit schußbereiter Waffe rückwärts, bis er hinter dem Fahrzeug steht. Der Fahrer legt den Gang ein, fährt langsam an und unterdrückt ein Glucksen, amüsiert, daß die Süße des Lebens aus den Besten von uns Narren machen kann. »Was für eine dramatische Geschichte«, sagt er, und obwohl Cambara schweigt, gibt sie ihm recht.

Die jungen Milizionäre teilen sich inzwischen in zwei Gruppen, halten sich dicht beim Laster und geben so Deckung. Zwei gehen voran, die Gewehre im Anschlag und den Finger am Abzug, andere gehen auf beiden Seiten hinter ihnen und mustern die Gegend genau. Seidenhaar weiß nicht, was er mit seinen leeren Händen anfangen soll, er, der Gewehre getragen, geschossen und getötet hat; Gacal jedoch kriecht auf dem staubigen Boden, wie er es in Filmen gesehen hat, und unterdrückt ein Lachen. Der zweite Trupp schleicht hinter dem Fahrzeug her, so als seien sie auf der Jagd, und blickt in die entgegengesetzte Richtung. Dieser ganze Mummenschanz erinnert Cambara an das Schauspiel eines VIP-Fahrzeugs, in dem ein Papst, ein König oder ein Präsident sitzt, umgeben von unglaublich vielen Bodyguards, deren gezückte Pistolen etwas Schreckliches anrichten werden, wenn sie aus Versehen losgehen, was Gott verhüte.

Irrid atmet schwer. Er sagt: »Wäre ich doch in der Limousine direkt zum Bakhaaraha-Markt gefahren. Dann hätte ich nur einen leichtbewaffneten Geleitschutz gebraucht. Ich habe nämlich Herzprobleme und fühle mich, als greife der Tod nach meinem schwachen Herzen.«

Sie sagt: »Das wußte ich nicht.«

Ihr Taktgefühl verbietet ihr, etwas darüber zu sagen, daß sie mit einem mühsam schnaufenden Herzkranken in einem Auto eingesperrt ist. Um nicht ohnmächtig zu werden, lauscht sie auf das Pochen ihres eigenen Herzens und klopft im Rhythmus dazu, Irrids Schniefen im Ohr. Nach dem kleinen Himmelsausschnitt zu urteilen, den sie sehen kann, wenn sie durch das Fenster auf ihrer Seite nach oben blickt, gibt es keine Wolken, nur trostlose Weite.

Der Fahrer sagt mit bebender Stimme: »Ich wette, Sie ahnten nicht, was Sie sich eingebrockt haben, als sie einen Warlord aus einem Haus vertrieben, in dem er mit seiner Familie wohnte.«

Sie widersteht der Versuchung, ihm seinen Eindruck zu nehmen, sie habe Angst; sie hat keine Angst, könnte sie betonen, nicht um sich selbst. Sie hat das, was man mit alltäglicher Angst beschreiben könnte, überwunden, als sie dieses Gefühl mit ihrem Sohn Dalmar begrub. Sie weiß jedoch nicht, ob er versteht, wenn sie sagt, sie fühle sich schuldig, weil ihnen etwas zustoßen könnte. Verunsichert sagt sie nichts. Ihr kommt die Idee, nur sich selbst die Schuld zu geben. Aber sie sagt wieder nichts und denkt: Wozu?

Der Fahrer jammert: »Machen wir uns doch nichts vor und sagen, wie es ist. Was werden Sie tun, wenn Gudcurs Leute hinter Ihnen her sind, aus allen Rohren feuern und seine ›Techniker‹ Panzerfäuste abfeuern? Hoffentlich passiert uns heute nichts, weil wir im selben Wagen mit Ihnen eingesperrt sind.«

Irrid sagt: »Sag das nicht.«

Dann hören sie, wie jemand mit der Faust gegen das Fahrzeug donnert, und Hudhudle dem Fahrer zuruft, er solle anhalten. Als das Auto stoppt, kurz bevor Hudhudle die Tür aufreißt, bekommt Irrid einen hysterischen Anfall: »Bitte, bitte, Gudcur, ich habe nichts damit zu schaffen!«

Hudhudle macht aus Irrids Ausbruch keine große Sache. Er sagt: »Setz dich hin, beruhige dich und sei still, Irrid. Warum benimmst du dich, als hättest du noch nie Pulverdampf gerochen? Ich bin es, Hudhudle.«

Cambara klettert verlegen auf ihren Sitz, als hätte sie den Anfall gehabt. Doch sie ist erleichtert – das kann man ihr ansehen. Dann entdeckt sie Dajaal, der wie ein Armeeoffizier seine zusammengewürfelte Meute junger Milizionäre anweist, wie sie sich im Fall eines Überfalls aus dem Hinterhalt aufstellen sollen. Er winkt dem Fahrer weiterzufahren und öffnet selbst die Schranke, um das Fahrzeug durchzulassen. Als das Auto auf seiner Höhe ist und der Fahrer das Fenster herunterläßt, sagt Dajaal ohne Vorrede oder Willkommensgruß zu Cambara: »Bile ist auf dem Weg hierher.« Dann wendet er den Blick ab und gibt deutlich zu verstehen, daß er ihr nichts mehr zu sagen hat.

Sie denkt: Was gibt es noch zu sagen? Was gibt es zu tun? Bei einem verstohlenen Blick in Irrids Richtung bemerkt sie, daß er immer noch Zeichen der Scham zeigt, die länger anhält, als für den armen Teufel gut ist. Cambara schöpft Trost aus ihrer Erinnerung an die Szene, als sie Zeuge von Biles unsäglichem Zustand wurde, worüber sie nie sprechen wird. Wenn wir doch nur zugeben würden, daß wir schwächer sind, als wir glauben. Schwach werden wir geboren; schwach werden wir sterben.

Das Herz ist ihr schwerer als ein Stein, als sie langsam ins Haus und dann in den Saal geht, wo sie schließlich die Proben durchführen will. Heute wahrscheinlich nicht mehr.

Alle helfen, die zwei Koffer ins Haus zu schaffen, und die Einkaufstasche, in der sich ihre Toilettenartikel, eine Packung Backpflaumen, einige Rosinen und ein paar Kleidungsstücke befinden. Die Koffer sind schwerer, da sich in ihnen Bücher, Notizblöcke,

Zeichenblöcke und zwei der Miniaturmasken befinden. Sie erklärt Seidenhaar und Gacal, daß die Einkaufstasche in ihr Zimmer mit dem Bad kommt, wo sich allerdings noch kein Bett befindet, nur eine Matratze auf dem Boden, braun verfärbt und tränengetränkt. Sie hofft sehr darauf, daß Irrid noch vor Ende des Tages mit den Einkäufen zurückkehrt. Sie weiß nicht, wo Dajaal steckt, und kann sich nicht erinnern, Qasiir gesehen zu haben, als sie mit dem Laster gekommen ist, vielleicht weil sie auf dem Boden gelegen hat und von dort aus niemanden sehen konnte.

In der kühlen, ruhigen, Atmosphäre des Saales, wo sie für einen Moment allein ist, gibt Cambara ihrer Phantasie Flügel, um ihre Verärgerung zu besiegen, sie mit ihrer schöpferischen Kraft zu überwinden, weil sie jetzt im Haus der Familie tun darf, was sie will, da es nun ihr gehört. Da erscheinen eine Reihe von Bildern vor ihrem inneren Auge – in Gestalt einer Frau, die noch sehr kampfesmutig ist, und einer anderen Frau, die der Anblick von Blut und das Pfeifen dicht vorbeifliegender Kugeln nicht einschüchtern wird. Sie überlegt, ob das Frauen-Netzwerk sie wohl weiterhin bedingungslos unterstützen wird, wenn Kiin ihren überstürzten Umzug als unbesonnen einschätzt und als eine Gefahr für alles, was sie getan haben, um das Haus für sie zurückzuerobern. Werden einige der Frauen sie loyal unterstützen wegen ihrer Entschlossenheit, sich zur Wehr zu setzen, wegen ihrer beispiellosen Furchtlosigkeit? Sie malt sich aus, wie sie in dem Haus lebt – sie weiß nicht, für wie lange – und für Frieden und Gerechtigkeit arbeitet, soweit es die Situation gestattet. Cambara stellt sich vor, wertvolle Zeit mit Bile zu verbringen, der wohl weniger in sie verliebt ist als in die Vorstellung von einer Frau wie sie, so denkt sie jedenfalls.

Dann hört sie ein leises Rascheln – es klingt wie Ratten, die in ihr Versteck huschen. Sie weiß nicht, woher das Geräusch kommt, und kann sich nicht entscheiden, ob sie hinauf zum Dach oder zum Fenster schauen soll; zum ersten Mal seit sie aus dem Auto gestiegen ist, lodert in ihrem Innern Verbitterung auf, vermischt mit einer beunruhigenden Portion Angst, und nimmt ihr die Luft.

»Hier sind wir«, sagt Gacal.

Sie ist erleichtert, als sie Seidenhaar und Gacal entdeckt, die verlegen herankommen. Warum verstecken sich Kinder in Häusern hinter Türen oder Pfeilern und haben ihren Spaß daran, Erwachsene zu erschrecken? Obwohl die beiden Jungen auf sie zuzugehen scheinen, hat Cambara den verrückten Eindruck, daß sie nicht näher herankommen und die Entfernung zwischen ihnen gleich bleibt. Sie fordert sie auf, näher zu treten, und als sie es tun und nur noch einen Meter von ihr entfernt sind, sagt sie zu ihnen: »Wir wollen uns nicht gegenseitig erschrecken, bitte.«

Dann umarmt sie die beiden, und als sie ihnen jeweils einen Kuß auf die Wange gibt, fallen ihr wieder der Traum und ihr Gespräch mit Raxma ein. Aus der Verbindung von Traum und Gespräch ist ja auf geheimnisvolle Weise ihr Verlangen entstanden, in das Haus einzuziehen. Keiner der beiden hat gebadet, doch sie spürt, daß Seidenhaars tagealter Schweiß schon etwas vom Körpergeruch eines Erwachsenen hat, im Gegensatz zu dem von Gacal, vielleicht weil Gacals Haut nicht so fettig ist und ein wenig nach ungewechselter Windel riecht. Sie schließt daraus, daß Seidenhaar vielleicht zwei oder drei Jahre älter ist als Gacal.

Zögernd schaut sie sich um, und allmählich beunruhigt es sie, daß der Kampf gestern abend unentschieden geblieben ist. Sie stellt fest, daß sie keine Ideen mehr hat, die ihr helfen könnten, der augenblicklichen Situation zu begegnen. Weil sie den Angriff auf das Haus nicht erwähnen will, greift sie ein neutrales Thema auf. Sie fragt Gacal: »Wo wart ihr denn, als ich euch heute morgen gesucht habe?«

Gacal bleibt vage: »Da und dort.«

Sie fragt: »Wo ist da? Wo ist dort?«

»Ach, nirgendwo.«

»Er will es nicht sagen, aber ich schon«, sagt Seidenhaar.

Auf Cambaras Ermunterung hin kommt heraus, daß sie sich Filme angesehen haben – Seidenhaar seine Lieblings-Kung-Fu-Filme, Gacal wieder einen Pornofilm. Was sie beunruhigt, ist nicht, daß Gacal ausweicht oder nicht antworten will, sondern daß er lügt. Natürlich weiß sie, wenn Seidenhaar die Wahrheit sagt, bedeutet das nicht, daß er wahrheitsliebender ist; vielleicht glaubt er, so ihre Zuneigung gewinnen zu können, während es Gacal ums Überleben geht. Er benimmt sich wie ein Junge, der an einem Tag alles hatte und am nächsten Tag nichts.

»Warum, Gacal?«

Aus Gacals Gesicht weicht die natürliche Farbe, er wird bleich vor Unbehagen. Er will etwas sagen, kann aber nicht, als habe er Angst vor den Folgen. Sie würde gern wissen, wagt aber nicht zu fragen, wie sich Gacal in der vergangenen Nacht aufgeführt hat. Er ist verunsichert. Wie sehr wird Cambaras Auszug aus dem Hotel die beiden Jungen beeinflussen? Rückt dadurch Gacals Wiedervereinigung mit Qaali, wenn sie am Leben ist, näher? Seidenhaar hat ein härteres Leben gehabt, es macht ihm nichts aus, sich als Koch auszuprobieren oder für sich selbst zu sorgen; er möchte unbedingt die Wahrheit sagen und es ihr recht machen. Die Schwierigkeiten, die Gacal mit diesen Bedingungen hat, sind jüngeren Datums, er muß sich an seine Situation gewöhnen. Beim ersten Zusammentreffen mit ihm hat sie vermutet, daß der Junge einen eigenen Kopf habe und daß sie sich daran gewöhnen würde und er an sie.

Spontan fragt Seidenhaar: »Soll ich Feuer machen und Tee kochen?«

»Später. Aber sag mir doch, wenn gekämpft wird und die leichten und die schweren Waffen feuern, kannst du dann schlafen, wenn sich die Lage wieder beruhigt hat und sich die Angreifer zurückgezogen haben?«

»Es ist nicht leicht zu schlafen«, sagt er. »Die Ohren dröhnen, das Herz klopft vor Angst, und du bist aufgeregt, du möchtest sprechen, kannst aber nicht, weil du nicht weißt, wann oder ob die Angreifer zurückkommen. Du willst nicht, daß sie dich hören. Der Schlaf flieht und wagt viele Nächte lang nicht zurückzukommen. Dann bleibst du wach und eine andere Art von Energie strömt durch deinen Körper. Du glaubst, daß dir der Schlaf nicht fehlt, aber wenn es so ist, wirst du verrückt vor Schlaflosigkeit.«

»Wohin würdest du gehen, wenn du kein Gewehr hättest und sie angreifen würden?« fragt sie Gacal.

»Ich würde mich auf dem Dachboden verstecken«, sagt Gacal, »in der Nähe vom Wassertank, wenn es einen gibt, oder in einer Speisekammer. Nicht im Schrank, wo Kleider hängen, denn dort suchen sie nach Versteckten. Jedenfalls haben wir das getan, als wir ein Haus durchsucht haben. Ich habe mich eine ganze Nacht zusammengekauert beim Wassertank versteckt, als die Männer gekommen sind und die Unterkunft angegriffen haben, wo mein Papa und ich gewohnt haben. Wenn keiner in der Nähe war, bin ich hinunter in die Speisekammer. Manchmal ist dort trockenes Brot.«

Cambara weiß nicht weiter, ihre Lippen formen die Worte: »O du armer Junge«, doch sie bringt sie nicht heraus.

Seidenhaar amüsiert sich, soviel ist klar. Er sagt: »Wichtig ist, Geduld zu haben, und wenn du Gelegenheit dazu bekommst, sie fertigzumachen. Es ist immer gut, sie zu verjagen. Mach nie Gefangene, sonst mußt du ihnen zu essen geben.«

»Ich wüßte nicht, was zu tun ist«, gibt sie zu.

»Mit solchen Kämpfern wie Qasiir und seine Kameraden, die für ihre Furchtlosigkeit bekannt sind, kannst du beruhigt sein«, sagt Seidenhaar im Tonfall eines alten Mannes, der aus Erfahrung spricht. »Sorg einfach dafür, daß dein Handy aufgeladen ist, dann können wir Dajaal anrufen. Problem gelöst.«

Dann dreht Seidenhaar sich zu Gacal um und starrt ihn lange vielsagend und streng an, als fordere er ihn auf, ihm zu widersprechen.

»Wir sind sicher«, beruhigt Seidenhaar sie.

Sie sagt: »Ich weiß nicht.«

Seidenhaar tritt einen Schritt von Gacal und Cambara zurück. »Hast du schon einen Kampf mitgemacht?«

»Noch nie.«

Seidenhaar und Gacal schauen einander verwundert an. Sie durchlebt noch einmal die Aufregung, die Irrid hervorrief, die abfälligen Bemerkungen des Fahrers, mit denen er ihr voraussagte, daß Gudcurs Männer kommen und auf sie schießen würden, vielleicht nach Einbruch der Nacht, zu allem entschlossen. Es fragt sich, was besser ist: sich zu bewaffnen oder es nicht zu tun, wie sie bisher, und Bewaffnete anzuheuern, bis die Bedingungen erträglich werden.

Seidenhaars aufgeregte Stimme weckt sie aus ihrer kurzen Abwesenheit, als er sagt: »Wir kennen unseren Text. Wollen wir mit der Probe anfangen?«

»Vielleicht nicht gerade jetzt«, sagt sie.

»Eine Probe hilft die Zeit vertreiben.«

»Ja, bitte«, sagt Gacal.

Zu Seidenhaar: »Wo ist der Tee, den du versprochen hast?«

Gacal sagt: »Ich helfe beim Feuermachen.«

Seidenhaar läßt nicht locker: »Nach dem Tee proben wir.«

»Wir proben, wenn ich Tee getrunken habe.«

»Versprochen?«

»Versprochen.«

Sie proben; Cambara wartet, daß Bile kommt.

30

Nichts packt die Phantasie so gnadenlos wie die Angst, denkt Cambara. Doch auch wenn sie in Sorge ist, hat sie sich fest vorgenommen, daß die Furcht, die sie empfindet – was nur natürlich ist angesichts der Umstände –, ihr Urteil nicht trüben soll. Da fällt ihr ein somalisches Sprichwort ein, welches besagt, daß die Mutter eines Feiglings selten den Tod ihres Kindes infolge impulsiven Verhaltens betrauert. Egal. Sie gibt zu, daß sie so töricht gewesen ist wie eine tapfere Frau, die beschlossen hat, das Schicksal herauszufordern, und das Glück bisher auf ihrer Seite hatte. Ab jetzt keine verrückten, waghalsigen Aktionen mehr. Sie muß sich ernsthaft daranmachen, die Panikattacke zu bekämpfen, die in ihrem Herzen tobt . . . während sie auf Bile wartet.

Cambara fordert eine außerplanmäßige Pause bei der wiederaufgenommenen Probe, weil sie zu viele Fehler bei den Regieanweisungen macht. Sie muß sich mehrmals korrigieren und widerspricht sich wiederholt. Ihr ist, als sei ihr Herz voll Sorge, trotz ihres Entschlusses, das Haus wieder ganz in Besitz zu nehmen, und voll Sehnsucht nach einem Wiedersehen mit Bile. Gerade hat sie ihr Handy hervorgeholt und überlegt, ob es klug wäre, ihn anzurufen und zu fragen, wann und ob er kommt, als sie ein Durcheinander von Stimmen und die Ankunft eines Lasters hört, wahrscheinlich Irrid mit den Einkäufen. Seidenhaar und Gacal laufen hinaus, um an der Aufregung teilzuhaben.

Kurz darauf taucht Gacal wieder auf, um ihr zu berichten, daß er die Betten gesehen hat, verschlossene Schachteln mit Geschirr, Matratzen, einen winzigen Kühlschrank – »vielleicht für unser Zimmer«, vermutet er – und viele, viele andere Dinge. Sie wirkt jedoch abwesend und niedergeschlagen, zeigt nur mäßiges Interesse, wenn einer der Jungen kommt und ihr mitteilen will, was er gesehen hat. Wie sie so dasitzt, reglos, mit abwesendem Blick, kann man aus ihrem Benehmen nicht erraten, was sie sich wünscht.

Die Männer kommen und gehen und bringen den Generator, einen Herd, die Betten, Bettwäsche, Matratzen, Bettdecken, Schachteln um Schachteln, und machen einen Riesenspektakel. Sie wird nur gefragt, wenn entschieden werden muß, wohin dieses Stück kommt und in welches Zimmer jenes geschafft werden soll, doch sie ist gleichgültig. Darüber wird sie später nachdenken, schreit sie fast. Stellt alles erst einmal irgendwohin, sagt sie und ist richtig verärgert über Seidenhaar, der voll Begeisterung verlangt, daß sie gleich eine Antwort gibt. Beleidigt zieht Seidenhaar sich schweigend in eine Ecke zurück, um zu schmollen. Da kommt Gacal zurück, der sich bei den Männern herumgetrieben hat, die die Matratzen bringen und so tun, als würden sie arbeiten, und entdeckt den beleidigten Seidenhaar. Als er gefragt wird, was los sei, erinnert Seidenhaar seinen Freund, daß sie vergaßen, Feuer zu machen und den Tee zu kochen, den sie *ihr* versprochen haben. Seidenhaar mutmaßt: »Vielleicht ist *sie* nicht gut drauf, weil sie ihren Tee nicht bekommen hat, den Kick, den einige Erwachsene brauchen. Wie Khat.«

Das Feuer im Holzkohlenbecken ist bereit fürs Teekochen, und Gacal schlägt vor, den zerbeulten und rußgeschwärzten Topf wegzuwerfen, in dem sie das letzte Mal das Essen und das Wasser für den Tee gekocht haben, und einen der Kartons zu öffnen, in dem sich sicherlich ein neuer Wasserkessel befindet. Seidenhaar ist nicht einverstanden, die beiden diskutieren hin und her und wenden sich schließlich an Cambara, die entscheiden soll. Sie sagt: »Macht, was ihr wollt. Ich will sowieso keinen Tee mehr.«

Keiner der beiden weiß, was er tun oder sagen soll. Sie sehen aus wie zwei Kater, die gerade kastriert wurden, aus ihren Gesichtern ist alle Vitalität gewichen. Sie schleichen davon, halten Abstand voneinander und vermeiden jeglichen Körperkontakt, als hätten sie Schmerzen. Sie bereiten den Tee zu und kommen zurück, um ihr eine Tasse anzubieten und zu fragen, ob sie Zucker und Kondensmilch möchte. Verärgert sagt sie: »Hab ich nicht gesagt, daß ich keinen Tee möchte?«

Irrid nimmt gern eine Tasse, wenn sie ihm schon angeboten wird. Bitte vier Löffel Zucker und etwas Milch. Und Kekse, wenn welche da sind. Er holt einen Stuhl heran, seine rechte Hand umklammert einen dicken Stapel Zettel, Quittungen für seine Einkäufe im Wert von Millionen der abgewerteten Landeswährung. Da er nichts hat, wo er sie ausbreiten kann, hält er Cambara jeweils die Quittung, die er ihr gerade erläutert, unter die Nase und legt den Rest auf seinem Schoß aus. Als ihr das Ganze zu lange dauert, sagt sie gleichgültig: »Es spielt keine Rolle. Geben Sie die Quittungen her, ich sehe sie mir an, wenn ich Zeit habe.«

Dann meldet sich ihr Handy: Am anderen Ende ist Bile, der ankündigt, daß Dajaal ihn fährt und sie keine zwei Minuten vom Haus entfernt sind. Ihre Züge beleben sich plötzlich, ihre Bewegungen werden ausgelassen, sie gewinnt eine temperamentvolle Lebendigkeit – all das veranlaßt Irrid dazu, in Vorbereitung auf seine Flucht nach einem Tisch zu suchen, nach irgendeiner Fläche, wo er seine halbvolle Teetasse abstellen kann, doch vergeblich. Sie ist nun nicht länger die verdrießliche Frau, von der Seidenhaar und Gacal fortgeschlichen sind, und nicht mehr die Frau, die schlechtgelaunt auf die von Irrid getätigten Einkäufe reagiert, jetzt wendet sie sich den beiden Jungen lebhaft zu – sie möchte, daß sie mit ihr in den Probensaal kommen und die Arbeit am Stück wiederaufnehmen – und sie dankt Irrid, schüttelt ihm warm die Hand und bittet ihn höflich, den Jugendlichen, die ihn auf den Bakaaraha-Markt begleitet haben, ein ordentliches Trinkgeld zu geben.

Kurz darauf ist die Probe in vollem Gange.

Und Bile ist wie gebannt.

Cambara kann das sehen, wenn sie sich umdreht, denn er sitzt weit hinten im Saal auf einem harten Stuhl, die Beine ausgestreckt, mit dem Gesichtsausdruck eines sehr zufriedenen Mannes. Er hat sich gründlich umgeschaut und gesehen, was alles getan wurde; Seamus, der im hohen Maße daran beteiligt gewesen ist, hat ihn offenbar auf dem laufenden gehalten. Bile hat sich flüchtig Schlafzimmer, Badezimmer und die Küche angeschaut und sich davon überzeugt, daß es nach der Fertigstellung ein schönes Haus sein wird.

Für sie sieht er dem Mann überhaupt nicht ähnlich, den sie gestern getroffen hat: krank wie eine fiebergeschüttelte räudige Katze. Sie weiß beim besten Willen nicht genau zu sagen, was sie an ihm findet. Die Zeiten sind verwirrend, und es ist nicht hilfreich, wenn man sich um zu viele Angelegenheiten kümmern muß, bei denen es um Leben und Tod geht.

»Wir wollen diese Szene noch einmal durchspielen«, sagt sie.

Gacal und Seidenhaar streiten, und jeder beschuldigt den anderen, seinen Text verpatzt zu haben. Sie zanken sich wie zwei Schauspieler, und ihre Konfrontation wird ihr wohl die Möglichkeit rauben, das Textstück durchzuarbeiten, das sie heute festigen wollte. Gacal beschuldigt Seidenhaar, alles zu vermasseln; keiner will Vernunft annehmen, ihre nicht enden wollende Streiterei kennt keine Grenzen. Sie machen noch eine außerplanmäßige Pause, was ihr Gelegenheit gibt, zu Bile hinüberzugehen.

»Du bist wirklich sehr gut«, lobt er und erhebt sich, um sie zu begrüßen. Sie umarmen sich, und dabei bemerkt sie beiläufig, daß es ihm gutgeht: Sein Haar ist gekämmt, seine Sachen sind frisch gebügelt, die Schuhe geputzt und die Fingernägel mit der Schere gestutzt, nicht nervös bis zum Fleisch hinuntergekaut. Er hat einen guten Tag.

»Wenn ich nur mehr Zeit hätte«, sagt sie.

»Gacal ist hervorragend«, bemerkt Bile, seine Hand bleibt dicht bei der ihren, ohne sie zu berühren oder zu ergreifen. Die Nähe der beiden erzeugt genügend Wärme, um die Chemie zwischen ihnen positiv zu beleben.

»Er ist ein Naturtalent«, pflichtet sie ihm bei.

»Wo hast du ihn entdeckt?«

»Das ist eine lange Geschichte, dazu bräuchte man einen ganzen Tag, du wirst es kaum glauben«, sagt sie. Dann unterbricht sie sich, ergreift diesmal seine Hand und küßt ihn auf die rechte Wange. Dann ruft sie den beiden Jungen zu, wieder auf die Bühne zu gehen, was sie ein wenig unwillig tun. Sie sagt zu Bile: »Noch eine halbe Stunde, dann machen wir Schluß für heute.«

Sobald sie auf der Bühne stehen, werden sie wieder sie selbst: zwei Jungen, die Cambaras Aufmerksamkeit auf sich lenken wollen und die sich, da sie es nicht besser wissen, töricht darüber streiten, wer die Oberhand gewinnen wird. Seidenhaar insbesondere ist in gnadenloser Kampfstimmung.

Cambara nimmt Seidenhaar beiseite: »Laß das.«

»Ich kann den Mann da überhaupt nicht leiden«, sagt Seidenhaar und schaut dann voller Eifersucht über die Schulter zu Bile hinüber.

»Warum?«

»Ich kenne ihn von früher.«

»Wo bist du ihm begegnet?«

»In der ›Zuflucht‹, die er geleitet hat.«

»Was hat er denn gemacht, das dir nicht gefallen hat?«

»Er ist sehr, sehr streng gewesen.«

»Wann war das?«

»Ich war jünger, bevor ich zum Kämpfer wurde.«

»Warum konntest du ihn nicht leiden? Erzähl es mir.«

Seidenhaars Antwort entnimmt sie, daß Bile für ihn ein alter, alter Mann gewesen ist, mit so glatter Haut und so affektierten Manieren, daß er geflohen ist und sich der ersten kämpfenden Truppe angeschlossen hat, die ihm ein Gewehr anvertraute.

Sie kehren auf die Bühne zurück und nehmen die Probe wieder auf; Gacal spielt seine Rolle sehr gut, und auch Seidenhaar ist nicht schlecht. Dann sagt Seidenhaar ganz plötzlich: »Ich werde kein Huhn spielen, nur einen Adler. Ich muß einer der Adler sein; ich bin kein Huhn und werde keins sein. Auf keinen Fall.«

Nicht zum ersten Mal macht sich Cambara die Mühe zu erklären, daß ein richtiger Schauspieler, ein Mensch, bei Gelegenheit einen erfundenen Charakter darstellen kann, zum Beispiel ein Tier, und daß ein Kind manchmal die Rolle eines Erwachsenen spielen kann, vorausgesetzt, man befolgt gewisse Regeln. Ihre Geduld wird leicht überstrapaziert, als sie ihm erklärt, daß es der Konvention geschuldet ist, wenn Jungen, die die Rolle älterer Männer spielen, einen künstlichen Bart tragen und mit krummem Rücken gehen. Mädchen tragen die Kopftücher älterer Frauen und machen die Schultern krumm als Teil des Spiels.

In einem theatralischen Beiseite zu Cambara kommentiert Gacal abfällig: Seidenhaar wisse gar nicht zu unterscheiden, ob er eine Rolle spielt oder ob er die Figur oder das Tier wirklich ist. Dann spricht er laut, mehr um Bile und Cambara zu beeindrukken, als um Seidenhaar zu weiteren Wutausbrüchen anzustacheln: »Seidenhaars Problem ist, daß er nichts weiß und nicht zugeben will, daß er nichts weiß.«

»Sag, was du willst, ich werde kein Huhn sein.«

Cambara ist entschlossen, die Ursache für seine störrische Haltung auf die eine oder andere Weise herauszufinden, und fragt Seidenhaar, warum er sich weigert, ein Huhn zu spielen, auch wenn sie ihm eine solche Rolle gar nicht zugeteilt hat.

»Ich sage schon vorab, ein Huhn spiele ich nicht«, antwortet er. »Auf gar keinen Fall.«

»Warum?«

»Weil ich nicht will, daß meine Kumpel, die Kämpfer, mit dem Finger auf mich zeigen und gackern, als wäre ich ein Huhn.«

»Wer sagt, daß sie dich als Huhn sehen werden?«

»Einige von den Kämpfern werden es tun, zum Beispiel Qasiir.«

»Aber du hast nichts dagegen, ein Adler zu sein? Und Gacal hat kein Problem damit, das Huhn zu spielen?«

»Weil dort, wo ich herkomme, meine Clan-Familie alles besitzt, auch den Himmel. Gacal kommt aus einer Familie von Bauern, bescheidene Leute, die wie Hühner von den Abfällen anderer leben. Sie sind so wenig wert wie der Dreck, in dem sie picken.«

»Ich glaube, eine kurze Pause wäre angebracht«, sagt sie.

Als sie schweigend auseinandergehen, sagt sie sich, daß ihr die Pause vielleicht helfen wird, mit den anderen Hürden künstlerischer, textbezogener Natur fertig zu werden. Doch sie bezweifelt, daß sie diese Probleme lösen kann, bevor sie ernsthaft mit dem Proben beginnen. Und selbst dann kann sie vielleicht nicht alle Hindernisse aus dem Weg schaffen. Beim ersten Lesen eines Textes erkennt man nicht unbedingt sofort all seine Mängel. Das ist ja ihr Debüt als Stückeschreiberin und Regisseurin, und sie fragt sich, wie sie mit Darstellern wie Seidenhaar arbeiten wird und inwieweit sie das Stück umschreiben muß, bevor sie damit zufrieden ist. Geschriebene Texte brauchen sicherlich oft mehr als ein Durchlesen und müssen immer wieder umgeschrieben werden, ehe der Dialog lebendig wird und unabhängig vom Autor bestehen kann.

Seidenhaar zieht beleidigt ab und setzt sich etwas abseits auf Seamus' Werkzeugkisten; Gacal findet einen Hocker und bestaunt eine Reihe von Requisiten, Make-up-Utensilien und andere Gegenstände des Theaterbetriebs. Cambara, die zu Bile geht, fragt sich laut, wann sie die Grundlage geschaffen haben wird, die Seidenhaar und Gacal für zukünftige Herausforderungen fit machen soll.

»Alles wird gut, du wirst sehen«, sagt Bile.

Cambara bringt es nicht übers Herz, seinen Optimismus zu dämpfen, auch wenn ihr Zweifel an der ganzen Sache kommen. »Vielleicht sollte ich mehr Zeit einplanen und Gacal helfen, die Rolle, die er spielt, zu verstehen. Das ist ja kein Huhn. Ich mag es gar nicht, wenn es so eingebildet und literarisch klingt und ich ihm was über Metaphern und das ganze Zeug erzähle.«

Bile überlegt eine Weile, ehe er sagt: »Anfänger wissen immer alles besser. Seidenhaar wirkt auf mich wie jemand, der es gewohnt ist, sich nach oben zu kämpfen. Doch das kann man nicht sein ganzes Leben lang tun.«

Sie fragt: »Kannst du dich erinnern, ob du ihm schon einmal begegnet bist?«

»Ich habe sehr viele Kinder während meiner Zeit in der ›Zuflucht‹ getroffen«, sagt Bile. »Vielleicht war er einer der ›Touristen‹. Wir haben sie so genannt, weil sie unregelmäßig kamen, wenn ihre Familien nichts mehr zu essen hatten oder wenn sie von Kämpfen in ihrer Gegend vertrieben wurden. Sollte ich ihm früher schon einmal begegnet sein?«

»In der ›Zuflucht‹. Du warst zu streng.«

»Und er ist fortgegangen?«

»Und hat sich einer Gruppe von Kämpfern angeschlossen.«

Nun richten Cambara und Bile ihre Aufmerksamkeit auf die Jungen. Sie können ihr Gespräch hören, Gacal sagt gerade: »Mir macht es nichts aus, ein Huhn zu spielen. Du bist der Adler, ich das Huhn. Wie ist das?«

Seidenhaar, dessen Zeigefinger Gacal davor warnt, ihn weiter zu provozieren, schießt mit den Augen Giftpfeile einmal in Gacals Richtung, dann wieder in Biles, und sein harter Blick wird nur weicher, wenn er auf Cambara trifft. Er dreht Gacal wieder verärgert den Rücken zu. »Wenn du nicht aufhörst mit diesem Mist, lass' ich dich Scheiße fressen.«

Gacal stachelt ihn noch weiter an mit seinem Sarkasmus, als er sagt: »O bitte, bitte, Seidenhaar. Verschone mich. Tu mir nichts. Ich zittere schon.«

»Ich warne dich«, sagt Seidenhaar.

Seidenhaar erhebt sich und baut sich drohend vor Gacal auf, er ist größer als sein Gegenüber, die Zähne zornig zusammengepreßt, weil er provoziert wird und nichts dagegen tun kann. Seine Hände wirken nutzlos, als wenn sie sich eine Waffe wünschten. Frustriert schaut er weg, dreht sich um und bemerkt, daß Cambara jede seiner Bewegungen genau beobachtet. Sie denkt, daß er Hilfe bei der Beherrschung seiner Aggressionen braucht, wenn man bedenkt, daß er es gewohnt war, zum Gewehr zu greifen, wann immer es ihm behagte. Er hat deutlich einen Tiefpunkt erreicht, wie ein Junkie, dem es schwerfällt, auszusteigen.

Gacal reizt ihn weiter: »Du traust dich nicht, wie?«

»Ich warne dich, hab ich gesagt.«

»Jungen sind nun einmal Jungen«, sagt Bile.

»Ist das so . . . immer?« wendet Cambara ein.

In ihrem Wunsch, weitere solcher Wortwechsel zu verhindern, beschließt sie, nichts weiter zu tun, da sie annimmt, daß sie sich von allein beruhigen werden, wenn sie kein Interesse an ihnen zeigt.

Vielleicht sind Jungen nun einmal Jungen, weil die Leute glauben, daß es gesund für sie ist, einander zu hänseln, zu schubsen und zu provozieren, denkt sie, doch ich frage mich, ob diese beiden hier sich so benehmen, weil sie dieses Leben, das einem normalen Leben am nächsten kommt, genießen. Ein Baby wird sich heiser schreien, wenn es Hunger hat, aber wenn es erst einmal genug von der Muttermilch hat, wird es spielerisch in die Brustwarze beißen und dann lachen. Babys tun das nicht, bevor sie satt sind. Danach spielen sie mit dem Essen, spucken es aus, kleckern.

»Es wird Zeit, euch etwas zu essen zu machen«, sagt sie, erhebt sich und wartet, daß Bile es ihr gleichtut. »Zwei junge, streitsüchtige Münder sind zu füttern, ganz zu schweigen von einem Gast mit erlesenem Geschmack, wie ich wette. Was kann ich euch bieten? Nur gute Absichten, wenn man bedenkt, daß das Geschirr noch nicht ausgepackt ist und das Huhn noch lebt. Es gibt Gemüse, das ja. Ich bezweifle aber, daß Gewürze vorhanden sind oder daß Irrid daran gedacht hat, Salz zu besorgen.«

»Wir können uns ja etwas bestellen«, sagt Bile und folgt ihr in die Küche, die, wie er weiß, noch nicht fertig ist, da die alten Wandkacheln entfernt wurden und die neuen noch nicht da sind.

»Etwas bestellen? Nein so was.«

»Die ersten Abende in einer neuen Wohnung sind eine Herausforderung«, sagt er. »Warum rufen wir nicht Dajaal an, er kann nicht sehr weit sein, weil er die Sicherheitsleute in der näheren Umgebung beaufsichtigt. Er kann doch Essen aus dem Hotel Shamac oder aus dem Maanta mitbringen.«

Sie denkt über den Vorschlag nach und kämpft gegen ein wachsendes Gefühl der Mutlosigkeit an, das ihr Warnsignale schickt.

Denn mit erschreckender Schnelligkeit hat sich ungebeten der Gedanke eingenistet, ewig von irgendjemandem abhängig zu sein – jemand, der sie herumfährt, Kontrollpunkte errichtet, die Sicherung wechselt, wenn der Strom ausfällt, Essen holt.

»Wenn du es mir nicht übelnimmst ...«

»Übelnehmen – was denn?«

»Dann werde ich mit dem, was im Hause ist, etwas zubereiten.«

Und sie ruft die Jungen herbei und verteilt die Arbeit, das Gemüse zu waschen, an Gacal – zu dem sie sagt: »Wasch dir auf alle Fälle vorher die Hände ... mit Seife« – und an Seidenhaar die Aufgabe, das lebende Huhn zu fangen und das scharfe Messer zu suchen, das sie benutzte, als sie für Gudcurs Kinder gekocht hat – das war, als sie zum zweitenmal hiergewesen ist. Seidenhaar möchte Gacal beweisen, daß er Schneid hat, und bittet darum, daß ihm die Ehre zuteil wird, das Huhn zu köpfen, und daß Gacal dann das Recht abtreten soll, die Adlerrolle zu übernehmen.

Bile sagt: »Ich hab noch nie ein Huhn getötet.«

Gacal nimmt die Wette an, und die beiden machen sich in Sichtweite von Cambara und Bile, die sich jetzt unterhalten, an die Arbeit. Bile gibt zu, daß das auf jeden Fall besser ist, als sich Essen aus dem Restaurant zu holen. Als er sich nach Gacals Geschichte erkundigt, nachdem er schon die von Seidenhaar gehört hat, erzählt sie ihm die herzzerreißende Geschichte des Jungen und wie sie jetzt versucht, Mutter und Sohn wieder zusammenzuführen. Sie fügt hinzu: »Er ist ein ›Tourist‹ im Land des Elends, in dem Sinn, wie du das Wort vorher gebraucht hast, um Seidenhaars vermeintlichen Status in der ›Zuflucht‹ zu beschreiben.«

Dann herrscht Schweigen, während die beiden Jungen arbeiten. Seidenhaar fällt es nicht schwer, das Huhn herumzuwirbeln, bis ihm und dem Tier schwindlig ist, und es dann zu köpfen. Er hilft Gacal, der ein Neuling in der Küche ist, sogar die Kartoffeln zu schälen und die Zwiebel zu schneiden, ohne allzu viele Tränen zu vergießen. Danach beginnt Seidenhaar, eine Geschichte zu erzählen, in der er von seinen Heldentaten als Kämpfer für die Clan-Miliz prahlt. Er schildert in übertrieben blutrünstigen Einzelheiten, was er den gegnerischen Kämpfern angetan hat, und fügt hinzu, daß er es aufregend findet, mit der Gefahr zu spielen, seine Männlichkeit zu beweisen.

Dann fordert Cambara ihn auf, ein Feuer in dem Kohlenbecken zu machen und zwei Töpfe mit Wasser zu füllen, einen für Gacals Gemüse und einen für sein Huhn, und ihr zu sagen, wenn das Huhn gerupft und kochfertig ist. Bile zuliebe sagt sie: »Vielleicht habe ich Backpflaumen irgendwo in einer meiner Taschen. Ein marokkanisches Geflügelgericht, das *Tagine* so nah kommt, wie es hier möglich ist.«

Da die beiden Jungen sich ohne viel Lärm auf die ihnen zugeteilten Aufgaben konzentrieren und Bile in ihrer Gesellschaft heiter und gelassen ist, wirkt der Abend majestätisch in seiner Ruhe. Sie ist eine Frau, die es versteht, jemanden einzuschätzen und ihm dann Gutes zu tun; allerdings kann sie auch mit denen abrechnen, die sich wie Zaak und Wardi ständig danebenbenehmen. Sie stellt jetzt zum erstenmal fest, daß ihre Wut auf Wardi, die sie offenbar zeitweise völlig vergessen hat, und ihre Enttäuschung über Zaak, den sie möglicherweise zu der privaten Vorführung bei Kiin nicht einladen wird, verschwunden sind. An ihre Stelle ist ein Gefühl der Freude getreten.

Stück für Stück ist Seidenhaar näher gerückt, darauf bedacht, sie nicht zu stören oder ihr Gespräch zu unterbrechen, und nun steht er schon einige Minuten an der Peripherie ihres Gesichtskreises. Als sie ihm das Wort erteilt, sagt er: »Sollen wir?«

»Sollen wir was?«

»Anfangen zu kochen?« sagt Seidenhaar.

Ihr fällt ein, daß sie noch nicht nach den Backpflaumen gesucht hat. Auf Reisen nimmt sie immer Backpflaumen mit, weil sie meint, daß sie ihr bei der Verdauung helfen. Daß sie bis jetzt nicht nach ihnen gesucht hat, heißt bloß, daß sie nicht selbst gekocht hat. Nun steht sie auf und geht durch mehrere Zimmer, bis sie die Einkaufstasche findet, in der sie sein könnten. Sie hat wieder Glück und findet sie ganz unten in der Tasche. Und besser noch: Sie holt ihr Kurzwellenradio hervor, weil sie herauszufinden hofft, ob das somalische BBC-Programm »Vermißte Personen«, das um diese Zeit ausgestrahlt wird, ihre heute unter Pseudonym aufgegebene Nachricht sendet.

Sie ist froh, daß sie entschieden hat, zu viert hier zu essen, denn das hat die Jungen motiviert und Biles Wunsch gestärkt, sich ihnen anzuschließen.

Wieder am Kohlenbecken, sagt sie: »Los geht's!«

Das gemeinsame Kochen funktioniert recht reibungslos, und die beiden Jungen sind in Hochform, wobei jeder sich von der guten Leistung des anderen anregen läßt. Es macht ihr großes Vergnügen, Seidenhaar zu beobachten, der nicht zu überbieten ist, und auch Gacal, der sehr anständig arbeitet; sie sind wie zwei Schauspieler, die aus einer einzigen Wortwendung viele verschiedene Interpretationen herausarbeiten. Es scheint jedoch, als sei Seidenhaar aus gröberem Stoff gemacht, eine Spur zu nervös, derb und selten in der Lage, einen Fehler einzusehen. Sie mußte ihn daran erinnern, sich mit Seife die Hände zu waschen, die er sich ständig an seinen schmutzigen Sachen abwischt.

Als das Essen fertig ist, füllt sie den Jungen die Teller und bittet sie, sich etwas zurückzuziehen. Sie machen sich davon, sehr einverstanden damit, für sich zu sein, jeder hat einen der neuen Teller in der Hand – Seidenhaar wollte unbedingt den Karton aufmachen – und ein Glas Wasser.

»Wie lieb von dir, daß du hergekommen bist«, sagt sie, als sie allein sind, »an meinem ersten Abend hier. Du warst mir eine große Hilfe. Ich danke dir.«

Bile nimmt seinen ersten Bissen. »Gut«, sagt er.

Sie hebt ihr Glas und sagt: »Tut mir leid, daß wir nichts Stärkeres als Wasser im Glas haben. Dieses Essen soll dem Frieden geweiht sein.«

Bile lobt sie dafür, daß sie Seidenhaar und Gacal motiviert, ihre Aktivitäten, sei es nun das Kochen oder etwas anderes, ernst zu nehmen.

»Ich würde gern für eine Rolle vorsprechen«, sagt er.

»Wirklich?«

»Gibt es eine Rolle für einen alten Mann?«

»Ein Dorfbewohner. Ein alter, weiser Mann.«

»Leihst du mir den Text?«

Es ist Zeit für die Sendung »Vermißte Personen« des somalischen BBC-Programms. Sie braucht lange, um den Sender zu finden, und als sie ihn hat, werden gerade die Nachrichten gesendet. Sie hören zu, und beide sind entmutigt, als sie eine Litanei des Nichts-Gutes-kommt-aus-Afrika hören.

Cambara sagt: »Schade, daß die Welt nichts hört von den vielen wunderbaren Dingen, die einfache Leute täglich in verschiedenen Teilen des Kontinents vollbringen, Leistungen, von denen nie jemand erfährt.«

»In den Nachrichten geht es grundsätzlich nur um Politiker und ihre Taten, nicht wahr?« sagt Bile. »Nicht um den einfachen Mann im mittleren Westen der Vereinigten Staaten oder in einem kleinen Dorf in Darfur, der die täglichen Schrecken überlebt, um den Fischer in Sri Lanka oder eine Mutter, die ihre Kinder unter den schwierigen Umständen in Bagdad durchbringt.«

Cambara, die das bestätigt und sich dem, was er sagen will, nur anschließen kann, fügt hinzu, sie wisse, daß man im bürgerkriegsgeplagten Mogadischu genausogut einen guten und einen schlechten Tag haben kann wie in einem kleinen Bauerndorf irgendwo anders auf der Welt. Sie fährt fort: »Ehe ich hergekommen bin, habe ich immer gedacht, es sei nicht möglich, einen Moment des Friedens in der Gesellschaft eines Freundes zu genießen, mit einem so atemberaubenden Abendhimmel wie diesem.«

»Du glaubst also, daß du hier bleiben könntest«, fragt er. »Lange?«

»Wenn alles gutgeht, ja.«

In diesem Moment beginnt die Sendung »Vermißte Personen«. Cambara ist überrascht, daß manche nach so vielen Jahren, in denen sie keine Verbindung zu den Gesuchten hatten, nach ihren Cousins oder Halbbrüdern suchen. Sie kann sich nicht vorstellen, daß sie und Arda drei Tage getrennt sind, ohne den Versuch, miteinander zu telefonieren oder, wenn möglich, eine E-Mail zu schicken. Gegen Ende des Programms hört sie, wie Qaalis

Name erwähnt wird und ihr Pseudonym genannt wird, zu erreichen im Hotel Maanta unter folgender Telefonnummer.

»Hoffentlich hört Qaali oder jemand, der sie kennt, die Sendung heute«, sagt Bile. »Sie kann ja durchaus ganz in der Nähe sein, ohne zu wissen, daß ihr Sohn hier ist.«

»Hoffen wir es.«

»Und bitte zähle auch auf meine Hilfe.«

»Danke.«

»Ich meine es ernst.«

»Ich weiß«, und sie tätschelt seine Hand.

Sie sitzen in der Dämmerung wie zwei Liebende, die einen stillen Winkel gefunden haben. Sie ist müde, weil sie bis zur Erschöpfung gearbeitet hat, und ihr ist nach einem heißen Bad und angenehmer Gesellschaft zumute. Er strotzt von unverbrauchter Energie, der Adrenalinspiegel ist vor Begeisterung noch höher gestiegen.

»Wonach ist dir jetzt?« fragt Bile sie.

Sie hat nicht den Mut zu sagen, woran sie gerade denkt, weil sie befürchtet, er könnte sie mißverstehen. Denn sie möchte mit ihm zusammensein, egal wo – allein mit ihm in seiner Wohnung, in ihrem Hotel und im Blickfeld vieler Menschen, aber sie möchte nicht mit ihm das Bett teilen. Nicht heute nacht.

»Was denkst du?« fragt sie.

»Ich habe Dajaal gebeten, mich etwa um diese Zeit jetzt abzuholen, und wie ich ihn kenne, wird er bald auftauchen. Ich kann seine Ankunft verzögern und ihm sagen, er soll später kommen, oder bei der Verabredung bleiben.«

»Morgen ist auch noch ein Tag«, sagt sie.

Die Jungen tauchen auf und haben ihre abgewaschenen Teller in der Hand, und sie sind beide bereit, auch Cambaras und Biles Teller sowie die Töpfe abzuwaschen. Während sie damit beschäftigt sind, trifft Dajaal ein.

Die Verabschiedung fällt nicht wortreich aus. Sie sagt: »Bis morgen« und entscheidet so, wann sie ihn wiederzusehen hofft.

Er sagt: »Also Morgen.«

31

Die Party ist in vollem Gange.

Etliche der Krakeeler tanzen zum neusten Afro-Beat, und wer nicht mitmacht, steht am Grillplatz und hilft dort, wetteifert beim Rundenschwimmen im Pool oder vertreibt sich auf seine Weise vergnüglich die Zeit. Es ist früher Abend, und viele der Anwesenden freuen sich, wieder beisammenzusein, um ein Ereignis zu feiern, das allen etwas bedeutet.

Ungefähr zwanzig Partygäste sind da, darunter Cambara, Bile, Kiin, Farxia, und hinter dem Tisch mit den Getränken steht mit umgebundener Schürze eine ältere Dame, die Arda sehr ähnlich sieht und mit einer Unbekannten spricht. Gacal und Seidenhaar sind auch da, machen Besorgungen, servieren Getränke und erledigen dies und jenes. Auch zwei Mädchen sind da, die Bile den beiden Jungen vorstellt: »Sie sind gerade aus Kanada hergekommen und statten ihren Onkeln Bile und Seamus einen kurzen Besuch ab. Sind sie nicht hübsch?« Als er gefragt wird, wie sie heißen, zögert er zunächst und sagt dann: »Die eine heißt Raasta, die andere Makka.« Raasta ist nicht scharf darauf, mit den Jungen zu reden. Sie findet die beiden doof, weil sie laut sind und sie daran hindern, sich darauf zu konzentrieren, die hölzernen Masken mit Leinöl zu bestreichen. Makka schaut nur zu.

Cambara und Bile befinden sich am flachen Ende des Pools, sie stehen dicht beieinander und unterhalten sich. Zwischen ihnen schwimmt eine Servierplatte, auf der jemand Blumen arrangiert hat: Orchideen, Rosen – einige rote, einige gelbe und mindestens zwei weiße – und Lilien. Die zerstreut wirkende Kiin hört mit halbem Ohr der Unbekannten zu, die ihr von der Tragödie erzählt, die ihr zugestoßen ist, als ihr Mann von Milizionären aus dem Flughafen entführt und getötet wurde. Gacal kommt und stellt der Unbekannten eine komplizierte Frage; diese weigert sich höflich, sie zu beantworten, und sagt zu ihm: »Unterbrich mich nicht, Schatz, wenn ich mit jemandem spreche. Habe ich dich nicht gebeten, nicht in ein Gespräch hineinzuplatzen?« Der Unbekannten liegt gar nichts daran, sich mit Gacals Frage zu beschäftigen, da sie annimmt, daß sie in ihrer beider Vergangenheit führt, wohin sie nicht zurückkehren will. Im Moment freut sie sich, daß sie einige der Leute kennenlernt, die geholfen haben, sie nun wieder mit ihrem Sohn zu vereinen.

Als die Unbekannte gegangen ist, um sich bei Gacal, der verärgert scheint, zu entschuldigen, beobachtet Kiin jetzt wieder Cambara und Bile, die diskret Zärtlichkeiten austauschen; sie befinden sich in einer ganz eigenen Welt, und sie verfolgt die beiden mit den Augen, zunächst schweigend. Etwas später, als sie meint, sie genierten sich, ermuntert sie die beiden, einander zu füttern. Bald schlägt sie Bile vor, Cambara eine Orchidee zu essen zu geben, bald regt sie an, daß Cambara Bile mit den roten Rosen füttert, dann besteht sie wieder darauf, daß sie sich in Positur stellen, während sie aufreizende Fotos von ihnen macht, wobei das Blitzlicht so grell ist, daß beide die Augen schließen.

Der Traum ist geprägt von einem Gefühl der Zusammengehörigkeit und viel Heiterkeit. Freude überall. Die Frauen vom Netzwerk kommen allein, zu zweit und zu dritt, um Cambara ihre Anerkennung auszusprechen, sie für ihre Arbeit zu loben, durch die sie ein herzliches Lächeln auf viele Gesichter gezaubert hat. Auf dieser Party sind alle – ob sie nun tanzen, schwimmen, einander mit Orchideen und roten Rosen füttern, am Grill oder bei anderen Arbeiten helfen oder aufs Essen warten – bereitwillige Partner in dieser Stunde des Jubels, bemüht, zum Wohlergehen der ganzen Gemeinschaft beizutragen.

Arda schaut aus der Nähe zu und ist von Herzen glücklich. Es ist ganz offensichtlich, trotz ihres Bemühens, es nicht zu zeigen – ihre leidenschaftliche Begeisterung darüber, nach etlichen Jahren wieder zu Hause zu sein und zu erleben, daß ihre Tochter ein Wunder bewirkt hat – durch eine Politik des Miteinanders, so würde sie es nennen, wenn sie Politikerin wäre. Sie plaudert freundlich mit Gacal und Seidenhaar – der eine trägt ein weißes Hemd, dunkle Hosen und eine Fliege; der andere ein dunkles Hemd und cremefarbene Hosen, die sich wie Leinen anfühlen –, wenn diese stehenbleiben und ihr Getränke anbieten, die sie wie Kellner auf einem Tablett herumtragen.

Arda fragt Gacal: »Wo steckt denn der berühmte Ire, den mir alle vorstellen wollen? Er wird sich doch wohl nicht hier irgendwo verstecken, weil er zu schüchtern ist?«

Gacal antwortet: »Seamus kommt bestimmt, wenn er mit der Bühne für Cambaras Stück fertig ist und ihr den letzten Schliff gegeben hat. Stell dir vor – er hat die Bühne ganz allein gebaut und die Masken geschnitzt, ohne Hilfe.«

»Ich möchte ihm die Hand schütteln«, sagt Arda.

»Ich richte es ihm aus, wenn ich ihn sehe«, sagt er.

»Ich möchte ihm auch danken«, fügt sie hinzu.

»Keiner verdient unseren Dank mehr als er.«

Dann schwindet Ardas wohlverdientes Gefühl der Zufriedenheit, sie wird unruhig und geht weg. Gelangweilt läßt sie kanadische Dollar auf Vorübergehende rieseln, gemäß einer nigerianischen Sitte unter Neureichen, nach der die Verwandten oder Freunde eines Feiernden – zum Beispiel die Mutter oder die Schwestern der Braut – Geldscheine auf die Stirn einiger Gäste kleben und sie ermuntern, das Geld zu behalten, damit alle das Ereignis in guter Erinnerung behalten. Gacal ist amüsiert, weil er nicht vertraut ist mit diesem nigerianischen Brauch, und erkundigt sich, warum sie den Feiernden kanadische Geldscheine auf die Stirn pappt. Arda antwortet: »Mein Besuch in Mogadischu fällt zusammen mit drei unerhörten Wundern, die meine Tochter bewirkt hat: das erste – sie hat das Haus unserer Familie zurückgewonnen; das zweite – sie wird ein Theaterstück auf die Bühne bringen; das dritte – sie hat schließlich ein Gefühl gefunden, das ihr bisher immer gefehlt hat: wahres Glück. Ich freue mich so sehr.«

Dann bleibt Arda dicht beim Swimmingpool stehen und sieht, was Cambara und Bile treiben. Sie geht auf sie zu, vielleicht will sie etwas Tadelndes sagen. Als sie es sich doch anders überlegt und ihnen den Rücken zukehrt, unterbrechen Cambara und Bile ihre Zwiesprache und steigen in ihren Badesachen aus dem Pool.

Jetzt ist es an Cambara, sich ins Licht der Öffentlichkeit zu begeben, und sie tut das, indem sie Raxma ruft, die gerade angekommen ist und die sie herzlich umarmt und begeistert in ihrer Heimatstadt willkommen heißt. Dann stellt Cambara der Frau, die sie als »die beste Freundin, die ich je hatte«, beschreibt, Bile vor. Raxma sieht müde aus und gähnt unablässig, ehe sie erklärt, daß ihre Reise auch eine Zwischenlandung in Nairobi eingeschlossen habe.

»Aber warum, liebste Raaxo?« fragt Cambara.

»Liebste Cambo, weil ich die US-Botschaft in Nairobi von Gacals Situation in Kenntnis setzen und sie anregen wollte, ihm einen Ersatz für seinen amerikanischen Paß zu geben, damit er nach Duluth zurückkehren kann, wenn er das denn will.«

»Und gibt es dafür eine Chance?«

»Zu diesem Zweck habe ich eidesstattliche Erklärungen mitgebracht«, sagt Raxma, »unterzeichnet vom Polizeichef von Duluth, eine weitere von einem Kongreßabgeordneten und eine dritte vom Direktor der Schule, die Gacal in Duluth besucht hat, und alle beglaubigen Gacals Identität und die der Frau, die bislang als Unbekannte bezeichnet wurde.«

»Und was hat der Konsulatsbeamte gesagt?«

»In einem Brief, den ich bei mir habe«, sagt Raxma, »lädt der Konsulatsbeamte in der Botschaft Gacal zu einem Gespräch ein, bei dem der Junge seinen Fall vortragen darf.«

»Aber das ist ja wunderbar«, sagt Cambara.

In diesem Moment zieht Arda Cambara fort und besteht aus irgendeinem bizarren, unerklärten Grund darauf, daß ihre Tochter sich einer gründlichen körperlichen Untersuchung unterzieht, mehr oder weniger in der Öffentlichkeit und unter Farxias strenger Aufsicht. Sie alle warten im Vorzimmer ihrer Klinik, in ängstlicher Stille wie Patienten bei einem Zahnarzt, als hätten sie Schmerzen. Nach wenigen Minuten kehrt Farxia zurück, offenbar erfreut über das Ergebnis. Sie geht hinüber zu der Stelle, wo Arda, Bile, Kiin, Raxma und die Unbekannten vor Sorge wie erstarrt auf ihren Stühlen sitzen. Begeistert zeigt Farxia ihnen ein einzelnes bedrucktes Blatt Papier, eins mit diesen perforierten Rändern.

Freudig ruft Arda: »Hab ich's nicht immer gesagt?«

Das Blatt mit der rätselhaften Information über Cambara sieht nun, nachdem es durch mehrere Hände gegangen ist, ein wenig mitgenommen aus. Stellenweise ist es glatt, an anderen Stellen zerknittert; es wird von Hand zu Hand gereicht. Als alle im Vorzimmer befriedigt sind, ruft Arda Bile herbei, der die Diagnose sehen darf.

Biles Urteil: »Ein gutes Gesundheitsattest.«

»Woher willst du das denn wissen!« sagt Raxma sarkastisch.

»Meine Mutter spinnt«, sagt Cambara.

Dann wacht Cambara auf.

Bile sagt zu Cambara: »Ich schlage vor, wir machen eine Pause.«

Es ist früher Nachmittag am nächsten Tag, und Cambara, Gacal, Seidenhaar und Bile befinden sich oben im Schlafzimmer mit dem eigenen Bad und proben. Sie sind hier, weil Seamus mit der Tischlerarbeit an der Bühne noch nicht fertig ist und darum gebeten hat, daß sie sich bis übermorgen zwischenzeitlich einen anderen Ort suchen, denn dann hofft er seine Arbeiten beendet zu haben. Cambara hat den Raum gewählt, der am weitesten entfernt ist vom Saal, wo Seamus mit beispielloser Pingeligkeit hämmert. Es ist das einzige fast bewohnbare Zimmer des Hauses, die anderen sind die reinsten Löcher. Aber weder Gacal noch Seidenhaar hatten etwas dagegen, im Erdgeschoß zu schlafen, da sie sich im ganzen Haus frei bewegen konnten, mit Ausnahme von Cambaras Zimmer, das verschlossen bleibt.

Sie proben mehrere Stunden täglich – von kurz nach acht am Morgen, nach einem schnellen Frühstück, bis zum Mittagessen; danach machen sie eine kurze Pause, doch keine Siesta, nehmen dann die Arbeit wieder auf und gehen wieder und wieder den Text durch. Cambara ist eine Perfektionistin und ist der Ansicht, daß noch viele Proben nötig sind. Sie ist völlig erledigt. Für das geübte Auge von Bile, der den jeweiligen Gesichtsausdruck der von ihm verehrten Frau ganz genau studiert, wirkt sie erschöpft.

Cambara und Bile haben sich in den letzten Tagen daran gewöhnt, einige Stunden miteinander zu verbringen, wobei Cambara dann Regie führt oder manchmal das Stück umschreibt und

Bile, Gacal und Seidenhaar proben und ihre Rolle lernen. Manchmal kommen auf Cambaras Einladung noch andere hinzu, darunter Dajaal und Qasiir, von denen manche kleine Statistenrollen als Teil der Menge in einem Dorf spielen und wortlos zusehen, während die Hauptdarsteller nach Cambaras Regie ihre Rollen verkörpern. Zusammengefaßt handelt die letzte Fassung des Stükkes von einem Adler, der bereits als Küken unter Hühnern aufgezogen wurde. Er muß sein Futter vom Boden, aus dem Staub aufpicken – und hält sich deshalb für ein Huhn. Ein Huhn, des Adlers gleichaltriger Spielgefährte, möchte unbedingt verhindern, daß der Adler seine Flügel erprobt und fliegt. Der Bauer, der das Adlerjunge vor einigen Jahren gefunden hat und nichts dagegen hatte, daß es mit den Hühnern zusammenlebte, will nun den Adler umschulen, so daß er wird, was er nie gewesen ist – ein Vogel, der fliegen kann. Cambara hat das Märchen aus Ghana umgeschrieben – statt, wie bei Märchen üblich, auf eine Moral ausgerichtet, ist der Text dicht, provozierend, vielschichtig und ein wenig modernistisch.

»Zeit für eine Pause«, rät Bile, als er merkt, daß Cambara bei den Jungen nicht mehr das erreicht, was sie will. Sie sind müde und hungrig und daher gereizt; verdrossen geben sie Widerworte. Und auch sie ist erschöpft, ebenso wie er.

Obwohl Cambara spürt, daß Bile sie voller Leidenschaft ansieht, kapituliert sie nicht, bis die Gewalt seines forschenden Blicks sich mit ihrem Verlangen verbündet, mit ihm allein in einem Raum zu sein, nicht um etwas Außergewöhnliches zu tun, nicht einmal um einander zu lieben – nur um zu schmusen, zu dösen. Während sie seinen Blick auf sich spürt, wird ihrer ein wenig weicher, und es öffnet sich eine Tür zu ihrem Herzen, wenn auch vorsichtig. Wie wunderbar ist es doch, in der Nähe eines Menschen zu leben, dem man völlig vertrauen kann, dessen Kameradschaft nie in Zweifel steht. Doch trotz ihrer Erschöpfung, trotz des Umstands, daß ihre Augenlider sich senken wie die Rolläden eines Geschäfts bei Ladenschluß, aalt Cambara sich nicht in der Wärme und Zuneigung, die sie für Bile empfindet, sondern erinnert sich an den Zorn, der ihre Ankunft in der Bürgerkriegsstadt beschleunigt hat – an das tückische Verhalten ihres Ehemannes, das zu Dalmars Tod führte und zur Folge hatte, daß sie ihn und Toronto verließ, um ihren Platz in der Welt neu zu finden. Sie wünscht, sie könnte auf Biles charismatische Annäherungsversuche eingehen, denn sie mag seine ruhige Art, an die Angelegenheiten des Herzens heranzugehen, nie drängend, stets bereit, sich bei dem kleinsten Zeichen von Unbehagen oder eines Stimmungsumschwungs von ihrer Seite zurückzuziehen. Sie ist vorsichtig, wie es Frauen immer sein müssen, und möchte auch nicht zu freimütig erscheinen. Sie muß immer daran denken, wie vorschnelle Bindungen auf ein Plateau hoher Erwartungen führen, um einen dann wieder in einer Falle sitzen zu lassen. Sie täte gut daran, falls nötig, vorgeben zu können, sie folge den Regeln der Tradition, und in der Gegenwart von Dajaal, Kiin, Gacal und Seidenhaar im Rahmen eines akzeptablen Benehmens zu bleiben. Seamus ist anders, sagt sie sich, eine Klasse für sich, wenn man ihn in bezug auf die hiesige Konvention betrachtet. Nichts, was sie täte, würde ihn jemals aus der Fassung bringen; er ist ein Ire, der schon alles erlebt, alles durchgemacht hat. Trotzdem wird es für sie nicht möglich sein, sich mit der Gelassenheit einer schwer zu erobernden, kaum durchschaubaren, unmöglich zu liebenden Frau zu verhalten.

In ihrer Phantasie starrt sie auf eine Tür. Welcher Schlüssel könnte sie aufschließen, um ihren Traum zu deuten? War es ein Traum voll prophetischen Verlangens, weil er sehr real schien – ihre Mutter, die zu Besuch kam, das Stück, das aufgeführt wurde, Raxma, die mit eidesstattlichen Erklärungen vom Polizeichef in Duluth kam und die US-Botschaft in Nairobi aufgesucht hatte, wo sie ein Interview mit Gacal arrangierte? Hoffnungen, die erst geweckt und dann wieder zerstört werden, sind eine Katastrophe. Soll sie den Traum interpretieren wie die täglichen, wöchentlichen oder monatlichen Horoskope, die man in den Zeitungen und Zeitschriften liest? Ihr ist schwindlig; der Raum, in dem sie sich befindet, bewegt sich; sie weiß nicht, wo sie ist und mit wem, bis Bile spricht. Doch ach, sie versteht nicht, was er sagt – so sehr ist sie von ihren Sorgen in Anspruch genommen.

Er verhält sich ihr gegenüber äußerst aufmerksam, seine Körperhaltung ist respektvoll, er ist still wie ein Mönch in einem Kloster zur Gebetszeit und sehr taktvoll. Seine körperliche Nähe läßt sie ihre erfreulichen gemeinsamen Momente noch einmal durchleben, während die Welt immer weiter zurückweicht. Man stelle sich eine Welt mit Bile vor, aber ohne Dajaal. Es ist eine Art Ehe, Biles Abhängigkeit von Dajaal und Dajaals Fürsorge für seinen – in Ermangelung eines besseren Wortes – Arbeitgeber. Aber wenn man in diese Symbiose noch Seamus hineinbringt, dann hat man Probleme anderer Art. Sie weiß nicht, ob eine Beziehung allein mit Bile, ohne Dajaal und ohne Seamus, jemals möglich sein wird.

In Somalia heiratet man niemals eine einzelne Person, denkt sie; man heiratet eine Familie, deren Mitglieder ein symbiotisches Verhältnis mit dem Paar eingehen, was durch die gegenseitige ökonomische Abhängigkeit kaum günstig für die beiden ist. Eine Familie, die auf Blutsbanden basiert, unterscheidet sich von einer, die sich auf die Vorstellung gründet, daß die Umstände sie zusammengefügt haben. Sie ist sich nicht sicher, daß sie sich problemlos in diese Ménage-à-trois einfügen kann. Einer muß bezahlen, aber wer? Wie war das mit den Küken, ausgebrütet in der bedrohlichen Nachbarschaft von Adlern, die darauf aus sind, die frisch gelegten Eier zu rauben.

Sie erinnert sich daran, wie sie bei ihrem ersten und einzigen Besuch in Biles Wohnung die Fotos an den Wänden dort studiert hat: Fotos von der neugeborenen Raasta; von Makka, die in eine Decke gewickelt darauf wartet, gefunden zu werden; von Bile, der erst die eine, dann die andere auf dem Arm hält; von der ›Zuflucht‹ kurz nach ihrer Gründung; von Seamus, der mit bis zu den Ellbogen beschmierten Armen einen Generator repariert; von Seamus mit Bile, Raasta und Makka; Raasta und Shanta. Keine Fotos von Dajaal und keine von Shanta, außer aus den ersten beiden Jahren nach Raastas Geburt. Keine von ihrem Mann Faahiye.

Biles Handy meldet sich. Er lauscht kurz und sagt zweimal »ja«, dann verkündet er: »Das Mittagessen ist unterwegs und müßte bald ankommen. Aus Kiins Küche, mit freundlichen Grüßen von ihr.«

Die Monotonie von Arbeit, Arbeit und noch mehr Arbeit wird unterbrochen durch das erfreuliche Eintreffen Kiins, die das Essen selbst bringt – eine einfache Mahlzeit aus frischem Obst, etlichen großen Flaschen Mineralwasser und viel Zitrone für das Fischgericht. Cambara hat das angenehme Gefühl, daß Kiin mit dem Essen noch etwas anderes mitgebracht hat – eine Neuigkeit, vielleicht ein Gerücht über Zaak, wer weiß? Amüsiert erinnert sie sich daran, daß Norman Mailer einmal gesagt haben soll, er könne keinen Mann wählen, der nicht den Mumm hätte, seine Frau zu betrügen. Kann Zaak eine geistreiche Bemerkung hervorbringen, so daß andere sie wiederholen würden?

»Du und Bile, immer bei der Arbeit«, sagt Kiin in einem Ton, der ein bißchen nach einem neidischen ›Warum laßt ihr mich nicht mitmachen?‹ klingt. Sie teilt Gacal und Seidenhaar ihr Essen aus, die von niemandem aufgefordert werden müssen, die Erwachsenen mit ihren langweiligen Gesprächen allein zu lassen. Sie entfernen sich, so weit sie können, ohne daß es auffällt.

»Es gibt eine Rolle für dich, Kiin«, sagt Cambara, als sie den Teller mit Essen entgegennimmt, den Kiin ihr reicht. Sie bedankt sich leise und fährt dann fort: »Die Hauptdarstellerin in meinem Stück hat gute Textstellen, und ich bin sicher, daß du ihnen gerecht werden wirst, auch wenn du nie Theater gespielt hast. Möchtest du es dir überlegen?«

»Dafür habe ich keine Zeit«, sagt Kiin, während sie eine kleine Portion Fisch und Salat für Bile vorbereitet, der seinen geringen Appetit signalisiert, indem er Mittel- und Zeigefinger eng zusammenhält. »Ich bin eine alleinerziehende Mutter und muß einen täglichen Kampf mit meinen Schwiegereltern um die Vormundschaft für meine beiden Töchter ausfechten. Und ich bin Direktorin eines Hotels und aktives Mitglied des Netzwerks. Wann soll ich die Zeit für einen solchen Luxus finden – die Rolle einer Figur in einem Theaterstück zu lernen, immer wieder mit euch zu proben, bis ich sie beherrsche?«

Cambara und Bile essen schweigend, doch bald loben sie den Koch und bedanken sich herzlich bei Kiin. Bilder aus ihrem Traum im Morgengrauen schießen Cambara durch den Kopf, an einer Stelle ertappt sie sich bei einem Lächeln, als sie sich an die Szene in Farxias Klinik erinnert. Worum ging es da bloß? Eine unterschwellige Referenz an die Lügen, die Mutter und Tochter über Cambaras Beschneidung erzählt hatten? Was bedeutete es, daß sie untersucht und das Untersuchungsergebnis wie Klatsch von einem zum anderen weitergegeben wurde?

Kiin sagt: »Ich hatte heute eine Besucherin.«

Weder Bile noch Cambara interessieren sich übermäßig für diese Feststellung, da sie annehmen, es handele sich um etwas Alltägliches. Sie fragen nicht nach der Identität der Besucherin oder dem Zweck ihres Besuchs.

Aber als Kiin weiter ausholt und erklärt, daß die Frau, die heute ins Hotel gekommen sei, einen Raaxo Abduraxman habe sprechen wollen, schreckt Cambara auf und setzt sich kerzengerade hin. Kiin bemerkt: »Ich wußte, daß an der Frau etwas ungewöhnlich war, als sie diese Namen nannte.«

Bile beginnt ein wenig mehr Neugier zu zeigen – bei der Erwähnung der beiden Namen fällt ihm ein, daß er etwas über eine Familientragödie gehört hat, jedoch nichts Genaues, und es geht um niemanden, den er kennt. Wie sehr er auch sein strapaziertes Gehirn martert, er findet keinen Anhaltspunkt. Ist es nicht auch seltsam, daß Cambara schweigt wie jemand, der die Lösung des Rätsels weiß, sie aber nicht nennt, um den anderen nicht den Spaß zu nehmen?

Bile fragt Kiin: »Was ist denn so Ungewöhnliches an einer Frau, die einen Menschen sucht, der sich Raaxo Abduraxman nennt? Kennst du eine solche Person?«

Kiin antwortet: »Diese Person gibt es nicht.«

»Woher weißt du das?«

»Weil Raaxo der Kurzname unserer gemeinsamen Freundin Raxma ist und ich weiß, daß Cambaras Vater Abduraxman hieß.«

»Was hast du da gedacht?«

»Es ist wie ein Pseudonym; ich habe an einen Autor gedacht,

der schreibt und das Geschriebene nicht in einer Schublade läßt, sondern veröffentlicht«, sagt Kiin. »Ich habe gedacht, jemand erzählt mir etwas, während er es teilweise vor mir versteckt. Von ihr ging keinerlei Bedrohung aus – eine kleine Frau, nur Haut und Knochen, völlig ausgemergelt und in geschenkten Sachen, aber keine Bettlerin. Ihre sorgenvolle Erscheinung war nicht ohne Eleganz, sie hat bessere Tage erlebt, daß konnte ich sehen, und sie war sicher, daß alles mit ihr und ihrer Welt bald wieder gut sein würde, wenn sie nur zu diesem Raaxo Abduraxman gelangen könnte. Als ich sie drängte, mir zu sagen, woher sie den Namen hatte, und sie sagte, sie habe ihn im Radio gehört, fiel mir ein, daß von Raxma die Rede gewesen war und daß sie etwas über Gacal und seine Mutter erzählt hatte und daß Cambara über Gacal Vermutungen angestellt, mich aber nicht in die Suche nach seiner Mutter eingeschaltet hatte.«

»Und was hast du getan?«

»Sie befindet sich im Hotel, zufällig in deinem Zimmer, und schläft dort bequem nach einem Jahr quietschender Matratzen voller Wanzen und anderer Unbequemlichkeiten«, sagt Kiin. »Ich dachte mir, du hättest wohl nichts dagegen, wenn ich sie in dein Zimmer ließe, da sie dich sucht und du sie.«

»Du hast ihr also nichts erzählt?«

»Nein.«

»Warum nicht?«

»Das ist nicht meine Aufgabe.«

In Cambaras Kopf vermischen sich mehrere Bilder: wie sie Qaali begegnet und mit ihr bespricht, was mit Gacal geschehen soll; wie sie, so wie im Traum, auf ihre Mutter trifft; wie ihre Mutter in Mogadischu ankommt – »Ich bin hier, um mir dein Stück anzusehen, Liebling, hoffentlich bin ich willkommen.« So, wie sie ihre Mutter kennt, ist es sogar im Bereich des Möglichen, daß sie gerade jetzt auftaucht.

»Wollen wir los und uns mit meiner Besucherin treffen?« fragt Cambara.

»Ja, gehen wir.«

Als deutlich wird, daß Bile lieber dableiben möchte, überlegt

Cambara laut, ob es nicht für alle leichter und klüger wäre, wenn Qaali hierher gebracht würde, oder ob sie, Cambara, sie im Hotel aufsuchen sollte, mit Gacal im Schlepptau. Kiin und Bile schlagen vor, Cambara möge die Frau aufsuchen, und wenn erst einmal festgestellt ist, daß sie die Mutter des Jungen ist – und das dürfte nicht schwer sein –, dann seien Mutter und Sohn bereit für ein Treffen. Zu der Frage, wie man Seidenhaars Befürchtung, von Gacal getrennt zu werden, mildern könne, sagt Bile: »Überlaßt das mir, ich werde Seidenhaar beschäftigen.«

Sie verabschieden sich wortreich, als würden sie sich auf eine traumatische Reise begeben, Bile und Seidenhaar treten vors Haus, um dem abfahrenden Laster hinterherzuwinken.

»Bis später«, sagt Bile.

»Heute wird nicht mehr geprobt«, sagt Cambara zu Seidenhaar.

Kiin nimmt Cambara und Gacal im Auto mit zum Hotel. Und Cambara hat das Gefühl, als würde sie den Jungen mit anderen Augen sehen – ein Kind mit einer Vorgeschichte. Ist deshalb die Vorstellung der unehelichen Geburt für manche Gesellschaften so schrecklich, weil die Verbindung zum Ursprung fehlt?

Als sie beim Hotel ankommen, trennen sich Cambaras und Kiins Wege, doch sie verabreden ein späteres Treffen, um sich gegenseitig auf den neuesten Stand zu bringen. Cambara ermuntert Gacal, etwa eine halbe Stunde mit den Jugendlichen zu verbringen, die er einige Tage nicht gesehen hat, und verspricht, ihn zu rufen. Voller Sorge geht sie allein zu ihrem Zimmer hinauf; sie weiß, wenn sie es fertigbringt, Mutter und Sohn wieder zusammenzuführen, dann ist ihr ein Bravourstück gelungen, das seinesgleichen sucht. Ein Mißerfolg kommt nicht in Frage. Sie klopft aus Höflichkeit an die Tür, obwohl sie den Schlüssel in der Hand hat. Auf ihr leises Klopfen hin öffnet eine kleine Frau mit ausgezehrten Gesichtzügen und wartet ängstlich. Keine von beiden sagt etwas. Cambaras Gedanken rennen davon wie ein gutgepflegtes Haustier und erforschen die Gegend, in der Hoffnung, mit interessanten Funden zurückzukommen. Qaali fehlt der Mut, weil sie nicht weiß, was sie tun oder sagen soll. Das Zimmer gehört nicht ihr, und sie weiß nicht, wer diese Frau ist, die vor ihr steht, und warum sie hier zusammentreffen.

Nun erkennt Cambara, daß es ihre Pflicht ist, als erste zu sprechen, da es ihr Zimmer und ihre Welt ist, wo sie sich begegnen. Außerdem weiß sie mehr über Qaali als umgekehrt. Es stimmt, sie sind sich nie zuvor begegnet, doch Cambara meint durch ihre tragische Geschichte genug über die Frau zu wissen, und in geringerem Maß auch durch Gacal, um sie zu umarmen und ihr einen Kuß zu geben. Dann beschließt sie, die Sache zu beschleunigen, und spricht, als müßten sie sich beeilen, um einen Bus oder ein Flugzeug zu erreichen.

Sie schließt die Tür hinter sich, geht an der kleinen Frau vorbei und sagt: »Wenn es schwer für mich ist, einen Anfang zu finden, dann kann ich mir vorstellen, daß es für Sie noch viel schwieriger ist, zu beginnen.«

»Ich heiße Qaali«, stellt sich die Frau vor.

»Ich weiß. Ich bin Cambara.«

»Nicht Raaxo Abduraxman?«

»Nein.«

Tatsächlich ist Qaali die Gefaßtere von beiden – eine Frau, die Stürme erlebt hat, und auch, wie Träume der Hoffnung sich in tägliche Alpträume verwandelten. Cambara ist nervös, sie zittert und benimmt sich in einer Weise, daß Qaali einen falschen Eindruck bekommt; das muß sie sofort korrigieren.

Mit ruhiger Stimme sagt Qaali: »Vielleicht erklären Sie, wer Sie sind und wer Raaxo ist und ob das alles irgend etwas mit dem Tod meines Mannes oder mit dem Leben meines Sohnes und seinem Aufenthaltsort zu tun hat. Sagen Sie mir bitte, warum ich hier bin.«

Cambara wird ganz ruhig. »Es gibt gute Neuigkeiten.«

»Was für Neuigkeiten? Wovon sprechen Sie?«

Cambara setzt sich und bedeutet Qaali, das gleiche zu tun.

Qaali sagt: »Sie haben den Vorteil, zu wissen, wer ich bin, aber ich bin im Nachteil, weil ich nicht weiß, wer Sie sind. Ich weiß nur, daß ich aufgrund der Durchsage komme und daß ich voll Kummer bin und voll Hoffnung.«

Cambara ist überwältigt, doch sie kann sprechen: »Vielleicht können Sie mir erzählen, was Ihnen durch den Kopf ging, als sie Ihren Namen in der BBC-Sendung ›Vermißte Personen‹ gehört haben.«

Während Cambara darauf wartet, daß Qaali zu reden beginnt, ist ihre erste Eingebung, nach einer Familienähnlichkeit zwischen Gacal und dieser Frau, Qaali, Ausschau zu halten. Als Qaali zu sprechen beginnt, werden ihre Züge angenehmer für das Auge, wenn sie auch hager sind; es ist eine Freude, ihr zuzuhören, denn ihre Stimme ist voll, wie die Sorte Joghurt, den ein guter Küchenchef vielfältig nutzen kann, flüssig, geschmeidig und kultiviert.

Qaali sagt: »Für einen durstigen Menschen enthält eine Fata Morgana mehr Wasser, als was an Grundwasser unter den Füßen ist. Es ist schwer, die widersprüchlichen Gedanken zusammenzufassen, die mir durch den Kopf gingen, als ich von der Sendung hörte. Eigentlich habe nicht ich sie gehört, sondern eine Nachbarin, deren Kinder ich in Englisch unterrichte; die Familie wartet darauf, daß sie zu ihrem Ernährer reisen dürfen, der in den USA lebt. In einem Moment sah ich meinen Sohn vor mir und stellte mir vor, ihn im Arm zu halten, im nächsten Moment sagte ich mir, daß ich eine traurige Nachricht erhalten würde, nur ergab das keinen Sinn. Warum würde eine Frau mich auffordern, sie aufzusuchen, wenn sie mir nur den Tod meines Sohnes mitzuteilen hat?«

»Wir wollen vom Leben reden, Qaali.« Der Tränenquell in ihren Augen fließt über, die Ohren dröhnen vor zurückgehaltenen Emotionen, als Cambara einen entschiedenen Schritt auf Qaali zu macht. Sie hebt sie hoch, schließt die Arme um die kleine Frau und muß aufpassen, sie nicht zu erdrücken. Sie sagt: »Dein Sohn lebt.«

Qaali wird steif wie eine Tote in Cambaras Armen. Sie befreit ihren vogelkleinen Körper und hebt eine Hand, die Handfläche ist Cambara zugekehrt. Qaali weicht zurück, steif und angespannt, kann ihre Freude nicht fassen, wenn sie welche verspürt; noch ist sie unaussprechbar. Sie fragt: »Wo ist mein Sohn?«

»Unten.«

Qaali setzt sich, legt nachdenklich die Hand unter das Kinn, dann reibt sie sich kräftig die Augen, als wolle sie wenigstens eine Träne herausdrücken, da Cambara eimerweise Tränen vergießt und schnieft. Es scheint so, als hätte Qaali ihr Klagen, Heulen und Fluchen schon hinter sich gebracht; es gibt keine Tränen mehr.

Mit kalter Stimme fragt sie Cambara: »Wer bist du?«

Cambara reißt sich zusammen, hört auf zu schniefen und schaut Qaali an, überzeugt, daß es unpassend ist, sich die Tränen abzuwischen, damit Qaali sie nicht für ein bezahltes Klageweib hält, die auf Beerdigungen weint und heult. In Qaalis Frage steckt Aggression und Zorn, auch Mißtrauen und Schmerz.

»Wer bist du? Engel oder Teufel?« sagt Qaali.

Cambara macht eine lange Pause, atmet nervös, zuerst tief, dann flach, bis sie sich gefaßt hat und ihre Gedanken sammelt, Gedanken, die sie wie ein Körperzelt trägt. Sie taucht auf, gehüllt in Selbstbewußtsein, und erzählt Qaali ihre eigene Geschichte des Verlustes und dann von ihrer zufälligen Begegnung mit Gacal. Je länger sie spricht, desto stärker fühlt sie die Notwendigkeit zu erklären, wie alles so gekommen ist, wie es gekommen ist; was Gacal ihr über seine Ankunft mit dem Vater in Mogadischu erzählt hat; wie der Taxifahrer Vater und Sohn in eine Falle lockte und wie der Versuch, sie zu berauben, zum Tod seines Vaters führte. Dann berichtet Cambara von ihrem Gespräch mit Raxma – auch Raaxo genannt, woher der erste Teil des Pseudonyms stammt – und wie ihre Freundin sich eingehender mit der Geschichte befaßte; wie der Direktor von Gacals Schule in Duluth einen wesentlichen Teil der Geschichte bestätigte. Cambara redet immer weiter, so lange, bis sie die erste Träne sieht, das erste Schniefen hört, dann Qaalis Weinen. Ihre Augen verströmen ganz plötzlich so viel Flüssigkeit, daß Cambara, die ihre Gefühle jetzt wieder völlig unter Kontrolle hat, an einen tropischen Regensturm denken muß.

Qaali fragt mit schwacher Stimme: »Kann ich meinen Sohn sehen?«

»Ja natürlich.« Cambara will gleich gehen.

»Warte«, sagt Qaali.

Cambara gehorcht.

»Warum hast du das getan?«

Cambara braucht ein paar Minuten, um eine angemessene Antwort auf eine Frage zu finden, die sie sich selbst bis zu diesem Augenblick nicht gestellt hat. Sie sagt: »Ich bin weder ein Engel noch ein Teufel. Ich bin eine Mutter, die trauert. Wie du. Deshalb habe ich mit dir gefühlt von dem Moment an, als ich Gacal sah, deshalb habe ich so gehandelt, wie ich es getan habe.«

Sanft sagt Qaali: »Ich danke dir.«

Als Cambara losgeht, sagt Qaali: »Kannst du ihn vielleicht nicht sofort hochschicken? Gib mir ein paar Minuten, um mich vorzubereiten.« Cambara denkt an eine liebende Frau, die sich für ihren Geliebten zurechtmacht. »Du bist selbst eine Frau und weißt, was ich meine.«

»Natürlich.«

»Und kann ich ihn allein sehen?«

»Aber natürlich.«

32

Im Probensaal, den Cambara auf Vordermann gebracht hat mit Hilfe von Seamus, der sie unermüdlich unterstützt und immer bereit ist, möglichst all ihre Umbauwünsche zu erfüllen, finden sich die üblichen Gesichter, die zur Szenerie gehören.

Weil so viele nicht Eingeladene umherlaufen, ihr manchmal im Weg stehen und mit ihrem Getuschel den Ablauf der Probe stören, überlegt Cambara, ob es sich vielleicht herumgesprochen hat, daß es Spaß machen kann, sich hier herumzudrücken. Sie möchte gern wissen, wer die gute Botschaft verkündet hat: daß dies ein offenes Haus ist und kein Unbewaffneter weggeschickt wird, solange er keinen Blödsinn anstellt. Statt sich durch das Interesse, das andere an ihrem Unternehmen zeigen, ermutigt zu fühlen, sagt sich Cambara, daß dies hier doch kein Kinderspiel ist und noch viel geprobt werden muß, ehe sie mit ihrer Leistung zufrieden sein kann.

Unter der üblichen Menge ist Bile, ihre wichtigste Stütze, ihr ergebener Fan, ständiger Begleiter und unermüdlicher Berater bei der Bearbeitung des Textes, der aber in der Öffentlichkeit sehr zurückhaltend ist mit seinen Ratschlägen, weil er als diskreter Mann möchte, daß alle Cambara die Achtung erweisen, die ihr gebührt; Dajaal, der inzwischen noch direkter einbezogen ist und logistische Unterstützung gibt, Stühle umstellt und Botengänge macht, auf Bitten die Leute mit dem Auto hierhin und dorthin fährt und als Ersatz für das Skriptgirl zur Verfügung steht; Seidenhaar, der ein wenig aus dem Gleichgewicht geraten ist durch die neue Anwesenheit von Qaali in Gacals Leben, die dazu geführt hat, daß Gacal nun weniger erpicht darauf ist, mit ihm zu essen, Zeit mit ihm zu verbringen und mit ihm umherzuziehen. Seidenhaar mußte sich an seine erzwungene Einsamkeit gewöhnen, ist oft grüblerisch und schweigsam, verschlossen, zornig über die kleinste Stichelei von Gacal oder jede Andeutung eines Tadels von Bile oder ihr selbst. Cambara hat beobachtet, daß er seit kurzem das wilde, spitzbübische Leuchten in seinen Augen verloren hat. Auch Gacal ist ein völlig veränderter Junge. Man erwischt ihn oft dabei, wie er unerwartet ins Englische fällt, und das ist ein Hinweis darauf, wieviel die Anwesenheit seiner Mutter verändert hat. Auf diese Weise verbannt er auch Seidenhaar aus seinem Leben.

Da sind auch ein halbes Dutzend junger Gesichter, die sie nicht kennt, die meisten davon weiblich, die auf jedes Detail achten, wie Studenten es gewöhnlich tun, und ein paar von ihnen machen sich auch Notizen. Cambara kann nicht sagen, ob sie Reporter oder Regisseure in der Ausbildung sind. Sie erinnert sich nur, daß sie gesehen hat, wie zwei oder drei von ihnen zusammen mit Farxia angekommen sind. Auch die Tochter von Odeywaa dem Ladeninhaber ist da, eine Bekannte von Kiin, die sich für den Posten des Skriptgirls beworben hat, obwohl sie so etwas zum erstenmal macht.

Auch Qaali ist unter den Anwesenden. Sie schaut interessiert zu und ist stets auf dem Sprung, um zu helfen; doch sie ist eine vorsichtige Person, die gewohnt ist, einen Schritt zurückzutreten und sogar zu ihren Gesprächspartnern genügend Abstand zu halten, um sich ihnen nur ja nicht aufzudrängen. Qaali, in weiten Hemden und Hosen von Cambara, die zwei Nummern zu groß für sie sind, ist zusammen mit Gacal hergekommen. Die beiden haben fast fünfzehn Stunden damit verbracht zu reden, sich wiederzufinden und sich nach ihrer langen, qualvollen Trennung einander wieder anzunähern. Gacal schaut oft in Qaalis Richtung, wenn er sich unbeobachtet glaubt, vielleicht um sich zu versichern, daß sie noch da ist. Hin und wieder verursacht er unnötige Unterbrechungen im Ablauf der Proben, indem er mitten in einer Szene zu ihr geht und ihr etwas ins Ohr flüstert, was nur Mutter und Sohn angeht. Immer wieder fragt er laut, was sie von seiner Darbietung hält, und irritiert damit einige der anderen Darsteller, ganz besonders Seidenhaar. Auch stört er mit Bemerkungen, die allen anderen eine Unterbrechung aufzwingen, um sich familieninterne Scherze anzuhören. Ein- oder zweimal wurden Mutter und Sohn zurück ins Hotel Maanta gefahren, um einfach dort in dem Zimmer zu sein, das früher Cambaras Allerheiligstes war und nun das ihre ist. Kiin will nichts davon hören, daß Cambara die Unterkunft bezahlt, und besteht darauf: »Es ist mir ein Vergnügen, Qaali und Gacal freie Unterkunft zu gewähren.«

Kiin ist den ganzen Tag über immer wieder hergekommen, hat Essen und andere nötige Dinge gebracht und Cambara ihren Ideenreichtum zur Verfügung gestellt. Nach dem Mittagessen kam sie in Begleitung ihrer beiden Töchter, da sie Wert darauf legte, sie die kameradschaftliche Atmosphäre erleben zu lassen, die zum Theatermachen dazugehört. Das ältere der beiden Mädchen sitzt neben Qaali, wenn sie nicht Tee serviert oder in anderer Weise aushilft, und beobachtet interessiert den Austausch zwischen Gacal und seiner wiedergefundenen Mutter, was deutlich macht, daß ihre Mutter ihr davon erzählt hat. Cambara hat jedoch in letzter Zeit bemerkt, daß Kiin außerordentlich reserviert ist, besonders in bezug auf die Tatsache, daß Cambara nicht wie versprochen Rollen für ihre Töchter gefunden hat. Entweder wechselt sie das Gesprächsthema oder geht unter irgendeinem Vorwand weg. Kiin erzählt auch nicht länger mit großer Freude, daß sie und Cambara sich durch Raxma kennengelernt haben, was sie oft getan hat, wenn sie einer neuen Bekannten vorgestellt wurde, sondern vermeidet eine Erwähnung dieser Verbindung. Cambara weiß nicht genau, warum. Sie fragt sich, ob Raxma Kiin verärgert hat, weil sie ihr nichts von Qaali und Gacal erzählte oder ob es einen anderen einleuchtenderen Grund gibt, der sich schließlich offenbaren wird, etwas, das mit ihr und Raxma zu tun hat. Denn es ist Cambara in den Sinn gekommen, daß Raxma und Arda vielleicht, wie sie gestern nacht geträumt hat, planen, in Mogadischu aufzutauchen, rechtzeitig für die erste Aufführung.

Plötzlich hallt Gacals Stimme durch den Saal, und er gibt eine hervorragende Darstellung einer Szene, die als außerordentlich wichtig für das ganze Stück gilt. Als er noch zwei Szenen abliefert und Cambara ihm zu seinem Vortrag gratuliert, läuft Gacal von der Bühne zu Qaali hinüber. Er ist so aufgeregt, daß er alle in seiner Nähe umarmt.

Da nun bei allen die Konzentration gestört wurde, begibt Cambara sich zu dem Arbeitstisch und dem Stuhl in der Nähe des Skriptgirls, bleibt dort stehen und bewundert die handwerkliche Arbeit. Vor allem schätzt Cambara die Geste, daß ihr jemand einen Tisch geliefert hat mit genügend Platz für ihre Papiere und Notizen. Sie stößt vorsichtig mit dem Fuß gegen die Böcke, auf denen die Tischplatte ruht, als wolle sie die Standfestigkeit prüfen. Dann trägt sie ihre Papierstapel und einige Notizen in einer Mappe hinüber zum Skriptgirl und fragt: »Na, wie läuft's?«

Das Skriptgirl ist zierlich und dazu sehr hübsch: Adlernase, *yussur*-schwarze Haut, so dunkel, daß sie einen Stich ins Bläuliche hat. Sie trägt eine tiefschwarze Bluse, einen dunkelblauen Rock und ein graues Kopftuch. Ihre kleine Gestalt und ihre Entscheidung für dunkle Farben, dazu die Tatsache, daß sie ein recht zartes Kinn hat, ruft in Cambara ein seltsames Gefühl hervor, als würde sie diese Frau schon kennen. Sie weiß, warum: Das Skriptgirl erinnert sie entfernt an Raxma, weil ihre Freundin eine Vorliebe für schwarze Kleidung hat. Aber wenn das Skriptgirl spricht – sie hat braun verfärbte Zähne – oder geht – ihre Schuhe sind von der billigen, unbequemen Sorte mit Leder als Obermaterial und

Absätzen aus Gummi –, verleugnet Cambara, jemals Ähnlichkeit zwischen den beiden gefunden zu haben, da sie es als Herabsetzung von Raxma ansieht, die eine besondere Vorliebe für schicke, flache italienische Lederschuhe hat, die sie sowohl wegen ihrer langen Lebensdauer als auch wegen ihrer Bequemlichkeit kauft. Nicht unbedingt teure Schuhe, aber trotzdem von guter Qualität. Cambara fragt sich heute zum zweitenmal, ob der Traum ihr vorschreibt, welche Seitenwege ihre Gedanken einschlagen, wenn sie vom Hauptweg abschweifen. Da sie nun ihre Freundin in Gestalt des Skriptgirls gesehen hat, fragt sie sich, ob sie ihre Mutter, die auch in dem Traum vorkam, in den Gesten einer anderen Frau entdecken wird.

Cambara rät dem Skriptgirl, die gerade die unnumerierten Seiten des Skripts neu ordnet, das korrigierte Skript und ihre Notizen, von denen sie einige gestern benutzt hat, in die Mitte des Arbeitstisches zu legen. Sie fügt hinzu: »Ich werde die heute gemachten Änderungen mit denen von gestern vergleichen, wenn ich einen Moment Zeit habe.«

Das Skriptgirl befolgt die Anweisung und legt alles auf den Tisch.

Jetzt merkt Cambara, daß sie gar nicht weiß, wer den Tisch eigentlich hergebracht hat. Unerklärlicherweise ist sie verärgert, als wäre sie ein Naturschützer, den der Gedanke beunruhigt, unwissentlich für die Einschleppung fremder Pflanzen verantwortlich zu sein, die das Überleben der indigenen Arten gefährden. Wenn das mein Haus ist und ich darin wohne und soviel Geld aufwende, damit seine Sicherheit gewährleistet wird, dann sollte ich doch wohl wissen, welche Möbel hineingelangen. Aber sie ist nachlässig gewesen und hat nicht genau darauf geachtet, was vor sich geht.

Sie fragt das Skriptgirl: »Haben Sie eine Ahnung, wer den Tisch hergebracht hat?«

»Der weiße Mann«, antwortet das Skriptgirl.

Seamus, denkt sie. »Wann?«

»Eine Stunde bevor Sie vom Mittagessen zurückgekommen sind.«

»Hat er eine Nachricht hinterlassen?«

»Nicht bei mir.«

»Wissen Sie, wo er hingegangen ist?«

»Keine Ahnung.«

»Ich würde mir wünschen, daß jemand über diese Dinge Bescheid wüßte.«

»Ich mache die Arbeit bloß als Freiwillige«, sagt das Skriptgirl.

Das ist neu für Cambara: eine Freiwillige. Sie wundert sich, fragt aber nicht, ob die junge Frau zu irgendeinem Verein gehört, zum Frauen-Netzwerk zum Beispiel oder etwas Ähnlichem. Man braucht unbezahlte Freiwillige für viele Aufgaben, die in Angriff genommen werden müssen, wenn sich die somalische Gesellschaft schließlich von ihren Verlusten erholen soll.

»Sind Sie auf Kiins Anregung hergekommen?«

»Ich bin mit ihr hergekommen, in ihrem Wagen.«

»Wie viele sonst noch?«

»Ein halbes Dutzend, wir sind alle Freiwillige.«

»Sind unter den anderen Frauen auch Freiwillige?«

»Das hat man mir gesagt, ja.«

Cambara schaut sich um und bemerkt die hektische Betriebsamkeit dieser Frauen. Sie ist beeindruckt und stimuliert von dem, was sie sieht, fühlt sich bestärkt vom Engagement der jungen Frauen, obwohl sie nicht genau weiß, wofür sie sich eigentlich engagieren. Vielleicht für den Frieden und die Koexistenz der kriegführenden Bevölkerungsgruppen durch die gemeinsame Arbeit an Theaterprojekten, die sie als hilfreich für alle betrachten.

Nun lenkt sie ihren durchdringenden Blick wieder zurück zum Skriptgirl, ihr Gesichtsausdruck wird weicher, und sie lächelt ihr zu, ehe sie den Arbeitstisch begutachtet. Cambara schätzt, daß Seamus dafür etliche Stunden gebraucht hat, er stellt die Krönung seiner guten Taten dar. Es ist kennzeichnend für jeden von Cambaras neuen Freunden, daß er oder sie etwas zum Gelingen des Projektes beiträgt und hofft, ihr dadurch das Leben hier in der Stadt zu erleichtern. Aber wo ist Seamus? Sie schaut sich um, als suche sie ihn unter denen, die hinten im Saal sitzen, als sich ihr ein Mädchen im Teenageralter in einem transparenten, weiten *Dirac*-Kleid nähert, einen – wie es scheint sehr heißen – Teekessel in der einen und einen Becher in der anderen Hand. Wer ist sie? Die junge Frau stellt sich vor als »die Teefrau« und fragt Cambara, ob sie eine Tasse möchte.

»Ja, gern.«

Die Teefrau hebt den schlanken Teekessel mit der langen Tülle sehr hoch und gießt den Tee ein, indem sie den Kessel allmählich hinunterführt, dann wieder hochhebt und in einem halbmondförmigen Bogen hinunterführt, mit ruhiger Hand, den Arm zum Halbkreis gebogen – ein fesselndes Schauspiel.

Cambara nimmt einen Schluck Tee, stellt fest, daß er zu süß ist, und zuckt zusammen. Sie bedankt sich und sagt der Teefrau nicht, daß sie ihren Tee ohne Zucker trinkt. Sie stellt ihn weg und versucht, Ordnung in den Probenablauf zu bringen, da Gacal in der Nähe steht und geduldig wartet.

Sie winkt Gacal und Seidenhaar zu, die herankommen und ihre Bereitschaft signalisieren, die Probe fortzusetzen. Auch Bile ist da und wartet bescheiden auf ihr Zeichen, die Lesebrille auf der Nase. Als er sieht, daß sie das mit Anmerkungen versehene Skript zur Hand nimmt und darin blättert, während sie vor sich hin murmelt, gibt er ihr ein einzelnes Blatt, auf das er seine Anmerkungen geschrieben hat.

»Du findest hier noch einige Vorschläge für Wortänderungen«, sagt er. »Vielleicht prüfst du sie noch, ehe wir sie einarbeiten. Wir können in einer ruhigen Minute darüber reden.«

Sie nimmt das Blatt entgegen und fügt es dem Stapel hinzu mit den Worten: »Vielen Dank, mein Lieber.«

Als sie die Wiederaufnahme der Probe verkünden und ansagen will, welche Szene sie durchnehmen, stellt sie fest, daß keiner der beiden Jungen auf der Bühne ist, wo sie eigentlich sein sollen. Gacal sitzt neben seiner Mutter, und Seidenhaar will durch Seilspringen Kiins beiden Töchtern beweisen, wie sportlich er ist. Sie klatscht in die Hände, und sofort sind sie bei ihr auf der Bühne. Dann sagt Cambara zu Qaali.

»Qaali, meine Liebe?«

Qaali wendet Cambara lächelnd ihr Gesicht zu.

»Hier ist der Text des Stückes«, sagt diese. »Ich habe lange gezögert, dich zu bitten, die Rolle der Ehefrau zu lesen. Du wirst sehen, daß die Rollen des Adlers und der Hühner und die Rolle des Bauern, die Bile spielen wird, meiner Vorstellung von einem guten Text zwar schon recht nahekommen, daß die Rolle der Frau aber noch vieler Änderungen bedarf. Wärst du bereit, die Rolle zu übernehmen?«

Qaali nimmt den angebotenen Text mit beiden Händen entgegen und nickt leicht. Cambara schlägt eine kurze Pause vor, um ihr die Gelegenheit zu geben, den Text mindestens zweimal durchzulesen. Dann hört sie, wie Gacal und Seidenhaar einzelne Textpassagen aufsagen und sich dabei gegenseitig anstacheln. Sie freut sich darüber, daß die beiden ihre jeweilige Rolle auswendig gelernt haben und sie auf Kommando aufsagen können. Sie weiß, daß es Bile schwerfällt, nicht zu improvisieren. Sein Arbeitsmanuskript wimmelt von insektengleichen Krakeln, besonders Seidenhaars Rolle, die er mit Schnörkeln versehen hat, so daß es aussieht, als hätten Hühner dort gescharrt. Aber das ist die geringste ihrer Sorgen. Sie befindet sich in einem Zustand gespannter Erwartung, und ihre Ohren brennen. Sie hat es nicht eilig, die Probe fortzusetzen, weil Qaali den Text liest und noch einmal liest.

Voller Spannung erwartet sie, daß etwas Ungewöhnliches geschieht. Tatsächlich hat Bile keine Depression mehr gehabt, seit sie beide viel Zeit miteinander verbringen. Er ist auch ein Gewinn für ihr Theater gewesen, hat mehrere Rollen gekonnt improvisiert, hat bald wie eine leidende Mutter geklungen, bald wie ein Junge, der aufgebracht ist, weil sein Vater die Spielregeln verändert hat. Es hat sich für sie gelohnt, seine Dienste in Anspruch zu nehmen und damit aus einer gewissen theatralen Sackgasse herauszufinden. Sie ist ihm dankbar, daß er vorgeschlagen hat, eine neue Rolle hinzuzufügen: die des Erzählers, die so angelegt ist, daß sie seiner weittragenden Baritonstimme entgegenkommt.

Bile und Cambara stehen dicht beieinander. Man weiß nicht,

ob es Zufall ist oder von Bile absichtlich herbeigeführt, daß ihre Hüften sich so häufig berühren. Vielleicht sind sie beide Experten darin, sich an einem öffentlichen Ort verstohlen intime Momente zu gönnen, indem sie sich vorsichtig bei den Händen fassen, jederzeit bereit, sich zurückzuziehen. Er ist groß und schlank und kann sich sehen lassen, er schielt ein wenig, als hätte er eine kleine Sehschwäche; sein Blick ist verschwörerisch, als wüßte er etwas, was er nicht preiszugeben bereit sei, Geheimnisse, von denen ihr zukünftiges Glück abhängt. Während Erinnerungen in ihrem Kopf herumwirbeln, bewegen Gefühle ihr Herz. Sie denkt, daß der sanfte Wind, der durch ihre Gedanken weht, der Überbringer froher Kunde von Bile ist. Aber ach, er will es nicht aussprechen. Ist es dasselbe Zögern, das sie heute schon bei Kiin entdeckt und fälschlich auf negative Weise gedeutet hat?

Während Cambara mit der Hand über den frischlackierten Arbeitstisch fährt, fragt sie: »Wo ist Seamus?«

»Er ist in der Wohnung und gönnt sich eine wohlverdiente Ruhepause«, antwortet Bile. »Offenbar hat er die ganze Nacht nicht geschlafen, weil er für dich gewerkelt hat. Dann ist er in die Wohnung gekommen und hat diesen Tisch gebaut, den du schon benutzt, wie ich sehe.«

Dann flüstert er ihr einen schelmischen Vorschlag ins Ohr, der nur für sie bestimmt ist. Er lacht wie ein junger Bursche, bedeckt das Gesicht mit den Händen und nimmt sie dann plötzlich wieder weg, wie ein spielendes Kind, das gleich »Guck-Guck« sagen wird. Unaufgefordert geht er auf die Bühne, stellt sich neben Qaali und macht so ein wenig Druck, erinnert sie, daß alle auf sie warten.

Als Cambara Qaali ihr Stichwort gibt, bemerkt sie auch, mit welchem Eifer Bile, Gacal und Seidenhaar die Wiederaufnahme der Probe erwarten. Ehe ein Wort gesprochen wird, erläutert sie noch einmal die Funktion von Räumlichkeit in dem Stück. Sie steht vorn auf der Bühne und fordert zum ersten Mal das Skriptgirl auf, ihr Biles Text vorzulesen, dessen Inhalt sie dann zusammenfaßt. Aber sie ist nicht ganz bei der Sache, eine solche Spannung – die Erwartung eines bevorstehenden Ereignisses oder einer

Person, die sie treffen wird – hat von ihr Besitz ergriffen, so daß sie nicht weiß, wie sie ihrer Nervosität Herr werden soll.

Dann entdeckt sie Kiin, die Raxma bei der Hand in den Saal führt, die zierliche Raxma, ganz in schwarzes Leinen gekleidet, die mit langen Schritten und vorgereckter Brust auf sie zukommt, wobei ihr dunkler Schal heruntergleitet. Sie marschiert weiter und macht sich nicht die Mühe, ihn aufzuheben. Cambara denkt, wenn Raxma hier ist, kann dann ihre Mutter weit sein? Viele Fragen stürmen auf sie ein, aber sie wehrt sie ab. Wann ist Raxma angekommen? Sie errät, wer sie vom Flughafen abgeholt hat. Und wo ist sie untergebracht? Warum hat ihr niemand von ihrer Ankunft erzählt? Sie schaut von Kiin zu Bile und hat das beunruhigende Gefühl, daß beide von Raxmas Ankunft gewußt haben.

Die Gefühle fließen über, Freudentränen strömen, Cambara blinzelt den feuchten Schleier weg, Raxma strahlt, Kiin äußert ihre Freude in wiederholten Umarmungen. Bile steht daneben, unbeholfen wie ein Laienschauspieler, der nicht weiß, wie er auf Applaus reagieren soll. Cambara, Kiin und Raxma stehen im Halbkreis da, wie aufgereiht für ein Foto. Da keiner daran gedacht hat, einen Fotoapparat mitzubringen, geht der Augenblick leider undokumentiert vorüber.

Cambara sagt zu Raxma: »Warum bist du in dieser gefährlichsten aller Städte?«

Tonfall und Wortlaut sind Raxma nicht unbekannt, denn sie erinnert sich, ebendiese Worte benutzt zu haben, als sich die beiden Freundinnen in Toronto getroffen haben und Cambara von ihrem Wunsch, nach Mogadischu zu reisen, erzählt hat. Damals hat Raxma alles versucht, um sie davon abzubringen.

Raxma hat ein Talent dafür, ihre Gefühle zu zügeln, indem sie kurz innehält, eine Pause, in der sie sich wieder faßt. Sie sagt: »Ich bin hier, um die Weltpremiere deines Stückes zu erleben, um dich zu unterstützen und später damit zu prahlen, es in der Stadt gesehen zu haben, die ich immer noch für eine der gefährlichsten Städte der Welt halte.«

»Ist Arda hier?« fragt Cambara.

Aus der Art, mit der Raxma Überraschung vorspielt, schöpft

Cambara den Verdacht, daß ihre Mutter schon hier ist und sich von ihrem Jetlag erholt oder noch heute ankommt. Sie weiß, daß Arda sehr unter dem Jetlag zu leiden hat.

»Ich habe deine Mutter nicht in dieser verdammten Stadt gesehen und habe keine Ahnung, wo sie steckt«, sagt Raxma. »Weißt du mehr als wir?« Und sie befragt Kiin: »Kiin, versteckst du Arda?«

Kiin sagt: »Ich kann versichern, daß ich die Dame nie gesehen habe.«

Cambara ist unruhig wie ein Pony, das mit klopfendem Herzen losläuft, um seinen Schatten einzuholen, weil es ihn für den seines Konkurrenten hält, doch sie zügelt ihre Aufregung und lenkt ihre Aufmerksamkeit auf einen Fauxpas, den sie begangen hat. Wie kann sie nur vergessen, Bile vorzustellen? Der arme Mann steht in der Nähe und schaut verlegen von einer zur anderen.

»Einen Augenblick bitte«, sagt Cambara. »Dies hier ist meine Stütze, neben Kiin, mein Halt, mein Beschützer und Führer. Das hier sind Gacal und Seidenhaar, Schauspieler, verhinderte Gauner, wenn man so will. Sind sie nicht goldig, liebste Raaxo? Und das hier ist Qaali. Du weißt alles über sie, deine Informationen haben dazu geführt, daß wir Kontakt zu ihr aufgenommen haben, und wir sind dir alle sehr dankbar, liebe Raaxo.«

»Eine Frau, der die Welt zu Füßen liegt«, sagt Raxma.

»Wir werden viel Zeit haben, uns zu unterhalten.«

»Ja, ganz bestimmt.«

Raxma und Cambara setzen sich zu den freiwilligen Helfern, und Bile, Gacal und Seidenhaar nehmen ihre entsprechenden Plätze auf der Bühne ein. Nachdem das Skriptgirl Qaali ihr Stichwort geliefert hat und während die anderen ihren Text aufsagen, denkt Cambara, wenn einem die Welt zu Füßen liegt, dann ist die Kehrseite davon, daß man alles bei einem gewaltigen Erdbeben verlieren kann.

Als Qaali an der Reihe ist, wirkt Gacal zunächst angespannt. Vielleicht macht er sich Sorgen, daß seine Mutter den Anforderungen nicht genügen könnte. Was wird Seidenhaar seinen Kumpels erzählen, wenn es ihr nicht gelingt, alle zu beeindrucken? Doch sie enttäuscht ihn nicht, denn sie trägt ihren Text recht gut vor, geht einfühlsam an ihre Aufgabe heran, selbst wenn sie kaum Zeit hatte, den ganzen Text gründlich zu lesen, und noch viel weniger, ihn mit der notwendigen Sorgfalt zu studieren.

Als nach einigen Lesungen und verschiedenen Szenen offensichtlich wird, daß Qaali erschöpft ist und ihre Stimme manchmal abbricht wie ein trockener Zweig von einem Ast, verlangt Cambara eine Pause.

Sie sagt: »Wir machen in etwa drei Stunden weiter.«

Sie teilen sich in Zweier- und Dreiergrüppchen, Raxma und Bile finden einen stillen Winkel, entfernt vom Lärm, den Skriptgirl, Teefrau und die anderen freiwilligen Helfer verursachen. Cambara und Qaali finden ihren Winkel, wo die Jungen ihnen Tee servieren und sie in Ruhe lassen. Kiin ist bei ihren Töchtern, die ältere bietet sich dem Skriptgirl als Assistentin an, die jüngere der Teefrau.

Cambara gibt Qaali zuliebe eine inhaltliche Zusammenfassung des Stückes, und da sie weiß, daß Qaali eine gebildete Frau ist, entscheidet sie, ihr eine grobe Interpretation zu ersparen.

Dann hallt Biles Stimme durch den Saal, die Cambara und Qaali beim Namen ruft und laut verkündet: »Es ist Zeit, wieder anzufangen.«

Alle fünf kommen aus verschiedenen Richtungen und treffen sich auf der Bühne, wo sie erwartungsvoll herumstehen; sie warten wohl darauf, daß das Skriptgirl Qaali den Einsatz gibt, als Zaak sich in Cambaras Blickfeld drängt und es auf schockierende Weise beherrscht. Er watschelt in seinem guten weißen Freitagsanzug daher, das Gesicht ungesund aufgedunsen, Schweißflecken unter den Armen, auf seiner Stirn steht fettiger Schweiß, und er atmet mühsam. Sie ist im Bann der Erinnerung an die Greuel, denen er sie in den mit ihm verbrachten Jahre ausgesetzt hat, und diese Erinnerung schließt auch ihre letzte deprimierende Begegnung ein – übrigens das einzige Mal, das er ihr Gastgeber gewesen ist –, und jetzt weiß sie nicht, wie sie reagieren soll. Es ziemt sich nicht für sie, in der Gegenwart von zwei ihrer engsten Freunde, nämlich Raxma und Bile, ganz zu schweigen von so vielen Fremden, unhöflich zu sein. Beschämt aufgrund der mangelnden Kontrolle über seinen Körper, watschelt er mit weichen Knien näher. Sie sagt sich, daß sie ihn nicht zufällig gemieden und nicht wieder besucht hat, sondern weil sie es so wollte. Von links nähern sich Schritte, und ehe sie sich noch umdrehen kann, flüstert Raxma ihr ins Ohr: »Überlaß ihn mir.«

Cambara sagt nichts; sie erstarrt. Bile, der nicht viel von Zaak weiß, schaut von Raxma, die an ihm vorbeigeht, zu Cambara, die gereizter Stimmung ist, und schließlich zu den anderen, von denen einige belustigt zu sein scheinen, andere irritiert, während sie beobachten, was geschieht.

»Schau einer an, wer gekommen ist, Zaak selber«, sagt Raxma laut.

Zaak bleibt schwankend stehen, sein Hemd klebt ihm vorn und hinten am Körper, weil er so unmäßig schwitzt; mit der Langsamkeit einer Schildkröte, die eine scharfe Kurve bewältigt, bewegt er erst den Oberkörper, schließlich den Unterkörper und den Kopf. Dann wackelt er weiter, während Raxma, die einen Schritt auf ihn zu gemacht hat, wartet, und alle sehen zu. Cambara spürt Gemurmel heranplätschern und sich in Bäche von Geflüster ergießen und schließlich zu einem Strom der allgemeinen Entrüstung anschwellen.

Raxma sagt: »Wie geht es dir, Zaak«, sie hat die Hand ausgestreckt wie ein Warlord, der einem anderen steif die Rechte reicht bei einem von den Geberländern, die ihrer hungernden Nation mit Lebensmitteln helfen, erzwungenen Fototermin.

»Arda hat mich angerufen«, sagt er beim Händeschütteln.

»Und was hat sie gesagt?«

»Daß ich Cambara hier antreffen werde.«

»Ich bin auch hier«, sagt Raxma.

»Sie hat gesagt, daß du hiersein würdest.«

In seiner Stimme ist ein deutliches Beben.

»Willst du mich nicht begrüßen?«

»Willkommen.« Die Worte kommen lustlos über seine Lippen.

Ihnen geht der Gesprächsstoff aus. Raxma wendet sich an Cambara, die sich bereit macht einzugreifen in der Überzeugung, daß sie ihn auf sicherem Abstand halten und gleichzeitig Raxma unnötige Peinlichkeiten ersparen kann. Cambara hält es für das beste, sich nicht bei Zaak zu entschuldigen und zu erklären, warum sie sich nicht bei ihm gemeldet hat, sondern lieber Bile zu beschwichtigen. Bile könnte sich beschämt fühlen, wenn er erleben müßte, wie sie ihren Cousin barsch abfertigt; er würde das bestimmt nicht billigen. Bile gefällt der Gedanke nicht, daß Cambara und Zaak einander vor so vielen Fremden verspotten. Er gehört der alten Schule an, nach der man einen Menschen nicht im Beisein anderer heruntermacht, am wenigsten den Partner oder Cousin. Sie kann sich nicht erinnern, mit ihm über Zaak gesprochen zu haben, obwohl es möglich ist, daß Kiin ihn aufgeklärt hat. Cambara hält großen Abstand, wenn auch aus keinem anderen Grund als dem, daß sie seinem üblen Mundgeruch nicht zu nah kommen möchte.

»Was hast du so getrieben?« fragt Zaak Cambara, und die fetten Worte kullern ihm aus dem Mund und tanzen wie ein Stehaufmännchen im Kreis. »Ich freue mich für dich. Du hast erreicht, was du dir vorgenommen hast. Gut für dich, mein Mädchen. Du hast gehandelt, wie es einer erwachsenen Person zukommt und wie ich es dir geraten habe. Ich bezweifle, daß du das Haus zurückerobert oder dein Stück auf die Bühne gebracht hättest, wenn ich dich nicht dazu gedrängt hätte. Das habe ich auch Tante Arda gesagt.«

Sie sagt: »Du hast mich meinem Schicksal überlassen, damit ich wie eine Erwachsene handele, willst du das sagen? Du bist grob zu mir gewesen, damit ich mir höhere Ziele stecke und sie erreiche? Das ist mir neu. Hast du das so meiner Mutter verkauft?«

»Und sie hat es gern genommen«, sagt er. »Warum hast du mich also verlassen? Warum hast du dich nicht bei mir gemeldet, um mir von deinen Erfolgen zu berichten?«

Sie sagt: »Du brauchst doch gar keine Gesellschaft, wenn du deine Khat-Bündel hast.« Alle nicken und amüsieren sich über die witzige Bemerkung. Aber keiner wagt zu lachen außer Raxma, die laut losprustet.

»Wann hat Arda dich angerufen?« fragt Cambara.

»Vorhin.«

Was für ein Spielchen ihre Mutter auch spielt, Cambara möchte Zaak nicht wissen lassen, daß sie keine Ahnung hat, wo ihre Mutter ist, und daß sie auch nicht mit ihr gesprochen hat. Das würde den jahrelangen Kämpfen zwischen ihr und Zaak nur noch mehr Gift liefern und nicht dazu beitragen, sich um Ardas willen zu versöhnen. Es ist aber noch nicht zu spät. Sie wird Raxma über Arda ausfragen, wenn sie später allein sind, und alles wird sich aufklären.

»Gut, Zaak. Es wird Zeit, daß ich meine Arbeit wiederaufnehme.«

»Ich werde dich nicht abhalten«, entgegnet er und wendet sich mit dem Gefühl ab, daß er so viel Gift in ihre Richtung gespritzt hat wie sie in seine.

Sie sagt: »Hast du dein Bündel Khat mitgebracht, damit du kauen kannst, während du wartest? So wie manche von uns ein Buch zum Lesen für die Wartezeit beim Zahnarzt mitbringen?«

»Jetzt bist du gemein«, sagt er und grinst. »Es schickt sich nicht für eine Gastgeberin, einen Gast schlecht zu behandeln. Sei nett zu mir, wenn ich in deinem Haus bin. Bitte.«

»Hör mal, wer da spricht.«

»Genau«, sagt er, schaut in die Runde und versucht, Kontakt mit seinen Zuhörern aufzunehmen, sein gewinnendes Lächeln auf dem Gesicht.

Sie hat genug von ihm; ihre Stimme verrät es. »Auf mich wartet dringende Arbeit«, sagt sie. »Könntest du deine Daten bei der Lady mit dem Schreibblock hinterlassen?« und sie zeigt auf das Skriptgirl. »Da du uns mit deinem Besuch beehrt hast, werde ich dich nun zur Premiere meines Stückes einladen. Du kannst in der ersten Reihe sitzen, neben deiner Lieblingstante Arda.«

Sie dreht ihm schnell den Rücken zu und marschiert zur Bühne, wo alle anderen stehen und geduldig warten. Es dauert ein wenig, bis einige von ihnen das Grinsen aus dem Gesicht verbannt haben, und noch ein wenig länger, bis sie bereit sind, mit der Probe fortzufahren. Als Qaali vortritt, um ihren Text dort wiederaufzunehmen, wo sie geendet hat, richten sich die Blicke auf den massigen Rücken einer schmerbäuchigen, plumpen Figur, die das spärliche Tageslicht blockiert. Als Zaak gegangen ist, setzt sich Cambara neben Raxma und hört mit halbem Ohr auf Qaali, die ihre Rolle mit mehr Elan liest.

»Wo ist Arda?« fragt sie gereizt Raxma.

»Sie hat ihre Reise in Nairobi unterbrochen, wo sie sich von ihrem Jetlag erholen will«, erklärt Raxma. »Wir haben uns auf dem Flughafen getrennt, sie, um ein Taxi zu einem Hotel zu nehmen, ich, um das Flugzeugs hierher zu nehmen. Sie wird morgen früh hier sein. Kiin hat sich erboten, sie an der Landebahn abzuholen.«

»Diese Frau wird noch einmal mein Tod sein«, sagt Cambara.

»Nimm's nicht so schwer, Cambo.«

»Wie kann ich das, wenn es Zaaks und Wardis gibt?«

»Vergiß Zaak; er ist ein Narr.«

»Wie kann ich das?«

»Mach mit deiner Probe weiter, Cambo.«

»Gib mir einen Moment.« Cambara bleibt sitzen, wo sie ist, sie hat die Augen geschlossen, als könne ihr das einen Blick in ihr Inneres gewähren, damit sie ihre innere Stärke zu Hilfe rufen kann, von deren Existenz sie überzeugt ist.

»Ich danke dir, Raaxo«, sagt sie nach einigen Minuten und ist bereit, mit der Probe fortzufahren. »Du bist ein Schatz. Wie immer.«

Sie arbeiten unermüdlich bis in die späten Abendstunden; alle sind sehr erschöpft, und die jungen freiwilligen Helferinnen, einschließlich des Skriptgirls und der Teefrau, sind gegangen. Raxma übernimmt deren Aufgaben mit beachtlicher Energie und läßt keinen Moment erkennen, daß sie erst vor wenigen Stunden hier angekommen ist. Sie will nichts davon hören, als Cambara vorschlägt, Dajaal solle sie ins Hotel Maanta fahren. »Sind Freunde nicht dazu da, dir zur Seite zu stehen, wenn du sie brauchst? Ich bleibe hier, bis wir für heute fertig sind.«

Am nächsten Tag, als es am wenigsten erwartet wird, hat Zaak einen dramatischen Auftritt. Er kommt in den Saal, unmittelbar gefolgt von einer weiblichen Gestalt, wie das erste von zwei Fahrzeugen, die mit einem unsichtbaren Seil verbunden sind, wobei das erste als Zugmaschine für das zweite dient.

Zaak trägt zwei schwere Koffer. Er bleibt oft stehen, schnauft und wischt sich den Schweiß ab. Dann nimmt er erst den einen, dann den anderen Koffer wieder auf und spürt die ganze Zeit die Gestalt hinter ihm, die ihn wortlos drängt, trotz allem weiterzugehen. Als er sich vorarbeitet, langsam einen Fuß vor den anderen setzend und immer wieder pausierend, während alle auf der Bühne verstummen und sich zu ihm umdrehen, möchte Zaak wohl fluchen, wagt es aber nicht, wieder wegen der Gestalt, die ihn sachte von hinten antreibt. Einmal setzt er die schweren Koffer ab und geht dann zerstreut weiter, stolpert über den einen von ihnen, fällt unbeholfen hin und macht fast einen Salto. Dabei produziert er einen schauerlichen Laut, wie das Knistern eines Blitzes, der den Donner über einen wolkenverhangenen Tropenhimmel jagt.

Im Gegensatz zu Zaak präsentiert Arda sich gepflegt, mit strahlenden Augen, lebhaft und – nachdem sie ihren Jetlag überwunden hat – putzmunter. Ihre große und breite Gestalt kommt daher in einem eleganten leichten Baumwollkleid, der Fächer in ihrer Hand ist ständig in Bewegung und schafft Luftbewegung, das Lächeln auf ihrem Gesicht ist aufdringlich und fast ein wenig falsch, besonders für diejenigen, die sie sehr gut kennen. Ihre Haut ist braun und beinahe zu frisch für ihr Alter, sie wirkt ausgeruht und so munter, daß man es auch nervös nennen könnte. Sie ist genervt, weil Zaak das Tempo ihres Vorankommens bestimmt.

Die Szene erinnert Cambara entfernt an eins ihrer Lieblingsstücke, *Warten auf Godot.* Das Geheimnis, die Verzweiflung und die Unsicherheit der menschlichen Existenz, die sie in Zaaks und Ardas Mienen entdeckt, lassen sie an Samuel Becketts Pozzo denken, der Lucky mit einem Seil um dessen Hals hinter sich herzieht. Es ist kein guter Tag für Zaak gewesen, da Arda ihn – darauf kann man wetten, da sie von Raxma unterrichtet war – bestimmt terrorisiert und beschämt hat, als die beiden allein waren. Nun verweist Arda Zaak mit voller Absicht vor denselben Männern und Frauen, vor denen er ihre Tochter gedemütigt hat, auf seinen Platz.

Raxma scheint es Vergnügen zu bereiten, das Geschehen zu beobachten; Cambara jedoch bedauert Zaak und denkt, daß der arme Kerl nicht einmal einen Hocker hat, auf dem er wie Lucky in *Godot* sitzen könnte. Ungeachtet seiner Fehltritte bleibt Zaak ja Ardas Neffe, und das bedeutet, daß er ein Blutsverwandter ist. Vielleicht liegt es an der Mittagshitze – es ist Siesta-Zeit, Erschöpfung greift um sich und die Anspannung ist unerträglich –, daß Cambara plötzlich Dinge sieht und Bilder eines Pozzo-und-Lucky-Dramas voll Trostlosigkeit heraufbeschwört.

Als sie sich der Bühne nähern, auf der Cambara, Bile, Qaali, Gacal und Seidenhaar sich befinden, wird noch deutlicher, daß es zwischen Arda und Zaak böses Blut gibt. Sie halten nicht nur den gleichen Abstand voneinander wie zuvor – Arda treibt ihn an, Zaak trottet müde dahin –, Arda ist auch wütend und zeigt das auch offen. Als Zaak gerade meutern will und sich weigert, noch einen einzigen Schritt zu machen oder die beiden Koffer hochzuheben, bleibt sie ganz plötzlich stehen und sagt mit fester Stimme zu ihm: »Du bist unhöflich gewesen, hast dich ungehörig aufgeführt, Beleidigungen in alle Richtungen geschleudert, wann immer dir danach war. Es ist Zeit, daß du dich entschuldigst.«

Doch sie nennt die Person oder Personen nicht, denen er das Zerrbild einer Entschuldigung liefern muß. Dazu geht sie ihn körperlich an, schubst ihn aus dem Weg und geht unhöflich an ihm vorbei zur Bühne, wo die anderen versammelt sind und schweigend zuschauen. Als sie bei der Bühne ankommt, wo Cambara sie mit offenen Armen und lächelndem Gesicht erwartet, bekommt Ardas Stimme einen anderen Klang. Die beißende Schärfe, die ihre Stimme hat, wenn sie mit Zaak spricht, verwandelt sich in reine Liebenswürdigkeit, als sie nun das Wort an ihre Tochter richtet. Sie wechseln Worte, ohne sich aufeinander zu zu bewegen.

»Mein Schatz, du hast es geschafft, nicht wahr?«

»Noch nicht, Mutter.«

»Aber ja, Liebes.«

»Es gibt noch viel zu tun.«

»Du hast es getan. Kein Zweifel daran.«

»Wir wollen das Schicksal nicht herausfordern, Mama.«

»Wie dem auch sei, komm herunter, umarme deine zweifelnde Arda und gib ihr einen Kuß«, und sie bedeutet Cambara, zu ihr zu kommen. »Erzähl mir, wie du das alles geschafft hast.« Mit einer weitausholenden Armbewegung umfaßt Arda die Bühne und die Menschen darauf, den Saal und die Leute darin. »Ganz allein. Trotz der vielen Schwierigkeiten. Trotz Zaak«, und sie sieht ihn an.

Um die Hände für Cambaras Umarmung frei zu bekommen, wirft Arda ihren Fächer auf die Bühne, wie eine Tennisspielerin ihren Schläger in die Menge der Bewunderer wirft. Bile hat das Glück, den Fächer zu fangen, ehe er zu Boden fällt; Raxma applaudiert. Cambara kommt mit wild klopfendem Herzen heran, doch sie paßt auf, daß sie nicht mit Zaak zusammenstößt oder gegen die Koffer stolpert, die er mit einem Krach im Mittelgang fallengelassen hat.

Sie umarmen sich, Mutter und Tochter; sie flüstern miteinander wie ein junges Liebespaar, das sich nach langer Trennung wiedersieht. Dann umschlingen sie einander, wobei Cambara Mühe hat, die Taille ihrer Mutter zu umfassen. Mit leiser Stimme sagt Cambara neckend: »Wir müssen dringend abnehmen, oder?«

»Das werden wir; das werden wir.«

Sie drehen allen den Rücken zu und gehen aus dem Saal. Es ist nicht klar, ob Cambara ihrer Mutter das übrige Haus zeigen will oder ob Arda Cambara für ein paar Stunden allein haben möchte, damit sie sich unter vier Augen unterhalten können.

Epilog

Drei Tage später haben sich Cambaras Tage, randvoll mit Arbeit, mehr Arbeit und noch mehr Arbeit, bis in die Nächte ausgedehnt, und sie legt den Termin für die Sondervorstellung vor einem ausgewählten Publikum, hauptsächlich Frauen, fest. Wenn sie nicht korrigiert, probt oder den Text nochmals liest und nicht schläft, trinkt sie literweise Kaffee, um sich auf den Beinen zu halten, und verbringt ihre Zeit bald mit Arda, die sich ganz reizend verhält, bald mit Raxma, die diskret im Hintergrund bleibt, still und unaufdringlich, dann wieder mit Bile, mit dem sie allein in der Wohnung ist, um zu entspannen und lange heiße Bäder zu nehmen, oder mit Kiin, Qaali, Seidenhaar und Gacal.

Raxma tut bereitwillig, worum auch immer man sie bittet, fungiert manchmal als Skriptgirl, die Anfang und Ende der Szenen markiert und nach Cambaras Diktat die Textänderungen mit Bleistift hineinschreibt, manchmal als Teefrau; bei wieder anderen Gelegenheiten fährt sie, begleitet von Dajaal, in einen Stadtteil, in dem sie seit über fünfzehn Jahren nicht gewesen ist, weil Cambara Olivenöl für die hölzernen Masken braucht, da Leinöl, was ideal für den Zweck wäre, nicht erhältlich ist. Ein andermal wird ihr aufgetragen, die Kostüme vom Schneider abzuholen. Bei ihrer Rückkehr wirkt Raxma verzweifelter, als sowohl Arda als auch Cambara sie je erlebt haben. Sie berichtet, wie sie Zeugin eines Schußwechsels wurde, bei dem zwei Jugendliche direkt vor ihren Augen getötet wurden. »Es fühlte sich an, als sähe man einen Horrorfilm, aber auf Großleinwand«, sagt Raxma. »Nur war das so schrecklich real, daß ich den Wahnsinn nicht ertragen konnte.« Auf die Frage, wie sich das alles vor ihr abgewickelt habe, erklärt sie, daß zwei Teenager aus einem für sie unersichtlichen Grund in Streit gerieten und dann ganz plötzlich aufeinander zu schießen begannen – peng, peng, peng. Aus kürzester Distanz. Eiskalt. »Als hätten sie es meinetwegen getan, damit ich Zeugin würde.« Sie seufzt, spricht dann weiter: »Ich möchte nicht mehr dort raus. Es reicht. Ich bleibe, wo ich bin; hier fühle ich mich sicher.«

Wo andere Cambara Fragen stellen und vorsichtig nachforschen könnten, hält Arda sich entschieden zurück und benimmt sich anders, als man es von ihr gewohnt ist; sie verhält sich, als hätte sie zu nichts eine eigene Meinung und ihrer Tochter keinen Ratschlag in irgendeiner Angelegenheit zu bieten. Man hört sie häufig sagen: »Das kannst du besser beurteilen als ich, meine Liebe. Wer bin ich, daß ich dir in irgendeiner Sache Rat erteilen könnte, nachdem du das alles erreicht hast?« Insbesondere hat sie auch nichts über Cambaras offensichtlich enge Beziehung zu Bile zu sagen, selbst wenn andere die zunehmende Vertraulichkeit der beiden mit Interesse beobachten. Arda hört, wie andere von der erblühenden Freundschaft sprechen, wobei einige schon eine Hochzeit am Horizont sehen, doch sie kommentiert das Gerede nicht, weder Cambara noch den anderen gegenüber, vielleicht weil sie nicht will, daß etwas Ähnliches passiert wie bei Zaak – zugegebenermaßen ihr eigener Fehler – oder wie bei Wardi, den ihre Tochter gegen ihren Rat heiratete, wodurch sie sich einander entfremdeten. Sie möchte Wardis Namen nicht erwähnen und keine Anspielung auf Zaak machen, da ihr bewußt ist, daß sie gegen Cambaras Heirat mit Wardi war, nur weil ihre Tochter ihn liebte, und sie ihr Zaak aufdrängte – und welche Katastrophen entwickelten sich aus den beiden Verbindungen!

Erstaunlich aber ist, daß Arda Gefallen an Seidenhaar findet, den sie unter ihre besondere Obhut genommen hat. Sie spricht davon, ihn irgendwo auf die Schule schicken zu wollen, damit er eine Ausbildung als Mechaniker oder in einem Handwerk bekommt, vorausgesetzt, er stelle sich der Herausforderung und sei bereit, die Ausbildung bis zum Ende durchzuhalten. Sie versteht sich gut mit Qaali und Gacal, doch leider kann sie wenig tun, um das bürokratische Durcheinander zu klären, obwohl sie, wie sie ihnen erzählt, mit einem ihrer kanadischen Freunde vom Diplomatischen Dienst gesprochen hat. Sie und Cambara sind erleichtert, als Raxma ihnen mitteilt, daß sie Maimouna kontaktiert hat, die beim US-Konsulat in Nairobi vorstellig geworden ist.

Auch Arda und Dajaal kommen gut miteinander aus; sie diskutieren ausführlich über die Sicherheitslage und die Möglichkeit eines plötzlichen Angriffs, den er mit einem Achselzucken abtut und ihn als »so gut wie unmöglich« bezeichnet. Dann fährt er fort: »Ich verstehe Ihre Bedenken, es sind die Bedenken all derer, die keine Ahnung haben. Ich meine, ›keine Ahnung‹ in Sicherheitsfragen. Überlassen Sie alles mir. Haben Sie keine Angst. Wir sind sicher, solange wir das Stück vor ausgewähltem Publikum aufführen, ob mit oder ohne Masken. Meine Bedenken richteten sich gegen eine öffentliche Aufführung mit Masken. Das wäre zu riskant.« Aber aus der Art, wie die beiden sich unterhalten, schließt Cambara, daß sie sich besser kennen, als sie offenlegen möchten.

Arda spricht lieber mit Seamus als mit den anderen; er ist weniger gehemmt in ihrer Gegenwart, und er neckt sie. Er regt ihre Erinnerung an, so daß sie Witze aus der Zeit austauschen, als italienische Kultur und Sprache und italienische Filme ihr Leben beherrschten. Sie erzählt ihm ein paar Priesterwitze, und er bietet dafür etliche Witze der Sorte ›Kommt ein Bauer in die Stadt‹, deren Pointen meist unter die Gürtellinie zielen. Gacal ist immer ganz Ohr bei diesen Ferkeleien.

Bile allerdings verhält sich Arda gegenüber förmlicher, sehr höflich, wie es sich vielleicht für einen zukünftigen Schwiegersohn schickt. Und Arda ist verlegen in seiner Gegenwart, vielleicht wegen des Altersunterschieds zwischen ihr und Bile, möglicherweise der zukünftige Partner ihrer Tochter. Sie ist bemüht, Bile entspannt gegenüberzutreten. Es ist ganz gut, daß alle sehr beschäftigt sind: Cambara kümmert sich um alles, was mit dem Stück zusammenhängt, einschließlich des Make-up, und sie assistiert Seamus bei der Beleuchtung und der Bühnentechnik. Raxma erklärt sich bereit, jede Aufgabe zu übernehmen, die Cambara ihr zuteilt, und das war als letztes die einer Souffleuse; Seamus kümmert sich zusätzlich zu seinen Pflichten als Beleuchter und Bühnentechniker darum, daß der Generator arbeitet; auch Bile, Qaali, Gacal und Seidenhaar widmen sich ihren Aufgaben mit absoluter Hingabe.

Bile ist von früh bis spät stets an Cambaras Seite, beständig in seiner kameradschaftlichen Unterstützung, und bietet ihr zuverlässig einen Freiraum, in dem sie sich ungehindert bewegen kann.

Bei mehr als einer Gelegenheit sind die beiden, nachdem alle anderen sich zurückgezogen haben, gemeinsam fortgegangen, und sie ist völlig erschöpft in einen tiefen Schlaf gefallen, sobald ihr Kopf das Kissen berührte, in dem Zimmer, das einmal seiner Nichte Raasta gehört hatte. Jeder kann sehen, daß Bile sich wahnsinnig nach ihr sehnt und ganz niedergeschlagen aussieht, wenn sie nicht da ist. Es geht so weit, daß er jede Tätigkeit, die sie voneinander trennt, als nicht zu akzeptierende Störung ansieht, als Einmischung in die *affaire de cœur.*

Kiin, voller Furcht, gibt sich in Cambaras Gegenwart beherzt. Sie hofft sehr, daß für all ihre Gäste die ganze Sache gut ausgeht, daß Gudcur begraben bleibt, wenn er tot ist, daß keiner seiner Söldner Probleme macht, daß Cambara einen Erfolg erlebt mit ihrem Stück, zu dem sie Kiin, ausgewählte Zuschauer und ein paar Vertraute einlädt. Doch Kiin vermeidet jeden Kommentar, wenn jemand das Gespräch auf Bile und Cambara bringt, besonders wenn Arda dabei ist. In Anbetracht der Tatsache, daß sie mitgeholfen hat, diese Nähe entstehen zu lassen, hat sie den Eindruck, daß die Verbindung lange halten wird. Raxma gibt sich ihrer Freundin gegenüber munter, wenn Bile nicht in der Nähe ist, weil sie weiß, daß es sie aufheitert und das Arbeiten mit ihr viel leichter macht. Auch sie will nicht in das Verhältnis hineingezogen werden.

Am Premierenabend werden Cambaras Eingeweide zum Schlachtfeld. Sie sagt sich, daß ein Krieg gewonnen wurde, was sehr gut und höchst willkommen ist, doch wird die Schlacht verlorengehen?

Der Generator läuft, und man kann sein Brummen aus einer halben Meile Entfernung hören. Um sicherzugehen, daß es keine Lücken im von Dajaal engmaschig geplanten Sicherheitskonzept gibt, hat Seamus die Kabel bis zu den Checkpoints verlegt. Es gibt verschiedene innere und äußere Ringe und ein Minimum von drei Checkpoints, deren äußerster mit Kaahin, einem engen Partner von Dajaal, besetzt ist, der zweite mit Qasiir und der unmittelbar beim Haus mit keinem anderen als Dajaal selbst. Alle erdenklichen Kommunikationsmittel sind in Gebrauch: Funksprechgeräte, ein Landkabel-Telefon im Haus und mehrere Handys. An jedem Checkpoint sind Männer mit Maschinengewehren versteckt, und der zweite Sicherheitsring hat den einzigen »Techniker« als Teil einer Demonstration der Stärke, wenn es nötig ist. Das Telefon klingelt ständig, wenn es Zweifel an der Identität einer Person gibt, die aufgetaucht ist, und geklärt werden muß, ob der- oder diejenige eingeladen ist. Die Namen werden mit der Originalgästeliste in Ardas Obhut verglichen. Kiin steht mit allen Verantwortlichen in Verbindung, da sie diejenige ist, die ursprünglich die Namen der Gäste und ihre Daten geliefert hat. Das Stück wird unter der Schirmherrschaft des Frauen-Netzwerks aufgeführt, und das Netzwerk hat als Gastgeber auch in Zusammenarbeit mit dem Hotel Maanta für die Erfrischungen des Abends gesorgt.

Trotz der Anspannung, die durch die strikten Sicherheitsmaßnahmen hervorgerufen wird, herrscht eine fröhliche Atmosphäre, und die Gäste benehmen sich entspannt, wenn sie es durch die Ringe geschafft haben, wo sie durchsucht und einigen ihrer Meinung nach unverschämte Fragen gestellt wurden. Ein- oder zweimal mußte Kiin selbst zu Dajaals Checkpoint gehen, um die Dinge zu klären. Insgesamt wurden nur zwei Personen fortgeschickt, weil Kiin sich nicht für sie verbürgen konnte oder sie nicht gut genug kannte. Ohne daß etwas Schwerwiegendes vorgefallen ist, geben Dajaal, Kiin und Arda das Zeichen, daß die Veranstaltung beginnen kann, als alle Gäste geprüft worden sind.

Es sind insgesamt ungefähr fünfundzwanzig geladene Gäste im Saal, nur drei davon Männer: Irrid und Hudhudle vom Hotel Maanta und Odeywaa, der Ladeninhaber, Gatte eines sehr aktiven Mitglieds des Frauen-Netzwerks, das gerade rechtzeitig von der Nationalen Versöhnungskonferenz in Nairobi zurückgekehrt ist, um sich das Stück anzusehen. Dann ist da noch eine Frau, eine Lokalreporterin für das somalische Programm der BBC in Mogadischu, eine Frau im Taschenformat, sehr präsent, mit einer schrillen Stimme und Brillengläsern, so dick wie der Boden eines Wasserglases. Sie hat einen festen Händedruck und die Angewohnheit, über jede Äußerung von Cambara lange nachzudenken, als wolle sie diese analysieren und vielleicht kommentieren. Cambara fühlt sich unbehaglich unter den forschenden Augen der Frau, und sie kann es gar nicht abwarten, ihr zu entfliehen, bald nachdem Kiin sie ihr vorgestellt hat und die Frau von ihrem Wunsch spricht, sie und Qaali und Gacal zu interviewen. Sie erinnert Cambara daran, daß die Vereinigung von Mutter und Sohn ihrer Durchsage im Programm »Vermißte Personen« der BBC zu verdanken ist. Der Chef des somalischen Programms wünscht eine Fortsetzung in Form eines Live-Interviews. Nun entschuldigt sie sich und geht weg, um sich um neu eintreffende Gäste zu kümmern.

Als sich der Vorhang der minimalistischen Bühne hebt und Bile seine Maske aufsetzt, um auf die Bühne zu gehen, ist Cambara aufgeregt und ganz zappelig. Sie wendet sich ängstlich ab, wirkt erschöpft und benimmt sich, als würde sie gleich aus dem Saal flüchten. Erst als sie Biles Baritonstimme hört, findet sie ihre Zuversicht wieder, ihr Vertrauen und ihre Dankbarkeit all denen gegenüber, die etwas mit dem Stück zu tun haben. Und sie erinnert sich daran, wie Bile – er ist jetzt auf der Bühne – ihr versichert hat, daß es keinen Grund zur Sorge gebe, daß die beiden Jungen ihre Sache gut machen werden und die Menge der Dorfbewohner, von denen keiner eine Sprechrolle hat (ausschließlich Frauen, die zeitiger am Tag angeworben und von Arda mit kleinen Geldgeschenken bedacht wurden), ebenfalls. Das Bühnengeschehen beweist, daß er recht behält.

Arda sitzt weit hinten, ihr Stuhl ist im Halbdunkel, sie ist ein einziges Nervenbündel, während sie von dort die Vorstellung verfolgt. Cambara hat jedoch darauf bestanden, jetzt nicht im Saal zu sein, da sie Angst hat, einen Zusammenbruch zu erleiden. Schließlich hat sie fast jeden Faden ihres privaten, beruflichen und öffentlichen Lebens zu dem Garn verwoben, das nun unter ihrer Regie vorgeführt wird; Bile, Qaali, Gacal und Seidenhaar spielen darin; Kiin und Raxma sind freiwillig mit dabei. Das Mißlingen eines so vielseitigen Projekts wird schwer zu ertragen sein, sie kann den Gedanken daran gar nicht aushalten.

Dann wird Cambara ganz wirr im Kopf, sie befindet sich quasi in einem bizarren Wachtraum, den man erlebt, wenn man völlig erschöpft und gleichzeitig sehr angespannt ist. Sie verliert die Verbindung zu allem, was wichtig ist, weiß nicht mehr, wo oder wer sie ist und was sie hier soll. Wenn sie die Gesichter der Frauen und Männer betrachtet, die im Saal sitzen und sich ihr Stück anschauen, kann sie keinen von ihnen beim Namen nennen. Auch bei den Gesichtern ihrer Mutter und ihrer Freundin Raxma ist das so – sie kommen ihr bekannt vor, mehr nicht. Also sollte sie hier verschwinden, da sie die Anspannung, die sie in den ersten Augenblicken des Stückes im Bauch spürt, nicht aushalten kann. Sie stiehlt sich davon und geht auf ihre Zimmer, um eine kurze Zeit zum ruhigen Nachdenken zu haben. Sie möchte allein sein, das erste Mal seit sehr langer Zeit, und wo wäre das besser möglich als in einem Badezimmer, in dem sie sich nicht als Gast fühlt.

Nachdem sie ihr Selbst wiedergefunden hat, das sich auf Wanderschaft begeben hatte, kehrt sie noch vor dem Ende des Stückes an den Aufführungsort zurück und trifft Kiin, die hinten im Saal auf und ab geht und die Gäste im Auge behält. Viele der Frauen sitzen da und haben Spaß an der Geschichte, die auf der Bühne erzählt wird. Wieder in den Saal zurückgekehrt, richtet Cambara ihr Augenmerk ganz besonders auf die erste Reihe und versucht herauszufinden, ob die Zuschauer dort so aufmerksam sind, wie sie es gern hätte. Sie nimmt an, daß der Autor eines Buches an der Körpersprache eines Lesers höchstwahrscheinlich bemerken könnte, wann das Interesse am Lesestoff nachläßt.

Als die Aufführung dann einen Punkt erreicht, an dem gebannte Aufmerksamkeit herrscht und keiner sich auf seinem Sitz rührt, entspannt Cambara sich und bemerkt eine Veränderung in der Sitzordnung der ersten Reihe, verspätet ist dort eine Frau aufgetaucht, die vorher nicht da war. Bei dem gedämpften Licht kann Cambara von ihrem Platz aus nicht mit Sicherheit erkennen, wer die Zuschauer sind, kann nicht einmal die identifizieren, die sie kennt, außer zwei Männern, nämlich Seamus, weil er weiß ist, und Dajaal, wegen seiner militärischen Haltung und weil er der einzige in der Nähe ist, dessen Funksprechgerät leise knattert. Die Frau rechts neben Seamus aber erregt ihre Aufmerksamkeit. Cambara findet, daß an der Gestalt der Frau, die ihren Kopf bedeckt hat, um ihre Identität zu verbergen, etwas ungewöhnlich Vertrautes ist. Die Frau hat sich auf eine Weise in ihren Schal gewickelt, die bei Cambara Zweifel an ihrem ersten Urteil wecken soll. Sobald Cambara weiß, wer die Frau ist, und sie gerade beim Namen rufen will, stockt ihr der Atem, und die Luft bleibt ihr weg. Trotzdem weiß sie jetzt, obwohl das Licht schwach und die Entfernung zwischen ihnen groß ist, wer die Frau ist: Maimouna, Raxmas und ihre gemeinsame Freundin, die Rechtsanwältin. Vielleicht ist sie nicht nur nach Mogadischu gekommen, um sich das Stück anzusehen, sondern auch um Qaali und Gacal in der Sache von Gacals verlorenen Dokumenten zu vertreten? Maimouna, groß, schwarz und wunderschön, sitzt in der ersten Reihe, mit Kiin zu ihrer Linken und Farxia zur Rechten.

Cambara fühlt die Freude eines Tieres, das seinesgleichen wiederfindet, versetzt sich in den Körper einer Tigerin, scharfäugig, schnellfüßig. Die ersten paar Schritte macht sie mit unglaublicher Behendigkeit und Flinkheit und steuert schweigend auf die erste Reihe zu. Inzwischen hat sich Kiin fast auf sie gestürzt, hält sie zurück und flüstert ihr zu, daß sie das Publikum stört. Kiin sagt zu Cambara: »Später, später. Fasse dich und beruhige dich. Es hat keine Eile; es hat keine Eile.«

Ohne ihre Worte zu beachten, strebt Cambara weiter impulsiv auf die Frau in der ersten Reihe zu, ohne im mindesten zu wissen, was sie tun will, wenn sie ihr Ziel schließlich erreicht hat: ob sie ihre Freundin umarmen und sie willkommen heißen wird, ihr sagen wird, wie glücklich sie ist, daß sie es zur Premiere geschafft hat. Aber Cambara kommt nicht weiter, weil der Gang verstellt ist, denn Reihe um Reihe von Zuschauern haben ihre Stühle kreuz und quer hineingestellt.

Einige Leute im Publikum fordern sie auf, sich hinzusetzen. Sie wissen natürlich nicht, wer sie ist oder warum sie sich so aufführt, doch für sie ist klar, daß sie ihrem Vergnügen im Weg ist, einen Aufruhr veranstaltet und herumläuft wie eine Geistesgestörte.

Schließlich führt Kiin sie aus dem Saal, die Steintreppe hinunter, dann setzen sie sich, und Kiin bringt Cambara ein heißes Getränk. »Ich wollte sie nur kurz begrüßen und ihr sagen, wie glücklich ich bin, daß sie bei der Premiere meines allerersten Stückes dabei ist.«

Am Ende der Vorstellung, die allgemein als Erfolg eingeschätzt wird, treffen sich Cambara und ihre Mutter, und die beiden verbringen ihre erste Nacht zusammen im Haus der Familie, hocherfreut, dort schlafen zu können und bis in die frühen Morgenstunden zu plaudern.

Einige Tage später veranstaltet Arda eine private Feier für alle, die nett zu ihrer Tochter gewesen sind und sie unterstützt haben. Dann führt Bile ein Gespräch unter vier Augen mit Arda, aber niemand erfährt, was die beiden einander zu sagen hatten.

Danksagung

Bei diesem Buch handelt es sich um Belletristik. Reale Ereignisse in Mogadischu bilden den Hintergrund des Romans. Die handelnden Personen und die Ereignisse, die hier beschrieben werden, sind jedoch Produkte meiner Vorstellungskraft. Jede Ähnlichkeit mit lebenden oder toten Personen ist rein zufällig.

Für den Roman »Netze« bin ich vielen Menschen zu Dank verpflichtet. Manchen kann ich leider nicht direkt danken. Sei es, daß ich ihre Namen nicht mehr weiß oder nie gekannt habe, sei es, daß es Freunde oder Bekannte sind, die ich in Somalia getroffen habe und aus Sicherheitsgründen nicht nennen möchte. Allen schulde ich unermeßlichen Dank dafür, daß sie mir geholfen haben, bestimmte Aspekte des Bürgerkriegs in jenem Land zu begreifen. Ich habe das, was ich bei meinen Recherchen in Mogadischu erfahren habe, gründlich analysiert, und ich bin verantwortlich für die Interpretation dessen, was mir erzählt wurde.

Zudem geht ein besonderer Dank an meine lieben Mailänder Freunde Edoardo Lugarini, Daniela Bertocchi und mein Patenkind Chiara dafür, daß sie mich in ihrem zweiten Zuhause, dem Weiler San Sebastiano in Piedmont wohnen ließen; sowie an Jean-Christophe Belliard; an meine Gastgeber an der École des Hautes Études en Sciences Sociales in Paris, vor allem Michel Agier, Eloi Ficquet und Maria Benedicta Basto; und an Clemens Zobel. Paris im Frühling ist sehr inspirierend: *Danke!*

Zu den zahlreichen Texten, die ich gelesen, benutzt und bei denen ich Anleihen gemacht habe, gehören Carlo Collodis *Pinocchio* in der Übersetzung von Nicolas J. Perella, von dem auch die Einleitung und Anmerkungen stammen (*The Adventures of Pinocchio*, University of California Press, 1986); Daniel McNeills *The Face: A Guided Tour* (Hamish Hamilton, 1998); Martha Roth' *Arousal: Bodies & Pleasures* (Milkweed, 1998); Fatima Mernissi, *The Veil and the Male Elite* (Addison-Wesley, 1991); Peter Junges *Arte da Africa: Obras-Primas do Museu Etnologico de Berlim* (Ausstellungskatalog Rio de Janeiro 2003-2004); und David C. Lohffs

Cyclopedia of Dreams (Running Press, 2000); und Robert Greens *The 48 Laws of Power* (Viking, 1998). Mein besonderer Dank gilt Ama Ata Aidoo, die mir *The Eagle and the Chickens* (Baobab Books, Harare, Simbabwe) auf elektronischem Wege zugänglich machte; und Christopher Gregorowski für seine »Nacherzählung« der afrikanischen Fabel *Fly, Eagle, Fly,* illustriert von Nick Daly, mit einer Einleitung von Desmond Tutu (Tafelberg, 2000; die Fabel in Schriftform wird James Kwegyir Aggrey, aka Aggrey of Africa, zugeschrieben). Und schließlich danke ich Our Dialogue auf http://www.ourdialogue.com/vl.htm.